DIANA
VERLAG

SHERI HOLMAN

Die gestohlene Zunge

R O M A N

*Aus dem Amerikanischen von
Bernhard Kleinschmidt*

*

Diana Verlag
München Zürich

Titel der Originalausgabe: A Stolen Tongue
Originalverlag: Grove / Atlantic Inc., New York

ISBN 3-8284-003-5

Für Sean

Der, wie ich hoffe, immer
mit mir gehen wird.

VORBEMERKUNG

Frater Felix Fabri (1441–1502) scheint in jeder Generation eine Verehrerin zu finden. So verdankt meine Bewunderung alles zwei Übersetzerinnen, die mir vorangingen: Hilda Prescott und Aubrey Stewart.

Die beiden Bücher von Dame Hilda Prescott, *Friar Felix at Large* (1950) und *Once to Sinai* (1958), halfen mir, einen Überblick über Fabris zwölfbändiges lateinisches Werk *Evagatorium in Terrae Sanctae, Arabiae et Aegypti Peregrinationem* zu gewinnen.

Um das alte Skelett zu neuem Leben zu erwecken, habe ich Felix Fabris Pilgerfahrt mit meiner eigenen Imagination verwoben. Dabei konnte ich mich auf Aubrey Stewart stützen, die die erste Hälfte von Fabris Reisebericht gegen Ende des letzten Jahrhunderts ins Englische übersetzte. Wenn der historische Felix spricht – etwa in den Regeln für die Pilgerfahrt oder in der Begründung für das Verbot, auf Schiffen die Messe zu lesen, oder in der Beschreibung der heiligen Stätten Jerusalems, um nur die längsten Passagen zu nennen –, habe ich mich nur als Herausgeberin betätigt.

Dame Hilda und Aubrey Stewart waren nicht mehr am Leben – und ich war gerade drei Jahre alt –, als die katholische Kirche im Jahre 1969 Frater Felix' geistige Heirat mit der heiligen Katharina von Alexandria aufhob. Zusammen mit den Heiligen Christophorus und Margareta und vielen anderen ungemein populären und faszinierenden Heiligen des Mittelalters wurde die heilige Katharina aus dem Kanon entfernt. Niemand konnte beweisen, daß sie je wirklich gelebt hatte.

ERSTER TEIL

Das Meer

*

ERSTES KAPITEL

*

Schiffsplanken

V<small>OM TOD TRENNT</small> uns, wenn wir auf See sind, nur die
Spanne von vier Fingern; und soviel ich sagen kann, ist es
eher diese Gewißheit als irgendein Ungeheuer oder Mißge-
schick, was uns Pilger auf unseren Schiffen peinigt. Wenn ihr
niemals, nicht einmal einen Augenblick lang, vergessen könnt,
daß nur eine Handbreit Holz euch von den unergründlichen
Tiefen trennt, wärt dann nicht auch *ihr* in Gefahr, ein wenig
zuviel zu trinken? Ist es also gerecht, frage ich euch, einen
Mann einen Hanswurst und einen Tölpel zu nennen, wenn er
betrunken in den Ozean stürzt? Denn wer an Bord dieses
Schiffes hätte sich nicht schon aus Furcht beinahe über Bord
gesoffen?

Ich stehe neben der Winde, während die Matrosen unseren
toten Landsmann vom Grund des Hafenbeckens hieven.
Unten auf dem Kai warten vier Ruderknechte. Sie heben die
Arme, um die vollen dreihundert Pfund seines Körpers aufzufangen; ihre Knie sind erwartungsvoll gebeugt. Tropfend werden sie ihn durch die gewundenen Straßen von Candia zu dem
Kloster gleich außerhalb des Stadttores bringen, das ich emp-
fahl. Dort werden sie helfen, ihm ein Grab zu schaufeln, und
still dabeistehen, wenn ich eine Messe lese, um der torkelnden,

gefühllosen Seele unseres guten Schmidhans rascher ins Fegefeuer zu verhelfen.

»Großer Gott. War er so fett?«

Mein Gönner und Patron erscheint gerade in dem Augenblick, als der gewaltige bayerische Körper unseres Landsman-
nes sein Wasser auf die Knechte unten regnet. Sie wenden ihre
Köpfe ab und greifen blind nach oben, um ihn vom Haken zu
lösen.

»Er mag wohl aufgequollen sein.«

Graf Tucher und ich kannten ihn nur als einen Landsmann,
der wie alle deutschen Pilger in der Herberge *Zu der Fleuten* in
Venedig logierte, und der dieses Pilgerschiff anstelle Contarinis
wählte, weil wir darauf fuhren. Sein Schlafplatz unter Deck lag
neben dem meinen, und obgleich er mich allzu oft mit müßigen
Disputationen weltlicher Unstimmigkeiten von meinen Nacht-
gebeten abhielt, trage ich ihm nur eines nach. Wenn nachts die
Laternen ausgingen und die Wellen um uns ächzten und stöhn-
ten wie böse Geister in einem Ammenmärchen, ließ er nicht
davon ab, meine Aufmerksamkeit auf das zu richten, was er
jene wertlose Rundung aus Tannenholz nannte und was uns
von einem feuchten Grab trennt. ›Sollten wir nicht *dies*‹, fragte
er sich unüberhörbar, ›während unserer Reise den Retter nennen?‹

»Gehen wir.« Mein Gönner berührt mich am Rücken.
»Ursus wartet.«

Die Sonne des Mittelmeeres ist freundlich gewesen zu Ursus
Tucher, dem Sohn meines Herrn. Sie hat den ersten braunen
Schimmer auf seiner Oberlippe gebleicht und ihm ein paar weitere Monate Kindheit geschenkt. Er hockt auf dem Fallreep
und sieht zu, wie ein nackter brauner Junge einen Riß in der
Schiffswand flickt. Das Wasser ist so klar, daß wir drei Fuß tief
hineinsehen können, wo er, froschgleich mit den Beinen strampelnd, den Riß sorgsam mit Teer verschmiert.

»Ich möchte wetten«, sagt Ursus, »daß der Kopf von
Schmidhans ein Loch reingeschlagen hat, als er hinunterfiel.«

Vor uns zählen die Ruderknechte bis drei und hieven unseren Landsmann auf ihre Schultern. Wir folgen der gewaltigen, tropfenden Krebsgestalt, die gemächlich vom Meer wegkriecht, vorbei an hölzernen Türen, die, weit aufgeschlagen, Ballen von tamarindenfarbener Seide aufblitzen lassen und mit rotgelbem Staub bedeckte Gewürzfässer, vorbei an Fischständen, an denen auf südliche Art nachlässig gekleidete Weiber sich über Körbe beugen und jene Tiere kaufen, die am höchsten nach ihren baumelnden Brüsten springen. Über meine Schulter hinweg sehe ich, wie die Mannschaft des Schiffes eine schwarze seidene Fahne aufzieht zwischen Kapitän Landos Löwenbanner des heiligen Markus und dem riesigen weißen und roten Zeichen des Kreuzes vom Heiligen Grab. Mir ist aufgefallen, daß Lando das Schiff nur schmücken läßt, wenn er sich Gewinn davon verspricht – wenn er eine fremde Macht beeindrucken oder einschüchtern will. Auf See, wo nur wir Pilger anwesend sind, läßt er die heilige Flagge Jerusalems einrollen und verbirgt vor uns das Ziel unserer Reise. So raubt er uns selbst den geringen Trost, den ein Pilger gewinnen mag, wenn er das Zeichen auf See betrachtet. Nun will Lando wohl die leere Koje an Bord unseres Schiffes anpreisen. Ehrerbietung spielt beim Hissen dieser Flagge gewiß keine Rolle – er hätte Schmidhans den Mäulern der Fische überlassen, hätte Graf Tucher ihn nicht mit fünf Dukaten bestochen.

Verwirrt blickt mein Gönner die schmutzige griechische Gasse entlang.

»Was habe ich denn erwartet?« Er runzelt die Stirn. »Marmor?«

Welch scharfsichtigen Schutzherrn ich doch gefunden habe! Wohl weiß ich, daß mein Abt sich Sorgen gemacht hat, weil ich so lange Zeit in der Gesellschaft von Laien reisen muß; doch Graf Tucher ist ein ernster, ehrfürchtiger Mann, der sich viel mit dem Zustand von Seelen beschäftigt, seiner eigenen wie auch der unsrigen. Genauer als alle andern sah er, daß Schmidhans' Wasserleiche zu einem Magneten geworden war, der die

Pilger an die Reling des Schiffes zog, um durch das eigene Spiegelbild hindurch in die wäßrigen Augen unseres toten Freundes zu starren. Er sah, daß sein eigener Sohn Ursus sich seiner Lektion entzog, sich der gemeinen Menge zugesellte und mit ihr die mythischen Eigenschaften des Wasser bestaunte: denn wie ein schlummernder Neptun sah Schmidhans im Tode aus, größer geworden und bleich, die wilden Haare seines Bartes zu Strähnen sich kräuselnder Blasen versteift. Es mußte etwas geschehen, wußte Graf Tucher, denn Schmidhans' Leiche wurde zu einem Anlaß der Zerstreuung.

Aufmerksam geht mein Gönner neben mir, leise klingelt der Geldbeutel an seiner Brust. Er kleidet sich genau nach den Vorschriften, wie sie für Pilger gelten, mit einem weißen Gewand unter der Kasel mit dem roten Kreuz, und einem grauen Filzhut, den gottgeweihte Jungfern liebevoll mit Kreuzen bestickt haben. Sein schütteres Gesichtshaar läßt er wachsen, wie es sich für alle Pilger gehört, und über der Schulter hängt seine lederne Pilgertasche mit Wasserschlauch, Brot und Gebetsbuch. Graf Tucher spürt, wie die Blicke der Städter auf ihm als dem ersten Trauernden hinter dem Riesenkrebs ruhen, und fromm erwidert er sie, so daß die Griechen sich bekreuzigen und in ihren Läden verschwinden, wenn wir vorbeigehen. Ursus hüpft um uns herum, schielt in dieses Fenster, spuckt in jenes. Bei Ausklang des Sommers wird er vierzehn sein und alsbald sein Pilgergewand gegen die Montur eines Pagen am Hof des berühmten Grafen Eberhard von Württemberg eintauschen. Ursus mag jung sein für eine Pilgerfahrt, doch sein Vater hat ihm unbesonnen die Ritterwürde des Heiligen Grabes versprochen, um ihn gegenüber den anderen Knaben zu erhöhen, und das Kind nahm ihn hartnäckig beim Wort.

»Warum habt Ihr bloß jene Kirche gewählt, Pater?« murrt Ursus. »Sie ist so weit vom Hafen.«

»Ich hab' gehört, man soll dort einen guten Weinkeller besitzen«, sagt Graf Tucher.

»Die Franziskaner, zu denen wir gehen«, erkläre ich den beiden, »besitzen die Hand der heiligen Katharina von Alexandria.«

»Schon wieder die heilige Katharina!« ruft Ursus. »An jedem ihrer Bildstöcke heißt Ihr uns innehalten. Und jedes ihrer Bildnisse müssen wir küssen!«

»Dies aber wird die erste Reliquie sein, die wir auf unserem Weg zu ihrem Grab auf dem Berg Sinai anbeten.«

Graf Tucher nickt.

»Es wird erbaulich für uns sein.«

Erbaulich! Es wird sein, als öffne das himmlische Kloster seine Pforten, damit sie auf unsere Ankunft lauschen kann. Als hebe sie ihren papiergekerbten Finger von dem Buch in ihrem Schoß und strecke behutsam ihre Hand zur Erde aus, damit ich sie küssen und an meine Wange drücken kann. Ich tobe, als unsere Knechte Schmidhans auf dem aus der Stadt führenden Weg fallen lassen und wir warten müssen, bis sie ihn von den Kiefernnadeln gesäubert haben.

»Sieh, Vater, das muß es sein!«

Ursus läuft voraus, hinüber zu den dicken, rauh verputzten Mauern mit dem eisernen Tor, die das Kloster umgeben. Gemeißeltes Fischgrätmuster schmückt das Kirchengebäude, und eine rote, mit leuchtenden Ziegeln gesäumte Kuppel verleiht ihm das leicht weichliche Aussehen aller östlichen Bauten. Auf Ursus' unablässiges Läuten der Türglocke hin erscheint eine Gestalt in brauner Robe am Tor.

Ich stelle mich vor.

»Ich bin Pater Felix vom Predigerorden der Dominikaner zu Ulm. Wir möchten diesen Ertrunkenen auf Eurem Friedhof begraben.«

Der Franziskaner mustert uns argwöhnisch, läßt seinen Blick über meine schwarzen und weißen Dominikanergewänder und über unsere Pilgerkaseln schweifen, über das schlüpfrige, torffleckige Fleisch von Schmidhans' Leiche. Gewöhnlich haben die Franziskaner, die die Tiere und die Armut lieben, wenig für den geistig tätigen Orden der Dominikaner übrig, doch immerhin trage ich nicht den hohen Hut und den protzenden Kinnbart unserer gemeinsamen Feinde, der Griechisch-Orthodoxen.

»Und natürlich soll es nicht an einer Spende mangeln, um Messen lesen zu lassen«, fügt Graf Tucher hinzu.

Das Tor fliegt auf.

Der Franziskaner führt uns durch die dunkle Kirche und wieder hinaus in einen schattigen Laubengang voll erbsengroßer Trauben, die gerade erstes Purpur zeigen. Diese Gegend Kretas ist berühmt für ihren Malvasier, den süßen Trost der Pilger, der ihren sinkenden Mut wieder weckt. Wäre bloß Schmidhans nicht gleich zum Tode erweckt worden.

»Legt ihn dort drüben hin«, sagt mir der Franziskaner, als wir auf dem mit Zypressen gesäumten Gottesacker stehen. »Ich mache alles für die Messe bereit.«

Oh, wie Katharina diesen Ort bewohnt! Der Franziskaner hat mir berichtet, ihre Hand ruhe in einem juwelengeschmückten Kästchen, das in der stickigen Sakristei verschlossen ist; doch ich spüre, wie sie sich neben mir niederläßt, hier auf diese steinerne Bank, und zusieht, wie die Knechte die unberührte Erde aufgraben. In sittsamen Falten fällt ihr weißes Gewand um ihre Knöchel, ihr Rad, das Zeugnis ihrer Folter, ruht unschuldig unter ihrem Fuß. Wir stecken die Köpfe zusammen und ihre Augen leuchten wie die eines liebenden Eheweibes in die meinen, voller Glück, wieder vereint zu sein, selbst an einem solchen Ort.

»Wo ist Ursus?«

Meine Braut entschwindet beim Klang der aufgeregten Stimme von Graf Tucher.

»Ist er hineingegangen?« Ich seufze. Ursus läuft beständig fort.

»Ursus!« Seines Vaters Stimme ist streng. »Hundertmal hab' ich dir schon befohlen, bei uns zu bleiben.«

Ich öffne die unverschlossene Hintertür der Kirche und

gehe durch den Chor. Schräg fällt Sonnenlicht durch die rot-goldenen Glasleiber der Heiligen Familie und schmilzt drei heilige Herzen auf die Bodenfliesen.

»Ursus, bist du hier?«

Auf einer Hinterbank, gefleckt vom blauen Vogellicht von Sankt Franziskus' bleigefaßten Staren, stecken der Sohn meines Gönners und ein Fremder die Köpfe zusammen.

»Ursus?« Ich trete einen Schritt näher.

»Da, unser Pater wird's bestätigen. Pater Felix«, ruft Ursus eilfertig, »auf unserem Schiff sind doch keine Frauen, nicht wahr?«

Erwartungsvoll erhebt sich der Fremde und hofft, ich möge meinem Schützling widersprechen. Was soll nur diese Frage? Was schert es diesen Mann, daß wir uns frauenlos auf See befinden, wenn wir dies doch als unser großes Glück betrachten? Vielleicht, weil er ein so schöner Mann ist, groß, dunkelhaarig, reich gekleidet in ein schwarzes Wams und gelbe Lederstiefel, sieht er sich wohl als Lebemann? Doch ist sein voller Mund zu einer sorgenvollen Miene verzogen, und der düstere Blick mag viel versprechen, aber keine Tändelei.

»Das stimmt, mein Sohn«, erwidere ich. »Die Frauen haben sich alle bei Contarini eingeschifft.«

»Seid Ihr sicher, guter Dominikanerpater? In letzter Zeit haben sich keine Frauen in Eure Gesellschaft begeben?« Der Fremde spricht das vollkommen akzentuierte Latein der Hochschule oder des Noviziats.

»Zu meiner Freude kann ich erwidern, daß ich mir dessen gewiß bin. Weshalb fragt Ihr?«

»Ich suche nach einer jungen Frau.« Er lächelt selbstsicher. »Sie ist vor einigen Tagen weggelaufen, und ich bin ihrer Spur bis hier zu diesem Kloster gefolgt. Ihr seid Pilger auf der Reise nach Jerusalem, nicht wahr? Und wollt weiter durch den Sinai?«

»Das hoffen wir wohl«, sage ich lächelnd, denn unwissentlich hat er an meine innersten Wünsche gerührt. »Wir tragen uns mit dem Plan, unsere Pilgerfahrt durch den Sinai bis hin zum Kloster der heiligen Katharina fortzusetzen, so Gott will.«

»Der Wille Gottes wird nicht der einzige sein, den es zu bedenken gilt, fürchte ich.« Der Fremde wendet sich zum Gehen. Ich folge seinem Blick; kurz leuchtet dieser auf, als er das fehlerhaft gebrannte Glasbild Katharinas streift. Ihr bläschenübersätes gelbes Schwert leuchtet wie jenes, das über die Tore Edens wacht.

»Ich hoffe, daß es Euch gelingen möge.« Er drückt die Tür auf.

»Ist wohl ein schlimmes Ding, diese Dame?« ruft Ursus ihm hinterher.

»Schlimmer als das, mein Sohn.« Der Mann blickt ein letztes Mal sorgenvoll in der Kirche umher. »Sie ist vollständig von Sinnen.«

*

»Gerade hab' ich ihn doch noch gehabt?«

Ursus steht den Tränen nahe auf dem Friedhof. Ich habe die Messe unterbrochen, damit er seinen silbernen Rosenkranz suchen kann. Seine Mutter hat ihn ihm geschenkt, bevor wir Ulm verließen, zusammen mit einem Paar übergroßer grauer Stiefel, falls seine Füße im Heiligen Land wachsen sollten. Augen und Nase des Jungen sind gerötet. Er fürchtet, er habe den Kranz in Schmidhans' offenes Grab fallen lassen.

Seufzend reicht ihm sein Vater den eigenen wertvollen Rosenkranz aus Gold und bedeutet mir fortzufahren.

Ihr seid ein großzügiger Mann, Graf Tucher, aber seid Ihr von der Art, die ihre Versprechen hält? Habt Ihr den Mut, mit mir durch jene große Einöde zu reisen? Mein Gönner streckt seine rauhe gelbe Zunge nach der Hostie aus, und ich blicke ihm tief in die Augen. Zum Hüter meines Kindheitsgelübdes habe ich dich gemacht, meines heiligsten Eides; doch je weiter wir nach Osten vorstoßen, desto wilder werden die Gerüchte über die Lage ihres Klosters, und desto weniger redest du über das Versprechen, das du mir gegeben hast. Hier, in ihrer Gegenwart, fordere ich dich auf, das Gelübde zu erfüllen, das du abgelegt hast, als ich zustimmte, dein Beichtvater zu werden. Bring mich zu ihr.

»Möge der Herr über unseren lieben verblichenen Schmidhans wachen und ihn rasch durchs Fegefeuer geleiten. Mögen der armen Seele die hundert Messen helfen, die wir heute stiften.«

Rasch bekenne ich in meinem Herzen meine eigenen Sünden. Soeben ist jene der Unachtsamkeit während meiner Messe dazugekommen. Ich lege die Hostie des Herrn in meinen Mund.

»Im Namen Jesu, Amen.«

Graf Tucher erhebt sich und sieht sich nach dem Franziskaner um.

»Felix«, sagt er, »bevor wir einen Blick auf die Reliquie werfen, wollen wir uns um den Malvasier kümmern, oder?«

Wie kann er nur an Rebensaft denken, wenn er weiß, wie sehr ich darauf brenne, ihre Hand zu sehen?

»Franziskanerbruder!« ruft Graf Tucher und klatscht in die Kapelle. »Könnt Ihr uns helfen?«

Während sein Vater sich profanem Feilschen hingibt, bringt Ursus mich dazu, mit ihm auf dem Boden herumzukriechen, um nach seinem verlorenen Rosenkranz zu tasten. Dreimal sehe ich die Füße des Franziskaners zum Keller trotten, weil Graf Tucher ihn nach einem anderen Jahrgang schickt. An der gegenüberliegenden Wand zeichnet meine Geliebte mit der Spitze ihres Schwertes müßig ein Kreuz in den Lehmboden. Sie durchmißt den kleinen Raum, bleibt stehen, lehnt den Kopf an die Tür.

»Das also ist ein guter Jahrgang, sagt Ihr?« fragt Graf Tucher den Mönch.

»Pater Felix, seid Ihr mit ihr verheiratet wie Vater mit Mut-

ter?« fragt Ursus, der neben mir unter den Bänken umhertastet.
»Könnt ihr Kinder bekommen?«

Ich muß über die Naivität meines Schützlings lächeln.

»Nein, Ursus. Du weiß doch, daß die Frauen Bräute Christi
genannt werden, wenn sie das Keuschheitsgelübde ablegen?
Daß Sie unseren Herrn ihren Bräutigam nennen und ein goldenes Hochzeitsband tragen als Zeichen ihrer Vereinigung?«

»Freilich. Meine Tante ist eine Nonne. Wir waren dabei, als
sie Christus geheiratet hat.«

»Nun, wenn wir Mönche unser Gelübde ablegen, steht es
uns frei, eine geistige Begleitung zu wählen, die uns Gesellschaft leistet. Die Nonnen haben Jesus. Den können wir nicht
gut nehmen, denn einerseits ist er ein Mann, und andererseits
hat er ja all die Nonnen geheiratet. Falsch wäre auch die Hoffnung, die Heilige Jungfrau würde uns annehmen, denn sie ist
dem heiligen Josef anvertraut. Die heilige Anna ist das Weib des
heiligen Joachim, die heilige Elisabeth das des heiligen Zacha-
rias, daher kommen auch diese beiden nicht in Frage. So ist es
angebracht, daß ein frommer Mönch sich nicht in die glückseligen Verbindungen des Himmels mischt, sondern eine ehelo-
se, jungfräuliche Heilige zum Eheweib nimmt.«

»Und Ihr habt die heilige Katharina auserwählt?«

»Lieber stelle ich mir vor, daß sie mich auserwählt hat.«

Und wir sind nun zwanzig Jahre lang glücklich vereint, seit
ich am Jahrestag ihres Martyriums das Gelübde meines Ordens
ablegte. Achtzehn Jahre war ich damals alt. An jedem 25. No-
vember entziehe ich mich der Welt, um mich in ihr Leiden
zu versenken. Ich sehe ihre mutige Weigerung, den heidnischen
Göttern zu opfern, sehe, wie sie die fünfzig Philosophen
beschämt, die man gesandt hat, um ihren Glauben an Christus
zu brechen. Ich weine um ihre Folter auf Befehl des Kaisers
Maxentius, der sie auf jenes teuflische Rad binden und ihr
Fleisch mit Haken zerreißen ließ. Wie jauchze ich, wenn der
Kaiser befiehlt, ihr mit dem Schwert den Kopf abzuschlagen,
und sehen muß, wie Milch anstatt des Blutes fließt! Wie trium-

phiere ich, wenn der Kaiser machtlos zusehen muß, wie die Engel ihren zerbrochenen Körper auf den Gipfel des heiligen Berges Sinai tragen! Die heilige Katharina von Alexandria, die Philosophin unter den Heiligen, ist die Patronin der jungen Mädchen, der Gelehrten, der Priester. Ich versuche, nicht allzu stolz auf ihre Beliebtheit zu sein.

»Felix.« Graf Tucher beugt sich über mich und schwenkt eine staubige grüne Weinflasche vor meinen Augen. »Ich hab' auch für Euch eine erstanden.«

»Ich danke, Herr Graf. Könnten wir dann also ihre Hand sehen?«

»Pater!« ruft Ursus. »Ihr habt versprochen, daß Ihr mir suchen helft!«

»Wir suchen, ohne zu finden, Ursus.«

»Franziskanerbruder«, ruft Graf Tucher. »Wir sind bereit.«

Der Mönch bittet uns nach hinten in die enge, muffige Sakristei. In meinem Leben habe ich schon ihren Fuß zu Rouen angebetet und ihr Rückgrat zu Köln, und nun stehe ich vor ihrer Hand auf Kreta. Die wertvollste der Reliquien, Katharinas heiliges Haupt, liegt dort, wo die Engel sie vor zwölfhundert Jahren niederlegten: in ihrem Kloster auf dem Gipfel des Berges Sinai.

Der Franziskaner schließt das Schränkchen der Sakristei auf und zieht aus seinem Schatten langsam ein silbernes Behältnis hervor, wunderbar in der Form einer weiblichen Hand gearbeitet. Polierte Rubine bilden die Fingernägel, auf der Handfläche beschreiben Adern aus reinem Lapislazuli die tiefen Linien des Lebens, des Kopfes und des Herzens. Es ist die linke Hand! Die Hand, an der sie, wären wir irdisch vermählt, mein Hochzeitsband trüge.

Die Hand Katharinas ist eine sehr bedeutende Reliquie, denn dieses gesegnete Gebilde legt sie auf das Knie unseres Herrn, um seine Gnade für ihre Schützlinge zu erflehen. Ihre geheiligte Hand drückt ein kühles Tuch an die Stirn der Fiebernden, wenn wir den physischen Schmerz der Krankheit verspüren oder die Verwirrung der Gefühle, die mit zu großer Liebe einhergeht. Da Katharina in den sieben freien Künsten gebildet war und eine so melodische Stimme besaß, daß diese fünfzig heidnische Philosophen zum Christentum bekehrte, wird gewiß sie es sein, die im Himmel zum Vorlesen bestellt ist. Und diese Hand hält dann das Buch, aus dem sie Gott und der Heiligen Familie mit süßer Stimme vorliest.

»Im Namen Gottes«, intoniert der Mönch und öffnet mit einem Ruck das Reliquiar, »die Hand der heiligen Märtyrerin Katharina.«

Wo ist sie?

Ein Kissen von blauem Samt. Ein Hauch Myrrhe. Keine Knochen, kein Schabsel Knöchel, kein Daumenabdruck. Wo ist die Hand meines Weibes?

»Da ist gar nichts, Pater«, wimmert Ursus.

Der Franziskaner schüttelt das Behältnis. Sein Mund bewegt sich, ohne daß ihm Worte entweichen. Ursus' Unterlippe beginnt zu zittern.

»Diebe!« brüllt der Mönch, rafft sein Gewand zusammen und stürzt aus der Kirche hinaus. »Diebe!«

Meine Geliebte? Mein Weib?

Sie wußte, daß ich kam, und ließ es zu, gestohlen zu werden.

Eine Abbitte

AN JENEM GRAUEN Ulmer Tag, an dem wir Abschied nahmen, Brüder, habt ihr mir ein Versprechen abgerungen. Sollte Gott mir eine sichere Fahrt übers Meer gewähren, so sollte ich alles niederschreiben, was mir auf meiner Pilgerfahrt begegnet, das Gute und das Böse, das Bittere und das Süße, sei es absichtlich geschehen oder durch Zufall. So sollte ich euch zu meinen ständigen Begleitern machen. Bis zum heutigen Tage habe ich mich streng an jenes Gelübde gehalten, habe die zurückgelegten Strecken aufgezeichnet, habe die heiligen Stätten von Venedig beschrieben und wie mir das dalmatinische Essen schmeckte, und vieles mehr, was zum Reisebericht einer Pilgerfahrt gehört. Nun, in meiner Stunde der Not, wende ich mich an euch und bitte euch, mir zu vergeben, falls ich durch den Zwang der Umstände den Tenor des erwarteten Berichtes überschreite und diese Aufzeichnungen, wie es gefühlvolle Menschen wohl tun, zu persönlichem Nachsinnen nutze.

Seid beruhigt. Ich bin nicht verwirrt.

Ich weiß, daß eine Heilige die Welt auf zwei Arten bereist: durch Translation, so wie Katharina von Engelshänden vom alexandrinischen Forum zum gesegneten Berg Sinai getragen wurde, oder durch *furta sacra*, den heiligen Diebstahl, eine Überführung durch Menschenhand. Glauben wir aber, daß die Heiligen Macht über ihre eigene Bewegung besitzen, so müssen wir annehmen, daß Katharina nicht länger auf Kreta zu bleiben wünschte. Hätte sie zu bleiben gewählt, wäre ihre Hand hochgesprungen, hätte sich um die Gurgel ihres Entführers geschlossen und den blasphemischen Irrgläubigen zu Tode gewürgt.

Mein Freund, der Archidiakon Johann Lazinus, steht an der Reling und ermahnt uns zur Eile.

»Beeil dich, Felix. Sonst lassen sie euch zurück!«

Man hat das Schiff Contarinis gesichtet. Auf Deck hissen die Seeleute eilig das Hauptsegel und das Trinketum. Die zu dritt auf ihren Bänken hockenden Knechte ergreifen ihre Ruder und ziehen an; Matrosen hieven die großen eisernen Anker empor, die an beiden Seiten des Bugs hängen. Seid gewarnt, Brüder: auch wenn man denken möchte, die Seeleute würden in solch geschäftigen Augenblicken Hilfe oder Rat der Pilger willkommen heißen, so mißfällt ihnen solcher vielmehr.

»Vater Johann, Ihr werdet's nicht erraten!« Ursus weicht einem schwingenden Tau aus. »Jemand hat ein Stück vom Weib unseres Paters gestohlen.«

»Ist das wahr, Felix?«

Johanns braune Augen leuchten freundlich und besorgt, wie Eure Augen, mein Abt, wenn einer der Brüder Euch heimlich in der Nacht aufsucht, um seinen Kopf in Euren Schoß zu legen. Und obgleich ich diese Fügung des Schicksals gelassen hinnehmen möchte, finde ich es mit einem Mal schwer, zu sprechen.

»Ich bringe den Wein hinunter«, flüstere ich.

Sieben leiterähnliche Stufen führen nach unten zu dem stinkenden, höhlenartigen Pilgerdeck. Auf seinem Boden markieren wir mit Kreide unsere Kojen, Seite an Seite. Die gewölbten Seiten des Schiffes sind unsere Kopfbretter, unsere zur Schiffsmitte hin gestellten Kisten die Fußbretter. Nur die Heimwehkranken bleiben aus freiem Willen unter Deck, und mich zwischen ihnen zu bewegen betrübt mich noch mehr. Sie lieben das dunkle, faulende Holz, das sie von der fremden Sonne abschirmt und die wenigen nördlichen Gerüche verstärkt, die geblieben sind: Rauch und europäische Pisse, Bierdunst, Kiefernharz. Wenn wir anderen des Morgens unsere Matratzen zusammenrollen, um sie an den Deckensparren aufzuhängen, drehen die Heimwehkranken sich auf die Seite und träumen vom Haar ihres Weibes auf dem Kissen neben sich, vom Geruch der Federn ihres Lieblingshahnes auf dem Fensterbrett oder vom Geräusch, das nur ihr eigener Hund macht, wenn er auf winterlich gefrorenem Pferdemist ausrutscht. Sie erzählen sich lange, sorgfältig ausgemalte Geschichten über ihren Gemüsegarten im Hinterhof und das Wechselfieber ihrer Kinder, hören aber selten auf eine andere Geschichte als die eigene.

Ich folge der Reihe von Gepäckstücken ganz nach hinten zu meinem Schlafplatz, wo sich eine weitere, kleinere Luke in den Bauch des Schiffes öffnet. In diesem weiteren, ganz mit Sand gefüllten Laderaum vergraben die Pilger ihre verderblichen Waren: Fleisch, Käse, Eier. Ich drücke die Flaschen tief in den kühlen Sand und mache die Luke wieder dicht.

»Bist du traurig, Felix?«

Wahrlich, Gott hat mir den guten Johann Lazinus gesandt, um den Schmerz der Trennung von Euch, mein Abt, zu lindern. Seit wir uns trafen, ist er mir ein Trost gewesen, dort im Gasthaus *Zu der Fleuten* zu Venedig, wo der schwarze Hund des deutschen Gastwirts – der nur Deutsche liebte und mit der Leidenschaft seiner Natur alle Italiener und alle italienischen Hunde, ja alle Spanier, Holländer, Franzosen und alle anderen Landsleute und ihre Hunde verachtete – dem Ungarn Johann Lazinus erlaubte, ihm beizubringen, für ein Stück Schinken zu tanzen. Meine Stimmung muß sich einfach heben, wie ich meinen lieben Freund durch das Feld der Heimwehkranken auf mich zukommen sehe.

»Welche Art Unhold schiebt die Hand einer Heiligen in seine schweißige Tasche?« frage ich, als er näherkommt. »Beständig seh' ich, wie ihre zarten Finger über das Bettischchen eines billigen Gasthofs verstreut liegen oder aus einer übervollen Satteltasche lugen, verstrickt mit Bindfäden und verdorbenen Rosinen. Wer tut so etwas?«

»Reliquien werden entweder aus Liebe oder aus Geldgier gestohlen«, seufzt mein Freund.

»Aber *ich* bin es, der sie liebt! Wenn sie reisen wollte, hätte sie nicht noch eine Stunde warten können? Um dann vielleicht nach Ulm zu kommen?«

»Felix«, schilt Johann. »Du willst mir doch nicht sagen, sie habe bis kurz vor deiner Ankunft gewartet, um ruhelos zu werden. Der Franziskaner hat den Bestand der Sakristei vielleicht monatelang nicht überprüft. Vielleicht ist sie schon vor vielen Wochen entschwunden.«

»Wir haben im Kloster einen seltsamen Mann getroffen«, berichte ich Johann. »Er verhielt sich verdächtig, und als ich davon sprach, daß wir mit Gottes Willen zum Sinai gelangen möchten, sagte er, der Wille Gottes könne vielleicht nicht genügen.«

»Seit wir an Bord dieses Schiffes gegangen sind«, erwidert Johann, »hab' ich nichts als Warnungen vor jener Wüste vernommen. Wir werden doch Jerusalem sehen, Felix. Ist es denn wirklich so bedeutsam, daß wir den Sinai erreichen?«

Wie kann ich eine Frage beantworten, die man mir schon auf hundert verschiedene Arten gestellt hat? Wie kann ich es erklären, ohne euch zu empören, meine Brüder, ohne leichtfertig zu erscheinen oder unzufrieden mit der Stille des Klosters, oder schuldig der Sünde eitler Neugier, oder vom Teufel verführt?

»Als ich ein Junge war«, erzähle ich Johann, »kam ein wandernder griechischer Mönch durch Basel, wo ich mein Noviziat verbrachte. Der Staub des Ostens lag auf ihm wie glänzender Zauber. Waren unsere Kutten aus feiner Wolle und Seide, so war die seine eine grobe Arbeit der Wüste. Waren unsere Wangen glatt und weich wie die von Frauen, brachten die seinen einen langen, struppigen Bart hervor wie den eines Propheten. Er sagte meinem Abt, er sei zu Fuß von der Wüste Sinai gekommen, sei bei seinem Abschied ein junger Mann gewesen und schlurfe nun wie ein Greis. Unter seinem Arm trug er einen kleinen, an beiden Enden mit einem Stück Seil zusammengebundenen Teppich, und er erbat die Erlaubnis meines Abtes, mit dem darin Verborgenen Spenden zu erflehen.«

Johanns ernstes Gesicht läßt mich ob der Torheit meiner Geschichte erröten und schweigen. Es war ein schwüler Tag in Basel, als der Mönch vorüberkam. Das ganze Kloster versammelte sich um den Altar, doch ich zwängte mich durch die schwitzenden Leiber, um am nächsten zu sein. Mit raschen, geübten Bewegungen ordnete der Mönch sieben Fingerknochen zu den Buchstaben »K. M.« für *Katharina Martyr*. An die vier Hauptrichtungen um sie legte er ein Augenlid, eine Zehe, eine Phiole mit Milch und ein Stück in ihr Öl getauchte Seide. Früher, im Zeitalter der Wunder, brachten ihre Knochen genug Öl hervor, daß die Mönche das ganze Jahr über ihre Lampen damit brennen lassen konnten; doch als ich ein Knabe war, mußte man den Knochen das Öl entlocken, indem man sie rasch mit Seide rieb.

Felix hat sich verliebt, flüsterte einer hinter mir. Doch wie hätte es anders sein können? Auf unserem Betpult stand Katharina mit Schwert und Rad zur Rechten Mariens. In unserem Wandelgang lächelte sie von ihrem kannelierten Pfeiler auf dem Weg zu unserer Bibliothek. Als eine der vierzehn Nothelfer war sie in die Decke gemeißelt, die in meinen Gedanken das himmlische Jerusalem berührte. Ja, Katharina war überall, das begehrteste Mädchen der Stadt, die Gelehrte und Philosophin, die Königstochter, der Orient, und mit einem Mal befand sie sich nun vor mir, Teile einer körperlichen, menschlichen Frau. Ich hätte den Mönch küssen mögen, weil er sie zu uns gebracht hatte; denn er war den Weg der Pilger in umgekehrter Richtung gegangen für einen Knaben, der zu jung war, um das Kloster zu verlassen. Er brachte mir meine erste heilige Lust.

»Wenn Katharina in Stücken den Weg zu mir finden konnte«, sage ich laut, »kann ich als ganzer Mensch gewiß meinen Weg zurück zu ihr finden.«

»Und Graf Tucher hat zugestimmt, dich dorthin zu bringen?« fragt Johann.

»Er hat es bei seinem Leben geschworen.«

Mein Freund zuckt zusammen und faßt vorsichtig in seinen Mund.

»Was macht dein Quälgeist?« frage ich. Johanns offenes Lächeln, das seine Zähne blitzen läßt, ist ernsthaft behindert durch einen rebellischen, in seinem Kiefer faulenden Backenzahn.

»Morgen werd’ ich Konrad bitten, ihn zu ziehen.«

»Versprochen?«

»Versprochen.« Er lächelt.

»Hat hier der tote Mann geschlafen?«

Johann und ich fahren zusammen und sehen einen Mann näherkommen, an dem ein ganzes Rudel Heimwehkranker hängt. Sie zerren an seinen Armen, ringen mit seiner Reisekiste; einer wischt mit einem Taschentuch ein kleines Rinnsal Blut von den Lippen des Mannes.

»Was ist mit ihm geschehen?« erkundige ich mich.

»Er ist die Treppe hinuntergefallen«, flüstert einer.

Der Mann schüttelt sie ab und sieht mir ins Gesicht.

»Hier war doch sein Platz, nicht wahr? Der Platz des toten Mannes?«

Ich blicke zu Johann hinüber. Mir scheint, ich habe diesen Mann in Candia gesehen, wie er vor den bleichen weißen Wurstfingern von Schmidhans' tropfender Leiche zurückwich. Er spricht die Sprache der zur See fahrenden Handelsleute mit nasalem Akzent. Nun, da die Heimwehkranken entschwinden, offenbaren ihn sein langes schwarzes Gewand und seine Mütze ohnehin als Kaufmann.

»Bald aber landen wir doch in Jerusalem, nicht wahr?« fragt er hoffnungsvoll. »Um weiterzureisen zum Sinai?«

»Meine Gefährten und ich werden unsere Pilgerfahrt gewiß fortsetzen«, erwidere ich ihm. »Für die andern will ich meine Hand nicht ins Feuer legen. Es gehen Gerüchte um.«

»Was für Gerüchte?« Er pusselt seine Mützenschnur in den Mund, um aufgeregt daran zu kauen.

»Es ist der Kapitän, der sie verbreitet«, sage ich. »Wenn wir nicht mit ihm zurücksegeln und statt dessen die Wüste gen Sinai durchqueren, verliert er die Hälfte seines Lohns.«

Vorsichtig löst Johann die Matratze, die der Kaufmann auf seinen Rücken geschnallt hat, und läßt sie auf das plumpe Kreidegekritzel fallen: ›G. Schmdhns‹. Wortlos setzt sich der Kaufmann und zupft sorgenvoll an einer widerspenstigen, buschigen Augenbraue.

»Ich würde nie die Wüste durchqueren.« Einer der Heimwehkranken schüttelt den Kopf. »Dort leben Satyrn und Faune.«

»Das Meer ist schon schlimm genug mit seinen Haien und Ungeheuern«, fügt ein anderer hinzu.

Ich knie mich neben den Kaufmann, der von Minute zu Minute bleicher wird.

»Hört nicht auf sie.« Ich lege meinen Arm um seine Schultern, denn ich kenne sie wohl, die kindische Furcht beim Antritt jeder neuen Reise. »Ihr werdet's überleben.«

Das Gesicht des Kaufmanns ist dem meinen ganz nahe, klamm und grünlich. Er läßt die Mützenschnur aus seinem Mund fallen.

»All dies ist gleichgültig«, faßt er sich endlich. »Wenn ich am Platz des Ertrunkenen reisen muß, so bin ich schon gestorben.«

Wogegen ein Pilger sich auf einer Seereise wappnen sollte

WACH AUF, Johann.«
Ich rüttle meinen Freund, der sich auf den Bauch rollt. Katharina ist mir im Traum erschienen. Verzweifelt schwamm sie hinter dem Schiff, ihr nasses Haar verfilzt an ihrer Wange klebend. Mein Gatte, rief sie, im Wasser strampelnd. Zwischen den Zähnen hielt sie einen Ehering. Dann streckte sie ihre linke Hand empor. Sie war ein blutiger Stumpf.

»Johann? Bist du wach?«

Wie kann er nur schlafen, taub gegen das Stampfen des Schiffes und das Ächzen der Planken und blind gegen die brennenden Laternen, die die Nacht daran hindern, hier jemals wahrhaft hereinzubrechen?

Eine Ratte läuft zwischen uns hindurch, zwischen ihren Kiefern eine kleine Maus.

Ich selbst habe die ganze Nacht über kaum ein Auge zugetan. Der griechische Kaufmann, der sich Konstantin Kallistos nennt, hat mich stundenlang mit seinem weibischen Kotzen und seiner ekelhaften Unvertrautheit wachgehalten. Schmidhans stank nach schalem Bier und Hammel, doch es war ein deutscher Gestank, geborgen im landsmännischen Fett wie Ambra. Dieser Mann aber riecht nach – ich weiß nicht recht: Tintenfisch? Essig? Es ist ein scharfer Duft, der an ihm haftet, als habe er sich in einem Zwiebelacker gewälzt.

Meine Brüder, wie unruhig ist der Schlaf der Pilger an Bord

ihres Schiffes! Als wären die sauren, wieder und wieder gebrauchten Gerüche nicht schlimm genug, habe ich ganze Pilgerhorden mit Schwertern aufeinander losgehen sehen, im Streit, wessen Matratze wessen Kreidestrich überragt. Ich habe gesehen, wie Männer volle Nachttöpfe nach den brennenden Laternen warfen, um sie auszulöschen. Und ich habe edle Ritter weinen sehen wie kleine Kinder und nach ihren Müttern rufen, um am Morgen wegen der gnadenlosen Hänseleien ihrer Kameraden zu erröten. Flöhe und Läuse brüten in unserem Schweiß, Ratten und Mäuse fallen von den Sparren über uns auf unsere Gesichter. Für einen an die Stille seiner eigenen Zelle gewohnten Mönch ist die Nacht an Bord eines Schiffes ein neuer Kreis der Hölle.

»Johann.« Diesmal drücke ich ihn ein wenig fester. »Sollen wir an Deck gehen, um frische Luft zu schnappen?«

Mein Freund bedeckt den Kopf mit seinem Kissen.

»Heißt das ja? Kommst du?«

Nichts.

»Dann treffen wir uns oben.«

Während ich mich hochtaste, Brüder, laßt mich euch ein paar Ratschläge geben, worauf ein Pilger achten sollte, wenn er sich auf einem fahrenden Schiff umherbewegt.

Erstens: Der Pilger soll diese steilen, leitergleichen Stufen mit angemessener Aufmerksamkeit begehen. Zweimal war ich hastig, und beide Male bin ich gefallen, so daß es ein Wunder ist, daß ich nicht zerschmettert wurde.

Zweitens: Er soll sich davor hüten, des Nachts auf Deck ein Licht zu tragen, wie bequem das auch sein mag; denn die Ruderknechte, von Natur aus ebenso abergläubisch wie leichtgläubig, lieben dies seltsamerweise gar nicht und werden es auch nicht zulassen.

Drittens: Er soll sich bemühen, eben diese erbarmungswürdigen Gestalten nicht zu wecken, die ihre verlausten Köpfe in den Bäuchen ihrer Nachbarn vergraben und sich auf ihren schmalen Holzbänken in eine unbequeme Lage krümmen;

denn sie sind ein streitsüchtiger, leicht in Wut geratender Haufe, dem nicht zu trauen ist. Meist hat man sie aus den gefangenen Völkern Osteuropas ausgesondert, aus denen Albaniens, Slawoniens, Mazedoniens. Doch findet man unter ihnen auch Baschi-Bosuken, christliche Abtrünnige, die für die Türken kämpften, ferner Juden, Sarazenen, sektiererische Griechen und Sodomiten. Niemals aber wird man auf einen deutschen Ruderknecht treffen, denn kein Deutscher könnte jemals solches Elend ertragen.

Viertens: Der Pilger soll keinem Seil trauen, ohne zuvor daran gezogen zu haben. Es könnte sonst ein Flaschenzug oder ein Segel auf seinen Kopf herniederkrachen.

Fünftens und letztens: Wenn der Pilger vorsichtig von einer Querbank zur nächsten klettert, soll er die gespannten Taue ergreifen und sich behutsam auf die Bugspitze hinauswagen. Sie ist ein angenehmer Ort, um dazusitzen und nachzusinnen. Freilich muß er achtgeben, daß er nicht in Pech sitzt, das fast jeden Zoll des Schiffes bedeckt und das leichter zu entdecken wäre, besäße der Pilger das, was nach unserem zweiten Gebot untersagt ist.

Ich mache es mir also auf der Bugspitze bequem, wo ich oft des Tages sitze, und lehne den Rücken an die klamme Takelage.

Auch wenn man allein ist, Brüder, so ist man auf See nie wirklich allein. Der Ozean ist voll von allerhand Kreaturen: große runde Fische in der Form schwingender Fächer, einige mit Köpfen wie Hunde und langen, hängenden Ohren, Delphine, Meermenschen, Ungeheuer vom Schlage der Skylla und Charybdis, die die Schiffe in die Tiefe saugen. Des Nachts kreist ein Monstrum, das man den Troyp nennt, um das Schiff; mit seinem langen, scharfen Schnabel durchbohrt es die Schiffsplanken. Sollte man je auf einen Troyp treffen, muß man sich so weit über die Reling beugen, wie man es wagen kann, ihn mit furchtlosem Blick anstarren und auf keinen Fall wegschauen. Ängstigst du dich nämlich wegen der zauberisch bannenden Augen des Troyps und versagst, erhebt er sich aus den Wassern und verschlingt dich ohne Federlesen.

Wie Katharina mich in dieser Nacht berückt hat. Noch kann ich die helle Panik in ihren vom Salz geröteten Augen sehen, ihr Blut noch riechen, das im Kielwasser unseres Schiffes blühte. Ich bin kein Fanatiker, Brüder, und auch kein verträumter Prophet, der von Visionen aus dem Jenseits schwärmt. Die seltenen Blicke, die Katharina mir gewährt, sind vielleicht nichts als Kleider, die ich zum Lüften hinaushänge. Und doch habe ich sie erst ein einziges Mal zuvor so stark gespürt.

In der Nacht vor dem Beginn meiner Pilgerfahrt, Brüder, überwältigte mich eine seltsame Furcht. Ich lag wach in meiner vertrauten Zelle, allzu bewußt der gepackten Kiste in der Ecke, meines Taschenbreviers darauf, meines reinen Pilgergewandes, das am Nagel neben der Türe hing. Und all die Begierde, die ich wegen der Reise nach Jerusalem und zum Sinai gespürte hatte – bis dahin war diese ja mein glühendster Wunsch gewesen –, verschwand mit einem Mal und wich einer brennenden Abneigung gegen das Reisen. Jene von euch, die mir von dieser Unternehmung abgeraten hatten, hielt ich nun für meine besten Freunde, jene, die mich ermutigten, für meine Todfeinde. Eine schauderhafte Furcht vor dem Meer ergriff mich; und ich ersann so viele Gründe gegen die Pilgerfahrt, daß ich sogleich zu unserem Abt gelaufen wäre und darum gebettelt hätte, in Ulm bleiben zu dürfen, hätte ich mich nicht geschämt. Doch da geschah das Wunder. Wie ich so im Bett lag und einen ängstlichen Fuß über den Boden streichen ließ, schnitt eine Stimme durch meine Verwirrung. Sie sprach mit dem leisen, ernsten Ton eines verletzten Weibes.

»Wirst du kommen, mein Gatte, wenn ich rufe?« fragte sie.

Ich schrak hoch, vermeinte, nun eine Frau neben mir im Bett zu finden, Katharinas strenges Gesicht, ihr blondes Haar, über die Schultern fallend wie das einer Walküre. Doch um mich war es dunkel. Nur das Echo ihrer Herausforderung hing in der Luft.

Würde ich kommen, wenn sie rief? War dieser Traum kein Traum gewesen, sondern ein Hilfeschrei? Heute nacht floß nicht Milch aus ihrer abgehauenen Hand, sondern kaltes, rotes Blut.

Was bringt die Heiligen dazu, sich einen bestimmten Gefährten zu erwählen, Brüder? Der heilige Paulinus weilte in der Gesellschaft meines Namensheiligen Felix, obgleich er ihn zu Lebzeiten nicht gekannt hatte; er baute ein Haus an seinem Grab, schrieb Gedichte zu seinen Ehren, wurde im Tode neben ihm bestattet. Vor weniger als fünfzig Jahren sprach mein Weib Katharina zusammen mit den heiligen Margareta und Michael zu einem jungen Bauernmädchen aus Domrémy und forderte sie auf, ritterliche Rüstung anzulegen und Frankreich von den Engländern zu befreien. Solche Freundschaften bilden sich über die große Kluft des Himmels hinweg, es sind unglaubliche, gefährliche Verbindungen. Wir müssen mit ihnen so sorgsam umgehen, als gingen wir des Nachts auf einem dunklen Schiff umher.

Erstens: Wir müssen die himmlische Leiter besonnen emporsteigen, auf daß wir nicht ungebührlich stolz auf unsere Freundschaft werden und schmerzhaft zu Erden stürzen.

Zweitens: Wie eine nachts an Deck gebrachte Laterne müssen wir das Licht unserer Heiligen unter einem Scheffel verbergen, auf daß wir nicht versucht sind, sie ständig zu betrachten und in die Sünde abgöttischer Verehrung zu verfallen.

Drittens: Wir müssen uns in acht nehmen, die Knechte des Teufels nicht zu wecken, denn sie sind seine Dämonen und Lakaien, sind voller Neid auf unsere himmlischen Freundschaften und versuchen, sie zu zerstören.

Viertens: Wir müssen die Taue unserer Freundschaft prüfen, indem wir an ihnen ziehen. Ich spreche vom Gebet. Wir müssen oft beten und keine Furcht haben, die Gunst unserer Heiligen zu erbitten, denn Beten und demütiges Flehen erhalten die richtige Spannung der Taue und wehren die Flaschenzüge und die Segel des himmlischen Zorns ab, die auf unsere Köpfe herniederkrachen könnten.

Fünftens und letztens: Wir müssen uns auf der Bugspitze des Heils niederlassen und gewahr sein, daß Jesus Christus – und nicht einer seiner Heiligen – das Pech ist, das dieses Schiff lieblich bedeckt. Wie froh sollten wir in Ihm sitzen, Brüder, der gestorben ist, um uns alle zu erretten.

Nun habe ich euch ein Brevier der Dinge gegeben, Brüder, gegen die ihr euch auf See wappnen und durch die ihr euch dem Himmel anheimstellen sollt. Vor nur einem will ich euch noch warnen, und zwar vor diesem: Hütet euch, zu Fremden zu sprechen, wenn Gott nicht einen Lügner aus euch machen soll, wie er es soeben mit mir getan hat. Ich habe behauptet, wir hätten keine Frauen an Bord unseres Schiffes, doch schwöre ich bei meinem Leben, ich sehe eine.

Welch grausamen Streich die vorbeiziehenden Wolken dem armen Pater Felix spielen; sie verschleiern das Mondlicht und die salzige Luft, spinnen die silberne Nacht weißglühend in ein hohles Gefäß. Was ich da auf Deck sehe, kann unmöglich weiblich sein: dieser lose, auf dunkle Fittiche gehobene Haarschopf, die spärliche Haut, über ein so dünnes Gesicht gezogen, als trüge es die Knochen nach außen. Es muß ein Spiel des Lichts sein, eine Täuschung des Ozeans – an Bord dieses Schiffes sind keine Frauen.

Und doch, da steht sie ohne jeden Zweifel gegen das Mondlicht, ausgedörrt bis auf eckige blaue Schatten. Um den Hals trägt sie einen schweren Sack wie jene, mit denen man Rinder füttert. Ob sie wohl eines der verdorbenen Weiber ist, die unsere Matrosen zu ihrem Vergnügen in den Häfen auflesen? Wir sehen sie das Fallreep hinunterhinken, kurz bevor das Schiff Segel setzt; mit ihren Fäusten umklammern sie die Röcke, wo sich Blutflecken zeigen. Gefügige Frauen, deren einziger Sinn es ist, die Flut der Sodomie zurückzuhalten, wie weiches Wachs, mit dem man die Sprünge einer Urne verschließt. Nein, wäre sie eine dieser Frauen, so liefe gewiß ein Seemann hinter ihr her und zerrte sie mit rauher Hand zurück in seinen Verschlag, um sie dort zu verwahren, wo neben seinem aufgewickelten Tau auch sein Ballen geschmuggelter Seide liegt, den er sorgsam zuerst in Stroh und dann in Sackleinen gewickelt hat, um ihn vor Schimmel zu bewahren, auf daß er ihn mit Gewinn auf dem Markt in Venedig verschachern kann.

Langsam geht die Erscheinung zur Leiter des Schiffes.

Und doch, welche Art Frau möchte sie sonst sein? Durch glückliche Fügung hat sich die Aufmerksamkeit aller weiblichen Pilger auf unseren Rivalen Augustin Contarini gerichtet, denn kaum hatte eine von ihnen sein preiswerteres altes Schiff gewählt, wagte keine andere mehr, unseres zu erforschen. Wie glücklich waren wir, als wir die Listen der Schiffe lasen und sahen, daß all die geschwätzigen Marias und Julias und Annas sicher auf Contarinis Schiff steckten. Wir aber sind auf Landos Boot beinahe zu einem schwimmenden Kloster einträchtiger Brüder geworden, gäbe es nicht das Fluchen, den Streit und den Mangel an Gebet.

Da ich mit eigenen Augen gesehen habe, daß kein weiblicher Name unsere Passagierliste verdüstert, weiß ich, sie kann noch nicht lange an Bord sein. Was hat jener Fremde heute in der Kirche gefragt? Hat eine seltsame Frau euer Schiff bestiegen?

Während mir all dies durch den Kopf schießt, hebt die Erscheinung ein Bein und besteigt die an der Bordwand des Schiffes angebrachte Leiter, die wir Pilger hinabgehen, um zum Ufer gerudert zu werden. Doch hat man die Ruderboote hochgezogen und ans Heck gehängt – weiß sie denn nicht, daß unter ihr nur der bodenlose Ozean wütet? Ich weiß, was ihr mir raten würdet, Brüder; gemäß eurem Befehl lasse ich mich von der Bugspitze gleiten und folge ihr.

»Wenn du mich nicht aufhältst, so weiß ich, daß dies dein Wille ist.«

Ich presse mein Ohr gegen die handbreite Planke und höre ihre verzweifelte Stimme, getragen von Wellen und Wind, gegen das Holz schluchzen. Sie muß da hängen, die Arme fest um die eiserne Leiter geklammert, ihr dunkler Rock durchnäßt von der Gischt. Ich höre eine Sprosse unter ihrem Gewicht ächzen und erkenne, daß sie wie eine umgekehrte Venus ins Meer hinabsteigt.

»So stimmte alles, was er sagte?« fragt sie wehmütig. »Wir schaffen es nicht ohne ihn.«

Zu wem spricht sie nur?

»Dann hast du mich wahrhaft verlassen.«

Was geschieht da, Brüder? Wohnt eine Kraft auf diesem Schiff, die seine Passagiere über Bord zwingt? Ist sie ein zweiter Schmidhans, doch bewußt in ihrem Unglück, eine Frau, die kam und ging, unerkannt, ohne von jemandem erblickt zu werden als von einem schlaflosen Priester? Ich kann ihr nicht gestatten, sich zu zerstören auf dieser Reise, die geheiligt ist.

»Gute Frau! Halt!«

Ich haste die Treppe hinab und strecke den Arm aus, um sie zu fassen. Nur der braune Futtersack, den sie um den Hals trägt, ist noch zu sehen, hochgetrieben wie der Kadaver eines Bibers auf einem angeschwollenen Fluß. Sein Riemen zieht sich um ihre dünne Gurgel zusammen und schneidet das bißchen Luft ab, das sie mit sich genommen haben muß. Ich beuge mich vor, und eine verzweifelte Hand taucht aus dem Wasser, klatscht auf den Sack, greift nach der letzten Sprosse.

Ohne nachzudenken, verhake ich meinen Fuß in der Leiter, packe die Hand und zerre, bis ich eine Handvoll kalter, im Wasser treibender Haare fassen kann. Wild zappeln ihre Füße, trommeln gegen die Planken und suchen nach der Leiter, um sich an sie zu klammern. Nur der Sack drängt immer noch zum Ozean. Schwer und vollgesogen reißt er ihren Kopf zurück, verfängt sich in seinem Verlangen, ins Meer zurückzukehren, an ihrem Kinn. Ich schiebe den Riemen hoch und über ihren Kopf, befreie sie von dem unheilvollen Gewicht. Bis sie erkennt, was ich da tue.

»Nein!«

Die Erscheinung windet sich in meinen Armen, packt den

Sack, zerrt ihn auf ihre Schultern zurück. So stark zieht sie, daß ich beinahe mit ihr über Bord gehe; doch es gelingt mir, uns beide aufzurichten und sie über meinem Kopf die Leiter hochzuschieben. Als ich ihr folge, finde ich sie vornübergebeugt auf dem Deck. Sie hustet Salzwasser auf die Bodenplanken, doch den Sack hält sie schützend umklammert.

»Gute Frau«, frage ich unsicher. »Sei Ihr hineingefallen?«

»Es ist doch wahr!« ruft sie aus und bedeckt den salzigen Sack mit leidenschaftlichen Küssen. »Du liebst mich noch.«

Aus der Nähe betrachtet besteht sie nur aus Haut und Knochen, ist weit dünner, als jede deutsche Frau, die etwas auf sich hält, sich je zu werden erlaubte. Ihre dunklen Augen verweilen auf dem Sack, als fürchte und hoffe sie zugleich, er werde hochfahren und sich wieder über Bord schleudern. Vorsichtig strecke ich die Hand aus, um ihn zu ergreifen.

»Soll ich dies für Euch zurück zu Eurem Schlafplatz tragen, meine Dame?«

Zum ersten Mal, so scheint mir, wird sie meiner nun gewahr. »Ihr seid von ihr gesandt.«

Sie spricht perfekt Latein, doch ist es purer Unsinn. Gerade als ich den Sack aufheben will, reißt sie ihn plötzlich weg.

»Wir schulden Euch unser Leben«, sagt sie ernst und wendet sich zum Gehen. »Das werden wir Euch nie vergessen.«

Verblüfft sehe ich, Brüder, wie sie den triefenden Sack hinter sich herschleppt, im nassen Mondlicht über das Deck taumelnd. Ich sehe, wie sie die Stufen zur Damenkajüte erklimmt, in der Kapitän Lando, da wir keine Frauen an Bord hatten, seine Vorräte und Schätze untergebracht hat. Über ihrer Tür brennt eine einsame Laterne im Verschlag des Lotsen, um seine Seekarten und seinen Kompaß zu beleuchten. Ihr Licht fällt auf die sorgenvollen Augen seines Gefährten, des Wahrsagers unseres Schiffes. Unser Wahrsager ist so gewandt in seiner Kunst, daß er an der Farbe der Wellen oder dem Anblick der Fischschwärme Zeichen erkennt, aber auch am nächtlichen Glitzern der Seile und Taue und am Blitzen der Ruder, wenn sie ins Meer tauchen. Was denkt er über die irre Frau unter sich, die da über die Schulter auf das hungrige Wasser zurückblickt? Sagt man nicht, daß Wahnsinnige im Licht des Mondes wandeln? Und kommt das Wort *femina* nicht vom griechischen *fos*, der brennenden Kraft, weil die Begierden der Frauen so stark sind? Obgleich ich keine prophetischen Gaben besitze, weiß selbst ich, daß mit Begierde gepaarter Wahnsinn, den man im Mondlicht erblickt, nur Unheil bedeuten kann.

Laßt dies genug sein über das, wogegen ein Pilger sich auf einer Seereise wappnen sollte.

Wie Pilger ihre Zeit an Bord des Schiffes verbringen

WEISS DER SEEFAHRER nicht, wie er seine Zeit an Bord nützen kann, so wird er, Brüder, mißmutig dem Verrinnen der Stunden nachhängen. Denn seht: Um mich her mühen sich hundert Pilger, sich gegenseitig an Trägheit auszustechen. Manche dösen, den Hut über dem Gesicht, manche, wie Graf Tucher, schälen Splitter von den Bänken. Nahe der Kombüse quält ein besonders trübseliger Pilger unser armes Vieh, läuft rund um seinen Verschlag und bearbeitet diesen mit den Fingerknöcheln. Üblicherweise versenke ich mich ins Gebet, stelle Beobachtungen an oder arbeite an diesem kleinen Reisebuch; heute jedoch finde ich mich unentwegt auf die Tür der Damenkajüte starren.

Die ganze Nacht und den Morgen habe ich damit verbracht, ihr aus allen Berichten über Wahnsinn, die ich je las oder bei einer geflüsterten Beichte vernahm, eine Geschichte zurechtzuzimmern. Gewiß ist sie die Frau, die jener Fremde im Franziskanerkloster suchte. Sie ist seine Verlobte, wahrscheinlich gar seine ihm soeben anvertraute Frau, die bei der Geburt ihres ersten Kindes dem Wahnsinn verfiel. Nun hört sie Stimmen, quält Katzen, versteckt sich auf dem Dachboden von Kirchen und schwört, sie könne den Geruch menschlichen Fleisches nicht ertragen. Ich habe ihr Haar zerzaust, habe ihre Kleider zerfetzt und Schaum um ihre Lippen geschmiert, um eine vollkommene Irre zu schaffen: zum einen Teil hysterische Nonne, zum anderen eine Verführerin, die Fingernägel verkrustet vom Fleisch ihrer Brustwarzen, zerkratzt im Toben ihrer Selbstverachtung.

Diese Wahnsinnige zeichne ich nicht mit der mir gewohnten ruhigen Hand, Brüder; denn während ich sorglos unter mir bekannten Männern saß, wurde mir die Feder entwendet, die unser lieber Abt mir gab, jenes Gerät, das mich ein letztes Stück irdischen Schwabens in den Fingern halten und mich euch, meine Brüder, zumindest in der Schrift verbunden fühlen ließ.

Als ich die Übeltat laut verkündete, reichte mir Graf Tucher in seiner Großmut seinen meistgeschätzten Federkiel, zusammen mit einem Messer, um die Spitze zu schärfen, und einem sorgsam verschlossenen Gefäß voll kostbarer Stachelschneckentinte. Die Buchstaben, die von diesem Gerät fließen, sind weit dünner als meine übliche Schrift, sind ungewollt schrill und erregbar wie die Stimme meines Gönners. Beunruhigend ist es, Brüder, daß sich Graf Tucher so in meine private Korrespondenz mit euch drängt. Es ist, als lausche er.

»Felix, hast du mich diese Nacht zu wecken versucht?« Die Frage Johanns bringt mich wieder zu Bewußtsein. Mein Freund legt seinen Kopf zurück und sperrt weit den Mund auf für Konrad, unseren Barbier, das fünfte und letzte Mitglied unserer Partie.

»Nein.«

Konrad scheuert seine eiserne Zange mit Meersalz und benetzt die Spitze seines Umhangs mit verdünntem Kampfer. Vorsichtig betupft er damit Johanns verfaulten Backenzahn.

»O doch, Pater. Ich hab' Euch aufstehen hören.« Konstantin, mein Nachbar unter Deck, hat angenommen, räumliche Nähe unten bedeute Freundschaft oben. So hat er mir, wenn er nicht seekrank war, den ganzen Morgen am Rockzipfel gehangen.

»Mag sein. Mir war heiß.«

»Heut' ist's tatsächlich heiß, Pater«, jammert Ursus über dem lateinischen Text, den ich ihm aufgab. »Ich kann mich nicht recht sammeln.«

Ich poche mit der fremden Feder auf sein Buch und lasse ihn das Verbum für *reisen* konjugieren.

»Peregrino, peregrinas, peregrinat.«

»Du mußt wissen, Ursus«, sage ich, »Latein ist jene Sprache, die Gott am nächsten steht. Es ist die Sprache der Kirche und aller gebildeten Menschen.«

»Peregrinamus, peregrinatis, peregrinant.«

»Selbst die Teufel können Latein erlernen.« Ich hefte meine Augen auf sein Buch, als sie zu ihrer Tür wandern wollen. »So erzählt man die Geschichte von einem gelehrten Teufel, der Besitz von einem unwissenden Bauern ergriffen hatte. Der Dorfpfarrer weigerte sich, die Existenz des Teufels anzuerkennen, solange dieser nicht, wie er behauptet hatte, Latein spräche. Doch der Mund des Bauern konnte die Worte nicht bilden!«

Ursus gluckst vergnügt.

»Ich weiß von einem Teufel«, setzt er an, »von dem ein Mädchen besessen war. Als er versuchte, das Vaterunser zu beten, machte er genau die gleichen Fehler wie sie!«

»Ich weiß von einem Priester, der sein Latein verlor, als er sich töten wollte.« Die Stimme ist vertraut, doch fadendünn ohne den Ozean dahinter. »Es ist mit seinem Blut herausgelaufen.«

Konrad reißt Johanns Zahn aus seiner Höhlung und hält ihn hoch, so daß wir ihn bewundern können. Und neben unserem Barbier steht meine Irre, trocken und lächelnd, einfach gekleidet und das Haar in eine weiße Haube gesteckt. Nicht eine Spur erinnert mehr an jene halb ertrunkene Gestalt, die ich in der Nacht errettete. Langsam gleitet ihr Blick über das

Deck, betrachtet fast gebannt die kahlen Köpfe, die struppigen Bärte, die dicken, verschnürten Hälse, die sich ihr zuwenden. Ihr Lächeln verblaßt. Sie erkennt: Sie ist die einzige Frau an Bord.

»Und dann kenne ich noch die Geschichte von dem Priester, der nur in Paaren zählen konnte. Wenn er durch seine Speisekammer schritt, so hörte man: ›Da ist ein Schinken und sein Gefährte. Und da ist noch ein Schinken und sein Gefährte ...‹«

»Ursus«, mahne ich, »sei still.«

»Arsinoe!« Der griechische Kaufmann springt auf. »Mein Liebling, hast du gut geschlafen? Hattest du es bequem?«

»Ja, Konstantin, ich danke dir.« Sie neigt sich vor dem Kaufmann.

»Soll ich vielleicht zur Küche gehen und dir ein Mittagsmahl bereiten lassen?«

»Nein, danke. Ich bin nicht hungrig.«

»Nun, dann will ich dich unsern neuen Freunden vorstellen. Pater Felix von den Dominikanern, die Grafen Tucher, der Archidiakon Johann Lazinus mit seinem Zahn und ...«

Unser Barbier verstopft das von Johanns faulem Zahn hinterlassene Loch mit einem Fetzen reinen Tuches und lächelt die Frau schüchtern an.

»Konrad«, gurgelt Johann an seiner Füllung vorbei. »Er spricht nur Deutsch.«

»Konrad, ja.« Der Kaufmann nickt. »Dies ist Arsinoe, meine Frau.«

Seine Frau? Das bloße Wort läßt mein Gespinst zerfallen wie die Mauern Jerichos. Ist es wohl möglich, daß sie gar keine entlaufene Irre ist, sondern nichts Ausgefalleneres als die bedrückte Hausfrau eines griechischen Weinhändlers?

»Pater Felix und ich haben uns schon kennengelernt.« Sie lächelt mich an.

»Wann war das denn?« fragt der Kaufmann geflissentlich.

»In dieser Nacht, als ich versuchte, mich zu ertränken. Der Pater hier hat mir das Leben gerettet.«

In sprachlosem Erstaunen wenden sich mir alle zu. Welch seltsamer Kunstgriff ist denn dies, Brüder? Die eigenen Todsünden so kühn zu verkünden?

»Es war nicht der Rede wert, gute Frau«, sage ich, und meine Wangen glühen unter meinem Bart. »Ihr seid ausgeglitten und ich habe Euch die Leiter wieder hochgeholfen.«

»Nein, Pater.« Sie erhebt die Hand. »Ich war verzweifelt und wütend und gewillt, mich zu zerstören. Sie aber hat Euch gesandt, um mir Einhalt zu gebieten.«

»Mein Liebling, denk doch dran«, platzt Konstantin heraus. »Wir waren uns doch einig, nicht über sie zu sprechen.«

An Schwachsinnigen habe ich wohl solche Einfalt gesehen, Brüder, und an ganz jungen Menschen, doch niemals an einer Frau, bewandert in Latein und mit so überstolzem Lächeln. Sie setzt sich neben ihren Mann und spricht so ruhig von der vergangenen Nacht, als habe ich ihren im Lehm steckengebliebenen Schuh herausgezogen. Vielleicht ist diese verwirrende Ehrlichkeit nur eine neue Spielart ihres Wahnsinns.

»Warum habt Ihr Euch denn töten wollen, gute Frau?« fragt Ursus.

»Ursus!« Graf Tucher zieht scharf die Luft ein.

Die Frau des Kaufmanns öffnet den Mund zur Antwort, doch Konstantin fällt ihr aufgeregt ins Wort.

»Es ist ein Märchen, wißt Ihr, daß wir Griechen das Meer lieben. Wir hassen es. Agamemnon und seine Männer haßten es, Jason und seine Argonauten haßten es, und auch Arsinoe und ich hassen es.«

Ihr wißt, ich verabscheue schnelle Schlüsse, Brüder, doch da ist etwas Verdächtiges um diese beiden. Der Kaufmann Konstantin ist fest entschlossen, seiner Frau den Mund zu verbieten; sie wiederum kann sich kaum im Zaum halten, selbst bei den unpassendsten Dingen. Was könnte sie wohl verraten, was ihn so auf seiner Bank umherfahren und ihn die Mützenschnur wieder in den Mund pusseln läßt? Betreten schweigend starren wir vor uns hin.

»Wir haben Contarini endlich hinter uns gelassen«, sagt Graf Tucher schließlich. Er steht auf, geht zwischen unseren Bänken hin und her und lehnt sich schließlich mit dem Rücken an die Leiter, an der sie in der Nacht stand.

»Wer ist denn Contarini?« fragt der Kaufmann, erleichtert ob des Themenwechsels.

»Der Kapitän des anderen Schiffes und ein bitterer Rivale unseres Kapitäns«, antworte ich. »Gelangen seine Pilger vor uns nach Palästina, so werden sie die Sarazenen bestechen, uns auszuschließen. Jerusalem vor Augen, werden wir ankern müssen, aber erst an Land gehen dürfen, wenn sie fort sind.«

Zum ersten Mal verliert der Blick der Kaufmannsfrau sein einfältiges Leuchten. Ängstlich wendet sie sich ihrem Mann zu.

»Es gibt ein anderes Schiff?« fragt er. »Das in dieselbe Richtung fährt?«

»Und wenn es uns überholt«, stöhnt Ursus, »muß ich viele Wochen auf meinen Ritterschlag warten!«

»Es ist nicht von Belang«, sagt der Kaufmann mit gepreßter Stimme und tätschelt das Knie seiner Frau. »Wir sind darauf eingestellt.«

»Nein, nein«, sage ich. Er scheint die Lage überhaupt nicht zu verstehen. »Werden wir ausgeschlossen, so geht es nicht nur darum, daß sich Contarinis Pilger an Ablässen mästen, während wir wie Bettler am Tor hungern. Wir könnten auch die Karawanen zum Sinai verpassen. Es sind nur wenige Monate, in denen man die Wüste sicher durchqueren kann.«

»Konstantin?« schreit seine Frau auf.

»Ich hab' dir doch gesagt, wir hätten auf dem Landweg reisen sollen.« Abrupt reißt er sich von ihr los. »Nun hast du mich auf eines toten Mannes Platz gezwungen, und dennoch kommen wir vielleicht nicht rechtzeitig zum Sinai.«

»Rechtzeitig wofür?« frage ich. Was erwartet dieses seltsame Paar auf dem Sinai?

»Und was wäre aus mir geworden, hätte dieser Pater dich nicht gerettet?« brüllt Konstantin.

41

»Rechtzeitig wofür?« wiederhole ich.

»Du weißt, daß wir den Seeweg nehmen mußten«, sagt die Frau des Kaufmanns ruhig und bedachtsam. »Es ging nicht anders.«

Ohne ein weiteres Wort dreht sie sich um und schreitet zur Damenkajüte zurück. Wir sehen die zarten Spinnenfinger ihrer Adern an den dürren Waden, als sie den Rock hebt, um die Leiter hochzuhuschen. Vernichtet starrt der Kaufmann in seinen Schoß.

»Es geht mir eigentlich nicht gut«, bringt er schließlich heraus. »Wollt Ihr mich entschuldigen?«

Graf Tucher wartet, bis der Kaufmann unter Deck verschwunden ist, bevor er sich auf mich stürzt.

»Ihr habt das Leben einer Frau gerettet, ohne mir etwas davon zu sagen?«

»Ich hätte nicht im Traum daran gedacht, daß sie davon erzählen würde, mein Graf.«

»Ihr wißt wohl nicht, daß mich das für sie verantwortlich macht?«

»Das trifft gewiß nicht zu.«

Er wischt meinen Einwand beiseite.

»Für Euch bin ich verantwortlich, Pater, weil Ihr mein Beichtvater seid. Nun habt Ihr einer Frau das Leben gerettet, so daß ich durch Euch auch für sie verantwortlich bin. Nicht, daß mich das belasten würde, aber wissen möchte ich doch gern davon.«

»Pssssssssst.«

Ein griechischer Ruderknecht mit kantigem Gesicht, der, wie mir einfällt, Schmidhans durch Candia getragen hat, zischt mir zu. Zwischen seinen überentwickelten Brustmuskeln ertrinkt ein goldenes Medaillon von Katharinas Rad in Strömen von Schweiß. Ich reiße meinen Blick von der nackten Brust des Mannes.

»Ich danke Euch für Eure Freundlichkeit, Graf Tucher«, sage ich, »doch hab' ich die Frau jenes Kaufmanns ganz ohne

Gedanken an jedwede Verantwortung gerettet, sei es Eure oder meine. Wenn nun jemand auf sie achtgeben soll, so überlaßt dies dem Allmächtigen.«

»Pssssssssst, Pater.«

»Was willst du denn?«

»Könnt Ihr mir eine Audienz bei der Dame verschaffen?« fragt der halbnackte Schismatiker. »Ich muß wissen, wie viele Kerzen ich noch anzünden muß, damit mein Vater in den Himmel kommt.«

»Woher soll diese Dame wohl wissen, wie viele Kerzen du noch anzünden mußt?«

»Sie muß ihre Heilige fragen.«

»Was soll das heißen?« will ich wissen.

»Wißt Ihr denn nicht, wer sie ist?« Der Kerl preßt Katharinas Rad an seine geilen Lippen. »Man kennt sie überall in der Levante. Dieses Medaillon hab' ich an einem Stand vor ihrem Haus gekauft.«

Der Ruderknecht kann mein Erstaunen nicht verstehen.

»Sie ist das Sprachrohr der Jungfrau von Alexandria«, sagt er. »Man nennt sie die Zunge der heiligen Katharina.«

»Die heilige Katharina?« ruft Ursus aus. »Pater, das ist doch Euer Weib!«

Haltet einen Augenblick inne mit mir, Brüder, um Atem zu schöpfen. Sind eure Handflächen naß von Schweiß? Könnt ihr vor euch diesen grinsenden Kerl sehen, wie er die Lippen um das Folterinstrument eurer Braut schließt und es ablutscht wie ein Stück türkischen Honig; und müßt ihr ihn nicht gewaltsam unterdrücken, diesen Schrei: Hör auf mit deinen Lügen!? Wärt ihr an meinem Platz, Brüder, würdet ihr dann glauben, die berühmte Jungfrau Katharina könnte sich in die Gesellschaft jener irren Kreatur begeben, die wir halbtot aus dem Wasser zogen?

Ich bin auf den Beinen und schon halb übers Deck, als Johann mich einholt.

»Ich habe Graf Tucher gesagt, es handle sich um ein geistli-

43

ches Problem.« Er zieht den aus seinem geschwollenen Mund triefenden Speichelfaden hoch.

»Kümmere dich um deinen Zahn, Johann«, erwidere ich. »Das hier geht dich nichts an.«

»Was willst du denn durch ein Gespräch mit ihr gewinnen, Felix?« Er versucht, mich aufzuhalten, doch ich bin schon die halbe Leiter zur Damenkajüte hoch. »Die Welt ist voller Frauen, die behaupten, mit dem Himmel zu sprechen. Vielleicht hat die eine oder andere recht damit.«

Laut klopfe ich an ihre Tür.

»Seid Ihr es, Pater Felix?«

»Dürfen wir eintreten, gute Frau?«

»Die Tür ist nicht verschlossen.«

Wir treten in den engen Raum, noch kleiner durch die eisenbeschlagenen Kisten, die Lando vierfach übereinander an die Wand geschnallt hat. Bei jeder Woge ächzen sie in ihren Seilen, drohen grimmig, ihre Freiheit wiederzuerlangen. Arsinoes Truhe, ein mit Fischen verzierter Kasten in verblaßtem Karneol, ruht am Fuße ihrer schmalen Pritsche, gesichert mit einem billigen Schloß. Doch nichts von diesen Dingen fällt ins Auge, wenn man den dunklen Raum betritt. Was man zuerst sieht, sind die Kerzen.

Und die Ikonen, überall.

Ich stolpere über eine *Heirat Katharinas mit dem Jesuskind*. Unser kindlicher Herr drückt seine olivfarbene Wange an die ihre und legt ein leuchtend goldenes Band um ihren linken Ringfinger.

Jeder Tag ihres Lebens. Jede Stunde ihres Martyriums. Die Vita Katharinas nacherzählt auf Holz. Hier sticht ein Zacken jenes Silberrads sanft in die Hüfte unsrer Heiligen; da quellen Milchfontänen aus ihren abgehauenen Gliedern, den Gläubigen zur Nahrung; und dort ist es der Fels des Berges Sinai, der weich wie Wachs den Eindruck ihrer gesegneten Gebeine aufnimmt.

»Dies ist mein Lieblingsbild«, sagt Arsinoe und hebt den *Sieg über die fünfzig Philosophen* in die Höhe.

Es ist ein Bild, das wir alle schon hundert Mal gesehen haben: die heilige Katharina besiegt Weisheit mit überlegener Weisheit; die fünfzig heidnischen Philosophen blicken aus einem Flammenmeer.

»Seht«, sagt sie, »wie jeder der kleinen Männer die Augen zum Himmel erhebt? Wie all die fünfzig Scholaren in ihren schwarzen Roben bis zum Hals im Feuer stehen und von ihm doch nicht ergriffen werden? So hat mein Bruder oft über seine Mitstudenten gesprochen – es seien Männer, die von Büchern angeregt, doch niemals entflammt würden. Diese bekehrten Gelehrten unterscheiden sich so wenig voneinander wie fünfzig aufgesprungene Senfsamen.

Aber seht«, die Frau des Kaufmanns nickt, »da hinter den beschnittenen Wacholderbüschen steht er, ein Auge auf Sankt Katharina, das andere auf seine Kollegen: ein einsamer Gelehrter. Man hat ihn nicht erwählt, mit der großen Heiligen zu disputieren, und so ist er zurückgeblieben, neidisch auf das Martyrium der ihm geistig Unterlegenen, doch augenscheinlich erleichtert, noch am Leben zu sein. Natürlich glaubt er, sein Argument hätte das Mädchen da geschlagen, hätte man nur ihn gewählt.«

Ich greife nach der ungewöhnlichen Ikone. Die Argumente Katharinas bekehrten die fünfzig Philosophen zum Christentum; an jenem Tag sahen sie den Himmel. Der einsame Gelehrte jedoch verharrte in Verdammnis.

»Wie seid Ihr an all das gekommen?« krächzt Johann.

»Die Gläubigen bringen sie mir. Manche waren über viele Generationen in ihren Familien.«

»Sie alle zeigen die heilige Katharina«, sage ich.

»Ja.« Arsinoe räumt uns einen Weg zu ihrer Pritsche frei. »Aber ich habe Konstantin versprochen, nicht über sie zu sprechen.« Sie schüttelt ihre Haube ab; das Kerzenlicht durchdringt ihr Haar.

»Dies ist leider der einzige Platz, wo Ihr Euch niederlassen könnt.«

45

Johann und ich hocken uns auf ihr Bett, sorgsam darauf bedacht, die Kammer nicht in Brand zu setzen.

»Wir haben gerade erst von Eurem Ruf erfahren«, sage ich. »Man nennt Euch die Zunge der heiligen Katharina. Manche der Ungebildeten behaupten gar, die heilige Katharina spreche zu Euch.«

»Erst kürzlich hab' ich ihre Freundschaft angezweifelt.« Die Frau des Kaufmanns lächelt. »In dieser Nacht habt Ihr meinen Glauben wiederhergestellt, Pater Felix.«

Ich? Ich habe ihren Glauben wiederhergestellt? Führt sie meine rettende Tat auf die Führung meiner Braut zurück? In der Hoffnung, meinen Zweifel und mein Mitleid für diese arme Wahnsinnige in seinem Blick gespiegelt zu sehen, wende ich mich an Johann; doch muß ich entdecken, daß mein Freund entzückt eine Ikone betrachtet: *Katharina, Beschützerin junger Mädchen.*

»Warum habt Ihr diese Pilgerfahrt unternommen, Pater Felix?« fragt mich die Frau des Kaufmanns unerwartet.

Ich gebe die Antwort, die Euren Beifall fand, mein Abt, die Antwort, die jeder rechtgläubige, pflichtbewußte Sohn der Kirche gäbe.

»Der heilige Hieronymus sagt, wie könnten die Bibel nicht wahrhaft verstehen, bis wir auf dem Boden wandeln, den Christi Fuß berührte.«

»Und?«

Ihre großen dunklen Augen blinzeln geduldig. Verschafft der Wahnsinn dieser Frau die Macht, die Wahrheit einzufordern? Vor Euch, meinem eigenen Abt, gelang es mir, mich zu verstellen, meine Brüder habe ich in die Irre geführt und mich allmählich sogar selbst davon überzeugt, Jerusalem und nicht der Sinai sei meiner Seele Sehnen. Doch nun bin ich weit von der Heimat und die Wahrheit scheint mir weniger sündhaft als zuvor.

»Als Knabe legte ich ein Gelübde ab, den Leib der heiligen Katharina dort zu verehren, wo Gott ihn zu Beginn hinführte«, höre ich mich sagen. »Am Ort, an dem Er mit flammenden Worten zum ersten Mal zu Moses sprach. Ich kann ein besserer Gatte werden, wenn ich das Land sehe, in dem meine Braut zu ruhen wünschte.«

Arsinoe nickt und ergreift eine kleine Ikone mit dem Einsiedler, der die Gebeine der Heiligen fünfhundert Jahre nach ihrer Translation entdeckte.

»Als ich ein Kind war, träumte ich davon, mit der gesegneten Katharina als geistiger Schwester in der Wüste zu leben. Des Morgens liefen wir durch den Sand, versenkten uns nachmittags in das Leben Christi und studierten des Nachts bei Kerzenschein in unserer Höhle Latein. Jetzt weiß ich, wie töricht all dies war. Wie kann man denn studieren, wenn die eigenen Augen an einem Ort sind und der Kopf an einem anderen?

Und Ihr, Archidiakon Johann?« fragt sie rasch. »Warum habt Ihr Euch auf die Pilgerfahrt begeben?«

Er liebt es nicht, davon zu sprechen. Ich sehe seine Zunge um die zahnlose Höhlung zucken, während er sich von seiner Ikone löst. *Katharina, Beschützerin junger Mädchen …*

»Ich hatte meine Stadt an das Gelübde gebunden, den Türken Widerstand zu leisten«, sagt Johann. »Der ganze Ort und auch das Nonnenkloster, für das ich Verantwortung trug, ging in Flammen auf.«

»All die Gelübde«, sagt Arsinoe. »Und nun straft Euch der Mund, mit dem Ihr das Gelübde gefordert habt. Vergebt Euch, Freund Johann.«

Die Frau des Kaufmanns streckt ihre Hand aus und berührt sanft den geschwollenen Kiefer des Archidiakons. Ich hätte erwartet, daß er sich entzieht, doch schließt er langsam die Augen.

»Frau Arsinoe«, sage ich laut, »wißt Ihr, daß die Hand der heiligen Katharina aus dem Franziskanerkloster in Candia gestohlen wurde?«

Sie läßt ihre Hand auf die Ikone in ihrem Schoß sinken.

»Ja, ich habe es gehört.«

»Wenn sie mit Euch spricht, wie Ihr behauptet, hat sie Euch dann veraten, wer es getan hat?«

»Ein Einsiedler fand die Gebeine eines jungen Mädchens auf einem Berggipfel und maßte sich an, sie hinabzubringen.« Sorgsam stellt Arsinoe die Ikone hinter ihre Kerze zurück. »Seither haben die Menschen immer wieder Stücke von ihr davongetragen.«

»Mit Einwilligung der Kirche.« Ich höre meine Stimme lauter werden. »Die Kirchenväter haben es gutgeheißen, den Leichnam von Heiligen zu zerteilen, auf daß der Himmel die Erde besäen möge. Wären Katharinas Gebeine nicht vor all den Jahren gen Westen gelangt, hätten wir vielleicht nie erfahren, daß sie lebte.«

»Vielleicht war genau das Gottes Plan, als er sie in der Wüste verbarg.« Arsinoe schaut beiseite. »Die meisten Heiligen sind dort begraben, wo sie starben. Sie wirken Wunder für ihr Volk. Warum wurde ihr Leichnam auf den ödesten Berg der Welt überführt? Warum hat Er sie verborgen, Pater, wenn nicht, um sie unversehrt zu lassen?«

»Ist es Katharina, die Euch dieses Sakrileg glauben macht?« rufe ich aus.

»Wer, glaubt Ihr, soll es sonst sein?«

»Johann, bitte.« Ich erhebe mich, denn das Gespräch nimmt eine eindeutig ketzerische Wendung. »Wir sollten diese Kammer verlassen.«

Johann streckt die Hand aus, um mich aufzuhalten. Wie kann er bloß hierbleiben? Sie deutet an, Gott habe die Entdeckung meiner Geliebten nie gewollt.

»Gute Frau«, sagt er, »habt Ihr irgendeine Ahnung, wer ihre Reliquie gestohlen hat? Ganz gleich, ob Ihr der Meinung seid, sie hätte unversehrt bleiben sollen oder nicht – Ihr werdet das Entsetzen verstehen, wenn ein Stück von ihr unrechtmäßig entwendet wird.«

Arsinoe ergreift die Ikone der fünfzig Philosophen und betrachtet nachdenklich den einsamen Gelehrten.

48

»Kommt, wenn wir dort sind, mit mir in die Stadt Rhodos«, sagt sie endlich. »Dort ruht das Ohr der heiligen Katharina. Vielleicht hat sie etwas gehört.«

Im Hafen von Rhodos
Juni 1483

Was zu erlauschen war

LANDOS SCHIFF HAT außerhalb der Hafenbefestigung Anker geworfen, doch der verzückte griechische Knecht hat sich erboten, die Zunge der heiligen Katharina an Land zu rudern. Er manövriert das Boot an den angespitzten Baumstämmen vorbei, die aus dem Wasser ragen, und macht sie auf die hohen, von Brandspuren bedeckten Mauern der Stadt aufmerksam.

»Sie haben einen Feuerkrieg geführt«, flüstert Johann in das gespenstische Schweigen der ersten Dämmerung. »Die Johanniterritter ließen ungelöschten Kalk, Petroleum und Schwefel brennend auf die türkische Armee fallen. Und die Türken schleuderten tönerne Eier, gefüllt mit glimmendem Kiefernholz und Holzkohle zurück. Nur mit Essig, Urin oder Leim waren sie zu löschen.«

Johann kennt die Vorliebe der Türken für Feuer. Der einzige Unterschied zwischen seinem ungarischen Städtchen und der Insel Rhodos ist, daß Gott hier für die Ritter des heiligen Johannes kämpfte. Als die christlichen Abtrünnigen im Sold des Sultans den Befehl erhielten, die Handvoll Kriegermönche anzugreifen, wurde ihr Gewissen so schwer, daß sie sich gegen ihre ungläubigen Herren wandten und sie in Stücke hackten.

Die Frau des Kaufmanns ist auf dieser kurzen Fahrt seltsam erregt. Ihr Blick schweift über die Wälle der wiederaufgebauten

Festung Sankt Nikolaus, über die drei sich langsam drehenden Windmühlen, die schicksalhaft die Hafenmauern krönen. Ich weiß nicht, was sie erwartet, sehen zu können; es ist so früh am Morgen, daß selbst die Gassenköter noch schlafen. Das Ruderboot berührt das Ufer, und der Knecht hilft uns hinaus.

In schlammig rosenfarbenen Pfützen bricht sich der Tag, als wir durch entlegene Gassen zu ihrer Kirche gehen, vorbei an vom Feuer zerstörten Häusern, die nach nasser Asche riechen und nach Blei. Zerborsten sind ihre Dächer, ihre Türen zerbrochen und mit Ziegeln vermauert. Am schlimmsten getroffen hat es das jüdische Viertel der Stadt; die türkischen Kanonen verwüsteten die Bäckereien, zermalmten jüdische Jungfrauen. Auf dem Höhepunkt der Schlacht befahl Großmeister d'Aubusson, das Viertel niederzureißen, und in jener Nacht war jeder – Mann, Frau oder Kind, Christ, Jude, Ritter oder Knecht – darum bemüht, die Mauern zu verstärken. Selbst die Kanonenkugeln des Türken nutzten sie als Mauerwerk. Als die Schlacht vorbei und der Feind zurückgeschlagen war, erwies d'Aubusson den tapferen Juden von Rhodos die höchsten Ehren. Wir gehen an der herrlichen neuen Kirche vorbei, die er am Ort ihrer zerschossenen Synagoge errichten ließ; sie ist Unserer lieben Frau des Sieges zugeeignet.

Arsinoe wirbelt herum.

»Habt Ihr das gehört?«

Weil sie es tut, fahre auch ich zusammen. Was hört sie bloß?

»Schritte«, sagt sie.

Ich blicke mich um. Die gelbe Morgensonne kriecht über die feuchten Pflastersteine.

»Da ist niemand«, beruhige ich sie. »Es wird wohl unser Echo sein.«

Da hüpft mit einem Mal ein kleiner Junge aus der dunklen Gasse und bettelt um Geld. Er legt seine schmutzigen Finger auf Arsinoes Arm und schnattert in einer Sprache, die mir unverständlich ist. Sie tätschelt ihm den Kopf und schickt ihn weg.

»Ich habe ihm gesagt, er soll zur Kirche kommen, wenn wir fertig sind. Dann werde ich ihm eine Münze geben.«

Behutsam geht sie weiter.

»Jemand soll etwas sagen«, fordert Arsinoe nach einem Augenblick. »Ich höre jedes kleine Geräusch.«

»Worüber wollen wir reden?« fragt Johann.

»Erzählt uns doch von den Türken, Archidiakon. Ist es wahr, daß sie christliche Frauen entführen, um sie als Sklavinnen zu halten?«

Dies ist ein Thema, das Johann sichtlich erschüttert.

»Der Archidiakon hat durch die Hand der Türken einen großen Verlust erlitten«, erkläre ich ihr. »Gewiß mag er nicht über sie sprechen.«

»Doch, Felix. Es ist schon in Ordnung«, unterbricht mich Johann. Seine Rede ist heute bereits viel klarer, denn sein Kiefer ist wundersamerweise – so sieht er es jedenfalls – schon fast verheilt.

»Für den Türken, Frau Arsinoe«, sagt mein Freund, den Blick aufs Pflaster gerichtet, »ist ein Grenzort wie der meine nichts als Buschwerk, das man auf dem Weg zu einer echten Stadt entfernen muß. Der Türke mag mit Städten wie Athen, Konstantinopel oder Belgrad verhandeln und ihnen das Überleben gewähren, wenn sie dafür ihren Gott und ihren König verpfänden. Ein Grenzort aber ist bloß Unterholz, gut brennbar, zu vernichten.

Ich predigte in jener Nacht, in der sie unsere Mauern stürmten. Jeden Bewohner meiner Stadt ließ ich geloben, zu töten oder getötet zu werden, zu sterben für Christus, für seine Schwestern, seine Ernte. Nun, meine Männer hielten ihr Gelübde. Der Türke hat auf unsere Ernte gepißt, hat unsere Kirche entweiht und unsere Schwestern verbrannt. Sechzig Nonnen hab' ich im Feuer verloren.«

Ungestüm ergreift Arsinoe seine Hand.

»Wie hat es sich angefühlt, vom Himmel verlassen zu sein?« fragt sie, ohne ihn anzusehen. »Hat es Euch mit Haß erfüllt?«

Johann lächelt.

»Dann wäre ich nicht auf Pilgerfahrt.«

Sie nickt langsam.

Vor uns führen am Ende eines Platzes zehn Stufen zu den Türen einer orthodoxen Kuppelkirche. Über dem Türsturz bläst ein untersetzter Josua seine Trompete, und die festgefügten Mauern stürzen in sich zusammen.

»Wir sind da«, sagt Arsinoe, doch sie zögert an der Tür. Sie blickt über ihre Schulter, mustert den verlassenen Platz, die geschlossenen Läden. Dann öffnet sie entschlossen die Tür.

Wie ähnlich, Brüder, und doch wie entfernt von einer Kirche des wahren Glaubens ist so ein häretisches Gotteshaus. Wegen der unbeholfenen Natur ihrer Religion schaffen die Byzantiner kein Kunstwerk, das man nicht entfernen kann – keine Ikonen, die man nicht auf einen Wagen werfen, keine Kerzen, die man nicht an sich reißen könnte. Ihre Kuppeln schmücken sie mit Mosaiken in der Art der alten Römer und enthüllen so das gebrochene Stückwerk ihres Glaubens. Ihre Kirchen aber richten sie nach Osten wie ihre Freunde, die Sarazenen. Ein dicker griechischer Priester kommt den Gang entlanggetrottet und spricht Arsinoe in ihrer Muttersprache an.

Ob Katharina sich hier nicht unwohl fühlt, umgeben von all diesem orientalischen Glanz? Obgleich ich wußte, daß sie aus dem Osten kam, habe ich sie mir immer zu Hause in Schwaben vorgestellt, wie sie unseren deutschen Winter frohgemut in ihren leichten Gewändern und ihren geschnürten Sandalen überstand. Je weiter wir uns aber von Ulm entfernen, desto dunkler wird sie: Auf dem Deckenmosaik hat sie die Mandelaugen einer asiatischen Prinzessin und schwarzes, ausgefranstes Haar.

»Pater«, ruft Arsinoe, »kommt mit, er wird sie uns sehen lassen.«

Der Priester liest auf griechisch hastig eine Messe; die einzigen Worte, die ich verstehe, lauten Apostolos und Christos, weil sie auf Latein ähnlich klingen. Johann und ich haben uns kaum von unseren Knien erhoben, als er schon um den Altar herum zur Sakristei geeilt ist. Das Reliquiar, das er herausbringt, ist lang und silbern, mit Scharnieren wie ein Buch.

»Der Arm des heiligen Märtyrers Georg«, rezitiert der Priester in auswendig gelerntem Latein.

Wir treten vor und küssen ihn, berühren mit unsern Rosenkränzen alle Finger und küssen auch sie. Er kehrt in die Sakristei zurück, um mit einem neuen Schrein zu erscheinen.

»Der Arm des Erzmärtyrers, des heiligen Stephanus.«

Wieder Küsse, ein weiteres Behältnis.

»Der Arm des gesegneten Apostels Thomas.«

Der Legende nach ruht der ganze Leib des heiligen Thomas inmitten des heidnischen Indien. Ob dies also eine echte Reliquie sein kann oder nicht, will ich den weisen Mann entscheiden lassen.

»Der Kopf der heiligen Philomela.«

»Die Hand der gesegneten heiligen Anna, Mutter der Jungfrau Maria.«

»Der Arm und der Zeigefinger des Propheten unseres Herrn, des heiligen Johannes des Täufers.«

Der Archidiakon Johann Lazinus küßt seinen Paten mit besonderer Ehrfurcht. Auch der Täufer kannte die Hitze des Feuers. Als sich die Wunder am Grab des heiligen Johannes häuften, befahl der eifersüchtige Kaiser Julian Apostata, seine Gebeine auszugraben und über die Felder zu verstreuen. Noch größere Wunder geschahen, worauf der Tyrann befahl, die heiligen Gebeine noch weiter voneinander zu entfernen. Als schließlich weder Zeit noch Raum den Wundern Einhalt zu gebieten schienen, befahl Julian, die Reliquien wieder zu sammeln und sie gefügt zu einem ganzen Menschen zu verbrennen. So mancher brave Christ wagte sein Leben, um die Gebeine des gesegneten Heiligen mit gemeinen Knochen zu ersetzen, doch seinen rechten Arm und seinen Zeigefinger hat man dabei verfehlt. Diese Gebeine aber konnte der Kaiser nicht verbrennen;

sie blieben fest und klagten ihn aus ihren feurigen Gelenken heraus an.

Ein letztes Mal geht der Priester in die Sakristei und erscheint mit einem goldenen Kästchen, nicht größer als meine Handfläche.

O du gesegnete Jungfrau, wie eine liebe Freundin neigst du unseren Wünschen und Gebeten dein Ohr, horchst in unsre Brust, auf daß du unser wahres Verlangen nach der Liebe Gottes mit in den Himmel nehmen kannst. Dein Ohr mag wohl dein bedeutendstes Organ sein, denn es ist das Tor, durch das jedes Wort gelangen muß. Nutzlos wäre die Sprache ohne es, denn selbst die begabteste Zunge bewegte sich im leeren Raum, finge das Ohr nicht ihre wohlgefügten Sätze auf und übertrüge sie in dein gesegnetes Gehirn.

Auf einem dicken Kissen aus purpurnem Samt liegt eine winzige gedörrte Aprikose.

Das Ohr der heiligen Katharina.

Die Tränen fließen über Arsinoes Gesicht.

»Warum tun sie nur so etwas?« fragt sie. »Vor Hunderten von Jahren hat ein Pilger auf dem Sinai unter dem Vorwand eines Kusses dies Ohr von ihrem Kopf gerissen. Konnte man sie nicht in Frieden lassen?«

Johann hält mich zurück, als ich ihr widersprechen will. Hier ist nicht der Ort dafür, umgeben von dieser Wolke von Heiligen.

»Fragt sie, Frau Arsinoe«, flüstert Johann. »Fragt sie, ob sie gehört hat, wer ihre Hand entführte.«

Arsinoe sagt auf griechisch etwas zu dem Priester, der ihr zögernd das Reliquiar hinstreckt.

»Kannst du mich hören?« Die Zunge der heiligen Katharina atmet in ihr Ohr. »Hast du das gewollt?«

Der Mystiker benutzt die Stille lieber als die Predigt, Brüder. Wie einen Kompaß richtet er sie ein, so daß sie einen weiten Raum umspannt oder den engen Kreis der Erwartung umschreibt. Arsinoes Schweigen ersetzt die Geräuschlosigkeit durch eine ganz neue Zeichensprache: durch erstauntes Stirnrunzeln und kleine Neigungen des Kopfes, durch sich weitende Pupillen und nickende Zustimmung. Es ist weder ein beklemmendes noch ein bedeutungsvolles Schweigen, sondern ein innerer, gegenwärtiger Austausch, dessen Wesen weit machtvoller ist als bloße Worte. An Johanns sorgenvollem Gesichtsausdruck kann ich sehen, daß auch er es spürt – ein Etwas, mächtig und unsichtbar, quält die Frau des Kaufmanns, doch ob es meine Braut oder der Teufel ist, das weiß ich nicht.

Vorsichtig hebt Arsinoe das Reliquienohr an ihr eigenes und runzelt die Stirn.

»Ich verstehe nicht.«

»Pater!«

Es ist der Gassenjunge, der sich uns vorher genähert hat. Er reißt die Tür auf, daß wir alle auffahren. Mit wilden Gebärden deutet er dem Priester an, mit ihm zu kommen. So aufgelöst, wie er da steht, möchte man meinen, da draußen auf der Straße stürbe ein Mensch.

Arsinoe zögert. Der Priester ist ganz offenbar zerrissen zwischen dem Wunsch, die Reliquie wieder wegzuschließen und dem verzweifelten Jungen zu folgen.

»Geht, Vater«, sagt sie. »Man braucht Euch.«

Mit einer Grimasse läuft er den Gang entlang und zur Tür hinaus. Arsinoe geht zur vordersten Bank und setzt sich.

»Sagt sie irgend etwas?« fragt Johann.

Traurig schüttelt die Frau des Kaufmanns den Kopf.

»Es gab eine Zeit, da war ich noch ein Mädchen und ihre Stimme kam zu mir, wie Sonnenlicht aufs Wasser fällt. Ich verstand alles, was sie sagte, doch nicht in Worten, müßt Ihr wissen; wie ein Fisch war ich, der an der sich wärmenden Oberfläche seines Sees spürt, daß nun die Sonne am Himmel steht. Als mein Bruder kam und begann, ihr menschliche Worte zu verleihen, geriet alles durcheinander. Nun brauchte ich ihn, um die Bedeutung ihrer Botschaften herauszulocken, denn mit einem Mal konnte ich keinen Sinn mehr darin finden.«

Sie fährt mit dem Finger über den papierenen Rand des Ohres.

»Und nun, da wir wieder allein sind, Katharina und ich, scheint es mir beinah, als zöge sie die Sprache vor, die er ihr gab.«

»Jesu Christi!«

Ein Schrei voll namenlosen Schreckens ertönt auf der Straße. Es klingt wie die Stimme des alten Priesters.

Arsinoe ist aufgesprungen.

»Er ist verletzt.«

Johann und ich rennen den Gang entlang und aus der Kirche. Ein paar Händler, die ihre Buden öffnen wollen, schielen hinter den hölzernen Läden hervor.

»Jesu!«

Der Schrei kommt von der Rückseite der Kirche, aus dem engen Durchgang, der sie von der Stadtmauer trennt. Noch fällt das Sonnenlicht nicht in die Gasse, und der Weg ist sehr dunkel.

»Sieh nur, Felix«, schreit Johann auf.

Da liegt der dicke Priester auf seiner Seite, die Hände und Füße auf den Rücken gebunden. Er schreit uns allerhand entgegen, was wir nicht verstehen können.

Ich mache mich an die Knoten, während Johann versucht, ihn zu beruhigen.

»Wer hat Euch das angetan?«

Er ist nicht zu verstehen, und sein Zappeln macht es nur schwerer, ihn loszubinden. Wieder und wieder sagt er ein Wort. Turcos.

»Ein Türke?« fragt Johann. »Ein Türke hat Euch das angetan?«

»Ich bitte Euch.« Ich packe seinen Kopf, um ihn zu beruhigen, und er schreit auf wie ein Gefolterter. Mit einem Mal sehe ich warum.

»Johann, würde ein Türke so etwas tun?«

Ich drehe den Kopf des Priesters, so daß die blutgetränkten

Steine darunter sichtbar werden. An seiner rechten Seite ist ein enger Kreis um sein Ohr geschnitten.

»Wo ist die Frau des Kaufmanns?« ruft Johann. »Ist sie uns gefolgt?«

Ich springe auf und laufe zur Kirche zurück. Die Händler verstecken sich in ihren Läden, und die Straße ist verlassen.

»Arsinoe!« Weit reiße ich die Türen auf.

Die Kirche ist leer. Sie ist fort.

Ich laufe zum Altar, auf dem noch, Gott sei Dank, das goldene Reliquiar leuchtet. Ihr gesegnetes Ohr! War ich vom Wahnsinn besessen, daß ich es alleinließ?

Das Kästchen ist leer.

Sie ist fort.

Beichte

Vergib mir, Herr, denn ich habe gesündigt. Sechs Tage sind seit meiner letzten Beichte vergangen. Ich habe vier erbarmungswürdige Ruderknechte den schweren Leichnam unsres Schmidhans zu einer weit entfernten Kirche schleppen lassen, weil ich wie ein tumber Bauer die Hand deiner Tochter, der heiligen Katharina von Alexandria, angaffen wollte. Gestern habe ich den Worten einer Frau gelauscht, die Deinen weisen Entschluß anzweifelte, die Gebeine derselben Himmelstochter in die Welt zu tragen. Und heute morgen habe ich ihr um ein Haar geglaubt, als sie ausgerechnet in einer schismatischen Kirche behauptete, mit Deiner liebsten Tochter zu sprechen, der jungfräulichen heiligen Katharina von Alexandria.

Ich bekenne diese Sünden in meinem Herzen, o Herr, und auf dem Papier für meinen Abt, den ehrwürdigen Ludwig Fuchs. So hoffe ich, meinem Freund und lieben Beichtvater an Bord dieses Schiffes, dem Archidiakon Johann Lazinus, jedes weitere Gespräch über die vermißte Frau zu ersparen, die ich in der Aufzählung meiner Sünden erwähnte. Er verzweifelt, weil er sie nicht in Sicherheit weiß, o Herr, und gibt sich selbst die Schuld, obwohl er meiner Meinung nach eine Verantwortung auf sich lädt, die angesichts der Kürze ihrer Bekanntschaft jedes Maß verloren hat. So hat er sein eigenes Leben aufs Spiel gesetzt, zusammen mit dem Deines Dieners Felix, indem er die Straßen von Rhodos durchstreifte und die Huren am Hafen wie die grindigen Fischer nach der Wahrscheinlichkeit eines Überfalls türkischer Piraten befragte. Kein Mensch hat ein fremdes Schiff im Hafen gesehen, Herr, doch Johann ist überzeugt, es sei ein rebellischer Türke gewesen, der die Frau raubte und den griechischen Priester verstümmelte.

Nun aber wende ich mich an Dich, o Herr, an Deinen lieben Sohn und an seine Mutter, die gütige Jungfrau Maria, die in der Menschen Seele blickt. Mein Herz ist voller Scham und Kummer. Ich bitte Dich, o Herr, lehre mich, Dir zu gefallen und mir einen Platz am Fuße Deiner Magd zu schaffen; denn wahrlich, abscheulich müssen meine Sünden in ihren Augen sein, daß sie mir derart ausweicht. Eher soll mich der Troyp verschlingen, sollen die Löwen mich bei lebendigem Leib zerreißen, als daß die heilige Katharina wie eine keusche Diana vor mir fliehen möge. Schwach wird ein Mann im mittleren Alter, Herr, wenn die Sehnsüchte der Jugend erfüllt sind und das Alter vor der Tür steht. In einer irdischen Ehe mag sich der Ehemann, sind die Kinder aus dem Haus und ist endlich etwas Geld gespart, zum Trost an seine Gattin von zwanzig Jahren wenden, um nichts neben sich zu finden als eine alte, müde Frau. Vielleicht sieht er in ihrem Gesicht dann zum ersten Mal nicht die Braut seiner Jugend, sondern die Großmutter der Kinder seines Sohnes, deren Leben gemessen ward in Blut und Fehlgeburten, in Seuchen und Totenwachen. Wie glücklich habe ich mich geschätzt, eine Himmelsbraut gewählt zu haben! Nach zwanzig Jahren noch konnte ich frohlocken, daß meine Liebe nicht den Bauch meiner Geliebten beschwert oder Falten in ihr Gesicht gezeichnet hatte; ich konnte mich gar dem Glauben hingeben, diese Liebe sei eine Quelle des Trostes für sie, denn war sie nicht mittelbar, durch ihren Leib, eine Verherrlichung Christi? Im mittleren Alter also, als ich endlich die Ruhe fand, Katharina verehrungsvoll zurückzugeben, was ich mir in den Jahren demütigen Flehens genommen hatte, trug ich mich mit der innigen Hoffnung, sie werde mich in ihrem Land willkommen heißen und freudig an ihren Busen drücken. Wie töricht stehe ich nun da, o Herr, vor ihren leeren Schreinen; wie schamrot werden meine Wangen und wie schweißnaß meine Stirn. Nun weiß ich, daß ich meine Liebe allzusehr zur Schau stellte, als sei ich ein einfacher Bauer, der sich in die Königstochter verliebt hat. Ich zittere, wenn ich an meine Mutmaßungen denke! Und ich bereue meine Worte! Ihre Verachtung verdiene ich und die Deine, Herr; und doch, wenn die Demut mich den rechten Weg lehren kann, eine Braut des Himmels zu verehren, so will ich ein eifriger Schüler sein. Gib mir noch eine Gelegenheit, o Herr. Laß ab, die irdischen Überreste Deiner Tochter Katharina zu entführen. Laß mir nur einen Finger, einen Zahn, eine Zunge, Herr, und auf diesen Stein will ich eine größere, reinere Liebe bauen, die Deinen Augen wohlgefällig ist.

Darum bitte ich Dich im Namen Deines Sohnes Jesus Christus.

Dein Wille geschehe.

Amen.

Eine kurze Geschichte der Frau des Kaufmanns

ALS JOHANN UND ICH müde und schweren Herzens zum Schiff zurückkehren, steht Konstantin Kallistos in einem Kreis gaffender Pilger, der auch unseren Barbier Konrad und den Sohn meines Gönners, Ursus, einschließt. Es gilt, eine

Tragödie zu bestaunen. Gegenstand ihres Mitleids ist ein langer blauer Fisch, der sich auf den Planken windet. Sein angeschwollener rosiger Mund saugt das Tageslicht ein, so daß er an der Luft erstickt.

»Er hat sich selbst aufs Deck geworfen«, berichtet Konrad mir. »Ich wollte ihn zurücktun, doch der Kaufmann denkt, es sei ein Zeichen.«

»Ein Zeichen wofür?«

Unser Barbier zuckt mit den Achseln. »Für Fisch zum Abendessen?«

Doch ein Blick auf Konstantin sagt mir, daß er an alles andere als ans Essen denkt. Seine Pupillen sind geweitet wie die eines Schwindsüchtigen, dem man Belladonna gab, und ein schwaches Lächeln spielt um seine Mundwinkel.

»Es ist der Ertrunkene«, flüstert Konstantin. »Er ist gekommen, seine Koje zurückzufordern.«

»Faßt ihn nicht an, Pater«, warnt Ursus. »Es ist Herr Schmidhans.«

Das darf nicht sein. Ich hocke mich nieder und wickle die arme Kreatur in meine schwarze Robe, spüre panisches Muskelzucken an meinen Hüften. Dann steige ich über die Ruderknechte und schleudere den Fisch zurück ins Meer.

»Pater! Ihr habt ihn von neuem getötet!«

»Es war ein Fisch, Ursus, und nicht einmal ein deutscher. Jetzt aber fort von hier. Der Archidiakon und ich müssen mit Herrn Kallistos sprechen.«

Wir fassen Konstantin am Arm und führen ihn von den nassen Decksplanken weg. In der Nacht, als seine Frau aus dem Meer zurückkam, war der Wasserfleck kaum größer. Hinauf in die Damenkajüte führen wir ihn, zwischen die ausgelöschten Kerzen und die sorgsam gestapelten Ikonen.

»Sie ist fort, nicht wahr?« fragt er, ohne uns anzusehen. »Sie ist nicht mit Euch zurückgekehrt.«

»Ihr müßt nachdenken, Konstantin.« Johann setzt den erstarrten Kaufmann auf die karneolfarbene Truhe der Zunge.

»Hat Eure Frau Feinde? Ist da jemand, der ihr Unheil wünscht?«

»Sie hatte versprochen, das Schiff nicht zu verlassen. Nur auf dem Schiff, habe ich ihr gesagt, wäre sie sicher.«

»Sicher vor wem, Konstantin?« drängt Johann.

Schweigend wühlt der Kaufmann in Arsinoes Sammlung von Katharinenikonen, ordnet sie in absteigender Reihe. Ein rückwärts gelebtes Leben, von ihrer Entdeckung auf dem Gipfel des Sinai zurück zu ihrer ersten Vision des Jesuskindes. Seine Miene sinkt, als er die früheste Ikone erreicht. Ein Säugling noch, doch schon mit einem Glorienschein, sitzt Katharina auf dem Knie ihres kriegerischen Vaters, des guten Königs Costus.

»Die hier hab' ich ihr gebracht.« Er drückt die Holztafel an seine Wange, um sie mir dann zu reichen. Es ist ein unbeholfenes Werk in Blau und Rot, auf dem der Vater wasserköpfig ist und die Tochter unnatürlich steife Finger hebt. Hinter den Schultern ist Katharinas schwerer Heiligenschein abgeblättert.

»So fürsorglich und stark scheint er zu sein, doch schließlich ist er doch gestorben und hat sie auf der Welt alleingelassen.«

»Konstantin«, frage ich, um ihn beim Thema zu halten, »war Eure Frau in Schwierigkeiten? Hat sie sich deshalb zu töten versucht?«

Der Kaufmann lehnt seinen Kopf an die Wand, verloren in der flachen, verkürzten Welt ihrer Ikonen. Auf seiner Oberlippe sammelt sich der Schweiß, leblos liegen die Hände in seinem Schoß.

»Ich bin mir sicher, daß sie sich nicht töten wollte, Pater«, erwidert er. »Schon oft hab' ich erlebt, daß Arsinoe immer das bekommt, was sie will. Sie muß vorgehabt haben, gerettet zu werden.«

»Wollt Ihr damit sagen, daß Arsinoe wußte, ich würde in jener Nacht an Deck sein?«

»Ich will damit sagen, Pater«, sagt Konstantin und schaut mich müde an, »wenn Arsinoe ihre Heilige prüfen wollte, so seid Ihr das Medium gewesen, durch das sie ihre Antwort erhielt.«

»Bitte, Konstantin«, fährt Johann dazwischen, als ich dem Kaufmann widersprechen will. »Eure Frau ist gemeinsam mit einer unschätzbaren Reliquie verschwunden. Gewiß war das nicht das Werk des Himmels, sondern das eines böswilligen Menschen.«

Konstantins Bleiche übertrifft selbst die der schlimmsten Augenblicke seiner Seekrankheit. Er schließt die Augen.

»Am Ende hatte sich alles so verwirrt, Archidiakon«, sagt der Kaufmann. »Ich hätte jenem Pfad zu ihrem Haus nie folgen sollen.« Wie träumend spricht Konstantin, ohne uns wirklich zu beachten.

»Schon als ich die rasch zusammengezimmerten Stände sah mit ihren Rädermedaillons und den trüben Phiolen mit Katharinas Milch, schon als ich auf den langen, vielbegangenen Lehmpfad durch das Mandelwäldchen trat, wußte ich um die Gefahr des Weges, den ich da genommen hatte. Es waren vor allem Frauen, die sich dort versammelt hatten und ihre jugendlichen Töchter von den wilden Hibiskusbüschen der Zunge wegzogen; denn welches Mädchen konnte widerstehen, eine der geilen roten Blumen zu pflücken und sie hinters Ohr zu stecken? Ich fragte die Frauen, warum sie gekommen waren, wollte wissen, ob ihre Sorgen so groß waren wie die meinen. ›Der Schoß meiner Tochter ist unruhig‹, sagte eine. ›Er wandert zu ihrer Nase und blutet dort während ihrer Tage.‹ Ich sah hinüber zu dem armen Mädchen, das im Gras hockte und durch den Mund atmete. Es drückte ein fleckiges Taschentuch an sein Gesicht. Eine andere Mutter erzählte mir: ›Wir haben unsere Tochter zum Heiligtum Sankt Parasceves gebracht, doch die Heilige sagte uns, Katharinas Zunge müsse für uns sprechen. Die heilige Parasceve hat keine Macht über die Schwangerschaft, wißt Ihr, und unsere Tochter trägt ihr Kind schon dreizehn Monate.‹

Dickleibige Weiber drängten sich auf dem Weg, die nicht

mehr ohne Hilfe gehen konnten. Alte Männer mit Geschwüren. Und Hunde. Sie waren überall. In Rudeln liefen sie umher und bettelten die Pilger um Futter an. Jemand sagte, es seien heilige Hunde, geheiligt durch die Zunge Katharinas. Das stimmte nicht, doch sie bekamen Futter.«

Johann wirft mir einen Blick zu. Der Kaufmann redet wie im Fieber, beinah unverständlich. Was hat all dies zu schaffen mit dem Verschwinden seiner Frau oder damit, wer ihr wohl Unheil wünschte? Gerade will Johann ihn wieder zur Sache zurückrufen, als er weiterspricht.

»Ihr hättet sie in ihrem Zimmer sehen sollen, Archidiakon.« Er öffnet die Augen und sieht Johann ins Gesicht. »Da blitzten kleine Haufen von Ikonen hinter schmalen Kerzen auf, in jeder Ecke, auf jedem Tisch und Stuhl. Am Anfang wollte Katharina nur sich selber sehen. Das wußten die meisten Pilger und brachten als Gabe ein kleines Bild der Heiligen, reich verziert mit afrikanischem Silber oder bloß in Eierschalentempera geschmiert. War es an dir, so hast du dich fest an deine Ikone geklammert und bist in ihr heißes, dunkles Zimmer getreten, hast den aufgeregten Dunst des eigenen Körpers in das geschmolzene Wachs und den Weihrauch ihrer Kammer gemischt, und auch in etwas weniger Greifbares – die zurückgebliebene Verzweiflung des Bittstellers, der vor dir gekommen war. All diese Gerüche nutzte Arsinoe. Sie sprach laut über sie, wenn man hereintrat, beschrieb dich ihrer Heiligen: Reben, Eiche, Teer, sagte sie. Zwiebeln, Zibet, Ton. Jeder dieser Düfte wurde dir sogleich gewahr, denn sie zerlegte deine dir vertraute eigene Essenz und schuf sie neu. Du warst erstaunt, daß alles, durch was du während eines Tages gingst, an deinem Körper haften blieb und kenntlich war. Wenn sie dich aber im Dunkeln ergründet hatte, so steckte sie eine dünne Kerze vor sich an und gewährte dir einen ersten nahen Blick auf die Zunge der heiligen Katharina.«

Konstantin befeuchtet seine Lippen, doch inzwischen hat zumindest Johann den Wunsch verloren, seiner Rede Einhalt zu gebieten. Tief und bewußt atmet mein Freund und versucht, die Wahrheit Konstantins herauszuschmecken.

»Als ich sie das erste Mal sah, saß sie auf einem rohen Stuhl«, flüstert rauh der Kaufmann. »Jungfräulich hing ihr Haar über ihre Schultern. Fürs Bett bereit, in einem weißen Nachthemd, schien sie eher eine Fieberkranke als ein Orakel zu sein; so abgezehrt und hager sah sie aus mit ihren dunklen Augenringen. Ihre Mutter, hieß es, sei gestorben, als der Kopf des Kindes ausgetreten war, und als die Nachgeburt hinausglitt, war sie geformt wie Katharinas Rad. Ich wußte nie, ob ich solchen Geschichten Glauben schenken sollte, doch hatte sie das Aussehen eines Menschen, den einmal der Tod umfangen hatte.

Hinter ihr saß ein sehr schöner Mann, dessen wachsames Gesicht – so schien mir damals – aussah, als habe man es abgekratzt und neu bemalt. Unsere Kirche in Candia war einst ein Tempel des Dionysos, weshalb ich so etwas zuvor gesehen hatte: Dort kann man unter den schlanken, ovalen Gesichtern der heiligen Petrus und Paulus noch immer das aufgedunsene Fleisch des Weingotts sehen, kann die Reben erkennen, die vor Jahrhunderten zu strengem Glorienschein wurden, und das Leopardenfell, geglättet zu drapierten Togen. Er war ihr Bruder, hieß es, und er saß hinter ihr an einem Tisch, die althergebrachte Wachsamkeit nur dürftig hinter gelehrter Sachlichkeit verbergend. Die Worte, die von den Lippen seiner Schwester fielen, sammelte er auf, als fange eine Hebamme die aus den Brüsten der heiligen Jungfrau quellenden Milchtropfen.

›Worum könnte die heilige Katharina für Euch bitten?‹ fragte die Zunge. Ihr Bruder sah mich kaum an, den schützenden Blick auf seine Schwester geheftet. Seit Tagen hatte ich nicht mehr geschlafen, und es gelang mir kaum, etwas hervorzubringen. Ich schlurfte vor und legte diese Ikone zu Füßen der Zunge und hob dabei eine Falte ihres Hemdsaums an meine Lippen. Ich flehte sie um Hilfe an. Seit Wochen hatte ich davon geträumt, ich müsse ertrinken; es war ein kalter, furchtbarer Tod, denn Wasseradern wanden sich in meinem Körper und spülten meine Seele weg. Zu Sankt Nikolaus oder Sankt Andreas hätte ich gehen sollen oder zu einem anderen Schutzpatron des Meeres, ich weiß, doch mein Traum endete immer damit, daß der Körper eines Mädchens meinen eigenen ersetzte und friedlich ans Ufer trieb. Ich wollte die heilige Katharina bitten, dieses seltsame ertrunkene Mädchen zu sich zu nehmen und mir den Schlaf zurückzugeben. Denn ich wollte kein Geschöpf der Dichter sein, das jede Nacht den eigenen Tod im Wasser sieht, bis es entsetzt gewahr wird, daß es sinkt, voll Wut gegen den Willen Gottes tobend.«

Konstantin bricht ab und birgt das Gesicht in seinen Händen. Zu jedem Heiligen im Himmel muß er gebetet haben an jenem Nachmittag, als der fette, unheilvolle Leichnam unsres Schmidhans in einer Gasse Candias an ihm vorbeizog; als er voller Angst, doch furchtbar sicher wußte, er würde jenen fröhlichen Säufer auf unserem Schiff ersetzen. Er muß sich an sein Weib gewandt und es zum zehnten Male angefleht haben, auf dem Landweg zum Sinai zu reisen: hinauf nach Thessalien, über die Landbrücke nach Konstantinopel, hinunter nach Antiochien, durch die ganze Türkei nach Syrien und Palästina. Nur auf festem Boden würde Gott ihn schützen, das wußte er, vor Banditen und Räubern, vor Hunger und Sandstürmen. Nur um eines bitte ich dich, höre ich ihn flehen, zwing mich nicht auf den Platz des Ertrunkenen.

»Was hat sie Euch gesagt?« fragt Johann den Kaufmann. »Hat sie die Träume fortgenommen?«

Konstantin lugt durch seine gespreizten Finger, sein Gesicht ist fleckig rot vor Scham. Langsam schüttelt er den Kopf.

»Ihre Worte waren ohne jeden Sinn, bevor ihr Bruder sie für mich übersetzte. ›Wasser‹, sagte sie beinahe lachend. Dann ›Schlaf‹. Zuerst dachte ich, sie wiederholt nur, was ich erzählt hatte, doch da enthüllte mir ihr Bruder die Bedeutung. ›Wahrhaft wirst du den ewigen Schlaf unter Wasser verbringen, wenn du ihr nicht hilfst‹, erklärte er mir feierlich. Lieber Gott, dachte ich, meine Träume sind wahr! Er aber trat herbei und legte die tintenbefleckten Hände auf die Schultern seiner Schwester. ›Die heilige Katharina hat meiner Schwester eröffnet, ihr Körper sei wund von allzu viel Berührung. Die heilige Katharina hat meiner Schwester gesagt, sie wolle eine neue Haut.‹«

Was konnte Konstantin damit bloß meinen? Eine tiefe, heimtückische Furcht kommt über mich, Brüder, und verleitet mich zu wilden Vermutungen. Die Gebeine Katharinas sind in Häuten aus reinem Silber oder Gold geborgen, verziert mit Opalen, Smaragden und Diamanten. Dieser Schreine beraubt, wären ihre geheiligten Glieder und Organe nackt und verletzlich, gänzlich ausgeliefert dem Willen teuflischer Diebe wie jener, die ihre Hand und ihr Ohr entführten. Zweimal ist es nun schon in der Gegenwart der Frau des Kaufmanns geschehen, daß ihre Reliquien verschwanden. Zuerst in Candia, wo der wohlgestaltete Fremde sie bis zum Kloster verfolgt hatte, und heute, als Katharinas Ohr aus Rhodos verschwand.

»Später fand ich heraus«, sagt Konstantin, »daß ihr Bruder allen Pilgern dieselbe Antwort gab. Die meisten, verstrickt in ihre eigenen Nöte, verstanden die Bedürfnisse der Heiligen nicht. Zu ihrem Unglück aber gab es manche, die – o Gott! – sie doch begriffen.«

»Was meint Ihr damit, Konstantin?« frage ich den Kaufmann scharf. »Was könnte die heilige Katharina wohl benötigen, das der Himmel ihr nicht geben könnte?«

»Ach, Arsinoe, wohin bist du gegangen?« stöhnt der Kaufmann. »Ich habe solche Angst.«

Konstantin wirft sich über den Koffer seiner Frau und schluchzt wie ein Kind. Ich habe keine Ahnung, wie ich ihn trösten soll, denn ich vermag noch nicht einmal, den in mir selbst aufsteigenden Schrecken abzuschütteln. Ist es die große Einöde des Meeres, die diesen unglückseligen Kaufmann verfolgt, weil er doch weiß, sie kann in jedem Augenblick in seinen Schlaf einbrechen und ihn holen? Oder ist es das Gespenst jenes Fisches auf den Planken, das den Geist eines ertrunkenen deutschen Pilgers in sich birgt? Ich blicke zu Johann hinüber, doch er scheint ebenso verwirrt wie ich. Und wie ich mag er sich wohl fragen, ob Konstantins Angst weniger mit dem Verschwinden seiner Frau zu tun hat als mit einem furchtbaren Geheimnis, das die beiden teilen.

»Verzweifelt nicht, Konstantin«, sagt Johann, als das Schluchzen des Kaufmanns ein wenig leiser wird. »Bald kommen wir nach Zypern. Vielleicht gelingt es Eurer Frau, schon vor uns dorthin zu gelangen und uns am Hafen zu erwarten.«

»Wir hatten einen Plan, Archidiakon«, sagt Konstantin tonlos und wischt sich die Tränen vom Gesicht. »Sie sollte mich vor dem Meer beschützen, und ich würde dafür sorgen, daß sie den Sinai erreicht. Nun sind wir kaum an Bord, und schon hab' ich sie verloren.«

Die Qual des Kaufmanns ist wahrhaft zu groß, um ihr weiter zuzusehen.

»Seht es doch einmal anders«, bringe ich stockend hervor und klinge selbst in meinen eigenen Ohren wenig überzeugend. »Womöglich hat man Eure Frau gar nicht entführt. Sie mag ganz einfach weggegangen sein und bezahlt gerade jetzt die Fahrt zurück nach Kreta. Wenn Ihr zurückkehrt, wird sie auf Euch warten mit reinen Tüchern auf dem Bett und einem Spinatkuchen auf dem Tisch. Und sie wird darüber lachen, wie sorgenvoll Ihr wart.«

»Das wäre wohl ein Kunststück, Pater«, erwidert mir der Kaufmann und läßt den Kopf schwer an die Kajütenwand fallen.

»Arsinoe weiß nämlich gar nicht, wo ich wohne.«

Der Venusberg

WIE OFT HABE ICH in Berichten von Pilgern gelesen, man solle nicht lange auf der Insel Zypern verweilen, denn die Luft hier sei für uns Deutsche Gift. Die gesunden Winde, heißt es, verfingen sich hinter den kaukasischen und armenischen Bergen und könnten daher nicht hierher ziehen, wodurch dieser Ort stickig und unbekömmlich werde. Stimmte das tatsächlich, wäre es dann Zypern gewesen, wo die zauberische Venus, unverhofft aus Schaum zu Fleisch geworden, an Land stieg? Hätte Noahs Sohn Japheth auf einer unheilvollen Insel eine neue Welt errichtet? Nein, meine Brüder, vergeßt diese Gerüchte. Die Luft Zyperns ist kein Gift, wenn auch nachteilig für uns Deutsche, die wir in scharfer, kalter, verzehrender Luft geboren und aufgezogen wurden und nicht gut in einem leichten Klima leben können, wo unser ungezügeltes Essen und Trinken wohl nicht folgenlos bleiben mag.

Ich dränge euch, euren Aberglauben aufzugeben, Brüder, weil mein Gönner dazu nicht in der Lage war. Nach vielem Bitten und gutem Zureden ließ er es zu, daß Ursus und ich an Land gingen, entschied sich aber, selbst zurückzubleiben, weit von den schädlichen Dämpfen der Insel. Natürlich hatte seine Entscheidung überhaupt nichts mit jener venezianischen Kammerfrau zu tun, die heute morgen an Bord unseres Schiffes kam.

Konstantin sprang beinahe über die Reling, als ihr kleines Boot nahte. Mir brach das Herz, als ich all seine Erwartung, all seine Hoffnung in seine bebende Unterlippe schießen sah, denn es war bloß Emelia Priuli, bis dahin Kammerfrau der Königin von Zypern und angeheiratete Base unseres Kapitäns Piro Lando, die die Leiter heraufstieg. Es sei euch überlassen,

68

herauszufinden, warum eine Frau ihrer Jugend und Schönheit ihr Leben in einem Jerusalemer Kloster beschließen soll; laßt mich also vorsichtig sein und nur soviel sagen: Sie ist eine Intrigantin, wie ich je eine sah, und eine ränkevolle Delila, die sich da anbot, die Locken dieses Schiffes zu scheren! All die gelockten Pilgerschafe stellten sich zum Haarschnitt an, der kahle Tucher gar an erster Stelle.

Wir ließen meinen Gönner an ihrer Seite sitzen und ihren Kamm halten, während sie durch einen feuchten, kastanienbraunen Haarschleier Pilger anlächelte, deren Gedanken bei Gott hätten sein sollen. Ich verkündete vor dem ganzen Schiff, ich wolle eine Wallfahrt zu den heiligen Stätten Zyperns führen, doch waren alle so vernarrt in die neue Frau, daß nur diese unerschrockenen Pilger mitkamen:

Graf Ursus Tucher, ein sorgloser Junge, sehr empfänglich für die Legenden der Venus, deren Insel dies ist.

Magister Johann Lazinus, Archidiakon aus Ungarn, ein Mann von Prinzip und Leidenschaft.

Konrad Buchler, unser Barbier und Koch, der viele mit seinen scharf gewürzten Eintöpfen beglückt.

Konstantin Kallistos, ein niedergeschlagener Kaufmann aus Kreta und

Pater Felix Fabri vom Predigerorden der Dominikaner zu Ulm, der *spiritus rector* der vorgenannten.

Die Alten schreiben viel über Zypern, zumal über die Dirne Venus und ihre Liebschaften. Es heißt, sie sei viele Jahre nackt in den Wellen des Meeres geschwommen, bevor ihr Blick schließlich auf diesen Ort fiel. Sobald sie ans Ufer getreten war, verfielen die Zyprioten ihrer Schönheit und führten in ihrem Namen freudig die Praxis der Hurerei ein. Den höchsten Berg der Insel schenkten sie ihr als Lustgarten und hielten ihr die Gießkanne, während sie alle Kräuter und Pflanzen aussäte, die beim Geschäft der Liebe von Nutzen sein könnten.

Ihr mögt euch fragen, warum ich zuvorderst diesen Berg erklimmen wollte, wenn doch jenseits davon, auf einer anderen Erhebung, eine Kirche mit dem Kreuz des Dismas steht, des guten jener beiden Diebe, die man neben Christus kreuzigte. Doch fürchtet nichts, Brüder, denn sie hat mir nicht geschadet, jene zypriotische Luft, die uns Männer in beständiger Erregung halten soll, solange wir auf dieser Insel weilen. Auch war es nicht nötig, daß ich an dem hier heimischen Kraut Angus castus roch, das die Zeugungslust austrocknet und die Winde beruhigt, welche die Geschlechtsorgane anfachen. Meine Torheit hat Methode, die nach dem Willen Gottes keiner verderbten Dirne, sondern einer Magd Christi dienen soll.

»Ob wir hier den Tannhäuser sehen, Pater?« fragt mein Zögling und lugt in jede Höhlung, jeden Spalt des Berges. »Soll ich sein Lied singen?«

»Ursus, wir sind auf dem Weg zur Kirche des heiligen Paulus. Meinst du, der Apostel hieße dein ungelenkes Geheul nach den Toten willkommen?«

»Nein, Pater.« Er stampft in den Staub. »Aber dies ist doch sein Berg, nicht wahr? Hier ist es, wo er mit der Göttin Venus lebt?«

In heutiger Zeit schwärmt der unkeusche Pöbel von einem gewissen Berg in der Toskana, in dem Venus wohnen und sich an Männern und Frauen vergnügen soll. Man glaubt, ein schwäbischer Edelmann namens Tannhäuser, aus Tannhausen nahe Dünkelspüchel, sei in ihrem Berg verschwunden und lebe nun bei Venus in Freuden bis zum Jüngsten Gericht. Ach, Brüder! Wie leicht sich die Menschen in die Irre führen lassen. Sie glauben, die Venus, die schwerlich eine Göttin war und zweifellos verdammt, und die Europa zeitlebens nie gesehen hat, weile jetzt und für immer in der Toskana! Die Deutschen sind so berückt von dieser Tannhäusersage, daß viel einfaches Volk zum Venusberg pilgert und ihn sogar schon so sehr überlaufen hat, daß die Italiener jetzt bissige Hunde an seinem Zugang anketten, um es zu verscheuchen.

Am Pfad zu unserem Venusberg dräuen zwar keine reißenden Tiere, doch ist er heiß und trocken, und wir sind alle froh, als wir im Schatten der Kirche des Sankt Paulus rasten können. Die Bauern haben hier Weinberge angelegt, deren Trauben so stark sein sollen, daß ihre erste Pressung einen hölzernen Becher angreift. Wir blicken auf das weißgetünchte Dorf Paphos, kaum mehr als ein Netz von Fußpfaden zwischen den kleinen Häusern. Auf den Hängen des Venusberges sammeln dunkeläugige Dorfmädchen Stecken für die Johannisfeuer des Abends.

»Wenn Eure Frau auf Zypern ist, Konstantin«, sage ich. »So wird sie gewiß hierher kommen.«

Johann hat das am Morgen bezweifelt. Er wollte im Hafen warten und jeden einlaufenden Fischer fragen, ob er nicht gesehen habe, wie eine Frau vom Deck einer türkischen Galeone um Hilfe rief. Er hat Konstantin davon überzeugt, falls sie entkommen sei, so werde ihr Verstand sie nach Zypern führen, denn dort würden wir mit Gewißheit einhalten, weil die Frau unseres Kapitäns Kammerfrau der Königin ist. Und wo würde man die Zunge dann eher finden als im Hafen?

Doch Johann weiß nicht, was der Geist eines wahrhaft eifernden Menschen ersinnt.

Katharinas letzte Reliquie vor dem Sinai, ihr östlichster Zipfel, den ein Mensch verehren kann, ohne die große Einöde zu durchqueren, haust in dieser kleinen Kirche inmitten des Lustgartens der Venus.

Sollte die Zunge der heiligen Katharina nicht kommen, um die Zunge der heiligen Katharina zu sehen?

Wie höchlich preisen können wir die Zunge? Vielleicht ist sie das wertvollste Organ, mehr noch als Hand oder Ohr, denn mit ihr lobt die Heilige den Herrn. Wäre Katharina stumm gewesen, hätte sie zwar ihre Liebe zu Christus niederschreiben, ja die fünfzig Philosophen mit ihren Worten auf Papier besiegen können; doch der gemeine Mann, der da das Korn drischt, die Schäferin mit ihrem scheckigen Hund, sie hätten nichts vernommen. Wie hätten dann die Bürger Alexandrias, des Lesens unkundig, die Folter jener wunderschönen Frau begreifen können? Weshalb man sie köpfte und die Engel sie zum Sinai trugen? In Dunkelheit würden sie wohl noch heute wandeln, hätte Katharina keine Zunge besessen.

Und ich erwarte, daß die Zunge die Zunge stehlen will.

Das habe ich weder Johann noch Konstantin anvertraut; es ist ein Geheimnis unter uns, Brüder. Als ich des Nachts wach lag und voller Qual an die verhängnisvolle Kette der Ereignisse dachte, erkannte ich, daß es nur eine Erklärung gibt: Nie würde die heilige Katharina absichtlich ihrem treuen Ehemann von zwanzig Jahren ausweichen; es sind finstere Kräfte, die sie mit Bedacht von eben diesem fernhalten. Wenn aber jemand meine Gattin raubt, so braucht sie dringend einen Streiter.

Nun, bevor ihr mich tadelt, Brüder, bevor ihr mich einen aufgeblasenen Pfaffen und einen fahrenden Klosterbruder nennt, laßt mich erklären. Ich rühme mich nicht, zu verstehen, warum die heilige Katharina sich stehlen ließ. Sie mag durch viele Monate der Fürbitte und der erschöpfenden Barmherzigkeit abgelenkt gewesen sein, so daß sie weniger auf ihre körperlichen Überreste achtgab. Vielleicht erfüllte sie in ihrer hingebungsvollen Demut auch die Worte des Psalms: ›Und Gott hat die Gebeine jener verstreut, die sich selbst gefallen.‹ Denn nichts gefällt Katharina mehr, als aufmerksam und freundlich zu uns Sterblichen zu sein. Wir würden sie geringschätzen, glaubten wir, sie hätte sich nicht retten können, wenn sie nur wachsamer gewesen wäre. Über die Jahrhunderte hinweg ist es Hunderten von Dieben gelungen, die Gräber von Heiligen zu plündern. So wurde Sankt Benedikt vom Berg Cassino gestohlen und nach Fleury gebracht, doch nur weil jenes Kloster sich im Niedergang befand und der Heilige dort nicht länger weilen mochte. Als aber ein gottloser Mönch versuchte, den Leib des heiligen Martin zu entführen, durchkreuzte Abt Hilarius seinen Plan, nachdem ihm der gefährdete Heilige im Traum erschienen war. Könnte also irgend etwas klarer sein, Brüder? Die heilige Katharina gab mir in einem Traum ein Zeichen, als ihre Hand in Candia verschwunden war. Sie schwamm hinter dem Schiff her, um meine Hilfe zu erflehen. Auf Rhodos aber war ich so töricht, daß ich die Diebin vor meinen eigenen Augen nicht sah, obgleich ihr schuldbeladenes Gewissen sie fast dazu getrieben hatte, sich zu töten. Das Weib Arsinoe hat Katharinas Ohr genommen, und ich bin mir sicher, daß der Kaufmann Konstantin dies ahnt. Trüge er sich nicht mit demselben Argwohn wie ich, warum hätte er dann zugestimmt, hierher zu kommen? Johann hat schon recht, der Hafen ist der naheliegendere Ort, nach ihr zu suchen. Doch sie wird kommen, Brüder, da bin ich mir gewiß.

Wir aber werden warten.

Ich versammle meine Pilger, um in die Kirche zu treten. Ich muß meinen Auftrag erfüllen und muß wie ein edler Kämpe das reine Weiß der heiligen Katharina von Alexandria auf meine Fahnen heften.

Im Innern ist die Kirche weiß gekalkt und kahl, bar jeden Schmuckes bis auf die steife, verzogene Ikone eines glatzköpfigen Apostels Paulus. Zwölf Reihen roher Zedernbänke mit einem Durchgang in der Mitte führen zu einem wackligen Altar. Ein junger, wohlgestalteter Priester erhebt sich vom Gebet, als wir eintreten.

Meine erste Befürchtung – daß die Frau des Kaufmanns uns zuvorgekommen ist – verfliegt rasch. Neben dem Kruzifix steht das Reliquiar in voller Schönheit vor uns auf dem Altar, ein goldener Kopf mit einem erstaunten Mund aus Glas, durch den wir ihre Zunge sehen können. Als es an mir ist, mich vor ihr zu neigen, richte ich in meinem Herzen an die Zunge folgendes Gebet:

Wie ein winziges blindes Mäuschen, geliebte Zunge, hast du dich im Munde unseres heiligen Kindes geplagt. Mühevoll bebend erwecktest du ihre ersten Worte, und hast sie von deinem rosenfarbenen Muskelbett in die Welt fließen lassen. Zaghaft hast du dich nach dem ersten Geschmack kühler Melone gestreckt und traurig hast du den der Muttermilch vergessen. Du, Zunge, hast heidnische Reime aufgesagt, hast dich frechen Heidenjungen entgegengestreckt, hast den Schweiß von der Oberlippe unserer Heiligen geleckt, wenn sie den heidnischen Götzen Weihrauch streute.

Ein Stein warst du in ihrem Mund in jener Nacht, in der ihr Vater, der gute König Costus, starb. Warst ein ausgepreßter Schwamm, der kaum ihre Lippen befeuchten konnte am dritten Tag in jener Wüste, in die sie Sankt Sabba geführt hatte, um ihr dort die Botschaft unsres Herrn zu verkünden. Kein Fleisch schmecktest du da, es sei denn das der zerfurchten Knöchel ihrer Schulmeisterin, keine Flüssigkeit als ihre Tränen, erhitzt auf dem Portal ihrer sonnenverbrannten Lippen. So angespannt, so sehnsuchtsvoll warst du mit vierzehn Jahren, als du die Wange ihres Bräutigams berührtest: Es war das Jesuskind, das einen Ring an ihren Finger steckte und sie zurück nach Alexandria sandte.

Vier Jahre lang hast du dort unter dem Jubel der Armen die frohe Botschaft verkündet, bis der Kaiser erschien, um sein Lehen zu inspizieren. Du aber, Zunge, hast mit deiner Antwort auf Kaiser Maxentius nicht gezögert; nein, du hast den Gaumen berührt, bist hinter ihre Zähne geglitten. Ich werde meinem Gatten Jesus Christus nicht entsagen. Ich werde keinen Weihrauch streuen vor eure Götzen.

Der Kaiser folgte dir auf deiner Wanderung in ihrem Mund, sah jedes Mal, wenn du auf deiner Pilgerfahrt der Weigerung gedankenvoll einhieltest. So sehr begehrte er, dich zwischen seine eigenen Lippen zu nehmen, daß er zu Zeiten spürte, wie sich sein Mund leicht öffnete und schloß, wie jener eines Säuglings, der von seiner Mutter Brust träumt. Noch einmal prüfte er Sankt Katharina, nur um zu sehen, wie du deine Entgegnung kosten würdest. O arme nierenfarbene Zunge seines Weibes, der Kaiserin; der Kaiser wollte sie durch dich ersetzen und bot Katharina den Platz an seiner Seite für eine Handvoll Räucherwerk auf dem Götzenaltar. Doch wieder schlugst du leicht an ihren Gaumen. Nein.

Ob fünfzig Philosophen sie nicht überzeugen konnten?

Du hast sie erniedrigt und beglückt, erst durch ihre Niederlage, dann durch ihre Bekehrung.

Ob nicht die Folter, das Rad, der Hunger sie zum Schweigen bringen konnten?

Nein, denn du schenktest Gott ein neues Lied, lecktest Nektar aus der Engel Hände.

Schneidet ihr die Brüste ab, brüllte der Kaiser, aber verschont ihre Zunge.

Wo konntest du nun ruhen in der Höhlung ihres Mundes? Hättest du wohl einen Gedanken finden können, um die Kissen zu begleiten, die von ihrem Brustkorb fielen? Doch aus dem Bösen entstand Gutes: Kaiserin Nierenzunge ward bekehrt, der Wärter Porphyrius und all die Tausende, die auf den Platz gekommen waren, um ihrer Patronin zuzujubeln, wurden bekehrt und sogleich zum Martyrium gezwungen.

Und als der Kaiser in seinem wütendsten Zorn, in einem Stoppelfeld abgehackter Glieder stehend, ihr den Kopf von ihren Schultern schlug, mußten seine Wachen ihn festhalten, sonst hätte er von deinem im Tode zuckenden Fleisch, o Zunge, Staub und gekörnte Milch gesaugt. Er wehrte sich. Er mußte einfach wissen, wie es schmeckte, Christ zu sein.

Segne mich, o Zunge.

Im Namen Jesu Christi, Amen.

Der Priester steht neben dem Altar, als ich das Glas mit meinem ehrfürchtigen Kuß behauche, und wischt es nach mir ab.

Als wir alle vorgetreten sind, ziehen wir uns in den schattigen Lustgarten zurück, um unsere Beutel zu öffnen zu einem Mittagsmahl. Konrad, unser Barbier, holt eine kleine, rasch zusammengefügte Rohrflöte hervor und spielt festlich zu unserer Unterhaltung.

»Meine Pilgerbrüder«, sage ich und erhebe mich, als alle gegen Ende unsres Mahles im Kiefernschatten ruhen, »ich habe eine gewinnbringende Predigt vorbereitet darüber, wie es sich mit diesem Berg der Venus und dem des heiligen Sinai verhält, über die Ähnlichkeiten und Unterschiede, ihre geschichtliche Bedeutung und die Wunder, die man ihnen zuschreibt. Wahrheit und Illusion nenne ich diese Predigt. Wollt ihr sie hören?«

»Hört, hört!« ruft Johann und schwenkt seinen Wasserschlauch. »Wenn wir schon die Nachmittagshitze ertragen müssen, wie könnten wir ihr besser trotzen als bei einer Predigt?«

Konrad pfeift zur Zustimmung ein kurzes Arpeggio und Konstantin stützt den Kopf in die Hände, um sich zu sammeln. Ich stelle mich so in den Kiefernhain, daß ich Sankt Pauli Kirche gegenüberstehe, um die Frau des Kaufmanns zu sehen, wenn sie sich hineinschleicht.

»Pater, haben wir nicht gerade eine Messe –« fleht Ursus.

»Die Predigt von Wahrheit und Illusion«, beginne ich, »am heutigen Tage der Johannisnacht von Pater Felix Fabri vom Dominikanerorden zu Ulm gehalten für seine lieben Freunde Johann, Konrad, Konstantin und Herrn Ursus Tucher.

Da eine Predigt wie jede neue Kreatur vorzüglich mit einer Geburt beginnt, laßt mich vor dem Erklimmen unserer zwei Gipfel Venus und Sinai zuerst von zwei Geburten sprechen. Falsch war die eine, wahr die andere, doch geschahen beide im Schatten dieses Lustgartens.

Als Jupiter Rache an seinem Vater nahm und sein Geschlecht mit einer Sense abschlug, schäumte das Blut der Wunde auf dem Meer, bis eine Dame geboren wurde. Weiß irgend jemand, wer diese Dame war?« Ich zeige auf meines Gönners Sohn. »Ursus!«

»Die Dame Venus?«

»Erraten. So war sie zwar die schönste Frau der Welt, geboren aber aus – ganz recht – dem schlechten Samen eines abgesetzten Gottes.

Jahrhunderte später zierte eine weitere Geburt diese Insel, obgleich ihre Bewohner tief in der Venus Hurerei versunken waren. Dem Vizekonsul von Zypern wurde eine Tochter geboren, bevor er den Thron von Alexandria bestieg. So keusch war das Kind wie Venus verrucht, so geistig wie Venus geschlechtlich. Vielleicht waren es ihre Erinnerungen an ihre Tage auf der Venusinsel, die sie diese Worte zu Kaiser Maxentius sprechen ließen: ›Bist du vom Geist beherrscht, so bist du König, doch herrscht der Körper, bist du Sklave.‹ Weiß irgend jemand, wer diese Worte sprach?« Wieder zeige ich auf meines Gönners Sohn. »Ursus!«

»Die heilige Katharina! Sie war es, die diese Worte sprach!«

»Ganz recht. Zwei Geburten also: eine die Tochter eines Königs auf dem Weg nach unten, eine die Tochter eines Königs auf dem Weg nach oben. Die eine aus verderbtem Samen, die andere von ehrenhaften, geschäftigen Eltern. Doch wenden wir uns nun den beiden Bergen zu.«

Ich werfe eine Blick auf die Kirche. Niemand naht.

»Ihr wißt, so denke ich, wo auf der Welt die beiden fraglichen Berge liegen. Der Venusberg erhebt sich auf der fruchtbaren Insel Zypern aus dem Meer. Er blickt über Felder und Bäche, über Ackerland und Weinberge.

Der Berg Sinai liegt an einem vollkommen gegensätzlichen Ort, in einem rauhen, öden Landstrich, umgeben von unfruchtbaren Felsen und giftigen Schlangen. Nach Zypern können wir in der Gesellschaft fröhlicher Landsleute segeln, doch um zum Sinai zu gelangen, gilt es Kamelbissen und Araberüberfällen zu entgehen, um in der Wildnis doch vielleicht an Durst zu sterben.«

Konstantin erschauert.

»Und doch geht es gerade hier um Wahrheit und um Illusion. Denn trotz seiner schattigen Bäume und seiner Fruchtbarkeit, trotz des leichten Zugangs und des kühlenden Windhauchs ist die Anhöhe, auf der wir sitzen – der Venusberg –, ein Misthaufen der Verderbnis, faul und von Würmern wimmelnd. Er ist die Heimat einer heidnischen Dirne, die nicht damit zufrieden war, ihren eigenen Körper zu verderben; nein, sie mußte einen ganzen Kontinent besudeln und ihr Gift bis in die Toskana verspritzen, wo es törichte deutsche Reisende befällt.

Bezeugt nun, Freunde, welche Illusion den Sinai umgibt. Scheinbar ist er ein Fels des Schreckens, jeder Freundschaft bar, versengt vom Feuer und von Gott verlassen. Doch sucht ihr nach der Wahrheit, so werdet ihr sie finden in der Gestalt eines Mädchens, das sich gerade diesen Berg als ewiges Heim erwählte. So ist der Sinai trotz seiner Hitze und seines Staubes, trotz seiner Skorpione, seines Sandes und Schweigens ein Paradies! Seht nur mit eurem Herzen, und ihr werdet klare blaue Quellen hervorstürzen sehen und üppig grüne Haine, von Früchten überquellend. Der Sinai ist keine Öde, nein, tausendfach belohnt er den kühnen Pilger mit seinem himmlischen Versprechen! Wie leicht ist der einladende Venusberg zu erreichen; wie gefährlich und doch segensreich für eines Menschen Seele ist es, den Berg Sinai zu gewinnen. Denn durch nichts kommt in diesem Zeitalter des Glaubens der Mensch einem Martyrium so nahe!«

In der Ferne sehe ich eine Frau den Berg heraufkommen. Sie ist zu weit weg, als daß ich mir sicher wäre, doch erinnert sie tatsächlich an die Frau des Kaufmanns.

»Wie aber können wir entscheiden, was Wahrheit ist und was nur Illusion?« fahre ich erregt fort, stetig darauf bedacht, die winzige Gestalt im Blick zu behalten.

»Zum ersten: Zwei schöne Frauen werden nach ihrem Tod auf Berge überführt. Die Keuschheit der einen beglückt den Himmel, die Verderbtheit der anderen erfreut die Hölle.

Zum zweiten: Zwei Männer sind es, deren Namen sich mit diesen Frauen und ihren Bergen verbinden. Wo Katharina auf dem Sinai ruht, sprach Gott zu unserem Patriarchen Moses. Wo Venus in ihrem Berg schläft, sei es hier oder in der Toskana, leistet ihr der betörte schwäbische Edelmann Tannhäuser Gesellschaft. Gesetz oder Fleischeslust? Was muß Gott gefällig sein?

Zum dritten: die Wunder. Auf dem Sinai brannte ein Dornbusch und blieb doch unversehrt. Dort schrieb unser Herr die Zehn Gebote, dorthin gelangte eine Jungfrau aus dem fernen Alexandria, deren Gebeine nun Wunder in der ganzen Welt wirken. Auf dem Venusberg meißelte der Bildhauer Pygmalion, voll Abscheu über die Hurerei der Frauen Zyperns, das Bildnis eines Weibes aus einem Marmorblock. So vollendet war seine Kunst, daß er sich in sein eigenes Werk verliebte. Venus, des Sieges gewiß, verlieh der Statue – Galatea – Leben, worauf Pygmalion sich auf sie stürzte und ein Kind zeugte.

Wollt ihr nun Wahrheit und Illusion unterscheiden, so fragt euch selbst, meine Freunde: ›Ist das Wesen, auf das ich meine Liebe richte, von der Hand Gottes oder der des Menschen geschaffen?‹ Und fragt euch: ›Will ich mich mit Venus begnügen oder will ich nicht ruhen, bis ich den Berg Sinai erreiche?‹«

»Zum Sinai!« ruft Ursus. »Auf zum Sinai!«

»Ja, mein Junge, mein braver Junge«, umarme ich ihn. »Du bist es wert, mit uns zu kommen. Du wirst unter den Gesegneten leben.«

»Ist *sie* das?« Konstantin fährt herum und sieht die Frau näherkommen. »Arsinoe?«

Schon ist er aufgesprungen und läuft durch den Garten zu der Tür, durch die sie sich in die Kirche gestohlen hat. Halte sie nicht auf, Konstantin, rufe ich um ein Haar. Ich will sie auf frischer Tat ertappen.

Am Portal der Kirche holen wir ihn ein; ich lege den Finger an die Lippen, um Ruhe zu gebieten. Ich will ihr genug Zeit geben, um den Glasmund aufzuklappen, ihre Hand in den Schlund meiner Braut zu zwängen und ihre vollkommene rosenfarbene Zunge aus ihrem Bett zu reißen.

Ganz langsam öffne ich die Tür, nur einen Spalt. Eine Frau kniet am Altar, wenige Zoll von Katharinas Schrein entfernt. Ich sehe, wie sie ihre Hände nach etwas ausstreckt, doch ist es nicht die Zunge meiner Braut. Langsam hebt der lüsterne Priester Sankt Pauli sein Gewand, um sich den Händen eines fremdartigen, dunkeläugigen Bauernmädchens zu ergeben.

Sie ist es gar nicht! Ich schlage die Tür zu. Konstantin bricht weinend auf dem Boden zusammen.

»Sie ist für immer fort, Pater Felix. Ich habe die Zunge der heiligen Katharina verloren.«

Mit tellergroßen Augen starrt Ursus den Kaufmann an.

»Kommt, Konstantin.« Johann zieht ihn auf die Beine. »Gehen wir zum Schiff zurück. Womöglich hat sie es dorthin geschafft.«

»Ich glaube aber immer noch –« will ich protestieren, doch Johann bringt mich mit einem strengen Blick zum Schweigen.

»Wir sind schon fast den ganzen Tag hier«, sagt er. »Sie kommt nicht mehr.«

Schweigend und schweren Herzens wandern wir zurück, eine Schar geschlagener Männer. Nur Ursus schreitet lebhaft aus und versucht seine Gewandtheit an Skorpionen und Giftschlangen. Er zerquetscht das Wüstengewürm mit den Absätzen seiner übergroßen Stiefel und träumt von den Sanddünen Arabiens. Johann befragt die Matrosen, als wir den geschäftigen Hafen erreichen, doch keiner hat eine Frau oder ein türkisches Schiff ankommen sehen.

»Ursus, mein Sohn!« Graf Tucher empfängt uns mit ausgebreiteten Armen, als wir die Leiter zu unserem Schiff emporklimmen. »Du siehst fiebrig aus. Hast du durch deinen Ärmel geatmet, wie ich es dir gezeigt habe?«

»Nein, Vater, die Luft war gut.«

Konstantin drängt sich durch die dichte Schar der Pilger und steigt trübselig die Stufen zur Damenkajüte empor. Vor Arsinoes Tür rollt er sich wie ein vergessener Wachhund zusammen.

»Hattet Ihr schon Gelegenheit, Euch Frau Emelia Priuli vorzustellen, bevor Ihr an Land gingt?« Graf Tucher präsentiert uns die schlafäugige Kammerfrau, die am Morgen auf unser Schiff gekommen ist. Wir mustern uns mit gegenseitigem Mißfallen.

»Warum trägt sie Mutters venezianischen Kamm?« fragt

Ursus und zeigt auf einen elfenbeinernen Schimmer im dichten, kastanienbraunen Haar der Frau. »Wir haben ihn doch als Geschenk für sie gekauft.«

Graf Tucher zuckt verlegen die Achseln.

»Die gute Dame hat ihren Kamm heute morgen verloren, deshalb hab' ich ihr unseren geborgt. Wir kaufen deiner Mutter in Jerusalem einen neuen.«

»Ich glaube eher, jemand hat meinen Kamm gestohlen«, mischt sich Emelia Priulis flacher italienischer Alt ein.

»An Bord von Schiffen scheint der Mensch dazu zu neigen, den Dieb zu spielen«, kommentiere ich. »Schreibt man etwa und legt die Feder nieder, um sich abzuwenden, verliert man eben diese Feder, obgleich man unter wohlbekannten Männern sitzt.«

»Zypern hat dir also gefallen, mein Sohn?« Graf Tucher wechselt rasch das Thema. »Was hast du gesehen?«

»Pater Felix hat uns zu einem stinkenden Misthaufen geführt, in dem es von Würmern wimmelte.«

»Wir haben den Venusberg bestiegen«, sage ich.

»Und er hat uns vom Berg Sinai erzählt. Ich kann es kaum erwarten, die Wüste zu durchqueren, Vater. Ich möchte für die heilige Katharina sterben.«

Graf Tucher sieht mich scharf an.

»Du wirst für niemanden sterben, Ursus. Und wir reisen nicht zum Berg Sinai. Signora Priuli hat mir erzählt, daß der Hof die Nachricht erhalten hat, Araber hätten das Kloster der heiligen Katharina überfallen. Es ist bis auf die Grundmauern niedergebrannt.«

»Was?« schreie ich auf.

»Wir haben alle geweint, als wir es hörten.« Die Dirne wischt sich eine nicht vorhandene Träne vom Gesicht. »Die heilige Katharina ist nicht mehr.«

Johannisfeuer

DIE MATROSEN ERSTICKEN das Schiff mit Halsketten aus Johannisfeuern, verspotten das sonst so strenge Verbot gegen Lichter an Deck, indem sie Laternen hoch am Großmast hissen. Andere Seeleute klettern barfuß durch die Takelage, brennende Fackeln zwischen den Zähnen; in der Art von Gauklern geben sie vor, wie Pfingstfeuer auf die Pilger herniederzugehen.

»Ich geh' schlafen«, sagt Ursus gelangweilt.

»Du versäumst die Feuer«, erwidere ich.

»Das kümmert mich nicht.«

Ich lehne den Kopf an den Mast und schließe die Augen. Es war eine Woche der Diebereien. Meine Feder, Katharinas Ohr, der Kamm der Priuli, mein Grund für die Pilgerfahrt.

Stunden und Stunden habe ich geredet, doch was schert sich der Verräter Tucher um Katharina? Seit Wochen hören wir Gerüchte über die Zerstörung ihres Klosters, aber nur aus Quellen, die Kapitän Lando nahestehen. Die Priuli ist eine Base seiner Frau, wie sollte sie da nicht freudig seine Lügen verbreiten! Nur ein so glaubensschwacher Mann wie Graf Tucher wird ihnen Glauben schenken.

»Felix, du siehst so trübe drein. Sei fröhlich. Heute ist mein Namenstag.«

Johann schreit mir ins Ohr und reicht mir eine offene Flasche Malvasier. Der Wein ist dick und süß wie Sirup.

»Ich weiß, du bist verärgert, aber du mußt auf Gottes Plan vertrauen.«

Man hat mich zu sehr betrogen, als daß ich Vertrauen haben könnte. Statt dessen nehme ich noch ein paar tiefe Züge Wein. Die Johannisfeuer tauchen das ganze Deck in rotes Licht.

»Ist doch besser so?« fragt Johann. Ich spüre, wie der Wein heiß in meine Arme schießt. Meine verkrampften, steifen Finger schwellen an. Der von den Laternen aufsteigende Rauch verbirgt die anderen Pilger; wie körperlose Schatten tanzen sie hinter einem dichten, verschwimmenden Schleier. Selbst Johann mit seinem krausen Bart aus Rauch und seinem Gesicht aus Feuerschatten sieht aus, als käme er von jenseits des Grabes.

Wir verwenden das Wort Feuer für so mannigfache Dinge. Feuer als bewußt gelegter Brand, Feuer gepaart mit Wasser, um die Notwendigkeiten unsres Lebens anzudeuten, zerstörerisches Feuer, Feuer als Folterinstrument und um ein Leben auszulöschen, himmlisches Feuer und das Feuer der Liebe. All diese Bedeutungen gehen zurück auf die einfache Etymologie *ignis* quia sua omnia *ignit* natura, Feuer, das alle Dinge aus seinem ureigenen Wesen heraus verzehrt. Doch greifen wir noch weiter in die Vergangenheit zurück, wie könnten wir dies Wesen dann von seinem Ursprung trennen? Denn Prometheus stahl den Göttern Feuer, um dem Menschen seine erste schuldbeladene Wärme zu schenken; und daher ist die wahre Etymologie der Wörter Feuer und Zerstörung und auch Liebe – der Diebstahl.

Ich blicke ans Ufer hinüber und sehe winzige Freudenfeuer überall am Berghang. Warum entfachen wir Feuer in der Johannisnacht? Es heißt, daß Drachen auf ihrem Fluge durch die Lüfte manchmal lüstern werden und ihren Samen in Brunnen oder Flüsse fallen lassen. Daraus entspringt ein Jahr der Seuchen. Unsere Vorfahren bauten rauchende Feuer aus Tierknochen, um jene Drachen zu verscheuchen, und weise fahren wir mit dieser Sitte fort.

Warum aber kann es dann sein, mag man fragen, daß wir Christen, die doch die Lust der Drachen beklagen, an diesem Tag so blindlings kopulieren?

Darauf, meine Brüder, kann ich wohl nichts erwidern, denn nur der Teufel weiß, warum die Menschen solches tun. Ich weiß nur, daß an diesem längsten Tag des Jahres etwas mit jedem Mann geschieht, das seine Leidenschaft bis zum Zerreißen spannt.

Der Mann, der sich auf unser Schiff stiehlt, verborgen hinter einer glühend weißen Fackel, scheint mir irgendwie vertraut. Luzifer, denke ich trunken bei mir. Der Lichtbringer. Er zeigt die geschmeidige Anmut und den modischen Sinn eines gefallenen Engels in seinem kurzen schwarzen Gewand und seinen senfgelben Kniestiefeln. Schwarze Locken fallen ihm in die Stirn, bilden zwei spitze Hörner hinter seinen Ohren. Prüfend läßt er den Blick über das Schiff wandern, dann wendet er sich zur Leiter zurück und hilft seinem Gefährten herauf; es ist ein furchterregendes Geschöpf in einem roten Fes, einem Gewand aus weißem Leinen und hohen, harten Holzpantinen.

»Ein Türke.« Ich packe Johanns Arm. An seiner Hüfte trägt er einen blitzenden Krummsäbel.

Johann folgt meinem Blick und schüttelt dann den Kopf.

»Sieh seinen Bart«, erwidert er, »er ist blond.«

Sie geben vor zu schlendern, doch die Augen des dunklen Mannes blitzen scharf in alle Schatten, während die des andern über die Pilger schweifen, die Sankt Johannes hochleben lassen. Wortlos heften Johann und ich uns an ihre Fersen.

Zwischen den beiden Gestalten schimmert ein schmaler Streifen Feuer und Nacht, der verschwindet, wenn ihre Köpfe sich beratend zusammenfinden, wenn ihre Schultern sich besitzergreifend berühren, wenn sie sich ducken, um unter Bänke zu schielen, wenn sie sich hinter ahnungslosen Pilgern rekken. Sie bewegen sich in vollkommen manichäischem Einklang aus Dunkelheit und Licht, zwei Seelen, die entweder so ganz desselben Geistes sind oder so gewohnt an des einen Hörigkeit, daß sie ihren Rhythmus niemals zu bedenken scheinen. Als der Dunkle durch unsere Luke verschwindet, schaut ihm der Blonde hinterher wie eine verlassene Braut.

»Ursus ist schon da unten«, flüstere ich.

»Schau dir mal seinen Nacken an«, gibt Johann zurück.

Ein Holzsplitter, fast so dick wie mein Daumen, ragt aus seinem Leinenkragen. Um ihn herum sickert aus einem wütend roten Mund ein Eiterrinnsal über sein geschwollenes Fleisch.

Ich bin nun anderer Ansicht. Was uns Pilger auf unsern Schiffen am meisten peinigt, ist nichts so Vertrautes wie eine vier Finger breite Wand zwischen uns und dem Ozean – was uns jenseits unserer wildesten Träume erschreckt, sind Fremde, die auf unserem Deck umherstreifen, während unser Kapitän an Land ist, um mit seinem Weib Freudenfeuer zu entfachen.

Der Blonde wendet sich um und starrt uns mit hungrigen blauen Augen an. Nein, nicht uns: einen Funken, der an meinem Gesicht vorbeifliegt und in meiner Flasche kühlen dunklen Weins verlöscht. Ich höre einen Seufzer.

»Hast du Durst?« fragt auf deutsch der Dunkle, der wieder hinter ihm erscheint.

»Ja.«

»Ihr sprecht deutsch?« keuche ich, bevor Johanns Hand mir den Mund verschließen kann. Das hätte ich im Traum nicht erwartet.

»Wer seid Ihr?« will der Blonde von mir wissen. Recht schwäbisch klingt es durch den fremdländischen Schnurrbart.

»Pater Felix Fabri vom Predigerorden zu Ulm!« rufe ich. »Landsmann, wenn Ihr denn einer seid, kostet unseren Malvasier.«

Seine Hand zögert, bevor er die Flasche ergreift, und ich bemerke einen raschen, verstohlenen Blick auf seinen Kameraden. Er wendet uns den Rücken zu, beugt sich zurück und leert die Flasche in einem Zug.

»Habt Ihr mehr?«

»Ha!« lacht sein Freund. »Kaum bist du fünf Minuten unter Christen, wirst du schon zum Säufer.«

Johann verschwindet zögernd, um noch eine Flasche zu holen. Alles Finstere ist verschwunden. Sie sprechen deutsch!

»Was bringt Euch an Bord unseres bescheidenen Schiffes?«

»Vor allem unsere Neugier«, sagt der Dunkle grinsend. Er stemmt seine gelben Stiefel gegen eine Bank und blickt gemächlich übers ganze Deck. »Ich wollte sehen, wie die Pilger Landos reisen.«

»Ihr kennt unseren Kapitän?«

»Nur vom Hörensagen. Ich reise mit Contarini.«

»Contarini ist hier?«

»Wir sind soeben eingetroffen.«

Und Lando ist an Land bei seiner Frau. Eine winzige Sekunde lang sehe ich, wie Jerusalem uns wie ein Teppich entrissen wird, dessen Staub uns ins Gesicht schlägt.

»So seid Ihr mein Feind?«

Er lächelt wegen des Widersinns.

»Sieht ganz so aus.«

»Johann«, wende ich mich an meinen zurückgekehrten Freund, »darf ich dir unsern Feind …«

»Niccolo Callegeris.«

»Johann Lazinus, Archidiakon aus Ungarn.« Johann vertauscht die Flasche, um die Hand des Fremden zu schütteln.

»Wer bringt den Trinkspruch aus?«

»Wie wär' es mit Abdullah.« Ser Niccolo reicht seinem Freund die Flasche. »Er ist von uns am meisten ausgetrocknet.«

Mein Blick trifft sich mit Johanns. Abdullah als Namen eines Blonden kann nur eines heißen.

»Ihr seid ein Mameluck?« platze ich heraus.

Ser Niccolo stößt ein kurzes, scharfes Lachen aus. Abdullah, der sich schon am Korken zu schaffen macht, hält beleidigt inne.

»Ja, Dominikanerpater, das bin ich. Und ich weiß nicht, was daran so lustig sein soll.«

Unter seinem weibischen Gewand schwillt der dicke Bizeps des Mamelucken. Er treibt seinen Dolch tief in den Korken und reißt ihn heraus, hebt die Flasche zum Mund und trinkt voll Trotz.

Warum, so frage ich mich, hat dieser Mann seinem angestammten Glauben abgeschworen? War er wie die meisten abgefallenen Christen ein Gefangener der Türkenkriege, den man mit vorgehaltenem Säbel zwang, Christus zu entsagen? Oder wurde er mit heruntergelassenen Hosen über dem verbotenen Schoß eines Sarazenenmädchens ertappt, dessen Vater ihn vor die simple Wahl stellte, sich für Mahomet zu entscheiden und zu heiraten oder sich Stück für Stück das Rückgrat aus dem Leib reißen zu lassen? Es kommt nicht darauf an. Er hat Gott für Allah eingetauscht und so die ewige Verdammnis.

»Nicht so schweinisch, mein Freund.« Ser Niccolo greift nach der Flasche. »Ach je, jetzt hab' ich wieder vergessen, daß ich nicht von Schweinen reden soll!«

Abdullah zieht eine Grimasse, doch reicht er ihm den Wein; Niccolo trinkt und gibt ihn an mich weiter.

»Abdullahs neue Religion versagt ihm, Schweinefleisch zu essen. Ist es nicht so, mein Freund?« stichelt Niccolo den Mamelucken. »Und Alkohol zu trinken. Du solltest Gott danken, daß du unter Christen bist.«

»Dank sei Jesus, Maria und Josef.« Der andere reißt die Flasche wieder an sich und hebt die Hand zum Gruß.

Stellt euch vor, Brüder, wenn unsere Knechte sich mit einem Mal erhöben und verlangten, dasselbe Fleisch wie wir zu essen, auf denselben Pferden zu reiten und unsere Gebete anzuleiten! Erlaubten wir wohl unseren Knechten, uns so zu beherrschen? Gäben wir ihnen Waffen, die uns töten könnten? Glücklicherweise sind wir mit Vernunft begabte Deutsche und keine verweichlichten ägyptischen Sultane, die ihren eigenen Landsleuten so mißtrauten, daß sie sich vor langer Zeit schon mit Tausenden kräftiger abtrünniger Christensklaven umgaben, die sie schützen sollten. Es war nur eine Frage der Zeit, bis diese Sklaven, auf arabisch Mamelucken, auf die Schwerter in ihrer Hand blickten und dachten: »Man könnte damit wohl den Hals eines Sultans genauso schön abschneiden wie den jedes andern.« So herrschen die Mamelucken schon seit zweihundert Jahren in Ägypten. Wird einer von ihnen von einem Speer durchbohrt, vergiftet oder auf ein Kamel gebunden – denn Sklavenherrscher sterben nie eines natürlichen Todes –, so rückt ein anderer emporgekommener Sklave an seinen Platz. Abdullah erzählt uns, er sei, damals noch ein gewisser Peter Ber, in

Gefangenschaft geraten und an den natürlichen Sohn des ägyptischen Sultans Quait Bey und dessen griechisches Sklavenmädchen verschachert worden. Bringt er genügend Menschen um, hat Peter-Abdullah so gute Aussicht wie jeder andere, Sultan zu werden.

Doch nun will er über Deutschland sprechen.

»Es gibt sie noch, die großen dunklen Wälder«, erzähle ich. »Und braune Pilze wachsen im Wacholderdickicht. Es regnete an jedem Tag meiner Pilgerfahrt, bis wir Italien erreichten.«

»Ist das Bier noch dick und braun?«

»Mit malzgeflecktem Schaum.«

»Und die Wurst?«

»Mein Gott, die Wurst!«

»Hab acht aufs Schwein, Abdullah«, warnt Ser Niccolo. »Verweile nicht zu lang beim stinkenden Schwein!«

»Ein Mann, der solch ein schönes Deutsch spricht, sollte sich schämen, Scherze zu reißen über unsere Wurst«, tadle ich ihn. Ich spüre die Hitze des Weins in meinen Wangen, als ich mich vorbeuge, um die Flasche zu ergreifen. »Wo habt Ihr so vollkommenes Deutsch gelernt?«

»Ser Niccolo ist Übersetzer«, sagt Abdullah. »Er spricht alle Sprachen der Welt.«

»Ich befasse mich ein wenig mit Etymologie«, erwidere ich lachend, »doch übersetzen will ich nicht. So viel ist einem Volk so eigen, daß es in keine andere Sprache passen will. Die Welt ist allzu voll von Wörtern, die heimatlos umherstreunen.«

»Ah, da habt Ihr ins Zentrum von der Macht des Übersetzers getroffen, Pater.« Niccolo schlägt mir mit demselben Stolz auf den Rücken, wie es mein Basler Abt tat, als ich mit sieben meinen ersten Katechismus lernte. »Genau da haben wir mehr Einfluß als Könige und Bischöfe. Es dient einem Übersetzer, die Menschheit in Unkenntnis zu lassen, denn dann muß uns der Leser anvertrauen, für ihn zu denken.«

»Was aber, wenn wir ganz allein denken wollten?«

»Dann müßtet Ihr dasselbe tun wie ich und hundert verschiedene Sprachen lernen. Sonst seid Ihr immer von der Lesart abhängig, die Euch ein gänzlich Fremder von der Wahrheit gibt.«

»Ich habe den Übersetzer immer in der Dienerrolle gesehen«, erwidere ich, mutig geworden durch den Wein. »Er ist doch ein Sklave des Geistes, oder nicht?«

Ser Niccolo lächelt, als er bemerkt, daß eine kleine Ausgabe von *Über Lage und Namen biblischer Orte* des Sankt Hieronymus aus meiner Tasche ragt. Er zieht das Büchlein heraus und blättert es durch.

»So möchte mancher es gern haben. Doch laßt mich Euch mit einer Analogie entgegnen: Nehmt einmal unseren Freund Abdullah –«

Hieronymus in einer Hand, legt er die andere auf den angeschwollenen Nacken des Mamelucken. Ich sehe, wie Abdullah zusammenzuckt.

»Er ist ein Sklave, der Diener eines natürlichen Sohns des Sultans. Hätte er aber den Geist, seine Feinde zu vernichten, so könnte er, ein verderbter, amoralischer Abtrünniger, sich leicht zum Herrscher des Ostens machen, zur mächtigsten politischen und religiösen Gestalt der Welt.

Glaubt Ihr nicht, solches war dem heiligen Hieronymus bewußt, als er sich niedersetzte, um der hebräischen Sprache die Bibel zu entreißen? Er wußte, daß nur eine Handvoll Römer jene geheimnisvolle jüdische Sprache verstand, so daß der Rest der Menschheit völlig von seiner lateinischen Übersetzung von Gottes Wort abhängig war. Würden die Juden in Bälde ausgelöscht, wie viele Herrscher in Europa es wünschen, wer würde dann an Gottes Statt sprechen? Nur der Meisterübersetzer Sankt Hieronymus. Und daher frage ich Euch, Pater Felix, wer, in Wahrheit, dient auf dieser Welt? Und wer, in Wahrheit, herrscht?«

Johann fühlt sich bei dieser Unterhaltung sichtlich unwohl; Abdullah hockt voll Ungeduld auf seiner Bank.

»Wollen wir philosophieren«, sagt der Mameluck, »so brauchen wir noch eine Flasche Wein.«

»Ich hol' sie«, sagt Johann und ist schon aufgestanden.

»Dann komm' ich mit.« Der Mameluck folgt ihm, den Arm vertraulich um die steifen Schultern meines Freundes gelegt. Sie verschwinden im Schatten der Kombüse und der Damenkajüte.

Hinter uns beginnen die Festlichkeiten zu Ehren Sankt Johannis. Ein Horn schleudert sein Vibrato über die Laternen, als werde Fett ins Feuer gegossen. Ein Ruderknecht erhebt die Stimme zum Gesang.

»Seid Ihr Gelehrter oder Diplomat?« frage ich, mit einem Mal gewahr, daß sein Blick in meine Augen fällt.

»In meinem Beruf muß man ein wenig von beidem sein.« Er betrachtet mich, als wolle er abschätzen, wie sehr mich seine Antwort wirklich interessiert. »Macht man eine Sprache mit einer anderen bekannt, so muß man die beiden erst dazu bringen, sich mit den Händen zu berühren, muß ihnen schöntun. Es ist allzu einfach, als Übersetzer zur Gewalt zu greifen; und das tut man, bemächtigt man sich einer Bedeutung aus der schwächeren Sprache und zwingt sie in die Buchstaben der stärkeren. Verführen muß die Übersetzung, Pater, mit all den sachten Überredungskünsten einer Entführung, der das Opfer zustimmt.«

Ser Niccolo schweigt, dann fährt er fort. »Ich habe alle Sprachen erlernt bis auf eine.« Er wendet sich von mir ab und starrt tief in des Schiffes Schatten. »Was ich noch nicht gemeistert habe, ist das Vokabular des Wahnsinns.«

Mit einem Mal weiß ich, wo ich ihn schon einmal gesehen habe.

»Ihr seid der Herr aus Candia! Ihr habt nach der entlaufenen Frau gesucht!«

Er betrachtet mich mit durchdringendem Blick.

»Nach meiner Schwester, ja. Auch ich erinnere mich nun«, sagt er. »Ihr wart dort in Begleitung eines Knaben.«

»Wir haben sie gefunden«, rufe ich. »Sie war auf unserem Schiff!«

»Wo ist sie?« Sein Blick folgt meinem zur Damenkajüte, aus der ich noch immer erwarte, sie kommen zu sehen, naß und schuldbewußt. Hegt ihr Bruder denselben Verdacht?

»Sie ist fort«, berichte ich ihm bedauernd. »In Rhodos ist sie weggelaufen.«

»Wie war ihr Zustand? Sah sie leidend aus?«

Brüder, was soll ich tun? Soll ich von ihrem Versuch erzählen, sich zu ertränken? Soll ich ihm meinen Verdacht anvertrauen?

»Ihr braucht nichts weiter zu sagen«, seufzt der Übersetzer. »Ich sehe schon an Eurem Gesicht, daß sie noch immer nicht gesund ist. Bitte, Pater«, fleht er und packt eindringlich mein Knie, »wenn sie je zurückkehrt – haltet sie für mich fest. Ihr könnt nicht wissen, wozu sie fähig ist.«

Doch, ich weiß es. Aber wage ich es zu sagen?

Ein Pilger schlägt ein Tamburin, ein anderer drückt ein Blasenspiel. Ser Niccolo läßt mich los und schaut verzweifelt um sich. Auf dem ganzen Schiff nehmen die Pilger den Rhythmus auf, stampfen mit den Füßen, klatschen fröhlich mit. Vor dieser Nacht habe ich den Brauch, aus Freude in die Hand zu klatschen, noch nie erlebt; ich kannte ihn nur aus dem 47. Psalm: »Frohlocket mit Händen, alle Völker, und jauchzet Gott mit fröhlichem Schall!« Nie hätte ich mir vorgestellt, daß der Klang des Klatschens vieler Menschen solch ein Gefühl in meiner Brust entfachen kann. Niccolo aber spürt meine Verwirrung; er gleitet hinter mich, schiebt seine Arme unter meine, nimmt meine Hände in die seinen, bringt alle vier zusammen. Johann erscheint mit einer weiteren Flasche Malvasier, doch ich kann meine Beine nicht mehr spüren und meine Hände nicht mehr unter denen des Fremden. Ehe ich weiß, was da mit mir geschieht, hat Ser Niccolo mich um die Hüfte gepackt, schwingt mich hinauf und rundherum, so wild, daß die Laternen an ihren Seilen oben zu einem einzigen himmlischen Feuerrad zusammenfließen. Wie ein besessener Israelit schlage ich meine Hände zusammen, spüre das Beben tief in meine Brust eindringen, aus meinen Ellbogen schießen. Ser Niccolo lacht über mein Erstaunen, und bevor ich merke, was er vorhat, klatscht er mir einen nassen, weinseligen Friedenskuß genau auf meine lachend offenen Lippen.

»Der wahre Übersetzer weiß, daß da keine Sprache ist ohne Überzeugung, keine Überzeugung ohne Verführung«, ruft er lateinisch, griechisch, deutsch, verliebt in meine Bestürzung und die Sprache der brennenden Hände. Seine Hände fassen meinen Körper, doch sein Blick durchdringt die Nacht, schleudert Funken in dunkle Ecken, sucht, sucht immer noch. Am Absatz nahe der Damenkajüte sehe ich seinen Freund, den Mamelucken, winken.

Kaum weiß ich noch, wie Johann mich von ihm wegzieht, den Mund an meinem Ohr: ›Felix, wir kennen diesen Mann doch kaum‹; und ich weiß nichts von ihrem Abschied, so rasch und unerwartet wie ihre Ankunft. Verlassen stehe ich inmitten all der Menschen, wirr und erhitzt; ich wage nicht, mich zu bewegen, denn ich habe Angst zu fallen, und ich kann es euch nicht sagen, ob die Tränen auf meinen Wangen von der Scham herrühren, vom Verlust oder vom Lachen.

Das einzige, was ich weiß, ist: Heute ist der längste Tag des Jahres, und plötzlich ist die Nacht hereingebrochen.

Ein widriger Wind

ES GEHT UM DEN KAUFMANN.« Wie ein Nagel bohrt sich Ursus' Stimme in meinen Schädel. »Er steht nicht auf.« Gleich außerhalb des Hafens hat uns ein widriger Wind erfaßt. Wie ein gewaltiger Magen schäumt die See, speit Fische hoch, die mitten in der Luft angstvoll zusammenzucken, um sich wieder in ihren Schlund zu stürzen. Vergeblich wenden die Matrosen das Schiff durch den Wind, vergeblich rudern die Knechte, denn nur unendlich langsam mühen wir uns seitlich vorwärts. Wir sind alle seekrank von der Feier der vergangenen Nacht.

»Laß ihn doch liegen, Ursus. Er wird sich schon erholen.«

»Das glaub' ich nicht, Pater. Er stirbt, sagt er. Er hat nach einem Beichtvater verlangt.«

»Warum schaust du nicht, ob du Archidiakon Johann finden kannst?«

»Archidiakon Johann meint, ich soll Euch holen.«

Mir bleibt wohl keine Wahl. Ich beschatte meine Augen mit meinem Buch und gehe schwankend zur Treppe. Ursus folgt mir wie eine Klette.

»Der Kaufmann wird mit seinen innersten Gedanken wohl allein sein wollen, mein Sohn.«

Am Bug des Schiffes sitzt der Verräter Tucher an der Seite Emelia Priulis, die mit ein paar Franzosen Würfel spielt.

»Lauf doch da rüber und erinnere deinen Vater, daß es auf See noch weniger gibt, was Gottes Aufmerksamkeit von unserer sündigen Seele ablenken kann.«

Es dauert ein paar Minuten, bis ich mich an die hölzerne Düsternis und den beißenden Gestank im Unterdeck gewöhnt habe. Der Weinschweiß, dringt er durch die Poren von hundert nach nächtlichem Gelage kranken Pilgern und mischt sich mit dem Duft schmutziger Füße und ungewaschener Haare, wird einen Mann mit größerer Gewißheit wecken als der lauteste Hahnenschrei. Konstantin muß wirklich schwer krank sein, wenn er im Bett geblieben ist.

Ich weiß, daß ihr euch fragen werdet, Brüder, warum ich für den angeblich Sterbenden nicht das Sakrament der letzten Ölung bei mir trage. Doch ist gerade dies eine Entbehrung, die ihr erst nachempfinden könnt, wenn ihr auf See in euren ersten Sturm geratet und wenn dann die Pilger lauthals heulen und zu ihrem Trost nach dem Leib Christi rufen. Selbst voller Angst und seekrank lauft ihr dann zum Kapitän, nur um zu hören: »Nein, Pater, die Kirche untersagt es, Christi Leib an Bord zu führen.« Wie? Würdet ihr nicht wider die heilige Mutter Kirche toben? Wie kann sie ihre bedürftigen Kinder so verlassen? Doch habt ihr unrecht, sie so anzuklagen, Brüder. Durch ruhige Betrachtung könntet ihr erkennen, daß es fünf gute Gründe dafür gibt, die heilige Messe an Bord von Schiffen nicht zu feiern:

Erstens, weil die Hostie aus Brot besteht und auf See nicht schadlos aufbewahrt werden kann; schon nach drei Tagen wird sie weich und schimmlig und schmilzt zu einer flüssigen Paste dahin. Zweitens, weil man die Hostie neben einem brennenden Licht bewahren muß, und wie ich euch schon sagte, ist es wegen des Aberglaubens der Seeleute nicht erlaubt, daß an Deck Lichter brennen. Drittens wegen des Mangels an gebührender Ehrfurcht; während eines Sturms müssen die Matrosen umherlaufen, um das Schiff zu sichern, und alles würde umgestürzt, Priester, Sakrament, Altar, ganz ohne Ansehen. Der vierte Grund dafür, daß Christi Leib an Bord nicht weilen darf, liegt in der Torheit schwacher Christen. Denn stellt euch vor, Brüder, ein Sturm erhöbe sich, wenn der geheiligte Leib Christi an Bord wäre – wie leicht wäre es für die Pilger, sich an die Hostie zu wenden und zu sagen: »Bist Du Jesus Christus, so rette Dich und uns!« Fünftens schließlich darf die Hostie nicht an Bord sein wegen der Neigung zum Erbrechen, die uns auf See erfaßt. Sollte etwa ein Sturm aufkommen, wenn ein Priester gerade die Messe gelesen hat, so würde dieser durch den Zwang seiner Natur dazu gebracht, den Leib Christi auszuspeien. Das aber ist, wie manche von uns wissen, ein furchtbarer Anblick.

Aus diesen fünf Gründen kann einem sterbenden Menschen also die letzte Tröstung der Kirche vorenthalten bleiben. Ist Konstantin wirklich so krank, wie er vermeint zu sein, so kann ich kaum mehr für ihn tun, als ein trockenes Kreuz auf seine Stirn zu zeichnen und seine Beichte zu hören.

Ich muß gestehen, daß ich an seinem Lager erschrecke, wie sehr die kurze Abwesenheit seines Weibes ihn verändert hat.

Schwarzgerändert liegen seine Finger neben seinen trüben, blutunterlaufenen Augen. Neben ihm schwappt dünn und grün Erbrochenes in einem niederen Nachttopf. Um ein Haar reizt mich der Gestank zum Würgen.

»Felix? Seid Ihr es?« Er starrt mich an. »Sind wir auf See?«

»Ja, Konstantin«, bestätige ich. »An Bord unseres Schiffes.«

»Felix? Wenn ich jetzt sterbe und mein Körper wird den Fischen hingeworfen, kann Gott mich dann am Jüngsten Tag erwecken?«

Welch irrigen Gedanken sich die Menschen hingeben! Ich lächle nachsichtig.

»Der heilige Augustinus sagt: Wenn ein Mensch hungert und, um sich zu retten, einen anderen Menschen ißt, so weiß Gott doch, obgleich der so verschlungene Mensch vom Fleisch des Hungernden aufgenommen wird, wem jener Körper eigen ist. Sollten Euch die Fische fressen, so kann Gott aus den Blasen, die sie ausatmen, Eure Essenz lösen. Sie werden Euren Leib bloß eine Zeitlang borgen.«

»Mag sein«, stöhnt er, »doch laßt es nicht zu, daß mich die Fische borgen. Ich kann es nicht ertragen, daß sich irgend etwas meines Körpers bedient. Versprecht Ihr mir das, Felix? Schwört Ihr es beim Leben der heiligen Katharina?«

»Ihr werdet gar nicht sterben, Konstantin. Ihr seid bloß melancholisch.«

»Schwört es. Beim Leben Katharinas.«

Seine Lippen sind aus Wassermangel weiß und käsig. Er sieht wirklich sehr krank aus.

»Ich verspreche es«, sage ich schließlich.

»Ich muß beichten, Pater, und an Bord sind keine Priester meines Glaubens.«

Wie ein Säugling zwingt er seine Augen, scharf zu sehen; und zum ersten Mal weiß ich, daß er mich wirklich erkennt.

»Was liegt Euch auf der Seele, Konstantin?«

»Ich war der erste, müßt Ihr wissen. Ich war der erste, der begriff, was ihre Heilige wollte.«

»Konstantin.« Ich streiche dem Kaufmann das Haar aus der schweißbedeckten Stirn. »Ich fürchte, Eure Rede macht heute nicht viel Sinn.«

»Bis ich kam, verlangte Katharina nur Ikonen. Sie mußte sich bloß sehen, um zu wissen, daß sie existierte. Ich aber war es, der das ganze Unheil anfing, Pater. Ich hab' Arsinoe den ersten Knochen gebracht.«

»Konstantin, was sagt Ihr da?«

»Arsinoe war zuerst voller Schrecken, doch ihr Bruder nahm die Rippe und dankte mir. Er sagte, Katharina habe endlich einen Weg gefunden, zu ihrer Schwester zu kommen.«

Meine Hand gleitet von seinem Haar. Hat der Kaufmann den Verstand verloren? Will er mich wirklich glauben machen, die heilige Katharina machte eine Pilgerfahrt zu einem einfachen Mädchen?

»Als andere Leute herausbekamen, daß Katharina zu ihrer Zunge kommen wollte, begannen auch sie, Gebeine zu bringen. Manche hatten sie gekauft, manche, das weiß ich, stahlen sie. Sie waren so verzweifelt, Felix. Ich hab' gewußt, sie würden nicht einhalten, bis sie Arsinoe ihre ganze Heilige gebracht hatten.«

Ich erschauere ob der Vorstellung. Da stellt sich eine ganze Stadt an ihrer Tür an, und jeder Nachbar hält einen Beinknochen oder eine Rippe. Ich sehe ein kleines Mädchen mit einem Ellbogen, einen Hund mit einem Fuß im Maul.

»Konstantin, wenn diese gräßliche Geschichte wahr ist, warum habt Ihr als Ehemann all dies nicht unterbunden?«

»Ich muß eine furchtbare Lüge beichten, Pater.«

Unser Schiff taucht in die Dünung, und der Inhalt von Konstantins Nachttopf schwappt auf seine Matratze.

»Die Frau Arsinoe ist gar nicht mein Weib.«

»Pater! Kommt rasch!« ruft Ursus aus der Ferne.

»Was wollt Ihr damit sagen? Wenn sie nicht Euer Weib ist, was tat sie dann an Eurer Seite?«

»Fünf Tage vor unserer Abfahrt kam sie in meinen Laden. Ich wußte, daß sie die Gebeine bei sich trug.«

Ursus stampft die Stufen herunter; das Echo seiner Stiefel tönt durch den hohlen Bauch des Schiffes. Konstantin rollt sich wieder auf die Seite.

»Was ist denn los, Ursus?« frage ich scharf.

»Ihr werdet es nicht glauben!« Er zerrt an meinem Rock, holt mich fast von den Füßen.

»Einen Augenblick noch.«

»Der Archidiakon sagt, Ihr müßtet augenblicklich kommen!«

Hilflos hustet der Kaufmann einen Faden schwarzer Galle in seinen Nachttopf. Er kann sich nicht mehr zügeln, und elendige Tränen quellen aus seinen Augen. Ich beuge mich über ihn und spreche deutlich in sein Ohr.

»Ich komme zurück, Konstantin, und wenn ich wieder da bin, müßt Ihr mir alles erzählen.« Ich wische seinen beschmierten Mund mit dem Bettuch ab. »Aber vom Sterben will ich nichts mehr hören.«

Das gleißende Licht an Deck blendet mich, und ich muß den Arm über die Augen reißen, um sie wieder daran zu gewöhnen. Als dies geschehen ist, sehe ich Johann und Konrad über dem Bug hängen und wild gestikulieren. Ursus zerrt mich zu ihnen.

»Ist es ein Troyp?« frage ich. Die hohen Wellen tosen.

»Nein, etwas viel Seltsameres«, ruft Johann und sagt dann zu Konrad: »Hier schaffen sie es nicht, schick sie hinüber zur Leiter.«

Ich folge meinen Freunden entlang der Rundung unseres Schiffes dorthin, wo die Leitersprossen ins Meer hinabführen. Dort, weit unter uns, schwimmt ein kleines Ruderboot, genau wie jene, mit denen wir im Hafen ans Ufer gelangen. Zum Schaden dieses winzigen Bootes hat der widrige Wind die See gewaltig aufgewühlt, so daß es bald weit unter unserem Schiff schwimmt, bald mehrere Fuß hoch über ihm, der Dünung gänzlich ausgeliefert.

»Da kommen sie«, ruft Johann. »Zählt bis drei …«

Konrad beugt sich weit übers Wasser, um einen Fisch im Netz zu fangen.

Wie ein Jahrmarktsakrobat auf dem Rücken eines großen grünen Pferdes reitet die Frau des Kaufmanns auf einem Wellenkamm. Sie hebt die Arme, um ihr Gleichgewicht zu finden, tritt auf das rohe Dreieck, das der Bug des Ruderbootes bildet; mit einem Nicken bedeutet sie dem Knecht, die Ruder einzusetzen, um nicht in unser Schiff zu krachen. Noch bevor sie ganz im Gleichgewicht ist, bäumt sich die Welle unter ihr auf und hebt das kleine Boot gute vier Fuß über uns. Gerade als ich meine, daß sie zu lang gewartet hat, springt sie mit einem Schrei.

An der Wand unseres Ulmer Refektoriums hängt ein Gemälde der Verkündigung. Auf ihm erscheint der Erzengel Gabriel der schlafenden Jungfrau als ein Schemen aus erhobenen Knien und schaumigen Gewändern; er bricht in ihr Zimmer, als sei er gerade durch das abendliche Zwielicht gelaufen, um ihr die frohe Botschaft zu verkünden. In diesem erstarrten Augenblick, in dem die Frau des Kaufmanns mit rudernden Beinen und anmutig gehobenen Armen die Sonne verdunkelt, erwarte auch ich ein Wunder. Verwandle sie in eine Taube, Herr, die diesem Ort entflieht. Laß sie in die Wellen zurückkehren wie einen leichtgewichtigen Fisch, den man zu früh gefangen hat. Laß sie zu irgend etwas werden, was sie sich ersehnt, solange sie nur verschwindet und keine Schatten mehr auf meine Wallfahrt wirft.

Sie schlägt hart auf dem Deck auf, und Konrad hebt sogleich ihren bewußtlosen Körper auf. Die Haut unter ihren Augen ist ein Gewirr aufgeplatzter Purpuradern; ein Schnitt über ihrer Augenbraue ist kaum verkrustet, das salzige Wasser hat ihn weich und weiß gemacht. Ihr mißhandeltes Gesicht bereitet mich nicht auf den Schrecken ihres Schlüsselbeins vor, bald sichtbar, als Konrad ihr mit Wasser vollgesogenes Brusttuch entfernt und ihr Mieder lockert. Wie eine phantastische Königin trägt sie ein Halsband violetter und grüner Flecken, dessen

Pendant über den Brustansatz zu einer gezackten purpurroten Narbe führt. Mir wird mit einem Mal bewußt, daß Ursus sie anstarrt, und ich schicke ihn, ein Glas Malvasier zu holen.

Ihre Augen klappen auf.

»Das andere Schiff?«

Wie ein aufgeschrecktes Tier schießt Arsinoe von Johanns Schoß und stürzt sich fast über die Reling, reckt den Hals dahin, woher wir kommen. Ich kann nichts sehen als die kleiner werdenden Umrisse ihres Ruderbootes, das der widrige Wind rasch zur Küste zurücktreibt, und zeige es ihr.

»Nein, das andere Pilgerschiff.«

»Macht Euch keine Sorgen. Der Kapitän meint, wir würden vor ihm nach Jerusalem gelangen«, beschwichtige ich sie und drücke sie sanft zurück auf die Planken.

»Dann habe ich es geschafft?«

»Ja«, sage ich, »Ihr seid wieder unter den Pilgern.«

»Ihr wißt, daß man mich zurückgelassen hat.«

»Wir haben überall nach Euch gesucht.«

»Ein Türke«, sagt sie und setzt sich mühsam auf. »Sein Schiff lag vor Rhodos. Er hat mich entführt.«

»Schhhhh. Nun seid Ihr in Sicherheit.«

»Er hat mich geschlagen, wie Ihr seht.«

»Wo bleibt der Wein?« brüllt Johann. Es ist offenbar, daß die Frau des Kaufmanns durch die erlittene Tortur und den soeben überstandenen Fall zutiefst erschüttert ist. Doch was ist mit Johann geschehen? Er kann es nicht ertragen, sie zu berühren, doch starrt er sie an wie gebannt, ja wie ein Mann, der seine Stadt in Flammen sieht. Ich ergreife das kleine Glas Malvasier, das Ursus bringt, und führe es an ihre Lippen. Sie schluckt gierig.

»Wir müssen sie aus ihren nassen Kleidern bekommen«, meint Konrad. Er hilft ihr von den Planken hoch und legt seinen Umhang um ihre Schultern. Die durchnäßte Frau des Kaufmanns zittert.

»Ist man Euch gefolgt?« fragt Johann. Er hat recht. Wo sich

ein türkisches Schiff zeigt, erscheinen bald auch andere. Wir sollten den Kapitän unterrichten.

Sie schüttelt den Kopf.

»Ich bin sicher, daß sie mich für tot halten.«

»Euer Gatte war bereit, Euch ins Grab zu folgen.« Ich stocke bei dem Wort Gatte, da ich an die wirre Beichte des Kaufmanns denken muß.

»Konstantiń ist krank?«

»Er hat nach einem Beichtvater verlangt«, sagt Ursus.

Sie reißt sich von Konrad los und taumelt nach unten.

Dort finden wir sie, wie sie die schmale Brust des Kaufmanns sich heben und senken sieht. Sein Leib verkrampft sich, seine Hand zuckt aus ihrem Griff, und geduldig nimmt sie sie wieder und hält sie in ihrem Schoß. Ich habe einmal von einer keltischen Fingersprache gelesen, bei der jedes Glied für einen Buchstaben des Alphabets stand. Arsinoe glättet seine Haut, löscht ihre eigene Geschichte von jedem Knöchel an der Hand ihres vorgetäuschten Gatten. Nun, da ihre Kleider trocknen, schwängern sie die Luft mit salzigem Modergeruch. Ich gebe ihr den Rat, sich umzukleiden, doch sie scheint mich nicht zu hören.

»Darf ich ihm etwas Wasser geben?« fragt sie schließlich.

Johann wühlt im Sand des unteren Decks und reicht ihr eine kühle Ziegenhaut. Sanft hebt sie den Kopf des Kaufmanns, läßt ein wenig gelbrotes Wasser in ihre Handfläche tropfen und hält es an seinen Mund. Als er keine Anstalten macht, zu schlucken, schiebt sie seine Lippen auseinander und läßt das Wasser auf seine Zunge rinnen.

»Er hat Fieber«, flüstert sie.

»Er dachte, Ihr wäret tot«, sage ich.

Wortlos tritt unser Barbier heran und kümmert sich um den Patienten. Er hört auf seinen Herzschlag, pocht auf sein Hypochondrium, hebt seine Augenlider. Dann untersucht Konrad den Topf voll Erbrochenem und die schwarzen Flecken auf dem Bettuch und schüttelt traurig den Kopf.

»Er ist sehr krank«, übersetze ich Arsinoe Konrads Deutsch. »Und dieser schwarze Stoff verweist auf mehr als nur die Seekrankheit. Konrad fürchtet, es ist eines seiner Organe.«

Arsinoe nickt. Heiße, dicke Tränen fallen auf Konstantins Gesicht.

»Konrad«, flüstere ich. »Bringst du Ursus nach oben?«

Ich warte, bis sie fort sind, bevor ich zu ihr spreche.

»Frau Arsinoe«, sage ich sanft. »Euer Gatte hat vor mir gerade die Beichte abgelegt, als Ihr zurückgekommen seid. Seine Rede war recht wirr, doch wenn ich ihn absolvieren will, muß ich die Wahrheit wissen. Seid Ihr seine Frau?«

Johann fährt auf.

»Nein«, erwidert Arsinoe beinahe unhörbar. »Ich bin nicht seine Frau.«

»Er sagte, Ihr seid fünf Tage vor der Abfahrt in seinem Laden erschienen und hattet einige Gebeine bei Euch.«

»Felix!« brüllt Johann. »Auf was willst du hinaus?«

Doch die Zunge der heiligen Katharina nickt langsam.

»Ja, ich bin fünf Tage vor der Abfahrt in seinem Laden erschienen.«

»Und wo sind die Gebeine, Frau Arsinoe?«

»Felix, halt ein!« befiehlt Johann. »Es geht ihr doch ganz offenbar sehr schlecht.«

Mit einem Schluchzen wirft sich die Zunge über den schwitzenden Leib des Kaufmanns.

»Konstantin, wach auf!« schreit sie. »Ich brauche dich!«

»Arsinoe!« Ich ziehe sie hoch, doch Johann entreißt sie mir.

»Kommt, gute Frau.« Schützend legt er den Arm um sie. »Ihr habt Furchtbares durchgemacht. Wir wollen hinaufgehen, damit Konrad sich um Eure Wunden kümmern kann.«

Bevor er Arsinoe wegführt, wirft der Archidiakon mir einen angewiderten Blick zu. Konstantin stöhnt in seinem Delirium und streckt seine verdorrte Hand aus.

Du hast zumindest eine Hand, mit der du flehen kannst, denke ich bei mir. Was hast du mit der meines Weibes getan?

Flaute

So manche Gefahren des Meeres, die uns Pilger auf der Reise plagen und erschrecken, habe ich schon erwähnt; doch gibt es eine, an die der Unerfahrene nie denken würde, und die man auch in Büchern niemals findet. Wenn die Winde schweigen und auch die Wellen stumm sind, überkommt eine Ruhe den Ozean, die für die Pilger bedrückender ist als alles andere, es sei denn das Unglück eines Schiffbruchs. Ich habe gesehen, wie Menschen während eines Sturmes leiden, wie sie sich erbrechen und schwach werden; doch viele mehr habe ich in der Flaute erkranken und sterben sehen.

Wenn keine Winde wehen und das Schiff wie festgesetzt an einem Orte ruht, wird alles, was an Bord ist, von Fäulnis befallen. Das Trinkwasser stinkt, das Pökelfleisch brütet Maden, Fliegen, Würmer und Läuse aus. Die Menschen an Bord werden träge und schläfrig von der unablässigen Hitze, wenn sie nicht gar in Haß, Neid, Melancholie und Hypochondrie verfallen. An diesem Tag nach Arsinoes Rückkehr hat eine solche Flaute unser Schiff erfaßt. Erstorben ist der widrige Wind, gewichen aber, was alle noch verrückter macht, einer vollkommenen Stille. Wer am Vortag Würfel spielte und verlor, hegt in seinem Herzen Mordgedanken gegen seinen Landsmann, der Würfel spielte und gewann. An Deck herrscht Wut und Trägheit, im Bauch des Schiffes Stillstand und Tod.

Wie ein christlicher Hermes führe ich die Seelen von einem Reich zum andern.

Hinunter in die Unterwelt begleite ich die Frau des Kaufmanns. Spät in der letzten Nacht hat Johann sie endlich überreden können, sich etwas auszuruhen und uns bei ihrem Gatten wachen zu lassen. Gleich nach Anbruch der Dämmerung erklimme ich die Stufen zur Damenkajüte und meine, Arsinoe in tiefem Schlummer neben der Kammerfrau aus Zypern zu finden. Statt dessen überrasche ich sie vor ihrer roten Truhe kniend; im ersten Licht des Morgens murmelt sie Gebete. Als sie mich sieht, erhebt sie sich und folgt mir nach unten, wo der, der nicht ihr Gatte ist, im Sterben liegt.

Hinauf ins Tageslicht begleite ich Johann, als die Frau des Kaufmanns uns bittet, allein sein zu dürfen, um ihrem Mann ein Lebewohl zu sagen. Wir haben beide nicht geschlafen und die gleißende Sonne versetzt uns in eine gereizte, blinzelnde Schläfrigkeit. Um wach zu bleiben, suchen wir uns gegenseitig nach Läusen ab und schmieren jene, die wir mit den Fingernägeln knacken, an die Taue. Starr blicke ich übers Wasser, lausche dem sanften Klatschen der Wellen an die Schiffswände, spüre Johanns Finger in meinen Haaren wühlen. Das Ungeziefer müht sich, seinen Nägeln zu entkommen; es kitzelt meine Kopfhaut, fällt in den Kragen meines Rocks und schwimmt meinen schweißbedeckten Rücken hinab. Wenige Fuß von uns entfernt sitzt der perfide Tucher und bearbeitet sein verseuchtes Hemd mit zwei Steinen, die er zu diesem Zweck gesammelt hat. Hinter vorgehaltener Hand hat man ihn oft verspottet, weil er sich weigert, das Ungeziefer zu berühren, und jetzt färbt sich sein nackter Rücken in der Morgensonne dunkelrosa. Ich fahre mit den Fingern durch meinen Bart und sie lösen sich vom Haar, bedeckt mit Eiern.

Um wach zu bleiben, sprechen wir von Jerusalem.

In Jerusalem wird es gesunde Nahrung geben wie frisch geschlachteten Hammel und Eier mit Käse. Kühles Wasser wird aus der Erde quellen, um unseren Durst zu löschen, und die den Ölberg liebkosenden Winde werden den Schweiß auf unseren geschwollenen Gesichtern trocknen. Ich sage für Johann ganze Absätze aus den Briefen des heiligen Hieronymus an Paulla und Eustachia auf, in denen er sein Leben im Exil beschreibt. Das Heilige Land sei wohl vollkommen, schreibt Hieronymus, doch trage er die erzwungene Trennung von den beiden wie einen Kiesel in seinem Schuh. Johann und ich denken mit selbstsüchtigem Neid an Hieronymus. Ganze zwei Tage sind wir von Palästina entfernt, und doch erscheint es uns, als habe Gott Seinen Arm ausgestreckt und Seine Handfläche vor unser Schiff gesetzt, um uns Halt zu gebieten wie ein Vater seinem ungeduldigen Kind.

Johann kommt auf das Spiel, Heilige mit Gewürzen zu verbinden, als wir nach einer Stunde zu wehmütig werden, um weiter über Jerusalem zu sprechen. Hat nicht der heilige Bernhard geschrieben, meint er, die Heiligen seien das Gewürz im sonst recht faden Speisezettel der Menschheit? Denn wenn wir der Jungfrau Maria das so wertvolle Safran zueignen und ihrem Sohn das lebensnotwendige Salz, so könnten wir nach Meinung Johanns mit den Legionen der Seligen ähnlich verfahren.

Da Johann der Erfinder ist, beginnt er. Oregano, schlägt er vor. Mit welchem Heiligen verbinden wir Oregano?

Ich überlege eine Weile. Mit Sankt Antonius in der Wüste, erwidere ich und denke an die dornigen, in der Wildnis duftenden Kräuterbüsche. Während eines regenlosen Sturmes über der Wüste mag ein Blitz in einen Busch geschlagen und ihn in eine Wolke dichten, dufterfüllten Rauches verwandelt haben. In seiner Zelle hätte dann der schlafende alte Asket davon geträumt, Haxen zu rösten überm Feuer, in das von Oreganoblättchen sämiger Saft tropft. Und plötzlich wäre er in jener beißenden, rauchigen Nacht erwacht und hätte die alte Weisheit begriffen: Es ist bei weitem einfacher, seine Männlichkeit zu zähmen als seinen Magen.

Scharfer Pfeffer, fordere ich Johann heraus, den Einsatz erhöhend. Nur einmal habe ich dieses Gewürz gekostet, und noch Tage später pochte meine Zunge. Das ist leicht, meint Johann lachend, denn der gehört zum heiligen Dominikus, dem Gründer deines Ordens. Hat nicht seine Mutter, als sie mit ihm schwanger ging, von einem Hund mit einer Fackel im Maul geträumt?

Rosmarin? Ich muß sofort an die heilige Agnes denken, deren Attribut das Lamm ist. Eine meiner frühesten Erinnerungen an die Zeit vor meinem Noviziat ist jene an den Hammeleintopf meiner Tante, köstlich geölt mit Fett und Rosmarin.

Senf? Johann sieht die staubige Straße nach Damaskus und die gelbe Wolke, die sich erhob, als Paulus vor Christus auf die Knie fiel.

Nelken? Ich stelle mir die scharfen schwarzen Zähne des Drachen vor, der die heilige Margareta verschlang.

Wir spielen weiter, nennen Basilikum, Koriander, Sesam, und ich verstehe nun, warum Sankt Bernhard diese Metapher schuf. Wie Fässer mit unverderblichen Gewürzen sind all die frühen Heiligen aus dem Osten gekommen, um den Westen zu erretten. Ob sie wie Paulus zu Lebzeiten kamen oder, wie die gesegnete Katharina, nur als Kultus und Legende – irgendwann haben alle Heiligen der ersten Zeit ein Schiff bestiegen, um zu uns zu fahren. Ich habe mich oft gefragt, wie eine Prinzessin, die in Alexandria ihr Martyrium erlitt und dann zum gleißenden Sinai überführt wurde, in den Herzen von Abendländern lebendig werden konnte, die ein waldbedecktes Binnenland bewohnen. Nun, die zurückkehrenden Schiffe unserer Vorfahren müssen ihre Legende gleichsam in Pfeffer und Kardamom gewickelt übers Meer getragen haben, aufgelesen aus der beiläufigen Rede am Hafen wandelnder Bauern wie wertvolle, ihrem Behältnis entsprungene Pfefferkörner. Dann aber war es wohl der Markt, auf dem ein Händler einer italienischen Hausfrau, die Zimt für ihre Pflaumenfässer kaufte, vom Haar der Heiligen und dessen Farbe sprach. Ein anderer mag ihre Körpergröße übermittelt haben, als er ein Hütchen von grünem Kreuzkümmel verkaufte. So brachte man die heilige Katharina nach Europa, setzte sie dort zusammen und verlieh ihr wieder Beine. Wieder und wieder erzählte man sich ihre Geschichte in jeder Sprache jedes Landes, zu dem Schiffe segeln, und auch dies gemahnt an ein Gewürz, denn der Geschmack von Thymian ist gleich auf jeder Zunge, sei sie deutsch, italienisch oder schwedisch.

Als er seines eigenen Spiels bald müde wird, sagt Johann, wir sollten nach der Frau des Kaufmanns schauen. Ich besorge einen Becher mit modrigem Wasser und folge ihm nach unten.

Hier ist es kühler, aber feucht, als habe sich der verbrauchte Atem einer ganzen Nacht über die Bodenplanken ausgebreitet. Was mich betrifft, so kann ich kaum mehr atmen wegen des faulen Geruchs der Brühe, die ich trage; und mir ist klar, daß schon ein einziger Schluck davon den Kaufmann töten wird, sofern er überhaupt noch lebt. Doch meine Sorge ist umsonst. Ein einziger Blick genügt, um festzustellen, daß er dorthin unterwegs ist, wo alles Wasser dieser Erde seinen Durst nicht löschen kann.

Als wir in der Nacht sein Weib hinaufgeschickt hatten, begannen Krämpfe seinen Leib zu quälen. Kurz vor der Morgendämmerung entleerten seine Eingeweide sich, und während ich Arsinoe holte, gelang es Johann, soviel wie möglich von dem wäßrigen Unrat aufzuwischen. Deshalb liegt der Kaufmann jetzt auch nackt auf seiner Kuhhaut, die Zehen himmelwärts gewandt, die Lenden mit dem Dreieck eines Tuchs bedeckt. Arsinoe muß versucht haben, ihn zu reinigen.

Ich starre hinunter auf seine eingesunkene Brust, auf der ein einsamer Floh vom Brusthaar zu den Lenden springt. Erst wühlt er sich durch graues Haargewirr, dann dreht er sich und segelt in vollkommenem Bogen durch die Luft. Beim vierten Sprung verschwindet er auf immer unter dem Tuch.

Johann und mir ist wohl bewußt, daß es nun Zeit für die letzte Ölung wäre, doch keiner von uns beiden regt sich. Zu gut kennen wir die Haltung der Kirche zur östlichen Ketzerei, und ohne einen Widerruf aus seinem Mund wird Konstantin ohne Absolution sterben müssen. Während Johann und ich uns schweigend Blicke zuwerfen, starren Arsinoes große braune Augen auf die verschmutzten Kleider Konstantins in ihrem Schoß. Mag sein, wenn diese Augen sich auf Johann richteten, so würde dieser seine Skrupel fahren lassen und sie fragen, ob sie glauben könne, Konstantins Herz sei vielleicht doch dem rechten Glauben zugeneigt. Wenn sie darauf erwiderte: ja doch, vielleicht, so könnte Johann auf die Stirn ihres Gatten ein trockenes Kreuz zeichnen und den Kaufmann absolvieren.

Doch seine Frau hebt den Blick nicht, um zu sehen, wie erwartungsvoll Johann sie ansieht. Sie prüft nur die Kleidung ihres Mannes, dreht sie um und um in ihrem Schoß, als suche sie nach Löchern.

Da ich für ihn als Christ nichts tun kann, gürte ich im Geiste noch einmal meine geflügelten Sandalen, um sanft den Hermesstab auf Konstantins bebende Lider zu senken. Bei all seiner Verblendung war er ein liebenswerter Mensch. Er mag wohl einen Arm gebrauchen können, sich darauf zu stützen, wankt er nun zur Hölle.

ZWEITES KAPITEL

*

Verwahrung

UNSERE ERBARMUNGSWÜRDIGEN Schafe stehen im Kreis, so daß sich ihre schlaffen Nasen leicht berühren. Als ich mich nähere, trottet das Leittier weg und wartet, bis die Herde sich unruhig wieder ordnet. Hinter den Schafen liegen die verbliebenen Ziegen, die Beine unter den Leib geschlagen; argwöhnisch beäugen sie mich, als ich beginne, die Reste ihres schmutzigen Strohs zu entwenden. Dann erheben sich die ausgedörrten Tiere und folgen steif dorthin, wo ich ihre Streu aufgesammelt habe, um mit ihren langen rosa Zungen die Feuchtigkeit von den Planken zu lecken.

Unter Deck geselle ich mich zu Konrad, der den Kaufmann schon zurechtgelegt hat; er wischt den Toten mit einer Mischung aus Myrrhe und Myrtensaft ab, um die Verwesung aufzuhalten, glättet die Härchen auf Konstantins Schienbeinen und hält dabei einen faltigen Fuß umfaßt. Bald werden die Pilger hinaufgehen zum Abendessen, und dann heißt es, unser Werk zu vollenden. Wenn die Matrosen uns entdecken, so werden sie es nicht dulden, daß seine Leiche an Bord bleibt; doch habe ich Konstantin mein Wort gegeben, und beim Leben Katharinas will ich es nicht zulassen, daß ihn die Fische borgen.

Ich lege den Umhang voller Stroh neben unseren schweigenden Barbier, der mir noch immer ein Geheimnis ist, wie schon an jenem Tag, als wir ihn trafen. Durch Bozen, jenes Tor zum Süden, eilten die beiden Tucher und ich da, um unser

Leben fürchtend. Auf der einen Seite drängt diese Stadt sich an hohe Berge, auf der andern lecken Meilen pestilenzialischer Sümpfe an ihrem Rand. Das dort ausgebrütete Fieber wird von den Bergen eingefangen, weshalb so viele Bürger Bozens an fiebrigen Anfällen leiden, daß diese gar nicht mehr als Krankheit gelten. Trifft einer seinen Freund ganz blaß und zittrig an und fragt nach dessen Wohlbefinden, so lautet die Antwort: »Gott dem Herrn sei Dank, daß ich nicht krank bin, lieber Freund. Es ist bloß Fieber, was mein Aussehen verändert.«

Konrad verkorkt seine Phiole mit Myrrhe und nestelt sie sorgsam in seiner Kiste zu den Utensilien seines Gewerbes: Rasiermesser und Streichriemen, Lanzetten, Gegengifte, Becher und Borstenpinsel. Diese Kiste trug er auf dem Rücken, als wir ihn auf dem Weg hinaus aus Bozen einholten, die Nasen wegen der Pestilenz bedeckt. Wir luden ihn zur Mitfahrt ein und hörten bald, daß sein Gepäck auch die geringe Habe enthielt, die nicht dem Feuer übergeben worden war wie alles sonst, was seiner Frau und seinem kleinen Sohn gehört hatte. Jene aber waren nur wenige Tage zuvor dahingerafft worden vom Fieber, das kein Fieber war.

»Wo sind sie hin?« frage ich, als ich das Fehlen Johanns und Arsinoes bemerke.

»Sie sind fort, als ich hierher kam.«

Im Grunde bin ich froh darum. Johann würde sich meinem Plan vehement widersetzen.

»Salz und Wein holst du noch?« frage ich.

Konrad nickt. »Und eine Laterne.«

Rasch suche ich unter dem Lager nach Konstantins Rock, um ihn zumindest während des Transports zu bedecken. Als ich ihn nirgends finden kann, wickle ich das beschmierte Betttuch unter seine Achselhöhlen, so daß er aussieht wie ein römischer Staatsmann. Konrad stellt sich schützend vor die Luke, während ich unseren Senator unsanft in die niedere Kammer unter unserem Deck stopfe.

Um euch diesen Laderaum vorzustellen, Brüder, müßt ihr

wissen, daß unser Schiff keinen flachen Boden hat wie andere, sondern zum Kiel hin so spitz zuläuft, daß es an Land nicht aufrecht stehen kann. Der Bauch des Schiffes ist mit Sand gefüllt, der fast bis zu den Bodenplanken des Pilgerdecks reicht; und in diesem vom Meer gekühlten Ballast bergen wir all unsere verderblichen Güter. Sobald Konrad die Luke hinter mir wieder dicht gemacht hat, kann ich nicht mehr stehen und muß rückwärts kriechen wie ein Krebs, der ein schweres Stück Treibholz schleppt. Denn ich muß Konstantin ein gutes Stück von dem Bereich wegziehen, in dem ein Pilger bald nach einem mitternächtlichen Vesper wühlen könnte.

Erst als ich die dunkelste Ecke des Schiffes erreicht habe, wo kein Licht mehr durch die Bodenritzen dringt und kein Geräusch mich mehr erreicht, halte ich an. Konstantins Fersen haben eine halb geleerte Flasche kühlen Weins mit sich gezerrt, die ich nun vollends leere. Wie still ist es doch unter den Füßen der Pilger. Das Rollen des Schiffes ist nicht so zu spüren wie auf Deck, weil hier der Winkel günstiger ist, doch ist die Ruhe fast gespenstisch. Es ist ein Schaukeln wie in einem düsteren Mutterleib, wie in einem Sarg, wenn der Regen in das Grab rinnt.

Allein in der Dunkelheit und mit dem toten Kaufmann zwischen meinen Knien, muß ich gestehen, Brüder, daß mein Geist mich Böses ahnen läßt. Ich weiß, ihr würdet mir ein Verweilen bei dieser Einbildung nicht erlauben, und ich will euch nicht enttäuschen, doch wißt ihr nicht um die Einfältigkeit der Seeleute. Ich habe euch schon zahlreiche Beispiele ihres Aberglaubens dargelegt; die größte Gefahr für mich und mein Versprechen ist jedoch, daß sie nichts an Bord des Schiffes dulden, was ein schlechtes Omen wäre. In Venedig führte man uns vor ein Tier, das man den Elephanten nennt. Eine mächtige und furchteinflößende Kreatur ist dies, mit einer Nase, die bis zum Boden hängt, zu deren beiden Seiten aber zwei gewaltige Zähne, wohl eines Mannes Arm lang, aus dem Maul ragen. Auf kleine Zeichen seines Meisters hin vollführt dieses Tier wundersame

Kunststücke. Sein Meister nun erzählte uns voll Trauer von seinem ersten Elephanten. Bis nach Deutschland war er mit ihm gewandert, hatte dort viel Geld verdient und wollte dann mit ihm nach England segeln, als auf der Überfahrt ein Sturm das Meer aufwühlte. Die Matrosen, ihrem Aberglauben ausgeliefert, warfen das arme sanfte Tier über Bord, worauf es im Ozean versank. Begreift ihr nun? Wenn Seeleute so hartherzig sein können gegen ein derart seltenes und edles Geschöpf wie einen Elephanten, dürft ihr nicht glauben, daß sie zögern würden, sich einer so gewöhnlichen Kreatur wie eines toten Kaufmanns zu entledigen.

Doch wie sollen die Seeleute getäuscht werden, fragt ihr? Durch die gewaltige Kraft des Wortes, Brüder. Mit Worten ganz allein kann ich, Pater Felix Fabri, diesen Mann am Leben erhalten, bis wir anlegen – sei es, er ist gerade unter Deck, sei es, er ging im Augenblick nach oben. Sind wir jedoch im Hafen, werde ich ihn mit anderen Worten töten. Wie ein wandernder Jude werde ich den Namen Konstantins auf dem Schiff ausstreuen, ohne je zu ruhen, immer anderswo, um das Versprechen zu halten, das ich bei Katharinas Leben gab. Schlaflose Nächte werde ich ihm verschaffen müssen und ihn auf Deck schicken, wenn es für die anderen Pilger Zeit zum Schlafengehen ist; lustlos wird er die Nachmittage unter Deck verbringen und nichts essen wollen, wenn die Pilger oben sind. So werde ich den Pilgern sagen, er sei nicht tot, und dadurch wird er leben, Brüder. Wundert euch nicht ob dieses seltsamen Nebeneinanders von Tod und Sprache, denn der heilige Augustinus sagt uns, die Worte entsprächen der Sterblichkeit des Menschen: ›Unsere Rede entsteht durch tönende Zeichen; doch wäre unsere Rede nicht vollkommen, erstürbe nicht das eine Wort, wenn seine Teile erklungen sind, auf daß ein anderes ihm folgen kann.‹ Wenn also Reden sich aufs Sterben gründet, so ist das Sterben ab und an gebunden an die Rede. Vorsichtig bürste ich den Sand von dem erkalteten Leib des Kaufmanns, fasse seinen Kopf und schüttle auch von ihm den Sand. Sag deiner Hülle Lebewohl, Konstantin Kallistos, Kaufmann aus Kreta, nicht mehr wirst du nun sein als ein Hauch meines Mundes.

Doch nun genug. Es ist noch viel zu tun und Konrad wartet. Ich folge der von mir geschaffenen Rinne durch den Sand zurück zu unserer Luke. Dort warten auf mich zwei Sack Steinsalz, zwei Wasserschläuche, vier Flaschen billigen Weines, der Umhang mit Stroh und Konrads Koffer. Von Konrad aber sehe ich keine Spur. Vorsichtig hebe ich die Luke, um festzustellen, ob ich ihn erspähen kann.

»Da seid Ihr ja, Pater!« Ursus legt seine Hand auf meine Schulter. »Ihr versäumt das Abendessen.«

»Ich habe gerade ...« Was kann bloß da unten mein Geschäft gewesen sein, so sandbedeckt, wie ich jetzt bin? »Ich habe gebetet.«

»Nun, so kommt.« Ursus rollt die Augen. »Die Frau des Kaufmanns erzählt ihre Abenteuer. Wo ist der Kaufmann?«

»In der Latrine«, übe ich an meinem Zögling, der meine Worte nicht anzuzweifeln scheint.

Rasch werde ich an Deck gezogen zu den langen Essensbänken, die man unweit des Verschlags der Tiere aufgestellt hat. Konrad sitzt schon da und blickt entschuldigend auf. Unruhig sitzt Arsinoe neben ihm, aufs Hochnotpeinlichste befragt von meinem Gönner.

»Als er Euch packte, habt Ihr da geschrien?«

»Nein ... ich war zu erschrocken. Zudem hat er mir mit der Hand den Mund verschlossen.«

»Waren seine Fingernägel bemalt? Ich hab' gelesen, sie bemalen ihre Fingernägel.«

»Das konnte ich nicht sehen, aber ja, sie mögen wohl bemalt gewesen sein.«

»Gewiß hat er den Namen Allahs ausgestoßen, als er sich auf Euch stürzte.«

»Nein, ich glaube, daß er schwieg. Obwohl er später wohl Allah anrief.«

Ich dränge mich an den überfüllten Tisch neben den Nichtsnutz Tucher, der mich nicht beachtet, so sehr ist er mit der Frau des Kaufmanns beschäftigt. Diese zeigt die erschöpfte Miene eines Gastes, der zu später Stunde kam, um vom Geschwätz eines gedankenlosen Hausherrn wach gehalten zu werden. Zu ihrer Linken sitzt Johann und schnitzt mit seinem Messer etwas in den Tisch. Als ich endlich seinen Blick erhaschen kann, ist der undurchdringlich.

»Habt Ihr noch andere Frauen gesehen?« bohrt Ursus wie sein Vater.

Die Frage scheint Arsinoe zu verstören. An ihren bleich gewordenen Knöcheln sehe ich, daß ihre Hände sich um ihren Becher krampfen. Unmerklich hebt sie die Ellbogen.

»Man warf mich zu den anderen Gefangenen. Frauen waren es von überallher auf der Welt: blonde Frauen, dunkle Frauen mit gefleckter Haut, blinde Frauen und solche ohne Arme. Nur eines hatten sie gemein. Sie waren vollständig entblößt bis auf eine einzige goldene Fessel um den Knöchel. Wie Huren lagerten sie dahingestreckt auf Bergen bestickter Kissen …«

»Verzeiht mir, Frau Arsinoe«, kichert Ursus. »Haben die Sarazenenfrauen … Haare?«

Arsinoe senkt den Blick, indes Graf Tucher seinem Sohn eine Ohrfeige verpaßt.

Johann wendet den Blick nach rechts, weg von der Frau, aufs Meer hinaus. Ich sehe, wie sich seine Brust zu einem Seufzer hebt und senkt.

»Sie hatten langes, dichtes Haar, das sie kunstvoll frisierten.« Sie gibt vor, ihn nicht verstanden zu haben. »Doch kann ich nicht mehr davon sprechen. Verzeiht mir.«

Während die anderen Esser sich diese Szene ausmalen und ihre eigenen türkischen Kammern mit dunklen, auf bestickten Kissen dahingestreckten Leibern bevölkern, nutze ich die Gelegenheit, meinen Teller zu füllen. Der Schiffskoch schlachtet nur solche Tiere, die ohnehin kurz vor dem Tod stehen, weshalb das Fleisch wie üblich nach Wild riecht und recht farblos ist. Das Boot schwankt, so daß es mir erst beim dritten Versuch gelingt, ein Stück toter Ziege aufzuspießen und es mit etwas körnigem Fett zu begießen. Fürwahr ein mageres Mahl, doch bin ich ausgehungert.

»Ich weiß wohl, Ihr müßt müde sein.« Es gelingt Graf Tucher nicht, zu schweigen. »Doch wie seid Ihr entkommen?«

Damit scheint sie größere Schwierigkeiten zu haben, und einen Augenblick lang denke ich, Johann wird für sie antworten. Mit Türken kennt er sich ja gut aus.

»Ich habe mich den Händen der heiligen Katharina übergeben«, erwidert sie schließlich.

»Es überrascht mich, daß sie die Kraft hatte, Euch zu helfen«, meint Tucher mit einem Achselzucken.

»Was wollt Ihr damit sagen?« fragt die Frau des Kaufmanns.

»Zuerst erlaubt sie den Diebstahl ihrer Reliquien, und nun läßt sie ihr Kloster in die Hände der Sarazenen fallen … Mir scheint, ihr Einfluß nimmt ab.«

»Worüber spricht er?« Zutiefst erschrocken wendet sich Arsinoe an mich.

»Es ist nichts, gute Frau«, sage ich und schlucke die mörderische Wut, die ich gegen den perfidesten Schutzherrn der Welt in mir trage. »Er verbreitet nur ein Gerücht. Erfahren hat er es von einer glaubensschwachen Dirne, die man vom Hof auf Zypern verstieß. Schenkt ihm keine Beachtung.«

»Pater!« Graf Tucher erhebt sich.

Auch Arsinoe will aufstehen, fällt jedoch leichenblaß auf ihre Bank zurück. Johann springt auf, um ihr zu helfen.

»Ich begleite Euch zu Eurer Kajüte, gute Frau.« Ohne uns anzublicken, führt er Arsinoe weg. Wütend verläßt Emelia Priuli die Damenkajüte, als die beiden hineinplatzen und die Tür hinter sich schließen.

Die Sonne geht unter, während sich ein östlicher Wind erhebt. Die Matrosen ringen mit ihren geteerten Tauen und mühen sich, die Segel niederzuholen, bevor der starke neue Wind uns in unser Kielwasser zurücktreibt. Über uns verfärbt ein dicker, vom Wind zerklüfteter Wolkenberg die Dämmerung. Es ist der erste Windhauch des Tages, doch bringt er wenig Erleichterung, weil er aus der falschen Richtung weht. Mein Gönner und ich sitzen verbissen schweigend da.

»Verzeiht, Graf Tucher.« Auf ihre gezierte, dirnenhafte Weise macht sich die Priuli an unseren Tisch heran. »Ich sah, daß Ihr vor kurzer Zeit mit jener Frau spracht. Wißt Ihr, wo ihr Gatte sich befindet?«

Zu meiner Entlastung antwortet Ursus.

»Er ist in der Latrine.«

Sie schürzt die Lippen gegen den Jungen und wendet sich an seinen Vater.

»Er muß seine Frau zu Verstand bringen«, sagt sie. »Sie macht sich mir verhaßt.«

»Ach, gute Frau –« Graf Tucher erhebt sich, doch die Priuli lehnt es ab, an seiner Stelle Platz zu nehmen – »was tut sie denn?«

»Die ganze Nacht hält sie mich wach mit Beten, Beten, Beten. Und noch dazu in ihrer so barbarischen Sprache.«

»Es ist doch eine Wallfahrt«, werfe ich ein.

»Für Christen, Pater«, braust die Kammerfrau auf. »Auf Zypern hab' ich schon genug Häretiker ertragen müssen.«

»Könnt Ihr es wohl noch ein paar weitere Tage mit ihr aushalten, gute Frau?« Ich sehe, wie Graf Tucher die Schönheit dieser Frau gegen Arsinoes verstörendes Wesen abwägt. »Wir sind schon fast in Palästina.«

»Ich kann es aber nicht aushalten«, zetert sie. »Die ganze Nacht ist nichts zu hören als ›Ich bitte dich, Sankt Katharina‹, ›Liebe Sankt Katharina‹. Und kein einziges Gebet an unsere Heilige Jungfrau! Kein einziges an Christus, unseren Heiland. Sie hält diese Heilige wie ein Schoßtier.«

»Wir gehen nun nach unten, Gnädigste«, sage ich steif, »um uns um ihren Ehemann zu kümmern. Wir werden ihm Eure Klage mitteilen.«

»Tut das.« Sie schnieft. »Wenn sie bis heute nacht nicht aus meiner Kajüte ist, gehe ich zum Kapitän.«

Weit entfernt bohrt sich ein schmaler Blitzstrahl ins Wasser, Donner rollt wie eine verlorene Kuh im Magen eines Wals.

»Komm, Konrad.« Schwankend erhebe ich mich. »Wir wollen mit dem Kaufmann sprechen.«

Die Höhlung

So viel Blut. Ich denke an die unbegrenzten Hohlräume auf unserer Welt und daran, wie viele konzentrische Häute wir alle haben, während der wütende Ozean seine Finger in den Bauch des Schiffes bohrt und während Konrad mit sicherer Hand den Magen heraushebt.

Wasser und Blut.

»Haltet die Lampe hoch«, bedeutet er mir, und ich fange sie auf, als sie gerade umstürzen will. Um die Leiche am Wegrollen zu hindern, setzt Konrad ein Knie auf ihre Schulter, das andere auf ihre Hüfte. Er greift unter sich, um die lange Röhre der Eingeweide zu entwirren.

Hohl sind die Eingeweide, hohl ist der Magen; ich aber grabe ein Loch in den Sand und fülle es mit diesen Wänden. So viele Schranken hat der Körper, um den leeren Raum zurückzuhalten.

Wir haben keinen Eimer mitgebracht, um das Blut aufzufangen, doch Konrad meint, das Schlimmste, was passieren könne, sei, daß es hinuntersickert und unter dem Sand eine dünne Lache bildet. Er arbeitet leise und ruhig, löst Herz und Lunge mit einer raschen Drehung seiner Handgelenke.

»Ein wenig höher, bitte.« Das Schiff bäumt sich auf, und als ich versuche, mich zu fangen, lasse ich die Laterne auf Konstantins Nasenbein krachen. Konstantin? Hat der Mensch außerhalb dieser finsteren Höhle jemals existiert?

»Da haben wir es«, sagt Konrad und schnipselt an einer geschmolzenen Masse gleich über der fetten, gepolsterten Niere. »Das Organ hier ist geplatzt. Seht Ihr die Entzündung?«

Er reicht mir eine leere Hülle, doch in der Dunkelheit kann ich ihr Grün von ihrem Rot nicht unterscheiden. Ich begrabe diese zerfallene Wand bei jenen, die gehalten haben.

»Reicht mir das Wasser.«

»Was?«

Wenige Zoll über unseren Köpfen bedeutet uns aufgeregtes, zielloses Umherlaufen, daß die Pilger allmählich in Panik geraten. Mit jedem Schlingern des Schiffes höre ich Kisten zu Boden krachen; eiserne Töpfe rollen über verkrampfte Füße. Ich hätte mir keine Sorgen machen müssen, daß man unsere Stimmen hören könnte oder daß unsere Laterne Verdacht erweckt. Die rauhe See hat uns vollkommen überwältigt.

Wir spülen die Höhlung mit Meerwasser aus und besprenkeln sie mit Wein. Drehen ihn um, lassen ihn auslaufen.

»Das Salz«, brüllt Konrad.

Was nun folgt, ist mir nicht gänzlich unvertraut, denn oft habe ich im Kloster Fleisch zubereitet. Ich lasse einen steten Strom Salz zwischen die Rippen rinnen und verteile es mit meiner Hand, bis jeder Zoll des rosenfarbenen Innenfleisches körnig davon ist. Da kein Wasser mehr übrig ist, wühle ich mit meiner Hand im Sand, bis sie sauber ist.

Konrad stopft Fäuste voller Stroh in den hohlen Hals, und ich helfe ihm, den Unterbauch auszustopfen und die Eingeweide bis zu den Rippen mit dem kalten gelben Zeug zu ersetzen. Wir arbeiten rasch, denn obgleich keiner von uns seine Gefühle laut geäußert hat, sind wir voller Furcht, während des Sturms hier unten gefangen zu werden. Konrad bringt den vergrabenen Darm des Kaufmanns wieder zum Vorschein, schneidet mit seinem Messer einen langen, spannkräftigen Strang ab, um ihn durch sein Nadelöhr zu fädeln.

»Versucht, ob Ihr ihn etwas flacher machen könnt.«

Ich habe zu viel in die Höhlung gestopft und jetzt kommen die Hautlappen nicht mehr zusammen. Ich ziehe daran und halte sie fest, während Konrad näht. Als wir fertig sind, ist Konstantin ein klumpiges, hermaphroditisches Ungetüm mit einem hochgewölbten Bauch und hervortretenden haarigen Brüsten, doch er wird sich halten, bis wir anlegen. Rasch wickeln wir ihn von Kopf bis Fuß in sein Laken, und Konrad opfert seinen schwarzen Umhang als zusätzliche Hülle. Wenn wir landen, wird er ihn sich wiederholen können. Sollte jedoch ein naseweiser Pilger schon morgen auf die Leiche stoßen, wird diese völlig unkenntlich sein.

»Fertig?«

Konrad zuckt mit den Achseln.

Wir hocken einen Augenblick da und betrachten die umwickelte, unförmige Gestalt, zu müde, um viel mehr zu tun als zuzuhören, wie der Ozean gegen die Schiffsplanken hämmert. War es wohl dies, was mit Konstantin geschah? Hat die Kraft des Kummers so unablässig gegen seine armen, geschwächten Organe gewütet, daß eines von ihnen sich nur retten konnte, indem es platzte? Und wird es uns bald auch so gehen, die wir in diesem hohlen Herz pulsieren, wenn der Sturm endlich mit voller Wucht zuschlägt?

Ein zersplitterndes Gefäß? Und hundert offene Adern?

Der Sturm

SCHMUTZIGES BILGENWASSER hat sein Behältnis überschwemmt und schwappt Gestank über die Decksplanken. Als ich dies einem elenden Heimwehkranken zeige, richtet er seine Laterne auf sein verdorbenes Brot, sein verschmiertes Gebetbuch, seine Matratze, und ich erkenne, daß die Zeit, die wir da unten mit der Konservierung Konstantins verbracht haben, für unsere Gefährten oben eine Zeit der Verwüstung war. Sie taumeln zwischen ihren Habseligkeiten umher, versuchen, ihre Laternen und ihr Gepäck über dem eingedrungenen

Wasser aufzuhängen. Sie machen wenig Fortschritt, denn das Schiff stampft, was alles, was nach oben strebt, herniederbringt. Die Wellen schlagen über den Bug, ihr Wasserschwall stürzt die Treppe herab und läuft in Strömen durch die schlecht geteerte Decke. Als ich mich durch den Haufen furchtsam zusammengekauerter Pilger zu meinem Strohsack gekämpft habe, liegt dieser wie ein neulich aufgestiegenes Delos in einem Meer braunen Wassers.

»Felix!« Der zu Tode erschrockene Graf Tucher hat mich erblickt und packt meinen Rock. »Die Ruderknechte sagen, zu dieser Jahreszeit sei solch ein Sturm vollkommen wider die Natur«, schluchzt er. »Es muß wohl der Zorn Gottes sein. Ihr müßt für uns beten.«

Schwankend zieht er mich in ein Durcheinander stöhnender, flehender Pilger. Seht, wie der Judas Tucher mich jetzt nötig hat! Hätte er bloß daran gedacht, als er meinen Traum vom Sinai auf beide Wangen küßte und ihn den Pharisäern übergab!

Ich werde für ihn beten.

»Errette uns, o Gott, denn die Wasser bedrängen unsere Seelen. Sende Deine Hand vom Himmel, befreie und erlöse uns aus großer Seenot.

Du, Herr, hast eine verderbte Welt mit einer Flut von vierzig Tagen gestraft, als Du Glied auf Glied widernatürlich und verrucht aufwachsen sahst und Du Deiner Kinder Untreue nicht mehr dulden konntest. Regen fiel auf sie, freudig begrüßt zuerst in ihrem dürren Land, bis er ihre Kleider durchtränkte und ihre Haut näßte, ihr dunkles Haar in feuchten Strähnen an ihre Wangen klebte. Am fünften Tage waren die Zimmer ihrer Häuser überflutet, und Deine ungetreuen Kinder hoben ihre Familien aufs Dach, um dort des Unwetters Ende abzuwarten. Dort hockten sie in schwerer Sorge, das Wasser werde sie im Schlafe überraschen, in ihre Nasenlöcher laufen, ihre Kinder mit sich reißen, indes sie vom Ertrinken träumten. Am zehnten Tag trieben die Menschen, die das Dir, o Herr, gegebene Gelübde so gering geachtet hatten, wie Wasserpest auf dem unendlichen Ozean; und immer noch hast Du es regnen lassen, noch dreißig weitere Tage, auf daß gewiß auch jeder meineidige, falsche Freund zum Meeresboden hinuntersank.«

Als ich Atem hole, höre ich die Rufe der Seeleute über uns. Jeder brüllt in seiner eigenen Sprache, ohne sich darum zu scheren, was er sagt und ob man es versteht. Es scheint, als habe sie das allgemeine Gut der Worte verlassen und jeden einzelnen zu wenig mehr als einem grunzenden Hamsterer von Sinn gemacht, der seinen Kameraden wirres Zeug entgegenschleudert.

»Und wieder hast Du, Herr, in Deiner Weisheit«, erhebe ich die Stimme über das Ächzen des Schiffes, »zu Moses Zeiten Verrat mit Wasser gestraft. Die Ägypter, die dem Volke Israel die Freiheit und ein sicheres Geleit durch die Wüste ins Land Zion versprochen hatten, brachen ihr Wort. Als sie aber Dein auserwähltes Volk in das geteilte Rote Meer verfolgten – es ist jenes Meer, welches das von Dir gesegnete Land Sinai umspült, das Land, das *niemandem* verweigert werden sollte –, da hast Du Deine Hand zurückgezogen, o Herr, und riefst die Wasser über sie herab. Und wie ein atemloser Mund schloß sich das Rote Meer über die Heuchler, saugte sie von ihren Pferden und zermalmte sie zwischen seinen Strömungen.«

»Dieses Gebet kann mich nicht trösten, Pater Felix«, schluchzt Ursus. »Könnt Ihr uns nicht etwas anderes sagen?«

»Laß uns Deiner wert sein, o Herr, und nicht wie jene falschen Menschen, die mutwillig ihr Versprechen brachen«, rufe ich. »Gewähre uns, daß wir ihn nicht verdienen, Deinen Zorn! Solltest Du sie aber sehen, Herr, Deine Bittsteller, Graf Johannes Tucher und seinen Sohn Ursus, oder ihr demütiges Sprachrohr Felix Fabri vom Orden des heiligen Dominikus, schiffbrüchig und bar jeden Lebens, so flehe ich Dich an: Laß sie Dein Königreich nicht betreten in ihren vollgesogenen Kleidern, mit offenem Gebein, die Augen rot vom salzigen Wasser. Erlöse sie von ihren schlecht bemessenen Leibern und überführe sie als lichterfüllte Seelen in Dein Haus, o Herr.«

Neben mir kracht eine Laterne auf den Boden, und ihr Gefolge ist die Finsternis. Knie an Knie stehen wir in vollkommener Nacht, schwitzend vor Nähe, nach Kleidern oder Haaren greifend bei dem vergeblichen Versuch, aufrecht zu bleiben. Die nächste Welle schleudert mich an meine Kiste, und auf mich stürzen all die andern Pilger wie ein riesenhafter Krake, geformt aus Mündern voller Schrecken und eklen, schleimbedeckten Beinen. Mir stockt der Atem, und ich spüre, wie Übelkeit in meine Kehle steigt.

»Graf Tucher«, rufe ich, als ich mich durch den Haufen kämpfe, »ich muß nach oben, um etwas Luft zu schöpfen.«

»Nein, Felix!« brüllt er, doch ich kann nicht sagen, welchem der offenen Münder das Verbot entweicht. »Ihr dürft mich nicht verlassen.«

Ich höre das Gurgeln, als einer über mir sich seiner Seekrankheit ergibt, und weiß, es wird nur noch Momente dauern, bis Hysterie hereinbricht. Jäh stürze ich mich machtvoll vorwärts und bin frei, stolpere über gefallene Pilger, verfange mich in meinem eigenen Gewand. Ich rapple mich auf und rutsche auf die Treppe zu, wobei ich in der Dunkelheit auf gänzlich fremde Dinge trete: ein Brotlaib? ein Kissen? ein Arm? Angelangt bei jenem Wasserfall, der einst unsere Leiter war, tauche ich die Hände in die eisige Flut, biege den Kopf zurück, damit das Wasser mein Gesicht verfehlt, und steige blindlings empor.

Oben herrscht das Chaos.

Die Matrosen kämpfen mit dem plumpen Großsegel, um an seiner Stelle das kleine Quadrat des Papafigo zu setzen, genäht aus hundert einzelnen Tüchern. Blitze erhellen das Schiff; sie malen die Gesichter blau, das Meer dunkelgrün. Der Donner, der auf jeden Blitzschlag folgt, dringt tief in die schon satten Planken, bis ich meine, auf unendlich vielen Jahren toter und wiederauferstandener Stürme zu stehen. Doch regnen will es nicht.

»Ihr da, Mönch!« Es ist eher zu spüren denn zu sehen, daß

sich mir jemand nähert. Als er vor mir steht, erkenne ich den Wahrsager des Schiffes, der beim Lotsen sitzt. »Ist da unten einer gestorben?«

Mein Herz hört auf zu schlagen.

»Weshalb fragt Ihr?«

»Ihr müßt es mir sagen.« In seiner Stimme höre ich die unterdrückte Panik. »Eine Leiche ist wie ein Blitzableiter. Ein Tod, der einen heftigeren Tod sucht. Es ist die einzige Erklärung für diesen Sturm.«

»Das ist reiner Aberglaube«, erwidere ich.

Er schüttelt heftig den Kopf. »Es ist ein Blitzableiter.«

»Da ist niemand gestorben«, erkläre ich ihm.

»Hört mir gut zu, mein Freund.« Der lange Bart des Wahrsagers kitzelt meine Wange. »Wenn jemand stirbt, so kommt sofort zu mir.«

»Es soll geschehen.«

Was habe ich nur getan?

Ich muß Johann finden. Er versteht Chaos, Leidenschaft und Tod. Er wird mir sagen, was zu tun ist. Ich laufe zur Luke zurück, falle jedoch in meiner Hast über eine Kante. An seine Bank gekettet kauert der betörte griechische Knecht, der uns nach Rhodos ruderte, elend in der Dunkelheit.

»Du, Knecht!« schreie ich, als ein Blitz sein schreckensbleiches Gesicht erleuchtet. »Du bist die ganze Nacht hiergewesen – hast du meinen Freund, den Archidiakon Johann gesehen?«

»Pater Felix!« Er hebt seine angeketteten Hände zum Gesicht. »Das ist des Teufels Werk. Zu ruhig war es heute, und jetzt, in der Nacht –! Wir werden alle sterben!« Er reißt an dem Eisenring, an dem seine Ketten hängen. Wenn wir kentern, so wird dieser Mann wie alle anderen wie Trauben an der Rebe in seinen Ketten hängen, eng gefügt an seine Holzbank.

»Hör doch«, sage ich. »Es ist sehr wichtig, daß ich Johann finde.«

»In meinem Leben hab' ich so viel Niederträchtiges getan,

Pater. Ich bitte Euch, laßt mich nicht sterben mit so viel auf dem Gewissen.«

»Du wirst nicht sterben. Die Pilger unten beten gerade.«

Ein Segel löst sich, seine Leinwand reißt in Stücke wie eine Höhle voll urplötzlich schreckensvoll geweckter Fledermäuse.

»Doch, wir werden sterben, denn auf diesem Schiff ist schon ein Toter. Ich kann ihn riechen. Nur wenn man ihn findet, winkt uns Rettung.«

Ich würde ihn am liebsten schlagen.

»Solche Gedanken sind unchristlich. Willst du nicht noch mehr Jahre im Fegefeuer verbringen, als dir schon bestimmt sind, so mußt du diesem Aberglauben abschwören.«

Der Mann zu seiner Rechten schreit auf, als ein wild gewordenes Ruder an seine Schläfe kracht. Er stöhnt etwas in einer Sprache, die ich nicht verstehe, und schüttelt Blut aus seinem Haar.

»Sag doch!« Ich packe ihn am Hemd. »Ist Johann auf Deck gewesen?«

»Ich habe Euren Freund gesehen. Heute abend, bevor es so dunkel wurde.«

»Aber er ist nicht unter Deck, oder?«

»Nein, ich sah ihn oben, zusammen mit dem Griechen, der auf Kreta zustieg.«

»Welcher Grieche?« frage ich. »Meinst du die heilige Frau, die Zunge der heiligen Katharina?«

»Nein, nein, ganz deutlich hab' ich ihn gesehen.« Der Ruderknecht bekreuzigt sich und schreit auf, als ein gedrungener, smaragdener Strahl kaum zweihundert Ellen von unserem Schiff entfernt ins Meer schlägt.

»Euer Johann hat mit jenem Mann gekämpft. Mit dem traurigen Kaufmann. Dem Ehemann der Zunge!«

Konstantin?

Das Meer wird grün von Feuer.

Himmel und Erde

DIE ERSTEN TROPFEN fallen, als ich mich wie rasend zwischen den schweißüberströmten Schultern der mit den Tauen ringenden Seeleute hindurchdränge. Einen Augenblick lang ernüchtert sie der Regen – sie erstarren in ihren Bemühungen, beben wie eine Meute von Jagdhunden, die Wild erspäht hat.

Ein nackter Pilger läuft regensprühend zur Latrine. Seine Knöchel sind rot und seine Handgelenke, und sein auf und nieder schlagender Penis ist tief, tief rot. Das Schiff ächzt, als eine gelbe Welle über den Bug schlägt, sämig vom Sand des Meeresgrundes.

Himmel und Erde vertauscht.

Im einen Augenblick sind wir auf einem hohen Berg, im nächsten tief im Inneren der Hölle. Schwarz und kalt peitscht mich der Regen zur Luke zurück. Ich muß zu Johann.

Ich trage die Verantwortung. Ich war es, der den Stollen wühlte, der nun den Zorn des Himmels in unser Schiff lenkt. Konstantins leerer Leib, sein Kanal, sein Blitzableiter. Wir haben die Welt umgestürzt, haben Wasser zu Himmel werden lassen und Feuer zu Wasser.

Und da sehe ich es vor einem Feuerball. Die Hölle ist es, die sich an Arsinoes Tür an eine ausgelöschte Laterne klammert. Die Hölle im schwarzen, flatternden Pilgergewand.

Der tote und ausgeweidete Konstantin.

Ich stemme mich gegen den wütenden Regen, spüre, wie er mir die Schultern aus den Gelenken reißt, mir die Arme auf den Rücken peitscht. Im Dunkeln finde ich die Leitersprossen, nehme zwei zu gleicher Zeit, bete darum, vom Blitz getroffen zu werden und verschont zu bleiben von dem, was mich da erwartet. Tu Johann nichts zuleide, flehe ich. Ich war es. Er weiß nichts von alledem. Meine Fäuste trommeln an die Tür, das Holz gibt nach. Ich brülle Johanns Namen und den Ar-

sinoes, als Gottes Zorn mit aller Macht auf mich hernieder-
stürzt.

Endlich gibt die Tür nach und fegt einen Regenschleier in die
dunkle Kajüte. In ihrem Innern hat man ein Licht angebrannt
und in eine Laterne gesteckt, die wild an ihrem Haken über
Arsinoes Lager schwingt. Neben der Tür erkenne ich Johanns
heftig bebenden Umriß, schweigend wie ein Grab. Es dauert
einen Augenblick, bis meine Augen sich ans Dämmerlicht
gewöhnt haben, doch allmählich werde ich einer weiteren
Gestalt gewahr, die in der dunkeln Ecke lauert. Ihre Kapuze
verdunkelt das Gesicht, zu Fäusten geballt hängen die Hände
herab, und wenn ich genau hinsehe, kann ich die Schwellung an
ihrer Brust erkennen, wo Konrad und ich zuviel Stroh in ihre
Höhlung gestopft haben.

»Er ist gekommen, um sein Weib zu holen, ja?« frage ich
Johann. Meine Stimme erhebt sich kaum über das Klopfen
meines Herzens.

»Arsinoe ist fort«, erhalte ich zur Antwort.

»Was hat er ihr angetan?«

»Felix, laß uns erklären.«

Johann tritt zu mir, und plötzlich springt Konstantin aus
dem Schatten, wirft sich an meinen Hals. Unwillkürlich packe
ich den Ärmel des Kaufmanns und schleudere ihn zu Boden.
Das Schiff krängt, und er rollt schwer die Schräge hinab.

»Wenn Ihr es ihm erklärt wie mir, so muß er doch verstehen!« brüllt Johann den Kaufmann an. »Er ist kein Ungeheuer!«

Was ich in der Berührung des Kaufmanns spürte, war der
Eishauch des Todes.

»Erklärt es ihm«, befiehlt Johann.

»Konstantin«, frage ich so sanft, wie meine Furcht es mir
gestattet, »was habt Ihr mit Eurer Frau gemacht?«

»Wir haben sie verschlungen«, lacht das Wesen auf dem
Boden. »Sie ist in unseren Bäuchen.«

»Jesus Christus.« Johann wendet sich ab.

Die Kapuze fällt zurück, das Gesicht erscheint und ich erkenne, was die Leiche darstellt. Sie ist nicht weniger fürchterlich als der Dämon, für den ich sie hielt.

Johann durchquert die Kajüte, hält sie fest, als das Krängen des Schiffes es fast zum Kentern bringt. Sie aber weigert sich, sich von den Knien zu erheben, und ich werde ihr nicht aufhelfen.

»Ich werde es nicht geschehen lassen, Felix«, sagt Johann unter wütenden Tränen. »Sie ist entschlossen, allein weiterzureisen, und ich hab' mit eigenen Augen gesehen, was die Araber schutzlosen Frauen antun. Ich werde es nicht zulassen, daß sie das Schiff in ihren eigenen Kleidern verläßt.«

Arsinoes Haar ahmt Konstantins altmodischen Römerschnitt nach, unbändig an den schmalen Schläfen. Hat sie ihr eigenes Haar so sauber schneiden können oder hat mein gottgefällig weinender Freund Johann seine mitfühlenden Finger durch die Strähnen geflochten, sie in sich verengenden Kreisen abgeschoren, bis seine Fingerspitzen ihre bleiche blaue Kopfhaut streiften? Ich kann es nicht ertragen, mir vorzustellen, was in dieser Kammer geschah, während Konrad und ich voller Schrecken im Schiffsbauch kauerten in dem Bemühen, den Leib ihres Gatten zu konservieren.

»Ihr speit ins Antlitz Gottes«, sage ich, »indem Ihr einen Toten nachahmt.«

»Wir beide, Ihr und ich, wir ziehen nur am gleichen Strang, Pater«, erhebt sich ihre Stimme laut über das ächzende Boot. »Mit ein paar kargen Worten habt Ihr Konstantin am Leben erhalten. Ich aber kann diesen Worten in seinen Kleidern Gestalt verleihen. Es ist ein vollkommener Ersatz.«

»Felix«, fleht Johann. »Man hat Arsinoe auf Rhodos entführt. Sie hat dem Mann, der sie ergriffen hatte, ein Messer in den Leib gestoßen und ihn wie tot liegenlassen. Ist er aber noch am Leben, so wird er nach ihr suchen. Und es ist eine Frau, nach der er suchen wird.«

»Pater.« Hölzern kriecht Arsinoe auf ihren Knien dorthin,

wo ich stehe. »Nennt mich doch Konstantin, bis wir Jerusalem erreichen. Laßt mich ihn bloß für ein paar Tage borgen.«

Sie streckt die Hand aus, doch ich schlage sie gewaltsam weg.

»Genug!« schreie ich. »Ich hab' genug von Euren Lügen! Jetzt will ich endlich wissen, was Ihr überhaupt auf diesem Schiff tut! Warum seid Ihr Konstantins Weib und dann doch nicht? Warum hat er mir gesagt, Ihr hättet die Gebeine der heiligen Katharina bei Euch?«

Johann eilt zu der Stelle, an der sie mit wütend verzerrtem Gesicht zusammengebrochen ist, und bettet sie in seine Arme.

»Erzählt ihm, was auf Rhodos geschehen ist«, befiehlt er Arsinoe. »Helft ihm, dies alles zu begreifen.«

Sie schüttelt heftig den Kopf. Hinter ihr ächzen die von Schätzen schweren Kisten Landos in ihren Seilen. Durch nichts gehalten, rutscht Emelia Priulis geschnitzter Ebenholzkasten durch die Kajüte und kracht in den Arsinoes. Blindwütig schiebt sie die Kiste weg.

»Er hat sie aus der Kirche gezerrt«, erklärt mir Johann, ohne darauf zu achten, daß die Frau mir gar nichts sagen will. »Er hat ihr Gesicht in sein Gewand gepreßt und ist mit ihr zur Küste gelaufen. Er hat sie genommen, Felix –«

Johann drückt die verzweifelte Frau des Kaufmanns an seine Brust, schützt sie mit seinem massigen Körper. Das Boot stürzt in ein Wellental, und er hält sie fest, die Wange an ihren geschorenen Kopf gepreßt.

»Gott hätte dein Haar wachsen lassen sollen, so daß es dich bedeckte, du arme, geschändete Kreatur«, schluchzt er. »Warum nur hat Er Seine Jungfrauen verlassen?«

Ich achte nicht auf Johanns Worte. Nur eines will ich wissen.

»Habe ich recht?« Ich entreiße sie ihm. »Habt Ihr die Hand der heiligen Katharina in Candia aus ihrer Kirche entführt?«

»Ja!« schreit Arsinoe, und ihr Speichel fliegt in mein Gesicht. »Ja, ich habe ihre Hand genommen.«

»Habt Ihr auch ihr Ohr genommen?«

»Ja, ich habe ihr Ohr genommen!«

»Was habt Ihr dann mit meinem Weib getan?«

Das Schiff brüllt auf unter unseren Worten, schleudert uns mit Macht auf unsere Knie und über den Boden. Die Ikonen Katharinas fahren auseinander wie erschrockene, mit Gold lackierte Krebse, die hilflos auf dem Rücken liegen.

»Ihr wollt es nicht verstehen«, schluchzt sie. »Ich habe sie entführt, um sie vor einem schlimmeren Schicksal zu erretten.«

»Was für ein schlimmeres Schicksal könnte es wohl geben« – ich schüttle sie, und Konstantins salziges Gewand aus Fieber und Tod schlägt mir in den Mund –, »als entführt und gegen seinen Willen festgehalten zu werden? Ist ihr Kloster wirklich gefallen, so ist es Eure Schuld!«

»Es war nicht gegen ihren Willen, Pater Felix!« Arsinoe stößt sich mit den Füßen von mir weg. »Sie hat es erwählt, zu mir zu kommen. Sie war es, die mir ihren Willen offenbarte.«

»Ich bin ihr Gatte. Ich weiß, was sie will.«

»Ihr habt keine Ahnung«, brüllt Arsinoe und weicht an ihre rote Truhe zurück. »Ihr wißt bloß, was Ihr selbst wollt!«

»Bitte!« Johann wirft sich zwischen uns, als ich mich auf die gottlose Frau stürze. Wie kann sie es wagen, den Plan des Himmels zu erkennen! Wie kann sie so mit mir sprechen, da sie meine Pilgerfahrt vernichtet und mir das einzige Wesen auf der Welt entrissen hat, das mir Freude gab. Sie wirft sich über ihre billige, durch die schwankende Kajüte rutschende Holzkiste, und plötzlich weiß ich es.

»Ihr habt sie da drin!« rufe ich. »Ihr habt die Gebeine der heiligen Katharina in dieser Kiste.«

»Felix, Konstantin war im Delirium«, schreit Johann und packt mein Gewand, als ich mich auf die Kiste stürze. »Du wirst doch nicht glauben, daß Arsinoe da drin die Reliquien der heiligen Katharina aufbewahrt.«

Ich habe sie gefunden. Ich erinnere mich an den aufgeblähten Sack, den Arsinoe um den Hals trug, als sie in jener Nacht ins Meer hinabstieg. Ich weiß noch genau, wie liebevoll sie zu ihm sprach, wie sie ihn mit Küssen bedeckte. Die ganze Zeit war Katharina vor meinen Augen! Arsinoe schreit auf, als ich sie von ihrem Kasten reiße und mit einer schweren Ikone auf sein billiges Schloß einschlage. Ich spüre, wie das Holz nachgibt, wie das Metall aus seiner Verankerung reißt.

»Rührt sie nicht an!« kreischt die Zunge und krallt ihre Nägel in mein Fleisch. »Sie will nach Hause!«

Ich schlage den Deckel auf. Ein Duft nach Sandelholz entweicht der Kiste wie Pandoras letzte Hoffnung.

»Du solltest dich schämen, Felix.«

Johann greift in den Koffer und holt seinen Inhalt hervor.

»Ein Umhang. Ein Trinkbecher. Ein Buch. Wo sind deine Gebeine, Felix?«

Arsinoe schiebt uns beiseite und starrt in die Kiste, als wäre sie ein endlos tiefer Brunnen. Da ist nichts. Keine Hand. Kein Ohr. Kein Futtersack mit dem Leib meines Weibes. Weinend wende ich mich ab. Sie ist keine Rivalin im Kampf um die Liebe meines Weibes, ist nicht mehr als das, was ihr Bruder über sie sagte: eine todunglückliche, verwirrte Wahnsinnige. Wie habe ich mich nur so hinreißen lassen können?

Wieder krängt das Schiff, und unsere einzige Lichtquelle, unsere kleine Laterne, fällt krachend zu Boden, rollt die Schräge hinab, um an der Wand in einer Wolke aus Öl und Glas zu zerschellen.

»Laß los, du Arme, Liebe.« Johann tastet nach ihr, versucht sie aus ihrer Umklammerung der Kiste zu lösen. »Du hast zu sehr gelitten.«

»Du bist zu ihm übergelaufen«, flüstert sie in die Dunkelheit. »Warum nur?«

»Hör doch, Johann!«

Ein lautes Klopfen an der Kajütentür.

»Öffnet die Tür!«

»Das Schiff sinkt«, sagt Johann. »Konstantins Blut hat ein Loch in die Planken gefressen.«

»Es wird der Kapitän sein, gute Frau.« Ich hocke mich neben sie. Im blauen Licht der Blitze sieht sie schlimmer aus als in jener Nacht, in der ich sie aus dem Wasser zog. Sie sieht müde aus und alt, mehr wie der leblose Konstantin als wie ihr eigenes Ich. Zum ersten Mal kann ich in ihren Augen deutlich einen Schimmer jener wortlosen Sprache des Wahnsinns erkennen, die ihr Bruder zu erlernen hoffte.

»Vertraut Euch ihm an«, dränge ich. »Er wird dafür sorgen, daß Ihr sicher nach Kreta zurückgelangt. Wenn Ihr es wollt, so wird er Euren Bruder finden und Euch wieder in seine Obhut geben.«

Das reißt sie aus ihrer Starre.

»Woher wißt ihr von meinem Bruder?« fragt sie kühl.

»Er war hier und hat nach Euch gesucht«, erwidere ich. »Er will Euch helfen.«

»Öffnet die Tür!«

»Felix?« fragt Johann. »Was sollen wir tun?«

Bevor einer von uns sie erreichen kann, wird die Kajütentür gewaltsam eingetreten. Vor mir stehen zwei Gestalten, gelblich-rot und schwarz im runden Licht einer Laterne.

»Wo ist sie?« kreischt Emelia Priuli. »Ich hab' ihm doch schon gesagt, alles sei ihre Schuld, so gotteslästerlich wie diese Hure ist!«

Sie drängt sich an mir vorbei und prallt auf die umhergleitende Kiste. Schnell richtet sie sich auf.

»Gebt uns die Griechin heraus«, befiehlt die andere Gestalt. Als sie ihre Laterne hebt, um unsere dunkle Kammer zu erforschen, erkenne ich, daß es nicht der Kapitän ist, sondern der Wahrsager des Schiffes.

»Sie hat die Heilige Jungfrau erzürnt!« schreit die Priuli. »Ich habe ihr gesagt, mit all dem selbstsüchtigen Gebet an Katharina würde sie die Himmelskönigin und Ihren Sohn empören. Nun hat sie auf uns alle ihren Zorn herabgerufen!«

Ich höre die Hysterie in der Stimme der Kammerfrau, doch kann ich mich nicht zur Rede zwingen. Arsinoe kniet neben ihrer Kiste, die Kapuze über dem Gesicht. Johann drückt sich an die Wand, um sich aufrecht zu halten.

Der Wahrsager nähert sich Arsinoe, in seiner Hand bebt die Laterne.

»Herr, wo habt Ihr Euer Weib verborgen?«

Neben mir schließt Johann die Augen. Mir stockt der Atem.

»Sie ist tot«, sagt der Kaufmann Konstantin, indem er den Blick des Wahrsagers erwidert. »Felix hat sie heute nacht begraben.«

Fischmäuler

EIN KREBS, PATER. Ihr habt einen Krebs verwahrt. Ich kann Graf Tucher und den anderen murmelnden Pilgern nicht ins Gesicht schauen, als ich sandbedeckt aus dem Bauch des Schiffes auftauche. Und unerträglich ist mir auch das Geflüster und das Stöhnen, als ich mit dem Wahrsager den zusammengeklappten Leib des Kaufmanns ergreife, um zur Treppe zu wanken. Ich packe Konstantins Knöchel und drücke seine Füße an die Brust. Trotz der zwiefachen Schicht aus des Kaufmanns Leintuch und Konrads Umhang spüre ich jede einzelne eisige Zehe an meinen Rippen. Ein ekler Krebs ist jede Zehe.

Sie schlucken das Erbrochene in ihrer Kehle hinunter wie auch ihre Furcht, die Pilger, um uns die Treppe hoch und durch die Luke auf das regennasse Deck zu folgen. Wie meine eigene Tuschzeichnung komme ich mir vor, wie eine mit dickem Schwarz umrissene Gestalt, die eine rasch aufs Papier geworfene Prozession anführt. Ja, dunkler ist mein Umriß als der aller anderer, so daß die Blicke auf mich fallen.

Wir halten vor dem Kapitän inne, der über den Wind hinweg die anderen Pilger anbrüllt, unter Deck zu bleiben, um nicht noch weitere Leben in Gefahr zu bringen. Jene aber stehen da, als hätte eine trübsinnige Ekstase sie erfaßt. Der Regen peitscht sie, scharf neigt sich das Schiff, doch sie bleiben aufrecht und fallen nicht. Johann und Arsinoe stehen hinter dem Kapitän, zwei tapfere, trotzige Männer. Ich lasse den Kaufmann vor die Füße seines Weibes fallen.

Wortlos winkt der Kapitän zwei kräftige Seeleute heran, um die Leiche zu ergreifen. Es sind Männer, die ich wie Katzen durch die Takelage klettern sah, das Feuer des heiligen Johannes zwischen den Zähnen. Eine Beugung ihrer Arme, eine Bewegung ihrer Hüften, und er ist fort. In weitem Bogen schwebt der Kaufmann, die Frau des Kaufmanns, über das Meer. Ein weißer Komet ist es, auf dessen Schweif sich Regen niederläßt, um ihn kalt und zischend hinabzuziehen.

Als jener Körper die Wand des Wassers durchbricht, um auf den Grund zu trudeln, vorbei an Tümmlern und schwarzen Kraken, vorbei auch am Schnabel des Troyp, der leblose Beute verschmäht, muß ich erkennen, daß ich nun das erste Versprechen brach, welches ich jemals bei Katharinas Leben gab.

Der Wahrsager lächelt. Er weiß, er hat den Tod an Bord gerochen.

Wie wir nach Land Ausschau halten

ZWEI TAGE LANG vom Sturm reingewaschen, riecht jeder Winkel unseres Schiffes nach trocknendem Salz und Sonnenlicht. Auf Deck, versammelt auf unserem kleinen Marktplatz am Mast, nehmen meine Genossen die Beschäftigungen wieder auf, die sie seit jenem Augenblick verfolgen, in dem wir Segel setzten. Ein ganzer Monat ist es heute. Manche beugen sich über ein Schachbrett, manche singen Lieder, begleitet von Lauten und Dudelsäcken. Manche stecken die Köpfe zusammen, um über weltliche Dinge zu schwatzen, manche lesen Bücher, andere lachen laut auf, so leicht ist nun ihr Herz. Manche klettern die Takelage hoch, andere springen herab, und wieder andere zeigen stolz ihre Kraft, indem sie schwere Lasten heben. Dann sind da jene Pilger, die all die Vorgenannten begleiten, die erst dem einen zuschauen und dann dem andern. Ihr Rundgang endet bei mir, der auf dem Bugspriet sitzt, um euch zu schreiben, meine Brüder. Ein Bann hat sich auf mich gelegt wegen meiner Rolle während des Sturms, und wenn jene Männer vorbeigehen, vollführen sie mit den Fingern eine rasche Geste, um den bösen Blick abzuwehren. Mich bekümmert diese Behandlung, Brüder, denn wie ihr wißt, bin ich von Natur aus ein liebenswerter Zeitgenosse und an Unbeliebtheit nicht gewöhnt.

Auch Arsinoe ist meist allein. Ich sehe, wie sie frech auf dem Schiff umherwandert oder im hellen Sonnenlicht ein Buch liest. Sie bemüht sich nicht, sich zu verbergen, und wenn ein neugieriger Pilger seinen Mut zusammennimmt, um sich ihr zu nähern, spricht sie lang und breit über die Tugenden ihres verstorbenen Weibes und klagt, wie sehr sie die Gesellschaft der guten Frau vermissen wird. Ich fürchte mich nicht mehr vor ihr, Brüder, spüre statt dessen etwas wie Mitleid, denn nun bin ich sicher, daß sie zu jener Art von Frauen gehört, die der Gebildete als *hysterisch* kennt. Vielleicht erinnert ihr euch an den Tag, an dem man mich nach Memmingen bestellte zum Exorzismus an einer jungen Frau, die glaubte, der Satan lege Wasserschlangen in ihr Bett. Nun, da ich sie näher kenne, kann ich sagen, wie jenes arme Ding aus Memmingen hat auch Arsinoe die Fürsorge des Arztes nötiger als die des Priesters. Es ist jedoch nicht meine Sache, hierüber ein Urteil zu fällen. ›Wenn sie zurückkehrt, haltet sie für mich fest, Pater‹, hat ihr Bruder in der Johannisnacht gebeten. ›Ihr wißt nicht, wozu sie fähig ist.‹ Bedarf es eines weiteren Beweises für ihre Fähigkeiten? Hat sie mich nicht um ein Haar davon überzeugt, sie besitze die heilige Katharina? Und hat sie nicht Johann davon überzeugt, sie sei gesund?

Johann Lazinus, meinen armen, verwirrten Freund, treibt es öfter zum Bug als anderswohin. Schweigend sitzt er eine Stunde bei mir – manchmal sind es auch zwei –, den Blick geheftet auf denselben fernen Punkt wie ich. Es ist schön, wieder gemeinsam auf etwas hinauszublicken, und so genieße ich vor allem jene Tageszeit, in der wir uns wie früher auf dem Bug ausstrecken, die Arme in den Seilen verhaken und Jerusalem hinter den in die Luft springenden Fischen suchen. Mein Vergnügen endet jedoch immer allzu rasch, denn bald wird Johann ruhelos und biegt den Kopf dahin zurück, wo er zwischen den anderen Pilgern nach ihrer kapuzenbedeckten Gestalt späht. Dann bleiben mir noch fünf Minuten, in denen er mit seinem Gewissen ringt. Ich wende den Blick lang genug vom Meer, um zu sehen, wie er sich ihr nähert, wie er zögert, wie er sich neigen will, als stehe er vor einer Frau, und wie er ihr statt dessen kräftig auf die Schulter schlägt.

Zwei ganze Tage nach dem Sturm kümmert mich weder Essen noch Trinken, noch der Schlaf. Auch kann ich nicht mehr lesen und schreiben wie zuvor, und mein einziges Vergnügen ist es, am Bug zu sitzen und unablässig aufs weite Meer hinauszuschauen, auf daß sich durch die angestrengte Mühe meiner Augen das Fieber meines Geistes beruhigen möge. Ich kann euch etwas Seltsames vom Ozean berichten, was ich schon viele Wochen beobachte: Ganz gleich, wie hoch oder wie unruhig die Wellen das Schiff umspülen, der Horizont der Erde scheint immer glatt und ruhig zu sein. Als Ursache dieses Phänomens ist mir nur in den Sinn gekommen, daß Gott dies zum Trost der Reisenden so geschaffen habe. Er weiß, der Mensch ergibt sich weniger der Furcht, wenn er vermeint, sich aus der Drangsal fort zur Ruhe hin zu bewegen. Vom Lotsen habe ich erfahren, daß wir auf unserem Weg gen Palästina an Antiochia vorüberfahren, Syria Phonice zu unserer Linken. An diesem Punkt jedoch soll Gottes Busen gleich zu unserer Rechten liegen, und nur Stunden sollen es dann sein, bis wir uns an ihm niederlassen können. Ich beginne, die Nacht zu hassen, die mir das Werkzeug des Sehens entreißt, und giere nach der Dämmerung. Ist sie herangekommmen, so kann ich wieder auf dem Bug sitzen, meinen Blick nach Osten wenden und unablässig auf jenen Teil des Himmels blicken, der das Meer berührt. Ach, mein Gott! Wie tief muß die Liebe sein, die ein Heiliger zur himmlischen Heimstatt Christi verspürt, wenn ein unfrommer, elender, sündiger Pilger wie ich so sehnsüchtig und inbrünstig nach Seinem irdischen Haus verlangt!

Am dritten Morgen gesellt sich eine Handvoll weiterer Pilger zu mir. Ab und an meint einer der Novizen, Land zu sehen, und macht die anderen darauf aufmerksam. Ein frommer Disput entsteht, denn die einen sehen mit Gewißheit die Berge Palästinas, währen die anderen dies leugnen. Im Verlauf dieser Erörterung findet sich immer ein Pilger, der darauf wetten will, er habe Land gesehen; er ruft dann hoch zu dem Mann im Ausguck, auf daß dieser sein Urteil fälle, und hat er unrecht, zahlt er mit einem Glas Malvasier. So geht es den ganzen Tag, bis das Abendessen aufgetragen wird und sie verschwinden.

Am Abend dieses dritten Tages sind also alle beim Essen, während ich trotz meines Hungers Wache halte. Die tief am Himmel stehende Sonne breitet ihre Glut über die Wellen, so daß ich mein Gewand über die Knie ziehe, um jenen letzten Rest an Wärme zu bewahren. Steif bin ich und mich fröstelt, als sie sich auf die andere Seite des Bugs hinausschiebt. Seit sie öffentlich zu ihrem wiederauferstandenen Gatten wurde, haben wir kein Wort gewechselt.

»Einer unserer Philosophen hat geschrieben, wer auf See sei, den könne man weder zu den Lebenden noch zu den Toten zählen«, sagt Arsinoe, ohne mich anzusehen. »Wenn wir nichts tun können als warten, so bräuchten wir nicht einmal unsere Körper.«

Seit sie Konstantins Namen angenommen hat, sind Arsinoes Gesichtszüge männlicher geworden. Ich muß an all die frühen Heiligen denken, die ihr Geschlecht vor Gott aufgaben: Marina, Pelagia, und auch die unbeirrbare Jungfrau Thekla, die Paulus in Männerkleidern folgte und deshalb den wilden Tieren vorgeworfen wurde.

»Ich gäbe jeden elenden Knochen in meinem Leib, um die heilige Katharina wiederzuhaben.« Sie senkt ihre Stimme in die

Wellen und den Wind. Wie eine glatte, in die Luft geworfene Muschel dringt sie an mein Ohr. Ich werde so handeln, wie ich es ihrem Bruder versprach, und auf sie achtgeben, bis sein Schiff anlegt. Ist er an Land, wird all dies vorbei sein.

»Das Fleisch dieses Mannes ist noch schwerer als mein eigenes«, fährt sie fort. »Habe ich erst getan, was ich ihr schulde, so kann ich mich dieses Gewichts endlich entledigen.«

Ich seufze. Fast wünsche ich mir, sie hätte mit Katharina sprechen können. Da ist so vieles, was ich wissen will.

»Man kann sich auf so viele Weisen auflösen, nicht wahr, Pater?« Arsinoe dreht sich auf dem Bug, schon jetzt verloren in den Kleidern eines ertrunkenen Kaufmanns. Sie betrachtet ihre Männerhand.

»Einer Frau bleibt manchmal nur die Auflösung, um Beachtung zu gewinnen«, sagt sie.

Die Sonne steigt ins Meer hinab, und in der entgegengesetzten Ferne erscheinen klein zwei purpurrote Kegel. Ganz sachte vergeht ein Augenblick, in dem keiner von uns den anderen wissen lassen will, was er da sieht. Ein jeder will allein mit seinem Wissen sein. Dann ist es fast vorbei.

»Die Berge«, flüstert sie.

»Jerusalem«, sage ich.

ZWEITER TEIL

Die Stadt

*

REGELN FÜR DIE PILGERFAHRT

Erster Artikel: Ist irgendein Pilger ohne die ausdrückliche Erlaubnis des Papstes hierher gelangt, so hat er die Strafe der Exkommunikation auf sich geladen und muß sich sogleich dem Vater Guardian Jerusalems offenbaren. Der Papst hat dieses Heilige Land exkommuniziert, da es verseucht ist mit jeder Art von Ketzern und Ungläubigen, und nur mit seiner gnädigen Erlaubnis sind Pilger zugelassen.

Zweiter Artikel: Kein Pilger soll die heiligen Stätten ohne einen Sarazenenführer aufsuchen, denn dies ist gefährlich und unklug.

Dritter Artikel: Der Pilger möge sich hüten, über die Grabstätten der Sarazenen zu steigen, denn dies bereitet jenen großes Unbehagen, dieweil sie glauben, es quäle ihre Toten.

Vierter Artikel: Sollte ein Pilger von einem Sarazenen geschlagen werden, so muß er dies zum Ruhme Gottes mit Geduld ertragen und es unmittelbar dem Calinus melden, welcher helfen wird, sofern er kann.

Fünfter Artikel: Der Pilger möge sich davor hüten, Splitter aus dem Heiligen Grab zu schlagen oder dessen behauene Steine zu beschädigen, denn dieses ist bei Strafe der Exkommunikation verboten.

Sechster Artikel: Pilger von edlem Geblüt sind gehalten, die heiligen Stätten nicht zu verunzieren, indem sie ihre Wappen darauf malen, ihre Namen darauf schreiben, die Marmorplatten zerkratzen oder mit eisernem Werkzeug Löcher hineinbohren, um solcherart zu zeigen, daß sie dort gewesen sind.

Siebter Artikel: Die Pilger müssen die heiligen Stätten in der rechten Ordnung aufsuchen; sie dürfen nicht versuchen, sich in der Eile auszustechen, denn solches hindert viele am Gebet.

Achter Artikel: Die Pilger mögen sich hüten, untereinander zu lachen, wenn sie durch Jerusalem wandern, auf daß die Ungläubigen nicht meinen, sie lachten über sie.

Neunter Artikel: Die Pilger sind gehalten, nicht mit den Sarazenenknaben zu scherzen, denn daraus entsteht viel Unheil.

Zehnter Artikel: Die Pilger mögen sich davor hüten, die Sarazenenfrauen anzustarren, denn deren Ehemänner sind übermäßig eifersüchtig und voller Neigung, Schaden anzurichten.

Elfter Artikel: Winkt eine Sarazenenfrau einem Pilger und lädt ihn in ihr Haus, so darf er ihr niemals folgen.

Zwölfter Artikel: Jeder Pilger möge sich hüten, einem Sarazenen Wein zu geben, wenn dieser um einen Trunk bittet; denn nach nur einem Zug wird er in Raserei verfallen. Der erste aber, auf den er sich stürzt, wird jener Pilger sein, der ihm den Trunk verabreichte.

Dreizehnter Artikel: Kein Pilger darf an seinem Körper Waffen tragen.

Vierzehnter Artikel: Sollte ein Pilger Freundschaft mit einem Sarazenen schließen, so muß er sich besonders davor hüten, im Scherz die Hand auf dessen Bart zu legen oder, wenn auch nur leicht und scherzhaft, seinen Turban zu berühren; denn dieses gilt als Schande unter ihnen und läßt sie alle Freundschaft vergessen.

Fünfzehnter Artikel: Schließt ein Pilger mit einem Sarazenen einen Vertrag, so soll er nicht mit diesem streiten, ihn verfluchen oder wütend werden; denn die Sarazenen wissen, daß solches Tun dem christlichen Glauben zuwiderläuft. Sogleich werden sie deshalb rufen: »Oh, du schlechter Christ!« Dies aber ist ein Satz, den sie gleichermaßen auf italienisch und auf deutsch beherrschen.

Sechzehnter Artikel: Kein Pilger soll über die Sarazenen lachen, wenn sie in der von ihrem Glauben vorgeschriebenen Haltung beten; denn auch sie enthalten sich, über uns zu lachen, verrichten wir unsere Gebete.

ERSTES KAPITEL

*

Wie man Pilger im
Heiligen Land willkommen heißt

NAME?«
»Graf Johannes Tucher.«
»Woher kommt Ihr?«
»Aus Schwaben, von jenseits der Alpen.«
»Wie ist der Name Eures Vaters?«
»Petrus Tucher.«
»So steht es geschrieben. Ihr könnt weitergehen.«

»Name?«
»Ursus Tucher.«
»Woher kommt Ihr?«
»Vom selben Ort wie mein Vater, aus dem christlichen Schwaben.«
»Wie ist der Name Eures Vaters?«
»Er hat ihn Euch soeben erst genannt.«
»Wie ist der Name Eures Vaters?«
»Au!«
»Ursus!«
»Laßt los! Graf Johannes Tucher.«
»So steht es geschrieben. Ihr könnt weitergehen.«

»Name?«
»Konstantin Kallistos.«
»Woher kommt Ihr?«
»Aus Candia auf Kreta. Ich bin dort Kaufmann.«
»Wie ist der Name Eures Vaters?«
Pause.
»Stavros?«
Pause.
»So steht es geschrieben. Ihr könnt weitergehen.«

»Wie ist Euer Name?«
»Pater Felix Fabri vom Predigerorden der Dominikaner zu Ulm.«
»Fejlix Fabri …«
»Nein, nein. Felix. Feeelix.«
»Feeejlix …«
»Nein, kein Zwielaut. Feeelix.«
»Feieejlix …«
»Feeelix, Feeeelix Fabri. Mit einem ›e‹.«
»Feielix Fabri.«
»Ach, vergeßt es doch.«

Sie haben sich in zwei Reihen gesetzt und uns hintereinander zwischen sich hindurchgetrieben. Einen nach dem anderen haben sie sich vorgenommen und genau gemustert, dabei in ihrem Buch mit langen Gänsefedern unsere Namen verzeichnet. Jener Sarazene, der meinen Namen gurgelte und an seiner Statt ein Wort hinschrieb, das ich nicht aussprechen kann, suchte nach irgend etwas in diesem meinem Namen und dem meines Vaters, um einen Grund zu finden, mich wieder an Bord und stracks zurück nach Deutschland zu schicken. Obgleich ich nichts zu verbergen hatte, bin ich unter dem Blick dieses verruchten Mannes doch errötet.

Von unserem Schiff aus haben wir beobachtet, wie die Sarazenen eifrig zwei in den Fels geschnittene Höhlen frequentierten. Wir nahmen an, sie richteten die Kammern her für unsere Landung. Wie sehnten wir uns danach, dort zu ruhen und die Steine selbst zu küssen; denn diese Höhlen nennt man die Keller des heiligen Petrus, und von ihnen aus bekehrte der Apostel, auf den Christus unsere Kirche baute, die Hafenstadt Jope.

Doch welch übler Geruch! Welch ekler Gestank nach sommerlichen Stallungen war dies? Als wir die Formalien endlich hinter uns hatten und uns in die Höhlen drängten, bestätigten meine Augen, was meine Nase schon vermutet hatte: die Sarazenen hatten ihre haarigen Ärsche über diesen heiligen Boden gehängt und den Keller des heiligen Petrus in eine Latrine verwandelt.

Stellt euch unsere Bestürzung vor, Brüder. Und den Gestank.

»Das halte ich nicht aus!« kreischte Emelia Priuli und riß ihren Rocksaum vom Boden. »Wo ist der Kapitän?«

»Komm hierher, Felix! Es ist furchtbar.«

Kein Zoll des Höhlenbodens war unbesudelt. Darauf bedacht, den größeren Haufen auszuweichen, suchte ich einen Weg in die Tiefe der riesigen Höhle, wo die Pilger sich an die Felswand drückten. Graf Tucher und sein Sohn glühten gespenstisch im schrägen grünen Sonnenlicht.

»Wollt Ihr mein erstes Gebet im Heiligen Land hören, Pater Felix?« fragt Ursus betreten, und seine dünne Stimme hallt im Gewölbe wider. »Es lautet so: O Du Herr Jesu, wie seltsam ist die Höflichkeit, mit der Du Deine Gäste empfängst, denn Männer sind es, die vor vielen Wochen von jenseits der Alpen aufbrachen, um Dich zu besuchen. Hättest Du ihnen, die fußlahm sind von solcher Wanderung, hungrig und müde, nicht eine bessere Ruhestatt gewähren können als den dampfenden Kot der Ungläubigen? Mußtest Du uns so ungnädig empfangen ...«

»Laß mich dich unterbrechen, Ursus, bevor zum üppigen Register deiner Sünden auch noch die Undankbarkeit kommt«, fahre ich dazwischen. »Denk doch daran, daß du einen Gastgeber tadelst, der in einem elenden Kuhstall auf die Welt kam und dessen erstes Kissen eine steinerne Krippe war, beschmiert mit Klumpen wiedergekäuten Futters. Und selbst in der reichen, königlichen Stadt Jerusalem konnte unser Gastgeber kein anderes Bett finden als die Balken eines roh behauenen Kreuzes.«

»Und denk daran, Ursus«, fügt der Archidiakon Johann hinzu, der soeben mit Konrad und der wahnsinnigen Arsinoe eingetroffen ist, »daß auch der edle Hiob auf einem Misthaufen saß, von Geschwüren zerfressen, und daß er doch durch seine Demut und Geduld den verlorenen Ruhm zwiefach wieder gewann. Denn sagt uns nicht Sankt Gregor: Verborgen im Düngerhaufen liegt die Perle Gottes. So suche, Pilger, nach dieser Perle, indem du auf dem Düngerhaufen sitzest.«

So brachten wir den rebellischen Ursus zum Schweigen, doch was sollten wir nun tun, Brüder? Wir konnten uns nicht setzen, ohne uns zu beschmutzen, doch konnten wir auch nicht entfliehen, denn die Sarazenen hatten Wachen am Eingang der Höhle postiert. Dank sei Konrad, unserem praktischen Barbier, der den Kot als erster attackierte! Er hob sein Gewand und schob mit der Breite seines Schuhs einen Dufthaufen in die Höhlenmitte. Entschlossen gesellte ich mich ihm bei, und bald säuberten wir alle breiten Wege und rodeten das Land, indem wir kleine Venusberge zusammenschoben. Während wir uns mit dieser widerwärtigen Tätigkeit abgaben, ließen die Wächter eine Handvoll Sarazenen herein. Arme Männer waren es, die Binsen und Zweige gesammelt hatten, um sie uns zur Bedeckung des feuchten Bodens anzubieten. Sie verlangten von uns einen venezianischen Heller für einen Arm voll Grünzeug, und wir bezahlten freudig.

Und ach! Noch während wir mit diesen Händlern feilschten, trat ein ganz anderer Haufe Sarazenen in unsere Höhle. »Oh«, riefen diese, »welch übler Gestank! Welch Zufall ist es da, daß wir gerade Weihrauch bei uns tragen; Gummiarabikum ist es und feine Parfüme. Ja, und in unseren Taschen sind seltener Balsam, Moschus, und auch etwas Seife, und der feinste Musselin als Laken.« Die Pilger stürzten sich auf diese Männer und flehten sie an, ihre Waren herzugeben. Indem die Händler aber in unserer Höhle aus und ein gingen, blieb der Mist an ihren Schuhen kleben und wurde nach draußen getragen, so daß unsere Wohnung, bis dahin eine pure Scheußlichkeit, binnen einer Stunde angenehm und einem braven Menschen angemessen war.

Dies ist bloß die erste Erniedrigung, die wir von der Hand der Feinde Christi erfahren haben; noch viele weitere werden folgen, und jeder von uns muß nun lernen, ihre Finten demütig zu erdulden, wie es einem sittsamen Pilger geziemt.

Diesen Bericht unserer Landung zeichne ich ein gutes Stück von dem beschriebenen Ort am Meeresstrand auf. Von den Kellern des heiligen Petrus und dem angrenzenden Sarazenenlager bin ich hierher gewandert, vorbei an einem Felsen im Meer, auf dem, wie unkundige Menschen behaupten, der heilige Petrus fischte, als Christus ihn zu sich rief und sprach: ›Folge mir nach; ich will dich zu einem Menschenfischer machen.‹ Wir wissen freilich aus der Heiligen Schrift, daß dies am Galiläischen Meer geschah und nicht hier. Ich sitze auf dem höchsten Buckel eines niederen, von Sonnenlicht und Vogelkot gebleichten Felsgrats, gleich über dem glitzernden Kieselstrand, und kann, kneife ich die Augen eng zusammen, unser im Meer schaukelndes Schiff erkennen. Ich möchte wetten, Brüder, im ganzen Mittelmeer ist kein üblerer Hafen zu finden als der von Jope. Er ist durchzogen von rauhen Felskämmen, so daß kein auch nur ein wenig größeres Boot ins Hafenbekken vordringen kann und statt dessen jenseits der berüchtigten Andromedafelsen vor Anker gehen muß. Wie Sankt Hieronymus in seinem Buch *Über Lagen und Namen biblischer Orte* schreibt, erhielten diese Felsen ihren Namen, als der Held Perseus auf seinem Pegasus über Jope dahinflog und eine Jungfrau entdeckte, gekettet an zwei Felsen und vor sich den gierigen Rachen eines Seeungeheuers. Mit einem einzigen Schwertstreich vernichtete er den gefürchteten Leviathan, bat um die Hand der jungfräulichen Andromeda und flog davon, um das Land Persien zu erobern, das bis heute seinen Namen trägt. Heute wütet unablässig der Ozean zwischen den Andromedafelsen und schleudert seine Gischt auf die Köpfe angstvoller Pilger, die von ihren Schiffen an Land gerudert werden. Auch wenn der Rest des Meeres ruhig ist, schäumt das Wasser zwischen diesen Felsen in wilden Spiralen hoch in die Luft.

Wir haben noch kein Anzeichen dafür entdeckt, daß Contarinis Schiff naht, was meiner Ansicht nach sowohl ein Segen ist als auch ein Fluch. Gewiß sind wir froh, Palästina als erste erreicht zu haben; gerade jetzt wartet Kapitän Lando, beladen mit Geschenken, im Sarazenenlager und hofft, den Gouverneur bestechen zu können, Contarini nicht an Land zu lassen. Ich wiederum habe meine Gründe, Landos Plan keinen Erfolg zu wünschen. Zum einen zeigt man wenig Nächstenliebe, wünscht man den anderen Pilgern ein Unglück, das wir selbst kaum ertragen hätten, wäre es umgekehrt gekommen; zum anderen – und wichtiger – wird erst bei Ankunft von Contarinis Pilgern jene Last von unseren Schultern genommen, die uns jetzt bedrückt: Ich spreche von der Zunge der heiligen Katharina.

Die Frau Arsinoe hat seit der Nacht des Sturmes keine Nahrung zu sich genommen, Brüder, und nichts getrunken als ein wenig Wasser. Es ist Johann völlig mißlungen, sie dazu zu bringen, den köstlichen Pudding zu kosten, den die Sarazenenhändler zubereitet haben; und auch mit Trauben, Sesambrot und in Öl gebratenen Eiern hat er sie nicht locken können. All dies habe ich gekostet und ihr seine Bekömmlichkeit bestätigt, doch gänzlich ohne Erfolg. Sie fürchtet, ihre Feinde könnten sich der Sarazenen bedienen, um sie zu vergiften.

Könnt ihr mich schelten, weil ich mich davongemacht habe, Brüder? Habe ich nicht mein ganzes Leben darauf gewartet, diese Küste zu erreichen, um nun in einer kotigen Höhle zu stecken, umringt vom Lärm geschäftstüchtiger Ungläubiger, nur weil dort jemand irre ist? Es ist genug, daß der verhexte Johann Lazinus sich um Arsinoe kümmert, weil er, wie es mir scheint, vergeblich in ihrer Torheit nach Erlösung sucht. Sechzig unter seiner Obhut stehende Nonnen wurden in jener Nacht, als die Türken seine Stadt nahmen, geschändet und lebendig verbrannt; nun fürchte ich, daß Johann den Türken mittels Arsinoe erneut bekämpfen will.

Die Sonne steht hoch am Himmel über mir, das Wasser sieht kühl und einladend aus. Wann war mir zum letzten Mal ein echtes Bad gegönnt, Brüder? In Venedig? Und mit Seife: in Ulm? Kann es einen passenderen Gruß an das Heilige Land geben, als die Sandalen auszuziehen, den Rocksaum zu den knochigen Knien zu heben und sich einen Augenblick daran zu erinnern, was es heißt, sauber zu sein?

Ich wate hinaus, steige vorsichtig über die spitzen Steine des Hafengrundes, beuge mich vorwärts, bis der vollkommen durchscheinende Wasserspiegel mich wie eine Gestalt aus buntem Glas auffängt. Als ich die glatte Fläche durchbreche, schweben meine Gewänder empor wie runde Flossen. Ich schwimme mit offenen Augen, streife kleine, rosenfarbene Kiesel, pelzige Felsen, die scharfen Haarbälle der Seeigel. Reiner als in vielen Monaten fühle ich mich, Brüder, als ich mich durch diese wogende Welt bewege, und zum ersten Mal verstehe ich, weshalb die Juden alles als unrein ansehen, was trotz des Glückes, im Meer zu leben, den Aufenthalt auf trockenem Land erwählt.

Wenn die Zunge wieder in der sicheren Obhut ihres Bruders ist, wird alles sein wie dieses Wasser, klar und ungetrübt. Johann und ich werden wieder jene verständnisvolle Freundschaft pflegen, die wir zur Seite legten, als Arsinoe auftauchte; er wird mich wieder bei Ausflügen wie diesem begleiten wollen, wird gleichen Geistes mit mir sein. Sobald die Zunge fort ist, werde ich die Kraft haben, dieser fleischgewordenen

Fußangel namens Emelia Priuli meinen Gönner wieder zu entreißen, um seinen irrenden Fuß auf den Pilgerpfad zurückzuführen. Ich werde freundlicher mit Ursus umgehen, werde mich mit Konrad unterhalten, der nur Deutsch spricht und daher in unserer aus aller Herren Länder stammenden Partie wenig neue Freunde gefunden hat. Vor allem aber werde ich mein Weib wiedergewinnen. Wenn, ja wenn die Zunge wieder in der Obhut ihres Bruders ist.

Ist meine Pilgerfahrt denn überhaupt noch zu retten, Brüder? Ich tauche auf, wo die Ruinen des alten Jope sich am Strand erheben, um in die Wüste zurückzusinken. Ein trübes Ende ist es für diese achte Stadt, die nach der Sintflut hier errichtet wurde. Zu oft ist Jope zerstört und wieder aufgebaut worden: Judas Makkabäus machte sie dem Erdboden gleich, als ihre treulosen Bürger die Juden der Stadt umbrachten; die Sarazenen untergruben ihre Grundmauern, als sie die Christen wiederhergestellt hatten. Nun flechten sich die Mauern Jopes in ausgedörrte Felder, und zimtfarbene Ziegen streifen durch die Fundamente römischer Bäder und hallender jüdischer Tempel. Wie die Gebeine Johannes des Täufers scheint mir diese zerfallene Stadt, weiter und immer weiter verstreut durch die Versuche, ihre einst so große Macht zu schwächen. Doch ist hier auch der Unterschied zwischen einem Heiligen und einer Stadt zu sehen: Den Täufer mag man hundert Male teilen, und doch wird jeder neue Splitter seine unerschütterliche Essenz bewahren; Jope hingegen kann man wie jede menschliche Unternehmung nur ein gewisses Maß erschüttern, bevor es sich in Staub auflöst.

Unbeholfen taumle ich aus dem Wasser, im Saume meines nassen Gewandes Sand und Austernschalen mit mir ziehend, und steige hinauf zum Kadaver des toten Jope. Dort kann man auf umgestürzten korinthischen Säulen sitzen, die einst gewaltige Gerichtsgebäude stützten, kann auf einer Marmorplatte, einst Schatten spendendes Dach einer platonischen Akademie, seine Kleider zum Trocknen auslegen. Welche Demütigungen eine Stadt erleiden kann, ist sie erst ausgelöscht – zum Beispiel die nasse Neugier eines deutschen Mönchs. Ich entdecke eine lange, flache Marmorwanne, in die ich mich zum Trocknen lege. Als Cicero die Nachricht vom Tod seiner geliebten Tochter Tullia erhielt, tadelte ein Freund ihn wegen seiner Trauer, indem er fragte, was das Dahinscheiden einer Frau bedeuten könne, verglichen mit dem Untergang Korinths: ›Wie können wir Menschlein uns erregen, vergänglich wie wir sind, wenn die Leichen so vieler Städte verlassen an einem einzigen Orte liegen?‹ Beklagte er schon die Verlassenheit, wie sehr hätte Ciceros Freund geweint, hätte er sehen müssen, wie die Sarazenen die alten Bauten entblößen und Jopes Marmor wegschleppen, um ihre Moscheen auszukleiden. So setzt die ewige Verwandlung sich fort, denn am Ende behält nichts die Bedeutung, die es ursprünglich hatte.

Ist aber dies nicht meine tiefste Furcht? Trauere ich nicht um das Sterben meiner Pilgerfahrt und zittere, sie könnte einen anderen Sinn erhalten als den, welchen ich mir ersann? Ich fühle mich, als hätte ich die Zügel ganz verloren, als sei ich ganz den Ängsten meines Gönners und dem Wahnsinn der Zunge ausgeliefert. *Er* will uns vom Sinai fernhalten, *sie* versetzt mich in beständige Verwirrung, was die Wünsche meiner Geliebten seien.

Ich weiß ja, sie ist krank – warum kann ich sie dann nicht aus meinen Gedanken verbannen?

»Und woher weißt du, daß sie gerettet sind?«

Hört, Brüder! Ganz in meiner Nähe erklingt eine Männerstimme, gedämpft durch die Marmorwände meiner Wanne. Wir kennen diese Stimme.

»Weil sie jetzt bei ihr sind«, erwidert eine andere, weichere Stimme. »Ich sehe eine Schar junger Frauen im Gefolge Katharinas. Ja, es sind deine Nonnen. Sie tragen reine weiße Schleier und die schlanken Palmwedel von Märtyrerinnen.«

Ich schiebe mein Kinn über den Rand der Wanne, Brüder, doch sie bemerken mich nicht: Johann und Arsinoe. Sie nehmen Platz auf einem Bruchstück Jopes und blicken über die Andromedafelsen hinweg auf den Hafen.

»So sind sie nicht entehrt?« fragt Johann, ohne sie anzublicken.

»Oh nein!« Die Zunge schüttelt heftig den Kopf. »Sie sind überglücklich, weil sie jene Körper verlassen durften. Da sie nun weder Haut, noch Muskeln, noch Organe mehr behindern, sind deine Nonnen jetzt bereit, endlich die wahre himmlische Leidenschaftslosigkeit zu erlangen. Wo aber keine Leidenschaft ist, ist auch keine Entehrung.«

Sie sitzen nah beisammen, und ihre Finger fahren durch die flachen Rillen derselben umgestürzten Säule. Arsinoe hat es gewagt, Konstantins Haube abzunehmen, so daß ihr Profil im Augenblick beinahe dem einer Frau gleicht. Sie versucht verzweifelt, meinen Freund zu trösten, blickt ihn mit jener entschlossenen Hoffnungslosigkeit an, die ich allzuoft auf dem Gesicht weichherziger Beichtväter am Totenbett gesehen habe. Ich sollte mich entdecken und dieser Intimität ein Ende machen. Es ist nicht recht, wie sie ihn ansieht.

»Wie war es, als Katharina das erste Mal zu dir kam?« wendet Johann sich ihr plötzlich zu. Ohne nachzudenken, ducke ich mich wieder in meine Wanne. Viel Zeit vergeht, bis ich Arsinoes Antwort höre.

»In unserer Familienkapelle hing eine Ikone von ihr, so groß wie ich in meiner Mädchenzeit. Hoch aufgeschossen und mit langen Gliedern war sie da gemalt, in einer Hand ein offenes Buch und in der anderen ein schweres goldenes Schwert. Wie leicht berührte ihre Hüfte doch ihr Rad! Ich habe mich oft mit dieser Ikone verglichen, mich an ihr gemessen, als wäre sie mein Grab: War mein Haar so lang und schwarz wie das der heiligen Katharina? War mein Fuß so anmutig gewölbt? Spiegelte sich in meinen Augen, mandelförmig und dunkel wie die ihren, der Schmerz so kostbar, daß er aussah wie pure Verzückung?

Oft schmiegte ich mich an ihr Bild und stellte mir vor, wir

seien mitten in der Wüste, zu zweit allein in einer niederen Höhle, geschmückt nur mit Ikonen von uns selbst. Wenn sie mich berührte, so war es auf Frauenart, ohne mir das Haar zu zausen oder in meinen Arm zu kneifen. Fest und vertrauensvoll war ihr Kuß, wenn wir uns abends niederlegten, waren die Hände, die mir im Bach die Arme und die Beine wuschen.«

Johanns Blick gleitet zu ihren Beinen, die sie auf den Säulenfuß gestellt hat. Nackt sind sie in der Sonne und braun, und straff wie die eines Läufers.

»Am Abend jenes Tages, an dem mein Bruder zur Universität abreiste«, fährt sie fort, »habe ich all meinen Kummer, meine Angst und Einsamkeit zu dieser Ikone getragen. Ich habe ihn verehrt, weißt du. Mein Bruder hatte sich tausend Sprachen beigebracht, er verstand die Welt, und nun, wie es die Art der Männer ist, verließ er mich. Ich ging zu Katharina, flehte sie an, etwas zu tun, irgend etwas, um ihn nur zurückzuholen, als ihre Augen plötzlich zu zittern begannen wie die eines Kaninchens oder eines Vogels. Von diesen Augen konnte ich mich nicht mehr losreißen. Dann hat sie ihr Bild verlassen, Archidiakon. Sie hat sich über mich gebeugt, dort wo ich auf dem Boden lag ...«

Arsinoe bringt ihr Gesicht näher an das Johanns, bis weniger als ein Zoll Himmel zwischen ihnen sichtbar ist.

» ... und sie hat in meinen Mund geblasen ...«

Zögernd leckt Johann sich die Lippen. Er zittert. Ich flehe dich an, Johann, bete ich. Tu es nicht.

»Die Sarazenen nennen Christus den Atem Gottes«, flüstert die Zunge. »In jener Nacht bin ich ihr Atem geworden, ihre Stimme, ihre Seufzer, ihr Zorn. Ich war kein Mädchen in einem großen Haus mehr. Ich war jemand Wichtiges. Und keiner konnte beweisen, daß es nicht so war.«

Ihr Mund ist so nah an seinem, daß ich fürchte, er könne atmen und die beiden nur durch diesen Atemzug zusammenziehen. Eine Frau ist bitterer als der Tod, Johann; sie ist eine Fußangel, ihr Herz ein Netz, ihre Arme sind Ketten.

»Wie können wir eine Heilige lieben, die sich kleinen Kindern offenbart?« Suchend blickt Arsinoe in sein Gesicht. »Wenn wir mit Gewißheit wissen, daß sie uns für den Rest der Welt verdorben hat?«

Johann schließt die Augen und ergibt sich der Zunge. Ich kann den Anblick nicht mehr ertragen.

»Sieh, Archidiakon!« Arsinoe zuckt zusammen und blickt angestrengt über seine linke Schulter. »Der Mast.«

Auch ich entdecke nun das Wunder, das meinen Freund vor der sicheren Verdammnis gerettet hat: da schwankt ein winziger Stecken im Ozean, weit jenseits der Andromedafelsen. Es muß das Schiff Contarinis sein. Das unserer Feinde. Meine Rettung!

»Das ist das Schiff meines Bruders«, sagt sie.

»Der Bruder, der deine Erscheinungen übersetzte?« fragt Johann mit rauher, schüchterner Stimme. Er erinnert sich an Konstantins Beschreibung von Bruder und Schwester und daran, wie Arsinoes Haar lose über ihr dünnes Nachtgewand fiel.

»In jener Nacht, in der sie mir zum ersten Mal erschien, hab' ich gebetet.« Die Zunge lacht leise. »Ich hab' die heilige Katharina angefleht, alles zu tun, um meinen Bruder zurückzuholen. Dies aber war der Preis: Er kam zurück, doch war es nicht meinetwegen. Er kam zurück, um *sie* zu studieren, um alles über *sie* zu lernen. Manchmal wünschte ich mir, er wäre an seiner Universität geblieben. Dorthin gehörte er, unter gleichgesinnte Männer, und nicht eingeschlossen ins Schlafzimmer eines Mädchens, um auf die Botschaften von Heiligen zu lauschen. Mein Bruder sagte, ich sei wertlos, weil es mir nicht gelang, direkt mit Gott zu sprechen; ich selbst, so sagte er, sei nichts als eine sonderbare Mundart, Katharina sei die Übersetzung, Gott das wahre Wort. Er aber konnte es in Wahrheit nicht ertragen, bloß im vierten Grad Gott zu sein.«

Ihr Bruder, der Übersetzer, der Mann, der mir in der Johannisnacht das Klatschen beibrachte. Ich muß sie nur festhalten, bis er an Land kommt.

»Was auch geschieht, Archidiakon«, wendet sich die Zunge energisch an Johann, »ich kann es nicht zulassen, daß er mich findet. Ich muß die heilige Katharina vor ihm erreichen.«

»Wenn du glaubst, nur dann in Sicherheit zu sein«, erwidert er, »so werde ich alles tun, um dir zu helfen.«

Die heilige Katharina erreichen? Was verspricht Johann Lazinus da?

»Heute abend, bevor sie anlegen«, sagt sie, »denn ich muß fort von hier, bevor die Pilger Contarinis an Land kommen.«

»Dann wollen wir zurückgehen.« Johann erhebt sich und blickt besorgt aufs Meer hinaus. »Wenn Lando es schafft, ihnen die Landung verbieten zu lassen, so hast du sehr viel Zeit. Wenn nicht ...«

Auch sie steht auf und schiebt ihre Hand in die seine.

»Deine Nonnen lächeln, Freund Johann.«

Mein Gott! Welch neuer Betrug ist dies, Brüder? Ich sehe sie Hand in Hand den Strand entlang gehen, bis sie ins Blickfeld des Sarazenenlagers kommen. Dort bindet Arsinoe wieder Konstantins Mütze unter ihrem Kinn fest und hebt nach Männerart die Schultern. Wie ein vernunftloses Tier ist Johann in ihrer Fallgrube versunken, ist zur Nahrung ihres Wahnsinns geworden. Würde er ihr wirklich helfen, zu entkommen? Würde er sie befreien, auf daß sie meine Pilgerfahrt verfolgt und mich in ständige Furcht um das Wohlergehen meines Weibes versetzt? Wer weiß, was diese Kreatur tun mag, wenn sie, was Gott verhüten möge, den Sinai erreicht? Nein, Johann. Steig aus der Grube! Und deck sie zu, so daß sie keinen andern verschluckt! Ich will dir helfen, liebster Freund, und das vermag ich nur auf eine einzige Weise.

Ich stehe auf und bürste mich rasch ab.

Ich muß Arsinoes Bruder holen.

An Bord von Contarinis Schiff

DER GEMIETETE ARABER, der die Ruder unseres kleinen
Bootes bedient, betrachtet mein Mönchsgewand mit dem
großen roten Kreuz und lauscht unserem freundschaftlichen
Deutsch; bedächtig schüttelt er den Kopf über meinen Gefährten, den Mamelucken Abdullah.

»Verfluchter Araberhund«, schäumt der Mameluck. »Sie
schauen dich immer so an, als wolltest du vom rechten Weg
abkommen. Seht, Pater, ich kann ihn einen verfluchten Araberhund nennen und er versteht rein gar nichts.«

Abdullah grinst den Ruderer an, dann zwinkert er mir zu.

»Verdammter Araberhund.«

Hinter uns hüpfen die winzigen Gestalten der Pilger wie
Uferläufer in der Brandung. Mein Gönner und sein Sohn sind
unter ihnen. Sie werden sich fragen, wo ich bin.

»Ich bin der einzige, der das Schiff verlassen darf«, erklärt
Abdullah stolz. »Contarini hat mich ausgeschickt, um mit dem
Gouverneur zu verhandeln. Lando versucht, ihn auszusper-
ren.«

»Macht Lando dabei Fortschritte?« frage ich.

»Nicht besonders.« Der Mameluck lacht. »Der Gouverneur
hat mir erklärt, wenn eure Kapitäne nicht einverstanden seien,
gemeinsam durch Jerusalem zu ziehen, so werde er euch alle
sofort nach Hause schicken.«

Das freilich dürfte kaum geschehen, denn die beiden Kapitäne sind so geldgierig, daß sie eher miteinander ins Bett steigen
als untereinander einen Florin verlieren würden. Daß Lando
wenig Erfolg hat, bedeutet jedoch, ich habe noch weniger Zeit,
um meine Aufgabe zu lösen.

Selbst wenn es nur ein kleines Zeichen war, den Mamelucken
zu treffen, ist meine Mission mit Glück gesegnet, Brüder. Als
ich mir sicher sein konnte, daß Johann und Arsinoe mich nicht
mehr sahen, machte ich mich entschlossen auf den Weg zurück

zu den Kellern des heiligen Petrus. Mein Plan stand fest, doch war ich mir nicht sicher, wie er auszuführen war. Konnte ich einen Sarazenen anheuern, mich zu Contarinis Schiff hinauszurudern und wieder zurück, bevor unsere Wächter die Keller abends verschlossen? Konnte ich mir sicher sein, daß Lando sich nicht nach Jerusalem aufmachen würde, während ich weg war, wodurch ich meinen Gönner und meine Habseligkeiten verlieren würde? Unter solchem Grübeln kam ich zum Eselsgatter des Sarazenenlagers, in dem die unruhigen braunen Biester, die wir auf unseren Wanderungen durch das Heilige Land benutzen werden, Disteln fraßen und mit den Lippen nach den süß duftenden Terebinthenblüten schnappten, die über ihnen hingen. Ich war, muß ich gestehen, von meinem Plan so lange abgelenkt, wie es bedurfte, um mich diesen Eseln beizugesellen und für mich selbst einen Armvoll Terebinthenzweige zu sammeln. Denn die roten Dornen dieses Baumes, Brüder, haben den größten aller Könige gekrönt: den armen, verspotteten König der Juden.

Als ich mich mit den Eseln um ihr Abendessen stritt, erscholl hinter mir plötzlich eine laute, herrische Stimme. Ich ließ meine Dornen fallen und versuchte, über den Zaun zu klettern, doch es war zu spät. Eine Hand legte sich auf meine Schulter, riß mich zurück und drehte mich um.

»Mönch aus Ulm!« rief der Ungläubige auf deutsch. »Nehmt Ihr das mit, um darauf zu schlafen?«

Hinter mir stand ausgerechnet Ser Niccolos Mameluck, der einstige Peter Ber aus Schwaben. Er war auf dem Weg zurück zu Contarinis Schiff und willigte ein, mich mitzunehmen. Jetzt sitzt er mir gegenüber in unserem kleinen Boot und massiert trübselig seine eitrige Wunde.

»Wie geht es Eurem Nacken, Abdullah?« frage ich. »Wird er allmählich besser?«

Vorsichtig berührt er den Splitter und zieht vor Schmerz die Luft ein.

»Es ist nicht so schlimm, wenn ich nicht darin stochere.«

»Warum bittet Ihr nicht Ser Niccolo, das Ding herauszuziehen? Es ist gewiß nicht gut, wenn man es drinnen läßt.«

»Ser Nic?« höhnt der Mameluck. »Der ist ein Mann, der gern jemanden leiden sieht.«

»Wenn wir wieder an Land sind«, biete ich ihm an, »könnt Ihr gern zu uns kommen, damit unser Barbier es sich anschaut.«

Je besser ich den Mamelucken kennenlerne, desto mehr entpuppt er sich als eine seltsame Mischung. Verschlagen ist er und spöttisch, als würde echtes Sarazenenblut in seinen Adern fließen, doch ist er gleichermaßen warmherzig und humorvoll. Es ist offenbar, daß er die Christenheit zutiefst vermißt und sehnlichst wünscht, wieder daheim zu sein. Vielleicht ist er doch nicht ganz verloren.

»Also, was wollt Ihr eigentlich von Ser Nic?« fragt der Mameluck. »Hat er auf Eurem Schiff etwas vergessen?«

»Gewissermaßen ja«, erwidere ich. »Doch möchte ich lieber mit ihm selbst darüber sprechen.«

Abdullah zuckt die Achseln.

»Da habe ich nichts dagegen, falls es nicht zu lange dauert. Ich muß auf jeden Fall bei Sonnenuntergang zurück sein, wenn das Abendgebet beginnt.« Abdullah wirft einen finsteren Blick auf den schmächtigen arabischen Ruderknecht. »Wenn da nicht alle Konvertiten auftauchen, gibt es einen üblen Rüffel.«

»Auch ich muß bei Sonnenuntergang zurück sein«, sage ich. »Soweit ich weiß, schließt man uns dann für die Nachtzeit ein.«

Unser Gespräch bricht ab, als die Strömung an den Andromedafelsen ins Chaos kreiselt. Abdullahs Ruderknecht lehnt sich ins rechte Ruder, damit wir nicht gänzlich herumgewirbelt und an die Felsen geschmettert werden. Gefangen im wogenden Liebeskampf von Meer und Hafen wird unser kleines Boot hin und her geworfen, mißhandelt und durchnäßt, bis ein scharfer Stachel in die Brust des Meeres stößt und wir durch sind. Vor uns schaukeln die Schiffe Contarinis und Landos auf den Wellen.

O Brüder, könnten die stolzen Venezianer daheim bloß sehen, wie sich die Kapitäne nach Palästina schleichen wie Hunde, die den Schwanz einziehen; könnten sie sehen, wie sie die Ungläubigen um freies Geleit anflehen! Vor Scham würden sie erröten. Wie schon Lando hat auch Contarini all seine farbenfrohen Segel eingerollt, die teuren Seidenbanner gesenkt und sein Schiff vor den Sarazenen ganz entblößt. Abdullah läßt uns zu der altersschwachen Leiter des Schiffes rudern, gefügt in Holz, das schwärt von Entenmuscheln und grüner Fäulnis. Er hilft mir hoch und befiehlt dem Ruderknecht zu warten.

»Es ist ein Rattenloch, nicht wahr?« Der Mameluck erschauert, als wir an Bord steigen.

Ich brauche kaum fünf Minuten auf Contarinis Schiff, um wieder ganz genau zu wissen, warum ich mich für seinen Konkurrenten entschied. Vor uns fallen zwei Ratten wie Atalanta und Hippomenes übereinander her; mit der Leidenschaft des Ungeziefers schlagen ihre kahlen Schwänze, zerfetzen sie sich ihr Fell. Neben unseren Füßen schlängeln sich fette weiße Würmer über die Decksplanken; sie versuchen hinterlistig, am Saum meines Gewandes hochzukriechen, um an meinen Beinen Blut zu saugen. Doch obgleich viele schaurige Kreaturen auf den feuchten Schiffen leben, kann – Gott dem Herrn sei Dank – hier doch nichts Giftiges gedeihen: weder Kröten noch Vipern, weder Giftschlangen noch Spinnen, noch Skorpione. Hätte die göttliche Vorsehung dies nicht bedacht, so würde kein Mensch auf einem dieser alten Schiffe überleben.

Ich gehe geradewegs zum Bug der Galeere, denn dort, so weiß ich wohl, befindet sich der einzige Ort auf einem Pilgerschiff, an dem ein Mensch sich niederlassen kann, um seinen eigenen Gedanken nachzuhängen. Dort finde ich ihn auch, wie er gewissenhaft etwas in seinem Buch notiert. Die sinkende Sonne steht hinter ihm; er hält seine Seite so geneigt, daß er das bernsteinfarbene späte Licht des Tages nützen kann. Während er schreibt, bezieht er sich auf einen Stapel von Notizen, die hinten in seinem Manuskript stecken.

»Ser Niccolo!« Der Mameluck klopft ihm auf die Schulter. »Sieh, wer da zu Besuch gekommen ist.«

Überrascht blickt der Übersetzer auf, wobei er fast sein Tintenfaß umschüttet.

»Es ist Landos Pater.« Unbeholfen beugt Ser Niccolo sich nieder, um mir den Friedenskuß zu geben. »Wie geht es Euch?«

Warum genieße ich es so, meine Muttersprache von seinen Lippen zu hören, Brüder? Verwirrt erröte ich.

»Pater Felix vom Dominikanerorden zu Ulm«, erwidere ich.

»Ich kenne Euch durchaus«, lächelt Ser Niccolo. Der Mameluck, bemerkt er dann, macht keine Anstalten, sich zu entfernen, so daß er ihn leicht am Ellbogen berührt. »Ich danke dir, Abdullah, für die Begleitung unseres Gastes. Nun, glaube ich, verlangt uns wohl nach etwas Malvasier.«

Zögernd macht sich der Mameluck davon, um eine Flasche Wein zu holen. Nun sind wir am Bug allein.

»Woran arbeitet Ihr?« Ich deute auf sein Buch, denn plötzlich habe ich Skrupel, den Grund meines Besuches auszubreiten.

»Ich übersetze die Geschichte einer Heiligen, deren Vita erst kürzlich bekannt geworden ist.«

»Welche Heilige ist es denn?« frage ich, denn, Brüder, wie ihr wißt, bin ich recht stolz auf meine Kenntnisse von weniger bekannten heiligen Lebensläufen.

»Sie ist ganz unbekannt«, lächelt er.

»Ist es die heilige Witburga, einer der vier heiligen sächsischen Schwestern?«

»Nein.«

»Ist es Sankt Julitta, die ihr Martyrium zusammen mit ihrem dreijährigen Sohn Sankt Quiricus in kochendem Teer erduldete?«

»Nein, es ist weder die heilige Julitta noch die heilige Witburga.«

»Und Sankt Concordia, deren Leib man in eine römische Kloake warf, aus der sie dann Sankt Irenäus zog?«

»Nein, Pater«, lacht Ser Niccolo, »es ist eine griechische Heilige, die nur die Orthodoxen verehren.«

»Oh!«

»Ich habe schon einen guten Teil meines Lebens der Aufgabe gewidmet, Heilige vor dem Vergessen zu retten«, sagt er. »Gewöhnlich bleibt ihr Leben der Welt nur aus dem dürftigen Grund verborgen, weil es in irgendeiner abgelegenen Sprache aufgezeichnet wurde, an die sich keiner mehr erinnert. Ich befreie die Heilige von ihrem vergessenen, unbekannten Umfeld und stelle sie in eine blühende Gemeinde unserer Zeit.«

»Ihr schreibt auf griechisch.« Ich berühre die nasse Tinte auf seiner Seite, um sie rasch in mein Gewand zu schmieren. »Das ist eine Sprache, die ich gerne lernen würde.«

Der Übersetzer betrachtet sein Buch und lächelt.

»Es gab eine Zeit, da hättet Ihr als Mann der Kirche gedacht, diese Buchstaben kämen vom Teufel. So lange war Griechisch für die Welt verloren, Pater. Es war die Sprache finsterer Götzen und ihrer heidnischen Diener, die Sprache abgründiger Riten, bei denen rasende Weiber ihre eigenen Söhne entmannten. Und jetzt – seht her.«

Er dreht das Buch, so daß ich hineinblicken kann, doch sehe ich nichts als Strähnen schwarzen Haares, über die Seite gewunden.

»Dieselben Buchstaben sind nun die Sprache des Lichtes«, sagt mein Gegenüber. »Sie bewahren die Wiedergeburt des Wissens. So mancher sagt, diese uralte Sprache mitsamt der Philosophie und der Wissenschaft, die sie birgt, kündige das neue Zeitalter des Menschen an. Bald, heißt es, werden wir Gottes nicht mehr bedürfen.«

»Gewißlich glaubt Ihr solches nicht?« frage ich erschrocken.

»Natürlich nicht.« Er blättert in seinem Buch. »Was wäre die Welt ohne einen Rivalen?«

Ist er so hochmütig wie seine Schwester, beginne ich mich zu fragen? Er scheint diesen Zeilen auf einem Blatt Papier so hörig zu sein wie sie dem Leib ihrer Heiligen, und beide sprechen sie allzu vertraut vom Himmel. Ich versuche, dem Gespräch wieder eine andere Richtung zu geben.

»Erzählt mir von der Heiligen, deren Vita ihr da übersetzt«, sage ich. »Wie ist sie gestorben?«

Ser Niccolo schüttelt den Kopf und klappt sein Buch zu. »Mit dieser Übersetzung habe ich gerade erst begonnen, Pater. Doch laßt mich soviel sagen: Wenn ich erst fertig bin, so widme ich Euch ihr Leben.«

Ich nicke dankend, bemerke nun aber seine zunehmende Ungeduld. Ich habe ihn bei seiner Arbeit unterbrochen, und er kann nicht herausfinden, warum ich hier bin.

»Ser Niccolo.« Ich klettere unbeholfen auf die andere Seite des Bugs, auf daß er sich nicht mehr verrenken muß, um mich anzublicken. »Ihr fragt Euch wohl, was ich auf Eurem Schiff tue.«

»Da Ihr es in Kauf nehmt, ausgeschlossen zu werden, bin ich tatsächlich neugierig.«

»Als wir das letzte Mal miteinander sprachen, habt Ihr mir erzählt, Ihr wolltet die Sprache des Wahnsinns erlernen, um Eure verlorene Schwester besser aufspüren zu können. Nun fürchte ich, ich bin ein bessere Sprachkundler als ihr, denn ich habe dieses Idiom gemeistert.«

»Ich kann Euch nicht verstehen, Pater.«

»Die letzten Tage habe ich selbst am Rande des Wahnsinns gelebt. Ich habe versucht zu glauben, was ich nicht glauben kann; ich habe an Zweifeln und Verwirrungen gelitten, die meiner Natur gänzlich zuwiderlaufen. Nun, sie verkündet, sie werde entfliehen, bevor Ihr anlegt, und mir schaudert vor dem Schaden, den sie sich selbst oder dem Leib meiner Geliebten zufügen könnte. Es ist hohe Zeit, diesem Alptraum eine Ende zu machen. Ich bin hierher gekommen, um Euch die Zunge der heilige Katharina zu übergeben.«

»Da ist euer Wein.«

Der Mameluck Abdullah ist mit einer grünen Flasche kühlen Malvasiers und drei Bechern zurückgekehrt.

»Ich danke dir, Abdullah«, sagt Ser Niccolo gepreßt. »Wie wäre es, wenn du deinen Teil da bei den Sklavenbänken zu dir nimmst. Ich muß mit dem Pater unter vier Augen sprechen.«

Abdullah gießt sich einen Becher ein und streckt mir die halb leere Flasche entgegen. Ich nehme einen unsicheren Zug, während er sich entfernt.

»Ihr wißt, wo meine Schwester sich befindet?« Ser Niccolos wie von Fieber glänzende Augen halten mich fest.

»Nach dem Johannisabend ist sie zu unserem Schiff zurückgekehrt.«

»Wo ist sie gewesen?«

»Sie hat es nicht gesagt.« Ich übergehe ihre Lüge bezüglich eines Türkenüberfalls und das Epos von Konstantins Tod. »Sie ist recht krank im Hirn, Ser.«

»Ihr könnt Euch nicht vorstellen, wie es war, mit ihr aufzuwachsen.« Der Übersetzer springt vom Bug und schreitet vor mir auf und ab. »Der ständige Versuch, die Aufmerksamkeit auf sich zu lenken, und die Tyrannei. Katharina hat gesagt, ich brauch' mich nicht zu waschen. Katharina hat gesagt, ich darf in der Kirche reden. Katharina sagt, ich brauche einen Lehrer. Und heiraten kommt für mich nicht in Frage, sagt Katharina. Wir haben unsere Mutter früh verloren, doch zum Glück kam Katharina und bestimmte unser Leben. Am Ende bat mich mein Vater, von der Universität zurückzukommen, um sie zu hüten. Sie war so unberechenbar geworden, daß er mit ihr allein nicht mehr fertig wurde. Hat sie auf irgendeine Weise versucht, sich Schaden zuzufügen, Pater?«

»Ich hab' sie aus dem Ozean gezogen«, erwidere ich. »Ich glaube, sie wollte sich ertränken.«

Ser Niccolo schüttelt den Kopf.

»Bevor er starb«, sagt er langsam, »hat unser Vater mich gedrängt, sie in ein Kloster zu geben, wo sie in Sicherheit sein könne. Es ist nicht das erste Mal, daß sie versucht hat, sich zu töten, Pater. Vor zwei Monaten fand ich sie bewußtlos in einer

Blutlache. Sie hat versucht, sich ihre eigenen Brüste abzuschneiden.«

Gewiß könnt ihr den Schrecken nicht begreifen, Brüder, der über mich hereinbricht, als Niccolo das Muster von Arsinoes Wahnsinn vor mir enthüllt. Nun verstehe ich ihre Verzweiflung und ihre Raserei, ihre Hirngespinste von angekatteten Frauen bei den Türken und ihr Gefühl, verfolgt zu werden. Aber erinnert ihr euch nicht an einen gewissen Ulmer Klosterbruder, der vor einigen Jahren dieselbe Drangsal erlitt wie Arsinoe? Er glaubte, unser Abt lasse zerstoßenes Glas in sein Essen mischen, und griff nur zu, wenn drei von uns von jedem Topf gekostet hatten.

»Es wird allmählich spät«, sage ich. »Ich muß vor Einbruch der Dunkelheit zurück sein. Wenn wir den Mamelucken dazu bringen, uns an Land zu rudern, könnt Ihr noch heute abend Eure Schwester in Eure Obhut nehmen.«

Ser Niccolo stimmt mir sogleich zu. Er ergreift sein Buch und seine Papiere und geht mit mir zur Schiffsleiter.

Doch der Mameluck ist nirgends zu sehen.

Das kleine Boot und der Ruderknecht, die wir auf den Wogen warten ließen, sind verschwunden, doch keiner hat gesehen, wie es geschah. Als Niccolo die Ruderknechte befragt – noch elender und schmutziger sind sie als jene Landos –, schütteln sie wie Einfaltspinsel den Kopf und deuten auf die Sonne. Schließlich erhält Niccolo eine Auskunft von einem, der unweit der Leiter sitzt.

»Die Sonne geht unter«, übersetzt Ser Niccolo erbittert. »Er hat gesagt, er wird noch den Ruf zum Gebet versäumen.«

Der elende Apostat! So in den Staub duckt er sich vor seinen Sarazenenherren, daß er einen Pilger im Stich läßt, der dazu noch sein Landsmann ist! Was ist, wenn er nicht mehr zurückkehrt und ich mit dem Rest von Contarinis unglückseliger Partie ausgeschlossen werde? Was ist, wenn Arsinoe noch in dieser Nacht entläuft?

»Gibt es keine anderen Boote?« frage ich.

»Abdullah hat das einzige. Das andere haben wir im Sturm verloren«, erwidert Niccolo, plötzlich von Angst gepackt. »Ist meine Schwester auch in Sicherheit? Wenn Ihr nicht auf sie achtgebt?«

Ist *sie* in Sicherheit? Ich sorge mich viel eher um Johann.

»Ja«, sage ich schließlich. »Ein Freund gibt auf sie acht.«

Der Übersetzer nickt ernst, während sich die verräterische Sonne hinter uns dem Meer ergibt. Wir sind so weit von Palästina entfernt, als seien wir in Venedig, sind nach so langer Reise immer noch auf See. Contarinis geschlagene, trübselige Pilger schlurfen herauf zum Abendessen; jeder von ihnen blickt über seine Schulter, um sich mit der Unerreichbarkeit der Küste zu geißeln. Dort aber rollen meine Gefährten in den verschissenen Kellern des heiligen Petrus ihr Lager aus und legen sich zum Schlafen. Ohne darüber nachzudenken, richten sie sich ein, als seien sie noch auf See: die Köpfe zur Wand, die Füße zur Höhlenmitte ausgestreckt, so daß sie ihre kleinen Kisten berühren. Sie alle spüren, wie leicht der Boden unter ihnen schwankt. Nach vielen Wochen auf See ist die Dünung noch in ihrem Blut und wiegt sie sanft in Schlaf. Freunde liegen nebeneinander im schwachen Lichtschein, reden und fluchen, schnippen Kot fort und lachen. Ursus zerrt am Ärmel seines Vaters, um ihn anzuflehen: Bitte, können wir nicht nach Pater Felix suchen? Was ist, wenn er sich verletzt hat? Doch mein Gönner preßt die Lippen aufeinander und schüttelt den Kopf. Er wird nicht in der arabischen Finsternis umherstreifen und sein Leben für einen Klosterbruder wagen, der es nicht schafft, zur Schlafenszeit zurück zu sein.

»Habt Ihr Hunger?« fragt Ser Niccolo.

Ich schüttle den Kopf.

»Dann kommt nach unten.« Sanft zieht er mich von der Reling. »Ich zeige Euch, wo Ihr schlafen könnt.«

*

Ich schreibe euch, Brüder, aus dem beunruhigend vertrauten Schlafquartier von Contarinis Schiff. Es gleicht dem unseren bezüglich Aufbau, Gestank und Verwirrung und unterscheidet sich nur durch die Besonderheit der Sünden, die jeder Pilger mit sich führt.

Die meisten Pilger schlafen schon, doch Ser Niccolos Laterne brennt noch und lockt Schwärme gieriger Stechmücken an. Er lehnt an seiner Kiste und kritzelt an seiner Übersetzung, ohne auf das Schnarchen und Stöhnen seiner Gefährten zu achten. Vorhin hat er mir seinen Glauben anvertraut, es sei das Edelste, was einem Menschen gelingen könne, wenn er etwas Verlorenes an die Öffentlichkeit brächte. So hoffe er, sobald er seine Schwester in gute Obhut gegeben habe, an die Universität zurückzukehren und ihrer Bibliothek seine neue Vita zu übereignen.

Er ist ein schönes Beispiel heutiger Männlichkeit, Brüder, ist so offen, wie seine Schwester verschlossen ist, und wo sie melancholisch ist, ist er vergnügt. Er ist ein säkularer Felix, der den Himmel für die Gemeinschaft der Gelehrten übersetzt, derweil ich eine irdische Wallfahrt für euch schildere, Brüder, denen die Welt und ihre Gebräuche so fremd sind wie die Heiligen den Gelehrten.

Doch da ist etwas, was mich noch bekümmert.

»Ser Niccolo?«

»Ist Euer Lager bequem, Pater Felix? Ich fürchte, die anderen Pilger meinen, es sei verflucht. Kurz vor jenem furchtbaren Sturm ist ein Mann darauf gestorben, worauf die Seeleute ihm die ganze Schuld gaben.«

»Auf diesem Lager ist ein Mann gestorben?« Ich muß mich bezähmen, um nicht aufzuspringen.

»Ihr seid doch nicht abergläubisch, oder?«

Er hebt eine Augenbraue und macht sich wieder an sein Buch.

»Nein«, erkläre ich.

»Ser Niccolo?«

»Ja, Pater?«

»Weshalb, glaubt Ihr, hat sich der Wahnsinn Eurer Schwester an die heilige Katharina von Alexandria geheftet? Es gibt doch gewiß genug andere jungfräuliche Heilige, zu denen sie sich hätte wenden können?«

Er denkt lange und angestrengt nach, bevor er antwortet.

»Das habe ich mich oft selbst gefragt. Nun war in unserem Haus aus meiner Mutter Erbe eine große Ikone Katharinas. Viele Jahre hing sie in dem Zimmer, in dem mein Tutor mich Latein und das alte Griechisch lehrte, dazu Mathematik und Geographie. Arsinoe war ein aufgewecktes Mädchen und saß ab und an dabei. Vielleicht, so habe ich mir gedacht, hat ihre starre Bindung dort begonnen?«

»Wenn Ihr wußtet, daß Arsinoe wahnsinnig war und eine Gefahr für sich selbst«, frage ich weiter, »weshalb habt Ihr dann Eure Schwester im Glauben gelassen, sie sei die Zunge der heiligen Katharina? Und schlimmer noch, weshalb habt Ihr in diesem Glauben sogar betörte Pilger bestärkt?«

Lange schweigt er und blickt mich über die Laterne hinweg an.

»Kann man den Wahnsinn verführen, Pater«, erwidert er schließlich, »so kann man ihn kontrollieren. Es war falsch, doch war es meine Art, mit all dem zurechtzukommen. Wenn Arsinoes Katharina von mir abhängig würde, glaubte ich, so konnte ich sie vor sich selbst beschützen.«

»Und die Gebeine?«

»Hat sie Euch Gebeine gezeigt?« fragt er überrascht.

»Nein«, muß ich gestehen. »Ein Mann namens Konstantin hat mir erzählt, die Gläubigen hätten sie herbeigeschafft.«

»Ein Mann namens Konstantin hat sie selbst herbeigeschafft, müßte es eher heißen.« Verärgert legt Niccolo sein Buch beiseite. »Dieser Kaufmann ist eines Tages mit der Rippe einer Kuh aufgetaucht und hat behauptet, er habe sie aus der Katharinenkirche in Heraklion. Der Knochen schien meine Schwester sehr zu beunruhigen, weshalb ich ihn und auch die anderen, die man ständig brachte, im Hof zusammen mit den Gerippen aus unserer Schlachtung vergrub.«

»So waren jene Gebeine nicht geheiligt?«

»Entscheidet selbst!« Ser Niccolo zuckt die Achseln. »Woher hätten die Bauern und die Eiferer denn echte Reliquien haben sollen, Pater? Der Himmel selbst hätte sie ihnen schenken müssen.«

Er hat recht, Brüder. Bin ich nicht bereit zuzugeben, daß die heilige Katharina sich willentlich in die Hände einer Irren begeben hat, so gibt es keine Gründe, die Echtheit der Gebeine zu vermuten, die Arsinoe zu besitzen meinte und die ich niemals sah. Und ihr Geständnis jenes Diebstahls kann, so sehr ich dieses schmerzliche Verbrechen aufklären will, nicht mehr gewesen sein als hochmütige, hohle Prahlerei.

»Ich danke Euch für Eure Ehrlichkeit, Ser Niccolo«, sage ich und lege mein Buch und meine Feder beiseite. Mit einem Mal bin ich sehr müde.

»Ich wiederum danke Euch für Euer Vertrauen«, erwidert der Übersetzer. Er sieht nun, wie erschöpft ich bin, und mitfühlend löscht er das Licht.

Eine unruhige Nacht

WIEDER AUF SEE, gebiert mein Geist unweigerlich Ungeheuer, Brüder. Verschwunden ist der Troyp, doch an seiner Stelle sehe ich Andromeda, die zwischen ihren Felsen an den Ketten zerrt, vor sich das gierige Maul, der fleischgewordene Hochmut ihrer Mutter. Noch viele hundert Jahre nach dem Tag, an dem Perseus sich mit seiner geretteten Andromeda vereinte, lagen die Knochen des erschlagenen Meerungeheuers am Strand von Jope. Es heißt, das Skelett sei neunzig Fuß hoch und zweihundert Fuß lang gewesen und in niemandes Besitz, so daß sich alle seiner erfreuen konnten. Die Kinder schaukelten an den vom Sand gekörnten Rippen, arme Familien spannten zwischen den Magenknochen Tücher aus, so daß ein friedliches Zeltdorf entstand. So furchtbar jenes Wesen zu Lebzeiten gewesen war, so schützend war es nun im Tod, wie eine Arche Noah für die Armen Jopes.

Doch wie die Menschen die berühmte Arche begehren und sie im Land der Türken wie auch in Äthiopien suchen, so begehrte der Kaiser Vespasian, als er nach Palästina kam, die Gebeine dieses Meerungeheuers. Er befahl seinen Männern, Speere in die Zelte der Armen Jopes zu stoßen, die Kinder von ihren Hochsitzen zu schleudern und das Skelett des Ungeheuers auf ein nach Rom segelndes Boot zu laden. Wieder hing es viele hundert Jahre wie das Spielzeug eines riesigen Säuglings über einem öffentlichen Platz, so daß sich alle Römer daran erfreuen konnten, bis der heilige Silvester die Knochen auseinandernehmen ließ. Er wußte nur zu gut, daß die Pilger in der Ewigen Stadt mehr Zeit damit verbrachten, das Gerippe anzustarren als zu beten.

Die vergangenen schlaflosen Stunden habe ich auf dem Bug von Contarinis Schiff verbracht und zugeschaut, wie sich dort, wo einst des Ungeheuers Küste war, Lichter bewegen. Ist man in einem heidnischen Land, so gehört die Nacht noch immer den Dämonen: Die Christen müssen sich mit geistiger Erleuchtung zufriedengeben, denn man hält sie in tiefster Finsternis und verweigert ihnen jedes tröstende Licht; jene Wanderer in der Dunkelheit, die niederträchtigen Ungläubigen, haben vor jedem ihrer geräumigen Zelte einen Pfahl, an dem zu Ehren ihres verfluchten Mahomet sechs helle Lampen brennen. Vor einiger Zeit nun hat sich vom Sarazenenlager eine Phalanx von Laternen gelöst, um sich rasch auf die dunklen Keller des heiligen Petrus zuzubewegen. Jetzt sind die Keller hell erleuchtet, und hundert kleinere Lichtpunkte hüpfen den Abhang hinauf. Meine schlimmste Furcht ist wahr geworden, Brüder. Sie lassen mich zurück.

Also hat Lando beim Gouverneur Erfolg gehabt und seine

167

Pilger angewiesen, sich zu erheben. Schon morgen seid ihr in Jerusalem, meine Freunde. Wühlten die Andromedafelsen nicht das Wasser zwischen uns auf, so hörte ich gewiß die Freudenrufe der dankbaren Pilger, die ihr Lager zusammenrollen und ihre Kisten wieder packen. Auch Ursus' Schlachtruf erreichte meine Ohren: Vorwärts zu meinem Ritterschlag! Und schließlich wird auch Arsinoe erleichtert aufseufzen, denn lange wird sie schon auf ihrem Weg sein, bevor Contarinis Schiff seine Passagiere ausspeit. Was habe ich nur getan, Brüder? Sie entflieht, ich aber bin verlassen; sie ist auf ihrem Weg zum Sinai, und ich bin noch auf See.

O elender Felix! O hochmütige Torheit, die mich zu so übereilter Handlung trieb! Hätte ich doch nur weiterschlafen können, um nicht von diesen entweichenden Fackeln gequält zu werden. Wäre ich doch des Morgens erwacht, um festzustellen, daß sie fort sind, daß in der Wohnstatt des heiligen Petrus nichts mehr ist als Fußspuren und halb gegessene Äpfel. Ja, wieviel besser wäre das, als mich in dieser Nacht zu fragen, welche Fackel Johann trägt und ob sich in ihrem Licht zwei Gestalten vereinen. Gewiß ist es angenehmer, im Schlaf zu sterben, als langsam zu Tode gemartert zu werden.

Und da ist das Seeungeheuer. Im fahlen Mondlicht erspähe ich seine zerrissene Spur, die sich von den Andromedafelsen zu uns herüberstreckt. Es gleitet über die Wellen, seine langen Flossen treiben es vorwärts. Nur wenige Augenblicke wird es dauern, bis das Ungeheuer sich auf uns stürzt, und dann wird dieses schlecht gelebte Leben auf immer ausgelöscht. Da er mir Sein Heiliges Land versagt hat, hat Gott mir doch einen raschen und gnädigen Tod gesandt. Ich schließe die Augen und mache mich bereit, verschlungen zu werden.

»Ser Nic? Bist du es?«

Eine Stimme aus dem dunklen Wasser. Das Seeungeheuer oder gar …

»Abdullah?«

»Pater Felix?«

»Was tut Ihr hier? Und warum seid Ihr fort?« flüstere ich heiser. »Durch Eure Schuld bin ich nun ausgeschlossen.«

»Gebete, Pater. Ich mußte mich vor Allah ducken. Und was tut Ihr da auf dem Bug? Ser Nic sitzt da, wenn er nicht schlafen kann.«

»Hört zu, Abdullah«, sage ich. »Ihr müßt mich jetzt ans Ufer rudern.«

»Schlagt Euch das aus dem Kopf. Ich komme grad von da.« Er verkeilt sein Ruder in den Planken der Bordwand, um nicht abgetrieben zu werden.

»Brechen sie auf?« frage ich.

»Die Pilger? Keine Ahnung.« Er zuckt die Achseln. »Es ist alles durcheinander.«

»Jetzt hört mir einmal zu, Herr Peter Ber. Wenn man mich zurückläßt, so mache ich Euch das Leben zur Hölle«, drohe ich, weinend fast vor Zorn ob seiner Lässigkeit. »Ich werde dafür sorgen, daß kein einziger Tropfen Wein mehr über Eure elenden Mameluckenlippen kommt. Bei Tag und Nacht werde ich an Euch denken und den Herrn mit all seinen Heiligen anrufen, Seuchen und Eiterbeulen über Euer pflichtvergessenes Ketzerhaupt zu bringen. Ich werde Euch wieder zum Christentum bekehren, nur um Euch dann dem tiefsten Höllenschlund zu übergeben –«

»Na schön, Pater.« Der Mameluck hebt seine Hand zum Zeichen spöttischer Kapitulation. »Dann kommt in Gottes Namen halt zur Leiter.«

Sobald ich im Ruderboot bin, kann ich aufatmen. Aus der Nähe sieht und riecht man deutlich, daß der Mameluck betrunken ist. Zerzaust ist er und rotäugig und stinkend nach dem Malvasier der Pilger.

»Der Gouverneur hat Lando in den Kerker werfen lassen«, berichtet er mir. »Nach ein paar Stunden hat der Kerl gebettelt, man solle Contarinis Pilger an Land lassen. Von Ausschließen ist nicht einmal mehr die Rede; Ser Nic wird uns gleich folgen.«

Ich blicke über die Schulter auf das entschwindende Schiff.

Ser Niccolo wird wütend sein, weil ich ihn zurückgelassen habe, doch welche Wahl hatte ich, Brüder? Ich kann ihm seine Schwester nicht ausliefern, wenn sie entkommt.

Der Himmel über uns ist weiß von Sternen, und ich lehne mich zurück unter der endlosen Milchstraße. Selbst wenn sie schon aufgebrochen sind, kann ich sie einholen, Brüder. Ich kann es noch schaffen.

»Na, habt Ihr mit Ser Nic über mich geredet, als ich weg war?« Der Mameluck zieht ungleichmäßig an seinen Rudern, so daß das Boot im Zickzack fährt.

»Nein«, erwidere ich unfreundlich.

Ich sehe die Sternbilder Cepheus und Cassiopeia über den aufragenden Felsen ihrer Tochter thronen und schlage vor, die Ruder zu übernehmen, als wir näher kommen.

»Ihr habt wohl kein Vertrauen zu mir?« Der betrunkene Mameluck fuchtelt mit einem Ruder in der Luft herum. »Nach allem, was ich für Euch tue, Landsmann?«

»Natürlich traue ich Euch«, antworte ich barsch, »ich habe mir nur gedacht, Ihr könntet müde sein.«

»Man wird nie müde, wenn man zu zweit ist«, brüllt der Mameluck über das Brausen des Wassers, als wir uns den Andromedafelsen nähern. »Wenn Peter erschöpft ist, springt einfach Abdullah ein!«

Ich spüre, wie die rasche Strömung uns näher an die Felsen saugt, um uns sogleich ins Meer hinauszustoßen. Im milchigen Sternenlicht sind nur die Umrisse der Klippen zu erkennen, doch ihre mächtige Nähe kreist über uns und wirft kalte Wellen über den Bug unseres kleinen Bootes.

»Ich habe gedacht, Ihr und Nic hättet über mich geredet, weil ich schon so lange nach seiner Schwester suche, wo Ihr sie doch immer bei Euch hattet. Was für ein Glück!«

Ich klammere mich an den Bootsrand, als Abdullah seine Ruder eintaucht und uns mit aller Macht in den Kanal stößt. Wasser schießt in die Enge, schlägt gegen die Felsen und stürzt auf uns hernieder, so daß ich um ein Haar von meinem Sitz gerissen werde. Noch einmal zieht Abdullah an und schleudert uns durch.

Sobald wir die Felsen hinter uns gelassen haben, beruhigt sich das Hafenbecken, und es ist nur noch eine kurze Fahrt zum Ufer. Während der Mameluck das winzige Boot an Land zieht, knie ich im Schutz der Dunkelheit nieder und küsse diesen heiligen Sand. Nie werde ich ihn wieder aufs Spiel setzen.

»Sieht aus, als hättet Ihr recht gehabt.« Der Mameluck zeigt auf eine Schar hüpfender Fackeln. »Da ist was los.«

Ich schiebe ihn zur Seite und laufe den Abhang hinauf, über meine durchnäßten Gewänder stolpernd. Ein dunkler, aufgeregter Pilgerschwarm summt vor der Höhle. Sie sind noch da, Brüder! Gott dem Herrn sei Dank, ich habe sie nicht verloren.

»Pater!« Ursus, der Sohn meines Gönners, steht abseits der Menge, die Hände in den Rosenkranz seines Vaters verkrampft. Als er mich sprachlos auf dem Weg stehen sieht, läuft er auf mich zu und vergräbt sein tränennasses Gesicht in meiner Kutte.

»Es war so schrecklich. Sie schlief gleich neben mir und ich, ich habe sie als erster gerochen.«

»Beruhige dich, Ursus«, sage ich und nehme nun den dichten, süßlichen Dunst wahr, der über dem Keller liegt. »Was ist hier geschehen?«

»Wo wart Ihr, Pater? Wir brauchten Euch so sehr, und ich glaubte Euch schon tot in diesem fürchterlichen Land.«

»Schhhh.« Ich küsse den Scheitel seines schwitzenden blonden Schopfes. Hinter ihm stehen fassungslos unsere Pilger. Manche verbergen das Gesicht in ihren Händen, andere kauen sorgenvoll an ihren Fingernägeln. Jetzt erst erkenne ich, daß die um den Keller des heiligen Petrus brennenden Fackeln außer unserer Abreise nach Jerusalem noch etwas anderes bedeuten könnten.

»Bring mich zum Archidiakon, mein Sohn«, sage ich.

»Was ist geschehen?« fragt der Mameluck mit weit aufgerissenen Augen.

Ich schüttle den Kopf und überlasse es ihm, sich bei den Sarazenen zu erkundigen.

Ursus zerrt mich durch die Menge verstörter, weinender Pilger, vorbei an seinem Vater, der mit leerem Blick am Höhleneingang lehnt. In seiner Nähe schwanken zwei Heimwehkranke, an Land genauso ängstlich wie auf See.

»Der Erzengel Gabriel war es, ich habe ihn selbst gesehen«, sagt der eine. »Mit seinem Flammenschwert hat er ihr Haar berührt.«

»Nein«, widerspricht der andere. »Ich habe einen Kobold hereinschleichen sehen, schwarz wie die Nacht, der pißte einen Feuerstrom über ihr Gesicht.«

Ursus zieht mich an ihnen vorbei und den Hügel hinunter. Er deutet auf eine Gestalt, die im Mondlicht auf einem ebenen Flecken nah beim Meer kniet.

»Danke, mein Sohn.« Ich umarme ihn fest. »Schau doch nach deinem Vater. Es sah so aus, als würde er dich brauchen.«

Ursus läuft zurück, während ich den Hügel hinuntersteige.

Da hat jemand zwei Palmwedel zu einem stachligen Kreuz gewunden, das in frisch aufgeworfener Erde steckt. Als wehre es sich gegen den Geruch des seinem Schutz Empfohlenen, biegt sich das Kreuz in eine andere Richtung; klagend rascheln seine Blätter. Rauchfäden entweichen aus der Erde wie Dampf aus einer Pastetenkruste.

Vor dem Grab kniet schweigend mein Freund. Seine Augen sind geschwollen und mit Staub verschmiert, seine Hände klopfen auf den heißen Boden. Als er mich sieht, springt er auf und stürzt in meine Arme, und dann schwanken wir wie zwei alte Juden über ihren Toten.

»Sie ist fort, Felix.« Johanns Kummer tropft mir in den Nacken. »Ich habe sie geliebt. Selbst als ich sah, wie sich das Gesicht dieser Frau vom Schädel schälte, habe ich sie geliebt.«

»Was ist hier geschehen?« frage ich.

Er schüttelt den Kopf.

»Ich will es nicht glauben.«

»Hat Arsinoe sich etwas angetan? Ist es das?«

»Nein«, flüstert er.

»Sie war eine sehr verstörte junge Frau«, sage ich.

»Felix, Arsinoe hat sich nichts angetan. Sie hat Emelia Priuli angezündet und ist dann weggelaufen.«

Habe ich richtig gehört? Hier liegt Emelia Priulis Leiche? Mit beiden Hände scharre ich den Sand weg, der ihr Gesicht bedeckt, schlage die braunen Krebse fort, die schon an ihrem rosigschwarzen Fleisch knabbern.

»Weshalb hat sie das bloß getan?« frage ich zweifelnd.

Er schüttelt den Kopf, verweigert mir die Antwort.

»Johann.« Ein furchtbarer Verdacht erfaßt mich. »Hast du gewußt, daß sie das plante?«

»Wie kannst du so etwas nur glauben?« So brüsk schiebt er mich von sich weg, daß ich wirklich glauben muß, er habe ihre Absicht zumindest erraten.

»Ich habe euch heute nachmittag belauscht.«

»Seit wann benimmst du dich wie ein Spion?« fragt Johann wütend.

»Seit alles, was mir heilig war, durch diese Frau bedroht ist.«

»Sie ist kein Ungeheuer«, schreit er. »Man hat sie entführt. Geschändet hat man sie. Da gibt es jemanden, der sie töten will. Kannst du sie anklagen, wenn sie versucht, sich zu schützen?«

»Wie soll es sie denn schützen, wenn sie jemand anderen umbringt?«

»Sie hat gewußt, daß ihr Entführer nach einer Frau suchen würde; deshalb hat sie die einzige Frau, die bei uns war, unkenntlich gemacht. Denn sie hat eine Sendung.«

»Johann!« brülle ich. »Hör dich doch an!«

»Mein Gott, Felix!« Johann drückt Emelias körnige schwarze Finger an seine Lippen und beweint sie wie ein Kind.

»In wie vielen Gräbern hat Arsinoe ihren Leib gelassen? Sie muß es schaffen, daß ihr Mörder glaubt, die Klaue hier sei ihre Hand. Doch halt, sagen die Pilger, liegt ihre Hand nicht vor der Küste Zyperns, wo die Matrosen ihre Leiche versenkten zur

Besänftigung des Sturms? Wir haben sie doch selbst versinken sehen. Ich sage dir, Arsinoe wird niemals sterben, Felix, sie wird einfach weiterwandeln und den Tod anderer Menschen borgen. Ist dann der Tag des Jüngsten Gerichts herbeigekommen, so wird sie vor Gott mit einer ganzen Heerschar von Persönlichkeiten erscheinen und Ihm sagen: Ich dachte, daß ich in den Körpern anderer Menschen sterben könnte und selbst doch weiterleben. Ich dachte, ich könnte als Gedicht in hundert schlechten Übertragungen existieren und dennoch eine wahrhaftige Bedeutung behalten.«

Erst jetzt, Brüder, kann ich das wahre Ausmaß von Johanns Gefühlen für die Frau des Kaufmanns ermessen. Da soll es einen geben, irgendwo, der glaubt, die Hand, die Johann da hält, sei die Arsinoes. Das aber soll genügen. Kann er sie nicht umarmen, so wird er sich mit ihrem Schatten zufriedengeben, dem heißen Echo, das in toter Haut widerhallt. Sanft ziehe ich die steifen Finger von Johanns Mund und bedecke sie mit Kieseln. Was auch geschehen ist, er ist ein Priester.

»Komm weg von diesem Ort.« Ich ziehe Johann auf seine Beine und führe ihn den Hügel hinauf. Nur wenige Stunden sind es noch bis zum Morgengrauen. Ich werde die Kraft finden müssen, Ser Niccolo zu berichten, daß seine Schwester stärker verstört war, als wir dachten. Sie ist nicht nur eine entlaufene Lügnerin, nun hat sie auch noch einen Mord begangen.

Und, Gott helfe uns, jetzt ist sie fort.

Wie endlich jemand zu uns kam

IRGENDWANN VOR SONNENAUFGANG hatten die Sarazenen es satt, daß man nicht mehr auf sie hörte. Sie drängten die Pilger in die Höhle zurück, schlossen uns ein mit dem verfaulten Melonendunst verbrannten Fleisches und unseren ständig neu gebärenden Hypothesen. Keiner hat wirklich etwas gesehen bis auf, wie ich erfahren habe, den Sohn meines Gönners, Ursus.

Emelia Priuli hatte ihre Reize so vielseitig angepriesen, daß sie es nicht wagte, neben auch nur einem der Pilger zu schlafen. So richtete sie ihr Lager zwischen der Wand und dem ungefährlichen, weil jungen Ursus Tucher. Der nimmt mich nun bei der Hand und führt mich zu der Glut, auf der sie schlief, zeigt mir die grausen Streifen, welche die Wand hinter seinem und ihrem Lager schwärzen. Bleich ist sein Gesicht und sorgenvoll, und er setzt mehrmals zum Sprechen an, bis ich ihn frage, ob er etwas auf dem Herzen hat.

»Pater, erinnert Ihr Euch, wie Ihr mir bei der Ankunft sagtet, wir sollten nach den Perlen im Düngerhaufen suchen?« Er zieht mich ans Ende der Höhle, wühlt in seiner Tasche und legt etwas Kaltes und Glattes in meine Hand. Fünf eckige Splitter roten Lichts. Fünf vollkommene Stückchen geschliffenen Glases.

»Wo hast du das her?« frage ich.

»Habt Ihr den jungen Mann gesehen, mit dem ich so lange sprach, als die Sarazenenhändler kamen? Er ist der Sohn eines sehr strengen Sarazenenherrn und steckt wegen seiner Leidenschaft für das Glücksspiel in der Patsche. Das aber müßte gar nicht sein, denn die Juwelen hier stammen vom schäbigsten Rock seines Vaters. Wie dem auch sei, ich habe kräftig gehandelt – und er war darauf angewiesen, zu verkaufen, bevor sein Vater ihm auf die Schliche kam. Nun, Pater, habt Ihr je solche Rubine gesehen?«

»Hast du die Steine schon deinem Vater gezeigt?« frage ich und rolle das Glas in meiner Handfläche.

»Nein, ich habe sie von meinem eigenen Geld gekauft. Ich habe fast alles nehmen müssen, doch stellt Euch vor, was wir zu Hause für derart große Rubine hätten zahlen müssen!«

»Ursus ...«

»Nur sind sie jetzt verdorben, Pater.« Ursus ist dem Weinen

nahe. »Ich kann es kaum ertragen, sie zu berühren. Ich glaube, diese Rubine waren es, die zum Tod der Freundin meines Vaters, der guten Frau Priuli, führten.«

»Wie könnte das wohl sein, mein Sohn?« frage ich.

»Sie hat doch gleich neben mir geschlafen, Pater«, flüstert Ursus. »Was ist, wenn jener Sarazene seine Juwelen wiederhaben wollte und versehentlich den falschen Schläfer angezündet hat?«

»Ursus, du Kind«, lächle ich, »die Priuli war eine Frau und nicht so einfach für einen jungen Mann wie dich zu halten.«

»Aber er hat so ausgesehen, Pater. Im Dunkeln hat er genauso ausgesehen wie der Mann, der mir die Rubine verkaufte.«

Hat Ursus gesehen, wie sich jemand über die Priuli beugte? Ist er aufgewacht und hat gesehen, wie Arsinoes verhüllte Gestalt das Feuer entfachte?

»Ich habe gedacht, du hättest geschlafen, mein Sohn«, erwidere ich. »Der Rauch, habe ich gedacht, hätte dich aufgeweckt?«

Ursus schüttelt elend den Kopf.

»Ich hatte zuviel Angst, um mich zu rühren. Ich habe gedacht, ich sei es, hinter dem er her war.« Ursus wendet sich ab und ich sehe, wie seine Hand zu seiner laufenden Nase fährt.

»Wird man mich trotzdem einen Ritter des Heiligen Grabes sein lassen?« fragt er. »Obwohl ich eine Frau an meiner Stelle habe sterben lassen?«

Mein armer Ursus, wie glückselig hast du geträumt von haarlosen türkischen Frauen in Ketten, bis dich mit einem Mal ein Geist aus Rauch und aus zergehendem Fleisch wach würgte. Ich kann es nicht zulassen, daß du glaubst, die Priuli sei für dich gestorben.

»Ursus, sieh mich einmal an.« Ich hebe seinen hängenden Kopf und sehe ihm lächelnd in die Augen. »Jener Mann, wenn er es denn überhaupt gewesen ist, war gewiß nicht hinter dir her. Ich fürchte nämlich, du hast nichts von ihm gekauft als ein paar wertlose Glasstückchen.«

Ich stecke einen Rubin zwischen meine Zähne und beiße darauf wie auf einen Kirschkern. Als er entzwei bricht, huste ich die Teile aus und zeige sie ihm. Und ich kann sehen, wie der Gesichtsausdruck des Jungen sich von Angst zu Erleichterung und schließlich zu gerechter Empörung wandelt.

»Vaaater!«

Auf den schrillen Ruf seines Sohnes hin schreitet Graf Tucher durch die Höhle. Er wirft mir einen Blick zu und reißt Ursus von mir fort.

»Wir sind böse auf Pater Felix«, erklärt mein Gönner seinem Sohn streng. Seine Augen sind rot vom Weinen. »Komm weg hier.«

»Es tut mir wirklich leid, daß ich fortgegangen bin, mein Graf«, sage ich so reumütig wie möglich. »Das war nicht recht von mir.«

»Gott dem Herrn sei Dank, daß wir vom Untergang des Katharinenklosters erfahren haben. Ich kann es nur zu gut vor mir sehen, wie Ihr fortgeht und Ursus und mich in der Wüste sterben laßt.«

»Ich bin betrogen worden, Vater«, schreit Ursus.

»Wir beide sind betrogen, mein Sohn, indem wir uns auf einen so pflichtvergessenen Priester verlassen haben.«

»Ihr tut mir unrecht, Graf Tucher, denn man hat mich ausgeschlossen.«

»*Mein* Pater sollte es sein, der Frau Emelia Priuli begrub. Ich wollte, daß ihr armer Leib von einem Freund gesegnet wird. Wo aber wart Ihr, Felix?« ruft mein Gönner, und seine Stimme bricht vor Schmerz. »Wo wart Ihr nur?«

»Meine Herren.«

Wie das Zerbrechen einer heiligen Oblate in einer hallenden Kirche bringt uns dies trockene, spröde Wort zum Schweigen. Es ist die Wüste, die an unserem Tor spricht in der Gestalt eines uralten Sarazenen.

»Ihr habt, soweit ich weiß, einen Verlust erfahren. Ich bin gekommen, um ihn wiedergutzumachen.«

Er schreit nicht, spricht nicht einmal laut, doch seine Worte erreichen jede der feuchten Höhlenspalten, in die sich die Menschen drängen. Bald achtzig Jahre muß dieser ehrwürdige Sarazene sein, doch steht er aufrecht, trägt den Bart sorgsam geschnitten und ist reinlich gekleidet in weiße Gewänder und einen steifen weißen Turban.

Endlich ist jemand zu uns gekommen.

»Mein Name ist Elphahallo«, sagt er. »Man nennt mich den Calinus, denn ich bin der Pilger Dolmetsch. Von dieser Stunde an sollt Ihr die Sorge um Euren Leib meiner Obhut übergeben, auf daß Ihr Euch ganz auf Euren Geist besinnen könnt. Ich habe erfahren, daß jemand unter Euch allzu früh zu Gott dahingegangen ist. Wer hat den Angreifer gesehen?«

Wäre der Patriarch Moses an unserem Eingang erschienen, er hätte wohl, so glaube ich, kaum mehr Achtung gebieten können. Der Alte durchmißt die Höhle mit durchdringendem Blick, wühlt die Wahrheit auf, nimmt unser Gewissen in die Pflicht. Mit rotem Gesicht und schmerzender Kehle öffne ich den Mund zum Geständnis. Ja, will ich sagen, ich bin schuld. Ich habe meinen Gönner in der Stunde der Not verlassen und so die schlimmste Sünde eines Beichtvaters begangen. Seinen Sohn habe ich die Schuld am Tode dieser Frau auf sich nehmen lassen und habe nicht verhindert, daß mein liebster Freund sich einer unheiligen Besessenheit hingab. Am schlimmsten aber ist, das all dies nichts geholfen hat. Trotz alledem ist sie entkommen. Wäre ich hier geblieben, ich hätte sie bewachen und so das Leben der Priuli retten können.

»Ich hab' es getan!« Ein spanischer Pilger wirft sich auf der anderen Seite der Höhle auf den Boden. »Ich habe meine Mutter umgebracht, als hätte ich sie bei lebendigem Leibe verbrannt!«

Sein Schluchzen hallt durch die Höhle, schreckensbleich sehen wir, wie er Klumpen kotigen Grases in seinen Mund stopft, in seine Haare, seine Augen reibt.

»Ich habe das Geld gebraucht, und sie hat nie verstanden,

wie unendlich ernst es war. Ach, Mutter, warum hätte ich sonst eine Jüdin zum Weib genommen?«

Schweigend lassen die Pilger Elphahallo in die Höhle. Er schürzt sorgfältig seine weißen Gewänder und sucht sich einen Pfad zu dem kreischenden Mann.

»Christus, ich bin gekommen, auf daß ich Frieden mit dir schließen kann! Du hast mir die Mutter genommen, hast mich zurückgelassen bei diesem stinkenden jüdischen Konvertitenweib und ihrem teuflischen Vater. Nimm mich wieder auf! Ich brauche dich!«

»Ihr habt eine Jüdin geheiratet?« wundert sich einer neben ihm.

»Steht auf, mein Sohn«, sagt Elphahallo, sorgsam darauf bedacht, daß seine weiten Ärmel nicht über das kotverschmierte Gesicht des Mannes fahren. »So dürft Ihr nicht über Euer Weib sprechen.«

In unterdrücktem Tonfall spricht der Sarazene mit dem Mann. Wie eine Stunde scheint es mir, doch kann ich beim besten Willen nichts verstehen. Er zeigt dem Pilger, wie er Hände und Mund an seinem Rock abwischen soll, führt es ihm an seinem eigenen, reinen weißen Kaftan vor. Wenig später beruhigt sich der schuldbeladene Pilger, und Elphahallo spricht wieder zu uns allen.

»Jeder Mensch muß seinen eigenen Frieden mit Gott schließen, und ich weiß, viele von Euch sind zu diesem Ort gereist, um solches zu tun. Für mich ist es unbedeutend, welche Last Ihr aus Eurem jeweiligen Heim hierher geschleppt habt, sofern Ihr darin keine Mißgunst gegen Euren Bruder tragt. Als Calinus aber habe ich den Schwur geleistet auf die Pflicht, dafür zu sorgen, daß Ihr in meiner Obhut sicher seid, und daher frage ich noch einmal: Wer hat den Mörder jener Frau gesehen?«

»Verzeiht, Herr.« Zu meiner Überraschung erhebt Ursus die Stimme. »Vielleicht habe ich etwas gesehen.«

»Und was, mein Kind?«

Auf der anderen Seite der Höhle sucht Johann nach meinem Blick, stellt die Frage: Hat er es gesehen? Wird er sie verraten?

»Gestern hab' ich von einem ehrlosen, unreinen Sarazenen – nehmt es nicht persönlich, Herr – etwas gekauft, was ich für Edelsteine hielt. Erst heute morgen habe ich entdeckt, sie sind bloß aus Glas. Wäre es denn nicht möglich, daß derselbe verlogene Sarazene des Nachts zurückkam, um mich anzuzünden, auf daß ich nichts verraten könnte, und in der Dunkelheit versehentlich die neben mir liegende Person getötet hat?«

»Das hört sich recht gewagt an, junger Mann.«

Graf Tucher schlägt seinem Sohn aufs Ohr, doch Ursus läßt sich nicht zum Schweigen bringen.

»Ich sage es doch nur –« erhebt Ursus seine Stimme über das Gelächter der anderen Pilger, reckt den Kopf, um sich Gehör zu verschaffen, »ich sage es doch nur – bitte! –, ich sage es doch nur, weil ich gemeint habe, ich hätte die Frau schreien hören, als sie brannte: Ich war es nicht. Sie schrie, so schien mir: Ich war es nicht!«

»Ich merke wohl, daß du, mein Sohn, es warst, der sie entdeckte, und ich weiß, wie schlimm es für dich war«, sagt Elphahallo schließlich. »Ich werde, was du sagtest, gut bedenken.«

»Was ist mit jenem Mann? Er hat mich um den Großteil meines Geldes betrogen. Wollt Ihr nicht wissen, wie er aussieht, was er sagte?« fragt Ursus empört.

»Ich kenne ihn.«

»Ihr kennt ihn? Und laßt ihn unschuldige Pilger berauben?«

»Du hast einem verzweifelten Mann Edelsteine für einen Bruchteil dessen abgekauft, was du zu Hause hättest zahlen müssen – ist es nicht so? Wer nun, mein Sohn, hat da wohl wirklich wen beraubt?«

»Ich will mein Geld wiederhaben!«

Ursus' Schrei erschüttert die Höhle, und mehr hat es nicht bedurft.

»Wann geht es endlich los?«

»Unser Kapitän! Wir wollen unseren Kapitän sehen!«

»Weshalb hält man uns denn in dieser stinkenden Kloake gefangen? Weshalb sind wir nicht in Jerusalem?«

»Ich will mein …«

»Wird man uns eine Wache geben? Ihr steht mit ihnen doch im Bund?«

» … Geld!«

Elphahallo antwortet keinem und wartet wie ein geduldiges Kamel im tobenden Sandsturm. Als er sich endlich gewiß sein kann, daß man ihn anhört, berührt er respektvoll seinen weißen Turban.

»Bei Morgendämmerung werden die Pilger des anderen Schiffes an Land gehen. Ich bitte Euch, hier zu verweilen, bis wir ihre Namen aufgenommen und mit Euren Kapitänen über diese Tragödie gesprochen haben.«

Er duckt sich unter den Torbogen und ist fort.

*

O diese öden Stunden.

Konrad hat gestern eine Schildkröte gefunden, und wenn wir nicht gerade von den Sarazenen aufgereiht, gezählt und abgefertigt werden, hockt er neben unserer Laterne und höhlt das Tier mit seinem Messer aus. Das Fleisch legt er für einen Eintopf beiseite, den Muskel schneidet er zu, wie er es im Schiffsbauch mit Konstantins Eingeweiden tat. Ich schaue zu, wie er in jedes Ende des Panzers zwei Löcher bohrt, durch die er die Sehne fädelt, um sie unten festzubinden. Dann zupft er an der Saite. Eine Leier.

Der mißvergnügte Ursus tröstet sich, indem er Muscheln aufeinander stapelt, die er am Strand gefunden hat. Venusmuscheln und Kammuscheln und Austern sind es, mit denen er seinen kleinen Schalenturm zu Babel baut, um ihn sogleich mit seiner Faust zu zerschmettern, so daß die Stücke über den Höhlenboden klappern. Sorgenvoll betrachtet Graf Tucher seinen Sohn, während Johann mit Bedacht ins Leere schaut. Ich will feststellen, ob Ser Niccolo an Land gekommen ist, doch die Wache läßt keinen hinaus, und ginge es bloß darum, Wasser abzuschlagen. Uns bleibt nur das Warten. Es ist, als seien wir dazu geboren.

Als Christus auf Erden wandelte, so nah und doch so fern von diesem Hafen Jope, gefiel es ihm, sich manchmal im bequemen Heim der heiligen Schwestern Maria Magdalena und Martha auszuruhen. Einmal geschah es da, daß die heilige Martha sich gänzlich außer Atem brachte: sie ging zum Markt, hackte Süßigkeiten, würzte den Wein, wies die Diener an, richtete ihr Haar, rührte die Suppe um, fegte den Boden, kümmerte sich eben um alles, was man tut zu Ehren eines so wichtigen Gastes wie unseres Herrn. Da sah sie ihre Schwester Maria zu Seinen Füßen sitzen und still Seinen Worten lauschen. Martha wischte sich den Schweiß von ihrer Stirn, glättete ihre Schürze und trat aus der Küche. ›Maria‹, fragte sie, ›wie kannst du so gemütlich sitzen, wenn deine Schwester sich fast umbringt, damit alles gut gelingt?‹

›Martha‹, sagte da unser lieber Herr und berührte Maria Magdalenas Kopf, ›Maria hat das gute Teil erwählt; das soll nicht von ihr genommen werden.‹ Das hieß: Statt eines tätigen Lebens hat Maria eines der Kontemplation gewählt. Wenn ich diese Welt verlassen habe, wird sie mich verstanden haben, während du geschäftig warst.

Ich brauche euch nicht zu sagen, Brüder, daß wir als Ordensmänner Marias Teil erwählt haben. Wir haben uns aus der Welt zurückgezogen, um uns in Christus zu versenken und unser Leben dem Gebet zu widmen. Doch wehe mir! Im Herzen meines Marienlebens bin ich noch immer Martha! Ich mag mich noch so sehr bemühen, die aufgezwungene Untätigkeit ist mir peinigender, als es die größte Anstrengung je sein könnte.

Ich stehe auf und klopfe unserem Sarazenenwächter auf die Schulter. Kann er mich nicht, so bitte ich, nach draußen lassen? Wieder schüttelt er den Kopf und bedeutet mir, zurückzugehen und mich zu den anderen Pilgern zu setzen. Ich erhasche einen raschen Blick über seine Schulter und sehe, wie Contarinis Ruderboot sechs Pilger auf den Strand entläßt. Bald werden sie den ersten Blick auf den Keller des heiligen Petrus werfen, unsere gestrigen Mühen wiederholen und ihre eigenen Venusberge in die Höhlenmitte scharren.

»Sind Contarinis Pilger angekommen?« Johann blickt über meine Schulter. Er hat nicht gesprochen, seit wir Emelia Priulis Grab verließen. Ganz schwach klingt seine Stimme.

»Ja«, erwidere ich.

Hätte mich der elende Mameluck nicht auf Contarinis Schiff zurückgelassen, wäre nichts von alledem geschehen. Wir wären jetzt auf unserem Weg nach Jerusalem. Mein Freund Johann sieht zehn Jahre älter aus als an dem Tag, an dem wir unsere Pilgerfahrt begannen, und so hager wie Konstantin, bevor er starb. Hat die Zunge auf alle Männer diese Wirkung?

»Ich bin froh, daß sie entkommen ist, bevor sie eingetroffen sind«, sagt er.

Bis vor kurzem, Brüder, habe ich Johann Lazinus fälschlicherweise für einen Mann von gesundem Menschenverstand gehalten. Wohl wußte ich, daß die Tragödie um sein Nonnenkloster ihn um ein Haar vernichtet hätte; doch war sein Glaube stark, und er war auf die Pilgerfahrt gegangen, um Frieden mit seiner Vergangenheit zu schließen. Etwas muß sich verändert haben an jenem Abend, an dem er allein mit der Zunge in der Damenkajüte war. Während Konrad und ich uns abmühten, Konstantin einzubalsamieren, kümmerte sich Arsinoe darum, den einen Beschützer durch einen anderen zu ersetzen. Als wir den letzten Nadelstich in die Brust des Kaufmanns taten, war Johanns Herz ihr sicher. In Christi Namen, Brüder, wenn ich schon nicht nach draußen komme, um den Übersetzer zu unterrichten, so will ich doch zumindest auf den Grund von Johanns Knechtschaft kommen. Wortlos führe ich den Archidiakon vom Höhlenausgang fort, zurück zu jenem Aschenfleck, der einst das purpurrote Kleid der Priuli war. Je mehr wir uns der Stelle nähern, desto stärker wird, so spüre ich, sein Widerstand.

»An diesem Ort«, sage ich streng, »ist eine Frau getötet worden. Ich habe sie nicht geschätzt. Sie hat meinen Gönner verhext und meine Pilgerfahrt untergraben, doch war sie dennoch eines von Gottes Kindern. Sie stand davor, ihr Gelübde als Braut Christi abzulegen. Dann aber hätte sie zu uns gehört.«

»Warum tust du das?« Der Archidiakon wendet sich ab, gibt vor, den Geruch knusprig gebratenen Schweinefleischs nicht wahrzunehmen, der in den Höhlenboden geschmolzen ist. Sie, seine Zunge, wird er an diesem Ort nicht mehr verteidigen können.

»Ich will erfahren, was Arsinoe dir in jener Nacht des Sturmes gesagt hat.«

»Was kümmert dich denn jene Nacht«, sagt er vorwurfsvoll, als könne man sie ihm stehlen wie eine Hand, ein Ohr. »Hast du nicht schon genug getan?«

»Sie kümmert mich«, sage ich langsam, »denn es war die Nacht, in der du aufgehört hast, mein Freund zu sein.«

Ich habe eigentlich nicht vor, so etwas zu sagen, Brüder. Ich will den Abstand, der da zwischen uns wächst, nicht vergrößern. Er ist der einzige, der meinen Herzenswunsch verstand, den Sinai zu erreichen, der niemals spottete, wenn ich in jede Kirche trat, in der auch nur ein Bildnis Katharinas stand. Er hat mich nach Rhodos begleitet und nach Zypern, hat mit mir an Konstantins sich leerendem, erschöpftem Leib gesessen. Weshalb muß ich ihn da verletzen? Und weshalb mußte er sein Herz in ihre Hände legen?

»Letzte Nacht hast du gesagt, du hättest sie geliebt, selbst dann noch, als sie Emelia in Flammen setzte«, helfe ich ihm weiter. »Warum, Johann? Was hat sie dir in jener Nacht versprochen?«

»Begreifst du denn nicht, Felix?« flüstert Johann Lazinus wütend und zeigt auf die dünne Aschenschicht auf dem Boden. »Verstehst du nicht, daß dies meine Strafe ist? Wie viele Frauen habe ich schon brennen sehen? Glaubst du denn nicht, daß Gott meine Sünde sah und darum noch eine in Flammen setzte?«

Der Archidiakon wirft sich in eine Ecke der Höhle, die noch beschmiert ist mit dem Kot der Sarazenen. Ein paar aufdringliche Pilger nähern sich, doch ich winke sie ungeduldig fort. Vorsichtig hocke ich mich neben meinen Freund.

»Ich bin noch immer dein Beichtvater, wenn du es willst.« Ich ergreife seine Hand, wie ich es Arsinoe am Strand tun sah, und bereite mich aufs Schlimmste vor. »Noch immer kann ich dich absolvieren, wenn du danach verlangst.«

»Ich war so schwach in jener Nacht«, sagt er so leise, daß ich mich hinunterbeugen muß, um ihn zu verstehen, »daß ich mich ihrer bediente, nachdem sie geschändet worden war.«

Es ist also wahr. Ich versuche, meine bittere Enttäuschung hinunterzuschlucken.

»Johann, du bist ein Mann«, sage ich schließlich. »Und Keuschheit ist ein fast nicht zu erfüllendes Gelübde.«

Voll Schrecken blickt er mich an.

»Das glaubst du? Mein Gott, Felix, für welchen Schuft hältst du mich nur? Hör mich an.« Er lacht trübselig. »Nein, ich habe kein Recht, mich verletzt zu fühlen, wenn es doch so viel schlimmer war, was ich da tat.«

»Was hast du denn getan?«

Er schüttelt den Kopf.

»Sie war erschöpft. Sie war krank. Und ich habe sie dazu gezwungen.«

»Wozu?«

»Dazu, die heilige Katharina anzurufen!« brüllt er, voll Wut, daß ich ihn zum Geständnis treibe. »Ich glaube an sie, weil ich es mit eigenen Augen sah. In jener Nacht des Sturms war Katharina bei uns.«

Ist es wohl möglich, daß er die Wahrheit spricht? Daß er mir dies verschwiegen hat, obwohl er es *wußte*; obwohl er als einziger unter allen Menschen um die Qualen wußte, die ich litt, weil es mir schien, ich hätte sie verloren. Ich starre ihn an, sprachlos, angewidert, gekränkt.

»Zu Anfang sagte sie, wenn ihr Bruder nicht dabei sei, käme Katharina nicht.« Johann spricht, doch ich vermeide seinen Anblick. Ich sehe, wie Konrad dem Sohn meines Gönners seine erste unnötige Rasur verpaßt, sehe zwei französische Pilger beim Armdrücken, sehe, wie ein Sarazenenhändler unseren Wächter anfleht, ihn einzulassen, denn er will uns Joghurt feilbieten. Das Leben in der Höhle geht weiter, doch ich bin taub für alles, außer dem ununterbrochenen Klang von Johanns Stimme.

»Als sie dann aber merkte, daß ich sie verlassen wollte, um dich zu suchen und sie aufzugeben, hat sie mich in die Kammer zurückgezerrt. Warte, hat sie gesagt, mit einer Stimme jenseits jeder menschlichen Erschöpfung, was willst du wissen?

Mit wölfischen Augen, Felix, habe ich sie da angeschaut. Denn was ich sehen wollte, war nicht ihr wunder und zerschlagener Leib, soeben erst in Konstantins Gewänder gehüllt; es war auch nicht ihr leidendes, unsicheres Antlitz oder ihre Augen, vom selben Schmerz, derselben Erniedrigung erfüllt wie sechzig andere Augenpaare, die ich einmal sah, als jene Frauen, Gott mag mir vergeben, noch Augen hatten. Ich sah über alles hinweg, was an ihr noch weiblich war, und suchte nach dem Ort jenseits von ihr, den ich doch finden mußte, wenn ich glauben sollte. Beweise, daß sie zu dir spricht, befahl ich. Frag sie, was aus meinen sechzig Nonnen wurde.«

Johann läßt den Kopf auf die Brust fallen und verbirgt sein Gesicht.

»Ist denn nicht jeder von uns gierig nach des Himmels Anteilnahme?« fragt er. »Ist es nicht Gier, was ein Mädchen zur Wahrsagerin treibt und einen Herzog zum Astrologen? Und war es nicht Gier, was mich Arsinoe zwingen ließ, sich so zu öffnen, obwohl schon eine Kraft, die stärker als sie war, sie aufgerissen hatte? Und nun? Der Luxus einer Reue wie der meinen ist nur dem gegönnt, der schon zu weit gegangen ist oder zuviel ertragen hat. Wir sind die Plünderer des Himmels, Felix, wir habgierigen Sterblichen.«

Und doch, denke ich bei mir, hast du, Johann, wenigstens die Reichtümer gesehen, die uns winken. Mit eigenen Ohren hast du Katharina gehört, hast sie mit eigenen Augen geschaut. Ich kann nicht plündern, wenn ich nicht mehr bin als ein am Tor stehender Bettler, und es scheint mir, daß das alles ist, was ich je sein werde.

»Was hat Katharina gesagt?« frage ich mit rauher Stimme.

Johanns Augen füllen sich mit Tränen, die er wegwischt.

»Daß sie meine armen, dahingemordeten Töchter zu sich genommen hat. Sie lindert ihre Verbrennungen mit süßen, himmlischen Salben; sie bürstet ihr Haar, auf daß es wachsen möge. Sie waren noch nicht wiederhergestellt, doch auf dem Weg dazu.«

Mein Drang, es zu erfahren, kommt dem Johanns gleich, und doch ersticke ich fast an den Worten.

»Wie hat sie ausgesehen, die heilige Katharina?«

»Wie ein Feuer auf einem Berg«, erwidert er.

»Du sollst verflucht sein, Johann Lazinus!« brülle ich und springe auf, um wegzugehen. Von der anderen Seite der Höhle beobachten mich Ursus' sorgenvolle Augen. Er fragt sich, was seinen Pater so wütend macht. Ich war von Arsinoes Wahnsinn überzeugt, seit wir ihre Truhe aufmachten, um sie leer zu finden; seit sie das Leben eines Toten usurpierte und in seinen Kleidern auf dem Schiff umherging. Jetzt sagt mein eigener Freund, dem ich vertraut, auf den ich mich verlassen habe, er habe mittels dieser Frau den Himmel gesehen. Er sagt, durch sie hindurch habe mein eigenes Weib mit ihm gesprochen. Was soll ich bloß glauben?

»Komm zurück, Felix.« Er zerrt mich am Gewand zu sich hinab. »Katharina hat uns befohlen, ihr zu helfen. Wir sollen dafür sorgen, daß Arsinoe ihre Reliquien sicher zum Sinai zurückbringt. Es ist ihr Wille.«

»Wie aber kann es ihr Wille sein, wenn da gar keine Gebeine

sind, Johann?« fahre ich ihn an. »Das ist doch wieder ein Beweis für Arsinoes Wahnsinn, kannst du das nicht begreifen? Ihr Bruder hat mir ja gesagt, daß er all die Knochen, die die verrückten Bauern brachten, hinter ihrem Schlachthaus vergrub!«

»Wann hat dir ihr Bruder das gesagt?« fragt Johann schneidend.

Ich spüre mich erröten. Zum ersten Mal, seit ich an Bord von Contarinis Schiff ging, wird mir bewußt, welche Verstohlenheit in meiner Handlung lag.

»In der vergangenen Nacht«, erwidere ich schließlich. »Ich war auf seinem Schiff.«

»Wie?« Johanns Stimme ist zornig.

»Ich habe gehört, wie ihr davon gesprochen habt, zu fliehen. Da dachte ich, ihr Bruder sollte davon wissen.«

»Du wolltest sie verraten, ohne es mir zu sagen?« ruft Johann. »Sie einfach ihrem Bruder ausliefern?«

»Und du wolltest ihr helfen, wegzulaufen!« beschuldige ich ihn nicht weniger wütend. »Ich wüßte nicht, daß du mich deshalb konsultiert hast.«

»Sie hatte Angst vor ihrem Bruder.« Johann ist auf die Füße gesprungen. »Sie glaubt, er will sie töten.«

Am Eingang unseres Kellers entsteht ein kurzes Handgemenge. Unser Sarazenenwächter tritt beiseite, um zwei Männer hereinzulassen. Der erste ist der kleine Joghurtverkäufer, der sich unter dem Ellbogen der Wache hindurchwindet und sogleich Gefäße mit seiner kühlen, weißen Köstlichkeit hervorzieht, um sie den Pilgern anzupreisen. Der zweite ist Ser Niccolo, der Übersetzer.

»Was will er hier?« keucht Johann.

»Ich habe ihm gesagt, er solle seine Schwester holen.«

Er sucht seinen Weg durch die Menge und hält dabei, da ist kein Zweifel, nach mir Ausschau. Er ist einen guten Kopf größer als die meisten Pilger, so daß ich seinen schwarzen Lockenkopf wie eine Schlange auf dem Wasser näher kriechen sehe.

»Felix, Arsinoe hat nur eine Nacht Vorsprung.« Johann hat meinen Arm gepackt. »Du kannst ihm doch nicht sagen, daß sie entflohen ist.«

»Was soll ich ihm denn sagen?« frage ich Johann. Sein Blick ist wild, sein Griff schnürt mir das Blut ab.

»Sag ihm, sie hat sich selbst angezündet«, erwidert Johann.

»Bist du denn noch bei Trost?«

Ser Niccolo beugt sich vertraulich über den frisch rasierten Sohn meines Gönners. Ein Lächeln huscht über Ursus' Gesicht, dann weist er ihm den Weg zu mir.

»Katharina will es so«, beharrt Johann, »und Arsinoe erfüllt ihren Willen. Kannst du dir denn gewiß sein, daß es nicht so ist?«

Was soll ich nur glauben? Ser Niccolo kommt auf mich zu, sein Blick ist sorgenvoll und düster. Gewiß haben die Pilger Contarinis von der Tragödie gehört, die in der letzten Nacht hier stattfand. Gewiß weiß Niccolo, daß eine Frau in Flammen aufging.

»Du mußt ihr helfen, Felix«, flüstert Johann, während Niccolo zu uns tritt. »Tu es doch um meinetwillen.«

Der Übersetzer wirft keinen Blick auf meinen Freund, nur für mich hat er Augen. Was soll ich tun? In mir ist nichts mehr als Verwirrung.

»Abdullah hat mir berichtet, die einzige Frau auf Eurem Schiff sei diese Nacht verbrannt«, sagt Niccolo. »Sagt mir, daß es nicht wahr ist.«

Ich spüre Johanns Hand auf meinem Arm. Es mag wohl sein, daß ich durch dies in alle Ewigkeit verdammt sein werde. Und es mag sein, daß ich mein Weib in die Sklaverei verkaufe.

»Es ist wahr«, erwidere ich, und so nebenbei hat Arsinoe noch ein Leben geraubt. »Eure Schwester, die Zunge, ist nicht mehr.«

Esel

DIE SONNE IST SCHON untergegangen, als unsere Kapitäne, um die Wallfahrt nicht durch eine Untersuchung aufzuhalten, Emelia Priulis Tod zu einem Gottesurteil erklären. Man teilt uns die Entscheidung mit, ohne den Namen der Verstorbenen zu erwähnen, doch Niccolo ist ohnehin für alles um ihn taub. Als wir aus der Höhle treten, geht der Halbmond auf. Ich ziehe meine feuchten Gewänder enger und atme den kühlen Geruch der Küste ein: verfaulende Krebsscheren, Treibholz, abgenagte Skelette, Felsen.

»Sie liegt da drüben.«

Ich führe den Übersetzer zu Emelia Priulis Grab. Er wird, so meine ich, diese verkohlte Leiche nur einmal ansehen und den Betrug erkennen. Wird mich dann einen schamlosen Priester nennen und einen falschen Freund, wird mich fast zu Tode prügeln; und dies alles habe ich verdient.

Niccolo kniet nieder, um sanft die Erde auf Emelias Gesicht zu berühren. Lange Strähnen geschmolzenen Haars haften noch am Schädel. Gewiß wird er es merken, denke ich, wenn er die Haare sieht.

»Werdet Ihr ihren Leichnam nach Kreta bringen?« frage ich leise.

Er schüttelt langsam den Kopf.

»Ich habe Geschäfte zu besorgen in Jerusalem. Ich glaube nicht, daß ich die Möglichkeit habe, sie einbalsamieren zu lassen.«

»Ich muß Euch um Vergebung bitten«, sage ich. »Ihr Drang, sich zu zerstören, war größer, als ich dachte.«

Langsam nickt der Übersetzer, läßt sich zurück auf seine Fersen kippen. Gerade will ich ihm aufhelfen, als er sich ohne jede Vorwarnung auf das Grab stürzt und die Leiche ausgräbt. Er reißt an den verkohlten Gliedern, als wolle er Steine aus einem Acker klauben. Der ausgedörrte Kopf löst sich vom

Rumpf, doch Niccolo umarmt das Durcheinander, tief atmend wie über einem Strauß Rosen.

»Riecht Ihr etwas, Pater?« fragt er.

»Nein«, ist meine Antwort.

»Ich auch nicht.«

Niccolo läßt die Gebeine fallen und geht davon.

»In Jerusalem gibt es ein Übersetzerviertel«, sagt er mehr zu sich selbst als zu mir. »Vielleicht lassen sie mich bei sich studieren, bis ich die Kraft finde, heimzugehen.«

»Das ist ein guter Einfall.« Mit bloßen Händen wühle ich in der Erde, um Emelia Priuli langsam wieder zu verscharren.

»Findet Ihr es nicht gräßlich, es nicht zu verstehen?« fragt er mich und zeigt auf die große Pilgerschar, die mitsamt ihrem Gepäck durcheinanderwimmelt. Die Italiener von Contarinis Schiff haben sich zu ihren Landsleuten gesellt, die mit Lando reisten; Franzosen stehen bei Franzosen; die Frauen aber bleiben alle eng beisammen, aus welchem Land sie auch kommen.

»Was, nicht zu verstehen?« frage ich.

»Was die Leute um Euch sagen. All die persönlichen Gespräche in all den persönlichen Sprachen.«

»Keiner kann alle Sprachen sprechen, die Gott schuf«, gemahne ich ihn mild.

»Die Donester können es. Sie sprechen alle Sprachen dieser Welt, Pater Felix. Doch wir tun gut, uns von ihnen fern zu halten.« Im Mondlicht schimmern seine Augen, überströmt sind seine Wangen.

»Wer sind die Donester?« frage ich.

»Ein Volk, das ich im Roten Meer antraf. Würdet Ihr zu seiner Insel kommen, so riefe Euch einer mit so feinem Tonfall an, daß Ihr glaubtet, er sei in der Gemeinde neben Eurer Heimatstadt geboren.

Felix … Felix Fabri … riefe er. Dein guter Abt empfiehlt mich dir. So komm und iß mit uns.

Dann würdet Ihr den Pfad zu jenem Felsen emporsteigen, auf dem er sitzt, die Arme zur Umarmung ausgestreckt, und

Ihr wärt so entzückt, inmitten des aufgewühlten Meeres einen Freund aus Ulm zu finden, daß Ihr Euch freudig in jene Arme werft. Der Donester aber küßt Euch auf die Wangen und die Augen. Er murmelt in der Stimme Eurer Lieblingstante und gemahnt Euch an die Sommer Eurer Kindheit in Zürich. Und erst, als es zu spät ist, spürt Ihr seine Zähne in Eurem Bein. Zuerst verschwinden Eure Knie, dann Eure Hüfte. Es folgt der Rumpf, die Schultern. Der Donester verschlingt Euch ganz – bis auf den Kopf. Dann sitzt er da und weint wegen dieses Kopfes.«

»Felix?«

Johann naht mit einer Laterne.

»Alle ziehen hinunter zum Strand.«

»Ich bin mit dem Leben davongekommen.« Niccolo rollt seinen hohen gelben Stiefel hinunter und zieht seine aufgeschlitzte Hose hoch, um eine wild gezahnte rote Narbe zu enthüllen. »Weil er mich als das erkannt hat, was ich bin.«

Johann zerrt an meinem Gewand, voll Wut auf den Übersetzer blickend. »So komm doch, Felix. Sie werden noch ohne uns losziehen.«

»Als einen ihm verwandten Geist.«

Ich lasse zu, daß Johann mich von diesem Mann fortführt, diesem Freund von Ungeheuern. Unsere Lügen haben ihn zerrüttet. Als wir zur Höhle zurückgehen, um unsere Kisten zu holen und unser Lager aufzurollen, will Johann mir ein mattes Lächeln schenken. Ich kann ihm nicht in die Augen blicken. Es war nicht richtig, was wir taten. Noch immer sehe ich die Verzweiflung auf Ser Niccolos Gesicht, als er die Überreste jener Frau umarmte. Ob sich sein Schnuppern wohl nach Heiligkeit sehnte, nach dem gesegneten Geruch von Myrrhe? Hat der Übersetzer im tiefsten Grund seines Herzens doch geglaubt, seine Schwester habe mit dem Himmel gesprochen?

Doch laßt es nun genug sein, Brüder! Ich kann es nicht mehr ertragen, meinen Sünden nachzuforschen. Als ich von euch schied, versprach ich, euch einen ausgewogenen Bericht meiner Pilgerfahrt zu übermitteln, zu schreiben über das, was heilig ist, und über das Profane, über das Ernste ebenso wie über das Absurde. So darf nicht übergangen werden, was den Pilgern nun geschah, wenn ihr aus erster Hand erfahren wollt, was wir in jener Nacht erlitten.

Wie Ameisen auf einem Zweig gehen wir in einer Reihe den Pfad zum Strand hinunter. Jeder Pilger schleppt seine Kiste auf dem Rücken, und jeder betet darum, er möge nicht zusammenbrechen unter dem Gewicht. Am Strand verschwimmen die Schatten der Esel mit dem Meer; unruhig bewegen sich ein paar mit Weiß bedeckte Rücken unter ihnen, so begierig, uns zu jener Heiligen Stadt zu bringen, wie wir es sind, sie zu besteigen. Endlich sind wir auf unserem Weg. Ich stehe da, um mich nach meinen Gefährten umzusehen, als sich ohne jede Warnung eine schwielige dunkle Hand erhebt und mich am Arm packt.

Wie schreie ich da, Brüder, wie ein Mädchen. Meine Kiste schabt an meinem Rückgrat entlang, als sie zu Boden rutscht, in meine Schienbeine bohren sich scharfe Felsen. Wer immer es auch ist, er hat mit seiner Rechten meine rechte Hand gepackt und zieht mich fort, so daß ich ihm taumelnd und verrenkt wie der Flatterschwanz eines Kinderdrachens nachfolgen muß.

»Halt!« schreie ich, stemme die Fersen in den Boden und versuche, unsere Richtung umzukehren. Wohin will er mich bringen? Um mich her geschieht dasselbe: man packt die Pilger, kämpft um sie, zerrt an ihnen wie an dem Wunschknochen eines Federviehs. Wo ist Ursus? Mein Sarazene zieht stärker und bringt mich aus dem Gleichgewicht, während er immer wieder viele Worte plappert, die ich nicht verstehen kann. Ich falle und er hilft mir auf, kaum einen Schritt versäumend.

Als ich endlich begreife, was vor sich geht, bin ich zu sehr außer Atem, um mich zu wehren. Mein Sarazene schiebt mich auf einen schwarzen Esel und klopft fieberhaft auf dessen dicken Hals.

»Gut? Ist gut?« fragt er auf deutsch.

Der Esel wiehert leise und stupst mit dem Maul nach seiner Hand. Tatsächlich ist es ein guter Esel, mit einem nicht zu stark gezackten Rückgrat und nicht zu faßförmigen Flanken.

»Nein. Nicht gut.« Ich springe vom Esel, um mit Gesten vorzuführen, ich sei wie Hektor vor Troja hinter Achilles' Wagen hergeschleift worden. Der Sarazene verneigt sich tief vor mir, wobei er immer wieder meine Hände faßt, mir scheint, um sich für all dies zu entschuldigen. Offenbar sind aus Jope mehr Eselstreiber gekommen als hier unten Pilger warten, weshalb die Treiber um ihr Geschäft kämpfen müssen. Mein rauher, schielender Sarazene weist auf einen edlen Glaubensgenossen, der einen Turban trägt und auf einem Vollblut sitzt. Dieser berittene Sarazene hält eine Fackel in der Hand, berührt mich leicht mit seinem Stab und redet viel Unverständliches zu mir, was, wie ich denke, heißen soll:

»Bleib, Christenpilger, und nimm unseren Esel an. Mein Name ist Galela, dies ist mein Sklave Cassa. Bedarfst du seiner auf deinen Reisen, so rufe Galelacassa, und er wird zu dir kommen und dir treue Dienste leisten, ohne dich auszunehmen oder dich irgendwie schlecht zu behandeln.«

Da ich die schäbigen Esel sehe, die man den anderen Pilgern aufdrängt, willige ich zögernd in Cassas Begleitung ein. Er läuft zurück, um meine Kiste zu holen, die er am Sattel hinter mir befestigt.

Da sitze ich nun auf meinem Esel, Brüder, darauf wartend, daß die anderen Pilger sich auf anderen Eseln niederlassen. Es bereitet den Sarazenen eine diebische Freude, christliche Pilger zu belästigen, und selbst Cassa, der ein guter Kerl zu sein scheint, schielt mir wie ein Affe über die Schulter und wundert sich über meine Buchstaben, noch während ich sie niederschreibe. Ich kann nicht sagen, daß ich unglücklich bin, Jope hinter mir zu lassen. So viele Sünden habe ich schon begangen an diesem einen ganzen Tag auf heiligem Boden, und ein schweres Herz trage ich mit mir nach Jerusalem. Betet für mich, Brüder, betet, das sich alles ändern möge.

Der Mond steht tief am Himmel, und Elphahallo kündigt an, daß es in wenigen Stunden dämmern wird. Wir müssen uns auf eine anstrengende Reise nach Jerusalem gefaßt machen. Es ist wohl möglich, daß wir auf dem Weg auf uns nicht allzu wohl gesonnene Araber treffen, und wenn dies geschieht, müssen wir ruhig bleiben und es unseren Sarazenenführern überlassen, uns zu beschützen. Auf keinen Fall dürfen wir eine Waffe ziehen.

Elphahallo wendet sich an die Pilger, die sich aus Frömmigkeit entschieden haben, zu Fuß durch die glühende Wüste nach Jerusalem zu gehen. »Seid Euch bewußt, daß Ihr aus eigenem Willen geht«, sagt er, »und wenn Ihr nicht mehr mitkommt, wird man Euch zurücklassen, falls Ihr dann nicht selbst einen Eselstreiber findet. Kehrt also nicht in Euer Heimatland zurück, um zu berichten, die Sarazenen ließen es nicht zu, daß Christen durch ihr Land reiten, und zwängen sie, unter der heißen Sonne zu Fuß zu gehen. Bezeugt, daß dies nicht so ist. Seid Ihr dazu bereit?«

Zwei wandernde Pilger stehlen sich aus der Gruppe, um sich nach Treibern umzusehen. Der Rest, es mögen um die zwanzig sein, bleibt standhaft. Elphahallo überblickt die kleine Schar der Wanderer, die Legion der Eselstreiber, die Wachen – Mamelucken sind es und Sarazenen, bewaffnet und beritten. Die Esel stampfen vor Ungeduld, die Wachen scherzen, doch als Elphahallo seinen Stab hoch über seinen Kopf hebt, sind wir Christen alle still wie ein Grab.

»Pilger, richtet Eure Herzen gen Jerusalem. Wir sind auf unserem Weg!«

ZWEITES KAPITEL

*

Gebete

Hörst du es auch? Das Klopfen?«
»Ja, ich glaube schon. Schau, er bewegt sich.«
Gebannt starren mein Gönner und sein Sohn auf die Rückwand unseres Zimmers hier im bequemen Pilgerhospiz von Rama. Nach beschwerlicher Reise durch Nacht und Tag läßt man uns endlich in dieser von Menschenhand geschaffenen Oase ruhen, die wir dem Herzog Philip von Burgund – gesegnet sei sein Andenken! – verdanken.

Meine Partie hat ein Zimmer an der Loggia gewählt, die sich auf einen Hof mit einem Marmorbrunnen und weit ausladenden grünen Feigenbäumen öffnet. Jedoch sind derzeit aller Augen von der Schönheit der Natur abgewandt und heften sich auf einen einzelnen großen Steinblock, hüfthoch vom Boden entfernt, der sich – so scheint es – aus der Mauer auf uns zu bewegt.

»Was machen sie da wohl?«

»Die Mauer ausbessern?« schlägt Konrad vor.

»Ich glaube, sie versuchen durchzubrechen.« Graf Tucher schreitet auf und ab. »Um uns auszurauben.«

Ich pruste los, was vielleicht taktlos ist.

»Nach allem, was in Jope geschehen ist, Pater Felix, will ich

196

im Hinblick auf das Leben meines Sohnes kein Wagnis einge-hen.« Graf Tucher ergreift die Waffe, die er sich nach der Ermordung Emelias angefertigt hat; es ist ein Seeigel an einem Stock.

Angelockt durch die in unserem Zimmer herrschende Span-nung treten weitere Pilger herein, verschwinden, um sich Bret-ter und Steine zu besorgen – denn laut Artikel Dreizehn dürfen wir keine Dolche tragen –, und kommen wieder, um mit uns zu warten. Die Stimmung in unserer Zelle ist so finster, daß ich schon um den fürchte, der sich da zu uns vorarbeitet. Um sei-netwillen hoffe ich, daß er ein schlechter Mensch ist, ein Räu-ber oder Mörder; denn ob er gut ist oder schlecht, man wird ihm unweigerlich den Schädel einschlagen.

Der Stein wackelt und fällt zu Boden.

»Komm nur, du Hund!« brüllt Graf Tucher das Loch an. »Zeig dich!«

Ein dickes Rechteck späten Sonnenlichts ersetzt den fehlen-den Stein und zeigt, daß der Übeltäter tatsächlich von außen her gebohrt hat. Ursus beugt sich nieder, um durch das Loch zu schauen, doch sein Vater reißt ihn zurück.

»Wer du auch bist«, ruft Graf Tucher mit brüchiger Stimme. »Komm hervor.«

Wir alle wagen kaum zu atmen, denn vor jedem steht eine andere Bedrohung: Dämonen, Türken, rote, giftige Dämpfe, die unseren Willen brechen und uns zu Sklaven des Sultans machen werden. Die Spannung ist unerträglich. Ich muß hin-durchblicken.

»Felix, tut es nicht!« Graf Tucher faßt nach meinem Kragen, doch ich schüttle seine Hand ab. Für einen Augenblick geblen-det von dem rosenfarbenen Licht, müssen meine Augen erst nach einem Gegenstand suchen, und als sie ihn gefunden haben, ist meine Verwirrung so groß, daß mein Verstand erst nichts begreifen will.

»Nein!« Ich fahre zurück. »Schaut nicht hindurch!«

Doch es ist zu spät. Sie steckt ihren Kopf durchs Loch, so

daß ihn alle sehen können, und ruft uns etwas in ihrer heidnischen Sprache zu. Eine Sarazenenfrau, gehüllt in den schwarzen Seidenschleier, den sie tragen, und hinter ihr, in einem Hof, der dem unseren spiegelbildlich gleicht, fünf ihrer lüsternen Schwestern. Sie lassen ihre behandschuhten Hände kreisen, diese stummen, in Teer getauchten Loreleien. Ein rüder Griff an meine Schulter zieht mich vom Loch weg.

»Laßt mich einmal!«

»Nein! Mich!«

Alle Pilger wollen sich an den Sarazenenweibern ergötzen, wodurch ein mächtiger Drang entsteht, als sei in einer Hungersnot Fleisch eingetroffen. Angstvoll weiche ich zurück. ›Zehnter Artikel: Die Pilger mögen sich davor hüten, die Sarazenenfrauen anzustarren, denn deren Ehemänner sind übermäßig eifersüchtig und voller Neigung, Schaden anzurichten. Elfter Artikel: Winkt eine Sarazenenfrau einem Pilger und lädt ihn in ihr Haus, so darf er ihr niemals folgen.‹ Zwei Artikel wider solches Tun, und doch halten sie nicht ein.

Ursus kämpft sich nach vorn.

»Wie heißt ihr denn? Seid ihr verheiratet?«

»Gefallen wir euch? Seid ihr deshalb eingebrochen?«

»Seid ihr in Not?«

Die Pilger befragen die Frauen, als glaubten sie, die Antwort werde plötzlich doch auf deutsch erfolgen, und jene antworten Unsinn auf das, was sie aus unseren Worten machen. Während dieser fruchtbaren Unterhaltung wechseln sich die Pilger ab, damit jeder die Frauen in ihrem verschwiegenen Harem betrachten kann, denn bisher schien es uns, ihre Gewohnheit sei, verstohlen einzukaufen, um rasch wieder hinter ihren Türen zu verschwinden. Noch nie haben wir im Orient so schamlose Frauen gesehen; wir meinten, alle seien keusch und hätten Angst vor ihren Männern, wie es ihr Alkoran befiehlt.

»Wenn wir bloß irgendwie mit ihnen reden könnten!« jammert Ursus. »Ich will sie wegen ihres Haares fragen!«

Da mir nichts daran liegt, zu sehen, was aus solcher Torheit wird, ergreife ich leise meine Matte und mein Buch und steige die Marmorstufen zum flachen, abgestuften Dach des Hospizes empor, um dort nach Sarazenenart die kühle Abendluft zu genießen. Ein Minoritenbruder – einer der Mönche ist es, die sich in Rama um uns kümmern sollen – eilt mit einem Kübel Mörtel und einer Kelle an mir vorüber. Ich kann mir die Lektion vorstellen, die er unseren naseweisen Pilgern erteilen wird; denn wenn ein Sarazene sie entdeckt, wie sie mit seinen Weibern scherzen, droht als Bestrafung die Bekehrung oder der Tod.

Unter mir liegt die Stadt Rama, deren hundert Sarazenentürme das Zwielicht durchstoßen. Flache Eselskarren, hoch mit Kirschzweigen beladen, rumpeln durch die dunklen Gassen; dahinter gehen langsam Männer in Sandalen, todmüde nach der Ernte eines Nachmittags. Werden sie nach Hause kommen und entdecken, daß ihre Weiber sich durch Löcher in der Wand an lüsterne europäische Pilger herangemacht haben? Fürchten sie jedes Mal, wenn sie ihr Haus verlassen, daß die ihnen Angetrauten sich vor anderen entblößen werden?

Kann man zu Frauen denn überhaupt noch Vertrauen haben, Brüder? So sehr ich es versucht habe, sie aus meinen Gedanken zu verbannen, die Nacht des Sturmes kehrt doch immer wieder. Ich sehe meinen Freund, den Archidiakon Johann, wie er sich auf dem Lager der Zunge windet, gebeugt über das gequälte Mädchen, das in seinen Augen allmählich zu meinem Weib wird. Er hält sie, blickt ihr in die Augen, stellt ihr Fragen, als sei er ihr Vertrauter; und sie antwortet. Jedesmal, wenn ich Johann ansehe, spüre ich ihren Betrug. In einer Kirche vor den Toren Gaths, der Heimat Goliaths und des hundsköpfigen heiligen Christophorus, hielt Johann heute inne, um mir ein Relief der heiligen Katharina zu zeigen, das ich übersehen hatte. Sie stand zwischen Christophorus, der erst zum Menschen wurde, nachdem er Christus über seinen Fluß getragen hatte, und dem heiligen Nikolaus, den mancher bei uns daheim für einen Kinderfresser hält. Der Steinmetz hatte nicht viel Mühe verwandt und Katharinas Schwert gemeißelt, als durchbohre es den nackten Fuß des heiligen Christophorus. Das Lächeln auf ihrem Gesicht war voller Genugtuung; ach, schlimmer, Brüder, es verzog sich fast zu einem geilen Grinsen, da sie so zwischen zwei männlichen Heiligen steckte. Ich konnte es nicht ertragen, sie anzusehen, und als Johann näher trat, um zu erkunden, was mich da verstörte, konnte ich auch ihm nicht in die Augen sehen.

Weiter drüben sitzt unser Calinus Elphahallo mit einigen seiner Gefährten, die ebenfalls ihr Bett auf diesem Dach aufgeschlagen haben; sie reden, teilen Brot und Melonen. Als er mich sieht, winkt Elphahallo mir, mich zu ihnen zu gesellen.

»Pater Fejlisk«, ruft er strahlend, »kommt und bereitet Euer Lager neben uns.«

Ich erwidere sein Lächeln, schüttle jedoch den Kopf, da ich meine Matte lieber ein wenig höher ausbreiten will.

»Wollt Ihr nicht wenigstens ein Stück Melone essen?« Der Calinus streckt mir einen saftigen, von grüner Rinde umschlossenen Schnitz entgegen. Ich will nicht mehr über die Frauen grübeln, Brüder, und gehe hin, um mich zu den Sarazenen zu setzen.

»Ich danke Euch«, sage ich und beiße vorsichtig in die Melone. Welch unbeschreiblich frühlingshafte Süße, wie resches, frisch gemähtes Gras mit Honig auf der Zunge! Ich ergreife das zweite Stück, das man mir anbietet, und esse mit Bedacht auch dieses.

»Rama, der Name dieser Stadt«, sagt Elphahallo, »bedeutet hoch. Schaut nur, wie weit Ihr sehen könnt, Fejlisk. Da drüben ist das Feld, auf dem Eure Melone wuchs.«

Wohl ist es wahr, Brüder, daß Rama ein grüner, fruchtbarer Ort ist; und alles hier ist preiswert, süß und über alle Maßen gut, gäbe es nicht die Menschen, die hier wohnen. Bösartig sind sie und hegen einen besonderen Haß auf uns Christen. Als wir ankamen, ertrugen sie es nicht, daß wir auf unseren Eseln in die

Stadt ritten; statt dessen befahlen sie uns, abzusteigen und unser Gepäck wie Sklaven auf dem Rücken zu schleppen. Als wir im Hof die Heilige Messe feierten, saßen auf dem Hospizdach freche Knaben, um unsere Andacht durch Pfiffe und Gelächter zu stören und dadurch, daß sie die Finger zu üblen Gesten verdrehten. Wir hingegen blickten diese Knaben ernsthaft an, um ihnen zu bedeuten, vom Dach herabzusteigen, was sie erst nach vielen Possen taten.

Die Fremdheit der Sarazenen kann man erst schätzen, Brüder, wenn man schon ein paar Tage unter ihnen weilt. Sie tragen hermaphroditische Kleider, so daß es, sieht man sie von hinten, schwierig ist, ihr Geschlecht festzustellen; auf ihren Köpfen aber thronen Turbane, wie sie der trunkene Gott Dionysos trug, der sich nach allzu heftigem Weingenuß wegen seines Kopfwehs das Haupt umwickelte. Der falsche Prophet der Sarazenen, Mahomet, folgte dem Beispiel des Dionysos, sowohl beim Turbantragen wie bei der übermäßigen Zecherei, bis er betrunken einen Mord beging, worauf er sich und seinen Jüngern auf ewig allen Trunk versagte. Die Turbane jedoch behielt er bei.

Elphahallo, Cassa und viele Sarazenen, die wir kennenlernen, von den Beamten des Sultans bis zu den einfachen Essenshändlern, die uns jeden Tag versorgen, scheinen von Grund auf hilfreich, doch dürfen wir ihre offenkundige Ketzerei nicht übergehen: Elphahallo und seine Genossen behaupten, Gott könne keinen Sohn haben, da Er kein Weib habe; auch lebe Er gar nicht, weil Er nicht esse! Cassa meint, Christus sei nicht Gott, sondern bloß ein guter Mensch – er nennt ihn lediglich *Rucholla*, den ›Atem Gottes‹. Unsere Essenshändler mögen kunstfertig Eier kochen können, doch was ihr Verständnis der Schöpfung betrifft, so sind sie Mondkälber! Stellt euch bloß vor, ihr würdet glauben, der Himmel sei aus einem Dunst gemacht, den man als Brodem des Meeres bezeichnet; stellt euch vor, am Anfang habe es keinen Unterschied zwischen Nacht und Tag gegeben! Die Sarazenen haben auch die

Pflicht zur Vielweiberei und keine Skrupel, die Sodomie zu gestatten.

Neben mir erhebt sich Elphahallo und, wie um die Welt im Gleichgewicht zu halten, verschwindet das letzte Stückchen Sonne hinter den Hügeln. Von dem hohen runden Spitzturm jenseits der Gasse schreckt mich ein langes, unmelodisches Heulen aus dem Genuß des dritten Melonenschnitzes. Ich habe einmal gelesen, daß die Sarazenen die Dämmerung fürchten und brüllen, damit die Sonne wachbleibe und nicht verschlafe und sie am Morgen nicht vergißt. Ich frage Elphahallo, ob das stimmt, doch der lacht.

»Nein, Fejlisk.« Er legt einen roten Teppich entgegengesetzt der untergehenden Sonne aus. »Das ist unser Priester, der uns zum Gebet ruft. Ihr müßt uns eine kurze Zeit entschuldigen, während wir Gott danken.«

Und ach, Brüder, ich muß zusehen, wie diese Sarazenen ihre Köpfe und Leiber zum Boden neigen und eine Zeitlang in dieser Haltung verharren, während ihr Priester auf seinem Turm steht und den Dienst von Glocken versieht, indem er seinem Glauben huldigt. Solch einen Lärm habt ihr noch nie gehört, doch klingt es wie Ziegen und Kälber, denn es ist auf der ganzen Welt bekannt, daß die Orientalen nicht singen können. In unserer Schrift lautet ihr Gebet wie folgt:

Ha y la Halyl la lach Ha y la Halyl la lach Ha y la Halyl la lach

Während ich sehe, wie die Sarazenen gemeinsam beten, als seien sie Brüder eines einzigen Ordens, wird mein Herz schwer und ruhelos. Ich vergleiche diese auf ewig verlorenen Männer, die ihre Verdammnis mit der Ernsthaftigkeit und Hingabe ihrer Gebete nur verschlimmern und die Gottes Zorn auf sich herabrufen, da ihr blasphemisches Ritual methodisch Seine Heiligen und Engel entweiht, ja, ich vergleiche sie mit den elenden Christen da unten, die, obgleich durch Christi Blut erlöst, sich lieber mit lüsternen Sarazenenweibern einließen als ihrem

Glauben die Treue zu halten! Und wenn sie beten müssen, wie oft bringen sie ihr Gebet doch bloß oberflächlich, unsagbar halbherzig und abwesend dar? Ich fürchte, viele Christen verbringen den ganzen Tag, ohne Gott zu verehren oder zu Ihm zu beten, was unter den Sarazenen, Türken, Juden und Barbaren nie zu finden wäre.

»Calinus«, frage ich ihn, als die Sarazenen ihr Gebet beendet haben, »seid Ihr nicht besorgt, Euch angesichts des großen Ernstes Eures Glaubens weiter zu verdammen, da Ihr doch versteht, daß Euer Volk zum Höllenrachen wandelt, weil es den Erlöser, unseren Herrn Jesus Christus, nicht erkennt?«

Elphahallo schüttelt den Kopf und reicht mir noch ein Stück köstlicher Melone.

»Ihr seid nicht der erste Pilger, der sich um meine unsterbliche Seele sorgt, Pater Fejlisk. Ich habe einmal einen guten deutschen Ritter zum Sinai begleitet, der mich so innig liebte und sich so um meine Verdammnis sorgte, daß er mich entführte und zu den Höfen Eures Kaisers und Eures Papstes brachte. Ich will Euch sagen, was ich schon dem Oberhaupt Eurer Kirche sagte, bevor ihn meine Standhaftigkeit so verdroß, daß er mich nach Hause schickte.

Ein Mensch kann nur durch den Glauben errettet werden, in den er hineingeboren ist, sagte ich, sofern er ihn nur rein erhält. Mir scheinen nur die Menschen der Verdammnis wert, die das betört, was sie nicht sind: Sarazenen, die zu Christus überlaufen, und Christen, die sich Mahomet hingeben. Obwohl die Mamelucken zum Islam konvertiert sind, dem Glauben meiner Ahnen, so ist nach meiner Meinung doch jeder einzelne von ihnen verdammt, denn der Abfall von dem uns eigenen, angeborenen Gott ist, so denke ich, die einzige Sünde, die nicht vergeben werden kann.«

»Das habt Ihr vor dem Papst gesagt?« Ich wundere mich, daß ein Mann von mehr als achtzig Jahren, ein aufrechter Sarazene von augenscheinlicher Tugend, so wenig von der Wahrheit wissen kann.

»Ja.« Elphahallo blickt lächelnd zu seinen Gefährten hinüber, als habe er einen guten Witz erzählt. »Worauf er mich mit Geschenken überschüttete und heim zu meinen Lieben schickte.«

Ich kaue gedankenvoll an meiner Melone.

»Calinus«, frage ich, »Ihr sagt, Ihr hättet jenen Pilger zum Sinai geführt? Was wißt Ihr über das Kloster der heiligen Katharina?«

»Darüber weiß ich eine ganze Menge«, erwidert er und wischt freundlich einen schwarzen Melonenkern aus meinem Bart. »Ich habe die Wüste in meinem Leben schon viele Male durchquert.«

»Und Ihr habt es überlebt?« frage ich verwundert.

»Oft dachte ich, es wäre mit mir vorbei«, lacht er.

»Was wißt Ihr über den gegenwärtigen Zustand des Klosters? Man hat uns berichtet, es sei niedergebrannt.«

Elphahallo berät sich mit seinen Gefährten, die nachdrücklich ihre weiß umwickelten Köpfe schütteln. Einige von ihnen blicken mich freundlich an, und einer hält mir einen Teller für meinen Stapel abgenagter Melonenschalen hin.

»Meine Vettern bestätigen, was ich dachte«, sagt Elphahallo. »Wir hörten, im vergangenen Jahr sei das Kloster überfallen worden, doch keiner glaubt, daß es zerstört wurde. Wenn Ihr gelobt habt, hinzugehen, Fejlisk, so könnt Ihr dies Gelübde vielleicht halten.«

Ich danke dem Calinus und willige aus Höflichkeit ein, ein paar weitere Melonenschnitze mit zu meinem Lager zu nehmen. Ich esse sie mechanisch, Brüder, und von Selbstzweifeln zerrissen. Hier hat man mir die Möglichkeit geboten, mein heiligstes Gelübde zu erfüllen, und doch frage ich mich zum ersten Mal in meinem ganzen elenden Leben, ob ich noch immer den Wunsch verspüre, zu jenem Ort zu wandern. Niemand außer mir weiß, daß das Kloster der heiligen Katharina noch steht und mit Hilfe dieses Calinus erreichbar ist, und so wäre es keine öffentliche Schande, Graf Tuchers Wünschen zu entsprechen und mit den anderen Pilgern nach Schwaben zurückzukehren. Nur meines Schweigens bedarf es, dem ich nach Euren Worten, mein Abt, nur allzu selten fröne.

O Gott, errette mich aus diesen Zweifeln.

Warum nur sehe ich, wenn ich jetzt an Katharina, die keusche Braut meiner Jugend denke, nichts als eine derbe Dorfhure, von einem verdreckten Mann zum nächsten schwankend? Warum entblößt sie ihr Fleisch und lädt alle und jeden ein, jene zarten Gebeine zu betasten, die ich zwanzig lange Jahre verehrte?

Unter diesen fremden Sternen in diesem fremden Land strecke ich mich aus und frage mich, was wohl geworden ist aus Felix Fabri, dem Gatten Katharinas, Ordensmann aus Ulm und Sohn des Abtes Ludwig Fuchs: Wie kann er nur ohne die leiseste Erregung an den Sinai denken; wie kann es nur, errötend muß ich es gestehen, sogar so weit gekommen sein, daß er mit Grauen daran denkt.

Auf der Straße nach Jerusalem
Sommer 1483

Die Heilige Stadt

MEIN ESELSTREIBER Cassa weist mich auf dem mühseligen Ritt nach Jerusalem, der mir die Zähne lockert und mich fast im Staub ersticken läßt, auf so manches hin.

»Schuuf«, sagt er.

Eine vom Blitz gespaltene Palme.

»Schuuf.«

Ein großer Felsen in der Form eines Schafes.

»Schuuf.« Er zeigt und zeigt. Auf Dinge, die keiner Sprache bedürfen. Als die Sonne steigt und der Tag heißer wird, ersinnen Cassa und ich ein Spiel, das uns die Hitze vergessen lassen soll. Er zeigt auf etwas – es mag ein Zaun sein oder eine Statue – und nennt mir den Namen auf arabisch. Ich wiederhole, was er sagt, und füge den deutschen Namen hinzu, worauf Cassa das deutsche Wort repetiert, um dann ein neues arabisches Wort zu suchen. So knüpfen wir eine Art Gespräch zusammen, obgleich mir Cassa oft leid tut, weil er unsere Laute nicht wiederzugeben vermag. Ich habe überhaupt kein Problem mit seiner Sprache und spreche jedes Wort schon beim ersten Versuch korrekt aus.

Heute morgen haben wir das bequeme Hospiz von Rama verlassen und uns der gesegneten Straße nach Jerusalem zugewandt. Noch einmal haben wir unsere Kisten geschultert, sind durch die staubigen Gassen getrottet und haben dabei so dichte Wolken aufgewirbelt, daß wir selbst unseren Nebenmann nicht mehr erkennen konnten, und wenn er unser eigener Bruder war. Ich litt besonders darunter, am Abend vorher der Völlerei schuldig geworden zu sein, denn ich aß allzu gierig Melonen, was ich zu meinem eigenen Nachteil tat. Wie dankbar war ich, als ich am Stadtrand Cassa und meinen bequemen Esel sah!

Da ich dies schreibe, sind wir seit Stunden in der heißen Sonne unterwegs, in Dreierreihen, flankiert von Wachen, die Mamelucken sind und Sarazenen. Die Hitze, das Gedränge und das felsige Gelände haben sich verbündet, um das Gemüt der einfältigeren unter unseren Pilgern zu erregen, denn wer sich in der Heiligen Schrift nicht auskennt, hält Palästina für ein von Gott verfluchtes Land. Ich will euch nur ein Beispiel dafür geben, wie der Teufel die Schwänze unserer Esel packt und mit uns nach Jerusalem reitet:

»Augsburg ist ein viel schönerer Ort als dieser hier«, klagte vorhin ein sehr streitsüchtiger Ritter. Es war ein Mann, den ich an Bord unseres Schiffes oft die schweren Essigfässer des Kochs über seinen Kopf stemmen sah, nur um seine Kraft zu demonstrieren. »Zumindest sieht man ab und an einen verfluchten Bach.«

Der deutsche Mameluck Abdullah, der als Teil des uns zuge-
teilten Regiments neben mir reitet, das uns auf unserer Reise
vor Araberüberfällen schützen soll, blickte voller Mißbilligung
auf dieses neue Sakrileg.

»Wie könnt Ihr eine stinkende Kloake mit dem Land des
Herrn vergleichen, in dem Milch und Honig fließen?« war seine verächtliche Entgegnung.

»Beim Herrn, wen meint Ihr, Gott oder Allah?« spottete der
Ritter. »Zeigt mir die Milch des Herrn! Zeigt mir seinen Honig!
Das Land hier ist so ausgedörrt wie die Apostatenvotze Eurer
Mutter.«

Seht, Brüder, wie der Teufel diese Pilgerfahrt verfolgt!

Mehrere Reihen vor uns trieben die Damen Contarinis ihre
Esel an. Abdullah riß sein Pferd herum und ließ uns alle inein-
anderprallen.

»Wie hast du meine Mutter genannt?«

Zu meinem Schrecken sprang der Mameluck von seinem
Pferd und entblößte sein Schwert. Die Pilger strebten auseinander, wobei sie ihre Esel aus der Reihe drängten und ihre Treiber zu Boden stießen. Nur ein Pilger bewahrte Haltung; aus
dem Augenwinkel sah ich Ser Niccolo dasitzen und schweigend den Aufruhr betrachten. Als habe er eine Wette wagen
wollen, maß er die Kontrahenten: Der furchterregendere der
beiden war gewiß der Mameluck mit seinem wilden blonden
Schnurrbart und dem blaugeäderten Hals. Der Augsburger
Ritter hatte Abdullahs Schwert nur einen lächerlich kleinen
Zweig entgegenzusetzen, da er nach dem Dreizehnten Artikel
keine Waffe tragen durfte. Dergestalt im Nachteil, konnte er
doch nicht schweigen.

»Wenn von diesem Himmel irgendein Manna fällt, so wird
das Allah sein, der seinen Schwanz auf dich und deine Spieß-
sellen schüttelt, Mameluck«, bemerkte er, wenn es nicht etwas
ähnlich Widerliches war.

»Du gottloser Scheißkerl!« brüllte Abdullah. Er stürzte vor,
indem er nach der Schulter des Ritters stach. Der Augsburger

sprang zur Seite und das Schwert ging knapp an Cassas Auge vorbei. Zur Ehre meines Eselstreibers muß ich sagen, daß er kaum mit der Wimper zuckte, glaubt er doch wie alle Orientalen, sein Todestag sei vorbestimmt und daher unvermeidbar.

O ihr streitsüchtigen, mörderischen, sündigen Pilger! Selbst an den Toren Jerusalems wollt ihr Blut vergießen! Was ist es nur an diesem Land, das zur Gewalt anstachelt, wo unser Geist doch nur nach Frieden streben sollte; was ist es, das Unduldsamkeit gebärt, wenn Christus hier doch selbstlos starb, um jeden unter euch zu retten? Jetzt weiß ich, warum das Wort *Pilger* als *Fremder* übersetzt wird, denn ihr alle seid der Wahrheit fremd, ihr alle übertretet Gottes Gebote! Dies alles und noch mehr bewegte ich in meinem Herzen und betete darum, es möge kein weiterer Mord geschehen, bis wir das Heilige Grab erreichen. Gerade als Abdullah zum zweiten Mal zustieß, lenkte Ser Niccolo seinen Esel zwischen die Kämpfer und führte seinen Mund ans Ohr des Mamelucken. Was er da sagte, weiß ich noch immer nicht: Vielleicht war es die Bitte, nach dem Verlust der Schwester nicht auch noch den Freund verlieren zu müssen, vielleicht führte er dem Mamelucken die Heiligkeit dieses Ortes vor Augen und den großen Schaden, den seine Seele erlitte, würde er ihn schänden. Was es auch war, der Ritter nutzte die Gelegenheit, um Abdullah mit seinem albernen Stecken die Wange aufzuschlitzen.

Und da ich dachte, das sei nun das Ende, indem Abdullah diesen Stoß zurückgeben und unsere Wallfahrt mit noch mehr sinnlosem Blut beflecken würde, geschah ein Wunder. Der Mameluck, der den Worten Ser Niccolos aufmerksam gelauscht hatte, steckte sein Schwert in die Scheide und bestieg wütend wieder sein Pferd. Zurück blieb unser Augsburger Ritter, mit seinem Stecken wedelnd und die Luft verfluchend, bis mehrere seiner Gefährten herbeitraten, um ihn wegzuführen.

Da dies schon eine Zeit vorbei ist, reitet Ursus Tucher an meine Seite, um dem noch immer kochenden Mamelucken finstere Blicke zuzuwerfen.

»Ursus«, sage ich lächelnd, da mir bewußt wird, daß der Junge dieses seltsam gekleidete Wesen neben mir noch nicht kennengelernt hat, »laß mich dir Peter Ber vorstellen. Sein Mameluckenname ist Abdullah, doch er kommt aus einem Dorf bei Augsburg.«

»Seid mir gegrüßt, Herr Mameluck«, murmelt Ursus.

»Ich danke dir, mein Sohn.« Der Mameluck achtet nicht weiter auf den Jungen und reckt den Hals, um in der Menge vor sich Ser Niccolo zu suchen.

»Wenn ich ein Ritter des Heiligen Grabes wäre«, erklärt Ursus plötzlich ruppig, »so müßte ich Euch als einen Feind unseres Glaubens bekämpfen.«

»Das müßtest du, mein Sohn«, pflichtet Abdullah ihm bei und spornt sein Pferd an, um den Übersetzer einzuholen.

»Elender Ungläubiger«, übt sich der Junge vor mir in Prahlerei, doch ich bin nicht beeindruckt.

Und da, Brüder! Gerade als ich Ursus die passenden Gefühle darlegen will, die eine Ritterschaft des Heiligen Grabes erwecken sollte, wendet der Junge den Blick ostwärts auf das hügelige Land und legt die Hand auf meinen Arm. Thronend auf dem Gipfel des uns nächsten hohen Berges entdecken wir eine achteckige Marmorkirche, die wir bestaunen, um uns sogleich an Elphahallo zu wenden und zu fragen, welch heiliger Ort das sein mag.

»Wisset, Pilger«, sagt der ehrwürdige Sarazene, »obgleich sie euch näher ist als dieser Berg, könnt ihr eure Heilige Stadt nicht sehen. Was ihr als erstes von Jerusalem erblickt, das ist der Ölberg und darauf die der Himmelfahrt geweihte Kirche. Sie steht an jenem Ort, von dem euer Erlöser gen Himmel fuhr.«

Ach Gott, ach Gott, ihr Brüder! Wir springen von unseren Eseln, zweihundert unverhofft verjüngte Pilger, um jenen heiligen Berg anzubeten. Da ist Jerusalem jenseits aller Landkarten und aller Berichte, Jerusalem, das jedes Bild und jedes Buch transzendiert. Meine dicken Tränen benetzen seine heiligen Wangen, mein Speichel tropft auf seinen Busen. Wir springen wieder auf unsere Esel, stoßen ihnen die Hacken in die Flanken wie ungezogene Kinder und flehen unsere Treiber an, zur Stadt zu eilen. Als wir kaum eine halbe deutsche Meile weitergekommen sind, halten wir wieder an.

»Cassa, warum geht es nicht weiter?« will ich wissen und tobe wegen der Verzögerung. Er zeigt dorthin, wo die Pilger vor uns bereits abgestiegen sind, um auf eine Steinmauer hinter einer verlassenen Burg zuzugehen.

»Was ist das?« Ich eile vor, um über die Köpfe von Contarinis alten Damen zu schielen.

»Die Burg von Emmaus«, flüstert eine der Weißhaarigen. »Hier stand das Gasthaus, das unseren Herrn am Tag seiner Auferstehung aufnahm.«

Welch ein Willkommen für den bis ins Mark erschöpften Pilger! Hier brach der wiederauferstandene Jesus, gekleidet in ein Pilgergewand, das Brot mit seinen Jüngern Lukas und Kleophas, die ihn nicht erkannten. Wir spüren, daß Christus im selben staubigen Pilgerrock wie wir aus Seiner Stadt gekommen ist, um uns zu grüßen. ›Geht nur hinein‹, sagt Er, ›und werdet Zeugen meines Leidens. Ich habe meine eigene Wallfahrt vor mir – ich bin auf dem Weg zum Haus meines Vaters.‹ Wie wir diesen Ort küssen, Brüder, und welchen Ablaß wir gewinnen! (††)

(Während meines Aufenthaltes im Heiligen Land werde ich das Symbol (††) benutzen, um die Orte zu kennzeichnen, an denen wir gebetet und hierdurch Ablaß erhalten haben.)

Nachdem wir diese Stätte eine Weile bestaunt haben, besteigen wir wieder unsere Esel, um das Tal der Terebinthen hinter uns zu lassen. Es geht nach Süden. Allmählich wird die Landschaft grüner und selbst der Augsburger Ritter findet Pflanzenwuchs, an dem er sich erfreuen kann. Wir schaukeln an gebrannten Tontöpfen mit Kräutern vorbei, die auf einer Steinmauer in der Sonne stehen, und gelangen in einen Hain aus Feigenbäumen, deren Früchte gerade reifen. Ich greife in die Äste über mir, um eine grüne Feige zu pflücken, als Cassa mich auf einmal schüttelt.

»Schuuf!«

Da sehen wir es, alle zur selben Zeit.

Blau und weiß leuchtet Jerusalem in der Sonne.

Wie soll ich sie beschreiben, meine Brüder, diese heiligste unter den Städten? Kann ich sie durch den Tränenschleier hindurch überhaupt sehen? Wogend ist sie und verschwommen, verborgen hinter Salz und nassen Wimpern, und hinter tiefem Schluchzen. Am Boden liegend, wage ich schüchterne Blicken durch die Fingerspitzen meiner Hände, die einen offenen, bebenden Mund bedecken. Nur die Geburt und der Sieg in einem schweren Wettlauf können eine so unbändige Freude mit sich bringen. Aus der halben Welt sind wir zu diesem Ort gelaufen – Deutsche, Italiener, Ungarn und Spanier – und haben dabei Tod und Seekrankheit geschlagen, Wut und Intrigen, um unseren Wettlauf an der irdischen Heimstatt Christi zu vollenden.

»Te Deum laudamus ...« Ich kämpfe mit dem Pfropf in meinem Hals. »Te Dominum confitemur ...«

Vor mir fällt Graf Tucher ein, um leise die Dankeshymne des heiligen Ambrosius mitzusingen. Johann Lazinus versucht sich an den ersten Noten, bis er erkennt, daß sein ungarischer Orden das Te Deum zu einer anderen Melodie singt. Gleichviel. Mißtönend gesellt sich seine Stimme den unseren bei, ermutigt weitere Mönche anderer Orden dazu, ihre Melodien hineinzuweben, ein jeder gemäß der Notation seines heimischen Chores. Nie, Brüder, habt ihr solch ein freudiges, vieltöniges, von Herzen kommendes Lied gehört, denn selbst die Laien fallen ein: Manche von ihnen kennen die Melodie, doch nicht die Worte, manche kennen beides nicht und summen laut ein ihnen vertrautes Gebet. Wie der Anblick Jerusalems diese streitsüchtigen, habgierigen, schwatzhaften Männer verwandelt! Ich sehe Pilger kraftlos auf dem Boden liegen, als habe ihnen eine übermäßige Hingabe den Verstand geraubt. Andere sehe ich zwischen den Eseln einhergehen und sich auf die Brust schlagen wie jene, die von bösen Geistern gepeinigt werden. Wieder andere sinken auf die Knie und strecken ihre Arme kreuzförmig aus, und manche kreischen laut, als lägen sie in den Wehen. Einige Pilger schließlich verlieren ganz die Herrschaft über sich; im übermäßigen Verlangen, Gott zu gefallen, machen sie seltsame, kindliche Gesten und plappern in einer Sprache, die mir nicht von dieser Erde scheint.

Ach, Brüder, hättet auch ihr die Mühen überstanden, die wir erlitten haben, um selbst auf die ersehnte Heilige Stadt zu blicken, ihr hättet, glaube ich, der Tränenflut nicht Einhalt bieten können. Und hört: Ein paar der jungen Sarazenenhirten, die ihre Herde verließen, um uns zu verspotten, gingen leise wieder weg, als sie den tiefen Ernst der Pilger sahen. Und manche von ihnen blieben, um mit uns zu weinen.

Hier folgt eine kurze Beschreibung
unserer Prozession zu den heiligen Stätten
auf dem Berg Zion und in seiner Nähe

NACHDEM WIR UNSER Gepäck im Hospital des heiligen Johannes abgeladen hatten – es ist ein gewölbtes, heruntergekommenes Gebäude, viel verwahrloster als unsere Unterkunft in Rama –, gesellten wir uns zum Vater Guardian zu einem Rundgang der in der Nähe liegenden heiligen Stätten. Berichtete ich über alles, was wir sahen, meine Brüder, so würde mein Bericht acht Bücher umfassen, denn jeder Stein birgt eine Geschichte, jede Straße ein Kapitel, einen Vers. So will ich euch ein kurzes Stück weit mit mir nehmen, zumindest so weit, bis meine Hand sich verkrampft und ich gezwungen bin, die Feder beiseite zu legen.

Der Ort, an dem der heilige Thomas in seinem Unglauben seinen Finger in die Wunden Jesu legte

NACHDEM WIR IN DER erhabenen Kirche des Berges Zion die Messe gehört hatten – dies Bauwerk steht an der Stelle, an der unser Herr Jesus das letzte Abendmahl einnahm –, stiegen wir eine Treppe hinab und kamen zu der Kapelle des heiligen Thomas, der wegen seiner höchst nützlichen Neugier das Privileg erhielt, Christi Wunden zu berühren.

Viele Heilige haben Erquickung durch Christi Wundmale gefunden, darunter die Heiligen Bernhard und Franziskus. Die heilige Katharina von Siena, jene gesegnete Magd, wechselte einst den Verband einer mit Schwären übersäten Frau, als sie, überwältigt vom Gestank, den Inhalt ihres Magens ausspie. Voll Wut wegen dieser Schwachheit ihres eigenen Fleisches nahm Katharina sogleich den Eiter und die blutigen Wickel auf und ging abseits, um all dies zu verschlingen. In derselben Nacht erschien ihr Christus. Er legte Seine rechte Hand auf ihren Nacken, führte ihren Mund zu der Wunde in Seiner Seite und sprach: ›Trink, meine Tochter, auf daß deine Seele mit Süßigkeit erfüllt werde. Da du deine eigene Natur überwunden hast, will ich dir einen Trank geben jenseits von allem, was die menschliche Natur empfangen kann.‹

Der Eisenspeer, den man in Christi Seite stieß, wird in Nürnberg verwahrt; ich habe ihn sowohl gesehen wie ergriffen. Jetzt stand ich an der Stelle, an der Thomas seine Hand ausstreckte, um jene Speerwunde zu betasten; und so erhielt ich Ablaß. (††)

Der Ort, an dem David und Salomo
bestattet wurden

AUSSERHALB DER ZIONSKIRCHE, doch nicht vor ihren Toren, fanden wir eine kleine Tür, die in eine weitere Kirche
zu führen schien. Da sie eisenbeschlagen und fest verschlossen
war, fragte ich den Vater Guardian, ob sie nicht für uns geöff-
net werden könne. Nein, entgegnete der, dies ist die Begräbnis-
stätte von den Ahnen Christi, David und Salomo, doch sie
gehört zu dem Bezirk einer Sarazenenmoschee, die zu betreten
nicht gestattet ist.

Wie traurig sind wir wegen dieser Auskunft, wird doch dieser Ort gar oft im Buch der Könige und in der Chronik
erwähnt. Als wir den Vater Guardian fragten, wie es kam, daß
solch ein Ort zu einer Moschee wurde, erhielten wir zur Antwort, vor langer Zeit hätten die Juden und die Christen so
inbrünstig um ihn gestritten, daß der Sultan, um sie beide zu
bestrafen, ihn für sich selbst in Anspruch nahm. Ich glaube zu
verstehen, daß die Juden noch heute darum flehen, er möge
ihnen zurückgegeben werden.

Wir standen vor der Tür, beteten voll Inbrunst und gewannen Ablaß. (††)

Der Schrein Davids, wo unser
Herr Jesus Christus predigte, indes
die gesegnete Jungfrau lauschte

WIR VERLIESSEN JENEN Hof und betraten den alten
Chor der Zionskirche, der zwar gänzlich zerstört, doch
immer noch verehrungswürdig ist. Besonders die Juden ehren
diesen Ort, weil sie wie wir glauben, hier habe David unter
Gesängen und großem Jubel die Bundeslade abgesetzt. Der

jugendliche Jesus hat hier gepredigt an einer Stelle, die ein Stein markiert; denn dies ist auch der Ort, an dem die Heilige Jungfrau stolz lauschte, wie ihr kluger Sohn aus dem heiligen Buch las. Wir küßten die Steine ehrfurchtsvoll und gewannen Ablaß (††).

Während die anderen Pilger ihre Gebete verrichteten, erspähte ich eine ruinöse Treppe, die zu den Überresten des herabgestürzten Chorgewölbes führte. Ich stieg die Stufen empor und konnte, da ich mich hochschwang, auf dem Dach sitzen und über den Berg blicken. Weit unter mir hatten sich im Hof einige Ostchristen um einen quadratischen Stein versammelt, der aus dem alten Chor ragte; sie schienen darauf Würfel zu werfen. Sie hoben aber vier Kiesel vom Boden auf, um sie über den Stein zu rollen und durch das gebildete Muster die Zukunft vorherzusagen: je eher die Figur einem Kreuz glich, desto mehr Glück erwartete sie. Ich bestaunte eine Zeitlang ihr Tun, bis der Vater Guardian zu mir emporbrüllte, ich solle herunterkommen, sonst würde er mich zurücklassen.

Die Küche, in der das Osterlamm gebraten und wo Wasser für das Abendmahl des Herrn erhitzt wurde

WIR ZOGEN EIN STÜCK weiter, bis wir zu der Stelle kamen, an der die Jünger das Osterlamm brieten, an der sie die bitteren Kräuter stampften und das Wasser zum Spülen der schmutzigen Teller erhitzten. Dieser Ort ist nicht ohne Heiligkeit, denn wie wir im 22. Kapitel des Lukasevangeliums lesen, waren die Heiligen Petrus und Johannes die Köche jenes heiligen Osterfestes. Fröhlich stellten wir Pilger uns vor, wie diese beiden Wackeren das Fleisch schwarz werden ließen und das Wasser zum Überkochen brachten, wie sie untereinander wegen der Gewürze und des passenden Rezeptes stritten und sich zankten, wer für das Abspülen der Teller zuständig sein solle. Hier also erhitzten Petrus und Johannes das Wasser, mit dem Christus die Füße seiner Jünger wusch. Freilich steht nirgendwo in der Heiligen Schrift, daß dies mit *warmem* Wasser geschah, doch warmes Wasser wäscht den Schmutz viel besser ab als kaltes, und es erfrischt die Füße und die Beine. Warmes Wasser deutet auch auf größere Demut hin, denn es ist kein großer Freundschaftsbeweis, die Füße eines Mannes in kaltem Wasser zu waschen, wie sich auch keine große Zuneigung darin zeigte, würde man einem Mann lauwarmes Wasser zum Trunk anbieten. Wir aber dürfen nicht annehmen, daß Christus irgendein Zeichen vollkommener Liebe einbehalten hat; und daher können wir folgern, auch wenn die Bibel nicht so sagt, daß sein Wasser nicht nur warm war, sondern auch gemischt mit duftenden Kräutern, stark riechenden Wurzeln und aromatischen Stärkungsmitteln. Im Genuß des Nutzens dieser frommen Unterhaltung knieten wir nieder und gewannen Ablaß. (††)

Der Ort, an dem die Sarazenenweiber in ihrem Aberglauben Jesus Christus anbeten

NACHDEM WIR EINE gute Strecke in der Hitze gegangen waren, schöpften wir Atem an einem Ort außerhalb eines Friedhofs, wo die Sarazenenweiber einen Haufen Steine zusammengetragen haben. Er ist geschmückt mit Gebetsfetzen, die sie aus ihren Linnenkleidern reißen, um Frömmigkeit zu zeigen. Um diesen Altar herum vergraben sie Brotlaibe und behaupten, an diesem Orte und nicht im Heiligen Grab sei unser Herr Jesus begraben. Diese Weiber sagen, der Mensch, den man ans Kreuz schlug und den die Juden für Jesus hielten, sei gar nicht Jesus gewesen, sondern ein anderer, den es an seiner Stelle getroffen habe. Jesus, weil er der Sohn Gottes und Mariens war, sei die Flucht gelungen, worauf er ein langes, heiligmäßiges Leben gelebt habe und hier gestorben sei, wo sie ihm nun ihre sandigen Laibe opfern. Dies ist ein weiterer Beweis für die mannigfaltigen Irrtümer der Sarazenen. Sie glauben auch, Maria sei die Schwester Aarons, doch hätte sie dann tausend Jahre vor ihrer Geburt leben müssen! Obgleich sie nicht an die Sieben Sakramente glauben, bringen sie doch oft ihre kranken Säuglinge zur Taufe, denn sie meinen, die christlichen Priester könnten mit Wasser dieselbe Zauberei bewirken wie Thetis, als sie die Sterblichkeit des Achilles im Feuer löschte. Ich vergewisserte mich, daß niemand zu mir hersah, als es Zeit war, diesen Ort zu verlassen; worauf ich mit dem Fuß die Steine jener Weiber verstreute und die anstößigen Laibe ausgrub. So hinterließ ich Zeichen meiner Rache.

Das Mittagsmahl

Felix, soll ich euch noch mehr Wasser bringen?«
»Ich bitte Euch darum, Graf Tucher. Und könntet Ihr mir wohl ein Stück Brot reichen? Und Salz?«

Wie befriedigend es ist, meinen Gönner zur Erbauung seiner Seele umherzuschicken! Als er bemerkte, daß eine Anzahl anderer Adliger sich darum beworben hatte, den Pilgern aufzuwarten und ihnen demütig das Mittagsmahl zu reichen, sprang er von seinem Platz neben mir auf, um eine Wasserkanne zu ergreifen. Ursus genießt die Lage noch mehr als ich und läßt mit Absicht Essen auf den Boden fallen, damit sein Vater es aufheben muß.

Da wir seit unserer Ankunft in Jerusalem nichts gegessen haben, hat der Vater Guardian uns Pilger freundlich in sein Minoritenkloster geladen, bevor wir in unser Quartier im Johanneshospital zurückkehren. Wir sitzen eng gedrängt um drei lange Tische, beschattet von einem bestickten Tuch, das die Ausgießung des Heiligen Geistes darstellt. Wo die Sonne durch sein lockeres Gewebe dringt, spüre ich meine Kopfhaut ebenso brennen wie die der zwölf gestickten Apostel, auf deren Häuptern schmucke rötliche Flammen lodern.

»Pater«, zappelt Ursus, der den Sonnenuntergang ersehnt. »Heut nacht werde ich zum Ritter des Heiligen Grabes geschlagen.«

»Ja, das ist gewiß, mein Sohn.«

»Unter den anderen Pagen des Grafen Eberhard wird sich doch wohl nicht noch ein Ritter des Heiligen Grabes befinden, oder?«

»Wohl kaum«, erwidere ich.

Der Knabe sitzt mir gegenüber; beständig stoßen seine überlangen Arme Konrad in die Seite, wenn er nach einer Schüssel greift. Ich kann mir kaum vorstellen, wie sich sein Vater fühlen muß in der Gewißheit, daß unsere Wallfahrt bald enden wird und ihm nur noch wenige kostbare Monate mit diesem Jungen bleiben. Wenn Ursus das Gespräch auf seine Lehrzeit bringt, so lenkt es mein Gönner unweigerlich auf ein Ereignis seiner frühen Kindheit, das sie zusammen erlebten: Wie Ursus einmal eine Spinne in den Mund steckte oder im Hühnerhaus einschlief, so daß die ganze Dienerschaft nach ihm suchen mußte. Dann lachen sie miteinander, und Graf Tucher kann sich zumindest diesen Augenblick lang einbilden, Ursus noch elf weitere Jahre bei sich zu behalten.

»Wenn wir bloß die Wüste zum Kloster der heiligen Katharina durchqueren könnten! Für sie zu sterben zählt gewißlich mehr als die Ritterwürde des Heiligen Grabes«, seufzt Ursus Tucher.

»Hör zu.« Ich fasse über den Tisch und packe seinen Arm fester, als ich vorhabe. »Nie wieder will ich sowas hören. Die heilige Katharina ist ein Nichts verglichen mit dem Einen, der am Kreuz starb, um deine Seele zu erretten. Und jetzt befehle ich dir, dreißig Vaterunser zu beten, weil du den Herrn in Seiner eigenen Stadt beleidigt hast.«

»Aber Pater!« ruft Ursus. »Ihr habt mir doch selbst erzählt, der Sinai sei der heiligste Ort auf Erden!«

»Seit wann hörst du denn auf meine Worte?« Mein Unmut ist ganz grundlos, Brüder, und ich schäme mich seiner. Habe ich wirklich den Kopf dieses Knaben mit solchem Unsinn erfüllt? »Sprich mir nicht mehr von der heiligen Katharina; sie ist eine schwache, unstete Heilige.«

Der Junge entzieht sich mir, was ich ihm nicht übelnehmen kann. Ein verantwortungsloser, törichter Mönch bin ich gewesen, nicht wert des Eintritts in diese majestätische Stadt, so billig wie ich sie gehalten habe. Der Archidiakon Johann, der den Vorfall beobachtet hat, blickt besorgt herüber. Seine Teilnahme bleibt mir jedoch erspart, da der Vater Guardian zu einer Rede ansetzt.

Der ehrwürdige Obere des Minoritenklosters auf dem Berg Zion, den wir den Vater Guardian nennen, dankt uns allen, daß wir seine Gäste sind. Sollten wir geneigt sein, eine Spende zum Erhalt der Kirche zu hinterlassen, erinnert er uns, so könnten wir den Bruder Bursarius im Kreuzgang finden. Er dankt in unserem Namen dem Calinus Elphahallo, der aufrecht neben ihm steht, und preist ihn als Freund aller frommen Menschen, die fern von ihrem Heimatland sind. Noch einmal betont der Vater Guardian die Sechzehn Artikel, die wir in Jope hörten, und fügt die Regeln für unseren nächtlichen Besuch des Heiligen Grabes hinzu. Jeder Pilger muß für sich eine Kerze erstehen, die Priester unter uns sollen sich nicht zanken, wer die Heilige Messe im Grab feiern darf, wir dürfen uns nicht niederlegen oder wegen der Diebstahlsgefahr unsere Besitztümer herumliegen lassen, und so immer weiter. Wir lauschen aufmerksam, und als er geendet hat, machen sich diejenigen unter uns, die dazu die Mittel haben, daran, den guten Bruder Bursarius aufzusuchen. Elphahallo tritt an mich heran und legt die Hand auf meine Schulter.

»Ich hoffe, Euch in meinem Haus zu begrüßen, wenn Euer Aufenthalt in Jerusalem sich dem Ende neigt, Pater Fejlisk«, sagt er lächelnd. »Ich habe nur noch wenige Durchquerungen der Wüste vor mir, doch eine davon gehört Euch.«

Unbehaglich erwidere ich sein Lächeln und danke ihm noch einmal für die Melonen, die ich gegessen hatte, obgleich sich meine Eingeweide bei der Erinnerung daran umdrehen. Hinter dem Sarazenen wartet unruhig mein Gönner und bedeutet mir, ich solle Elphahallo rasch abfertigen.

»Graf Tucher, wie kann ich Euch helfen?« frage ich, als ich die Hand des Sarazenen geschüttelt und ihm einen guten Tag gewünscht habe. Pflichtschuldig habe ich für meinen Gönner die Messe gelesen, doch inmitten der Begegnung mit der Zunge und der Versucherin Priuli ist uns die Vertrautheit entflohen, die uns bei unserer Abreise aus Ulm verband.

»Heute nacht halten wir Wache in der heiligsten Kirche der Christenheit«, sagt er, ohne mich anzusehen. »Ich habe eine große Sünde begangen, die ich nicht ohne Beichte in jenes Heiligtum mitnehmen kann.«

Mein Abt hat mich vor zwei Dingen gewarnt, als er mir erlaubte, Beichtvater des Grafen Tucher zu werden. Zum einen, daß mein Gönner leicht in gläubige Verzückung geraten könne, und zum andern, daß diese Paroxysmen so rasch vergingen, wie sie auftreten könnten. Der Beichtvater der Gräfin Tucher, der rechtmäßig an meiner Stelle diese Wallfahrt hätte machen sollen, hat sich geradewegs geweigert, mitzukommen. Er hat behauptet, man könne unmöglich wissen, ob der Ehemann dieser Dame es nicht ersinnen werde, seine Begleiter samt und sonders für einen Tag mit Ketten und härenen Hemden auszustatten. Dem Hautausschlag wegen solcher Kleidung wolle er gern entgehen.

Ganz offenbar hat diese heilige Stadt am Gewissen meines Gönners gerüttelt. Graf Tucher hält immer noch den schweren Wasserkrug, mit dem er demütig die Pilger bediente. Das rote Kreuz auf seiner Kasel muß angenäht werden, wo es sich vom

Untergrund löst; und ohne nachzudenken, glätte ich es, bevor ich ihn in die Kirche führe.

Wir lassen uns in einem der sechs hölzernen Beichtstühle nieder, die für die Pilger in den breiten Seitenschiffen stehen. Drei von ihnen sind bereits besetzt; als wir vorbeigehen, kann ich leises Murmeln auf spanisch, französisch und italienisch hören. Sorgenvoll teilen drei Menschen ihre geheimen Sünden mit und retten sich durch jetzige Schande vor der ewigen Verdammnis. Ich setze mich auf ein besticktes purpurrotes Kissen und blicke Graf Tucher durch ein dreiblattverziertes Gitter hindurch an.

»Vergib mir, Vater, denn ich habe gesündigt«, sagt er leise, und seine Stimme zittert vor Befangenheit. »Ich habe seit der Nacht des Sturmes nicht gebeichtet.«

»Welche Sünden plagen dein Gewissen, mein Sohn?« frage ich.

»Ich weiß, Ihr denkt, ich hätte mit der Frau Emelia Priuli Ehebruch begangen, aber ich schwöre Euch, Felix, ich habe es nicht getan.«

»Während dieser Beichte bin ich nicht Felix«, erinnere ich ihn. »Ich bin das Ohr Gottes. Wenn Ihr dem Herrn sagen wollt, daß Ihr mit der Kammerfrau nicht gesündigt habt, so seid gewiß, daß Er es bereits weiß.«

»Ich habe keinen Ehebruch mit ihr begangen, doch bin ich verantwortlich für ihren Tod, was noch schlimmer ist.«

Ich betrachte meinen Gönner durch das zarte Gitter. Er sitzt aufrecht hinter dem Wasserkrug, den er am Tisch zu lassen vergaß, und steuert seine Beichte geradewegs zum Ziel. Gewißlich hatte Graf Tucher wohl keinen Anteil am Entstehen jenes Feuers?

»Was hattet ihr mit ihrem Flammentod zu schaffen?« frage ich ruhig und versuche, mir die steigende Besorgnis nicht anmerken zu lassen. »Habt Ihr einen Feuerstein angeschlagen?«

»Nein«, erwidert er trübselig. »Doch wenn sie dies nicht

unter meinen Dingen gefunden hätte, so hätte sie neben mir geschlafen und ihr Mörder hätte nicht gewagt, sie anzurühren.«

Mein Gönner greift in seine Tasche und zieht einen geschnitzten Elfenbeinkamm hervor, auf dem ein wunderschön gebildeter winziger Dionysos seine Hand nach der an Naxos' Küste verlassenen Ariadne ausstreckt. Warum zeigt er mir einen Frauenkamm?

»Das war Emelias«, sagt er und hält den Kamm ans Gitter. »Es ist der, den sie am ersten Tag an Bord verloren hat.«

»Und Ihr habt ihn genommen?« stottere ich, da ich mich nun an all die kleinen Diebstähle erinnere, an all die Nebensächlichkeiten, die auf See verschwanden, wo man sie nicht ersetzen konnte. Großzügig hat Graf Tucher den verlorenen Rosenkranz seines Sohnes durch seinen eigenen goldenen ersetzt, Emelias Elfenbeinschmuck durch den kostbaren venezianischen Kamm seiner Frau, das einfache Schreibwerkzeug, das ich von meinem Abt empfangen hatte, durch einen feine spitze Feder! Warum jedoch hat er die Dinge überhaupt gestohlen? Mein Gönner war der reichste Mann auf Landos Schiff.

»Ich weiß nicht, weshalb ich diese Dinge nahm«, stöhnt Graf Tucher. »Ich brauchte sie ja nicht. Ich sehnte mich so danach, großzügig sein zu können, doch niemand schien meiner Hilfe zu bedürfen.«

»Ihr wißt, daß Diebstahl eine große Sünde ist«, sage ich und staune innerlich darüber, auf welch verworrene Weise dieser Mann sich der Täuschung hingibt. Wie weit vermag ein Mensch wohl zu gehen, um einen Diebstahl zu rechtfertigen? Graf Tucher bestiehlt seine Gefährten, um seine Freigebigkeit beweisen zu können; Arsinoe stiehlt die Identität von Toten, damit sie überleben kann, um ihren wahnsinnigen Auftrag zu erfüllen – da ist es wahrhaftig nur eine Frage der Zeit, bevor wir, wie Ser Niccolo sagt, schamlos Gott bestehlen, indem wir Seine Schöpferkraft entwenden und sie auf unsere Maße stutzen. Ist es nicht dies, was ich schon getan habe? Ist es nicht dies, was tief im Zentrum dieses neuen Zeitalters des Menschen liegt?

»Ich bin bereit, meine Buße anzunehmen«, erwidert Graf Tucher, »so schwer sie auch sein möge. Laßt mich gebeugt unter einer großen Last einhergehen, wenn ich durch die Tore des Heiligsten Grabes trete.«

Erwartungsvoll blickt mein Gönner mich an. Wie soll man mit einem Menschen umgehen, der stolz auf seine eigene Strafe ist? Soll ich ihn bei Wasser und Brot fasten lassen? Soll ich ihn ermuntern, jene schwarze Geißel zu erstehen, die ich ihn heute begehrlich beäugen sah, auf daß er eine gute, reuige Gestalt vor Christi Grab abgibt?

»Im Alkoran«, sage ich schließlich, »befiehlt Mahomet: Werden ein Mann oder eine Frau des Diebstahls schuldig, so hacke man ihnen die Hände ab, um sie für ihr Verbrechen zu bestrafen.«

Graf Tucher preßt seinen Krug an sich und beginnt zu stottern. So etwas hat er nicht erwartet.

»Aber das ist ein Buch des Teufels«, sagt er.

»Dann seid doch dankbar, daß wir glücklich Christen sind!« rufe ich. »Denn in den Sprüchen heißt es, im Diebstahl liegt keine große Sünde. Euer Geständnis ist schon eine Strafe, mein Graf. Sagt drei Ave Maria und ein Vaterunser und geht Eures Weges.«

Tränen der Enttäuschung schießen in die Augen meines Gönners. Er hat keine Buße, um sein Pilgergewand zu schmücken. So tritt er heute nacht gewissermaßen nackt vor unseren Herrn.

»Ihr seid wahrhaftig ein gnädiger Priester, Felix.« Gezüchtigt wendet Graf Tucher sich von mir ab. »Das ist mehr, als ich verdiene.«

Er schiebt das Gitter beiseite und verabschiedet sich mit einem schwachen Händedruck.

Und da habe ich sie wieder, die Feder, die er mir gestohlen hat.

Das Heilige Grab

DIE GRABSTÄTTE UNSERES Erlösers liegt im Herzen der Kirche des Heiligen Grabes; diese Kirche steht an einem Ort, den man einst den Berg Golgatha nannte; dieser Hügel erhebt sich heute in der Mitte der Stadt Jerusalem. Und um diese Stadt Jerusalem, ihr Brüder, erstreckt sich strahlenförmig unsere ganze Welt. Das Wunder des christlichen Glaubens und sein höchstes Paradox ist jenes, daß der Mittelpunkt unserer Welt hohl ist. Jesus Christus ist von den Toten auferstanden und sein Grab ist leer. Wir besitzen keine Reliquien vom Leib unseres geliebten Erlösers, um die wir zanken, die wir stehlen könnten. Er zeigt sich uns als reine Liebe, überall und nirgends, als eine Aura aus Licht, die von diesem dunklen, tief in der Erde liegenden Grab ausgeht. Zu diesem ewigen Grab bringen die Pilger, die an Bord der Schiffe Landos und Contarinis gingen, ja alle Pilger, die in den vergangenen tausend Jahren zu diesem Ort gesegelt sind, die Sünden, die sie vom Rand der Welt herbeigetragen haben. Jahrhunderte von Übertretungen – Ehebruch, Betrug, Königsmord – finden so den Weg in Christi Grab, und dennoch wird es niemals voll. Es wird noch immer Platz sein für die Sünden der Urenkel unserer Urenkel.

Bevor man die Kirche des Heiligen Grabes betritt, muß man jedoch an den Ständen der Händler vorbei, die sich von ihm ernähren. Ein vielbesuchter Kerzenstand bietet einen ausgemergelten wächsernen Jesus feil, groß wie eine Kirchentür; aus echten, ins Wachs gedrückten Dornen tropft sein purpurrotes Blut. Eine andere Kerze stellt die Schmerzensmutter dar, mit derart dünn geklopftem Blattgold verziert, daß es wie eine Hostie auf der Zunge schmelzen würde. Es gibt jedoch auch dünne gelbe Talglichter, wie eine Handvoll jener italienischen Nudeln zusammengeklumpt, die man Spaghetti nennt. Von diesen ersteht Graf Tucher ein Dutzend, um sie drinnen anzustecken, auszublasen und nach Schwaben zurückzubringen;

denn er glaubt wie viele andere, wenn seine Frau im Kindbett eine brennende Kerze aus dem Heiligen Grab hält, wird sie gefahrlos und ohne Schmerzen gebären. Neben ihm mißt der griechische Händler Ursus' Leib mit einem Strick, um mittels einer Gußform eine seiner Größe gemäße Kerze herzustellen. Der abgeschnittene Strick wird nun zum Docht, um den der Händler die Statur des Knaben Zoll um Zoll in heißem, rasch stockendem Wachs gießt.

Fliegende Händler verhökern Rosenkränze aus Amethyst, dicke, verkorkte Phiolen mit Jordanwasser, Hände voller Blechmedaillons und Tongefäße mit dem eingeprägten Bild des Heiligen Grabes. Überhaupt kann man das Heilige Grab in jeder Ausführung erhalten, die man wünscht: als Kamee geschnitzt, auf Tücher schabloniert oder, im krassen Gegensatz zur Heiligen Schrift (man soll dem Kaiser geben, was des Kaisers ist usw.) in eine Münze geprägt, deren Rückseite die drei Kreuze des Kalvarienberges zeigt. Unsere Pilger stolpern über ihre eigenen Füße, als sie vergoldete Rückenkratzer mit dem Bild der Grabkapelle erstehen und altbackene Stücke Naschwerk, gewickelt in Papier, mit dem man übers Grab gestrichen hat. Ich kaufe eine einfache Zeichnung, um sie zu Hause in mein Fenster zu stellen, und vergleiche sie mit dem Original.

Was meine Zeichnung verschweigt, sind die vier ältlichen Sarazenenwachen an den Kirchentüren. Zeichen der Oberherrschaft des Sultans, sitzen sie wie Schneider mit gekreuzten Beinen auf steinernen Podien und blicken blind auf das, was einmal der Glockenturm der Kirche war, bevor man den Glockenklang im Heiligen Land verbot. Es ist ein fünfstöckiger Bau mit einer hölzernen Kuppel. Hinter diesen Wachen erhebt sich die weiße Marmorfassade der Kirche, gekrönt von der Kuppel der Rotunde, und schluckt die gespenstischen blauen Schatten der Pilger, die im Licht der Fackeln wandeln. Erst im vergangenen Jahr haben die Sarazenen damit begonnen, die Pilger während der Nacht einzuschließen. Es ist eine nicht geringe Mühsal, den ganzen Tag in der Hitze umherzuwandern, um die ganze Nacht im Heiligen Grab zu wachen und dann den nächsten Tag wieder unter der glühenden Sonne zu wallfahren.

Paarweise lassen die Sarazenen uns ein, wobei sie uns mustern, als seien wir Sträflinge. Man sagt, diese ehrwürdigen Wachen seien so in der Physiognomie erfahren, daß sie einen Menschen bloß anblicken müssen, um zu erkennen, wo er im Leben steht, wie er gestimmt ist und was er ersehnt. Ich bin voller Verwirrung und muß erröten, als ich sie passiere – nicht aus Schuldgefühl, sondern weil ich selbst an dieser heiligsten aller christlichen Stätten ihre Macht über uns erdulden muß. Als wir alle gezählt und hineingetrieben sind, schlagen sie die Türen hinter uns zu, wie Wachen es mit Räubern und Frauenschändern tun. Der Schlüssel dreht sich im Schloß und wir sind bis zum Sonnenaufgang eingesperrt.

Welch glückseliges Gefängnis, meine Brüder! Welch entzückende Haft! Nun, da wir die Ungläubigen los sind, eilen wir in der Kirche hin und her und suchen nach den heiligen Stätten, wo immer sie zu finden sind, nur unseren Augen folgend. Die Pilger drängen sich gegenseitig weg, um den Pfeiler zu küssen, an dem Jesus im Haus des Pilatus gegeißelt wurde (††), den Ort, an dem die verruchten römischen Soldaten um seinen Rock würfelten (††), und den, an dem er nach seiner Auferstehung Maria Magdalena erschien (††). Dieses Gebiet befand sich einst außerhalb der Stadtgrenzen, bis Kaiser Hadrian befahl, die Mauern so zu verlegen, daß sie es einschlossen. An dieser Stelle aber ließ er einen Venustempel bauen, nur aus Gehässigkeit den Christen gegenüber. Erst als die Kaiserin Helena einhundertachtzig Jahre später hierher reiste, das wahre Kreuz entdeckte und die Götzenbilder hinauswarf, kam der Kalvarienberg zu seinem Recht und wurde wieder Jesus Christus gewidmet.

Nicht ohne Mühe stellt uns der Vater Guardian in Reih und Glied, sorgt dafür, daß unsere Kerzen brennen, und leitet eine geordnetere Prozession der vor Christi eigentlichem Grab befindlichen heiligen Stätten.

Singend schreiten wir einher und gewinnen an so gut wie jedem Stein der Kirche Ablaß, dieweil wir vor kleinen Altären niederknien, die sich unter dem Gewicht der Kerzen biegen. Wir weinen an dem Stein, den man vom Haus des Pilatus hierher schaffte: es ist der, auf dem Jesus saß, als man ihn mit Dornen krönte. Abwechselnd lassen wir uns auf ihm nieder, um uns selbst in Seinen Schmerz und Seine Demütigung zu versenken (††). Wir umkreisen den steinernen Altar, der den Nabel der Welt bezeichnet, und disputieren fromm, ob dies tatsächlich ihre wahre Mitte sei. Graf Tucher meint, das sei nicht zu bezweifeln, denn man habe ihm erzählt, zur Mittagszeit scheine die Sonne hier so genau auf eines Menschen Kopf, daß sein Körper keinen Schatten werfe. Zudem kann er auf eine steile Treppe verweisen, die zu einer Öffnung in der Kuppel führt, in der des Tages gestattet ist, diese Theorie zu überprüfen. Ich wiederum werde ein ungläubiger Felix geheißen, weil ich den anderen mitteile, der Schattenwurf bestimme in keiner Weise die zentrale Lage eines Ortes. Dionysios berichtet im dritten Buch seiner *Antiquitates* von einer südlichen Insel, auf der des Mittags kein Gegenstand einen Schatten werfe; und gleichermaßen schreibt Peter de Abano, dasselbe geschehe in Athen. Manche glauben, jeder Punkt auf Erden könne die Mitte der Welt sein, denn ihrer Meinung nach sind auf der ganzen Erde Menschen zu finden, mit uns entgegengesetzten Füßen und mit ihrem eigenen Zenit. Nein, erkläre ich Graf Tucher, in diesem Fall kann uns die Wissenschaft nur verwirren, weshalb wir in der Bibel nach der Wahrheit suchen müssen. Ezechiel, der Levitikus und der 76. Psalm bezeichnen alle Jerusalem als den Nabel, und daher muß es auch so sein.

Von der Mitte der Welt steigen wir achtzehn steile Stufen in eine gewölbte, luftige, von Lampen erleuchtete Kapelle, deren Kuppel geschmückt ist mit schwindelerregenden Mosaiken von David und Salomo und von Abraham, der sein Messer an die Kehle des Lammes setzt. *Vexilla regis prodeunt* auf den Lippen sind wir hereingetreten, doch als wir das Bauwerk vor uns sehen, verstummt all unser Psalmodieren, als seien wir unheimliche Vögel, die spüren, wie ein Sturm herannaht.

Erwachet nun, ihr Herren und ihr Pilgerbrüder, werft eure Sorgen fort, trocknet eure Tränen und laßt ab vom Klagen, denn durch eine mühevolle Fastenzeit sind wir zu einem glückseligen Ostertag gelangt! Singt Halleluja, mein sorgenvoller Abt! Laßt euer Fasten, meine Brüder alle! Nach all Seinen Foltern und Qualen, nach Seinem Essigschwamm, nach Seiner elenden Kreuzigung, nach Seinem schmerzvollen Begräbnis, nach Seinem Abstieg in die Hölle, wo er den Fürsten der Finsternis besiegte und all die auserwählten Patriarchen freiließ, hat Jesus Christus sich in vollem Glanze triumphierend aus diesem dunklen Grab erhoben. Hier war es, daß der Phönix aus der Asche stieg, hier entstieg Jona unversehrt dem Bauch des Wals. Und aus dunklen Wolken brach die Sonne hervor, der Hirsch trieb neue Stangen, grün brach der Frühling durch den Schnee, Josef trat aus dem Gefängnis und herrschte in Ägypten, und mehr: Denn unsere mühevolle Pilgerfahrt, unsere beschwerliche Wanderung, sie kommt nun zur Ruhe und sie endet hier. So kommt denn, Brüder und Pilger, fühlt mit euren Händen, seht mit euren Augen und berührt mit euren Lippen den Ort, an dem Christus lag; und empfangt an diesem Felsen vollkommenen und unbeschränkten Ablaß für eure jämmerlichen Sünden (††).

Wie ein Mann sinken wir vor Christi Grabstätte auf die Knie und küssen den Boden. Auf dem Bauch kriechen wir wie die niedrigsten Schlangen zum Aediculum, welches die Kapelle ist, die sich über dem behauenen Steingrab erhebt. Zu viert läßt uns der Vater Guardian in diese süßeste aller Höhlen gleiten. Meine Augen tränen so sehr von dem Rauch und Ölgestank neunzehn brennender Lampen und hundert heller Kerzen wie aus Frömmigkeit. Das gesamte marmorne Innere des Grabes hat dieser Rauch geschwärzt, obgleich das Äußere in glänzendem

Weiß erstrahlt. Unter dem Ruß sind Hunderte sich überlappender Kreuze zu sehen, dazu Initialen und Wappenschilde, denn kein Zoll von Christi Grab ist frei von Einritzungen. Da ich mich darauf vorbereite, all meine Sünden hinter mir zu lassen und mein Leben neu zu beginnen, beichte ich meine Übertretungen dergestalt vor unserem Erlöser:

Ich bekenne, ich habe eine Frau vor Dich gesetzt, o Herr, eine Heilige vor meinen Erlöser.

Ich habe mich mit Häretikern eingelassen.

Ich habe meine Pilgerfahrt mit abwesendem Geist vollzogen.

Ich, Felix Fabri, habe die Macht über Leben und Tod usurpiert, indem ich einen Kaufmann einbalsamierte und kundtat, dieser sei am Leben.

Ich, Felix Fabri, habe die Macht über Leben und Tod usurpiert, indem ich die Augen vor einem Mord verschloß und kundtat, Arsinoe sei gestorben.

Ich habe mit mehr Sehnsucht an den Sinai gedacht als an Jerusalem.

Ich habe mehr Gefallen an den Viten Heiliger gefunden und an Berichten über Pilgerfahrten als an der Heiligen Schrift.

Ich habe von meinem Abt, dem ehrwürdigen Ludwig Fuchs, die Erlaubnis zu dieser Wallfahrt erschwindelt, indem ich mich zuerst an den Papst wandte, auf daß mein Prior es unmöglich finden werde, nein zu sagen.

Ich habe die Launen des Himmels persönlich genommen.

Trotz meines tiefen Schamgefühls, trotz des Verrats und der Tode der vergangenen Wochen kann ich den Wunsch nicht von mir werfen, daß alles so sein möge wie zuvor, daß ich die heilige Katharina wieder als jene Gattin besitzen möge, die ich in diesen zwanzig Jahren liebte.

All diese Sünden und noch mehr lege ich Christus zu Füßen. Gesegnet sei mein Erlöser, der sie von meinen Schultern nimmt und mir zum zweiten Mal das Leben schenkt. Wie dringend bedarf ich Seines Trostes!

Der Ritterschlag findet kurz vor Mitternacht statt, und zwar in eben dieser Kammer. Ursus bekleidet den dritthöchsten Rang unter den Pilgern, doch wegen des beschränkten Raumes muß er draußen in der Engelskapelle auf die ersten beiden warten und kann nicht sehen, was von ihm erwartet wird. Als er an der Reihe ist, zwängen Johann, Konrad und ich uns mit den beiden Tucher ins Grab, uns duckend, um an der lampenbestückten Decke nicht Feuer zu fangen. Stark schwitzend glättet Graf Tucher das feuchte blonde Haar seines Sohnes. Ursus, der liebe tapfere Junge, sieht aus, als wolle er sich erbrechen.

Der Vater Guardian spricht, laut ertönt seine Stimme in der kleinen Kammer.

»Schwörst du« – er konsultiert ein Schriftstück mit den Namen aller, die die Ritterwürde wünschen –, »Ursus Tucher aus Schwaben, die heilige katholische Kirche zu beschützen mit ihrem Papst und ihren Bischöfen, ihren Mönchen, Nonnen, Witwen und Waisen? Schwörst du, in deinem Heimatland keine Verträge mit den Ungläubigen abzuschließen, fortwährend für ein christliches Palästina zu kämpfen und deine Fürsten beständig zu bedrängen, zu seiner Hilfe zu eilen?«

»Ich schwöre.«

»So hebe dein Bein, Ursus« – wieder konsultiert er sein Dokument – »Tucher aus Schwaben, um die Sporen des Gottfried von Bouillon zu empfangen, des ersten Kreuzfahrers, der Jerusalem befreite.«

Feierlich stellt Ursus erst den einen und dann den andern seiner übergroßen Stiefel auf die Platte über Christi Grab, so daß der Vater Guardian ihm Gottfrieds goldene Sporen um die Knöchel binden kann. Dann hebt er die Arme, und der Franziskaner gürtet seine Lenden mit dem goldenen Schwert des Kreuzritters. Welch ein kühner Krieger wird er werden, Brüder, dieser Knabe, der vor meinen Augen zum Manne wird. Kaum kann ich die Tränen zurückhalten.

»Knie nieder und umfasse das Grab.«

Ursus legt die Arme auf das Grab und drückt demütig seine weiche Wange an den rußigen Marmor.

»So schlage ich dich, Ursus Tucher aus Schwaben, zum Ritter. Im Namen des Vaters, des Sohnes und des Heiligen Geistes.« Der Vater Guardian hat Gottfrieds Schwert entblößt und schlägt dem Knaben dreimal auf die Schulter und aufs Haupt. Dann zieht er ihn hoch und küßt ihn auf beide Wangen.

»Es möge dir zum Besten dienen.«

Es gibt viele Gründe, warum die Ritterwürde des Heiligen Grabes bedeutender ist als jede andere Ritterwürde auf der Welt, und während Ursus sich seiner goldenen Sporen und seines Schwertes entledigt, will ich sie mit euch teilen, Brüder:

Zum ersten ist eine Ritterwürde des Heiligen Grabes gesegneter als jede andere, weil der Ritterschlag nur hier erteilt wird, am heiligsten Ort der Erde, dem Ort, an dem Christus von den Toten auferstand. Zum zweiten ist sie reiner als jede andere, weil vor ihrer Verleihung kein Blut fließt; hingegen erringen die meisten Männer ihre Ritterwürde, indem sie das Blut ihrer christlichen Nächsten vergießen, also durch eine Tat, die Gott ein Greuel ist. Zum dritten ist sie edler, da sie von unserem ehrwürdigen Vater Guardian verliehen wird und nicht von einem minderen Fürsten auf einem mit Gliedmaßen übersäten Feld. Zum vierten ist sie gefährlicher, denn es ist keine große Leistung, zu Pferde in eine Schlacht zu reiten, die fünf Meilen vor der eigenen Haustür geschlagen wird, während es großen Mut erfordert, übers Meer zu segeln und den Ungläubigen zu trotzen. Zum fünften ist sie angesehener, denn es geschieht recht häufig, daß die, welche an dem einen Ort den Ritterschlag erhielten, von jenen, welchen dieser andernorts zuteil wurde, nicht anerkannt werden. Man lacht dann über sie und nennt sie Rittermemmen und Ritterweiber, während die Ritter des Heiligen Grabes von allen anerkannt werden. Zum sechsten und letzten sind diese weiser als die Ritter jeden anderen Ursprungs, und zwar aus diesem Grunde: Wer sich gen Jerusalem aufmacht, erfährt mehr von der Welt, von ehrlichen Menschen und von Lügnern, von Gläubigen und Ungläubigen. Noch bedeutsamer ist, daß er sich selbst kennen und wahrhaftig einschätzen lernt, denn auf einer Pilgerfahrt bleibt kein Charakterzug verborgen. Nur wenig Dinge gibt es auf der Welt, die mich stolzer machen würden als diese Handlung, bei der ein mir anvertrauter Sohn die heilige Ritterwürde empfängt. Graf Tucher neben mir preßt die Lippen zusammen, um nicht zu weinen; er denkt wohl an die unausweichliche Trennung, die dieser Ritterschlag vorwegnimmt.

Der junge Ritter Ursus gesellt sich zu uns, strahlend und zitternd zugleich, schwarz wie ein Mohr von all dem Ruß. Ich spucke auf mein Gewand und säubere seine Wangen.

»Habt Ihr mich gesehen, Pater? Es war nicht leicht, mein Bein aufs Grab zu bekommen, und dann bin ich fast hingefallen. Ich habe so gebetet, daß ich uns keine Schande mache! Und ich hab's geschafft! Ich bin nicht hingefallen!«

»Du warst sehr tapfer, Ursus.« Ich scheuche ihn die Stufen hinauf. Wir müssen die Kapelle sofort verlassen, da die Edlen Nummer vier, fünf, sechs und sieben auf ihren Ritterschlag warten. Draußen atmen wir alle tief die reine Luft ein. Die Lampen in der Kuppel hängen ungefährlich hoch über unseren Köpfen.

Es ist spät, und wir haben Rama lange vor der Morgendämmerung verlassen. Während sich unser frischgebackener Ritter, geschmiegt an seinen melancholischen Vater, zum Schlafen niederlegt und während Johann und Konrad schweigend ein Stück Käse teilen, gehe ich rastlos in der Kirche umher. So müde ich bin, es ist noch so viel mehr zu sehen. Ich lasse meine Gefährten zurück und wende mich der einsameren unterirdischen Kapelle zu, die nach der Auffindung des Kreuzes benannt ist.

Kaum ist sie im Schatten zu erkennen, die niedrige Tür, die nach draußen zu führen scheint, die aber Zugang ist zu dreißig schmalen, in den Stein gehauenen Stufen. Ich taste mich mit der linken Hand an der Wand entlang, dränge die Dunkelheit mit dem Licht meiner dünnen Kerze zurück. Wäre ich mir nicht der Wunder bewußt, die sich in dieser tiefen Höhle ereigneten, würde ich mich wohl wie Orpheus fühlen, der auf seinem Weg zur Hölle auf Schlangen und dreiköpfige Hunde lauscht. Doch dies ist die Kluft, in der die heilige Helena das wahre Kreuz entdeckte, dessen Splitter in fast jede größere Kirche der Welt getragen wurden. Hier grub sie sich mit Judas Quirinus durch den Schutt zweier Jahrhunderte, warf Schicht um Schicht verdorbener Nahrung, dazu Glas, Töpferware und Gebein beiseite. Sie wühlte sich durch die Perlen und das gehämmerte Gold von Byzanz, die ebenmäßigen Pflastersteine Roms, die Phylakterien und die versengten Schriftrollen des jüdischen Israel. Diese Kaiserin wühlte sich durch den Abfall und entdeckte Christi Essigschwamm, Seine Dornenkrone, Seine Nägel und das Schild, das Seinen Namen trug. Und sie befahl, in ihrer Kapelle zwei Gewölbe aus dem Stein zu hauen und einen Sessel, auf dem sie sitzen und auf die Höhle ihres Triumphes blicken konnte. Hätte sie das Kreuz damals nicht gefunden, so glaube ich, sie hätte wohl bis zur Mitte der Erde gegraben.

Fünf gelöschte Lampen hängen in der zwanzig Fuß breiten Kammer; sie sind dunkel wegen der Armut der Georgier, die sie besitzen, sich das Öl jedoch nicht leisten können. Ich setze mich auf Helenas kalten Steinsessel und blicke in die Krypta unter mir, in der eine Lampe brennt. Der Ort ist voller Schatten, zurückgewichen an die Felswand wie eifersüchtige, ihre armseligen Königreiche verteidigende Tyrannen. Ich bin endlich allein, und so neige ich den Kopf zum Gebet.

Geliebte Katharina, dies ist das letzte Mal, daß dein entlassener Diener Felix Fabri dich anfleht. Soeben war ich Zeuge, wie der Sohn meines Gönners den Ritterschlag empfing, wobei er schwor, die Christenheit, ihre Witwen, Jungfrauen und Kinder vor des Teufels Nachstellungen auf Erden zu schützen. Als ich sah, wie der Vater Guardian die Sporen des Kreuzfahrers um Ursus' dünne Knöchel band, ergriff mich solcher Neid, wie ich ihn kaum je zuvor erfahren hatte. Denn in diesem Augenblick erkannte ich: Wer in der Welt lebt, hat das Recht, für den Himmel zu kämpfen, während jene von uns, die sich aus ihr zurückgezogen haben, bloß Krieg gegen die eigene Ohnmacht führen können. Da ich dich in diesen vergangenen zwanzig Jahren an meiner Seite wußte, da du meinen schwachen Glauben durch dein standhaftes Beispiel stärktest und ein ruhiges Leben mit mir führtest, konnte ich den Weg der Kontemplation wandeln, auch wenn es mich verlangte, von ihm abzuweichen. Jetzt aber scheint es mir, du hättest schon immer insgeheim jene begünstigt, die für des Himmels Sache das Schwert ergreifen, wie Johann es gegen den Türken tat, oder jene, die sich vertraut und derb mit dem Himmel gebärden wie die Frau Arsinoe. Ich habe so lange und so hart darum gekämpft, ein guter Mensch zu werden, doch du erwählst den Kain anstatt des Abels, drückst Gottes heikle Kinder an die Brust und schiebst Seinen pflichtgetreuen Sohn zur Seite. Mein einziges Sehnen war, dich zu verehren, gesegnete Heilige, und nicht ein einziges Mal habe ich daran gedacht, deine Reliquien zu bedrohen oder deine Altäre zu entweihen, wie es manch glaubensschwacher Mensch tut, werden seine Gebete nicht erhört. Ich glaubte, du würdest dich mir offenbaren, wenn du dazu bereit wärst, und daß es falsch sei, dich zu bedrängen. Was meinst du wohl, wie ich mich jetzt fühle, da ich hören muß, daß du jedem beliebigen Ungarn erscheinst, der dich anfleht? Daß du durch jene elende Zunge zu jedem Bauernmädchen sprichst, das dich wegen ihrer Monatsregel befragt? War ich so böse und so unwürdig in all den zwanzig Jahren des Gebets, des Flehens und des Sehnens, daß du dich nicht unzweideutig zeigen konntest? *Wirst du kommen, wenn ich dich rufe?* hast du mich einmal gefragt – doch in einer Nacht, als ich im Halbschlaf war und voller Angst, zu diesem Ort zu kommen. Nun weiß ich nicht, ob du es wirklich warst oder bloß eine feige List meiner selbst, damit ich mich nicht von meinem Plan abwandte.

Wenn du mich nun hören kannst, an diesem Ort, an dem mich Christus von meinen Sünden erlöst hat, so sag mir deinen

Willen. Beginnt dann alles neu, so werde ich das Schwert für dich ergreifen. Mit seinem Stahl und meinem Schweiß will ich, so du es wünschst, die Feinde des Himmels bekämpfen und meine stillen Gebete zur Seite legen. Ich werde dein Geschöpf sein, dem du befehlen kannst, sagst du mir nur, daß die vergangenen zwanzig Jahre meines Lebens keine erbärmliche Lüge waren.

Katharina, gesegnete Katharina, komm jetzt zu mir. Ich kann nicht mehr mit dieser Ungewißheit leben. Hab Erbarmen. Mein Weib. Meine Geliebte. Komm zu deinem unglücklichen Felix.

Die Kammer ist so still, daß ich mein eigenes schweres Atmen hören kann und das leise Klatschen des Wassers, das von den sechs heiligen, schwitzenden Pfeilern tropft, welche die Decke stützen. Nicht einmal dies ist ein Wunder, wie manche Leute es gerne hätten, die sagen, diese Pfeiler weinten ob der Unschuld des gekreuzigten Christus; denn zu Hause haben wir ähnliche Steine, die ob ihrer Kälte die Luft um sich verdichten, so daß aus ihnen Wasser tropft. Die Kammer ist still. Und so unendlich leer.

Doch halt. Da unten bewegt sich etwas. Tief in der düsteren Krypta, aus der das Heilige Kreuz ragte, bewegen sich schmale Schatten wie wogendes Seegras im Lampenlicht. Ich ergreife meine schwache Kerze und steige behutsam die dreizehn Stufen in die enge Kluft hinab, um zu sehen, was sich da bewegt, als es auf ekle Weise deutlich wird.

Knisternder, beißender Rauch. Etwas streift meine Wange, als schwirrten Fliegen durch den Raum. Ich fahre herum und höre das Echo meines Atems, der sich an den Höhlenwänden bricht.

Versengtes Haar. Es glimmt.

Sprießt brennend aus den Wänden.

Meine Kerze streift die Strähnen, läßt sie zum Fels zurückweichen, vergehende rote Glut, die erlischt, kaum daß sie sich entzündet hat. Ich ziehe die Kerze zurück, voll Ekel wegen des Geruchs. Die Wände sind mit Haaren bedeckt. Schwarze, in die Spalten der Höhle gestopfte Knäuel, rote grobe Haufen, auf dem Boden ausgebreitet. Ich weiche zur hinteren Wand zurück, wo ein tiefes Loch die Auffindung des Kreuzes anzeigt. Es ist gefüllt mit blonden Bärten und braunen Locken, mit langen fettigen Flechten nach der Mode der vergangenen Zeit.

»Man bringt es her, um den Kopfschmerz zu heilen.«

Ihre Stimme hallt von dem überhängenden Felsen wider, dringt aus allen vier Richtungen auf mich ein. Ich schwenke die Kerze herum, atme einen Mundvoll fedriger Teilchen ein, die an mir vorbeischweben und sich an meine schweißbedeckten Wangen heften.

»Ob es Christen oder Muselmanen sind, sie schneiden, wenn sich ihre Köpfe spalten, ihr Haar ab, um es hier zu opfern. Soviel ich weiß, haben schon die Ägypter dies getan.«

Als erstes sehe ich ihre Tonsur, unter den Überhang aus Fels geduckt; sie fängt das Licht ein wie eine matte Elfenbeinschüssel. Zu meinem Schrecken bedecken die schwarzweißen Gewänder eines Dominikanermönchs ihren mageren Frauenleib.

»Das da drüben sind meine. Ich hatte zwar keinen Schnurrbart, aber ich habe gedacht, ich könnte die Segnung brauchen.«

Ich ergreife den Kranz kurzer brauner Locken, auf den sie zeigt, und lasse ihn durch meine Finger gleiten. Dies ist die Antwort auf mein Gebet. Es ist vorbei. Ich habe keine Hoffnung mehr.

»Wo habt Ihr das Habit her?« frage ich tonlos.

»Von einem Mönch, den ich traf, und der nicht mehr nach Hause wollte.« Arsinoe sieht sich unruhig um. »Laßt uns nach oben gehen, um zu reden. Ich bin ganz steif vom Kauern unter diesem Felsen.«

Meine Kerze ist ausgegangen, so daß ich ihr blind die Stufen hinauf zu Helenas behauener Schlafkammer folge. Eine Felsplatte, die einst ein Federbett getragen haben mag, böte genügend Platz, so daß wir beide darauf sitzen könnten; doch kann ich ihre Nähe nicht ertragen. Ruhelos schreite ich in dem kleinen Raum umher.

»Ich weiß, Ihr seid verärgert, Felix«, sagt sie. »Aber ich habe mich einer Karawane angeschlossen, die morgen abend zum Sinai aufbricht. Womöglich sucht der Calinus nach Konstantin, und ich konnte ja nicht gut als ich selbst reisen …«

»Ein Dominikaner. Das ist mein Orden.«

»Ich weiß.«

»Ihr geht in meinen Kleidern zum Sinai.«

»Bitte, Felix. Ich habe die ganze Nacht darauf gewartet, mit Euch zu sprechen.«

Sie wußte, daß ich hierher kommen würde. Ich aber habe es selbst nicht gewußt, bis meine Füße diese Stufen berührten. Wie kommt es, daß sie glaubt, mich so gut zu kennen?

»Vielleicht hättet Ihr bei uns bleiben können, statt Emelia Priuli umzubringen«, fahre ich sie an. »Wie konntet Ihr nur eine unschuldige Frau ermorden?«

»Ich habe Emelia nicht umgebracht«, schreit die Zunge auf. »Glaubt Johann denn, ich hätte das getan?«

»Jedermann glaubt es.«

Arsinoe erhebt sich und strebt bange zur hinteren Wand von Helenas Kammer, wo ein kleines muschelförmiges Becken einst im Zeitalter der Wunder das ständig tropfende heilige Wasser auffing.

»Kommt her und hört, Felix. Es heißt, man brauche bloß das Ohr an diese Muschel legen, um die Seelen im Fegefeuer zu hören.«

Ich stelle mich zu ihr und lege mein Ohr an die Muschel. Ich höre leises Stöhnen und das Knarren uralter Wasserräder, ich höre das laute Schwirren Tausender durch Gewitterwolken fliegender Pfeile. Vermutlich ist es das Geräusch der über uns umhergehenden Pilger, was ich jedoch nicht sage.

»Die arme Emelia«, seufzt Arsinoe. »Sie war alles, was ich nicht bin. Sie zog Liebe auf sich, indem sie einfach da war.«

»Lüsternheit war es, gute Frau«, erinnere ich sie, »was etwas ganz anderes ist.«

»Tatsächlich?« fragt sie. »Für mich ist es schwer, etwas zu lieben, auf das ich nicht auch lüstern bin.«

»So seid Ihr lüstern auf das Leben anderer Menschen?« frage ich wütend. »Ihr scheint es zu lieben, sie zu usurpieren.«

»Ich habe Emelia Priuli nicht umgebracht«, beharrt sie.

»Doch seid Ihr genau in dem Augenblick verschwunden, als sie in Flammen aufging!« brülle ich.

»Ich habe sie nicht getötet!«

»Wer war es dann?« will ich wissen.

»Mein Bruder!« Die Zunge stößt sich vom Fegefeuer ab und blickt mich an, als sei sie ein Zerrspiegel meiner selbst. Sie ist so groß wie ich und sie trägt meine Kleider. Sie wird mich packen, wenn ich es denn geschehen lasse.

»Als unsere Wache ihn hereinließ, wußte ich, daß meine Stunde geschlagen hatte«, sagt sie leise, indes ihre Hände unwillkürlich zu ihrer frischen Tonsur wandern. »Vor jedem Pilger hat er seine schwache Laterne gehoben, als suche er nach jemanden. Als er zu mir kam, spürte ich seinen Blick auf meinem kurzen Haar, meinem Kaufmannsgewand, meinen Frauenbeinen. Die Augen bis auf einen Spalt geschlossen, sah ich ihn zögern, sah, wie sein Blick umherschweifte, wie er wieder auf mich fiel, auf den Sohn Eures Gönners, auf Emelia Priuli. Sie schlief auf dem Bauch, das Gesicht in den Armen geborgen, den Rock bis über Ursus ausgebreitet, im Schlaf besitzergreifend wie bei Tage.

Er schlich auf sie zu, auf diese einzige Frau in unserer Höhle. Ich sah, wie er sich niederbeugte, seine Hand auf ihren Rücken legte und ihr etwas ins Ohr flüsterte. Sie rührte sich nicht, und nach einer kurzen Weile ging er weiter, vollendete seinen Rundgang durch die Höhle und schlüpfte so leise hinaus, wie er hereingekommen war.

Dann rochen wir den Rauch und ich nutzte die Gelegenheit zur Flucht. Denn nur ich wußte, daß er sich geirrt hatte.«

Hier ist kein Johann, um sie zu beschützen oder Entschuldigungen zu erfinden. Hier zeigt sie sich endlich als die Betrügerin, die sie ist.

»Ich war bei Eurem Bruder, Ihr Lügnerin, gerade als Emelia Feuer fing«, sage ich ihr ins Gesicht. »Und Euer Bruder schlief auf Contarinis Schiff.«

»Mein Bruder hätte mich wohl kaum verwechselt«, erwidert Arsinoe verächtlich. »Er hat den Mann geschickt, der mich auf Rhodos entführte.«

»Und warum wünscht Euer Bruder Euren Tod?« schnauze ich sie an.

Sie schüttelt kläglich den Kopf.

»Ich weiß es nicht. Ich hätte nicht gedacht, daß er so wütend würde, wenn ich die Gebeine an mich nehme.«

Schon wieder dieses Hirngespinst! Ich kann es nicht mehr ertragen.

»Es gibt gar keine Gebeine.« Ich packe Arsinoe an den Schultern, und meine Hände brennen von ihrer Hitze. »Das ist bloß eine Ausgeburt Eures Wahnsinns. Die Gebeine, die Konstantin brachte, waren Kuhknochen. Euer Bruder hat sie im Hinterhof verscharrt.«

Sie schaut mich voller Mitleid an.

»Würde mein Bruder mich um die halbe Welt verfolgen, wenn es tatsächlich Kuhknochen wären, Pater?«

Ich stoße sie von mir weg. Ja, meine Hände brennen wirklich.

»Zuerst hat jener Mann mich aus der Kirche auf Rhodos entführt«, fährt sie fort, »und dann, als ich gefangen war, kam er auf unser Schiff und hat Katharina aus meiner Kabine gestohlen. Aber er hat mich unterschätzt, so daß ich ihm entkam.«

»Und was liegt Eurem Bruder überhaupt am Leib der heiligen Katharina?« werfe ich ein. »Er ist ein Gelehrter.«

»Nicos hat die Reliquien gefordert und sie kamen. Katharina will eine neue Haut, hat er den Leuten gesagt. Ach Gott, ich weiß es noch so gut, wie es an jenem furchtbaren Tag zum ersten Mal geschah. Wie einen Apfel hat Konstantin mir den Knochen hingestreckt. Er sagte mir, ich hätte ihm im Zustand der Entrückung befohlen, ihn herbeizuschaffen. Es war eine Rippe, und sie war echt; sofort erkannte ich ihren bernsteinfarbenen Rauchgeschmack. Kaum einen Monat später kam jemand anders, diesmal ohne zu sagen, woher er die Reliquie hatte.«

Arsinoe zieht ihr Dominikanerhabit um sich zusammen und blickt zur Seite.

»Katharina hat nach Ikonen verlangt«, sagt sie traurig. »Ihr habt sie gesehen, Felix. Es war, als brauchte sie eine beständige Erinnerung daran, wie sie gelebt hatte in ihrem Fleische. Ich entsinne mich ihres Verlangens nach diesen Bildern, und ich weiß noch, wie sie den Leuten durch mich befahl, sie ihr zu bringen. Doch als Konstantin mir sagte, ich hätte ihm befohlen, einen Knochen zu bringen, habe ich mich dessen nicht erinnern können. Es war das erste Mal, daß Katharina mich ohne mein Wissen benutzt hatte, das erste Mal, daß ich wahrhaft bloß eine Zunge war.«

»Wenn das, was Ihr da sagt, nur im Entferntesten wahr ist«, entgegne ich, um ihr nicht einmal einen Fingerbreit zu lassen, »was will er denn bloß mit ihr tun? Sie verkaufen?«

»Er ist ein Übersetzer, Pater.« Sie lehnt sich an die Wand mir gegenüber. »Er entführt Sprachen und hält sie gefangen. Mein Bruder kann es nicht ertragen, daß der Himmel nicht unmittelbar zu ihm spricht. Er will es erzwingen.«

Ich will nichts mehr mit diesen Menschen zu schaffen haben. Ich bin von allen meinen Sünden erlöst. Mein Herz ist rein. Ich werfe die Hände in die Luft und gehe auf die Treppe zu.

»Ihr habt es mir doch einmal geglaubt«, fleht sie. »In jener Nacht des Sturmes, als ich entdeckte, daß sie fort war, da glaubtet Ihr, daß ihre Reliquien in meinem Koffer waren. Ihr habt die Myrrhe gerochen. Ihr, Felix, habt uns auch das Leben gerettet in der Nacht, in der ich voll Verzweiflung dachte, wir könnten es ohne ihn nicht schaffen, und uns deshalb ertränken wollte. Weshalb habt Ihr den Glauben denn so plötzlich verloren?«

»Mein Glaube ist dahin«, rufe ich aus und versuche, meine Stimme zu bändigen, »weil es mich nicht mehr kümmert. Ihr habt alles zerstört, was Katharina und mich verband, wenn es da überhaupt je etwas gab. Ihr habt mich an meinem ganzen Leben zweifeln lassen.«

An ihrem Gesichtsausdruck sehe ich, daß sie kein einziges Mal darüber nachgedacht hat, welchen Tribut ihre Possenspiele von meinem Glauben forderten. In ihren Gewändern und mit ihrer Tonsur sieht sie genau wie ein besorgter, reuiger Pater Felix aus. Nicht einmal meine Schmach gehört mir mehr allein.

»Glaubt Ihr das wirklich?« fragt sie bestürzt.

»Ja«, kommt mein Flüstern.

»Ich will nicht, daß Ihr zweifelt«, sagt Arsinoe und greift in ihre Tasche. Sanft legt sie mir das Buch in die Hände, das ich in jener Nacht des Sturmes in ihrem Koffer liegen sah. *Wunder des Orients* heißt es und ist eine Sammlung von Kuriositäten von den Enden der Welt. Die Seiten sind zusammengeklebt und mit dem Messer ausgehöhlt, um ein verborgenes Kästchen jener Art zu schaffen, wie es Schmuggler und exaltierte Hofdamen benutzen.

»Die Karawanen zum Sinai brechen nur einmal in jeder Woche auf. Der Name meines Bruders ist auf der Liste jenes Zugs, der morgen loszieht. Wenn ich einen Vorsprung gewinne, kann ich sie retten – doch diesen Vorsprung muß ich haben. Es ist Eure Entscheidung: Wollt Ihr meinen Bruder für mich aufhalten, Felix? Wollt Ihr dafür sorgen, daß er die Karawane morgen nacht verpaßt?«

Ich blättere um und bin plötzlich wieder in Ulm, an einem regnerischen Sommerabend vor acht Jahren. Unser Abt hatte befohlen, den Schatzmeister unseres Klosters wieder auszugraben, weil er, wie wir herausbekommen hatten, daran gestorben war, daß er Almosen verschluckt hatte. Sein Fleisch war so weich und verwest, daß unser Abt durch seine Brust fassen und jene dreißig Münzen herausholen konnte. Ich aber sah nur seinen Mund – seine madigen Lippen, seine moosigen Zähne, sein glitschiges rosenfarbenes Zahnfleisch.

In jenem ausgehöhlten Buch der Wunder liegt ein kleiner Lederflicken, nicht größer als mein großer Zeh.

Eine menschliche Zunge.

Mit tränenüberströmten Augen blicke ich auf, doch die Frau Arsinoe ist fort. Unter der Zunge hat sie einen Zettel hinterlassen, auf dem nichts steht als ein einziger einfacher Satz.

›Wirst du kommen, mein Gatte, wenn ich dich rufe?‹

Beichte

Vergib mir, herr, denn ich habe gesündigt. Sechs Stunden erst sind seit meiner letzten Beichte vergangen. Ich bin im Besitz einer gestohlenen Reliquie, der Zunge Deiner Tochter, der heiligen Katharina von Alexandria, und ich weiß nicht, was ich tun soll.

Ich weiß nicht, ob dies eine Verhöhnung ist oder ein Wunder, o Herr. Die Frau, die mir diese Zunge übergab, führt sich auf wie eine Irre; sie besitzt kein eigenes Selbst, weshalb sie die Leiber und die Seelen anderer Menschen in bewegliche Lettern verwandelt und die Vorstellung von Leben und Tod verwirrt. Sie spricht mit der Stimme der heiligen Katharina, und nun geht sie in den Gewändern von Pater Felix umher. In der kurzen Zeit, die wir uns kennen, ist sie schon zweimal gestorben.

Und doch.

Der einzige Teil Katharinas, den ich in Sicherheit wußte, den ich mit eigenen Augen unberührt in seinem Schrein liegen sah, hat diese Frau mir soeben überreicht. Als Faustpfand ihres guten Glaubens hat sie ihn benutzt, wie man eine Ziege oder einen silbernen Kerzenleuchter opfert. Sie verlangt von mir, ich solle glauben, doch alles in mir empört sich, Herr! Der heilige Paulus sagt uns über Deine Wunder: ›Und was schwach ist vor der Welt, das hat Gott erwählt, daß er zu Schanden mache, was stark ist; und das Unedle vor der Welt und das Verachtete hat Gott erwählt und das nichts ist, daß er zunichte mache, was etwas ist.‹ Ich muß an die Worte des Apostels denken, während ich dieses dünne, verdorrte Stückchen eines Mädchenleibes in meinen Händen halte. Gibt es wohl etwas Schwächeres als den Schnipsel eines losgelösten Muskels? Verdient irgend etwas mehr Verachtung als ein Mensch, der nicht nur tot ist, sondern auch zerteilt ist? Nun, da es mich verlangt, mich von der heiligen Katharina und der sie umgebenden Verschwörung zu entfernen, hast Du, o Herr, diese zarte Zunge gewählt, um meinen Widerstand zu vernichten.

Wie es mir scheint, kann ich zwei Dinge tun. Ich kann diese Reliquie entweder in die vertrauenswürdigen Hände des Vater Guardian legen, der dafür sorgen wird, daß sie sicher nach Zypern zurückkehrt, oder ich kann sie als Faustpfand für den Glauben der heiligen Katharina an meine Fähigkeiten begreifen und tun, worum Arsinoe bat: ihren Bruder vom Sinai fernhalten.

Doch welcher ist der richtige Weg, o Herr? Noch nie in meinem Leben bin ich so unsicher gewesen. Der eine Weg führt zur Sicherheit und dazu, daß ich auf ewig Katharinas Vertrauen verliere, falls Arsinoe tatsächlich ihren Willen kundtut. Der andere Weg führt zu weiteren Lügen und Ausflüchten, zu Ruhm und vielleicht auch zur Hölle. Ich stehe zwischen der Zunge und dem einsamen Gelehrten, zwischen Glauben und Vernunft, und bin zu schwach, um meine eigene Rettung zu erwählen.

Gewähre mir, o Herr, nur eine flüchtige Offenbarung, wie Du es getan hast, als Dein geliebter Sohn, der heilige Augustinus, mit seinem Schicksal kämpfte. In seiner tiefsten Verzweiflung hörte er eine Kinderstimme im Nachbarhaus, die sang: ›Nimm und lies, nimm und lies.‹ Da ergriff er die Bibel in seinem Schoß und stieß auf die Verse: ›Nicht durch lärmende Festlichkeit und Trunkenheit, nicht durch Fleischeslust und

Lüsternheit‹ usw. Durch sie erkannte er Deinen Willen. Ich habe nur eine Sammlung der Schriften des heiligen Hieronymus bei mir, o Herr, die sein *Über Lagen und Namen biblischer Orte* enthält und einige seiner Briefe. Dieses, mein einziges Buch, öffne ich nun, o Herr, lege meinen Finger auf die Seite und bete mit tiefster Demut, Du mögest mir ein Zeichen senden wie dem heiligen Augustinus.

Ich lese die Worte, Herr:

›Meidet Männer, die ihr mit Zöpfen seht; denn entgegen des Apostels Ermahnung tragen sie ihr Haar wie das der Frauen.‹

Ist dies Deine Offenbarung, Herr? Aber Niccolos Haar ist ebenso kurz wie das Arsinoes. Ich werde diese Worte für eine falsche Botschaft halten und es noch einmal versuchen.

Wieder lege ich meinen Finger auf die Seite und lese die Worte, die Hieronymus aus der Genesis übersetzte:

›Errette deine Seele, und sieh nicht hinter dich; auch stehe nicht in dieser ganzen Gegend. Auf den Berg rette dich, daß du nicht umkommst.‹

Auf den Berg rette dich.

Sieh nicht hinter dich.

Dein Wille geschehe, Herr.

Im Namen Jesu, Amen.

Das Viertel

ICH GEHE DIE Davidstraße entlang, darauf bedacht, den Rinnen auszuweichen voller Kot, vom Metzger weggeworfene Eingeweide, aus den Fenstern geschüttete Nachttöpfe, ja jede Art Blut und Flüssigkeiten. Im Winter reinigt der Regen die Gassen, wie Herkules es mit den Ställen des Augias tat, doch wenn es so heiß ist wie heute, wirft die Brühe in diesen Rinnen Blasen und trocknet ein, wobei sich im tieferen Teil der Stadt pestilenzialische Pfützen bilden.

Ich richte mich nach der Sonne, um festzustellen, ob ich noch immer nach Süden gehe, weg vom Heiligen Grab und vom Johanneshospital, in Richtung des armenischen und des jüdischen Viertels. Ser Niccolo hat mir erzählt, er werde im Al-Rischah genannten Teil des Judenviertels wohnen, doch als die Hütten immer verfallener werden und die Menschen immer verkommener, frage ich mich, ob ich ihn recht verstanden habe. Auf Befehl des Sultans müssen die Christen in Jerusalem blaue Turbane tragen, die Juden hingegen gelbe, ähnlich den gelben Flicken, die sie bei uns daheim haben. Um die Juden zusätzlich zu schänden, hat dieser Sultan inmitten ihres Viertels ein Schlachthaus bauen lassen. Es steht gegenüber einer ihrer Synagogen, auf daß sie beim Gebet den Gestank des Todes riechen mögen. Das ganze Viertel stinkt nach Blut und zerfetzten Eingeweiden.

In der Morgendämmerung haben die Sarazenen uns geweckt. Sie schlugen an die Türen des Heiligen Grabes und rissen sie fast aus ihren Angeln, als wir nicht rasch genug hinausgingen. Fieberhaft rannten die Pilger umher, um die heiligen Stätten zu küssen, als würden sie dieselben niemals wiedersehen, obgleich wir doch schon heute abend zu einer zweiten Nachtwache zurückkehren. Da kamen die Sarazenen mit Stecken herein und trieben uns wie Vieh aus dem Grab. Ich sah Arsinoe nicht mehr und nahm an, sie sei im Tumult entwichen. Je mehr ich ihre wirren Theorien bedachte, Brüder, desto mehr schauderhaften Sinn ergaben sie. Ich erinnerte mich an das seltsame Verhalten des Übersetzers in der Johannisnacht, daran, wie der Mameluck an der Damenkajüte auftauchte und wie die beiden plötzlich verschwanden. Ist Ser Niccolo mit der Absicht auf Landos Schiff gekommen, die heilige Katharina aus Arsinoes Kiste zu entwenden? Hat er mich mit seinem Gerede über Übersetzungen und seine Lektion im Klatschen abgelenkt, während der nächtlich diebische Mameluck den braunen Sack ergriff, den Arsinoe um den Hals getragen hatte? Es gibt nur einen Weg, um das herauszufinden. Heute werde ich für immer und ewig das Geheimnis von Sankt Katharinas Leib erfahren. Falls dieser Leib überhaupt existiert.

Ich ducke mich unter den niedrigen Bögen hindurch, muß mich an die Wand drücken, um andere vorbeizulassen, kann in die kleinen Läden blicken. Uralte Männer mit aufgerollten Samtärmeln ziehen gerade Linien über Pergamente. Sie tunken ihre Pinsel in juwelenbesetzte Fäßchen und malen die Buchstaben YHWH, bis ihr seelenloser, jedes Vokals entbehrender Name für den großen Jehova eine Seite füllt. Dies ist das Viertel Al-Rischah, bekannt für seine Pinsel und Federkiele, ein Viertel altersloser Schreiber, Buchmaler und Gelehrter. In ihren Läden laufen frei die Hunde umher, lecken mit ihren rosenfarbenen Zungen Gold vom Boden. Erst als ich so viele Hunde an einem Ort sehe, fällt mir auf, daß mich ihre Abwesenheit gestört hat. Ein paar Straßen westlich, im muselmanischen Viertel, prügelt man, so habe ich erfahren, die Hunde tot, weil die Jünger des Urhunds Mahomet sie für unrein halten. Einer mit buschigem Schwanz trottet an mir vorbei, einen Eselshuf im Maul. Ich folge ihm drei Treppen hinunter, bevor mir einfällt, daß ich nicht grundlos hier bin, und mich zur Via David zurückwende.

Ich habe keine Ahnung, wo genau Ser Niccolo in dieser Straße wohnt, doch hoffe ich, ihn durch Zufall zu treffen oder jemanden, der ihn gesehen hat. Ich versuche, mir vorzustellen, welche Art von Freunden er in dieser ungesunden Gegend haben könnte, gleich weit entfernt vom Schlachthaus und von dem Ort, an dem die Aussätzigen hausen. Ich wage es nicht, mich in die Nähe dieser milchig feuchten Gebiete zu begeben, in denen die neidvollsten und lüsternsten Kreaturen dieser Welt weilen. Wir haben schon in Ulm das Gerücht vernommen, die Aussätzigen seien die Helfershelfer der Juden, die wiederum dem Sultan von Ägypten ergeben seien. Zusammen planten sie den Untergang der Christenheit, indem sie vorerst unsere Brunnen vergiften und dann einmarschieren wollten. Diese Gerüchte habe ich nicht beachtet, besonders weil Menschen von niederstem Charakter sie verbreiteten, die nirgendwo in der Stadt eine anständige Beschäftigung finden konnten. Jetzt, gefangen in einem Dreieck aus Aussätzigen, Juden und Ungläubigen, erschauere ich und ziehe meine Kleider eng um mich zusammen. Ein jeder sieht hier verdächtig aus. Gelbe Turbane stecken zusammen, Bärte wackeln; in jedem Laden und jedem Teehaus, an dem ich vorbeikomme, schmiedet man Komplotte. Die Schneider flüstern mit den Schuhmachern, die Baumwollkämmer werfen mit ihren Bogen weiße Wolken in die Luft als Zeichen für die Metzger. Dieser Mönch bespitzelt uns. Bewahrt euer Schweigen, Landsleute, ein Schweigen wie der Grund eines schwarzen und eisigen Brunnens. Geht nach Hause, meine aussätzigen Freunde, gebt vor, wir hätten uns nie gesehen …

»Christ.« Eine Hand auf meiner Schulter. Erschrocken fahre ich herum.

Ein gelber Turban. Ein Jude.

»Was?«

»Kommt doch in meinen Laden, Freund.«

Sein Latein hat einen so holprigen Akzent, daß ich ihn kaum verstehe.

»Nein. Ich will nicht.«

»Braucht keine Angst zu haben. Ich gieße uns ein Glas Wein ein.«

Buschige schwarze Augenbrauen wölben sich zu seinem gelben Wulst empor, sein Kinnbart grüßt den Himmel. Er packt meinen Ärmel und zieht mich hinter sich her, die Straße hinunter, in einen vollgestopften Laden. Staubige Handschriften liegen auf den Regalen, Statuetten und rote Glaslampen. Er befreit einen Hocker von seinem Papierstapel und bedeutet mir, mich hinzusetzen. Ich weiche zurück und stoße an ein Tablett mit losen Holzsplittern.

»Vom wahren Kreuz«, verkündet der Händler feierlich.

»Ich bin wirklich nicht hier, um mir etwas zu kaufen. Ich suche einen Freund.«

»Und seht nur, diese ... Krokodilköpfe.«

Auf dem Regal zu seiner Linken liegen fünfzehn fürchterliche Echsenköpfe, mit glitzernden Augen, klaffenden Kiefern, rot bemalten Zähnen, als hätten sie soeben Menschenfleisch zerfetzt. Jedenfalls meine ich, sie seien bemalt.

»Nur die besten, aus Krokodopolis, dem Nil.« Er nimmt einen riesigen, dreieckigen Kopf vom Regal und dringt auf mich ein.

»Grah! Grah! Grah!«

»Wirklich – ich muß meinen Freund finden.« Die Krokodilszähne packen meine Nase.

»Ich will dich fressen!«

»Bitte!« Ich dränge mich an ihm vorbei und finde die Tür. Die Katze des Juden kreischt auf, als ich auf ihren Schwanz trete, um hinauszukommen.

»So wartet doch und kommt zurück!« ruft er hinter mir her. »Ich mache Euch einen guten Preis. Hab' viele Dinge für Christen.«

»Pssst, hört einmal.«

Wieder fahre ich herum und stoße fast mit einem anderen gelben Turban zusammen, der im Schatten lauert.

»Ihr wollt Christenzeug? Geht nicht zu ihm. Er wird Euch nur betrügen. Kommt mit zu meinem Bruder.«

»Ich will kein Christenzeug. Ich suche einen griechischen Übersetzer, der in dieser Straße nächtigt.«

»Kommt mit zu meinem Bruder. Da sind Griechen.«

Zwei Frauen, die Körbe tragen, gehen vorbei. Der einen, sehe ich, ist ihr Kopftuch von der Stirn geglitten. Sie ist kahl.

»Kommt.«

Er zieht fest an mir, und der Gang verschluckt uns. Ein weißes Huhn flattert an meine Brust und hüpft flügelschlagend um uns herum, verfolgt von einem jungen, barfüßigen Mädchen. Ich spüre, wie mein Arm aus dem Gelenk gerissen wird.

Der gelbe Turban führt mich einen weiten Halbkreis, bis wir

zur Straße des Judenviertels zurückkommen, ein paar Häuser von dem Ort, an dem er mich ursprünglich geschnappt hat. Gleich neben dem Ladeneingang lehnt ein vertraut aussehender Turbanträger und spielt müßig mit dem Haltestrick seines Esels. Das Tier vor ihm ist für eine Reise bepackt, mit einem Sattel und dahinter einer Kiste. Wo habe ich diesen Mann bloß schon einmal gesehen?

»Geht hinein«, drängt der gelbe Turban und schiebt mich in den dunklen Eingang. »Griechen.«

»Wartet.« Ich reiße mich von dem Händler los und gehe zu dem Wartenden hinüber. Gekleidet in dunkle Pilgergewänder, trägt er einen groben braunen Kittel mit einem Gürtel, schwere schwarze Stiefel und eine dünne weiße Kasel, offenbar mit großer Hast bestickt wegen des verknitterten roten Kreuzes. Er ist glattrasiert und ohne Waffen, doch es gibt keinen Zweifel. Der wartende Pilger ist der Mameluck Abdullah.

»Abdullah?« staune ich.

Als er mich sieht, denkt er im Augenblick an Flucht. Warum nur ist er so gekleidet? Wenn die Sarazenen das bemerken, wird man ihn in den Kerker werfen oder gar töten.

»Peter, bitte«, sagt er und schielt zu dem ungeduldigen Juden hinüber. »Wie geht es Euch, Pilgerbruder?«

»Gut«, erwidere ich. »*Was* seid ihr?«

Der Mameluck legt den Arm um meine Schultern und führt mich weg von der Ladentür. Aus dem offenen Fenster über uns lehnen sich mit großen Augen jüdische Kinder, die Münder verkrustet von Ziegenmilch, die Arme bleich von Staub, um das italienische Wort »Biscotto!« zu rufen. Ich lange in meinen Beutel, um ihnen etwas Brot zu geben, doch Abdullah schlägt ihre gierigen Hände weg.

»Ich bin ein Battal, Pater«, sagt der Mameluck und sieht sich um, ob die Kinder noch lauschen. »Wißt Ihr, was das bedeutet?«

Ich weiß es nicht, was ich auch sage, Brüder.

»Es bedeutet, daß ich die Mamelucken entehrt habe. Man

hat mich einmal zu oft entdeckt, wie ich mich nach Christenart erfreute, weshalb man mich erniedrigt hat. Jetzt soll ich im hintersten Winkel Jerusalems den Rest meiner Tage Allah um Vergebung anflehen.«

Ich habe von diesen Ausgestoßenen gehört, Brüder, obgleich mir das Wort entfallen war. Die Sarazenen halten sie für unrein, weshalb sie kein freies Leben mehr führen dürfen. Manche werden in Käfige gepfercht, um über ihre Sünden nachzudenken, manchen folgen lediglich auf Schritt und Tritt strenge Sarazenenpriester, die sie mit finsteren Blicken in ein frühes Grab treiben.

»Ser Nic wußte um meine Lage, als er mich kennenlernte, und bot mir einen Ausweg an«, sagt mein Gegenüber. »Ich erledige ein paar Sachen für ihn, und er hat mir dafür versprochen, mich nach Hause zu bringen.«

Ich weiß sehr wenig über das Leben der Mamelucken, Brüder, doch weiß ich wohl, daß man es nicht einfach aufgeben kann, wenn es einen reut. Die Sarazenen nehmen ihren Allah äußerst ernst, und ihn zu beleidigen, wie es Abdullahs Neigung zu sein scheint, ist ein todeswürdiges Verbrechen.

»Seid Ihr Euch sicher, Peter?« frage ich. »Habt Ihr auch die Gefahren bedacht?«

»Wißt Ihr, wie es ist, gespalten und in ständigem Kampf mit sich selbst zu leben?« erwidert Abdullah. »Als ich als Peter Ber hierher kam, Gott, wie beneidete ich da die Mamelucken mit ihren schönen Pferden, ihren Teppichen, ihren großen Damaszenersäbeln. Ich kam mit sieben anderen Deutschen an, die alle, einer nach dem andern, an der Ruhr krepierten. Was hielt mich davon ab, zur Welt des Orients überzulaufen, Pater, eines jener herrlichen Schwerter zu ergreifen oder mich auf einem der wunderbar kratzigen Teppiche auszustrecken? Erst als ich Christus abgeschworen hatte und Abdullah, der Sklave Allahs geworden war, wurde alles anders. Da wollte ich bloß noch, was ich nicht mehr bekommen konnte: Schinken und Wein und heiße christliche Jungfern.«

Ich erinnere mich an das, was Elphahallo auf dem Dach zu Rama zu mir sagte: daß er glaube, wahrhaft verdammt auf dieser Welt sei bloß, wer einem ihm nicht vertrauten Glauben angehöre. Und doch steht dieser Mameluck nun vor mir und ist bereit, wieder zu Gottes Herde zu gehören. Das wenigste, was ich tun kann, ist, ihn zu segnen.

»Ihr werdet vieles haben, wofür Ihr büßen müßt.« Ich umarme den neuen Peter Ber. »Doch Ihr habt den richtigen Weg gewählt. Jesus Christus wird dich mit offenen Armen willkommen heißen, du verlorener Sohn.«

»Großartig«, sagt der Mameluck, den Blick abwendend.

»Wo ist Ser Niccolo?« frage ich, indem ich meinen Pilgerbruder loslasse. Es ist Zeit, das zu bekommen, was mich hierher gebracht hat.

»Da drinnen bei diesen Grabräubern«, erwidert Peter gereizt. »Ich habe mir das Zeug eine ganze Stunde angeschaut und werde langsam durstig.«

»Grabräuber?« frage ich.

»Wenn ihr den Laden sehen würdet ...« schnaubt Peter. »Er ist voller Beine und Augen und einbalsamierter Katzen und allem anderen toten Zeug, das man sich nur vorstellen kann.«

Er schweigt. »Jesus«, sagt er dann, sich die Stirn wischend, »es ist wirklich heiß hier draußen.«

Verrat naht immer leichter in diesen Tagen, Brüder. Ich erkenne die Gelegenheit und ergreife sie.

»Wie wär es, wenn Ihr kurz verschwindet und Euch einen kühlen Trank besorgt, mein Freund«, schlage ich liebenswürdig vor. »Ich will Ser Niccolos Sachen gern bewachen, bis Ihr zurückkommt.«

Er sieht mich unentschieden an.

»Er ist, was sie betrifft, sehr eigen.«

»Wem sollte er denn trauen, wenn nicht einem Priester?« frage ich.

Peter Ber bedenkt dies kurz, worauf er zustimmend nickt. Nach einem kurzen Blick auf den Esel zieht er los.

»Ich gehe bloß auf ein Glas in die Taverne«, verspricht er mir. »Es wird nicht lange dauern.«

»Laßt Euch Zeit«, rufe ich winkend, als er in einer Gasse verschwindet.

Ein Esel und eine Kiste. Mein ganzes Leben läuft auf diese Paarung hin. Es ist ein weißer Esel mit großen, seelenvollen Mandelaugen, die mich fast mit den Worten des Apostels Markus anzuspornen scheinen: ›Denn es ist nichts verborgen, das nicht offenbar werde, und ist nichts Heimliches, das nicht hervorkomme.‹ Diese Kiste auf meinem Rücken ist offensichtlich vom rechten Weg abgekommen, sagen sie. Es ist nur recht, daß ihr Inhalt offenbar werde.

Ich stecke rasch meinen Kopf durch die Hintertür des Reliquienladens, um nach Ser Niccolo zu sehen. Das Hinterzimmer ist auf jeden Fall sehr ordentlich. Ein Krug mit der Vorhaut Christi steht passend neben einem Stapel Damengürtel, welche die Jungfrau Maria vom Himmel fallen ließ. Kästchen mit Fingern stehen neben Schatullen mit Händen, Zehen bei den Füßen. Mir schaudert bei der Vorstellung, wie diese Leute ihren Lebensunterhalt verdienen, indem sie auf die Leichtgläubigkeit verzweifelter Christen spekulieren. Wühlt Niccolo da drinnen gerade in den entsprechenden Reliquiaren, um das rosenfarbene Lippenpaar der heiligen Katharina zu finden? Doch mit einem Mal kommt mir ein furchtbarer Gedanke, Brüder. Was ist, wenn Niccolo hier gar nichts kaufen will? Wenn er hier etwas anzubieten hat?

Im Augenblick der größten Sündhaftigkeit kommt immer eine seltsame Ruhe über mich, Brüder. Die entschlossene Hand des Mörders, der langsame Herzschlag des Diebs, der kühle Kopf des Lügners – sie alle sind mein eigen, wenn des Teufels Werk zu tun ist. Nur einen kurzen Blick werfe ich um mich, um festzustellen, ob man mich beobachtet, dann gehe ich zur Kiste zurück und versenke meine Feder tief in ihr billiges Schloß. Ich will keinen Namen nennen, doch einer von euch kann sich zu meinem Erwerb dieser nützlichen Fertigkeit beglückwünschen. Es braucht nicht mehr als ein bißchen Stochern, bis das primitive Schloß aufgeht. Das Fell des Esels zuckt vor Pferdebremsen, sein Schwanz klatscht auf meine Hand, die sie verscheucht. Er macht einen kleinen Schritt rückwärts und reißt die Kiste aus meinen Händen.

Katharina, verleih mir die Kraft, zu ertragen, was ich hier auch finden möge. Ich schlage den Deckel auf.

Die Myrrhe. Sie riecht man zuerst, Brüder. Und Sandelholz wie auch Jasmin, den berauschenden Wohlgeruch des Himmels. Eine dünne Schicht dieses Duftes ölte die leeren Schreine auf Kreta und Rhodos, eine flüchtige Säule entwich in der Nacht des Sturmes, als ich Arsinoes Koffer aufschlug in der Erwartung, er sei voller Gebeine. Es war dieses Aroma, nach dem Niccolo schnupperte, als er Emelia Priulis Gebeine am Strand von Jope ausgrub.

Fragt eure Nase, wie etwas so Bejammernswertes so süß riechen kann? Und dann tragt euren Augen auf, einen Sinn zu entdecken in der wirr durcheinandergeworfenen Geisel, die eure geliebte Heilige ist.

Ich öffne den sackleinenen Futtersack, der einst den Hals der versunkenen Arsinoe abschnürte, um in seinem Innern hundert Stückchen Himmel zu finden. Schmale Rippen verzahnen sich mit den Knochen einer Hüfte, eines Handgelenks, erinnern an eine uralte Runenschrift, geschrieben ganz mit spitzen Winkeln und Gelenken. Da ist auch ihre linke Hand aus Candia. Und, großer Gott, da ist das Ohr, das wir auf Rhodos verloren, ohne sein purpurnes Polster, ja zwischen zwei knochige Zehen geklemmt! Unwillkürlich wandert meine Hand zu dem Geldbeutel an meinem Herzen, wo ich ihre Zunge in ein Bett schnöden Mammons stecken mußte, um sie sicher zu verwahren.

In diesem Koffer warst du gefangen in jener Nacht, in der ich auf Contarinis Schiff schlief. Davor warst du gefesselt und geknebelt in einem vollgesogenen Sack, der um Arsinoes Hals hing. Wie oft hätte ich dich retten können, hätte ich dies nur gewußt! Vergib mir, liebste Gattin. Vergib einem törichten, verbohrten, uneinsichtigen Ehemann.

Ich umfange die öligen Gebeine mit meinen Händen und führe sie an meinen Mund. Johann hat einmal bemerkt, Reliquien würden nur aus Liebe oder aus Geldgier gestohlen. Niccolo hat sie vor einem Reliquienladen gelassen, als er sie mit hineinnehmen und ein Vermögen damit hätte machen können. Wenn er sie nicht aus Gewinnsucht entführt hat, welche Art gottloser Liebe hegt er dann für sie?

»Gehen wir, Peter!« ruft jemand aus dem Laden. Ich werfe meine Geliebte in ihren Sack zurück und schlage rasch den Deckel der Kiste zu. Mit fahrigen, unsteten Händen versuche ich, das Schloß wieder zu verschließen. Mit meiner Feder muß ich es beschädigt haben.

»Pater?«

Ser Niccolo der Übersetzer tritt aus dem Eingang, während ich mit meiner Faust auf das Schloß einschlage. Wegen meiner Gewaltsamkeit springt der weiße Esel vorwärts, so daß die Kiste sich gefährlich neigt. Ich stürze hin, um sie aufzurichten.

»Was tut Ihr da?« schreit er und zieht mich von seinem Esel weg. »Hände weg von meiner Kiste!«

»Ein paar Kinder wollten sie stehlen«, keuche ich, atemlos vor Angst. »Abdullah ... ich meine Peter ... ist ihnen hinterhergelaufen. Dort entlang.«

Ich zeige auf die Gasse, in der der Mameluck verschwunden ist und bete, daß Niccolo ihm nicht folgen wird. Dieser blickt mich argwöhnisch an, sagt jedoch nichts.

»Es tut mir leid«, stammle ich, »es ist eigentlich meine Schuld. Ich habe Peter abgelenkt. Wir sprachen über seine Konversion, als diese Kinder ...«

Niccolo hat festgestellt, daß sich das Schloß nicht schließen läßt.

»Und diese Kinder haben wohl auch das Schloß da aufgebrochen?« fährt er mich wütend an.

»Sie hatten einen Stecken«, erwidere ich matt.

»Was tut Ihr hier eigentlich, Pater?« erkundigt sich der Übersetzer, der mir kein Wort glaubt.

So weit habe ich nicht gedacht. Was tue ich hier?

»Ich war auf dem Weg zum Akeldama, als ich mich auf Eurer Straße fand. Da dachte ich, ich könnte Euch aufsuchen und fragen, ob Ihr mir für ein kurzes Mahl Gesellschaft leistet.«

»Ich verlasse die Stadt heute nacht«, sagt er und öffnet die Kiste gerade so weit, um sich zu überzeugen, daß nichts fehlt. »Ich fürchte, jetzt heißt es Lebewohl.«

»Ihr reist schon ab?« frage ich. Mir ist noch nicht eingefallen, wie ich ihn aufhalten kann. »Ihr dürft Jerusalem doch nicht verlassen, ohne das Heilige Grab aufzusuchen. Gesellt Euch doch heute abend zu uns.«

Niccolo schüttelt den Kopf.

»Es tut mir leid, Pater. Wenn ich meine Karawane verpasse, muß ich noch eine Woche hierbleiben.«

Er beugt sich vor, zieht den Sattel enger um die Flanken seines weißen Esels und richtet die Kiste. Soll ich ihm hier auf der Straße entgegentreten und Katharinas Leib zurückfordern? Er wird entkommen, wenn ich ihn nicht davon überzeuge, daß er auf keinen Fall abreisen darf.

»Wäre es so schlimm, eine weitere Woche hierzubleiben?« frage ich lächelnd. »Wir planen eine kleine Reise zum Jordan. Ihr könntet mit uns kommen.«

»In Wahrheit habe ich eine Einladung von einer mir gut bekannten Dame erhalten«, flüstert er verschwörerisch. Mein Magen stülpt sich um. »Ihr wißt doch, daß Frauen nicht gern warten.«

Ich lache wie ein Mann, der niemals Keuschheit gelobt hat, und suche verzweifelt nach einer letzten Lüge.

»Ser Niccolo …« sage ich zögernd und klopfe zärtlich auf den flachen weißen Kopf des Esels. Es muß doch irgend etwas geben, das er so sehr begehrt, um kurze Zeit vom Sinai abgelenkt zu werden.

»Bekümmert Euch etwas, Pater? Gewiß könnt Ihr Euch doch nicht so nach meiner Gesellschaft sehnen?«

Aus weiter Ferne höre ich meine eigene Stimme.

»Es ist nur so, daß ich Euch gegenüber unaufrichtig war, weshalb ich nun verlegen bin.«

Er klopft auf den Rumpf seines Esels und richtet sich auf, wobei er seine Tunika geradezupft.

»Und?«

Ich schaffe es nicht, ihn anzusehen. Abwesend kämme ich mit den Fingern die Knoten aus der Mähne seines Esels. Der schreit und stupst mit den Nüstern meine Hand.

»In der Nacht des Feuers«, sage ich stockend, »hat mein Freund Johann etwas bei Eurer Schwester gefunden. Etwas, das das Feuer übrigließ.«

»Ja?«

»Es war nicht von einer Kuh und auch nicht, so glaube ich, von einer gewöhnlichen Sterblichen. Eure Schwester, Ser Niccolo, war im Besitz der Zunge der heiligen Katharina, die sie auf Zypern stahl.«

Zum ersten Mal sieht er mich mit einem Blick an, der nicht nur Argwohn ausdrückt.

»Als Contarinis Schiff in Paphos eintraf«, sagt er, jedes Wort bedenkend, »habe ich erfahren, daß Katharinas Zunge aus einer Kirche entwendet worden war. Ich hatte die Befürchtung, sie sei es gewesen.«

»Wir haben sie sicher verwahrt, bis wir entscheiden können, was damit zu tun ist. Johann will sie zum Sinai mitnehmen, um sie den Mönchen dort zu übergeben, doch ich fürchte, daß mein Gönner uns nicht ziehen läßt. Und ich bin ohnehin der Meinung, sie solle nach Zypern zurückkehren, wo sie hingehört.«

»Ich würde sie mit Freuden für Euch zurückbringen, Pater«, bietet Ser Niccolo an und schwingt sich auf seinen Esel. »Ich fühle mich sowieso für ihren Diebstahl verantwortlich.«

Erleichtert seufze ich laut auf.

»Wie sehr ich hoffte, Ihr würdet dies erwidern, Ser Niccolo. Ich weiß, Ihr werdet Zypern vor uns erreichen, und ich brenne so darauf, sie an ihrem angestammten Ort zu wissen.«

»Gewiß. Habt Ihr sie bei Euch?«

»Johann hat sie«, sage ich ein wenig zu rasch.

»Sollen wir ihn suchen?«

»Er ist zum Ölberg gegangen«, erwidere ich, »und ich bin auf dem Weg zum Akeldama. Wenn es dämmert, treffen wir uns im Hof des Heiligen Grabes. Könntet Ihr uns dort wohl treffen?«

»Wenn es dämmert?« Ich kann seine Begierde mit seiner Vernunft streiten sehen. Die Karawane zieht um Mitternacht los, doch wenn er ihre Zunge haben will, hat er doch keine Wahl.

»Wenn Ihr deshalb zu spät kommt, können wir sie immer noch selbst zurückbringen«, schlage ich vor.

»Es wird wohl zu machen sein, daß ich auf meinem Weg zur Stadt hinaus dort vorbeikomme«, sagt Ser Niccolo schließlich. »Wartet im Hof auf mich. Bei Abenddämmerung werde ich dort sein.«

Ich besiegle unsere Verabredung mit einem Handschlag, als der beschwipste Mameluck, unser guter Peter Ber, um die Ecke schwankt. Er führt einen Krug Dünnbier an seine Lippen, doch wirft er ihn, als er den Übersetzer sieht, sogleich beiseite. Der Krug zerbirst an einer jüdischen Tür.

»Peter!« rufe ich aufgeregt. »Habt Ihr die bösen Kinder fangen können?«

Er ist nicht umsonst ein listiger Sarazene gewesen, Brüder. Sogleich merkt er, daß ich eine Lüge erzählt habe.

»Ja, das habe ich«, ruft er zurück, »und dann habe ich ihnen den Pelz gegerbt.«

Ser Niccolo spuckt voller Abscheu aus und treibt seinen Esel an, mich in einer Wolke feinen roten Staubes zurücklassend. Er schlägt dem Mamelucken schmerzhaft auf den Nacken, als er an ihm vorbeitrabt.

»Los jetzt, Abdullah«, ruft er über das Klappern der Hufe hinweg. »Wir haben noch viel zu tun.«

Beleidigt trottet der Mameluck hinter dem Übersetzer her; ich sehe, wie sie in den Eingeweiden des Judenviertels verschwinden. Auch ich habe vor heute abend noch viel zu tun, doch zuerst muß ich feststellen, was Niccolo in diesem Laden da erstanden hat. Ich schleiche mich durch die Hintertür hinein und erschrecke den Händler, der dem gelben Turban, der mich hierher führte, fast aufs Haar gleicht; doch ist sein Turban blau, weshalb er, was mich überrascht, ein Konvertit sein muß.

»Der Mann, der eben hier war«, sage ich langsam in kindlichem Latein, um mich verständlich zu machen, »was hat er gekauft?«

Der Händler nickt verstehend und führt mich an der Hand hinter seine Theke, wo er in winzigen Krügen und Schachteln Gesichtsteile aufbewahrt: trübe, in Essig schwimmende Augäpfel, in Baumwolle eingeschlagene Nasen, Zähne, zur Vortäuschung von Alter mit Tee befleckt. Drei Zungen liegen nebeneinander, geborgen in grell bemalten Schildkrötenpanzern. Mit sauberer lateinischer Hand sind sie beschriftet: Sancta Lucia, Pater Abraham, Zenobia Regina Palmyrae. Er will an ihnen vorbeigehen.

»Wartet!« Ich strecke meine Hand aus, um ihn aufzuhalten. »Diese Zungen. Ich weiß, daß sie unecht sind.«

In seiner hebräischen Sprache spielt er mir den Gekränkten vor und weist mich aus seinem Laden, bis er merkt, daß mir die falschen Zungen durchaus recht sind. Da lächelt er.

»Stammen sie von Christen? Von Sarazenen?« frage ich. Ich muß wissen, die Grabesruhe welcher armen Seele da gestört wurde, indem man ihr die Zunge bis zur Wurzel ausriß.

Der Händler kichert in sich hinein.

»Von Mamelucken«, schnaubt er. »Wen kümmert das schon?«

Ich muß an die offenen Gruben außerhalb der Stadtmauern denken, die wir bei unserer Ankunft sahen. Die rattenverseuchten Gemeinschaftsgräber, in die man ihrem Glauben abtrünnige Sklaven üblicherweise wirft.

»Ich hätte gerne die da«, sage ich und zeige auf Königin Zenobia.

Er wickelt die Zunge mitsamt ihrem Schildkrötenpanzer ein und rechnet umständlich meine Schuld zusammen. Hat Ser Niccolo sich von diesen lächerlich unechten Reliquien täuschen lassen? Giert er so danach, die heilige Katharina zu sammeln, daß er bereit ist, eine Fälschung in ihren sonst reinen Körper einzufügen?

»Was hat jener Mann, der vor mir hier war, denn gekauft?« frage ich noch einmal, den Händler bei seiner Rechnung störend. Vor ihm auf der Theke liegen Stapel von Urkunden, die mit offenbar echten päpstlichen Siegeln versehen sind. Er wühlt in den verkäuflichen Ablässen, Bullen und Dispensen zur Heirat von Nichten und Neffen, bis er das Blatt findet, das Niccolo unterzeichnet hat. Er dreht es um, so daß ich lesen kann, und reicht mir meine Zunge.

Ser Niccolo, steht da, hat hundert Messen für die Seele seiner toten Schwester erstanden.

Reliquien

ICH FINDE DIE Geschichte der Donester in Arsinoes ausgehöhltem Büchlein über die *Wunder des Orients*. Der Leim, der die Seiten zusammenhielt, ist spröde geworden, und hinten sind ein paar einzelne Seiten unbeschädigt und lesbar. Bevor das Licht schwindet, lese ich von dem Eisentor, das Alexander der Große am Rand der unermeßlichen Wüste errichtete, wo die Vorberge des Paradieses beginnen. Dort sperrte er die menschenfressenden Hundsköpfe ein, die Sciapodes, die auf einem Fuß hüpfen, die widernatürlichen Blemmyes, die ihre Augen in der Brust tragen, und all die anderen Ungeheuer, die den Rand unserer Landkarten bevölkern. Die Donester, Ser Niccolos Ungeheuer, leben auf einer Insel inmitten des Roten Meeres, wo kein Gatter sie einzäunen kann. Sie sind die schlimmste Sorte Ungeheuer, Brüder, denn noch wenn sie dich verschlingen, erzählen sie dir, was du hören willst.

Jetzt aber ist es zu dunkel geworden zum Lesen. Das Gewühl auf den Straßen rund um das Grab löst sich auf, die Sarazenen gehen heim, um auf ihren Dächern zu Abend zu essen und den Sonnenuntergang zu betrachten. Sie gehen so langsam, diese Orientalen – die Zeit ist bloß ein seichtes, angenehmes Fußbad für sie. Durch den Fensterschlitz in dem mächtigen Turm neben mir sehe ich einen alten Sarazenenpriester die Treppe hinaufsteigen. Wenn die Sonne entschwindet und er den Ruf zum Gebet ausstößt, werden die Grabwachen uns einschließen. Wer jetzt nicht kommt, muß draußen bleiben. Ich blicke mich um. Nur noch fünf Pilger warten vor der Tür.

Wahrhaftig, der Orient ist voller Wunder, Brüder. Daß ein ehrenhafter Mönch sein Heimatland verlassen konnte, um ein Lügner zu werden, Kistenschlösser aufzubrechen und sich mit unechten Reliquien abzugeben, scheint mir wundersam genug. Daß er an einem einzigen Tag einen so großen Vorrat an neuen Sünden anlegen konnte, nachdem ihm eben erst vollkommene Vergebung zuteil geworden war, übersteigt fast die Vorstellungskraft. Wird es ihm, Betrüger, der er ist, gewährt sein, das heiligste Grab zu betreten, oder wird die Hand Gottes ihn auf den Mund schlagen und ihm an der Schwelle Einhalt gebieten? Nun, das wird sich gleich herausstellen.

Der weiße Bart des Sarazenenpriesters schaukelt die Treppe hinauf, nicht eiliger als jene Männer, die zum Abendessen gehen. Zwei Pilger noch. Der Priester erklimmt die hölzerne Plattform gleich unter dem Dach des Minaretts und schwebt zu ihrem Rand.

»Aaaalllahhhh …«

»Felix, da seid Ihr ja.«

Ich schließe die Augen. Er ist wirklich gekommen.

Ser Niccolo schreitet über den Hof; sein beladener weißer Esel steht neben einem verlegenen Peter Ber. Der Mameluck scheint sich in seinen christlichen Kleidern in der Öffentlichkeit nicht wohl zu fühlen.

»Peter«, rufe ich, »paßt einen Augenblick auf Ser Niccolos Sachen auf. Wir sind gleich zurück.«

»Johann ist drinnen«, erkläre ich und packe des Übersetzers Hand. »Ich habe ihm gesagt, wir werden ihn suchen, sobald Ihr eingetroffen seid.« Während wir auf die Tür zu rennen, erheben sich die Sarazenen, um sie zu schließen. Ich drücke meine letzten zehn Dukaten in eine runzlige Faust und schiebe Niccolo vor mir hinein.

»Warum so eilig?« fragt er.

»Ich will bloß nicht, daß Ihr zu spät kommt. Ihr tut uns einen so großen Gefallen.«

Die Pilger versammeln sich zur Prozession, doch Johann ist nicht unter ihnen.

»Ich habe ihm gesagt, er soll nicht weggehen«, lüge ich. »Das ist sehr unhöflich.«

»Macht nichts«, meint Ser Niccolo aufgeräumt. »Es wird nicht lange dauern, denke ich.«

Mehrere Minuten kann ich ihn tatsächlich nicht finden. Endlich sehe ich ihn, wie er unter einer Hängelampe in der Damenkapelle gleich jenseits des Grabes betet.

»Johann.« Ich beuge mich zu ihm und berühre seine Schulter. »Hast du die Zunge?«

Der Archidiakon fährt bei meiner Frage zusammen. Als er sieht, wen ich mitgebracht habe, scheint er nahe daran, mir ins Gesicht zu schlagen.

»Sag nichts«, flüstere ich. »Ich erkläre es dir später.«

Als ich insgeheim das ausgehöhlte Buch aus meiner Tasche ziehe, richte ich es so ein, als hätte ich es von meinem Freund empfangen. Johann packt mein Gewand, doch ich schüttle ihn ab.

»*Wunder des Orients*.« Der Übersetzer dreht es um und lächelt. »Das hat sie auch gestohlen. Es stammt aus meiner Bibliothek.«

Vorsichtig öffnet er das Buch und sieht Königin Zenobias Zunge. Hinter mir stockt Johann der Atem.

»Tod und Leben steht in der Zunge Gewalt«, zitiert der Übersetzer.

»Sprüche 18«, kommentiert Johann knapp. Rasch schneide ich ihm das Wort ab.

»Wir dürfen Ser Niccolo nicht länger aufhalten«, erkläre ich. »Er war so freundlich, einen derart weiten Umweg zu machen.«

»Ich werde dafür sorgen, daß dies sicher Zypern erreicht.« Niccolo steckt das Büchlein in seine Tasche. »Jetzt muß ich gehen, sonst verpasse ich die Karawane.«

»Gewiß, gewiß.« Ich halte mit ihm Schritt, während er auf die Türen zugeht. Die Prozession kommt uns entgegen; wegen des Luftzuges schützen die Pilger ihre Kerzen in der hohlen Hand. Einer jedoch taumelt unter dem Gewicht seiner der eigenen Körpergröße nachgegossenen Kerze wie Christus unterm Kreuz.

»So lebt denn wohl, mein Freund, vielleicht werden wir uns wiedersehen.« Niccolo streckt seine Hand aus.

Ich verabschiede mich im Atrium, froh, zu entkommen, bevor er sich an den Türen versucht.

Während ich auf Ser Niccolos Erkenntnis warte, daß er für die Nacht eingeschlossen ist, will ich, Brüder, hier ein paar Worte über die Auferstehung einfügen, auf daß ihr mir die Sünde vergeben möget, die ich heute nachmittag in jenem Reliquienladen im Judenviertel beging.

Nach ihrer unbedarften Religion glauben die Sarazenen, am Ende der Zeiten werde ein Engel namens Adriel alle Wesen dahinmorden, mitsamt der Engel. Hat er seine grausige Arbeit getan, so wird er gar das Schwert gegen sich selbst wenden. Wenn alle tot sind, wird Allah, wie sie Gott nennen, jedes

Wesen wieder auferstehen lassen – mit Ausnahme des Todes. Dies halten sie für einen Pfeiler ihrer Religion und dies, so glauben sie, ist wahr.

Wie ihr wißt, Brüder, ist die Endzeit in Wahrheit ganz anders. Wenn der Tag des Gerichtes kommt, werden sich alle Völker der Erde im Tale Josaphat versammeln, um nach ihren Sünden gerichtet zu werden. Ich weiß, daß manch einfaches Landvolk sich um nichts mehr sorgt als dieses: Wie werde ich in jenem Tal einen Platz zum Sitzen finden, wenn wir es doch mit allen anderen Völkern teilen müssen? Diese Furcht ist nicht so töricht, wie es scheinen mag, denn das Tal Josaphat ist kaum groß genug, um alle Schwaben zu bergen, die es im Augenblick gibt, ganz zu schweigen von all jenen, die einmal waren oder sein werden. Mehrere einfache Menschen haben mir Geld gegeben, um einen kleinen Steinhaufen in jenem Tal zu errichten und so ihren Platz beim Jüngsten Gericht zu kennzeichnen, was ich tun werde, um sie zu erfreuen. Alle gebildeten Christen wissen jedoch, daß die Welt in den letzten Tagen zerrissen werden wird und das Tal ausgeweitet, über den Ölberg und den Jordan hinweg, auf daß genügend Platz ist für alle, um dazustehen und das Urteil Gottes zu hören.

Auf jeden Fall werden wir, wo immer wir auch begraben sind, am letzten Tag im Fleische vor unserem Herrn stehen. Aus diesem Grunde ist Grabräuberei, ob aus Gelehrsamkeit oder aus künstlerischer Wißbegierde, den meisten Christen ganz zuwider. Was geschieht, wenn nach unserem Tod jemand unser linkes Bein stiehlt? Werden wir uns Gottes Thron als Krüppel nähern? Werden wir als Blinde kommen, wenn jemand unsere Augen nimmt? Und wenn es gar geschieht, daß, während wir erkalten, ein Bader oder Totengräbergehilfe unser Jungfernhäutchen nimmt? Werden wir Gott um die Wiederherstellung unserer Jungfräulichkeit anflehen?

Wie ihr also seht, muß ein Mensch sowohl nach dem Glauben der Sarazenen wie nach dem von uns Christen seinen Leib für den Tag des Gerichtes bewahren. Wäre ich auf die Zunge eines Menschen eines dieser beiden Glauben gestoßen, ich hätte sie niemals erwerben können. Auf wundersame Weise, meine ich, hat meine Braut mich zu einem Angehörigen von Abdullahs elender Sippe geführt: weder Christ noch Sarazene, verachtet von beiden. Eine solche Zunge hat ohnedies keine Stimme vor unserem Herrn.

»Macht auf! Was ist denn los mit dieser Tür?« Es hat sogar noch weniger Zeit gedauert, als ich erwartet hatte, bis das Hämmern einsetzt.

»Warum ist diese Tür verschlossen?«

»Ser Niccolo?« Ich atme tief ein und laufe zu ihm. »Was ist denn geschehen?«

»Was geschehen ist? Die Tür hier ist verschlossen! Wie soll ich denn hinauskommen?«

»Wie? Warum ist sie denn zu?«

»Laßt mich raus!« brüllt er ins Holz. »Wer immer da auch sei!«

Natürlich steht der Vater Guardian nicht zur Verfügung, da er die Prozession anführt. Eine Menge häretischer Christen geht umher; diese machen es sich an ihren eigenen Altären bequem und kochen hinter deren schweren roten Vorhängen ihr Abendessen. Der Übersetzer erläutert einem mageren Kopten seine Lage, doch der schüttelt bedächtig den Kopf. Da ist nichts zu machen. Die Wachen nehmen nicht einmal Bestechungsgelder an, könnt Ihr Euch das vorstellen? Rasch schreiten wir die ganze Kirche ab, um einen anderen Ausgang zu suchen – eine versehentlich offene Tür, ein niederes Fenster. Wie ich seit der vergangenen Nacht weiß, haben die Sarazenen jede Öffnung zugemauert, damit niemand ohne Bezahlung der festgelegten Gebühr hineingelangen kann. Der einzige Ausgang ist bis zur Morgendämmerung verschlossen.

»Ser Niccolo, das ist allein mein Fehler. Wenn ich das bloß gewußt hätte!« Ich bin am Rande durchaus echter hysterischer Tränen. Vielleicht begreift er meine Pein.

»Es ist nicht Euer Fehler, Pater. Es ist bloß unglaublich

blödsinnig.« Der Übersetzer stößt langsam den Atem aus, als bemerke er seine Umgebung jetzt zum ersten Mal. »Jedenfalls sehe ich so endlich das berühmte Grab.«

»Wenn man bloß den Stein noch einmal wegrollte, um Euch hinauszulassen! Es tut mir so leid, Ser Niccolo.«

»Da ist nichts zu machen«, sagt er verkniffen. »Auch nächste Woche zieht eine Karawane los. Weil ich mich so daran gewöhnt habe, zu eilen, vergesse ich, daß das gar nicht mehr nötig ist.«

Ich atme ein wenig auf. Meine Dringlichkeit wegen seiner Reise war größer als seine eigene – denn weshalb überhaupt die Eile, da Arsinoe doch am Strand Jopes begraben liegt? Da fällt mir etwas anderes ein.

»Peter«, sage ich.

»Peter.« Ihn hatte Niccolo vergessen. Ich spüre seine rasche Hysterie. Die Gebeine sind bei Peter. Was habe ich mir da bloß ausgedacht? Ich habe Niccolo eingeschlossen, doch ihren Leib in den Händen eines unberechenbaren Apostaten gelassen. Ich kann nur beten, daß er sie beschützt.

»Ob er Eure Sachen stiehlt?« Das Pochen in meinem Kopf verschluckt meine Stimme.

Niccolo schweigt einen Augenblick.

»Er weiß, daß ich ihn überall finden würde.«

Ich bin nicht sicher, ob das als Beruhigung gedacht ist, doch ich versuche, es so zu nehmen. Schließlich hatte Peter genug Gelegenheit, die Gebeine zu stehlen, seit sie in der Johannisnacht aus Arsinoes Kabine verschwanden.

Um uns von jenem Mamelucken abzulenken, schlage ich vor, die heilige Kirche zu durchwandeln. Ich will die Ehrfurcht wieder erwecken, die mich in der vergangenen Nacht ergriff, doch sehe ich nur geschändete Mosaiken: Stückchenweise hat man die Glieder der Jungfrau Maria aufgestochert, um einen Splitter einzustecken; das Antlitz ihres Sohnes ist pickelig von den eingeritzten Pilgerinitialen. Die meisten Pilger kümmern sich heute nicht einmal mehr um die Prozession. Sie lungern zu sechst oder zu siebt herum, schwatzen bei Reispudding und Flaschen von geschmuggeltem kretischen Wein.

»… bei Agincourt, als ich erst dreizehn war …«

»… den hat meine Mutter auch gemacht – man braucht nur einen Tag alten Reis, eine Handvoll Rosinen, Zucker …«

» … zu Hause gibt es in den Kirchen keine Flöhe. Zu Hause bleiben die Flöhe auf den Hunden … Wenn wir doch zu Hause wären …«

Johlendes Gelächter, dreistes Schnarchen. Ich sehe eine Gruppe Adliger am Stein von Christi Salbung knien; sie kichern. Als ich genauer hinsehe, bemerke ich, daß einer seine Initialen in den Fels kratzt. Unbemerkt von ihnen tobt eine Schlacht darum, wer an eben jenem Ort die Messe lesen darf. Priesterliche Pilger beschimpfen einander und reißen sich am Meßgewand, ziehen es gleichzeitig in fünf Richtungen, schlagen sich wie kleine Mädchen. Ich erröte, als ich ihr Betragen sehe. Jeder ist entschlossen, in Christi Grab die Messe zu lesen, auf daß er zu Hause damit prahlen kann.

Aber bin ich denn besser, da ich einen Mörder und Dieb in Seinen Tempel geladen habe? Die ägyptische Maria ist selbst in den Tagen ihrer verderbten Hurerei vor den Toren dieses heiligen Ortes erschauert und erlahmt. Eine lasterhafte Hure hat mehr Ehrfurcht gezeigt als ich, der doch sein Leben Gott geweiht hat.

»Ihr seht krank aus, Pater. Wollt Ihr Euch nicht ausruhen?«

»Wenn es Euch nichts ausmacht, so werde ich Euch eine Weile verlassen und einen Rundgang zu den heiligen Stätten machen. Ich habe das Gefühl, die Sünde des Hochmuts bereuen zu müssen, die solch einen Narren aus mir gemacht und Euch hier aufgehalten hat.«

»Gewiß«, sagt Niccolo. »Ich werde mich auch ein wenig umschauen.«

Ich mache meine Runde, bete halbherzig an jedem Altar. Im Grunde verlangt es mich bloß danach, im Dunkeln zu sitzen, doch kann ich es nicht ertragen, zur Helenenkrypta zurückzukehren, wo dieser schändliche Plan ausgebrütet wurde. Wo immer ich bete, kniet sich der Archidiakon Johann bewußt in mein Blickfeld; er wartet offenbar darauf, daß ich mich ihm erkläre. Ich weiß um seine Wut, doch ist es mir im Augenblick unerträglich, von ihm getadelt zu werden. Statt dessen gehe ich zum Kalvarienberg, wo der Golgathafelsen wie eine erhobene Schulter aufragt. Dort sinke ich auf die Knie, berge meine Arme und meinen Kopf in der leeren Höhlung.

Hier ist es dunkel. Und süß. Ich rieche die Myrrhe von Christi wahrem Kreuz, das einst diese Höhlung füllte, obgleich mein eigener Atem mir vom Stein entgegenschlägt, heiß und melonig. Wenn ich nie wieder auftauche, könnte ich den ganz neuen Orden der umgekehrten Säulenheiligen gründen mit Mönchen, die sich in den Fundamenten von Säulen verbergen, statt sich darauf zu setzen. Es wären Männer, die ihre Hintern zum Himmel wenden, während sie ihr Hirn begraben.

Schwach dringt das Licht der Lampen zwischen meinen Achseln durch. Im Innern ist die Höhlung eine flackernde Landkarte aus Wappenschilden und Kreuzen, Namen und Daten. Ich lasse meine Finger über die winzigen Gräben wandern. Hier starb Christus für *mich*: Johann Niebur, Friesland, 1413. Hier starb Christus für *mich*: Guy de Lorraine, 1101. Hier starb Christus für *mich*: Julia Livia Maximilla. Mein Name lebt nun da, wo Christus starb, auf daß alle wissen mögen, daß Er nicht für die Menschheit starb, sondern für mich und mich und mich. Als ich mich zurückschiebe, bemerke ich an einer hastigen Notiz in roter Kreide, daß Christus auch für Ursus Tucher, Schwaben, 1483, gestorben ist.

Graf Tuchers Beichte muß sein Gewissen aufgewühlt haben, denn anders als die meisten kniet er an der Grabkapelle, ins Gebet versunken. Ursus kann ich nicht sogleich finden, bis ich eine weitere rote Inschrift am Nabel der Welt entdecke. Er unterhält sich mit Ser Niccolo.

»Pater!« ruft Ursus, als er mich erblickt. »Erzählt Ser Niccolo, was ihr uns gesagt habt, als wir gestern nacht eingeschlossen waren. Über all die anderen Orte, an denen bei Mittag kein Schatten fällt.«

Das Gesicht Ser Niccolos ist absolut undurchdringlich. Unwillkürlich beginne ich zu zittern, Brüder.

»Unser Pater ist der klügste Mönch auf Erden, Ser Niccolo«, erklärt Ursus. »Er weiß alles über Deutschland und Italien, Jerusalem und Ägypten. Er will die Wüste durchqueren, aber Vater erlaubt es ihm nicht.«

»Ist dem so, Pater Felix?«

»Was meint Ihr? Daß ich die Wüste durchqueren will oder daß ich der klügste Mönch auf Erden bin?«

»Das letztere seid Ihr offensichtlich nicht. Warum sehnt Ihr Euch so danach, die Wüste zu durchqueren?«

»Um die heilige Katharina zu erretten.« Ich spüre, wie mein Kinn zittert. Doch ich fürchte mich nicht.

»Bedarf sie dessen?« Die Augen des Übersetzers sind wie Nadelstiche.

»Ursus, kannst du Ser Niccolo und mich entschuldigen? Wir müssen uns unter Erwachsenen unterhalten.«

Ursus schaut verwirrt vom einen zum andern.

»Was habe ich denn getan?«

»Und gib mir die Kreide.« Ich strecke meine Hand aus. Zögernd legt er sie hinein und schleicht sich davon.

»Wie wäre es, wenn Ihr mir jetzt erklärt, warum Ihr mich hier hergelockt habt?« stößt Ser Niccolo mit zusammengebissenen Zähnen hervor.

Wir treten in den Kerker, in dem Christus vor der Kreuzigung gefangen war. Es ist eine düstere Zelle ohne Fenster und mit einem einzigen kleinen Altar. Vier dünne Kerzen stecken im Sand zwischen Hunderten geschmolzener Stummel.

»Ich werde es nicht zulassen, daß Ihr sie entführt.«

»Wen?«

»Verstellt Euch nicht. Ich weiß alles. Die Entführung, die Lügen, die Morde.«

»Was ist es, was Ihr wißt, Pater?« Er dräut über mir und

mein linkes Bein zittert, ohne daß ich es verhindern kann. Dann springt das Beben in meine Stimme.

»Daß Ihr ein Lügner seid. Ihr habt gesagt, es wären Kuhknochen, doch sie sind es nicht! Ihr haltet die heilige Katharina gefangen.«

Er stößt mich in die Kerzen, so daß ich zu Boden falle.

»Verdammt!«

Mit aller Kraft schlägt Niccolo mit der Faust an die behauene Wand, hämmert darauf ein wie auf seinen Todfeind. Ich ziehe die Knie an, bereit zu treten, wenn sich seine Wut gegen mich wendet. Eine Pilgerin steckt ihren Kopf in die Kapelle, sieht einen Mann am Boden liegen, einen zweiten tränenüberströmt, und verschwindet jäh. Meine Schulter schmerzt vom Fallen. Selbstvergessen wendet Niccolo sich mir zu.

»Ich weiß nicht, weshalb Ihr solches von mir glauben solltet, Pater. Habe ich mich in irgendeiner Weise als Eiferer erwiesen? Habe ich Visionen gehabt, Stimmen gehört? Ich bin Gelehrter, Pater, und kein Knochenhändler.«

Nun, da er als Angeklagter vor mir steht, fällt mir die Ähnlichkeit zwischen Bruder und Schwester ins Auge. Da sind Arsinoes Augen, ihre strenge Stirn.

Er bedauert seinen Ausbruch. »Habe ich Euch verletzt?«

Ich schüttle den Kopf.

Niccolo hebt die schmale gelbe Kerze auf, die mir zu Füßen liegt, und stellt sie wieder an ihren Platz. Ich sehe sie sich krümmen und mit den anderen Stummeln verschmelzen.

»Ich habe Euch angelogen, Pater«, sagt Niccolo. »Ich weiß nicht, was jene Gebeine sind. Die Männer und Frauen, die sie brachten, glaubten an ihre Echtheit; jedenfalls haben sie allerhand dafür bezahlt. Auch meine Schwester glaubte, sie seien echt. Was mich betrifft, so weiß ich es einfach nicht. Aber wie vieler Gläubigen bedarf es, damit ...«

Die Kapelle ist so klein, daß ich mich fühle wie in einem hochgestellten Sarg. Die Wachen reichten den Gefangenen, die hier einst auf ihre Hinrichtung warteten, einen besonderen

Wein. Er war ungemischt, denn sie sollten trunken werden, um dem Tod gleichgültiger entgegenzutreten.

»So geht es aber nicht, Ser Niccolo«, erwidere ich schließlich. »Ein Leib ist entweder der einer Heiligen oder nicht.«

»Ihr vergeßt, daß ich die Viten Heiliger rette.« Er schüttelt den Kopf. »Ich übersetze ihre Geschichte, wo immer ich sie auch entdecke. Wie oft habe ich von heiliger Gier gelesen, von zwei Städten, die sich im Besitz des Leibes ein und desselben Heiligen wähnten? Da erhebt sich ein lautes Geschrei, man streitet, man schreibt falsche Historien; der eine sagt, der Heilige sei in seiner Stadt geboren, der andere behauptet, dafür sei er in der seinen gestorben. Schon ist man bereit, den begehrten Leib in Fetzen zu reißen, da gebiert der Heilige, um keine der beiden Städte zu enttäuschen, einen zweiten Leib! Welcher ist nun der echte? Besitzt der heilige Niemand jetzt zwei rechte Hände und zwanzig Zehen? Oder ist irgendein schlauer Mönch auf den Kirchhof geschlichen, hat seinen Onkel ausgescharrt, der an den Pocken starb? Und kommt es darauf an? Tut Gott nicht an beiden Reliquien Wunder? Und sind nicht beide Städte glücklich und zufrieden?«

»Hier geht es nicht um Glück oder Zufriedenheit, Ser Niccolo«, rufe ich, »sondern um die Wahrheit. Wenn, wie Ihr sagt, ein gemeiner Mann fälschlicherweise zu einem Heiligen werden kann, wird meine Braut, eine der mächtigsten Heiligen der Christenheit, nach gleicher Logik etwa eine Kuh? Reliquien sind keine Konstruktionen zum Zweck der Sophisterei. Es sind die lebenden Splitter des Himmels. Sie haben Form und Gewicht und Gegenwart in dieser irdischen Welt. Sie sind echt oder falsch; nicht aber echt, weil wir dies behaupten oder falsch, weil wir es leugnen.«

»Wer hat den Leib der heiligen Katharina denn entdeckt?«

»Wovon redet Ihr?«

»Wer hat ihn entdeckt und wie?«

»Ihr wißt so gut wie ich«, tadle ich, »daß ein Einsiedler in der Wüste einen Traum hatte, der ihn dazu brachte, den Berg Sinai zu erklimmen. Dort sah er den Leib einer jungen Frau in einer Lache von Öl schweben, und Gott sprach zu ihm: Sieh, die erste Katharina. Und Gott entdeckte ihm die Geschichte ihres Martyriums.«

»Und dieser Mann war ganz allein?«

»Freilich«, erwidere ich zornig.

»Und der Beweis ihrer Identität war sein Traum?«

»Worauf wollt Ihr hinaus?« frage ich.

»Nur darauf, daß es einem klugen Mann möglich ist, ein Knochenalphabet zu ergreifen und den Himmel zu übersetzen. Während die anderen Mönche damit beschäftigt waren, den Pöbel um Almosen anzuflehen, stieg dieser einsame Eremit auf einen Berg, fand ein Skelett und schuf ihm eine Haut. Sein Traum allein verhalf uns zu Katharinas Rad, ihrer Milch, ihrem Sieg über die fünfzig Philosophen. Sobald er ihre Geschichte übermittelt hatte, war sein Werk beendet. Er ging zurück in jene Wüste und wußte: Wie sehr man ihren Leib auch zergliederte, würde ein jedes Glied Katharina gerufen werden mit dem Namen, den *er* ihr gegeben hatte. Ja, selbst wenn jedes Glied zu Staub zerschmettert werden sollte, würde jeder winzige Teil einmal an *sein* Rad gefesselt, von *seinem* Schwert geköpft, auf *seinen* Berg überführt worden sein.«

Ser Niccolos Augen glänzen im Kerzenlicht.

»Nichts muß erregender auf der Welt sein, als eine unbeschriebene Heilige zu finden«, seufzt er.

»Eure Schwester hat mir gesagt, daß Ihr eifersüchtig seid«, entgegne ich, »und daß Ihr nicht ertragen könnt, daß der Himmel nicht unvermittelt zu Euch spricht.«

»Was hat der Himmel meiner Schwester eingetragen?« fragt der Übersetzer. »Die einzige Macht, die sie je im Leben hatte, war die, sich zu verschenken. Keiner wollte Arsinoe. Alle wollten bloß die Heilige, die durch sie sprach.«

»Auch Ihr?«

Ser Niccolo betrachtet seine Hände.

»Ich habe in einem Haus mit einem Körperteil gelebt. Es war

schwer, die Zunge so sehr zu lieben wie die Worte, die von ihr kamen.«

Konstantin hat sich an Arsinoe festgeklammert, um nicht zu ertrinken, Johann hat sie verfolgt, um seine Schuldgefühle zu lindern; ich versuche, mir Arsinoe als ein kleines Mädchen vorzustellen, das sich im großen Haus ihrer Eltern mit seiner Heiligen vergleicht. Doch die Katharina, an die es sich da schmiegt, ist ein rosiges deutsches Mädchen, wie geschaffen für mich.

»Grämt Euch nicht um sie, Felix.« Niccolo geht in der kleinen Kammer hin und her. »Meine Schwester hat verstanden, was die wahren Heiligen verstehen: Man kann erst im Himmel leben, wenn das irdische Selbst verloschen ist. Das ist das Gesetz der Übersetzung, denn auch eine Sprache muß sterben, um in der nächsten wiedergeboren zu werden.

»Sie wollte sterben«, sage ich.

»Jedenfalls habt Ihr Glück, daß sie es tat, bevor sie ihren wahnwitzigen Plan umsetzen konnte«, meint Niccolo. »Wäre sie mit all den Gebeinen entkommen, hätten alle Priester, Gelehrten und jungen Mädchen auf der Welt auf ihre Schutzpatronin verzichten müssen.«

»Arsinoe hat mir erzählt, sie glaube, Katharina wolle in ihr Kloster auf dem Berg Sinai zurückkehren«, werfe ich ein.

»Ach, Pater, Ihr denkt wirklich wie ein Mönch!« Niccolo lacht. »Meine Schwester glaubte, die heilige Katharina wolle wirklich heimkehren. Nicht zu einer bequemen Krypta, wo sie die Pilger verehrten, sondern in die Vergessenheit der Wüste. Auf ewig verloren, wie meine Schwester glaubte, daß es Gottes Wille war.«

»Sie will die heilige Katharina verschwinden lassen?« frage ich, und plötzlich ist mir übler als in meinem ganzen bisherigen Leben. Mein Gott, was habe ich bloß auf die Welt losgelassen?

»Warum, glaubt Ihr, habe ich wohl soviel Mühen auf mich genommen, um sie zurückzuholen? Hätte Arsinoe den Sinai erreicht, wäre der Leib der heiligen Katharina so jäh verschwunden, wie er einst erschienen ist.«

»Felix!«

Ich sehe auf. Im Eingang steht keuchend Johann.

»Was ist geschehen?«

»Du mußt mitkommen.«

»Es geht jetzt nicht, Johann.«

»Felix. Es ist dringend.«

Nach der mitternächtlichen Finsternis der Kapelle bin ich geblendet von dem Kerzenleuchter, der von der Kuppel der Rotunde hängt. Eine wütende Menge hat sich um das Grab geschart, und auch der Vater Guardian tobt.

»Das ist ein Verbrechen gegen Gott und eure Gefährten, und kein einziger unter euch kann sich auf seine Unwissenheit berufen, hat man euch doch die Regeln dreimal vorgelesen.«

»Was ist geschehen?«

Johann führt mich zur Rückseite von Christi Grab. Dort hat man einen Marmorbrocken weggehauen, groß wie meine Faust. Wo der Meißel eingedrungen ist, sieht es aus wie Zahnspuren auf einem Apfel.

»Hat irgend jemand einen Teil des Heiligen Grabes gestohlen?«

»Nicht irgend jemand. Graf Tucher.«

Ich fahre herum und sehe ihn. Die Hände in die Ärmel gesteckt, lehnt er an einem Pfeiler und lauscht ungerührt allem, was der Vater Guardian zu sagen hat. Als er meinen Blick spürt, lächelt er.

»Weshalb meinst du denn, daß es Graf Tucher war?« flüstere ich. Von der Beichte meines Gönners habe ich niemandem erzählt.

»Er hat den ganzen Abend hier gekniet. Dann ist er aufgestanden, und ein paar Minuten später stellen wir fest, daß das halbe Grab fehlt. Also muß er es einfach gewesen sein.«

»Die Leute stehlen hier ständig etwas.«

Johann starrt mich mit übertriebenem Unglauben an.

»Mehr hast du nicht zu sagen? Willst du nicht versuchen, es zurückzubekommen?«

»Was soll ich denn tun? Soll ich meinen Gönner beschuldigen, wenn ich ihn doch bloß beten sah? Johann, ich war inmitten eines wichtigen Gesprächs mit Ser Niccolo.«

Voll Schrecken starrt mich Johann an. Offenbar geht es um mehr als nur das Grab. Ich würde ihm ja erzählen, wie ich den Übersetzer hinters Licht geführt habe, wäre ich nicht immer stärker davon überzeugt, daß mir ein furchtbarer Fehler unterlaufen ist.

»Was hat er dir denn erzählt?«

»Nichts.« Ich wende mich ab.

»Er versucht, dich gegen sie einzunehmen, oder?« Johann packt mich an meinem Gewand.

»Laß mich in Frieden, Johann.« Ich schüttle den Archidiakon ab. »Du weißt nicht alles.«

Ich eile zurück zu Christi Kerker, doch wie erwartet ist Niccolo fort. Drüben aber steht er, preßt die Lippen ans Tor und murmelt nach jemandem, der ihn herauslassen soll. Mein Gott, Brüder, Arsinoe will mein Weib verschwinden lassen.

»Pilger«, dröhnt die Stimme des Vaters Guardian. Flankiert von zwei bedeutsam aussehenden orthodoxen Christen stößt er Drohungen aus wie ein wandernder Prophet. »Wir werden diesen Ort nicht verlassen, bevor das gestohlene Stück des Heiligen Grabes wieder da ist. Und damit meine ich alle, seien sie orthodox, syrisch oder römisch.«

Gewaltige Empörung erhebt sich. Man brüllt und stößt Beleidigungen aus. Jeder, den man in dieser Nacht mit einem metallenen Gerät gesehen hat, ist verdächtig. Die zankenden Priester beschuldigen sich gegenseitig, die Ritzkünstler blähen sich trotzig auf. Bei all dem bewahrt Graf Tucher seinen Gleichmut. Ist es wohl möglich, da er ein so schlechter Lügner ist, daß er es wirklich war?

Der Vater Guardian gebietet Schweigen in der Kirche. »Ich bitte euch, Pilger, wir wollen nicht, daß die Orthodoxen schlecht über uns denken. Gebt den Stein anonym zurück, dann ist alles vergessen.«

Graf Tucher lauscht höflich, um seine Aufmerksamkeit sodann Johann zuzuwenden, der gewiß die Zehn Gebote rezitiert.

Die Stunden vergehen. Der Vater Guardian fleht, erlaubt keinem zu schlafen. »Ob der Handlung eines einzelnen sind wir alle angeklagt«, mahnt er. »Gebt den Stein zurück und erlöst uns alle.«

Die ganze Nacht wandert Niccolo durch die Kirche wie ein aus seinem Land Vertriebener. Wieder und wieder kehrt er zum Tor zurück, um daran zu rütteln und es anzusprechen, als könne sein Atem das Holz beleben, auf daß es vor ihm zurückweiche. Nicht weit vom Tor aber sitze ich und kann die Stunden zählen nach den Stoppeln auf seiner Wange. Dicht wie der Pelz jetzt ist, muß bald der Morgen grauen.

»Man läßt uns doch erst bei Tagesanbruch hinaus, Ihr vergeudet bloß Eure Zeit«, ermahne ich ihn heftig. Seine ständigen Attacken gegen die Tür werden schwächer. »Wie wäre es, wenn Ihr Euch ausruht und es abwartet?«

Ohne mich zu beachten, zerrt er mit beiden Händen an der Türklinke. Sein Körper ist gespannt wie ein Bogen.

»Ihr habt Eure Karawane zum Sinai schon verpaßt, weshalb dann die Eile?«

Niccolo fährt herum und sieht mich scharf an, die Hände noch immer an der Klinke.

»Welche Karawane zum Sinai?«

»Stellt Euch nicht dumm. Dieselbe, die Euch heute nacht erwartete.«

Niccolo läßt die Tür los und kommt auf mich zu.

»Wer hat irgend etwas über den Sinai gesagt? Ich wollte heute nacht nach Alexandria.«

Jetzt ist die Bestürzung auf meiner Seite. Es stimmt, was ihn betrifft, so hat er nie vom Sinai gesprochen.

»Was gibt es denn in Alexandria?«

»Ein Schiff zurück nach Griechenland. Deshalb habt Ihr mir doch die Zunge gegeben – um sie zurückzubringen.«

»Aber sie hat gesagt, Ihr wolltet die Gebeine zum Sinai schaffen.«

»Wer hat das gesagt?«

»Ich habe die Gebeine der heiligen Katharina in Eurer Kiste gesehen.«

»Ja, aber sie sind nicht mein eigen. Ich bringe sie zurück nach Italien und Rouen und wohin auch immer, wo ihre schwachsinnigen Verehrer sie gestohlen haben.«

»Ihr reist gar nicht zum Sinai?«

»Wie oft muß ich das denn noch sagen? Wer hat Euch bloß erzählt, daß ich zum Sinai will? Abdullah?«

Ich schüttle langsam den Kopf.

»Wer?«

»Eure Schwester.«

»Meine Schwester ist tot«, sagt Niccolo langsam und beherrscht. »Das habt Ihr mir selbst erzählt.«

»Ich habe gelogen«, flüstere ich. »Sie lebt.«

Bevor ich mich bewegen kann, packt Niccolo mich und stößt mich gegen die Tür. Einmal. Zweimal. Ich spüre, wie meine Rippen krachen.

»Die ganze Zeit habt Ihr mich glauben machen, daß meine Schwester tot sei? Was für ein Priester seid Ihr eigentlich?«

»Ich habe ihr geglaubt«, keuche ich, »ich glaubte dieser verlogenen Zunge.«

»Ihr habt einer Frau vertraut, die gar kein eigenes Selbst besitzt, Pater?« Sein Atem stößt mir ins Gesicht. »Bedenkt doch: Wenn sie kein Selbst hat, leidet sie keine Schmerzen. Leidet sie keine Schmerzen, besitzt sie keine Gefühle. Hat sie keine Gefühle, so ist sie auch ohne Seele. Eine seelenlose Kreatur aber ist ein Ungeheuer, Pater. Ihr habt Eure Heilige an ein Ungeheuer verschachert.«

Neben mir dreht sich ein Schlüssel im Schloß. In der Kirchenmitte hört ihn auch der Vater Guardian, ist sofort bei uns und ruft etwas durch den Spalt. Die Tür fällt zu.

»Keiner, ich wiederhole, keiner verläßt diese Kirche, bevor

der Stein wieder da ist. Mir ist es gleich, ob wir zu Menschenfressern werden – es gibt kein Essen und kein Wasser und keine Hoffnung auf frische Luft, bis ich diesen Stein sehe.«

»Ich muß hinaus.« Niccolo packt seine Kutte. »Ich sollte gar nicht hier sein.«

»Sagt das dem Dieb.« Der Vater Guardian schüttelt ihn ab. »Er ist verantwortlich für Eure Qualen, nicht ich.«

»Felix, erkennt Ihr, was Ihr da getan habt?« Niccolo zerrt an der Tür wie Simson an den Pfeilern der Philister. »Sie ist entkommen. Ihr werdet Eure Heilige nie wiedersehen!«

Es ist alles meine Schuld. Das Ungeheuer Arsinoe ist auf dem Weg zum Sinai, und keiner kann sie aufhalten. Ich verlasse Ser Niccolo und laufe durch eine Meute prügelnder Pilger, um Graf Tucher zu suchen.

Mit erhobenen Fäusten haben sich die Pilger aufeinandergestürzt, Knöchel schlagen auf bloße Haut. Verbrecher, schreien sie. Räuber. Mit weit aufgerissenen Augen sieht Ursus zu, als handele es sich um eine Rauferei von Trunkenen auf dem Ulmer Domplatz und nicht um den schwärzesten Frevel. Besonnenere Geister mühen sich, die Hitzköpfe zu beschwichtigen, doch ist die Wut zu groß.

Mir ist übel vor Angst und Ekel. Als Johann sich ins Gewühl stürzt, um die Kämpfenden zu trennen, packe ich Graf Tucher am Arm und zerre ihn aus dem Gewühl.

»Seht nur, was Ihr da tut.« Ich fasse ihn am Kragen, als sei er mein Kind und nicht mein Gönner, und drehe ihn herum, so daß er das Gemenge sehen muß. »Ihr hetzt Bruder gegen Bruder, nährt Streit in der heiligsten Kirche dieser Erde. All diese Männer bringen sich in Verdammnis – nur Euretwegen.«

Seine Augäpfel zucken zwischen den Fäusten und meinem Gesicht hin und her. Ursus hat sich in den Kampf gemischt, er schwingt eine dicke, mit der Schmerzensmutter verzierte Kerze in fremde Kniekehlen. Graf Tucher zuckt zusammen, als Ursus einen Stiefel ins Genick bekommt.

»Ich weiß als einziger, was Ihr wirklich seid«, spreche ich in

sein Ohr, um die Schreie und Flüche der Pilger zu übertönen.
»Wäre nicht jetzt eine gute Gelegenheit, Ursus mitzuteilen,
daß sein Vater ein Dieb ist?«

Ich lasse seinen Kragen los und gehe auf die Kämpfenden zu.
Verletzt ist Ursus aus dem Getümmel gekrochen, er zieht sich
auf den Ellbogen vorwärts. Als er aufschaut, sieht er mich.

»Bringt sie zur Vernunft, Pater Felix«, schluchzt er.

»Bitte deinen Vater, sie zur Vernunft zu bringen, Ursus«,
brülle ich so laut, daß Graf Tucher es hören muß. »Er ist viel
mächtiger als ich.«

»Schon gut!« Graf Tucher packt mich an der Schulter und
zieht mich weg von seinem Sohn. »Ich habe den Stein genommen. Aber ich kann ihn nicht zurückgeben.«

Wir taumeln hinter einen dicken Chorpfeiler in die blaue
Dunkelheit einer verlassenen Kapelle.

»Ihr müßt ihn zurückgeben. Wir müssen hier heraus.«

»Nein. Ich kann es nicht.«

»Aber Ihr habt ihn gestohlen.«

Graf Tucher richtet sich zu seiner vollen Größe auf. Er greift
in seine Tasche und streckt mir den Stein entgegen.

»Tut Ihr es«, sagt er.

Ohne nachzudenken, packe ich ihn am Handgelenk und
zerre ihn zur Kuppel zurück.

»Laßt mich los!« schreit er in äußerstem Schrecken. Sein
Leib verdreht sich unter meinem Griff, strebt verzweifelt in die
verlassene Kapelle zurück. Ich aber halte ihn zu fest, biege seinen Arm gerade wie eine Fahnenstange; die Hand am Ende ist
gefüllt mit Christi Grab. Ich will, daß alle es sehen.

»Nein! Tut es nicht!« Er versucht, seinen Arm anzuwinkeln,
doch ich schlage auf seinen Ellbogen, renke ihn zurecht. Presse meinen Mund an sein Ohr.

»Lassen wir doch die anderen Pilger entscheiden. Fragen wir
Johann und Konrad und den Vater Guardian und Ursus.« Ich
zerre ihn an mich und schiebe ihn aufs Licht zu. Er wehrt sich
mit mehr Kraft, als ich in ihm erwartet hätte.

»Stellt mich nicht bloß!« Wild zappelnd sinkt er auf die Knie und zieht mich mit sich. »Ich tue alles, was Ihr sagt, wenn Ihr mich nur nicht vor meinem Sohn beschämt!«

Graf Tucher schluchzt an meinen Knien. Ich drücke sein blutleeres Handgelenk zusammen, und der Stein rollt auf den Boden. Ein vollkommener Diamant. Ein goldener Kelch. Nichts auf Erden ist kostbarer als dieses losgehauene Stück Stein.

»Steht auf«, befehle ich. »Ich werde diesen Stein an Eurer Statt zurückbringen und ich, Graf Tucher, werde Eure Buße bestimmen. Kein Jammern werde ich da dulden und keinen Widerstand. Ihr werdet tun, was ich Euch sage, oder ich entblöße Euch als Dieb und Feigling vor der ganzen Kirche. Habt Ihr verstanden?«

Am Boden liegend, nickt er langsam.

Ich mache mich auf zum Vater Guardian, der immer noch vergeblich versucht, die kämpfenden Pilger zu trennen. Ich ziehe ihn beiseite, lasse den Stein in seine Tasche gleiten, sage ihm, ich hätte ihn nahe der Adamskapelle gefunden; der Dieb müsse seine Tat bereut haben, habe sie aber aus Scham wohl nicht öffentlich bekennen wollen. Der Vater Guardian mustert mich, um festzustellen, ob ich jener beschämte Dieb bin, doch ich sehe ihm fest ihn die Augen und weigere mich, angeklagt zu werden. Endlich läßt er von mir ab und schlägt zweimal auf die verschlossenen Türflügel. Sie öffnen sich wie durch Zauberhand.

»Hinweg von diesem Ort, ihr verderbten Männer«, brüllt er. »Ihr habt Glück, daß ich nicht jeden einzelnen von euch exkommunizieren lasse!«

Niccolo und ich stürmen durch die Tür, beide mit demselben Ziel. Wir finden es auf dem Hof ausgestreckt, den weißen Esel an seinen Knöchel gebunden. Zuerst meine ich, er sei tot, doch dann rieche ich den Weindunst in seinem mühevoll ausgestoßenen Atem.

»Peter. Wach auf.« Niccolo schüttelt ihn unsanft. Der Esel

wirft den Kopf hoch, um zu schreien. »Wach auf, du Trottel.«

»Was ist dir zugestoßen?« Der einstige Mameluck stemmt sich hoch, fährt mit der Zunge über seine bemoosten Zähne. »Ich habe die ganze Nacht gewartet.«

»Man hat mich eingeschlossen. Ist mein Gepäck noch da?«

»Das ist ja eine hübsche Begrüßung.« Peter schlingt die Arme um den Esel und zieht sich auf die Beine. »Ich habe die ganze Nacht hier im Kalten gehockt, dich aber kümmert bloß dein Zeug.«

»Ihr seid betrunken, Peter«, sage ich.

»Dank Eures Freundes«, meint er blinzelnd. »Und ich habe gedacht, ich sei der übelste Sünder, den Ihr kennt.«

»Wovon redet Ihr da?«

»Na, von dem fidelen kleinen Dominikaner, der mich schon in Jope gesehen hatte. Er hat gesagt, er suche Euch, Felix, um Euch ein paar Flaschen Zypernwein zu überreichen. Als ich ihm sagte, daß Ihr da drinnen seid, haben wir ihn selbst getrunken.«

»Wann ist er aufgebrochen?« will Niccolo wissen.

»Weiß nicht genau. Das Zeug aus Zypern ist recht stark.«

Niccolo stößt Peter beiseite und klappt seine hölzerne Kiste auf. Ganz oben liegt der gewobene Futtersack, den Arsinoe in der Nacht, in der ich sie rettete, um den Hals trug. Niccolo löst das Zugband und schaut hinein.

»Meine Schwester hat Eure Prophezeiung erfüllt, Felix.« Er reißt den Sack auf, und ein zerhackter, knorpeliger Kuhkopf schliddert über den Marmor.

»Mein Geld ist auch weg.« Er schlägt den Deckel der Kiste zu, packt den gefallenen Mamelucken und schlägt ihm ins Gesicht. Wieder und wieder.

Weinend streckt Peter mir seine Arme entgegen, fleht mich an, ihn zu erlösen. Doch ich kann nicht. Ich muß Graf Tucher finden. Es ist Zeit, daß er seine Buße vernimmt.

DRITTER TEIL

Der Berg

*

ERSTES KAPITEL

*

Wunder des Orients

NACH ZWEI WOCHEN in der Wildnis, Brüder, nach einer Zeit des Verrats und der Missetaten, der Diebereien und gegenseitigen Beschuldigungen, droht das Mißtrauen diese Pilgerfahrt wirksamer zu begraben als ein Sandsturm in der Wüste. Da schickt uns Fortuna, die sich festlich für unseren Leichenschmaus zu schmücken schien, eine Karawane.

Zuerst sträuben sich uns die Haare. Orientalen und Bewohner des Abendlandes betrachten sich gewöhnlich nur mit Verachtung und fielen, würde die Vernunft sie nicht im Zaum halten, wie wütende Hunde übereinander her. Die Vorhut der Karawane – gemietete Wilde aus der Wüste, kaum weniger verderbt als ihre Vettern, unsere Kameltreiber – schnuppert argwöhnisch an unserer Flanke. Gewiß riechen die Araber überreiztes deutsches Blut und die ätherischen Ausdünstungen eines doppelzüngigen griechischen Übersetzers. Vielleicht sind ihre Nasen sogar noch schärfer und wittern den Duft des Wahnsinns, der uns als Vorhut dient. Laßt sie mit diesem unseren Wahnsinn umspringen wie die geübten Wüstenkämpfer, die sie sind; gewiß werden sie mehr Glück haben, ihn zu ersticken, als wir.

Die Araber sind Fürsten, die man mieten kann, ihr Brüder:

Bietet ihnen ein paar Groschen oder eine Handvoll hartes Süßbrot, so gehen sie meilenweit vor eurer Karawane her und verteidigen sie gegen andere Stämme, als trüget ihr das Grab Mahomets auf euren Schultern. Sie nehmen euch bei der Hand und führen euch zu den Perlen der Wüste, jenen geheimen Quellen in sprödem Felsgestein der Trockentäler, die man Wadi nennt, zu unterirdischen Höhlungen, in denen salzig trübes Wasser sprudelt, für das ihr eure eigene Mutter verschachern würdet. Die Araber leiden unter solcher Armut, solchem Mangel, wie es bei uns selbst ein Hund nicht ertragen könnte; doch schmutzig, wie sie sind, bewahren sie eine stolze Haltung, behängen ihre Weiber mit Gold und gebärden sich als die Herren der Wüste. Begegnet ihnen auf eigene Verantwortung. Solltet ihr es versäumen, ihnen Zoll zu zahlen, so werden sie euch eben jene Quellen verwehren. Mit euren eigenen Dienern werden sie sich verschwören und euch des Nachts bestehlen, werden gemeinsam mit jenen Löcher in eure Vorratssäcke nagen, sich von euren Zwiebeln, eurem Mehl bedienen und eure Hühner morden, während ihr schlaft. Die Wüstenaraber sagen, unter allen Völkern seien nur sie allein von wahrem Adel, denn sie leben vom Raub und nicht von der Arbeit. Und eine solche Vorhut wahrer Edler schnuppert jetzt mit finsterer Miene an unserer Flanke. Unser Calinus Elphahallo bedeutet uns, jede Bewegung zu vermeiden.

Wir treffen die Karawane auf dem gewaltig breiten Durchlaß von Hachseve, einem flachen Einschnitt zwischen den Sandbergen von Magareth und der fürchterlichen weißen Wildnis, die man Minschene nennt. Dies sind Wüstennamen für Gebiete, die in unseren Augen, Brüder, austauschbare Einöden scheinen, unterschiedslos in ihrer unbewohnten Einsamkeit, und die doch mit einem Namen ausgezeichnet sind, weil man in ihrem Umkreis Wasser findet. Die Tausende weiterer ausgedörrter Täler und Hügelketten, aus denen die große Wüste besteht, starren namenlos in ihre Ewigkeit; wir ersteigen und durchqueren sie, tragen ihren Staub an unseren Fußsohlen, doch wir kennen sie nicht. Nur Wasser kann in dieser Wildnis Ruhm verleihen.

Hachseve, Larich, Meschmar.

Hallicub, Ramathaim, Machera.

Diese Berge und Täler liegen noch vor uns, diese Namen und andere, bevor unsere Schar den Berg der heiligen Katharina erreicht.

Es war in den Sandbergen von Magareth, als Graf Tucher endgültig zusammenbrach und zum ersten Mal seine Traumkirche erblickte. In einer Nacht, in der ein Sturm vom großen Meer her wehte und aufgewühlte Sandwogen vor sich hertrieb, hat unser Herr Jesus Christus meinem Gönner eine Kalksteinkathedrale gezeigt, hoch auf einer Bergesspitze stehend. ›Mein Sohn‹, hat er gesagt, ›such meine Kirche und widme sie der Märtyrerin Priuli, dann werden alle deine Sünden Vergebung finden.‹ Die Luft war schwarz vom Staub in jener Nacht, Brüder; scharfer, glasiger Sand brannte wie Gischt auf unseren Wangen und ließ uns kaum die Augen öffnen. Vom großen Meer her barst der Himmel unter mächtigen blauen Blitzen, der aufgewühlte Sand fiel auf uns nieder und drohte, uns in unserem Lager an den Ausläufern der Berge zu ersticken. Endlich verhüllte Konrad seine Nase und seinen Mund mit einem Tuch und holte den bußfertigen Tucher aus dem Sturm. Als mein Gönner seine Traumkirche erblickte, hatte er ohne Nahrung oder Wasser sechs Stunden auf den Knien gelegen, und noch weitere zwanzig Stunden blieb er uns entrückt. Ser Niccolo scherte sich nicht darum und befahl, ihn auf seinen Esel zu setzen, als der Sturm nachließ und wir uns wieder zum Berg Sinai aufmachten.

Unser verschwiegener Übersetzer hört nicht auf Elphahallos Mahnung, still und ruhig auf seinem Esel zu bleiben; er springt herunter, um die Wüstenmenschen mit ihrer eigenen Sprache zu beglücken. Hinter den dunkelhäutigen, Speere schwingenden Männern warten deren Weiber, manche mit prallen Mutterbäuchen, manche gebeugt und alt, so schäbig und bloß wie ihre Ernährer. Zwischen Indigoemblemen blitzen ihre Augen uns an. Mit blauen Wellen und Punkten sind ihre Gesichter unauslöschlich bemalt, und meerblau kräuseln sich auch ihre Handflächen. Um ihre speckigen Hälse tragen die Weiber Lagen goldener und silberner Halsketten, die rhythmisch klingeln, wenn sie ihre Kinder säugen. Wieviel Gier kann Gold noch auslösen, Brüder, wenn das Wasser in der Wüste die einzige Währung ist? In den letzten beiden Wochen habe ich gelernt, wertvolle Dinge nicht mehr zu schätzen, denn in der Wildnis ist die Geborgenheit ganz simpel: ein Zelt über meinem Kopf, ein Feuer in der Nacht, ein Schluck Wasser aus einem roten, salzigen Schlauch. In der Wüste häufen die umherziehenden Araber Steine auf den Berggipfeln auf, um einen Weg in der weglosen Wildnis zu markieren. Täten sie dies nicht, so könnte man niemals auf dem rechten Wege bleiben, würde sich zu weit vom Wasser entfernen und sein Leben lassen. Ich habe gelernt, solche Markierungen zu schätzen, Brüder, wenn alles um mich her unbegreiflich ist.

»Was redet er da?« Johann Lazinus beugt sich über meine Schulter und versucht, das Gespräch des Übersetzers mit den Arabern zu entschlüsseln. Da Johanns Mißtrauen gegenüber Ser Niccolo von Anfang an viel stärker war als das meine, ist sein Argwohn in der Wüste zu blankem Haß entflammt.

»Ich weiß es nicht«, erwidere ich.

Unser ehrwürdiger Calinus steigt ab und mischt sich ins Gespräch. Nach ein paar ungewissen Augenblicken kehrt er zu unseren Kameltreibern zurück und weist sie an, einen Sack Süßbrot abzuladen.

»Wegezoll«, sagt Elphahallo mit entschuldigendem Lächeln. »Auch dürfen wir die Ebene nicht durchqueren, bis die Karawane vorbeigezogen ist.«

Ser Niccolo wird darüber nicht allzu glücklich sein, weiß ich. Er ist es schon leid, Pilger und Priester mitschleppen zu müssen; zudem haben wir zwei Tage in Gazara verloren, um Kamele für das ganze Gepäck der Tucher aufzutreiben: Mitbringsel, Säcke voll Gewürz, Bettzeug und Zelte; zwei Tage, in denen Niccolos Schwester eine Ebene und eine Bergkette Vorsprung gewann. Als Graf Tucher fiebernd und erschöpft durch seine Buße in seinem bescheidenen Zelt lag, zerrte der Übersetzer ihn an einem Arm hoch und schob ihn auf seinen Esel. Doch welche andere Wahl hat Niccolo, als mit uns zu reisen, Brüder? Er ist mittellos auf dieser Welt.

Der frischgebackene Ritter Ursus steigt von seinem Esel, um sich zu Johann und mir zu gesellen und die Karawane zu bewundern, die vor uns den Hügel emporschwankt, da wir unseren Zoll bezahlt haben. Selbst Orient, kommt sie von einem weiter noch entfernten Orient her mit Waren, die uns eines Tages im abgelegensten Teil unserer Heimat erreichen werden. Sie durchquert die Halbinsel Sinai, um die Schiffe des Indischen Ozeans mit jenen des Roten Meeres zu verbinden, ist Teil der großen, beweglichen Kette aus Handwerkern, Kaufleuten, Steuereintreibern und Kunden, die eine Brücke zwischen Cathaya und Kairo, Venedig und Hamburg schlägt.

»Seht, Pater!«

Ursus deutet auf die erste Gruppe, die auf die Wüstenaraber folgt. Ich erschrecke bei dem Anblick blonder Köpfe und herabhängender bleicher Schultern, der schweren Eisenfesseln um nicht daran gewöhnte Knöchel. Vor uns zieht Peter Ber, der abtrünnige Mameluck, hörbar langsam die Luft ein. Diese Männer sind dazu bestimmt, zu werden, was er hinter sich läßt; es sind die gefangenen Plünderer der Gewürzinseln, die jüngeren Söhne kleiner europäischer Adeliger, die unter den Piraten des Orients ihr Glück zu machen glaubten. Sie lernen, meine Brüder, bereits ihr arabisches Alphabet. Sie sind die zukünftigen Mamelucken.

Peter beugt sich tiefer über seinen Esel, unbehaglich in der Gegenwart anderer Sklaven. Da Niccolo Konrad verboten hat, den Nacken des Mamelucken zu behandeln, ist dieser entzündlich angeschwollen, so daß die Wunde jetzt beständig Eiter abstößt, der sich mit seinem fettigen blonden Haar verklumpt. Ich will nicht sagen, daß der Mameluck jene Demütigung von den Händen Niccolos nicht verdiente, als er den Diebstahl von Sankt Katharinas Gebeinen zuließ, doch ist der Übersetzer in diesen ohnehin schon schwierigen Tagen übertrieben hart mit ihm umgesprungen. Ich habe keine Ahnung, weshalb er ihn überhaupt dabei haben wollte, falls er nicht tatsächlich sein Versprechen wahr machen will, Peter nach Hause zu bringen. Und ich frage mich, ob der Mameluck das noch erleben wird, denn seine Entzündung hat ihn zunehmend unberechenbarer gemacht.

Vor uns, Brüder, zieht die große Karawane vorüber. Eine ptolemäische Linie auf der Landkarte, ein Kometenschweif, die Kriechspur einer Schlange im Sand. Kümmern diese Linien die Leben, die an ihnen entlangziehen? Eine Karawane? Eine Pilgerfahrt, Brüder? War es kindisch von mir, diese Reise als etwas anderes zu sehen als eine gerade Linie, Länder durchschneidend und Leben und Zeit, doch am Ende ein Weg für sich, mit nicht mehr Empfindung als jener Pfad, den die gottlosen Wilden für uns durch die Wüste abgesteckt haben? Immer wenn ich versuche, eine Bedeutung in diesen Toden und Treuebrüchen zu entdecken, stürze ich ins Chaos zurück, Brüder. Katharina entzieht sich mir. Ich kann nichts tun, als den Spuren ihres Duftes zu folgen und zu hoffen, daß sie zu einer demütigen Bestimmung führen.

»Seht, Pater.« Ursus packt mich am Arm. »Die Kamele.«

Hinter den frischgebackenen Mamelucken schaukelt eine berückende Armada von Kamelen vorüber, auf ihrem Buckel violette und rostrote Teppiche, darauf ein immer neues Wunder. Das eine Tier trägt einen hölzernen Käfig mit grasgrünen Papageien, die sich vergnügt zuknarzen. Das nächste überbringt ein Faß aus Akazienholz mit eingeschnitzten Leoparden und Seesternen. Aquamarinblaue, mit Silberfäden durchschossene Seide lugt aus dem Ballen, den das dritte trägt; das vierte bringt wohl mit Jasmin gewürzten Reis. Wir reisen nun seit zwei Wochen in der Gesellschaft von Kamelen und haben

Gott oft für den Erfindungsreichtum ihrer Form gedankt. Das Kamel ist ein freundliches, wenn auch mißgestaltetes Geschöpf, Brüder, mit einem langen Hals und ebensolchen Beinen und mit einem buckligen Rücken, auf dem es Lasten tragen kann. Es scheint ein unablässig sorgenvolles und bedrücktes Tier zu sein. In seinem allzu kleinen Kopf stecken große, schaurige Augen, und wenn ein Mensch sich ihnen naht, beginnen sie zu beben, denn Gott hat die Augen der Kamele so geschaffen, daß sie den Menschen viermal größer wahrnehmen, als er wirklich ist. Hätte unser Schöpfer dies nicht so vorgesehen, würde kein Kamel es zulassen, getrieben oder beladen zu werden. Ein Kamel kann sehr lange leben, bis zu hundert Jahren, sofern es nicht in ein kaltes, feuchtes Land gerät, wo es krank würde. Sein Gedächtnis ist so lang wie sein Leben, und von Natur aus haßt es alle Maultiere, Pferde und Esel, weil diese manchmal Lasten tragen, die das Kamel als ihm allein gemäß betrachtet. Unsere Kameltreiber verbringen am Morgen viele mühevolle Stunden, um diesen Tieren ihre Lasten auf- und wieder abzuschnallen; denn unser Gepäck muß ganz gleichmäßig auf ihren Buckeln verteilt sein, damit sie sich in Gang setzen. Und nun ziehen leicht über hundert Kamele wie ein bemaltes Band über die Ebene.

»Fejlisk.«

Unser Calinus Elphahallo nähert sich uns dreien und zieht mich beiseite.

»Mögt Ihr ein wenig mit mir kommen?« fragt er.

Ich wende mich von der Prozession ab und folge ihm am Rand des Wadis entlang, bis wir außer Hörweite der anderen Pilger sind. Ser Niccolo hat sich den Treibern unserer Kamele und Esel zugesellt und scherzt mit ihnen in ihrer Sprache, um das Beste aus dieser neuen Verzögerung zu machen.

»Einer meiner Männer kam letzte Nacht mit einer beunruhigenden Anschuldigung zu mir«, sagt Elphahallo und richtet den Blick auf jenen Treiber, der den Arm um Ser Niccolos Hüfte gelegt hat und über ein von einem Klammeraffen gerittenes

Kamel lacht. »Ein Gerücht geht um, Graf Tucher habe christliche Spione angeworben, um die Kinder der Kameltreiber zu rauben, wenn diese nicht zu Hause sind.«

»Was?« rufe ich aus. »Das werdet Ihr, Calinus, doch gewiß nicht glauben?«

»Natürlich nicht.« Er bürstet etwas Sand von seinen noch immer weißen Gewändern. »Doch ich dachte, Ihr solltet es wissen, da jedes Gerücht einen Ursprung hat.«

Calinus' Blick verweilt auf dem Übersetzer, bevor er zu dem verleumdeten Graf Tucher hinüberwandert. Wahrhaftig, Brüder, als ich meinem Gönner seine Buße auferlegte – zum ersten, er solle seine Wallfahrt zum heiligen Berg Sinai vollbringen, dem Hort allen Gesetzes, wo Gott verkündete: *Du sollst nicht stehlen*; und zum zweiten, er solle die pekuniäre Verpflichtung für unsere ganze Partie übernehmen –, hätte ich nie gedacht, er werde seine Kasteiung so auf die Spitze treiben. Am Anfang hielten wir alle seine Bußfertigkeit für einen Scherz und warteten darauf, daß sie sich erschöpfen werde wie jede seiner Launen bisher. Als sein Vater bewegungslos dakniete, die Arme in Kreuzform ausgestreckt, bewarf ihn der junge Ritter Ursus mit Steinchen, auf daß er zusammenzucken möge. Graf Tucher aber, Brüder, bewahrte seine Haltung und bat endlose Stunden um Vergebung für seine Entweihung des Heiligen Grabes. Und jetzt nährt Niccolo Argwohn gegen diesen reuigen Menschen? Ich begreife nicht, was solch ein Gerücht bewirken soll.

»Ist Euch nicht gut, mein Freund?« fragt der Calinus besorgt. Ich schüttle den Kopf. Seit wir vor zwei langen Wochen Jerusalem verlassen haben, fühle ich mich, als hätten Geist und Körper sich von Grund verändert. Ich leide unter Fieberschauern und Beschwerden der Gedärme; ja, ich fühle, als wandere ein feines Gift durch meinen Körper: Zuerst greift es meinen Geruchssinn an, so daß die reine Essenz eines jeden Gegenstandes in meine Nase kriecht; und dann sind meine Augen an der Reihe, indem die ursprünglichen Farben dieser Welt verschwinden und einer grauen Tränenwolke weichen.

»Tut, was Ihr könnt, um die Gerüchte niederzuschlagen, mein Freund«, sage ich schließlich, denn unter Sarazenen ist es üblich, den anderen so vertraut anzureden. »Ich werde Graf Tucher sagen, er soll auf der Hut sein.«

»Selten habe ich eine so majestätische Prozession gesehen«, seufzt Elphahallo, während die Kamele vorbeiziehen, beladen mit blauen und gelben Säcken voller Mastix, Kardamom und Pfeffer. »Wenn die Venezianer sich weitere Seewege nach Osten eröffnen, wird dies bald Vergangenheit sein.«

Die stolzen Kaufleute berühren vor Elphahallo ihre Turbane, während sie vorüberwandern, und unser Calinus verbeugt sich bis zum Boden. Ganz am Ende der Karawane schleppen zehn stämmige Sarazenen eine mit einem Tuch bedeckte Sänfte. Ihr Kasten ist wundervoll gezimmert aus kräftigem, rot lackiertem Holz mit goldenen Ornamenten, ihr Baldachin ein Teppich mit eingewobenen Meereskämpfen: wasserspeiende Wale zerschmettern Galeeren, Delphine trotzen gefräßigen Riesenkraken. Gewiß ist diese Sänfte für ein wahres Wunder gezimmert worden, Brüder, vielleicht für eine riesenhafte Perle oder eine Koralle in Pferdeform. Einen winzigen Augenblick denke ich, sie hätten mein Weib unter jenem Baldachin, ein vollkommen erhaltenes Ebenbild Katharinas. Da strömt denn Sonnenlicht durch das Gewebe des Teppichs, um ihren erstarrten Kiefer zu erwärmen, da quillt dickes blondes Haar über ihren Busen, und ihre Hände vereinen sich zum Gebet über einem soeben erst erkalteten Herzen. Sie haben sie aus Konstantins Traum gerissen, als sie an die Stelle des ertrunkenen Kaufmanns getreten und heiter zum Strand geschwebt ist. Verhüllt vor der Sonne und dem Sand bleibt uns dieses letzte Wunder des Orients verborgen. Was immer darin schläft, dient uns, ihr Brüder, als Erinnerung, als Mahnung. Denn wie weit uns unsere Wanderungen auch führen mögen, sei es zum Sinai, nach Indien oder zur Schwelle von Alexanders Eisentor, es liegt immer noch ein Orient vor uns, unbekannt und unkennbar. In diesem Osten geht die Sonne auf und Ungeheuer hausen da; die Zeitalter der Menschheit entstehen dort, indem man mit Dämonen kämpft – und all dies ist derselbe Ort, Brüder, derselbe Orient; glaubt keinem Menschen, der euch anderes erzählen will.

»Calinus! Sie ziehen davon!«

Ursus, der Sohn meines Gönners, packt Elphahallo am Ärmel und zerrt ihn auf die entweichende Karawane zu.

»Wir wollen sehen, was unter jenem Tuch ist!«

Es ist uns nicht gegönnt zu wissen, welchen Schatz die Sarazenen von einem Meer zum andern über die Wüste tragen. Ich mahne Ursus, Ruhe zu geben, doch er läuft zu Ser Niccolo.

»Bitte, Ser, fragt die Sarazenen, ob sie uns hineinschauen lassen!«

Natürlich findet dieser ungezogene Knabe einen Streiter in dem Übersetzer, dessen Ungeduld nur seine Neugier gleichkommt. Auch Niccolo will wissen, was so wertvoll ist, daß zehn Männer es zu Fuß über den brennenden Sand tragen. Mit Schmeicheleien und schönen Reden hält er die Sarazenen auf, lächelt gewinnend und bittet sie, ob sie nicht für den Knaben den Schatz auf ihrer Sänfte offenbaren möchten.

Der Calinus und ich begeben uns zu Johann, Konrad, Graf Tucher und Peter Ber, die aufgeregt auf dem Abhang des Wadis warten. Unter ihnen springt Ursus neben Niccolo umher, um begierig ein weiteres Wunder zu sammeln, mit dem er am Hof des Grafen Eberhard prahlen kann. Die Sarazenenhändler aber sind stolz auf ihren Fund und wollen, daß die Christen etwas sehen, was sie nicht besitzen. Betrachtet dies und staunt, scheinen sie zu sagen. Blickt in die Augen des Todes.

Mit großer Geste enthüllen Niccolo und ein Kaufmann die rotlackierte Sänfte, auf daß das Wunder des Orients erscheine.

Es ist ein Fisch, Brüder, gefangen im Indischen Ozean. Ein ungeheuer langer, dicker Fisch, der die Länge zweier Kopf an Kopf gelegter Männer umspannt, der eine Flosse auf dem Rücken trägt und ein wildes schwertgleiches Maul. In seinen Schuppen schillern alle Farben des Meeres: Grün für das Moos, das auf den Trümmern der Schiffe wächst, Purpur für die kitzlige Fingeranemone, Blau wie der in den Wellen gebrochene Himmel, das Gelb des Meeresgrundes. Sein Maul ist scharf und bedrohlich, doch sind es seine Augen, an denen wir ihn erkennen. Zwei violette, brennende, magnetische Augen, geschwächt im Tod, doch nicht vollkommen erloschen. So nahe dieser Kreatur, erkenne ich, daß sie den Menschen mit einem sehr simplen Kniff der Spiegelung festhält. Der Fisch vor uns besitzt keine Pupille, keine Hornhaut, kein zweites Lid. In seinem riesenhaften Auge erblickt man nichts als das eigene Ich, schändlich gesetzt in den Kopf eines Ungeheuers.

Wendet eure Blick nicht ab von dem furchtbaren Troyp, Brüder.

Wenn ihr es nicht mehr ertragen könnt, euch selbst zu sehen, dann verschlingt er euch.

Wüste Sinai, im Tal Minschene
Sommer 1483

Wasser

WIR STREITEN UNS um alles, doch um nichts streiten wir uns heftiger als um Wasser.

Wir streiten, wieviel wir uns erlauben können, wie weit wir von unserem Weg abweichen sollen, um es zu finden, ob es trinkbar ist, ob wir es brauchen. Wir streiten unablässig mit unseren Kameltreibern, die es verabscheuen, die vier gewaltigen versiegelten Tonkrüge reinen Wassers aufzuladen, die ich in Gazara für den Notfall gekauft habe. Zuerst haben sie sich geweigert, das Wasser überhaupt zu befördern, haben es töricht und schwer genannt und solch ein Geschrei erhoben, daß Elphahallo angewidert zwei weitere Tiere besorgen ließ, nur um die

Krüge zu tragen. Mein einziger Trost sind Träume von eben diesen Kameltreibern, in denen sie mit schwarz geschwollenen Zungen über die ausgedörrte Ebene kriechen, um etwas von Pater Felix' kühlem reinen Gazarawasser zu erflehen. Soll ich sie dann lachend verspotten, Brüder, soll ich den Kopf zurückbiegen, um das lebensspendende Naß durch meinen Bart rinnen zu lassen? Versucht mich nicht, denn auch ein guter Christ kämpft manchmal schwer darum, die andere Backe hinzuhalten.

Nun aber warten wir unruhig auf eben jene Treiber, hier im weißen Tal Minschene, wo verbrannte Kalksteinfelsen sich wie eine geheime Aussätzigenkolonie in der roten Wüste verbergen. Den ganzen Tag haben wir keinen Pflanzenwuchs gesehen, Brüder, doch unsere Treiber haben geschworen, wenige Meilen entfernt sei ein Sumpf, weshalb sie unsere Tiere und Wasserschläuche mitnahmen, um ihn aufzusuchen. Es wird dunkel, doch sie sind noch nicht zurückgekehrt. Wir brauchen dieses Wasser für unser Abendmahl.

»Sammelt Zweige und eßt gebratenes Fleisch, solange es noch möglich ist.« Mit diesen Worten hat Elphahallo uns, da er uns murren sah, ausgesandt, das kalkige Bachbett nach Feuerholz zu durchsuchen. »Bald werdet ihr nichts mehr finden, was ihr brennen könnt.«

Er hat uns ausgeschickt, um uns vom Wasser abzulenken, Brüder, denn der Calinus weiß, wir sorgen uns jedes Mal, wenn die Araber uns verlassen, daß dies die Nacht ist, in der sie nicht zurückkehren. Jetzt ist es wieder einmal so weit: Heute werden sie uns hilflos in der Wüste zurücklassen. Nicht weit von mir wühlt Graf Tucher kraftlos im weißen Sand des Bachbetts nach Stecken. Ich habe es nicht übers Herz gebracht, ihm zu erzählen, daß die Araber glauben, er habe christliche Spione angeworben, um ihre Kinder zu entführen. Er würde bloß glückselig lächeln, wenn ich es täte.

»Glaubt Ihr, daß sie bald zurück sind?« Unser Barbier Konrad gesellt sich zu mir an den Ort, den wir für das geplante Feuer hergerichtet haben. Ich werfe das Rankengewirr darauf, das ich gefunden habe.

»Elphahallo meinte, der Sumpf sei mehrere Stunden entfernt«, beruhige ich ihn mit gespielter Zuversicht. »Und die Tiere müssen saufen.«

Konrad sieht mich besorgt an.

»Ihr seht nicht gut aus, Felix«, sagt unser Barbier. »Wir sollten wirklich die Wasserkrüge öffnen.«

Ich blicke zu den vier riesigen Tonbehältern hinüber, die da im Durcheinander unserer verwahrlosten Besitztümer liegen. Diese vier Krüge, Brüder, sind weit wertvoller als die Ballen roter Seide, die die beiden Tucher in Jerusalem erwarben, als die mit Silber eingelegten Tablette und die prächtigen Säcke mit Nelken, Zimt und Muskatblüten, die sie mit nach Schwaben nehmen wollen. Ohne Wasser stirbt ein Mensch innerhalb zweier Tage, denn die Hitze in dieser Wüste dringt tief in den Körper ein und raubt ihm Wasser, wo immer sie es findet. Die beiden Augen des Menschen sinken, Inseln in einem trockengelegten Sumpf gleich, in seinen Kopf zurück; sein offener Mund, vom Speichel nicht mehr befeuchtet, füllt sich mit Sand; ein jedes seiner Organe trocknet aus, Brüder, und wird weggeweht.

»Sie sind nur für den Notfall«, erwidere ich. »Sie sollen dafür sorgen, daß wir den Berg erreichen.«

»Dann nehmt einen Schluck Wein«, befiehlt er. »Ihr müßt Euch Eure Kraft erhalten.«

Ich willige ein, ein wenig von unserem wertvollen Weinvorrat zu kosten, den wir vor den schurkischen Arabern in einem Leinensack mit gepökeltem Schweinefleisch verbergen, denn mir ist tatsächlich sehr schwindlig. Das Siechtum, das mich ergriffen hat, Brüder, kommt in Wellen über mich wie Seekrankheit, so daß ich kaum noch stehen kann.

»Habt Ihr ihn woanders hingesteckt?« fragt Konrad und wühlt in jenem Sack mit Pökelfleisch.

Ich verneine und helfe ihm dabei, unser Gepäck eingehender zu untersuchen.

Unsere Weinflasche ist nirgendwo zu finden, Brüder, was eine ernste Sache ist. Wasser brauchen wir zum Überleben, Wein aber zum Wohle unserer Gesundheit. Die Wüste ohne heilkräftige Getränke zu durchqueren, ist der Gipfel der Torheit, fragt jeden Arzt, den ihr nur kennt. Für das Versteck des Weines entschied ich mich, als ich mich an die Geschichte der Reliquien des heiligen Markus erinnerte, die unter einer Lage Schweinefleisch aus Alexandria entführt wurden. Die ängstlichen Muselmanen wagten nicht, die Fässer bei der Inspektion zu berühren, so daß die schlauen venezianischen Diebe mit ihrem Schutzheiligen entkamen. Ich kann mir nicht vorstellen, daß unsere Araber so unfromm sind, für ein paar Schluck Wein in unreinem Schweinefleisch zu wühlen, doch ist es auch wohlbekannt, daß sie zu furchtbaren Säufern werden, sobald es ihnen möglich ist, gerade weil ihr Glaube ihnen nicht einmal ein Schlückchen Rebensaft erlaubt.

Konrad blickt erbittert drein. Er hat Graf Tucher mit drei Schluck Wein vor jedem Schlafengehen gesund gepflegt. Hinten am Lager treibt unser Calinus die Zeltpflöcke mit seinem Schuh tiefer in die Erde. Ich stürme zu ihm hinüber.

Elphahallo nickt mir zu, als er mich nahen sieht. »Fejlisk?«

»Calinus«, sage ich wütend, »die Kameltreiber haben unseren Wein gestohlen.«

Fachkundig bindet er die Laschen neu, fegt den in alle Ritzen kriechenden Sand weg. Dann richtet er sich auf.

»Seid Ihr sicher?« fragte er. »Das ist nach unserem Glauben verboten.«

»Es sind Diebe, Elphahallo«, beharre ich. »Jede Nacht verschwindet etwas Proviant und jetzt auch unser Wein. Ich will ihn wiederhaben.«

»Ich werde mit ihnen sprechen, mein Freund«, versichert mir der Calinus. »Versucht, jeden Aufruhr zu vermeiden. Die Lage ist schon angespannt genug.«

Da mir nun das Gerücht einfällt, das man über Graf Tucher verbreitet, ergreift mich, Brüder, eine grauenvolle Furcht.

»Ihr glaubt doch nicht, sie werden sich in der Wildnis betrinken und vergessen, zurückzukehren?«

Elphahallo lacht, was ich unpassend finde.

»Das ist recht unwahrscheinlich«, sagt er. »Wenn Ihr durstig seid, mein Freund, trinkt dies. Dann werdet Ihr Euch besser fühlen.«

Elphahallo hält mir seinen gegerbten Wasserschlauch hin, doch ich schüttle den Kopf. Ich habe das Wasser gesehen, das aus diesen Schläuchen kommt; nicht nur, daß es rot ist wie Blut, es riecht auch noch, als sei es drei Tage lang im Magen eines Tieres aufbewahrt gewesen und dann wieder ausgespien worden. Die Sarazenen schlürfen das stinkende Zeug mit Genuß, doch so schlecht geht es mir noch nicht, Brüder. Elphahallo zuckt mit den Achseln, doch bevor er sich zum nächsten Zelt begeben kann, hören wir es. Im selben Augenblick stellen der Calinus und ich unsere Ohren auf.

»Han na yo yo an ho ho oyo o ho! Han na yo yo an ho ho oyo o ho!«

Das Lied der Kameltreiber kommt über das Bachbett wie ein kehliger Vogelruf; es ist der Rhythmus unserer Reise. Das Kamel leidet es nicht, mit Stock oder Peitsche angetrieben zu werden, Brüder, so daß man es nur in Bewegung setzen kann, wenn man ihm tröstend wie einem Kind vorsingt.

»Pater!« Ursus klettert den entfernten Hang des Wadis herab, auf dem er fruchtlos nach Stöcken gesucht hat. Auch er hat die Kamele zurückkehren sehen. »Das Wasser ist da!«

Wir werden sie nicht bestürmen, so sehr wir auch die Wasserschläuche von ihren Sätteln reißen möchten, um deren Inhalt gierig einzusaugen. So lassen wir die Kamele ihren Weg ins Bachbett hinunter suchen. Vorsichtig setzen sie ein dürres Bein vor, um ihr Gewicht darauf zu verlagern. Konrad gesellt sich zu uns, während wir dastehen wie eine Schar wütender, doch gleichermaßen lüsterner Weiber, die auf die Rückkehr ihrer Männer aus der Taverne warten.

Gerade hilft Elphahallo dem letzten Kameltreiber, sein Tier ins Lager zu locken, als wir uns auf sie stürzen. Die bedrängten Treiber werfen uns unsere Schläuche zu.

»Es ist weiß!« schreit Ursus auf, als das Naß in seine hohle Hand schießt. »Seht doch nur, Pater!«

Ich untersuche meine eigene Handvoll und schnuppere. Tatsächlich, Brüder, das Naß, das sie uns brachten, ist dick und weiß, eher wie Milch denn Wasser. Dazu gibt es das eklige Aroma verfaulter Pflanzen von sich! Ich zeige es Elphahallo, und selbst er rümpft die Nase.

»Da ist nichts zu machen«, meint er nach einem langen Gespräch mit den Treibern. »Sie sagen, der Sumpf sei fast ausgetrocknet, und selbst hierfür hätten sie graben müssen. Außerdem«, fügt er hinzu, »schwören sie, sie hätten nicht einmal gewußt, daß Ihr Wein besitzt.«

»Das können wir nicht trinken!« brüllt Ursus.

»Vielleicht sollten wir die Krüge öffnen«, schlägt unser Barbier vor.

»Nein«, erwidere ich entschieden, »Der Calinus meint, wir werden bald in eine wesentlich schwierigere Lage geraten. Wenn die anderen mit Feuerholz zurückkommen, können wir das Zeug da abkochen.«

Wir haben weitere acht Tage vor uns, Brüder, auf unserer Reise durch ein von Gott verfluchtes Land. Der Calinus meint, die Brunnen seien spärlich und weit voneinander entfernt in jenem tiefsten Teil des Sinai. Stämme grimmiger Wüstennomaden bewachten sie, wo es die Hitze zuläßt, und giftige Schlangen, wo kein Mensch überleben könnte. So können wir nur aufs Feuerholz warten.

Lange müssen wir warten, bis der nächste Pilger das Lager erreicht. Ser Niccolo humpelt ins Bachbett hinunter, gestützt auf einen einsamen langen Stock. Als er uns erreicht, leert er seine Taschen; hervor kommen weitere Ranken und ein paar Zweige, kaum genug, um ein Feuer anzufachen.

»Was ist mit Eurem Knöchel geschehen?« will Konrad wissen. Als Niccolo seinen Stiefel auszieht, sehen wir, daß er zu seiner doppelten Größe angeschwollen ist.

»Da sind überall Schlangenlöcher.« Vorsichtig berührt er den verstauchten Knöchel. »Es war, als ginge ich über ein Sieb.«

»Ihr habt Schlangen gesehen?« frage ich.

»Hunderte. Und Tausende von Löchern.«

»Ich habe von einer gewissen Wüstenschlange gelesen, die man *Dipsades* nennt«, erkläre ich. »Ihr Biß verursacht unerträglichen Durst.«

»Sprecht bloß nicht über Schlangen«, sagt Konrad.

»Wo ist das Wasser?« fragt der Übersetzer. »Ich bin durstig.«

Ich berichte ihm von dem ausgetrockneten Sumpf. Wenn wir kein Feuer haben, um das Wasser trinkbar zu machen, werden wir heute darauf verzichten müssen.

»Laßt uns die Krüge öffnen«, sagt er.

Denkt keiner außer mir ans Vorrathalten, Brüder? Trotz des kühlen Abends bin ich naß von Schweiß, mein Magen verkrampft sich und meine Gedärme rebellieren, doch immerhin ist mein Kopf klar genug, um zu wissen, daß wir jenes Wasser später viel dringender brauchen.

»Nein«, erwidere ich. »Die sparen wir uns auf.«

»Wofür?«

»Für die gefährlichen Tage.«

»Diese Tage sind schon über uns gekommen, Pater«, meint der Übersetzer und humpelt zu seinem Zelt, um sich zurückzuziehen.

»Wollt Ihr nicht auf Johann warten?« rufe ich ihm nach. »Vielleicht bringt er Holz, so daß wir das Wasser in den Schläuchen kochen können.«

»In diesem Tal wird er nichts finden«, entgegnet Niccolo über seine Schulter hinweg, »und ich muß arbeiten.«

Jede Nacht brennt eine Laterne in Niccolos Zelt, Brüder, manchmal bis zur Morgendämmerung, und ich muß ihm nicht nachspionieren, um zu wissen, daß er daneben hockt und fieberhaft an der Vita seiner vergessenen Heiligen schreibt. Wenn die anderen des Abends um das Lagerfeuer saßen, um sich von daheim zu erzählen, und ich, der ich dabeisaß, vielleicht für euch in diesem Büchlein gekritzelt habe, hat Niccolo sich in sein Zelt zurückgezogen, um seiner geheimen Übersetzung ein weiteres Kapitel hinzuzufügen. Es nützt nichts, ihn um eine Kostprobe zu bitten, Brüder; er schüttelt bloß den Kopf: Bald, Pater. Bald.

Die Vorhersage des Übersetzers trifft leider ein. Wir warten eine weitere Stunde, bis die Berge die letzten Sonnenstrahlen aufgesogen haben, und da schleppt sich Johann heran, geschlagen und ohne einen einzigen Busch. So können wir bloß etwas hartes Süßbrot nagen, es mit unserem eigenen Speichel hinunterwürgen und zu Bett gehen.

Niedergeschlagen schleichen Johann und ich in das enge Lederzelt, das wir mit Konrad teilen; dieser muß heute die Wache übernehmen. Angekommen, entkleiden wir uns, wie wir es auch auf See jeden Abend taten, um uns nach eklem Ungeziefer abzutasten. Der Calinus hat uns zudem ermahnt, den Boden nach den bissigen Sandflöhen abzusuchen und nach ihren weit bösartigeren Vettern, den Läusen des Pharao. Diese schwarzen Würmer, so groß wie eine Haselnuß, kriechen aus der Erde, um wie abscheuliche Zecken den Menschen das Blut auszusaugen. Nach ihrem Biß bleibt eine Narbe, ein bläuliches Zeichen mit einem roten Kreuz, von ungefähr der Größe eines Hellers. Betupft man diese Narbe nicht sogleich mit Zitronensaft, so verwandelt sie sich in eine unheilbare, schwärende Wunde.

Während Johann sich absucht, kleide ich mich bis auf meine Stiefel und meinen Geldbeutel aus, hole die Zunge der heiligen Katharina hervor und küsse sie. Dieses Unterpfand ist der einzige Teil von ihr, den ich in Sicherheit weiß. Dieses stimmlose Instrument, dieses einsame Fünftel eines Mundes. Ich dachte, ich hätte ihre Wünsche verstanden, als ich die Worte des heiligen Hieronymus las, doch jetzt weiß ich nicht mehr, wem ich trauen kann. Selbst mein alter Freund Johann beobachtet mich argwöhnisch; denn er ist sich gewiß, daß ich die Zunge betrogen habe, als ich dieses Organ an ihrer Statt entgegennahm. Johann Lazinus hat sich unserer Partie in Venedig angeschlossen, Brüder, er war in keiner Weise verpflichtet, mit zum Sinai zu kommen. Manchmal glaube ich, er ist uns nur aus Bosheit gefolgt.

Ich lege die Zunge vor unsere Laterne und schließe meine schmerzenden Augen, um zu beten.

O Herr, bete ich schweigend, wie brennend war doch früher mein Verlangen. Ich sehnte mich nach Offenbarung, nach Frieden unter unseren Brüdern, nach einem deutschen Papst in Rom, und jede Nacht betete ich inbrünstig darum. Manchmal erhörtest Du meine Gebete und manchmal, wie es Dein Wille ist, hast Du beschlossen, meinem müßigen Flehen nicht stattzugeben. Einst, als mein Abt die Treppe hinabgefallen war und als es schien, er werde dies nicht überleben, habe ich mit solch erschrockenen, gehetzten Tränen gebetet, daß Du Dich erbarmt und unseren lieben Abt verschont hast. Heute bin ich der Tränen bar, o Herr, denn in meinem Leib ist kein Wasser, um sie Dir darzubringen; sonst aber würdest Du sie über meine Wangen strömen sehen. Dein Diener, Graf Johannes Tucher, braucht Wasser, um sich zu erholen. Er ist erkrankt durch übertriebene Andacht und liegt soeben matt in seinem Zelt. Dein Diener Felix Fabri leidet an Fieberschüben, Herr, und nichts kann seine Anteilnahme lange fesseln, es sei denn die Vorstellung von kühlem sauberem Wasser. Ich fürchte, daß in unserem Lager Unmut brütet, gütiger Vater, und Wasser mag das einzige Gegengift sein. Wir streiten uns um Wasser, unsere Zahl nimmt ab, weil wir keines haben, der Freund neidet dem Freund einen einzigen Schluck und ist bereit, sich mit ihm zu schlagen. O Herr, laß diese einfache Zunge vor mir als Wünschelrute wirken und führe uns zum Wasser. Nur darum bitte ich in diesem Urgebet. Im Namen Jesu Christi.

Amen.

Als ich die Augen öffne, Brüder, ist unsere Wünschelrute, der heiligen Katharina Zunge, nicht mehr da.

Johann grinst mich an, die Hände gewölbt wie ein Kind, das eine zappelnde Kröte hält.

»Johann«, sage ich. »Gib das zurück.«

»Erst wenn du mir erklärst, was vor sich geht.«

»Das ist nicht lustig.«

»Ich habe schon wochenlang nicht mehr gelacht.«

»Das meine ich ernst!« Ich werfe mich auf ihn, spüre, wie das Fieber hinter meinen Augen aufwallt. »Gib sie zurück!«

Johann reißt den Fuß hoch und trifft mich in die Brust, so daß ich rücklings auf mein Lager stürze.

»Nein. Ich will, daß Katharina mir heute nacht etwas zuflüstert«, sagt er. »Ich will von ihr erfahren, warum sie uns all dies durchmachen läßt. Was sagst du da?« Er hält ihre Zunge an sein Ohr. »Du weißt nicht, wen du liebst?«

»Johann!« befehle ich. »Gib sie zurück – du verdammst dich zur Hölle!«

»Ich weiß nicht recht, ob die Hölle schlimmer ist als dieses ständige Unwissen. Wir waren Freunde, Felix. Wir haben uns vertraut. Jetzt aber hast du Arsinoe verraten und ich kenne dich nicht mehr.«

»Ich habe sie nicht verraten, Johann. Sie hat uns angelogen.«

»Warum ist sie zu dir gekommen?« Ich kann nicht sagen, ob Johann diese Frage an mich oder an die Zunge richtet. »Warum hat sie dir vertraut? Ich hätte mich niemals gegen sie gewandt.«

Draußen stößt der Wind gegen die Zeltklappen wie eine Frau, die in den Wehen liegt. Durch die Nähte und Bänder dringt pfeifend Sand. Sorglos hält Johann die Zunge; winzige Steinchen und Erde haften an ihrer Spitze, als habe sie eine Gasse abgeleckt.

Weshalb tun wir dies, Brüder? Weshalb kämpfen wir um die Fragmente einer Frau? Selbst Johann und ich, die wir der Geschlechtlichkeit gänzlich entsagt haben, sind nicht frei. Ich will Katharinas Zunge, Johann will Arsinoes Herz, nein, mehr als das. Er will jenes kleine, pochende Stück vollkommenen Vertrauens, das kein Mann jemals wahrhaft erringt. Doch er weiß, daß Arsinoe dies vor langer Zeit schon einer anderen Frau geschenkt hat. Johann kann es nicht ertragen, daß wir beide der Spitze dieser Zunge mehr ergeben sind als ihm.

»Felix, Johann. Das müßt ihr sehen.« Konrad, unsere Wache, steckt seinen sandigen Kopf durch die Zeltklappe. Einen Moment nur ist Johann abgelenkt und lockert seinen Griff um die Zunge. Ich packe sie und stecke sie in meinen Geldbeutel, bevor ich unsere Laterne ergreife, um Konrad zu folgen. Ab heute muß ich vorsichtiger sein.

Das Bachbett entlang stolpert, ungleich beleuchtet vom aufgehenden Halbmond, unser letzter Pilger, der Mameluck Peter Ber. Bevor er noch den unser Lager umgebenden Ring aus Kamelen durchbricht, kann ich seinen schlechten Atem riechen.

»Mir scheint, wir wissen jetzt, was mit unserem Wein geschah«, meint Konrad.

»Wacht auf! Wacht alle auf!« ruft Peter, über eine Zeltschnur stolpernd. »Ratet einmal, was ich gefunden habe.«

Köpfe erscheinen in den beiden anderen Zelten. Ser Niccolo erhebt seine Laterne und schneidet eine angeekelte Grimasse angesichts des Zustands des Mamelucken.

»Peter«, mahne ich streng, »dieser Wein war unsere Medizin. Ihr hattet kein recht, ihn zu nehmen.«

»Ist das der Dank«, schnaubt er und legt seinen schweren Arm um meine Schultern, »wo ich doch meilenweit gegangen bin für das hier?«

Ursus kriecht vorsichtig aus seinem Zelt, um seinen erschöpften Vater nicht zu wecken. Auch er will sehen, was der Mameluck da prahlend anpreist.

Mit großer Geste öffnet Peter sein Gewand, und wie goldene Venusäpfel rollen sie heraus: vier makellose Kugeln.

»Früchte!« ruft Ursus. »Herr Peter, wo habt Ihr sie bloß gefunden?«

»Weit, weit weg im Bachbett.« Der Mameluck zeigt hinter sich, genau in jene Richtung, in der sonst keiner suchte. »Da muß es eine unterirdische Quelle geben. Ich habe kein Wasser gefunden, aber einen ganzen Haufen dieser Äpfel.«

»Kann man sie essen?« Ursus greift nach einem, doch Peter schiebt seine Hand weg.

»Schneide sie durch, mein Sohn. Wir dürfen nicht zu gierig sein.«

Wie ein guter Anatom zerteilt Ursus sie, führt sein Messer durch festes Fruchtfleisch, schnippt Samen weg wie kleine Knochensplitter. Die Äpfel bluten klaren Saft auf den Sand, fallen seziert in seine Hand, um unter uns verteilt zu werden. Wenn unser irdisches Paradies wahrhaftig im Osten dieser Gegend liegt, Brüder, wäre es nicht möglich, daß ein gütiges Wesen sich unserer durstigen Schar erbarmte und uns die Früchte Edens herausrollte? Mein Fieber ist spürbar gesunken, als ich sie nur gesehen habe.

»Laßt sie euch munden!« brüllt der Mameluck und stürzt zu Boden.

Bevor meine Zähne den Apfelschnitz auch nur berührt haben, sind meine Lippen schon in meinen Schädel geschrumpft. Wild schlägt die Zunge gegen meinen Gaumen, als wolle sie entfliehen; in meinem Mund ist wüstenhafte Trockenheit. Ich versuche zu schlucken, Speichel hervorzulocken, doch es gelingt mir nicht. Mein Mund hat sich nach innen umgestülpt.

»Meine Güte! Meine Güte! Ihr solltet euch im Spiegel sehen!« Der trunkene Mameluck schüttet sich aus vor Lachen.

Schreiend stopft Ursus Sand in seinen Mund, schrubbt damit seine Zunge.

Johann, Konrad und ich spucken wieder und wieder aus, doch nützt es nichts. Unsere Münder sind bittere, ausgedörrte, runzlige Blasen.

»So muß sich Adam gefühlt haben, als er in seinen Apfel biß, was, Felix? Nicht doch, Evchen! Du gemeines Weib!« Peter hustet heiser und deutet auf den Boden. »Seht. Der Speichel kommt schon wieder.«

»Warum habt Ihr uns diese Äpfel essen lassen?« schreit Ursus wie betäubt von zuviel Wein.

»Ich habe sie euch nicht essen lassen, mein Sohn. Ich habe sie euch bloß angeboten, genau wie Mütterchen Eva. Vor ein paar Stunden habe ich selbst in einen gebissen, und da war mir klar, daß ich euch diesen Genuß nicht vorenthalten durfte. Trinkt einfach etwas Wasser.«

Wegen unserer wilden Schreie kommt Elphahallo aus seinem Zelt gelaufen und bückt sich, um den von Ursus ausgespuckten Apfel zu untersuchen. Ich bewege meine Zunge in meinem Mund und spüre nichts als eine geborstene, unebene Hautfläche.

»Oh, Fejlisk!« Traurig schüttelt Elphahallo den Kopf und hält die Frucht empor, so daß die erwachten Kameltreiber sie sehen können. »Eßt dieses nicht! Es sind wilde Kürbisse. Sie sind pures Gift.«

Die Araber brechen zusammen und greifen sich an die Kehle; sie spielen uns unseren Tod durch diese Kürbisse vor. Habe ich mein Stück ausgespien? Oder habe ich es geschluckt?

»Elphahallo«, bettle ich, »unsere Münder sind voller Gift, und wir haben kein Wasser. Ich flehe Euch an, gebt uns etwas von Eurem.«

»Meint Ihr unser stinkendes rotes Wasser?«

»Bitte, mein Freund.« Ich spüre, wie mich die Verzweiflung übermannt. Ich habe den Kürbis geschluckt.

»Ich weiß nicht recht, Fejlisk. Ich will mein Wasser nicht an Männer verschwenden, die alles vom Boden aufheben, um es in den Mund zu stecken. Solchen Männern mangelt es an der nötigen Demut, um es lebend durch die Wüste zu schaffen. Da würde ich mein Wasser wirklich nur vergeuden.«

»Ihr könnt Euch sicher sein, daß wir die demütigsten aller Menschen sind. Wir sind in Eurer Hand, Elphahallo.«

Der Calinus wendet sich an seine Kameraden und bespricht sich mit ihnen. Nach vielem Hin und Her und unverständlichem Geplapper reicht er mir seinen Wasserschlauch.

»Dies Wasser mag zwar rot und salzig sein, doch ist es heilkräftig, Fejlisk. Trinkt und reicht es unter Euch herum. Wenn Ihr diesen Schlauch geleert habt, kommt zu mir, und ich will Euch einen zweiten geben.«

Ich könnte diesen greisen Sarazenen küssen, doch statt dessen tue ich ernst, was er mir geheißen hat: Ich trinke und lasse die anderen trinken. Nach und nach wird die giftige Galle aus meinem Mund gewaschen. Teile meiner Zunge behalten den metallischen Geschmack des Kürbisses und säuern jeden Schluck, doch immerhin kann ich wieder schlucken. Zornig starren wir alle den betretenen Mamelucken an.

Peter stößt mit der Stiefelspitze in den Sand. »Es war doch bloß ein Scherz.«

Ser Niccolo, der die Frucht als einziger nicht gekostet hat, geht auf Peter Ber zu und schlägt ihm ins Gesicht.

»Das hältst du für spaßig?« knurrt Niccolo. »Hier, an diesem Ort, wo es schon genug gibt, an dem wir verrecken können?«

Wie bei Betrunkenen nicht selten, schlägt die Stimmung des Mamelucken unvermittelt um. War er soeben noch vergnügt, so sucht er jetzt den Streit.

»Was schlägst du mich, verdammt noch mal.« Er stößt den Übersetzer grob vor die Brust.

»Du bist ein widerwärtig blöder Sklave, Abdullah«, höhnt Ser Niccolo. »Ich hätte dich in Jerusalem verfaulen lassen sollen.«

»Das kannst du jetzt nicht mehr so einfach, was?« faucht Peter. »Du schuldest mir noch was.«

»Halt bloß dein Maul«, droht der Übersetzer.

»Zudem hast du gelogen. Sie war es noch nicht mal wert. Sie hat bloß stocksteif dagelegen, als ich sie –«

Mit einem Aufschrei fällt Ser Niccolo über den schwadronierenden Mamelucken her, bearbeitet mit den Fäusten sein Gesicht. Ich reiße Ursus Tucher an mich, der mit weit aufgerissenen Augen zuschaut, und drücke sein Gesicht in mein Gewand.

»Du verdammtes Tier«, brüllt der Übersetzer und stößt

Peters Kopf auf den Boden. »Ich habe dir nie befohlen, so etwas zu tun.«

»Du hast mir bloß erzählt, wie schön sie ist«, brüllt Peter zurück und schließt seine groben Finger um Ser Niccolos Hals, »und wie schwach. Du hast mich bloß ausgeschickt, sie für dich zu entführen!«

»Fahr doch zur Hölle!«

Die Kameltreiber stürzen sich auf die beiden Widersacher und reißen sie furchtlos auseinander. Niccolo und Peter greifen wütend in die Luft, gierend nach weiterem Blut, doch die Araber lassen es nicht mehr zu. Ein hagerer Kameltreiber führt den Mamelucken das Bachbett hinunter, wobei er auf arabisch auf ihn einredet, ein anderer lenkt Niccolo in die entgegengesetzte Richtung.

Was hat sich Niccolo bloß gedacht, Brüder? Es war nicht so, daß er nicht wußte, wen er seine Schwester suchen schickte. Er wußte, daß Abdullah ein zügelloser, unberechenbarer Apostat war, der weder einem Glauben noch einem Land die Treue hielt; und schlimmer noch, er war auch ein Battal, eine Schande selbst unter den verderbtesten Ungläubigen. Wie konnte er bloß glauben, ein derartiger Mensch würde sich keine Freiheiten mit einer hilflosen Frau herausnehmen, um sich später, als sie ihn verwundet hatte und entkommen war, an ihr zu rächen? Es war Emelia Priulis ewiges Unglück, daß sie in jener Nacht in Jope in einer weiblichen Haut schlief. Es muß wohl so gewesen sein, daß der trunkene Mameluck nur eine einzige weibliche Gestalt unter den schlafenden Pilgern sah und sie für seine Schmerzen bezahlen ließ. Dem Herrn sei Dank, Brüder, daß Graf Tucher während der Prahlereien des Mamelucken geschlafen hat. Während er glückselig in seiner Traumkirche betet, bleibt ihm verborgen, daß Peter Ber seine schöne Märtyrerin Priuli in Flammen gesetzt hat.

»Geht wieder schlafen«, befiehlt uns Elphahallo ernst.

Inzwischen ist es an mir, die Wache zu übernehmen; und während die anderen zögernd zu ihren Zelten zurücktrotten, mache ich mich kummervoll daran, die konzentrischen Lager der Tiere, Ungläubigen und Christen bis zur Morgendämmerung abzugehen.

Elphahallo erscheint neben mir, hält an, um die erregten Kamele zu tätscheln, die blökend ihre Hälse heben. Ich bin wahrhaft der erbärmlichste aller Mönche, Brüder, da ich durch diese Finsternis stolpere. Doch ich versuche, meine Gefühle vor dem Calinus zu verbergen.

»Seht Ihr jenen Stern, der soeben aufgegangen ist?« Der ehrwürdige Sarazene heißt mich stehenbleiben und deutet auf den dunklen südlichen Himmel. »Man nennt ihn den Stern der heiligen Katharina, denn unter ihm liegt der Berg Sinai. Wenn wir des Nachts reisen müssen, was bald der Fall sein wird, werden wir nur noch auf diesen Stern zuwandern.«

Ich betrachte den flimmernden Lichtfleck, der das Himmelsgewölbe emporsteigt. Elphahallo neben mir sagt nichts mehr, bemerkt nichts zu dem, was wir soeben erlebt haben. So muß ich dieses eine Mal nicht sprechen, Brüder. Dieses eine Mal ist es genug zu wissen, daß ich in dieser fremden weißen Wüste nicht allein bin. In dieser finsteren Nacht ist es genug, daß ich einen Stern empfing, dem ich nun folgen kann.

Wie leicht man sich in der Wildnis unversöhnliche Feinde schaffen kann

WIR REISEN DEN ganzen nächsten Tag, ohne auch nur ein Wort miteinander zu sprechen, und unsere Kehlen sind nicht nur vom Durst, sondern auch vom Nichtgebrauch eingeschnürt, als Elphahallo anhält und uns über den Reiseweg entscheiden läßt.

»Wir haben zwei Möglichkeiten«, verkündet er, während unsere Esel durcheinanderlaufen und ihre saftlosen Nasen zusammenstecken.

»Nehmen wir den linken Weg durch die Berge, werden wir das Kloster in drei Tagen erreichen. Der Weg wird schwer sein und ich weiß bestimmt, daß es vor unserem Ziel keine Quellen gibt. Unser Wasservorrat aber ist schon fast erschöpft. Nehmen wir den Pfad zu meiner Rechten dieses Bachbett entlang, über die schwarze Ebene und weiter hinten wieder in die Berge, können wir Wasser finden, falls die Quellen nicht versiegt sind oder kriegerische Wüstenstämme sie belagern. Ich weiß, daß es an diesem Weg Quellen gibt, doch kann ich nichts über ihren Zustand sagen. So überlasse ich es Eurer Entscheidung, meine Herren. Welchen Weg werdet Ihr nehmen?«

Der frischgebackene Ritter Ursus blickt ratsuchend zu mir zurück. Sein Vater kümmert sich nicht mehr um Wasser oder Nahrung, er spricht nur noch von seiner Traumkirche. Bis heute habe ich nicht bemerkt, wie sorgenvoll Ursus' Augen werden, wenn sie auf seinem leidenden Vater ruhen. Da er sich von seinen Ausschweifungen während des Sandsturms noch nicht ganz erholt hat, wird Graf Tucher einen dreitägigen Gewaltmarsch vielleicht nicht überleben. Die einzige sichere Wahl, so schmerzlich sie auch sein mag, ist es, den weiteren Weg zu nehmen.

Niccolos Stimme überrascht uns alle.

»Ich schlage vor, daß wir durch die Berge eilen. Drei Tage ohne Wasser sind nicht allzu lang, und es ist ungewiß, ob wir auf dem längeren Weg welches finden können. Sind die Quellen versiegt, was ja gut möglich ist, werden wir weiter von unserem Ziel entfernt sein und in einer schlechteren Lage. Ich will lieber drei Tage lang ein bißchen durstig sein, als solch ein Wagnis einzugehen.«

Ser Niccolos Beweggründe könnten nicht schamloser sein. Gewiß wird sich Arsinoes Karawane an die bekannten Quellen halten. Wenn wir durch die Berge wandern, werden wir mindestens zwei Tage aufholen. Alle Pilger, so auch ich, haben Angst, Ser Niccolo zu widersprechen. Nach den Ereignissen der vergangenen Nacht ist ihm alles zuzutrauen.

»Verzeiht, aber wir leiden nicht geringen Durst«, erhebt Konrad tapfer die Stimme. »Auf den Feldern habe ich schon Männer gesehen, die unter einer weitaus schwächeren Sonne als dieser aus Wassermangel in eine tiefe Ohnmacht fielen. Wenn dies geschieht, so pocht der Kopf, das Fieber steigt. Graf Tucher ist dieser Hitze schon um ein Haar erlegen, doch hatten wir genug Wasser, um ihn wiederzubeleben. Ich meine, wir müssen den Weg des Wassers nehmen.«

»Felix.« Niccolo wendet sich verärgert von Konrad ab. »Ihr seid Graf Tuchers geistlicher Ratgeber. Würdet Ihr ihm nicht raten, zum Wohle seiner Seele die besondere Mühsal des Weges durch die Berge auf sich zu nehmen? So würde er sich keine der Entbehrungen der Wüstenväter ersparen.«

»Ja, Felix«, sagt Graf Tucher. »Ich will ein Wüstenvater sein.«

Niccolos Blick bohrt sich mit einer unmißverständlichen Bedeutung in den meinen. Er wird den Anschein aufrechterhalten, daß diese Wallfahrt mit Graf Tuchers Sünde zu tun hat, wenn ich mich öffentlich auf seine Seite stelle. Kann ich das Leben eines guten Dutzend Menschen gegen das Wohlergehen der Christenheit in die Waagschale werfen? Niccolo weiß, daß ich die Folgen begreife. Eine Schubkarrenladung Knochen ergibt unsere Partie, träge, schwere Keulen, gefüllt mit schwammigem Mark – was kümmert es die Welt, ob irgendeiner von uns tot auf dem Wüstenboden liegt? Aber die Verantwortung dafür zu tragen, die heilige Katharina auf ewig zu verlieren? Könnte ich damit leben? Würde ich mich nicht lieber langsam zu Sand verwandeln, so daß meine windzerfressenen Gebeine sich mit diesem kalkigen Staub verbänden, als im Abendland zu berichten, daß ich diese Himmelsbraut verlor?

»Ich glaube nicht, daß der Calinus, unser Freund, uns einen Weg vorschlagen würde, der für uns den Tod bedeutet«, sage ich schließlich. »Wenn er es für möglich hält, sollten wir vielleicht lieber den kürzesten Weg nehmen.«

Johann nimmt diese Logik den Atem.

»Ich staune über dich, Felix«, erwidert er. »Unsere Wüsten-väter entfernten sich nie weit vom Wasser, denn sie wußten, daß nichts Gott mehr mißfällt als Selbstmord.«

Ich wünschte, Johanns Entgegnung allein auf die Frage des Wassers zurückführen zu können, Brüder, doch im Augen-blick würde er alles tun, um gegen den Übersetzer aufzube-gehren.

Ursus Tucher spricht, bevor ich rechten kann.

»Wir werden nicht den kurzen Weg nehmen«, sagt er. »Ich verbiete es.«

Er spricht mit einfachen Worten, doch kraftvoll, mit der Stimme eines Ritters. »Ich weiß, daß wir gelobt haben, uns Euch zu unterwerfen, Pater«, fährt er fort und setzt sich steif auf seinem Esel zurecht. »Aber mein Vater ist im Augenblick sehr empfindlich, so daß ich seine Gesundheit nicht aufs Spiel setzen will, selbst wenn es bedeuten würde, meine eigene Seele zu verdammen.«

»Ich will aber in die Berge gehen«, sagt Graf Tucher. »Meine Kirche ist in den Bergen.«

»Felix.« Niccolos Gesicht ist starr. »Ihr solltet diesem Kna-ben befehlen.«

»Bin ich ein Kind?« fragt Graf Tucher.

»Es ist nicht die Sache von Pater Felix, irgend jemandem etwas zu befehlen«, widersetzt sich Ursus dem Übersetzer, und seine Stimme zittert nur ganz wenig. »Euch, Ser Niccolo, hat mein Vater aus Zuneigung zu unserem Beichtvater mitgenom-men. Wir könnten genausogut einen Eselstreiber anstellen, Euch nach Hause zu begleiten.«

»Haltet ein!« befiehlt Elphahallo. »Keiner wird allein durch die Wüste wandern. Wir werden jetzt eine gerechte Entschei-dung treffen. Gebt mir ein Zeichen, wer den längeren Weg neh-men will.«

Ursus, Johann und Konrad heben ihre Hand.

»Und wer will durch die Berge reisen?«

Graf Tuchers Hand fährt in die Höhe, Niccolo nickt mit

dem Kopf, und nach sehr kurzem Zögern pflichtet ihm der geprügelte, zutiefst beschämte Peter Ber bei.

»Fejlisk«, sagt Elphahallo, »Ihr habt Euch nicht geäußert.«

Was soll ich tun, meine Brüder? Wir könnten vor Arsinoe zum Kloster gelangen, doch wären wir Katharina gewißlich nicht von Nutzen, wenn wir auf unserem Weg dorthin verenden. Meine ausgedörrte Kehle schmerzt vor Durst und Angst und Unentschiedenheit. Kalt ruhen Niccolos Augen auf mir, flehend die des Grafen Tucher. Ich blicke in das erwachsene, sorgenvolle Antlitz meines Schützlings Ursus, der auf dieser Pilgerfahrt weit mehr gesehen hat als ein Knabe seines Alters sehen sollte.

Ich entscheide mich fürs Wasser.

Nun wißt ihr, Brüder, wie leicht man sich in der Wüste unversöhnliche Feinde schaffen kann.

Wüste Sinai, in der Wildnis Larich
Sommer 1483

Graf Tuchers Traumkirche

E S IST EIN GLEISSENDER Nachmittag, als Graf Tucher sich mir mit der Botschaft von der Kirche nähert. Nachdem wir die höllische schwarze Ebene durchquert haben, die man die elysischen Gefilde nennt, läßt der Calinus die schattigen Zelte aufschlagen und uns ausruhen; wir werden in der Tageshitze lagern, sagt er, um bei Mondlicht weiterzuziehen.

»Ihr kennt doch die Geschichte, Pater«, fragt Graf Tucher erregt, »von jenem Eremiten, der die heilige Katharina entdeckte?«

Ich blicke von meinem Buch auf, Brüder, und sehe meinen Gönner atemlos auf einen hohen, schroffen Hügel zeigen, vielleicht eine Stunde entfernt. Vor dem leuchtend blauen Himmel schwankt eine gewundene Kalksteinkirche auf seinem Gipfel.

»Das da ist seine Kirche! Dort hat der Eremit von der heiligen Katharina geträumt.«

»Woher wißt Ihr, daß das seine Kirche ist?«

»Ich sah, wie der Übersetzer und ein Kameltreiber darauf zeigten«, erklärt Graf Tucher. »Ser Niccolo hat mir gesagt, wie wütend er sei, daß sein verstauchter Knöchel ihn selbst an diesem kurzen Spaziergang hindert. Als ich ihn fragte, ob wir dort beten sollten, sagte er, das solltet Ihr bestimmen.«

In den beiden Tagen, seit wir uns wegen des Reiseweges gestritten haben, hat Niccolo noch mehr Zeit in der Gesellschaft der verfluchten Araber verbracht. Sie scherzen in der Sarazenensprache, flüstern, stecken sich Geheimnisse zu. Diese Araber kennen die Wüste, meine Brüder, wie wir die Gassen und Höfe Ulms kennen. Ist der Ort, auf den jener Treiber wies, tatsächlich heilig?

Elphahallo verneint es. Gerüchte und Legenden verlegen die Einsiedelei dorthin, weil die heidnischen Wüstenvölker jenen Ort seit Urzeiten als heilig verehren, doch die katholische Kirche gewährt dort keinen Ablaß. Als ich dies von unserem Calinus erfahre, ist es zu spät. Graf Tucher hat schon den unerschrockenen Ritter Ursus für seine Wallfahrt zu jener Traumkirche angeworben.

»Der Jesusknabe hat meinem Vater eine Erscheinung gesandt«, erklärt Ursus, »von einer Kirche auf der Bergeshöhe.«

»Elphahallo sagt, an jenem Ort steht gar keine Kirche«, erkläre ich ihm.

»Mißtraut Ihr Euren eigenen Augen, Pater?« Graf Tucher zeigt auf das niedere Bauwerk mit seinem gewundenen Turm. »Was glaubt Ihr wohl, was das sonst ist?«

Er zieht sich die Pilgertasche von den Schultern, schiebt einen halb gefüllten Ziegenlederschlauch hinein, den Rest unseres Wasservorrats. Solch geistige Entschlußkraft habe ich nicht an ihm gesehen, seit er durch die Straßen Candias schritt, um Schmidhans' magnetischen, aufgedunsenen Leib zu seiner letzten Ruhe zu geleiten.

»Nun kommt schon, Pater. Seht, es ist nicht weit.«

»Ich glaube nicht, daß wir losgehen sollten, ohne uns mit dem Calinus zu beraten«, sage ich.

Mein Gönner lacht, und kurz zeigt sich der alte Tucher.

»Erwartet Ihr, daß ich meinen eigenen Diener um Erlaubnis bitte, wo Gott der Herr es uns befiehlt?«

Und so ziehen wir los, geführt von unseren treuen Gefährten Langeweile, Hochmut und eitle Neugier, um den Berg von Ser Niccolos Vorbild aufzusuchen – jenes Eremiten, der mit einem einzigen Traum den Lauf des Himmels änderte und unser Schicksal auf immer mit dem Sinai verband.

Tief, tief in dieser Wüste, Brüder, liegt ein Eremit schlafend in seiner engen Zelle und träumt von einem Berg. Es ist ein roter, abweisender, unglaublich hoher Berg, von menschlichen Füßen nicht berührt, seit Moses seine Schuhe auszog, um vor tausend Jahren dort mit Gott einherzuschreiten. Jenseits des Berges, getrennt von ihm durch eine glühende Ebene, sieht der Eremit eine dunkle, schöne, angekettete Frau. Es ist Jerusalem, die liebliche Tochter Zions, die über die roten Felsen und wasserlosen Hügel dorthin zurückschaut, wo sie auf ihrer Reise taumelte, zu jenem Ort, an dem ihre Liebe zu einem goldenen Kalb sie zum ersten Mal von ihrem Herrn entfernte. Sie richtet den Blick auf den Gipfel des Sinai und denkt daran, daß Gott sie einst erschaffen hat, als er die Sehnsucht nach ihr in jedes Juden Herz einpflanzte, sie diesen aber nach ihrer Rebellion vierzig lange Jahre vorenthielt. Dann sieht der Eremit an ihrer Stelle eine andere, an Kindes Statt angenommen Tochter im Schoße ihres Herrn ruhen. Eine christliche Jungfrau ist es, das Kind Seines hohen Alters. Die Frau Jerusalem betrachtet ihre Tempel und Kirchen und die Moscheen ihrer Eroberer wie schweren Schmuck an ihren Armen. Es ist geworden, wie Jesaja sagte, denkt sie; ich, die Tochter Zions, bin nur noch eine

Hütte in einem Weinberg, ein Verschlag in einem Gurkenacker, eine belagerte Stadt.

Unruhig dreht der schlafende Eremit sich auf die Seite. Auf dem Gipfel des Traumberges sieht er eine andere Magd, eine blonde Jungfrau; sie liegt in einem frischen Bett, träumend wie er, jedoch von ihrem Bräutigam hier in Seines Vaters Haus. Unter all den Heiligen und all den Märtyrern, unter all den Patriarchen und all den Propheten ist sie es, die der Sinai erwählte. Die Leidenschaft der ersten Jungfrau ersetzt sie durch ihren Geist, und so leistet sie Ihm Gesellschaft und hilft Ihm, Seine verlorene Tochter zu vergessen. Er lächelt über ihre heidnische Philosophie und sie lauscht artig Seinen Geschichten von Zorn und Blutvergießen. Sie liebt den Sohn so sehr, daß sie die kriegerischen Erzählungen des Vaters ertragen kann.

›Wer ist diese wunderschöne Jungfrau?‹ fragt der träumende Eremit den Berg. ›Und warum liegt sie in einem Pfuhl aus duftendem Öl? Warum sitzen Engel an ihrem Haupt und ihren Füßen wie gütige Tugendwächterinnen, die auch nach fünfhundert Jahren noch ihren Ruf beschützen?‹

Und der Berg sagt zu diesem Eremiten: ›Komm zu Mir. Auf meinem Gipfel wirst du diese Jungfrau finden, gefügt in Fels wie in ein ihrem Körper angepaßtes Grab. Bringe sie hinab und schenke sie der Welt. Sie ist die erste Katharina, die für Mich in Alexandria starb.‹

Der Eremit erwacht, Brüder, er bebt und schwitzt vor Unentschlossenheit. Soll er seinen Abt um Erlaubnis bitten, seine Zelle zu verlassen, um allein durch die Wüste zu jenem Berggipfel zu wandern, oder soll er sich umdrehen und wieder einschlafen in der Hoffnung, nun einfach nur von einem knusprigen Laib Brot und reichlich Regen zu träumen?

Ohne das Wissen dieses Eremiten hat auch, am anderen Rand der Wüste und zu Füßen des Berges Sinai, der Abt des Klosters der Verklärung einen Traum. Gewiß muß es Eremiten in diesen Bergen gegeben haben, träumt der Abt, die ein heiliges Leben lebten, jedoch ohne unsere Kenntnis starben. Wir sollten doch die Hügel erklimmen und ihre Reliquien suchen, um unserem Kloster größeren Glanz zu verleihen. Dieser Abt sucht also seine Mönche auf, die fromm in der Kapelle des brennenden Dornbusches beten, und schickt sie in die Wildnis mit dem Auftrag, die Gebeine aller heiligen Eremiten zurückzubringen, die sie dort finden mögen.

Ah, Brüder! Die Mönche des Klosters der Verklärung erklimmen den Berg Sinai und finden auf seinem Gipfel den Leib eines Mädchens in Öl schwebend, worauf sie mehr als nur ein wenig staunen. ›Wehe uns‹, sagt einer der Mönche, ›denn unser Abt hat uns ausgesandt, um die Gebeine heiliger Eremiten zu suchen, und nun haben wir die einer Jungfrau gefunden, die mit Gewißheit gottgefällig war. Wüßten wir bloß ihren Namen, wüßten wir bloß ihre Legende!‹

In diesem Augenblick aber erscheint der schlaue Eremit, der schließlich seinem Traum gefolgt ist, auf dem Bergesgipfel.

›Sie ist die erste Katharina‹, sagt er. ›Die Patronin der Gelehrten, der Priester und der Mädchen. Sie wurde unter Maxentius Anno Domini 307 auf einem Rad gefoltert, dann enthauptet und von den Engeln hierher auf den Sinai überführt, wo sie ungestört all diese fünfhundert Jahre gelegen hat. Nehmt sie mit euch, Brüder, sagt der Eremit, und wenn euer Kloster sie kennt, so laßt es seinen alten Namen abwerfen und von da an als Kloster der heiligen Katharina bekannt sein.‹

Siebenhundert Jahre sind seither vergangen und wir stehen noch immer träumend in der Wüste, Brüder; denn der Mensch liebt nichts mehr, als seine Legenden an die Toten zu heften. Wir schreiben unseren Märtyrerinnen Mysterien zu und Stärke und die Kraft, die Ungeheuer zu beherrschen, doch wer ist die größte aller Märtyrerinnen? Gewiß ist es die Wüste, dieser Landstrich, den Gott so liebte, daß er ihn sterben ließ. Bevor ich Ulm verließ, glaubte ich, kein Ort auf Erden könne mir mehr gefallen als die taufeuchten grünen Wälder, die sich am Ufer der Donau erheben. Da hatte ich die geistige Verzückung über die wahre Leere nicht geahnt. Wir durchwandern diese

Wüste mit derselben selbstverständlichen Ehrfurcht, die wir nur unseren größten Heiligen entgegenbringen, als hätten sich unser Geist und unser Körper mit diesem feurigen, unwiderruflich bindenden Gebet an die Bewegung vereint. So reisen wir, während wir träumen und beten, um der unendlichen Leere Gestalt zu verleihen.

»Schau nur, mein Sohn.« Graf Tucher deutet auf drei Felsen, von Wind und Wetter unregelmäßig abgeschliffen. »Sieht das nicht aus wie die Heilige Familie?«

Graf Tuchers Schritte sind lang und kräftig, und Ursus hält mannhaft mit ihm mit. Einen ganz kurzen Augenblick, Brüder, vergesse ich meine Vorbehalte. Graf Tucher und sein Sohn summen das Lied, das wir wie Generationen unserer Landsleute vor uns sangen, als wir in Venedig Segel setzten: Es ist das glückselige ›In Gottes Namen fahren wir.‹ Kaum einen Monat nach seiner Heimkehr wird Ursus in den Dienst des Grafen Eberhard treten, um seine Lehrzeit zu beginnen. Nach Ulm wird er hierauf wahrscheinlich erst nach dem Tod seines Vaters zurückkehren, um seine schwachsichtige Mutter zu trösten und um die Fäden seines elterlichen Haushalts in die Hand zu nehmen. Vielleicht wird er dann auf die ausgeblichene, in Jerusalemer Seide eingeschlagene Pilgerkasel seines Vaters stoßen, die zwischen Prozessionsbüchern und Phiolen verdunsteten Jordanwassers auf dem Grund einer auf See verzogenen Kiste liegt. Da wird er sich an diesen Tag erinnern, an dem sein Vater sich mutig aufmachte, um seine Traumkirche aufzusuchen, den Tag, an dem eine sarazenische Ziegenhaut, die sie sich reichten, ihnen so vertraut war wie ein gemeinsamer Krug Bier. Und wie ich Ursus kenne, wird er seinem eigenen Knaben nicht erzählen, wie bitter das Wasser schmeckte, sondern daß sein Vater schwor, er sei nicht durstig, damit er, Ursus, reichlich trinken könne.

*

Der Berg ist weiter entfernt, als es den Anschein hat, Brüder. Wir haben das erste Trockental durchquert und glaubten, damit leicht schon die Hälfte unseres Weges hinter uns zu haben. Da lag das Lager bereits weit hinter uns; vom höchsten Punkt des Hügels konnte ich den winzigen Elphahallo erkennen, der uns mit winkenden Armen zurückrief, doch als ich mich wieder dem Berg zuwandte, schien die Kirche um keinen Schritt näher.

Nur noch ein Hügel. Das hat Graf Tucher jetzt schon achtmal gesagt, und jedesmal wird seine Stimme gepreßter und streitbarer, als fordere er unseren Widerspruch heraus. Ursus ist zurückgefallen. Er schlurft mit seinen übergroßen Stiefeln durch den Sand, bis er sich unvermutet hinsetzt und sich weigert, wieder aufzustehen.

»Vater, bist du sicher, daß Jesus dich so weit gehen lassen wollte?« fragt Ursus. »Es wird schon dunkel.«

Graf Tucher beißt die Zähne zusammen und spricht von nur noch einem Hügel.

Mein Gönner, der vor wenigen Tagen erst beinahe vor Erschöpfung, Hitze und Sand gestorben ist, zeigt jetzt mehr Tatkraft als Ursus und ich zusammen. Je länger wir gehen, desto mehr spüre ich den Kürbis in meinen Adern, Brüder, der meine Beine schwächt und meinen unteren Rücken kribbeln macht. Unser Wasser ist seit einer Stunde verbraucht, und seither hat der Wunsch danach meine Welt erfüllt. Wasser folgt allen Regeln der Liebe, Brüder. Haben wir es reichlich, halten wir es für selbstverständlich, vergeuden es, verschmähen es zugunsten berauschender Getränke; fehlt es uns aber, sehnt sich unser Körper nach Wasser, erinnert sich an die Besonderheiten jedes Zugs auf unserer Zunge, von den sprudelnden Strömen unserer leichtfertigen Jugend bis zu den dünnen, kraftlosen Tropfen, die wir in unserem mittleren Alter aus einer sarazenischen Ziegenhaut preßt. So trocken ist mein Mund, daß schon das Schlucken schmerzen würde, wenn ich nicht noch den Bissen Kürbis in meiner Kehle spürte, der langsam sein erhitztes Gift ausströmt. An meiner Seite kaut der Sohn meines Gönners auf seiner Zunge, um so viel Speichel hervorzulocken, wie es ihm nur möglich ist.

Als wir endlich zum Fuß des Berges kommen, Brüder, sind wir drei Stunden Wegs vom Lager entfernt. Um uns neigen sich lange Schatten. Auch der Abendwind erhebt sich und entfacht die Flut der Wüste zu hüpfenden Wellen. Wir haben uns geeinigt, daß ich rasch eine Messe lesen soll, um Graf Tuchers Traumkirche zu Ehren der Märtyrerin Priuli umzuwidmen; dann wollen wir entschlossen zum Lager zurückschreiten und es hoffentlich erreichen, solange noch ein Funke Sonne am Himmel glüht.

Doch erst müssen wir einen Berg besteigen.

Wir folgen einem gewundenen, in den staubigen Granit getretenen Pfad, bis der Abhang zu steil wird und wir gezwungen sind, uns gegenseitig auf den Gipfel zu helfen. Nach Halt für unsere Zehen suchend, Kinn und Ellbogen am scharfen Felsgrund scheuernd, erklimmen wir, die elendsten aller Menschen, voll Schmerzen den Berg des Eremiten.

Ich würde diese Unternehmung für reine Torheit halten, hätte Graf Tucher mir nicht auf halber Höhe etwas ins Ohr geflüstert, als Ursus eine Rast verlangte und sich auf einer flachen Felsplatte verschanzte. Da nahm mein Gönner mich beiseite, während er vorgab, meine Tonsur zu glätten, und hauchte mir etwas ins Ohr, was bemerkenswert wie ein Dankeschön klang.

»Bald werden mir alle meine Sünden vergeben werden«, sagte Graf Tucher leise, »doch während ich noch ein Dieb und ein elender Mensch bin, will ich Euch um Vergebung wegen meines Betragens im Heiligen Grab bitten.«

Ich versicherte meinem Gönner, es sei nicht notwendig, meine Vergebung zu erbitten, da unser Herrgott doch alles vergeben habe.

»Mag sein«, war die Entgegnung, »doch wenn Ursus seine Ritterschaft mit dieser Wolke über sich begonnen hätte, so hätte ich mir selbst nie vergeben können. Ein Sohn sollte nicht schlecht über seinen Vater denken, Pater. Ich danke Euch, daß Ihr mich nicht bloßgestellt habt.«

Als ich dies hörte, überkam mich ein Gefühl des Friedens, wie ich es selten gespürt habe, und ohne nachzudenken, küßte ich meinen Gönner auf beide Wangen. Ich gestehe, daß ich seine Traumkirche angezweifelt habe wie meine eigenen Erscheinungen der heiligen Katharina, als etwas, das eher aus Furcht und Verlangen geboren schien als aus Frömmigkeit. Nun sehe ich, daß Gott wahrhaftig eine Veränderung in Graf Tucher bewirkt hat: Er hat meinen Gönner auf den Weg der Erlösung geführt, so daß ich, Brüder, über meinen störrischen Zweifel erröte.

Voller Liebe zueinander und zu unserem Schöpfer machen Graf Tucher und ich aus dem Gipfel ein Kinderspiel. Mein Gönner zieht an meinem Gewand, wenn ich vor ihm klettere; Ursus, erfrischt durch seine Rast und entzückt über die Frische seines Vaters, schießt uns mit seiner Fußspitze Steinchen hinterher, um uns zu bremsen. Schließlich falle ich zurück, noch immer geschwächt vom schweren Saft des giftigen Kürbisses, so daß ich der letzte bin, der das Zönobium des Eremiten der heiligen Katharina erreicht, jene alsbald der ermordeten Emelia Priuli umzuwidmende Kapelle, das Gotteshaus aus Graf Tuchers ahnungsvollem Traum.

Da steht mein Gönner vor ihm, vollkommen sprachlos.

»Vater, wende dich ab«, sagt Ursus leise.

Seine Kirche ist nichts als ein Wegzeichen, Brüder, eine umgedrehte Arche aus aufgeklaubten Steinen, zur Markierung eines Pfades durch die Wildnis aufgehäuft.

Ich blicke weit umher auf die grenzenlose Wildnis, durchzogen von Bergen, weißen und roten Hügeln, Trockentälern. Von dieser Anhöhe aus sind hundert Traumkirchen in der Einöde zu sehen; sie beschreiben eine gewundene Straße über die Berggipfel, der die Nomaden folgen können. Manche sind große Kathedralen, manche bloß winzig kleine Schreine, und manche sehen gar nicht aus wie Kirchen, sondern erinnern den erschöpften, ausgedörrten Pilger an geduckte Löwen und an Pferde, deren erhobene Hufe in den Himmel drängen.

»Weshalb hat Ser Niccolo uns bloß erzählt, hier stehe eine Kirche, wenn es doch nur Steine sind?« heult Ursus. »Vater, weshalb sind wir hierher gekommen?«

Doch Graf Tucher ist weit bitterer betrogen worden. Der Jesusknabe hat ihm befohlen, eine Kirche in der Wüste zu stiften. Er hat ihm ein Zeichen gesandt. Graf Tucher tritt zu dem Haufen, in den die Sarazenen Lumpen und Fetzen ihrer Gewänder gestopft haben – denn so ehren sie einen Ort weit in der Wüste, den sie für heilig halten –, und er schleudert diese Fetzen in die Luft wie erschreckte Tauben, die der Wind erfaßt. Dann zerrt er einen kantig scharfen Stein heraus, packt ihn mit beiden Fäusten und kratzt ein flaches, flüchtiges Kreuz auf seine Kirche.

Wie ein Engel, der die guten und bösen Taten der Menschen aufzeichnet, brennt er diesem Ort seinen Zorn ein: Ich werde zurückkommen, und da, wo einst auf diesem Fels das Trugbild einer Kirche stand, werde ich eine dem Himmel gleiche Kathedrale bauen. Ursus und ich sehen zu, wie er leidenschaftlich jeden Felsbrocken für Christus in Besitz nimmt wie ein Kater, der an einem Türpfosten seinen Duft hinterläßt. Kreuz auf Kreuz gewinnt er, bis schließlich sein Sohn vortritt und sagt: »Bitte, Vater, ich will gehen.«

Ein tiefes Frösteln überkommt mich beim Schwinden des Lichts, Brüder. Ich kann unser Lager von hier aus nicht mehr sehen; vielmehr sehe ich weder Menschen noch Vögel, noch andere Tiere. Da ist bloß der Blick auf die versengte, höllische Ebene, die man die elysischen Gefilde nennt, und durch die wir am Morgen ritten, die Esel vorwärtstreibend, damit sie sich die Hufe nicht verbrannten. Wir sind so blindlings aufgestiegen, daß ich mich überhaupt nicht mehr zurechtfinde. Schließlich schlage ich vor, dem weniger steilen Pfad den Berg hinab zu folgen; er liegt zwar auf der anderen Seite, doch ist er angesichts der nahen Dunkelheit gewißlich sicherer. Wenn die Nacht uns verschlingt, so sind wir Kinder des Todes, Brüder, was jener gottlose Übersetzer ersehnte, als er uns hierher sandte. Wer aber werden unsere Geschwister sein? Ziegenköpfige Satyrn und naseweise Dämonen wie jene, die den heiligen Antonius überfielen, als er allein in seinem Grab lag? Skorpione und die knisternden Geister verdursteter Araber? Oder andere Pilger, die vom Weg abgekommen sind und am Hitzewahn leiden, die nackt und schwärmend durch die Wildnis wandern und sich von Heuschreckenpanzern und ihrer eigenen Pisse ernähren? Ich spüre sie da unten, wie sie auf die Dunkelheit warten, begierig auf ihr Element.

Ursus nimmt seinen betäubten Vater bei der Hand und zieht ihn den Pfad hinunter, den wir wortlos gehen, jeder allein in seiner eigenen Wüste. Wie das Wasser und die Liebe verläßt den Menschen auch das Licht zu bald. Nie wieder will ich, Brüder, einen gemächlichen, purpurroten Sonnenuntergang über der Donau für selbstverständlich halten, will es niemals unterlassen, jene kraftvolle rote Kugel zu ehren, wenn sie darum kämpft, über dem Wasser zu verweilen, um der bedrückenden Nacht Einhalt zu gebieten. Wie sehne ich mich danach, all meine mißachteten Sonnenuntergänge zu einem einzigen Tag zu vereinen wie ein Fischerweib, das seinem Ball aus Stricken neue Reste hinzufügt. Vierundzwanzig Stunden könnten wir dann in immerwährendem rosenfarbenen Zwielicht wandern, ohne daß uns dieser Tag verließe.

»Sieh nur, Vater! Ein Kreuz!«

Ohne Vorwarnung verschwindet Ursus in einer finsteren Spalte im Berghang. Sein Vater und ich erstarren, ohne zu wissen, was zu tun ist.

»Vielleicht ist es deine Kirche!«

Die jugendliche Stimme dringt als gewundenes Echo aus der Höhle. Vorsichtig treten Graf Tucher und ich durch seinen Nachhall ins Zwielicht. Wir sehen einen langen, engen Schacht, der in die Finsternis hinabsteigt, erfüllt von durchdringendem

Metallgeruch. Graf Tucher stolpert, faßt zum Boden und greift in ein ungleichmäßiges Gemisch aus glitzernden Steinen und löchrigem grauen Fels. Es ist, was unnütz bei der Goldveredlung anfiel. Schlacke.

In jenen Tagen, als Antonius von Kleopatra betört war, trieben die Römer überall auf dem Sinai verbotene Goldminen in die Erde. Als Rom die Adern erschöpft hatte, zogen, wie der heilige Hieronymus berichtet, christliche Einsiedler hierher, um die alten Schächte wie unterirdische Städte zu besiedeln. Der Eremit der heiligen Katharina mag wohl gerade hier gelebt haben, Brüder, hungrig, durstig, die Dämonen mit dem eisernen Fell seines leeren Magens abwehrend. Graf Tucher deutet auf die Wand, die eine Inschrift in verblaßtem Ocker trägt: *O Esau, mein Bruder, gib mir Linsen, sonst muß ich gewißlich sterben.*

»Ursus, komm heraus«, rufe ich. »Wir haben keine Zeit für so etwas.«

Ein Rascheln tief in der Höhle. Was lebt sonst noch hier?

»Ursus«, ruft sein Vater. »Wir wollen weiter!«

Je tiefer wir vordringen, desto sorgsamer setze ich Fuß vor Fuß. Jetzt scheinen wir steiler hinabzusteigen, aufs Herz des Berges zu. Wie ein Teppichrand bleibt die Sonne hinter uns zurück, ist nur noch ein dünnes rotes Band, das unsere Füße bescheint. Aus der Tiefe des Schachtes dringt ein tiefes, unmenschliches Knurren. Sind es wilde Hunde?

»Ursus! So komm doch!«

Meine Stimme flattert durch den Schacht, um irgendwo gleich vor mir abzubrechen. Ich strecke den Fuß vor, und er fällt ins Nichts.

»Ursus!« brülle ich, während ich mich an Graf Tucher klammere, um nicht in den Abgrund zu fallen. »Ursus, mein Gott, bist du da unten?«

Tief ist die Grube, Brüder, und sie ist voll. Gefüllt mit den verdrehten Gliedern von Graf Tuchers wimmerndem Sohn und einer fliehenden, hungrigen Finsternis.

Das Tor des Alexander

Es ist nacht und am Tor lauern Ungeheuer.
Das weiß ich, weil ich ihre Laute hörte: das stille Zittern
eines kopflosen Blemmyers, der seine Augen in der Brust
trägt, den pochenden Lauf des einbeinigen Sciapoden, das leise
Wiehern des gefangenen Kentauren. Alexander der Große hat
jenes Eisentor errichtet, um sie am Rand der Landkarten, in
den Bergen auf der anderen Seite dieser Wüste einzusperren,
doch ich fürchte, daß es Spalten hat. Wer weiß schon, ob die
Hundsköpfe nicht gerade jetzt ihre Nasen witternd in die Luft
recken und, Staub aufwirbelnd, hierher trotten, um uns dann
zu verschlingen? Der Kürbis. Vielleicht riechen sie den giftigen Kürbis.

Jetzt höre ich es wieder, dieses furchtbare Heulen.

Ist die Wüste so hungrig wie wir, Brüder? Sind es auch die
Ungeheuer?

Auch wenn wir ein Feuer machen könnten, würden wir es
nicht wagen, weil wir nicht wissen, ob wir unsere Gefährten
anlocken oder mörderische Fremde. Der Stern der heiligen
Katharina schwebt wie ein Milchtropfen auf schwarzem Talg,
doch ich bin so verwirrt, daß ich nicht weiß, ob wir uns in seinem Osten oder Westen befinden.

Ich weiß nur, daß wir heute die elysischen Gefilde streiften.

Eine ausgedörrte Felsebene sind sie, auf der kein Gras
wächst. Nach Schwefel und Holzkohle riechend, trennt uns
ihre schwelende Ewigkeit vom Tor des Alexander. Wir sahen
diese Ebene den ganzen Tag lang auf unserer Rechten, ohne je
ihr Ende zu erblicken; Elphahallo sagt, man könne dort zwei
Monate lang täglich zehn Meilen wandern, ohne einen anderen
Menschen oder Nahrung und Wasser zu finden. Und dennoch

haben sich all die Helden der Antike hierher begeben, um ein Nachleben zu führen, das um eine Spur wesentlicher war als das der trüben Vielzahl gemeiner Schatten. Odysseus, der berühmteste der heidnischen Pilger, der zwanzig Jahre lang fern von der Heimat umherstreifte, reiste zu den elysischen Gefilden, um zu erfahren, was aus ihm werden sollte. Er schaufelte eine Grube, in die er schwarzes Blut goß, und die Geister versammelten sich um ihn, ohne sich bewegen oder auch nur reden zu können, wenn sie nicht davon tranken. Ist einer von euch gestorben, meine Brüder, seit ich von Ulm Abschied nahm? Wenn ihr mich diese Nacht an diesem Ort umkreist, will ich euch nicht verscheuchen; ihr mögt so viel von diesem dahingeschwundenen blutigen Lager trinken, wie ihr euch einverleiben könnt. Sofern nur *ihr* heult, meine guten toten Brüder, und nicht die Hundsköpfe. Oder die Menschenfresser. Oder, wie ich fürchte, mörderische Araber, noch gnadenloser als die Vorgenannten. Da ertönt es wieder, knapp über dem Sand, eine bebende Klage voll Schmerz und Agonie, weder menschlich noch tierisch, ein unbestimmter Schrei.

Ungeheuer vor dem Tor.

»Pater, was ist das?«

Der arme verwundete Ursus regt sich neben seinem schlafenden Vater. Ich habe versucht, seine Wunden zu verbinden, so gut ich konnte, habe dazu meinen Rocksaum in lange, breite Streifen gerissen. So brabbelt er durch den um seinen halben Kopf geschlungenen Verband.

»Es sind wahrscheinlich Hunde, Kind, in weiter Ferne.«

»Sind es nicht unsere Leute?«

»Ich glaube nicht.«

»Ich bin so durstig, Felix. Das hier brennt.« Er zerrt an den Binden, die seine purpurroten Wunden bedecken, und fragt von neuem:

»Weshalb hat uns Ser Niccolo bloß hierher gesandt?«

Ich könnte Ursus nur eine Antwort geben, doch das werde ich nicht tun, da wir so nahe daran sind, dem Wunsch des Übersetzers nachzukommen. Ser Niccolo hat uns hierher gesandt, damit wir sterben.

Da liegt Graf Tucher, Brüder, leichenblaß im Licht der Sterne, da seine Angst und Kampflust sich im Schlaf endlich erschöpft haben. Die ganze Nacht hing er mir wie ein Mühlstein um den Hals, hat mich von der Richtung weggezerrt, die, wie ich wußte, richtig war, ist auf Fußspuren zugelaufen, die nichts waren als vom Wind geschaffene Kuhlen im Sand. Wenn mir bei der Vorstellung eines verwaisten Ursus nicht unwohl würde, schlüge ich seinem Vater den Schlackenbrocken über den Kopf, den er unbedingt mit nach Hause nehmen will als Bruchstück seiner Traumkirche.

Doch ich muß an Ursus denken. Ich muß Konrad hierher bringen, damit seine Wunden nicht länger unbehandelt bleiben. Auch muß ich einen Esel holen, da er nicht mehr gehen kann, und einen vollen Wasserschlauch, um seinen Durst zu stillen. Noch immer kann ich jene Biester auf ihm sehen, die an seinen Augäpfeln kauten und sich wie schwarze Pestbeulen an Kiefer, Hals, Schienbeine und Lenden klammerten. Als ich ihn in jenem Schacht erreichte, war er schon ohnmächtig, denn er lag mit dem Gesicht in einem Nest jener verhungerten Bestien, die man die Läuse des Pharao nennt. Graf Tucher kreischte wie ein Weib, als ich sie gewaltsam einzeln abpflückte.

Ich werde das Gefühl nicht los, daß unser Lager ganz in der Nähe ist. Es ist nichts Greifbares, Brüder, bloß eine leichte Schwere in der Nacht, die sich wie das Gewicht von Menschen anfühlt. Ich horche auf ein Wort, auf das Knistern eines Feuers, das Brüllen der Kamele, auf all die willkommenen nächtlichen Geräusche, gegen die ich mit verkrampftem Kiefer tobte, während ich schwor, ich könne den Rest meines Lebens verbringen, ohne sie je wieder zu hören. Doch da kommt mir ein Gedanke.

Was ist, wenn sie uns verlassen haben?

Wer würde auf uns warten wollen? Johann, mein Freund, dem ich mein Vertrauen entzog? Peter, der Apostat, der seine eigene Mutter im Stich ließe, läge sie blutend vor ihm? Niccolo, unser Mörder? Nein, Konrad ist der einzige Streiter für unsere Sache. Er würde selbst Graf Tucher verteidigen; doch würde irgend jemand auf einen gemeinen Barbier hören?

Ich bin fast sicher, daß unser Lager gleich hinter jenem Hügel liegt.

Leise verlasse ich meine schlafenden Gefährten und schreite unter dem Sternenhimmel rüstig aus. Der siebte Bußpsalm hat mich immer schon getröstet, Brüder, und ich singe ihn nun laut aus ganzem Herzen. *Domine exaudi*, singe ich:

›Herr, erhöre die Gerechtigkeit, merke auf mein Schreien; vernimm mein Gebet, das nicht aus falschem Munde geht.

Erhalte meinen Gang auf deinen Fußsteigen, daß meine Tritte nicht gleiten.

Behüte mich wie einen Augapfel, beschirme mich unter dem Schatten deiner Flügel vor den Gottlosen, die mich verstören, vor meinen Feinden, die um und um nach meiner Seele stehen.

Ihr Herz schließen sie zu; mit ihrem Munde reden sie stolz.‹

»Johann!« rufe ich zum hundertsten Mal in dieser Nacht. »Konrad!«

Johann? Von den unsichtbaren Bergen zurückgeworfen, kehrt meine Stimme zurück zu mir. Konrad?

Meine Sandalen mühen sich durch den Sand. Nur bis zur nächsten Anhöhe will ich noch gehen, denn gewiß werden die Pilger darunter lagern, geschützt vor dem Wind durch dieses Felsgrats steifen Rücken. Jetzt werden sie in ihren Zelten liegen, so daß ich bald ihre Laternen erspähen werde wie die glimmenden Herzen dreier um ein Lagerfeuer kauernder Tiere. Ein Feuer ist es, das noch zischt vom Fett eines gebratenen weißen Hühnchens. Gewiß wird Johann Fetzen meines *Domine exaudi* im Wind vernehmen und wissen, daß es nur einen Menschen gibt, der in der Wüste diesen Psalm singen kann.

›Wo wir gehen, so umgeben sie uns; ihre Augen richten sie dahin, daß sie uns zur Erde stürzen; gleichwie ein Löwe, der des Raubs begehrt, wie ein junger Löwe, der in der Höhle sitzt.‹

»Johann! Konrad!«

Zitronensaft. Wir brauchen auch Zitronensaft, um seine Wunden zu salben.

Das Heulen und sein Echo. Ich schwitze in der kalten Luft. Können die Ungeheuer mich riechen?

»Johann!«

»Felix?«

Das heiße Blitzen einer kupfernen Frauenstimme in der Nacht. Es ist doch ganz unmöglich, Brüder, daß sie es ist? Oder haben wir womöglich ihre Karawane überholt, als sie sich zur Nachtruhe niederlegte? Mein Gott, wird die Zunge unsere Rettung sein?

»Arsinoe?« rufe ich.

»Felix?«

Es ist, als rufe sie einem verlorenen Hund. Traurig, ängstlich, ungeduldig. »Mein Geliebter?«

»Wer ist da?« Ich fahre herum, denn nun ertönt die Stimme hinter mir.

»Felix, komm zurück, ich brauche dich.«

Es sind deutsche Worte. Arsinoe aber spricht kein Deutsch. So kann es nur eine einzige Frau sein.

»Katharina?« rufe ich fragend.

»Mein Gatte?«

»Wo bist du? Mein Gott, ich wußte, daß du kommen würdest!«

Hügel auf Hügel erklimme ich, doch ihre Stimme ist wie der Berg des Eremiten immer vor mir. Wie weit ich mich von meinem Gönner entfernt habe, weiß ich nicht, bis ich den roten Melonenmond langsam aus der Ebene brodeln sehe. Ich bin wieder an den elysischen Gefilden.

»Mein Gatte, ich bin hier. Komm zu mir.«

Jenseits der schwelenden Gefilde steht sie da, den Kopf so weit zurückgeworfen, als sei er von ihren Schultern gerissen.

Sie sieht mich nicht an, doch weiß sie, daß ich hier bin und zögere, als habe sie mich aufgefordert, übers Wasser zu gehen.

»Habe ich mich dir wegen deines unvollkommenen Glaubens bisher nie gezeigt?« fragt sie. »Irre ich mich jetzt?«

Nein, es ist meine Bestimmung, hier in dieser Wildnis das einzige Blatt an ihrem Palmzweig zu sein. Ost und West entgleiten wie zwei ankerlose Inseln, um den Kern der Erde zu enthüllen. Diese Wüste. Diese Frau.

»Hilf uns!«

Ich laufe auf sie zu und falle im brennenden Unrat von Elysium auf die Knie. Mit blühenden Haaren, den Himmel auf den Lippen, beugt sie sich nieder, um mich sanft hinzustrecken wie zu einer Salbung. Mein Kopf, umwölkt von grünem Schwefel, ist in Flammen, mein Körper zittert wie von hohem Fieber; es muß der Kürbis in meinem Hals sein, wenn es nicht der Schrecken ihrer Nähe ist. Hinter ihren Schultern sehe ich ihr abgelegtes Rad wie auch ihr Schwert, in den Grund getrieben wie durch ein dampfendes Herz.

Wie ein Eheweib nimmt sie mein Bein und führt es langsam an ihre Lippen.

»Ich will den Mann in dir wegnagen, auf daß du dich meinen Gebeinen nähern kannst.«

Wie schmerzen sie, die Zähne, die durch meine Sehnen schneiden und an meinem Knöchel nagen. Ist dies ein Geschenk? frage ich mich.

Ihre zarten Zähne dringen in mein Knie. Ich spüre, wie sie das Gelenk ausrenkt, an den gewölbten Sehnen entlangfährt.

»Wir, die wir ein ewiges Leben in Christus besitzen, müssen von Zeit zu Zeit auf eine Zerstückelung gefaßt sein. Denn die ist der natürliche Zustand des Menschen.«

Ich spüre nichts unterhalb meiner Hüften, nicht einmal die vermeintlichen Glieder eines Amputierten. Ich bin ganz einfach gar nicht da. Ihr Kiefer renkt sich auf, so daß er um mein Becken paßt, und dann zerbricht er, ein gewaltiger Löwenrachen, meinen Körper in zwei Teile.

Reißend wandert sie meinen Rumpf empor, schneller, immer schneller, zersplittert Rippen wie zerbrochene Zähne. Abgeschälte Hautfetzen sind der Bart um ihren kauenden Mund. Nun kommt sie meinem Geldbeutel näher, in dem ein Stück von ihr geborgen ist. Wird sie es zurückfordern?

Katharinas Schneidezähne schmecken das Leder, heben den Beutel von meinem Hals.

»Was ist das?«

»Deine Zunge«, keuche ich durch den blendenden Schmerz. Sie muß doch wissen, wo man ihre Teile gelassen hat.

»Die Zunge der heiligen Katharina?«

Selbst in meinem Delirium, Brüder, schöpfe ich augenblicklich Verdacht.

Und da schafft das Heulen, das weder Mensch noch Tier gemäße Rasen von tausend gepfählten und vor tausend hungrige Wölfe geworfenen Kindern letzte Klarheit.

Auf dem Stumpf meines Leibes zucke ich zurück und sehe, wie der Kiefer des Donester wütend um meine Schultern, meine Arme, meinen Hals schnappt. Er zischt den Beutel an, doch ist er nicht mehr fähig, ein weiteres Glied zu verstümmeln.

Grüner, nach faulen Eiern stinkender Schwefel erstickt die Gefilde. Ich stemme meine Ellbogen in die rauchende Erde, falle in den Gestank bei dem verzweifelten Versuch zu fliehen.

Was hat er bloß mit meinem Leib getan?

»Halt! Felix!« Ihre Stimme legt sich wie liebkosende Arme um meinen Hals, um mich zurückzulocken. Ich kann mich nicht bewegen, und er umfängt mich, schnappt an meinen Schultern, bis ich eine gelähmte Büste meiner selbst bin, die von seinem erhitzten Schoß emporblickt. Er sieht den Schmerz über den Verrat in meinen Augen; er sieht, weit über jede körperliche Zerstückelung hinaus, wie vollständig er meinen Glauben an mich selbst vernichtet hat.

»Ach«, sagt der Donester, sanft meine Augenwinkel berührend. »Ach.«

Sprachfetzen sind es, an die ich mich erinnere.

»Felix?«

Meine Hand wie ein geschwollener Seestern.

»Er ist es. Felix. Mein Gott.«

Und bloß ein Auge, verschorft mit klebriger gelber Sonne.

»Er ist mit Sand bedeckt. Hilf mir!«

Ich erinnere mich, daß ich deutsche Stimmen hörte, Brüder, doch war dies eine Sprache, der ich nicht mehr traute. Ich erinnere mich an die bangen blauen Augen meines Freundes Johann Lazinus, der mich, wie ich in diesem Augenblick erkannte, noch lieben würde, wenn ich nicht mehr taugte als ein Kohlkopf, der Globus eines Kartographen, eine Kugel. Mein einziges Auge wollte weinen, doch war kein Wasser mehr in dem, was einmal mein Leib gewesen war.

»Dreht ihn um, er kann nicht atmen.«

Und Konrad war bei ihm. Unser Barbier, der die Körper liebt um dessentwillen, was Körper tun: bluten, Schleim absondern, anschwellen, glühen. Wenn überhaupt jemand meinen zerstückelten Körper wieder zusammenfügen konnte, dann dieser Barbier.

Doch hat er die Stücke dagelassen? Die Worte ertönten in meinem Kopf, aber ich war mir nicht sicher, ob ich sie laut ausgesprochen hatte. Als Antwort schob sich eine Hand unter meinen Hinterkopf und hob ihn vor.

»Da, trink dies. Es ist alles, was wir noch haben.«

Wenn ich einen Hals besitze, dachte ich, so muß ich Schultern haben. Sind Schultern da, so sind es auch die Arme. Das Wasser rann durch meine Kehle und in meinen Magen, was bedeutete, daß ich einen Rumpf besaß.

»Johann«, sagte ich.

»Mein Gott, Felix. Er hat versucht, uns einzureden, wir sollten euch zurücklassen.«

»Faß meine Beine an.«

Der weinende Archidiakon drückte mich an seine schwitzende Brust, worauf mein Rücken dankbar krachte. Über Jo-

331

hanns Schulter hinweg sah ich Konrad durch die Ebene schreiten, den Blick auf den Boden geheftet. Ich weiß noch, wie ich
dachte: Was sucht er da?

»Wir dachten, wir hätten euch für immer verloren.« Weinend blickte Johann hinter sich, sah Konrad und die beiden finsteren Sarazenen, die ihm suchen halfen. Er senkte die Stimme.

»Die Treiber sind zu Niccolo übergelaufen, doch Elphahallo hat gedroht, ihre Hälse aufzuschlitzen und ihr Blut zu saufen, wenn sie sich gegen uns empören.«

»Wo bin ich, Johann?«

»Im Süden unseres Lagers, unmittelbar am Rande dieses verfluchten Elysiums. Felix, wie bist du hierher gekommen?«

Ganz kurz war dies das einzige Bruchstück, an das ich mich
nicht erinnern konnte. Ich wußte von Dämpfen und von einem
Heulen, von einer Bestie mit glühendem Herzen, von einem
roten Blasenmond, doch das war alles. Ich war auf dem Weg
gewesen, um etwas zu holen, soviel wußte ich, um etwas unbedingt Notwendiges zurückzubringen.

Zitronensaft.

»Ursus!«

Ich setzte mich zu rasch auf, Brüder, und das ist das letzte,
was ich weiß.

Wüste Sinai, im Bezirk Rach Haym
Sommer 1483

Ursus

Er wiegt soviel wie die Kiste mit den Arzneien, zwei
Teppiche und ein Sack bräunlicher, dünnschaliger Zitro-
nen. Er schwankt auf Augenhöhe, meiner Augenhöhe, weil ich
derjenige bin, der gerade neben ihm geht, um ihn von der Hitze und dem Brand abzulenken, und um das behelfsmäßige Fut-

teral im Gleichgewicht zu halten, das Elphahallo um einen Kamelhöcker geschlungen hat. Ich beschreibe ihm, was wir sehen, und versuche, nicht auf die verschmierte weiße Zitronensalbe zu blicken, die Konrad aus zerstampftem Fruchtfleisch gemacht hat und aus dem bißchen Saft, den er den zähen Früchten entlocken konnte. Die Bisse haben ein rotes Geflecht auf Ursus' ganzem Gesicht hinterlassen, als sei er in ein ätzendes Spinnennetz gelaufen.

»Du merkst doch, daß wir aufwärts gehen, nicht wahr?« frage ich ihn. Sein Behältnis ist so festgemacht, daß er unabhängig von der Neigung gerade hängt.

»Ja«, ertönt die gedämpfte Stimme aus der Tiefe des schattigen Futterals. Er kann nur die gewobenen Seiten seines Behältnisses sehen und einen Flecken Himmel unmittelbar über sich.

»Elphahallo sagt, wenn wir die Anhöhe erreichen, so werden wir zum ersten Mal den Berg Sinai erblicken. Willst du dann herausschauen?«

»Ja, gern. Pater, es ist so schwer, hier drin zu atmen.«

Ich ziehe gegen die Spannung seines gefalteten Körpers die Seitenwände auseinander, um etwas Luft hineinzulassen, sehe seine vergifteten Knie, wo sich die Zecken von seinen Beinen nährten. Die roten Streifen laufen bis zu seinen Knöcheln.

Als Johann und ich endlich den Weg dahin zurückfanden, wo ich sie verlassen hatte, da dachte ich, Brüder, wir seien zu spät gekommen. Graf Tucher hockte da wie eine ungeschickte Näherin, umsonst bemüht, seines Sohnes Gewebe an der Auflösung zu hindern. Bedachtsam regten sich seine Hände, um Ursus' klebrige Wunden von den Mücken zu befreien, die darin krochen; den Mund vergrub er im salzigen Haar des Knaben. Heftig ergriff mich ein Schuldgefühl, weil ich sie so allein gelassen hatte, obgleich ich endlich Hilfe fand. Denn es war offensichtlich, daß Graf Tucher sich und den Knaben für den Tod gerüstet hatte.

Jetzt reitet er vor seinem Sohn, den Blick auf einen Fleck zwischen den Ohren seines Esels geheftet. Graf Tucher hat zu keinem gesprochen, seit wir wieder auf unser Lager trafen. Elphahallo lief uns entgegen, um uns zu schelten, doch ein Blick auf Ursus brachte ihn sogleich zum Schweigen. Den ganzen Morgen ist er schweigend neben Graf Tucher einhergeritten.

Ich wiederum habe keinem außer euch erzählt, Brüder, daß ich in den elysischen Gefilden ein Ungeheuer für eine Märtyrerin hielt. Ich kann nicht sagen, ob der Donester wirklich war oder eine mir vom Teufel eingegebene Erscheinung, oder ob die Wirkungen des giftigen Gewächses mir das Hirn entflammten. Mein Leib ist ganz, das weiß ich, und ohne Spuren bis auf ein paar Kratzer, die ich mir beim Kriechen über jene schwarze Vulkanebene zuzog. Und doch, Brüder, fühle ich mich noch immer zerstückelt. Wenn auch mein körperliches Selbst heil ist, so ist mein Glaube doch in hundert kleine Teile zerrissen worden, wie eine Spur aus Brotkrumen entlang des Weges dieser Pilgerfahrt verstreut. Ob ich die Kraft habe, ihr aus der Wildnis wieder hinauszufolgen, weiß ich nicht. Der Donester hat einen Nomaden in der Wüste aus mir gemacht, und ich muß mir neue Wegzeichen beibringen, will ich jemals wieder nach Hause finden.

»Ich sehe einen Stein, der wie ein lauernder Löwe aussieht«, erzähle ich Ursus. »Gelb ist er und hat gezackte Klauen.«

»Es leben Löwen in der Wüste, nicht wahr, Pater?«

»Gewiß war es früher so. Ein Löwe grub das Grab der heiligen Maria von Ägypten.«

»So etwas geschieht nur selten, nicht?«

»Ja, mein Sohn, wirklich nur selten.«

Ursus ist ein Wegzeichen, Brüder. Dieser schmächtige, verletzliche Knabe ist ein Grund, heimzukehren. Er wird sich erholen und seine Narben wie am Meeresstrand gesammelte Muscheln bei sich tragen, zum Neid der anderen Pagen. Ich werde nicht dabei sein, wenn er sein Gewand hochzieht, um seine Wunden zur Schau zu stellen, doch weiß ich, daß er aufblühen wird, ein Mann unter Knaben. Und das genügt gewiß.

Auch Johann ist ein Wegzeichen. Mein Freund wird mich bis Venedig begleiten, wo sich notwendig unsere Wege trennen werden, denn er wird heim nach Ungarn wandern, ich zurück zu euch. Jetzt trottet sein Esel neben dem meinen, dessen Zügel an seinen Sattelknauf gebunden sind. Ich kann es nicht ermessen, wie die Trennung von diesem Freund mich treffen wird, Brüder, so sehr ich mich auch danach sehne, euch wiederzusehen. Nur noch sein Glaube steht zwischen mir und der Verzweiflung. Gibt es, wenn Ungeheuer an die Stelle meiner Heiligen getreten sind, noch einen Grund, die Wallfahrt fortzusetzen? Johann sagt ja, Felix, geh weiter. Geh weiter, auf daß du am Ende nach Hause kommen kannst.

Steil ist der Weg das Trockenbett empor, und ab und zu müssen wir auf Händen und Knien kriechen. Der Treiber, der Ursus' Kamel führt, zerrt an ihm, um es zum Hochklettern zu zwingen. Von Natur aus ziehen Kamele flachen Sandboden vor, doch ist meilenweit kein flaches Land zu erblicken.

»Wenn ich bloß etwas sehen könnte.«

»Ich weiß, mein Sohn. Sprich deine Gebete.«

Vor uns reitet der Verräter Niccolo bei den anderen Kameltreibern. In der vergangenen Nacht hat der Übersetzer verlangt, wie gewohnt um Mitternacht die Zelte abzubrechen, obwohl es keine Hoffnung gab, daß wir die im Dunkeln ziehende Karawane finden würden. Er hat die Treiber angewiesen, die Kamele zu beladen, doch Konrad und Johann zerrten ihre Sachen wieder herunter und machten sich auf, um uns zu suchen. Wütend hat Niccolo den ganzen Morgen zugesehen, wie Konrad sich um Ursus' Wunden kümmerte, hat sich noch nicht einmal bemüht, seinen Ärger über unsere Rückkehr zu verbergen. Stündlich, Brüder, schelte ich mich selbst, daß ich je diesem niederträchtigen Übersetzer vertraute, von seiner besonnenen Stimme und seiner künstlichen Logik je eingenommen war. Und doch ist vielleicht auch er ein Wegzeichen, den Steinen gleich, die Schiffer auf die Klippen häufen, auf daß ihre Gefährten nicht in den Rachen einer Skylla oder

Charybdis segeln. Ein Mahlstrom aus Stolz ist Niccolo, der je nach seiner Willkür rettet und verdammt, der obskure Heilige dem Vergessen entreißt, während er zu gleicher Zeit christliche Pilger in den sicheren Tod schickt. Einst, zu Beginn dieser Irrfahrt, als wir ein besseres Verhältnis hatten, sagte Ser Niccolo, die Rede sei die einzige Waffe, die wir gegen Gott besäßen. Können wir unser eigenes Chaos ordnen, Pater, sagte er, was brauchen wir dann noch eine höhere Macht? Ja, vielleicht ist auch Niccolo ein Wegzeichen, das mich vor meinem eigenen Chaos warnen soll, Brüder. In der vergangenen Nacht bin ich hineingetaumelt, und es hat mich um ein Haar zerrissen.

Natürlich sind es Niccolo und seine Freunde, die zuerst die Anhöhe des Trockenbetts erreichen, um dort am Rand des Abhangs ungeduldig auf uns zu warten. In der blauen Hitze des Tages leuchtet kein Stern, um uns den Weg zu weisen, doch weiß ich, wo ich suchen muß. Weit zu unserer Linken erhebt ein tief roter Berg den Gipfel schroff und kahl über alle anderen Höhen.

»Ursus, komm hoch«, flüstere ich. »Der heilige Berg.«

Er kämpft sich aus dem engen Sack und legt sein Kinn auf dessen Rand.

Was sieht er, dieser kranke Knabe, der sich da müht, den eigenen Blick zu klären? Sieht er den jungen Midianiter Moses auf einem sanften Abhang sitzen und den Hals eines struppigen grauen Schafes kraulen, oder stellt er sich den strengen Patriarchen vor, der unter den Geboten zweier Steintafeln wankt? Ist jener brennende Busch des Sinai in Ursus' Augen ganz aus blühenden Wüstendornen oder erinnert er ihn an den weißen Rosenbusch im Ulmer Garten seiner Mutter, den er vom Fenster seines Zimmers riechen konnte? Das schwache Lächeln, das auf seinem Gesicht erscheint, ist fern von hier, Brüder. Es kommt aus einem glücklicheren Teil seines Hirns, der den Berg nicht einmal wahrgenommen hat. Langsam sinkt er in das Futteral zurück.

»Dschebel Musa.« Elphahallo gleitet von seinem Esel, um mit der Stirn den Boden zu berühren. »Allah Akbar.«

*

Wir brauchen dreimal länger, um ins nächste Wadi hinabzusteigen, als wir für den Aufstieg brauchten. Die Kamele verabscheuen den losen Untergrund und sperren sich bei fast jedem Schritt. Unsere Esel sind nur wenig besser; ihre Hufe gleiten auf dem rutschigen Fels aus und treten Steine los, die sich im Fall mit weiteren Steinen vereinen. Wie ein Uhrenpendel schwingt Ursus' Futteral über dem Abgrund. Sechs Schläge zähle ich vom Grat, bis er beinahe an den Fels geschmettert wird, sechs weitere Schläge, bis er über dem Nichts hängt. Ich bin froh, daß sein Vater vor ihm ist und beschäftigt mit dem eigenen Gleichgewicht, so daß er das nicht sehen muß.

Kurz vor Sonnenuntergang haben wir sicher den Talgrund erreicht. Elphahallo weist nach rechts und mahnt uns zur Eile. Ein ungutes Gefühl steigt in mir auf.

»Wo willst du denn da hin, Alter?«

Niccolos Ruf läßt uns erstarren. Er hat sich nicht vom Fleck gerührt.

»In dieser Richtung gibt es Wasser«, erwidert Elphahallo. »Wir führen einen kranken Knaben bei uns, der bald trinken muß.«

»Zum Berg geht es aber hier entlang.« Niccolo zeigt nach links, wo wir von oben den Gipfel des Sinai sahen.

»Jener Weg ist zu schwierig. Wir müssen über den Paß ziehen, der hinter dem Berg zu unserer Rechten liegt.«

»Zu schwierig für wen?« fragt Niccolo kalt. »Für Männer oder für Greise und Kinder?«

Elphahallo richtet sich zu seiner vollen Größe auf.

»Ich glaube nicht, Ihr solltet uns raten, den Sohn Eures Wohltäters weiteren Gefahren auszusetzen«, erwidert er ruhig. »Es ist nicht Euer Geld, was diese Reise trägt.«

»Dann ist es jetzt wohl an der Zeit, das rasch zu ändern. Kalipha, Ibrahim.« Niccolo nickt zwei der Kameltreiber zu, und bevor ich mich besinnen kann, Brüder, haben die beiden treulosen Araber Messer gezogen, den Geldbeutel von Graf Tuchers Hals geschnitten und ihn dem Übersetzer zugeworfen. Wie ein Mann richten alle Araber, selbst unsere Eselstreiber, ihre gespannten Bögen auf uns.

»Ich habe versprochen, ihnen doppelten Lohn zu zahlen, wenn sie mit mir kommen«, sagt Niccolo, ergötzt von den erhobenen Waffen. »Willst du wirklich ihr Blut saufen, Alter?«

Elphahallo redet lange in ihrer heidnischen Sprache auf die Treiber ein, doch die Verräter verziehen ihre schwarzen Augen zu denen verständnisloser Fremder und hören ihn nicht. Johann, Konrad und ich sammeln uns um den fassungslosen Grafen Tucher.

»Die Kamele mit dem Proviant hätte ich auch gern«, befiehlt Niccolo. »Man muß ja schließlich essen.«

»Ihr wollt uns mitsamt einem sterbenden Kind ohne Nahrung in der Wüste lassen?« stammelt Johann.

»Ihr könnt das verdammte Wasser behalten. Es soll euch gut bekommen.« Niccolo nickt den neben dem schwer beladenen Kamel stehenden Treibern zu. Sie schneiden die Wasserkrüge ab, wonach sie seit unserem Aufbruch aus Gazara gierten. Wenigstens bleiben uns diese.

»Verzeihung.« Peter schiebt sich vorbei, um seinen Esel zum Lager des Übersetzers zu lenken. »Nach links also?«

Niccolo setzt seinen Stiefel auf die Brust des Mamelucken.

»Nicht du, mein Schatz. Ich werde doch die Kirche der heiligen Katharina nicht mit dem Mann besudeln, der meine Schwester schändete.«

»Aber«, stammelt Peter, »du hast doch versprochen, mich heimzubringen.«

»Du hast Gott verlassen. Du hast Allah verlassen. Mir scheint, die Wüste ist dein wahres Heim. Stirb hier als der Hund, der du bist ... Abdullah.«

Niccolo wendet seinen Esel, und die Treiber, die ihre eigenen Tiere bestiegen haben, folgen ihm rasch nach. Mit sich führen sie all unser Gepäck, so daß uns nur unsere Esel bleiben und das Kamel, das Ursus Tucher trägt. Was sollen wir bloß tun? Neben mir regt sich schwach ein ersticktes Geräusch in Graf Tuchers Hals, ein Zwitter aus Wut und Ohnmacht, Angst und Entschlossenheit. Bevor ich ihn festhalten kann, Brüder, entzieht er sich meinen Armen und rennt irr hinter dem Übersetzer her.

»Du Tier! Du hast meinen Sohn getötet!«

Bevor noch der Gedanke, was geschehen könnte, an Gestalt gewinnt, geschieht es: Eine Hand faßt nach hinten, findet einen Pfeil, spannt einen Bogen, läßt die Sehne los. Graf Tucher stürzt, bevor er noch die Hufspuren vom Esel des Übersetzers erreicht hat. Die Araber, die gewalttätig sind und grausam, die aber selten töten, blicken unruhig auf Ser Niccolo. Der aber winkt seine Getreuen vorwärts, um rasch über die Ebene zu traben. Unsere Männer und die beladenen Kamele folgen ihm in einer Wolke karminroten Staubs.

»Vater!«

Wir haben nicht gesehen, wie er sich empormühte, der bleiche, zu Tode erschrockene Knabe. Die Last auf dem Rücken des Kamels ist nicht mehr im Gleichgewicht, weil er aus seinem Futteral gekrochen ist, so daß das Tier brüllend den Kopf wiegt. Ursus aber ist schon auf dem Boden und windet sich auf seinen Vater zu, wie die Stücke einer zerhauenen Schlangenmutter sich unwillkürlich auf ihre Waisen zubewegen.

»Ursus, halt ein.« Johann faßt ihn unter den Achseln und zieht ihn auf die Beine. »Laß uns das machen.«

Als erster erreicht Konrad den Grafen Tucher. Schon hat er das Gewand meines Gönners hochgeschoben und drückt, auf die Knie gesunken, damit er mehr Gewicht einsetzen kann, mit beiden Händen auf die Wunde. Der Pfeil ist zwischen der vierten und fünften Rippe eingedrungen, gleich unter Graf Tuchers Herz.

»Holt Wasser, wir müssen diese Wunde ausspülen.«

Wasser hat Graf Tucher schon einmal gerettet, Herr, nun mach, daß es ihn wieder rettet. Gib, daß dieses kühle, reine Wasser aus Gazara ihn wiederherstellt, Herr, gib, das es seine Lippen benetzt und seine Wunde reinigt. Nimm Deinen Diener Johannes Tucher nicht zu dir, wenn sein Sohn seiner doch so sehr bedarf. Nimm ihn nicht fort. So bete ich, während ich mit dem mächtigen Tonkrug kämpfe und versuche, den zwischen meinen Arm und meine Brust geklemmten Stopfen herauszudrehen. Er löst sich endlich mit einem saugenden Knall; und in dem furchtbaren Augenblick, in dem meine Nase das Wasser da erkennt, weiß ich, Brüder, wieso Ser Niccolo es uns ohne Zaudern gelassen hat.

Verfaulter Fisch, menschlicher Kot, Aussatz, nichts könnte übler riechen als dieser Krug voll von verdorbenem Wasser. Ich gieße etwas in meine Hand, und weiß vor Maden und Unrat sprudelt es heraus. In diesem Land kann man doch überhaupt niemandem trauen! Denn haben nicht die räuberischen Händler in Gazara geschworen, wir müßten die Krüge nur gut verschlossen halten, damit das Wasser bis zum Ende unserer Reise hielte?

»Wo bleibt das Wasser?« brüllt Konrad.

Nicht weit von da, wo ich nun alle Krüge umstoße, stehen unsere Esel. Sie stürzen sich auf das Wasser, doch finden selbst sie es zu widerwärtig und bocken zurück wie ungestüme Fohlen. Wieder und wieder trete ich auf die Krüge ein, zerschmettere ihre wertlosen Wände.

»Felix!« ruft unser Barbier über seine Schulter. Als ich zu ihm trete, hat er sein Gewand um den Schaft gewickelt, um ihn im rechten Winkel zu Graf Tuchers Leib herauszuziehen. Bedeckt mit gräulichem Gewebe und Blut erscheint der Pfeil.

»Die Hitze hat es verdorben«, sage ich.

»So drückt«, gebietet Konrad. »Ich hole meine Kiste.«

Sein Herz. Es sieht so aus, als habe der Pfeil das Herz meines

Gönners durchstoßen. Zwischen meinen Fingern sickert Blut hervor; sie gleiten von der Wunde. Ich drücke stärker.

Konrad erscheint mit einer Phiole Branntwein, die er in die Wunde gießt. Ihr folgt eine Phiole Öl, sodann ein Stopfen aus reinen Lumpen. Wir können nicht mehr tun, als seine Brust zu umwickeln und zu drücken.

»Laßt mich meinen Vater sehen!« schreit Ursus, sich in Johanns Armen windend. Schließlich schleppt dieser das kranke, taumelnde Kind zu uns.

»Vater?«

Es sieht erstaunlich sanft aus, wie er das Haupt seines Vaters in seinen Schoß hebt. Sein eigenes Gesicht ist durch die Entzündung so verzerrt, daß man unmöglich sagen kann, ob er seine Tränen unterdrückt.

»Vater, wenn du mich hören kannst«, flüstert Ursus durch seine geschwollenen Lippen, »so sei bedankt, daß du mich in der Wüste behütet hast.«

Er wischt Konrads blutigen Handabdruck von der Stirn seines Vaters, auf die er einen zarten Kuß drückt.

»Ich weiß, daß du den silbernen Rosenkranz genommen hast, den Mutter mir schenkte, als wir sie verließen. Doch das ist schon in Ordnung. Du kannst ihn behalten.«

Wie ein zärtlicher Dieb wühlt Ursus in dem Beutel, der neben Graf Tuchers Herz liegt, und zieht den blutigen Silberkranz hervor, der vor so unendlich langer Zeit verschwand, an jenem Tag, als wir Schmidhans begruben.

»Schau!« Er schwenkt ihn über die blicklosen Augen seines Vaters. »Ich habe die ganze Zeit gewußt, daß du ihn hast.«

Ein Löwe

URSUS HAT GRABEN wollen, und wir halfen ihm dabei, indem wir seine schmalen Hände in die unseren nahmen. Nun hat es ihn erschöpft und er liegt schlafend da, gewickelt in das Leintuchfutteral. Daneben steht das einzige Kamel, das uns geblieben ist; wie ein riesenhafter, melancholischer Hund bewacht es Ursus, mit seinem wundersamen Kauen den Wüstenungeheuern trotzend.

Es ist die warme Asche einer vor uns vorbeigezogenen Karawane, Brüder, bei der wir uns für die Nacht niedergelassen haben. Ihr getrockneter Kameldung nährt unser Lagerfeuer mit seiner klaren blauen Flamme, doch haben wir nichts, was wir darauf kochen könnten. Niccolo hat die Zwiebeln und das Süßbrot mitgenommen, das Mehl wie auch das Dörrfleisch. Unsere Hühner sind schon vor Tagen an der Hitze gestorben; sie haben einfach aufgehört, die Hirse zu picken, die wir ihnen durch die Gitterstäbe schoben, haben sich in den eigenen Kot gehockt und sich in den Schlaf geblinzelt. Jetzt werden wir, falls wir nicht unsere Esel schlachten, nichts mehr bekommen, bis wir das Kloster der heiligen Katharina erreichen.

Ich sitze zwischen dem Feuer und dem Knaben und streife mit dem wiedergefundenen Silberkreuz des Rosenkranzes den Schmutz aus seinen Nagelrändern. Ein Kind sollte nicht mit dem Staub vom Grab seines Vaters an den Händen schlafen, selbst wenn kein Wasser da ist, um sie zu waschen. Ich trenne die schlaffen Finger, um den Halbmond unter jedem Nagel nachzufahren; als ich sie loslasse, schließen sie sich zur Faust.

»Wie lange hast du schon gewußt, daß dein Vater ein Dieb war«, fragte ich ihn, nachdem wir das Grab meines Gönners mit Felsbrocken beschwert hatten, damit die wilden Tiere ihn nicht wieder ausgraben.

»In jener Sturmnacht hat er mit meinem Rosenkranz gebetet«, antwortete der weise Ritter des Heiligen Grabes da. »Er schien ihm Trost zu spenden.«

Ursus wollte, daß ich seinen Vater mit den Silberperlen begrabe, doch habe ich sie wieder herausgezogen, als er nicht hinsah. Rechtmäßig ist der Rosenkranz Ursus' Eigentum und, Brüder, er bedarf seiner dringend.

»Fejlisk, Ihr solltet schlafen gehen.« Elphahallo hat sich umgedreht und mich neben Ursus sitzen sehen. Bald müssen wir weiter, doch ich bringe die Augen nicht zu.

»Wie geht es dem Knaben?« fragt er erschöpft. Nun, da seine Züge schlaff sind vom Schlaf, scheint das Gesicht des Calinus in den letzten Stunden um dreißig Jahre gealtert zu sein. Vor diesem Tag hatte ich keine Ahnung, daß er die Wüste mit gebrochenem Gemächte bereiste, und nun meldet sich sein Bruch, denn als er sich auf die Ellbogen erhebt, sehe ich ihn blinzeln.

»Er schläft«, antworte ich.

»Vielleicht ist es ein Segen. In ein paar Tagen hätte der Vater den Sohn begraben müssen.«

Meine Hand stiehlt sich dahin, wo eine der Wunden auf dem Gesicht des Knaben wieder zu nässen beginnt. Ursus spürt den Druck und weint im Schlaf.

»Es tut mir so unendlich leid, Fejlisk«, sagt Elphahallo. »In all den fünfzig Jahren hat nie ein Mensch sich gegen mich gewandt.«

Ich nicke.

»Ich wußte, daß der Übersetzer Unruhe schürte«, sagt der Calinus. »Als es mir endlich gelungen war, meine Treiber davon zu überzeugen, daß Graf Tucher keine christlichen Spione ausgesandt hatte, um ihre Kinder zu rauben, kam einer von ihnen zu mir und sagte, man habe ihn gesehen, wie er ihr Wasser verhexte.«

Schweigend sitzen wir da, versunken ins Feuer und dessen blauen Saum. Wie das Gewand einer Frau ist es, die ihre spitzen gelben Arme hochwirft, mir entgegen, empor zum Himmel, wieder mir entgegen und empor zum Himmel.

»Geht schlafen, Fejlisk.«

»Gleich, Calinus.«

Rund um das Feuer schlafen die erschöpften Pilger: Konrad, noch mit dem Blut seines Herrn beschmiert, Johann, der zitternd auf dem kalten, harten Boden liegt, und Peter, zu einer Kugel gerollt, als erwarte er, jemand werde ihm ein Messer in den Rücken stoßen. Ich habe meinen Knaben ganz für mich allein, Brüder, so daß ich ihn betrachten kann, als sei er mein eigenes Kind.

Mit meinen Fingern kämme ich sein schmutziges blondes Haar und weiß noch schwach, wie er es trug, als wir in Ulm aufbrachen. Es war ein grauer Regentag, und dennoch erschienen Ursus und sein Vater in unserem Kloster strahlend sauber und nach Borax riechend. Diese beiden werden nun ein Jahr lang meine Familie sein, dachte ich da, während ihr, meine Brüder, mir um den Hals fielt und geweint habt wegen meines sicheren Todes auf See. Wird diese Ersatzfamilie wohl freundlich oder grausam sein? Werden die beiden mir wegen ihrer Weltlichkeit zur Last werden oder wird es mich Gott näher bringen, sie zu beraten? Nun, die beiden Tucher waren abwechselnd großzügig und unerquicklich, aufmerksam und herrisch; doch hätte ich mir niemals vorstellen können, wie sehr der Knabe Ursus mir wie ein eigener Sohn erscheinen würde. Jeder von uns, Brüder, entscheidet sich in so frühen Jahren fürs Leben oder für den Tod im Leben. Gewiß bin ich nicht der einzige unter euch, der einer Familie so sehr zu bedürfen meinte, daß er sie sich von den Toten borgte? Was konnte es denn schaden, den Gatten zu spielen? Ist Katharina nicht bereits in Christi Händen? Und was war der Schade, Vater zu spielen? Wird mein Sohn nicht mit einem anderen Mann nach Hause zurückkehren? Freilich war es die Familie eines Feiglings: eine Heilige und ein Mönch und das Kind eines anderen; doch war es meine einzige Gelegenheit, mir vorzuspiegeln, ich sei ein Mann wie jeder andere.

Ursus regt sich im Schlaf und gebietet seinem jüngeren Bruder Heinrich, die Lampe zu löschen.

Die einzige starke Glut in unserem flackernden Feuer ist das letzte Stück Holz, das die vor uns reisende Karawane zurückgelassen hat. Johann Lazinus hat das flache Viereck als Faustpfand aufgefaßt, Brüder, und als ein Glaubenszeichen. Ich aber bin mir nicht so sicher, daß die Ikone, die ich da in die Flammen warf, bedeutet, die Zunge sei am Leben. Genausogut können Diebe sie achtlos weggeworfen haben. Im Verlauf der Nacht habe ich zugesehen, wie die fünfzig Philosophen allmählich zu einem einzigen zusammenschmolzen, durch eine tropfende grüne Hecke von dem einsamen Scholaren getrennt. Der wiederum verbrannte nicht so rasch, und als er es tat, war sein Ende lang und schleppend, durch eine Flamme, die aus seinem Herzen schoß, um langsam seinen Kopf zu verzehren. Johann hat mir nicht widersprochen, als ich Arsinoes Faustpfand dem Feuer übergab. Auch er ist erschöpft vom Himmel.

»Wir sollten uns zum Aufbruch bereitmachen.« Elphahallo setzt sich auf. »Der Wind weht stärker.«

Tatsächlich, Brüder, scheint sich im Osten wieder ein Sturm zusammenzubrauen. Mit meinem Seufzen atme ich einen Mundvoll zermahlener Steine ein, die eiskalt in der Nachtluft fliegen. An Ursus Zitronenpaste klebt Sand, doch wenn ich ihn abwische, wird es ihm noch mehr wehtun. So muß ich hilflos zusehen, wie sich auf seinen Wangen unebene Flecken bilden.

Elphahallo rüttelt die andern wach. Wir müssen so weit wie möglich kommen vor der Tageshitze, und zudem müssen wir Wasser finden. Mein Körper spürt den Nahrungsmangel, mein Rücken das mühselige Graben und das Sitzen auf dem kalten Boden. Und nun müssen wir noch den scharfen Sand erdulden, der einem gespenstischen Reiter gleich über die Ebene galoppiert.

Ursus läßt sich nicht von der Stelle bringen. Johann und ich schlingen die Arme um ihn, doch er zittert wie Espenlaub und gleitet wieder auf den Boden. Schließlich ziehe ich ihn auf meinen Schoß, während Johann das verschmierte Futteral mit Händen voller Sand ausreibt. Ursus soll nicht den ganzen Tag in seinem eigenen Schmutz liegen.

Wie haben wir uns über den heftigen Regen auf See beklagt, Brüder, und wie wenig waren wir auf die Sintflut aus Sand vorbereitet, die sich über die Wildnis hier ergießt. Wir besteigen unsere Esel und wenden den Blick in die Richtung, in der, so hoffen wir, der Stern der heiligen Katharina steht. Denn sehen können wir kaum den Reiter neben uns, geschweige denn den Himmel. Ein wuchtiger Wind weht vom Indischen Ozean und treibt den Wüstensand vor sich her, so daß im Verlauf der Stunden ganze Berge unter den Hufen unserer Esel dahinschmelzen.

So schleichen wir durch diese Berge, die Schultern zu unseren Ohren hochgezogen, um den scharfen Wind abzuwehren. Mein Magen zittert vor Kälte und Hunger und ich kann spüren, wie mein gefangenes Herz seitwärts gegen meine Lunge schlägt. Von Zeit zu Zeit versinken wir in Sandkuhlen; dann müssen Pilger und Kamel, Sarazene und Esel sich emporkämpfen wie durch tiefen Schnee. Gerade als wir uns niederlegen und uns dem Tod geschlagen geben wollen, Brüder, verändert sich die Landschaft stufenweise. Harter Fels tritt an die Stelle losen Sandes, und auch der Sturm erstirbt allmählich wie Feuer, dem man die Luft verweigert. Ein warmer Morgen dämmert über den schroffen Bergen und bringt uns wenige Minuten der Behaglichkeit. Unsere Schultern entspannen, unser Mägen entkrampfen sich, und während dieses kurzen Morgens sind wir Menschen.

Da jedoch Stunde um Stunde verrinnt, schließen sich die anfangs zarten Finger der Wärme fester um unsere Schultern, die Sonne dringt in unseren Rücken, unseren Nacken, die Ränder unserer Ohren, unsere Waden. Bald rinnt Schweiß über unsere Oberlippe, tropft an unseren Schenkeln hinunter, und die eisigen, stürmischen Stunden des Erebus sind vergessen. Wir sind wieder in der Hölle.

Der Durst ist unerträglich, Brüder. Wir haben jetzt seit einem ganzen Tag und einer Nacht kein Wasser mehr getrunken; aus meinen Lippen fließt das Blut, während die Innenwände meiner Nase zerspringen wie ausgedörrte Käferflügel. Ich sehe, daß Peter vor mir an seiner Faust saugt.

»Was habt Ihr da?« frage ich, indem ich meinen Esel neben ihn treibe. Er nimmt die Hand aus seinem Mund.

»Eine Zitrone«, erwidert er. Ihr faseriges Fleisch erinnert an die Kiemen eines giftigen Molches.

»Die sind für Ursus.« Ich schlage sie ihm aus der Hand, und sie fliegt davon.

»Wie lange, meint Ihr, wird er sie noch brauchen?«

Ich lecke den Schweiß von meinen Lippen und treibe meinen Esel weiter vor.

Elphahallo hat die Leine des Kamels an seinen Sattelknauf gebunden und reitet neben Ursus. Er erzählt ihm die Geschichte von Alborach, Mahomets Hengst.

»Er war ein wenig größer als ein Esel, hatte die Füße eines Kamels und ein Gesicht, so hell wie das des Menschen. Seine Mähne war ganz aus Perlen, seine Brust aus Smaragd, von Rubinen glitzerte sein Schweif und seine Augen waren heller als die Sonne. Alborach ließ es nicht zu, daß jemand ihn bestieg, bis der Erzengel Gabriel für die Güte des Propheten einstand. ›Auf Erden habe ich keinen Menschen getroffen, der edler ist als Mahomet‹, sagte der Engel, indem er anbot, dem Propheten die Steigbügel zu halten. Schnell wie der Wind kamen Mahomet und sein Hengst da nach Jerusalem, wo all die Patriarchen und Propheten ihnen huldigten.«

»Auch ich besaß einmal Juwelen«, sagt Ursus.

»Ich weiß, mein Kind.«

Ich falle zurück.

Was können wir bloß tun, um seinen Durst zu stillen? Allzu

schroff stehen die Berge vor dem Himmel, ihr Rot pocht schmerzhaft gegen die geplatzten Adern meiner Augen. Die sonst so stummen Gerüche unserer Partie teilen sich in Gottheiten: Herr des Kamelatems, Meister der ungewaschenen Lenden, Hierarch der Pisse. Hauptgötze aller Düfte aber ist der Hauch von Graf Tuchers durchbohrtem Herz; ich rieche ihn jedesmal, wenn ich an meiner Backe kratze oder mir das Haar aus der Stirn streiche. Er klebt an mir wie der erste Fisch, den ich als Knabe schuppte, indem es mir unmöglich schien, meine Knöchel von meiner Nase fernzuhalten, da ich erkannte, daß jene salzige Fremdheit in mich selbst eingedrungen war. Jedes Schnuppern läßt meinen Kopfschmerz explodieren, bis ich mit geschlossenen Augen reiten muß.

Endlich läßt uns Elphahallo halten.

»Hier ist es.«

Nichts als ein weiteres staubiges, ausgedörrtes Bachbett. Hat er den Verstand verloren?

»Nein«, sagt Elphahallo, »steig hinunter. Der Fluß ist ausgetrocknet, doch in Löchern steht noch Wasser.«

Wir steigen von unseren Eseln und rutschen den steilen Hang des Wadis hinab. Gesegnet sei Jesus Christus, Brüder! Elphahallo hat Recht. In seichten Spalten steht, als sei es geschmolzener Alexandrit, warmes grünes Wasser. Ich schöpfe hohle Hände voll in meinen Mund, saufe wie das gierigste Schwein. Ich trinke, bis meine Spalte halb leer ist, bis mein geschwollener Bauch sich bis zum Nabel spannt, und da, erst als ich vollständig befriedigt bin, öffnen sich mir die Augen.

Ich habe Würmer getrunken.

Über uns schüttelt Elphahallo den Kopf. Seht, wie die Esel trinken, will er wohl sagen, indem er auf die Tiere deutet, die nur die Oberfläche des Wasser einsaugen und alle Schmarotzer mit ihren sorgsamen Zungen abhalten. Seht, wie die Menschen trinken, tierischer als ihre eigenen Esel.

All die kleinen Pfützen wimmeln von platten kleinen Würmern, doch was sollen wir tun? Wir müssen trinken. Ich sehe das Wasser durch mein Sacktuch in meine leere Ziegenhaut, werfe den Würmerpacken beiseite.

»Felix, hierher!«

Johann hat am Grunde einer engen Klamm eine verborgene, tiefblaue Quelle gefunden. Er rutscht hinunter, fällt hinein, kommt wieder hoch wie ein geschmeidiger brauner Otter. Bald baden wir alle, Brüder, und taufen uns gegenseitig, als schwämmen wir im Jordan. Als unser Calinus uns sieht, mahnt er uns streng, nicht unterzutauchen, doch gehorchen wir ihm nicht, so daß wir uns zum ersten Mal seit Wochen erfreuen können. Schließlich legen wir uns nackt und rein auf die heißen Felsen und spüren, wie unser Haar sich langsam aufrichtet, wie unsere Haut sich um unsere Wangen und unsere Brust spannt. Lautstark verlangen wir dann alle, die Nacht in diesem Bachbett zu verbringen, doch Elphahallo will davon nichts hören. Als wir trocken sind, zwingt er uns wieder auf unsere Esel, um eine geschützte Ebene gleich hinter dem Bergpaß zu erreichen. Es geht wieder um die Araber. Um ihretwillen müssen wir ständig auf der Hut sein.

Ich reite neben Ursus, der nach seinem Bad viel kräftiger scheint. Konrad hat auf jeden Biß wieder Zitronenpaste aufgetragen, die sich auf seinem Gesicht zu einer breiigen Maske gehärtet hat und seine Züge glättet. Seine Augen glänzen von der Anstrengung und er lächelt zum ersten Mal, seit sein Vater starb.

»Meine Beine tun nicht mehr weh, Pater«, vertraut er mir an. »Sie fühlen sich an wie ein Fischschwanz.«

Ich glaube, Elphahallo und Konrad irren sich über seinen Zustand, und ich bin überhaupt nicht überzeugt, daß die Entzündung sich so weit ausgebreitet hat, wie jene meinen. Ein Bruder aus unserem Kloster hat sich einmal beim Holzmachen ins Handgelenk gehackt, und ich mußte mit ansehen, wie ihn der Wundbrand überfiel; doch die Haut dieses Knaben gibt nicht jenen verfaulten Melonengestank von sich, bricht nicht entlang derselben triefenden Risse auf. Das Netz auf seiner

Haut ist fast schon schön, als hätten die Blutsauger eine beziehungsreiche Verbindung zischen den Stationen ihrer Bisse angelegt mit Pfaden, so gerade wie Römerstraßen, um seinen Leib zu unterwerfen, um in ihm wieder Ordnung zu schaffen. Ich frage ihn, ob er sich wie eine blühende Provinz fühlt, und er erwidert, Fische könnten mit dem Bauch nach oben schwimmen, wenn sie wollten.

Ach, Brüder, unsere Leiber riechen so unendlich gut!

Ich hatte schon vergessen, wie saubere Menschen riechen. Ursus riecht nach Zitronenmelisse und Johann hinter mir riecht wie Blechlöffel. Elphahallo kann ich nicht recht einordnen, doch stelle ich mir blaue Kacheln oder schwarze Kalligraphentinte vor, ein wiederkehrendes Muster, einfach und sarazenisch und verwoben. Ich habe Graf Tuchers Herz in jenem Felsenteich gelassen – es schwamm wie Fett nach oben – und habe wohl darauf geachtet, weit von dem Fleck herauszusteigen. Ich kann es nicht zulassen, daß mein Verstand in einer solchen Lage durch solch einen Geruch betäubt wird.

Zum ersten Mal am heutigen Tag fühlt sich mein Hunger wie ein Segen an. Unbelastet von Nahrung ist mein Geist so scharf wie der eines Asketen. Ich meine gar, Arsinoes Duft aufgespürt zu haben, ihre salzige Spur auf den Felsen. Ich schiele zu Johann zurück, um festzustellen, ob auch er ihn bemerkt hat, doch er saugt unablässig am Schaleninnern einer Zitrone von Ursus' Arzneien.

Die sind für ihn!

Ich treibe uns zur Eile.

Ein Fisch ohne Wasser, das ist ihr Duft, und als wir uns durch jenen übermenschlich engen Bergpaß zwängen, der zum Feld Machasea führt, müssen wir darauf achten, daß unsere Wangen ihr Dorschleberöl nicht von den Felswänden schürfen. Die länger werdenden Schatten machen aus jedem Stein ein tiefes Relief, und wie ein Wunder beginnt Tau vom Himmel zu sickern, Brüder, wie ein unendlich sanfter, süßer Regen. Elphahallo lacht still vor sich hin und streckt die Zunge aus, um das

Naß aufzufangen. Unsere Esel schütteln es von ihren borstigen Mähnen, zwinkern es von ihren Wimpern. Von selbst halten sie an, dann stürmen sie den Paß hinab auf die tief unter uns liegende grasige Ebene, als ginge es nach Hause in ihren eigenen Stall.

Während die Esel am fasrigen Gras rupfen, säubern wir unser Lager von Steinen, um uns niederzulassen. Gerade habe ich einen Fleck für Ursus geglättet, als Elphahallo die Hand auf meinen Arm legt und nach oben zeigt.

Über uns, da wo der Hang zum Stern der heiligen Katharina emporquillt, steht ein untersetztes Tier auf vier stämmigen Beinen. Es hat die Farbe von Buchsbaumholz, Brüder, und kleine Schweineäuglein, die uns bei der Arbeit zusehen. Das wunderbarste aber ist ein einzelnes Horn auf seinem Kopf.

»Was ist das?« frage ich Elphahallo.

»Es ist ein Einhorn«, meint Peter.

»Es ist ein Rhinozeros«, antwortet der Sarazene flüsternd. »Nur wenige leben noch hier.«

»Was gibt es denn?« will der Sohn meines Gönners ängstlich wissen. »Pater?«

Ursus ist noch immer an das kniende Kamel gebunden. Ich trete zu ihm und hebe ihn in meine Arme, damit er das Tier sehen kann. Sein glühend heißer, leichter Leib ist auf der Unterseite gänzlich feucht.

»Schau nur, mein Sohn, kannst du das Tier da sehen?«

»Ist es ein Löwe?«

»Nein, Lieber, siehst du nicht das Horn?«

»Ist es gekommen, um mein Grab zu graben?«

Er zuckt so heftig in meinen Armen, daß ich meinen Griff lockere und ihn fallen lasse. Ich höre, wie sein Kopf auf den zur Seite geräumten Steinen aufschlägt wie ein schwerer Fisch, den man an auf einen Tisch klatscht. Ein Fisch ohne Wasser. Ein Fisch.

»Mein Gott.« Konrad steht über ihm, renkt seinen Kopf wieder an den rechten Platz auf seinem Hals. Rasch gehe ich von unserem Lager fort, eile durch die Dämmerung. Das Rhinozeros ist über Ursus' Schrei erschrocken; ich finde seine vier festen Fußspuren, die Furchen im Sand, die bei seiner Flucht entstanden. In seinem Lauf hat es einen winzigen, verkrüppelten Baum zertrampelt; er glänzt vom niedergegangenen Tau. Wie einfach es ist, mich hinzuknien und die Feuchtigkeit von seinen Blättern zu lecken, die unsägliche Süße zu kosten, besser als jeglicher Honig, jeglicher Sirup. Zwischen den Zweigen entdecke ich ein erhärtetes Tröpfchen, durchscheinend wie Bernstein, doch weiß bestäubt. Ich rieche daran, dann lege ich es zwischen meine Zähne. Der reine Himmel. Es ist das Kind des Mondes und der Luft, getrocknet in der heißen Nachmittagssonne. Manna.

»Manna!« brülle ich, und mache mich daran, das Bäumchen abzuernten und die Tröpfchen von den Steinen umher zu kratzen. Zwei Hände voll habe ich bald, genug zu unserer Ergötzung, genug, diese Nacht zu einer Feier zu machen, zu einem wahren Erntedankfest. Ich renne über die Ebene, Zuckerzeug verstreuend wie ein atemloser, trunkener Nikolaus.

»Ursus!« Ich bewerfe ihn mit Händen voller Süßigkeiten. »Sieh nur, was ich für dich gefunden habe.«

Die Pilger starren zu mir empor, sie knien neben meinem zerbrochenen, leblosen Knaben. Meine Beine tragen mich nicht mehr; ich stürze neben seinen Leib, ziehe den gefallenen Ritter zu mir. Ein einziges Wunder muß doch noch geblieben sein in diesem armseligen Zeitalter des Menschen.

Ich reiße die Zunge von meinem Hals und führe sie an seine Augen, die starr sind unter ihren Lidern. Ich lege sie auf seinen Mund, das Tor des Atems, auf sein Herz, so still und ruhig unter meiner Hand. Ich führe die Zunge an seine nutzlosen Beine, seine ausgemergelten Arme, presse sie fest an seine Nasenlöcher, um seine losgelöste Seele im Innern zu versiegeln.

Dieser Schwindel; dieses wertlose Stück Fleisch.

Ursus, mein Kind. Auch dich habe ich getötet.

ZWEITES KAPITEL

*

Der andere Berg

GLEICHGÜLTIG, was die Kartographen sagen mögen, gibt es auf dieser Welt nur zwei Berge: den Berg der Wahrheit und den Berg der Illusion.

Der Berg der Illusion ist, wie ich erfahren mußte, in Wahrheit eine Kette, ein gezackter Grat, der unter unserem Ulmer Kloster entspringt, sich übers Mittelmeer ins Heilige Land erstreckt, um hier in dieser Wildnis unter uns emporzustacheln. Auf diesem Bergzug, Brüder, sind Heilige die Fürsprecher der Menschen, die Kirchen unserer Träume sind wahrhaftige Gebäude, und tapfere Knaben werden von Löwen begraben, die von den Hügeln steigen, um in der Erde zu scharren. Hier auf dem Berg der Illusion mag eine strenge orientalische Prinzessin wieder das süße Mädchen werden, das ich für meine Gattin hielt; hier könnte sie neben dem traurig blickenden Löwen stehen und seinen Kopf kraulen, während er über einem offenen Grab sein Gebrüll erhebt.

Es ist die Liebe, welche wahrhaftig die Illusion ihr eigen nennt; das habe ich erfahren und erröte bei dem Gedanken, wie ich sie auf ihrer Insel Zypern schmähte. Wäre ich ein kunstfertiger Pygmalion, auch ich ergriffe einen Meißel, um etwas Vertrautes und Freundliches aus jenem versteinerten Geschöpf zu

353

hauen, zu dem meine Wallfahrt geworden ist. Doch da es mir an solchen Fertigkeiten mangelt, kann ich nichts tun, als hier auf der letzten Erhebung der Illusion zu hocken und an glücklichere Zeiten zu denken in dem Wissen, daß ich bald die Wahrheit von Ursus Tuchers verwesendem Leib umfassen muß, um sie zum Kloster meines Weibes unter uns zu bringen.

Wie klein ihr Haus von dieser Warte aussieht. Es würde mit der Wüste verschmelzen, wäre da nicht der grüne Streifen aus Ölbäumen und Zypressen hinter ihm. Ihre Kirche steht hinter einer dicken Festungsmauer, vor beinahe tausend Jahren errichtet von Kaiser Justinian, um die Mönche zu schützen, die am Ort von Moses' brennendem Dornbusch lebten. Das geübte Auge kann an den einzelnen Gebäuden der Anlage ihre Geschichte ablesen, so wie man die Jahre eines gefällten Baumes an den Ringen seines Stumpfes erraten kann. Die fetten, wohlbestallten Jahre haben die bleigedeckte byzantinische Kirche hervorgebracht und den üppig grünen Garten, strotzend von Oliven und violetten Eierfrüchten. Die mageren, spärlichen Jahre haben das Gästehaus der Mönche in eine Sarazenenmoschee verwandelt, um die türkischen Eroberer zu besänftigen. Auch der Eingang ist vermauert, so daß der einzige Weg ins Kloster ein Korb ist, der in ein Wachhaus an der Mauer hochgezogen wird. Gerade wegen seiner Einsamkeit hat dieses Kloster die Zeiten überdauert, hat seine aramäischen Bibeln bewahrt und seine Pantokratormosaiken, Texte und Bilder so alt wie die Christenheit selbst. Welcher Kaiser, König oder Sultan wollte dieses roh geschliffene Juwel nicht sein eigen nennen? Doch welcher von diesen sollte sich die Mühe machen, es irgendwo zu suchen, da draußen in dieser gnadenlosen Wüste?

Da es, wie wir wissen, Brüder, nicht nach Art der Wahrheit ist, lange unangefochten zu bleiben, stellen wir bei unserer Ankunft fest, daß sich das Kloster im Würgegriff neuer Angreifer befindet. Verräterische Verbrecher sind es wie jene, die uns im Stich gelassen haben. Oder ihre zerlumpten Vettern. Oder die mischblütigen Stiefbrüder ihrer zerlumpten Vettern.

Auf Kamelen und Eseln, die aufgezäumt sind mit von Silbermünzen klirrenden Zügeln und gesattelt mit Teppichen. Bewaffnet.

Es sind die wilden Araber, auf die wir endlich am Ende unserer Reise treffen.

Von unserem Ausguck können wir beinahe zweihundert zählen, die um das Kloster lagern. Der Kapitän unseres Schiffes hat uns vor diesen wilden Nomaden gewarnt, und Elphahallo tat alles, was in seiner Macht stand, um ein Lager in der Nähe ihrer Quellen zu vermeiden. Im Vergleich zu diesen Männern scheinen die Sarazenen von Jerusalem, die wir bis jetzt kaum als menschlich angesehen haben, vornehm und beinahe wie wir selbst.

Unruhig trinken wir das uns verbliebene Wüstenwasser, steigen auf unsere Esel und suchen uns einen Weg durch dieses letzte Feld. Johann beugt sich herüber, um Ursus Tuchers zusammengefallenen Leib aufzuhalten, der von meinem Sattel rutschen will. Barmherzig hat der Archidiakon sich mir nicht widersetzt, als ich darauf bestand, den Sohn meines Gönners in geweihter Erde beizusetzen. Ursus wollte für die heilige Katharina sterben. Das mindeste, was sie tun kann, ist, ihm ein Bett auf dem Friedhof ihrer Kirche zu gewähren.

Aufmerksam beobachten die Nomaden unsere Ankunft. Ihre Vettern, die die Handelskarawane führten, hielten sich trotz ihres Drecks wie Fürsten; diese Wilden, Brüder, tummeln sich um uns wie verzweifelte, kampferprobte Rebellen. Langsam winden wir uns durch ihre Reihen, vorbei an dunkelhäutigen Männern, die sich in ihren Steigbügeln erheben, um sich gedankenlos an ihren nackten Hintern zu kratzen, vorbei an Häuptlingen in gestohlenen Ritterhelmen, die ihre Pfeilspitzen mit Feuersteinen schärfen. Die dürren Nomadenbälger verstecken sich hinter ihren halbnackten Müttern und strecken uns flehend die Hände entgegen. Gewißlich, Brüder, sind diese Hände zu klein, um eine Münze festzuhalten, selbst wenn wir eine übrig hätten.

Vorsichtig naht Elphahallo sich dem am gründlichsten bemalten und am schwersten bewaffneten Wilden. Ich sehe unseren Calinus viele Male seinen Turban berühren, während er auf unsere zerzauste Schar und auf den toten Knaben zeigt, der quer über meinem Schoß liegt. Wenig später kehrt er geschlagen zu uns zurück; wir dürfen, wie er uns sagt, das Kloster nicht betreten, sofern wir nicht ihren Wegezoll bezahlen.

Einen winzigen Augenblick bin ich versucht, die Strategie des Türken gegen Rhodos anzuwenden und den von Maden zerfressenen, stinkenden Leib des Knaben in die Menge zu werfen. Das Grausen vor Verwesung überschreitet alle Sprachhindernisse, Brüder, und wäre der rechte Lohn für ihren Verrat, ihre gnadenlose Wüste, ihr weißlich-grünes Würmerwasser. Wir haben kein Geld, um sie zu bezahlen, keine Süßigkeiten, um ihre Kinder zu bestechen. Wir können doch nicht so weit gereist sein und so viel ertragen haben, um nun durch das Fehlen eines Beutels voller Süßbrot aufgehalten zu werden.

Statt obiges zu tun, gleite ich von meinem Esel, werfe den Sohn meines Gönners über meine Schulter, wie es ein flüchtender Freier mit seiner Liebsten täte, und dränge mich gegen die Menge. In der vergangenen Nacht haben hundert Löwen um meine Leiche gekämpft; was habe ich dann zu fürchten von diesen gewissenlosen, wiederkäuenden, unreinen Kreaturen? Mein heldenhafter Angriff bringt mich nicht weiter als zehn Schritte, dann sind hundert Speere auf mich gerichtet, deren einer mit seiner Spitze wie ein zarter Schmetterling auf meinem Nacken landet. Elphahallo versucht, mich fortzuziehen. »Es wird auch anders gehen«, sagt er, doch ich höre nicht auf ihn.

»Laßt mich durch!« befehle ich den verständnislosen Wilden. »Ich befehle es euch!«

Und gerade, als ich glaubte, Brüder, im Orient gebe es wirklich keine Wunder mehr, da weichen diese gewalttätigen Araber zurück. Im Grunde weichen sie nicht bloß zurück, sie rennen vor mir weg, zurück zum Tor des Klosters.

»Haijsch! Haijsch!«

Die Nomaden stoßen mich zu Boden, so eilig haben sie es, den aus Palmwedeln geflochtenen Korb zu erreichen, der langsam von dem Wachhaus des Klosters herniederschwebt. Sie heben ihre Hände, als wollten sie ihn anbeten, und springen danach, als er nicht rasch genug sinkt. Ihre Kinder, Brüder, drängen sich zwischen den Beinen der Großen hindurch und erreichen den Korb als erste, um triumphierend wieder zu erscheinen. In ihren Händen aber halten sie runde weiße Laibe Brot, deren jeder das eingeprägte Bildnis der jungfräulichen Märtyrerin Katharina trägt. Der kleine Junge vor mir reißt hungrig Katharinas Kopf von ihrem Leib, so daß die geköpfte Heilige müßig ein Kreuz und einen Palmzweig hält, auf einem Stapel Bücher schwebend. Diese verderbten Nomaden sind nicht zum Plündern hier, wird mir plötzlich klar. Sie wollen Brot.

»Felix! Wohin willst du?« Durch die Meute höre ich Johanns Stimme, ohne auf sie zu achten. Ich habe die einzige Möglichkeit erspäht, ins Kloster zu gelangen, und renne, Brüder, mitsamt Ursus stracks auf den Korb zu. Die restlichen Katharinenlaibe in die Menge werfend, springe ich hinein, bedecke mich mit Ursus' verwestem Leib und reiße am Seil. Zu meinem Erstaunen steigt der biegsame Korb ruckhaft empor, so daß die arabische Brotekstase weit unter mir zurückbleibt.

»Wer seid Ihr?« fragt ein wütender Mönch auf Latein, als ich aus dem Korb in das vorgebaute hölzerne Wachhaus steige. Hinter ihm lehnen drei weitere griechische Klosterbrüder erschöpft am Rad der Winde, mit der sie mich hochgezogen haben. Alle vier tragen ausgeblichene schwarze Roben, wiederholt geflickt und mit Stricken an ihrem Körper befestigt. Ihr langes graues Haar ist nach der Art der Ostchristen zu Pferdeschwänzen zusammengebunden, und ihre langen Bärte wachsen wild und struppig an ihren Wangen wie jener des wandernden Mönches, der als erster die Reliquien der heiligen Katharina zu einem Knaben nach Basel brachte.

»Ich bin Pater Felix vom Predigerorden der Dominikaner zu

Ulm«, erkläre ich. »Meine Partie hat kein Geld, um den Arabern da unten Zoll zu bezahlen. Man hat uns in der Wüste ausgeraubt.«

Argwöhnisch beäugt der lateinisch sprechende Mönch nun Ursus, vor Ekel seine Nase rümpfend.

»Es tut mir leid, doch wird es uns nicht möglich sein, Euch zu helfen. Wir sind nur noch zu acht im Kloster und haben kaum Zeit, unsere Gebete zu sprechen, geschweige denn uns um Euch zu kümmern. Die Beduinen halten uns zu sehr mit Brotbacken auf Trab.«

Er deutet mit einem Nicken seines Kopfes auf den Leib, den ich noch immer in den Armen halte.

»Ihr hättet ihn in der Wüste begraben sollen«, sagt er.

»Ich wollte, daß er in geweihte Erde kommt.«

»Unser Friedhof ist da draußen hinter den Beduinen, doch selbst wenn ihr ihn erreicht, ist der Boden dort so hart, daß wir bloß fünf Gräber besitzen. Wenn ein sechster Mönch stirbt, graben wir die Gebeine des ersten aus und legen sie in unser Beinhaus. Da ist kein Platz für diesen Knaben.«

Ich lehne meinen Kopf an die grob verputzte Wand. So weit hat es doch nicht kommen können, Brüder, daß das Herz der Wüste selbst sich gegen uns verhärtet hat. Unten höre ich die Araber Haijsch, Haijsch schreien. Was bedeutet dieses Wort?

»Es heißt in ihrer Sprache Brot«, sagt der Mönch, noch bevor ich fragen kann. »Und es bedeutet Leben.«

Nichts ist, wie ich es erwartet hatte, Brüder, nicht dieses belagerte Kloster, nicht diese gräberlose Erde, und gewiß nicht diese Ostmönche, für die es kaum einen Unterschied macht, daß wir wochenlang durch die Wüste gezogen und nicht von Wiesensteig nach Ulm geeilt sind. Ich umfange meinen unbegrabenen Knaben und versuche, mir vorzustellen, wo wir ihn unterbringen könnten.

»Könnte ich etwas Wasser haben, bitte?« frage ich schließlich.

Widerstrebend führt mich der Mönch eine offene, geländerlose Treppe in die eigentliche Anlage hinunter. An manchen Stellen sind die Mauern des Klosters bis zur Kopfhöhe eines Mannes abgetragen, und wie ich nun sehen kann, ist das rechte Erkertürmchen vollständig zusammengefallen. Wie können acht Mönche eine Horde Araber abwehren, wenn ihre Befestigungen kaum mehr taugen als eine Kinderburg? Glauben sie wirklich, diese Munition aus Brot werde sie schützen? Der Mönch führt mich um eine Ecke zu einem steinernen Brunnen.

»Bekreuzigt Euch, Bruder«, sagt der Mönch, »an diesem Ort schöpfte Moses Wasser für die Schafe des Jethro.«

Abwesend küsse ich die Steine und frage nicht einmal, ob an diesem Ort Ablaß gewährt wird. Zum ersten Mal im Heiligen Land kann ich einen Ort mehr für seine Gegenwart als für seine Vergangenheit schätzen: Ja, unser Patriarch schöpfte aus diesem Brunnen, doch ist es mir wichtiger, daß das Wasser, welches jetzt darin steht, eiskalt ist und rein. Dankbar trinke ich, Brüder, spüle mir die Wüste aus dem Mund. Und dicke Tränen in den Augen, gieße ich eine Handvoll reinen Wassers über das entstellte Gesicht des Knaben. Ich werde einen Ort finden, Ursus, an dem du ruhen kannst.

»Ich muß wieder in die Küche«, sagt der Mönch. »Ich komme später wieder.«

Gegenüber dem Brunnen stehen zwei gewaltige hölzerne Türen einen Spalt weit offen. Diese massivsten Hindernisse, die ich bisher im Kloster gesehen habe, schützen den Eingang zu einer kleinen, mit Granit und Blei gedeckten Kirche.

»Faßt bloß nichts an«, mahnt er.

In Stein geschnittene Rebhühner scharen sich am Türsturz, flankiert von stilisierten Löwen, geflügelten Cherubim und Ranken. Die frühen Christen haben es vorgezogen, Brüder, in ihren Kirchen Tiere anstatt Menschen darzustellen. Wie weit waren sie doch von diesem neuen Zeitalter des Menschen entfernt, das danach giert, jedem Pfosten und Pfeiler sein eigenes Gesicht aufzuprägen. In alter Zeit verbarg man sogar die Menschlichkeit der Heiligen, wie man es bei den Evangelisten sieht: Sankt Markus wurde zum Löwen, Sankt Lukas zum Stier, Sankt Johannes nahm die Gestalt des edlen Adlers an, und allein Sankt Matthäus behielt seine menschliche Gestalt, doch gewährte man ihm Engelsflügel, damit man ihn nicht für einen gewöhnlichen Sterblichen halte. Die Alten wußten wohl, daß wir, je mehr wir uns in Gott zu entdecken suchten, uns desto mehr mit ihm verwechseln und verwirren würden. Schmücken unsere heutigen Maler nicht Heilige wie prunkende Hofdamen aus, setzen sie nicht die Apostel beim Abendmahl in weite Säulenhallen? Wird die Wüste des heiligen Hieronymus nicht als behagliche toskanische Lichtung gemalt, wie eines Herzogs Jagdgrund mit Hirschen und neugierigen Pfauen ausgestattet? Es ist kein Wunder, Brüder, daß die törichten Pilger keine Ahnung haben, was die wahren Heiligen erlitten, wenn sie nicht bis zur Prüfung dieses grausamen Orients gelangen. Wir haben uns daran gewöhnt, in der Gemeinschaft unserer Heiligen zu leben, als seien sie wie wir.

Ich trage Ursus Tucher durch jene dicken Türen in die Kirche. Auf die tiefrote Täfelung ist mit weißer Farbe Katharinas Rad gepinselt, es wechselt sich mit knochigen Fischen und Pelikanen ab. Zwölf hohle Pfeiler stützen die Decke als Zeichen für die zwölf Monate des christlichen Kalenders, und in jedem Pfeiler verwahren die Mönche der heiligen Katharina die Reliquien von Heiligen, die nach ihrer Legende im jeweiligen Monat gestorben sind. Man kann in die in jede Säule gehöhlten kleinen Pforten greifen und in Märtyrerknochen wühlen, Brüder, denn sie haben sie wahllos hineingeschichtet und bloß darauf geachtet, keine Heiligen aus unterschiedlichen Monaten zusammenzubringen. An jeden Pfeiler ist eine Ikone genagelt, die all die Heiligen, Märtyrer, Bekenner und Äbte des Januar, Februar, März usw. zeigt, auf daß der Ungebildete erfahren möge, welcher Gesegnete in welcher Säule ruht. Wahrhaftig, Brüder, diese Ikonen sind ein Wunder an Überfüllung, denn Schulter an Schulter stehen zusammengepfercht die Heiligen in Dreier- und Viererreihen. Manche von ihnen sehen ernst aus, manche entzückt, manche rollen die Augen im Todeskampf; andere halten Kreuze oder lesen Bücher, wieder andere stehen neben Löwen oder gestatten Vögeln, sich auf ihren Schultern niederzulassen. Ob sie wohl zanken, wenn niemand in der Kirche ist? Ob sie wohl nach vorn schieben und drängen? Oder ist es das Geheimnis des Himmels, daß jeder Heilige dort seinen Platz gefunden hat, an dem er sich wohlfühlt? Ich trage Ursus zum Novemberpfeiler, um die heilige Katharina zu suchen, doch sie ist nicht zu sehen. Diese Ikonen entstanden, als Katharina noch ohne das Wissen der Christenheit in ihrem Öl ruhte.

Ursus und ich gehen das rechte Seitenschiff entlang, das ebenfalls von Altären strotzt. Cosmas und Damian, Anna und Joachim, Sankt Antipas, Marina. Die heilige Marina lebte als namenloser Mönch in der Wüste. Erst als man ihre Glieder fürs Begräbnis wusch, entdeckte man ihre Weiblichkeit. Ich halte an keinem dieser Schreine inne und gehe dorthin, wo sie meines Wissens sein muß, unter dem Bogen zur Rechten des Hauptaltars. Auf der Schwelle zögere ich. Ein einsames Öllämpchen wirft rotes Licht auf die byzantinischen Kapitelle und die mit Steinsplittern verfugten Granitplatten, die ihren Sockel bilden. Als man sie vom Berg herunterbrachte, hat man sie wieder auf Fels gelegt.

Langsam, Brüder, nähere ich mich dem Grab der heiligen Katharina.

»Katharina, Jungfrau aus Alexandria, einstige Gattin, Heilige«, beginne ich mein Gebet, befangen in dieser stillen Kammer. »Vergib mir mein beständiges Nichtverstehen, denn ich bin nichts als ein törichter Priester. Zwanzig lange Jahre habe ich mir eine Gattin erträumt, eine sanftmütige Jungfrau, die mein Leben teilen sollte. Wenn ich im Himmel oder auf Erden eine Gattin haben durfte, so solltest du es sein. Als ich erfuhr, daß du dich freigebig Johann und Arsinoe hingabst, legte ich traurig die Hörner des betrogenen Ehemannes an und weinte bittere Tränen, weil mein Traum verblichen war. Dann aber wurde mir mit einem Mal mein Leben neu geschenkt, denn du sprachst zu mir durch jene Zunge. Ich erfuhr, daß du gefangen warst wie eine Geisel, und daß dein Leib gefaltet in einem Kasten weilte. Und ich gelobte, das Schwert zu ergreifen für dich, mein wahrhaft anvertrautes Weib, und nun mein Leben hinzugeben, um dich für die Welt wiederzugewinnen.

Nun, da der Knabe hier gestorben ist, weiß ich, o Katharina, du bist nicht die Heilige, von der ich träumte. Du hast dich mir nur als kalte, unnahbare Prinzessin gezeigt, die ihr menschliches Leben vergessen hat. Erbarmungslos hast du Konstantin und Emelia gefordert, dann den Grafen Tucher und nun dieses Kind, wo doch dein Peiniger Maxentius nicht mehr von dir verlangte, als eine Handvoll Räucherwerk auf den Altar zu streuen.

Hat denn Arsinoe recht gehabt? Bist du ohne die Bilder deiner eigenen Vernichtung verloren? Vergißt der Himmel wahrhaftig seine irdischen Kämpfe, je höher er sich erhebt? Du wurdest gefoltert, Katharina, doch hast du nun vergessen, wie das Rad in deine Muskeln schnitt. Du wurdest erniedrigt, und doch hast du deine Diener freudig weit schlimmerer Schande ausgeliefert. Ist es denn so, daß du die Erinnerung verlierst, wenn du das Bild deiner Erniedrigung nicht ständig vor dir siehst? Hast du vergessen, was es heißt, zu sterben?

Nimm dieses Kind, Katharina. Ich wollte zum Sinai kommen, um unser Hochzeitsgelübde zu erfüllen. Ich wollte dich verehren und rühmen und dich mit Morgengaben überschütten. Welch liebevolles Wort kann ich nun aussprechen, das nicht wie Asche auf der Zunge schmeckt?«

Ich lege den bleichen, verwesenden Leib des Ursus Tucher auf ihr Grab.

»Nimm ihn«, bete ich, »denn alles andere hast du schon genommen.«

»Vergeudet Eure Zeit nicht, Felix«, ertönt eine ruhige Stimme aus den Schatten. »Märtyrerinnen verstehen bloß zwei Dinge. Die Liebe und den Tod.«

Ich wende mich nicht einmal um. Der Dominikanermönch Arsinoe tritt zu mir neben Katharinas Sarkophag. Mit nassen Augen blickt sie auf den Sohn meines Gönners herab. Sanft wischt sie das Brunnenwasser ab, das immer noch an seinen Wimpern haftet.

»Die Liebe einer Heiligen wohnt im Himmel, doch ihr Tod weilt auf Erden«, sagt die Zunge. »Wenn sie die Beziehung zu diesem Tod verliert, Felix, ist sie den Menschen nicht mehr von Nutzen.«

Ich habe nicht die Kraft, mit dieser Frau zu sprechen, Brüder. Sie ist noch hagerer als das letzte Mal, das ich sie sah, und ihre kantigen, blutunterlaufenen Kamelpfotenhände hängen schlaff an ihrer Seite. Von neuem trägt sie den schweren Futtersack voller Gebeine um ihren Hals.

»Habt Ihr sie schon gesehen?« fragt sie.

Ich schüttle den Kopf.

»Wollt Ihr es?«

Auf diese Frage habe ich keine Antwort.

»Die Mönche sind so gehetzt, daß sie das Schloß nicht richtig festmachten, nachdem sie mir ihre Reliquien zeigten«, meint Arsinoe. »Ich kann das Grab für uns öffnen.«

Ich blicke hinab auf Ursus' Leib, der endlich zur Ruhe gekommen ist. Seine Fiebergeschwüre verschwinden im roten Lampenlicht, das die glückselige Illusion von Gesundheit schafft. Noch einmal muß mein Knabe umgelagert werden.

»Vergib mir«, flüstere ich, indem ich seinen Körper nahe an mich ziehe, seine Verwesung riechend. Am Ende, Brüder, bin ich ein schwacher Mensch. Ich muß sie sehen.

Ich lasse Ursus unbeholfen in die Ecke sinken, während Arsinoe die schwere Marmorplatte zurückschiebt, um nach und nach Katharinas ölige, pergamentfarbene Gebeine zu enthüllen. Um sie verstreut, Brüder, zeugen auf ihrem weichen Lager aus zinnoberroter Seide goldene Taler, Ringe und Rosenkränze von der Frömmigkeit der Pilger, die über die Jahrhunderte hierher kamen. So viel von der Heiligen ist fortgebracht worden, daß ihre Reliquien auf dem Sinai nur noch aus einem Bein, ihrem Becken, vier Rippen, einem Unterarm und ihrer rechten Hand bestehen und aus dem, was Arsinoe soeben langsam enthüllt. Jene Kugel ist es, für die wir alles verloren haben, um sie zu gewinnen: Katharinas heiliges Haupt.

Die ledrig braune Haut des Hauptes spannt sich über hohe Backenknochen, der Mund rundet sich zu einem schmalen Lächeln. Beide Augenlider fehlen; das eine war, so weiß ich, im Besitz des wandernden griechischen Mönchs meiner Jugend und ist gewiß vor vielen Jahren in Europa verlorengegangen. Die mühevoll errungene goldene Krone des Martyriums schwebt über ihrem haarlosen Kopf, um uns daran zu erinnern, daß wir unsere Reichtümer im Himmel finden, nicht auf Erden. Dies ist der Schädel, dem wir tausend verschiedene Gesichter verliehen haben, den wir errötend auf Leinwand malten und streng und bernsteinfarben auf Holz. Dies, Brüder, ist das Antlitz, das wir in Stein meißelten, in Altartücher stickten. Was sehe ich von meiner einstigen Braut in dieser leeren Gestalt unter mir? Welche Haut habe ich mit mir durch die Wüste getragen, die ihr ein anderes Aussehen verliehe als das eines Ungeheuers? Es ist gleichgültig. Alle anderen Bilder Katharinas sind entschwunden. Ein einziges Mal, Brüder, blicke ich ins Antlitz der Wahrheit.

»Es ist so leicht, sie hier herauszuholen«, flüstert Arsinoe. »Die Mönche sind so abgelenkt.«

»Warum habt Ihr es dann nicht getan?«

Sie zuckt mit den Achseln, drückt einen Kuß auf Katharinas Stirn.

»Vielleicht habe ich auf Euch gewartet?«

Ich kann dieses Spiel nicht länger mitspielen, Brüder.

»Sagt mir«, frage ich beinahe jenseits jeglicher Anteilnahme, »weshalb Ihr und diese Heilige mein Leben zerstört habt?«

»Wir wollten Euch nicht hineinziehen«, erwidert sie. »Katharina ist müde. Sie wollte heimkehren.«

»Doch nicht ins Kloster«, sage ich. »Ihr tragt ihre Gebeine um Euren Hals, ohne Anstalten zu machen, sie ihrem Sarkophag zu übergeben.«

»Nicht ins Kloster«, flüstert Arsinoe.

»Wo ist ihr Heim?« frage ich.

»Das Vergessen.« So leise sagt sie das, daß ich es kaum hören kann. »Sie hat mit der Welt abgeschlossen. Nun begehrt sie nur noch den Himmel.«

»Ist sie es, die mit der Welt abgeschlossen hat, Arsinoe? Oder seid Ihr es?«

»Was ist der Unterschied?« fragt sie.

Ich gehe um den steinernen Sarg, bis ich neben ihr stehe.

»Ich kann nicht zulassen, daß Ihr dies tut.« Ich nehme das arme, erschöpfte Weib in meine Arme, zusammenzuckend, als der spitze Sack voller Gebeine gegen meine Brust bohrt. »Wir haben schon genug Tode erlebt auf dieser einen Pilgerfahrt.«

»Aber wir haben keine Wahl, Pater!« schreit Arsinoe auf und reißt sich von mir los. »Tod und Leben stehen in der Macht der Zunge!«

Ich sehe sie nicht kommen, Brüder, die Deckplatte des Sarkophags. Ich höre sie wie ein schweres Boot über Felsgrund schleifen, doch weiß ich erst, was das bedeutet, als sie in die Mitte meines Rumpfes kracht. Dann Atemnot. Mein Rückgrat, an die Wand gepreßt.

»Erst wenn Katharina fort ist, kann ich frei sein«, schluchzt sie. »Das einzige, was mich an diesen elenden Körper fesselt, ist ihre Stimme in meinem Kopf.«

Hilflos muß ich zusehen, wie Arsinoe ihren Futtersack mit Katharinas Hand vollstopft, mit ihrem Schienbein, Rippen, einem Oberschenkel. Bitte, flehe ich lautlos, wenn du schon alles andere nehmen mußt, laß doch jene einzige Reliquie da. Laß doch der Welt zumindest ein Gesicht, durch das man sie sich im Geiste wieder schaffen kann. Doch mein Gebet wird nicht erhört. Arsinoe greift hinein, hebt ihn mit beiden Händen heraus, sorgsam darauf achtend, die goldene Krone nicht zu erschüttern: den kostbaren Schädel der heiligen Katharina von Alexandria, der jungfräulichen Märtyrerin.

»Ich habe gewartet, auf daß Ihr Zeuge ihres Wunsches werden konntet, entnommen zu werden«, sagt Arsinoe. »Denn sie erhebt sich nicht, um mich zu schlagen. Sie wehrt sich nicht. Sehet und wisset, Felix. Es ist Katharinas Wille, daß wir verschwinden.«

Meine Arme sind gefangen; mit meiner Brust versuche ich, die Marmorplatte von meinen zerschmetterten Rippen wegzudrücken. Ich kann kaum atmen.

»Küßt sie, bevor ich gehe, Felix. Ich schulde Euch so viel.«

Ich drehe den Kopf, doch sie folgt mir mit ihrem Haupt, drückt meine Wange mit der flachen Wange des schwitzenden Schädels an die Wand.

Wohl tausend Nächte habe ich von ihren Küssen geträumt. Dies aber habe ich nie gewollt.

Arsinoe dreht den Schädel, bis sein zahnlückiges Lächeln vor meinem Mund steht, dann preßt sie ihn mit Macht an meine Lippen. Ich ersticke unter Oliven und Myrrhe. Jeder gestohlene Kuß meines Noviziats kommt über mich mit dem Geschmack von Ziegenmilch und von halbwüchsigen Knaben; es ist dasselbe Gefühl des Erstickens. Ich falle in mein eigenes Rückgrat. Ach, meine Brüder.

Und dann legt sich ein dünnes, bebendes Lippenpaar auf das meine, und Arsinoe küßt mich wie Pergament. Meine strömenden Augen erfassen die ihren; auch sie weint.

»Bitte«, flehe ich. »Ich habe alles verloren.«

»Jetzt fängst du an, das Leben eines Märtyrers zu verstehen«, flüstert sie.

Hände

ICH ERWACHE, als ich kühle Hände unter meinen Gewändern
spüre, die roh meine Hoden beiseite schieben, während sie
sich zu meinen Achselhöhlen tasten. Ein Mönch schiebt den
Sargdeckel beiseite, zwei andere besprechen sich auf griechisch,
während sie mich abtasten. Wenn ich bloß einen wirklichen
Atemzug tun könnte, würde ich lachen, weil es so schmerzhaft
kitzelt, oder ich schriee sie an, sie sollten einhalten.

Ich erwache zum zweiten Mal, als einer der Mönche mir mit
seine Sandale in die Seite tritt, achtsam, als sei ich ein waid-
wunder Dachs am Wegesrand, der beinahe, jedoch nicht völlig
tot ist. Ich schlage die Augen auf, worauf er erst mich anbrüllt
und dann seinen Gefährten. Der aber ist der Mönch, der mich
hereingelassen hat und mich jetzt auf lateinisch anbrüllt.

»Was habt Ihr mit ihr gemacht?«

Ich schließe meine Augen wieder.

Als ich das dritte Mal erwache, bin ich blind.

Sie haben mich in völliger Dunkelheit zurückgelassen, Brüder, hier auf einem kalten Steinboden, in einem Zimmer, das
unbestimmt nach Schimmel und Sandelholz riecht. Als ich
mich umdrehe, trennen sich meine Rippen und ein entsetzli-
cher Schmerz schießt in meinen Rücken und meinen Hals. Einmal hat mich in meiner Kindheit ein Pferd in die Brust getreten,
und da hat es sich so angefühlt wie jetzt, da mir scheint, jede
plötzliche Bewegung werde diese Knochenarchitektur ent-
flechten und mich als wirren weißen Haufen auf dem Boden
lassen.

»Hallo!« rufe ich schwach, weil ich nicht genug Luft in meine Lunge bringen kann, als daß ich schreien könnte. »Wo bin
ich?«

Zu meiner Linken erspähe ich am Boden eine dünne Linie
Mitternachtsblau, kaum eine Spur heller als die Finsternis im
Innern. Langsam, Brüder, rolle ich mich auf die Knie und krie-

che voller Schmerzen zu jener Linie. Tatsächlich ist bei ihr ein Luftzug spürbar, und als ich mich höher taste, beginne ich rissiges Holz zu entdecken, zwei Angeln, einen kalten Eisenring. Mit aller Kraft ziehe ich an diesem Ring, Brüder, doch nichts geschieht. Man hat mich eingesperrt.

»Laßt mich heraus!« Ich trommle mit beiden Fäusten an die Tür, was meine versehrten Rippen noch weiter auseinanderzieht. Mein Gott. Ich falle auf die Knie und stoße mit dem Kopf ans Holz, so heftig es nur geht.

»Laßt mich heraus!«

Da weiß ich alles wieder. Arsinoes Diebstahl. Ihre Flucht. Meine Haft. Ich erinnere mich undeutlich daran, daß zwei Mönche mich trugen, sehe die untergehende Sonne vor der Kirche und eine kleine, niedrige Tür. Sie haben mich hier hereingeworfen wie einen Packen Brennholz. Aber wo bin ich?

Ich spüre, ich bin in einem übermäßig vollgestopften Raum, in einem engen Gang, der eine Art Kirchenschiff entlangläuft; doch scheint es keine herkömmliche Kapelle zu sein. Vorsichtig strecke ich die Hand aus, um die Ausmaße des Raumes zu ertasten. Ich bin erst ein paar Fuß gekrochen, als ich auf etwas stoße, das sich wie eine lose verfugte Innenwand anfühlt, sorgsam aus glatten, abgeschliffenen Steinen aufgeschichtet. Ich krieche weiter, indem ich diese Wand nach ihrer Länge abtaste, als mit einem Mal ein einzelner runder Stein in meine Hand rutscht. Die ganze schwere Wand erbebt.

Rasch, Brüder, taste ich nach dem Hohlraum, doch meine Hände zittern so, daß ich den Stein am Ende in eine bereits volle Stelle drücken will. Die oberen Reihen schwanken, ein Stein löst sich, kommt hohl tönend auf dem Boden auf, um wegzuhüpfen. Mein Gott, ich kenne diesen Ton. In meinem Entsetzen springe ich zurück, krache in den Rest der Wand, so daß sie über mir zusammenstürzt. Hunderte Schädel, Brüder, hart und knochig, fallen schmerzhaft mit vorgewölbten Brauen und eckigen Kiefern über meinen Rücken her. Jahrhunderte verwahrter Mönchsköpfe aus Hunderten exhumierter Gräber prallen von den Wänden des engen Beinhauses wie ekstatische Berserker. Gliederlose Schädel sind es, grinsend, wieder lebendig, wütend. Ich ducke mich unter diese Lawine.

Doch seid nicht ihr es, diese Köpfe, Brüder? Seid ihr mir nicht getreulich auf allen Windungen meiner Pilgerfahrt gefolgt, sogar in dieses Leichenhaus? Seid Ihr nicht dieser Schädel mit der steilen Stirn, mein Abt? Er fühlt sich wahrhaftig wie Euer kahles Haupt an. Wie Ihr gleicht dieses Haupt dem haarlosen Propheten Elischa, den, als er einen Berg bestieg, unartige Kinder verspotteten, indem sie riefen: ›Geh nur hinauf, du Kahlkopf!‹ Als der Prophet sie hörte, flehte er Gott an, sie zu verfluchen, und sogleich kamen zwei Bären aus den Wäldern und verschlangen zweiundvierzig jener Spötter.

Ich ergreife den Schädel und werfe ihn an die Tür. Er springt zu mir zurück.

Nein, verzeiht mir, mein Abt. Ich hatte unrecht. Ihr, Brüder, seid glücklich zu Hause in euren Zellen, so gut im Fleische wie meine Vorstellung euch machen kann. Diese Köpfe sind gewiß die Mitglieder meines gänzlich neuen Ordens, sind mir verwandte Geister, meine Gefährten und meine Zukunft. Durch Zufall bin ich in das Beinhaus gestolpert, in dem die Donester die von ihnen beweinten Köpfe verwahren. Ein Ungeheuer dürfte ja nicht ewig trauern, mit der Zeit wird es nach einem neuen Narren lechzen. Was geschieht denn mit all diesen strahlenden, neugierigen Männern, die in den Orient gekommen sind, um dort verschlungen und betrauert zu werden, zutiefst bedauert, wenn der Hunger gestillt ist? Könnte nicht das Ungeheuer aus flüchtiger Freundlichkeit daran denken, sie alle kameradschaftlich in eine Kammer zu stapeln am Fuß des Berges der Wahrheit? Und könnten diese erstaunten Köpfe nicht versuchen, ihrer mißlichen Lage Sinn zu entlocken? Gewiß würde ein törichter Mönchskopf unter ihnen sie dergestalt aufmuntern:

›Brüder, laßt mich euch mehrere Gründe nennen, weshalb es wünschenswerter ist, ein Kopf zu sein als noch ein ganzer Mensch‹, würde er sagen.

›Zum ersten: Die Philosophen, denen man in diesen Dingen trauen kann, sagen, Gott habe den Kopf als Kugel gebildet, auf daß er dem Himmelsgewölbe entspreche. Deshalb ist einzig diese Form befähigt, die Mysterien des Universums zu fassen. So jauchzet! Als reine Köpfe sind wir bessere Gefäße, um den Himmel aufzufangen, Brüder.

Zum zweiten: Es ist besser, ein Kopf zu sein als ein ganzer Mensch, weil man nur so allein das Wort der Heiligen Schrift erfüllen kann. Denn höret: Gott wird dich zum Kopfe machen und nicht zum Schwanz.

Zum dritten: Beim Ritterschlag mögen die Schultern berührt, aus Reue Füße gewaschen werden, doch nur das edle Haupt, Brüder, wird zu wirklich bedeutsamen Gelegenheiten mit Öl gesalbt. Der Priester salbt den Kopf des Säuglings bei der Taufe, der Bischof salbt das Haupt des Königs bei der Krönung. Christus selbst hat seinen Apostel Simon ausgescholten, indem er sagte: Du hast mein Haupt nicht mit Öl gesalbt; sie aber hat meine Füße mit Salbe gesalbt.

Zum vierten und letzten: Es ist besser, ein Kopf zu sein als ein ganzer Mensch, Brüder, weil es unsere Leiber sind, die uns in diese fürchterliche Lage brachten. Wären wir bloß Köpfe gewesen, als wir das Ungeheuer trafen, hätte dieses kein Gelüste verspürt, uns zu fressen. Zudem hätten wir als bloße Köpfe niemals Grund zur Trauer gehabt, denn gleichgültig, welche selbstsüchtige, peinigende Wallfahrt wir uns erträumt hätten, wir hätten gar keine Leiber gehabt, um sie zu verwirklichen. So hätten bloß unsere eigenen elenden Vorstellungen Schaden erlitten.‹

Wie leicht wäre es, dieser glückseligen Gemeinschaft beizutreten, Brüder. Zu spüren, wie mein Fleisch wegschmilzt, wie sich mein Körper lockert und löst. Ich ergreife einen anderen Schädel, werfe ihn an die Tür und fange ihn, als er zu mir zurückfliegt. Das Vergessen ist voller Freunde, kann es da nicht noch einen weiteren Mönch aufnehmen?

Doch ich höre euch flüstern. Hättest du denn nicht einfach

darauf verzichten können, den Venusberg zu erklimmen, wenn es eine angenehme Wallfahrt war, die du dir gewünscht hast? Würdest du wirklich die Christenheit enttäuschen, Felix, indem du dein müdes Haupt in diese Schädelpyramide einfügst?

Ist es nicht schwieriger, das Leben statt des Todes zu erwählen in dieser elenden Welt; ist der Glaube nicht schwerer zu bewahren gegenüber der Gleichgültigkeit?

Ich schleudere hundert Schädel gegen die Wand. Ich verweigere mich dieser Bruderschaft! Ich werde ihr Gelübde nicht ablegen. In dieser Wüste wandelt eine menschliche Frau, die ihr eigenes Vergessen sucht; ich aber weiß, wo sie es finden wird. Laßt mich heraus!

Gehetzt taumle ich an die andere Seite der Kammer, falle über die verstreuten Brüder. Nach meinem Wissen sind die meisten Beinhäuser so angelegt, daß die Schädel an einer Wand verwahrt werden, die restlichen Knochen an der anderen. Ich taste mich vor, bis ich ein Geviert großer Nischen entdecke, vollgestopft mit Ober- und Unterschenkelknochen. Ich packe ein langes, hartes Schienbein und springe auf sein Ende, spüre nach, ob es auch glatt gebrochen ist. Dann nehme ich noch einen Schädel und hinke zur Tür zurück.

Die Bruchstelle des Knochens setze ich in den Türrahmen, um mit dem Schädel auf sein rundes Ende einzuschlagen. Der erste Schlag läßt mich in Tränen ausbrechen, Brüder. Ich spüre, wie das Gewebe um meine gebrochenen Rippen reißt und einen solchen Schmerz verursacht, daß ich fast zusammenbreche. So lehne ich mich an die stützende Wand, als ich ein zweites Mal auf den Knochen schlage und höre, wie das Holz um den Riegel ein wenig nachgibt. Ein dritter Schlag, und das Schloß löst sich in einer grünlichen Moderwolke vom Holz. Ich blicke zurück auf meine verlassenen Brüder, auf ein vom Mondlicht beschienenes Kürbisfeld aus Schädeln. Ich werde mich nicht darauf beschränken, ein weiterer beweinter Kopf zu sein, das schwöre ich euch.

Draußen ist die Klosteranlage ein Labyrinth aus Lehmbauten und Treppen, umständlich stufenförmig in die Ausläufer des Bergs gebaut. Vor mir steht Katharinas Granitkirche, dahinter eine lange Reihe zweistöckiger Schlafsäle, errichtet für hundert Mönche, doch schlafen dort bloß acht. Zwischen der Kirche und den Schlafsälen wächst ein einsamer Busch, Brüder, windet sich über die rote Ziegelmauer. Man sagt, kein anderer Busch seiner Art wurzele im ganzen Sinai; unschuldige Kinder, sagt man, pusteten darauf, als wollten sie eine brennende Kerze ausblasen. Dieser ewige Busch ist ein Zeichen unseres Glaubens, seit die Israeliten sich zum ersten Mal in dieser Wildnis gegen den Willen des Herrn sträubten und darum flehten, nach Ägypten zurückkehren oder sterben zu dürfen, und seit Moses entschlossen diesen Berg erklomm, um ihnen Gottes Gesetze hinabzubringen. An diesem Busch lernten die Israeliten, daß nicht alles, was brennt, verzehrt wird. Manchmal wird der Glaube in den Flammen gehärtet, wird stärker in der Asche.

So wie die Sterne stehen, bin ich nördlich von da, wo wir angekommen sind. Wir müssen erst einmal an diesem Busch vorübereilen, denn ich weiß nicht, wie lange ich im Beinhaus gefangen war, während Arsinoe entkam. Die Mauer hinter den Schlafsälen ist fast vollständig zerfallen und ich bin wahrhaft erstaunt, daß die Araber nicht einfach hereinspaziert sind. Als die Festung erbaut wurde, glaubte der Kaiser Justinian, die Wüstennomaden seien so wenig in der Lage, eine Mauer zu erstürmen, daß selbst Lehm sie zurückhalten könne; und wenn man dies hier betrachtet, hatte er recht. Ich äuge über die verfallene Befestigung und entdecke, daß ihre Steine nach außen gefallen sind und einen Schutthaufen auf dem Boden bilden. Es ist die reine Agonie, die Arme zu erheben, doch es gelingt mir, mich auf die Mauer zu ziehen und unbeholfen hinunterzuklettern.

»Felix, seid Ihr es? Mein Gott, so helft mir doch!«
Ich fahre herum bei dem Klangs angstvoller deutscher Wor-

te. Flankiert von zwei bedrohlichen Sarazenenwachen taumelt der einstige Mameluck Peter Ber den Pfad entlang.

»Der verdammte Calinus. Er hat mich angezeigt.«

Ich weiche zurück, als ich ihn sehe, habe Angst, seinen Gruß zu erwidern. Diese Sarazenen sind keine wilden Araber, sondern Beamte des Sultans. Peters Kleider sind zerrissen, als habe er versucht, ihnen zu entkommen.

»Ist Niccolo da drin?« will der Apostat wissen. »Es ist alles seine Schuld.«

Seine zwei hoch beturbanten Wachen reißen ihn fort und zerren ihn auf die Fackeln des Araberlagers zu.

»Sagt Niccolo, daß ich nach Hause will!« schreit der Mameluck.

Ich werde Peter Ber nie wiedersehen, Brüder, der, benannt nach jenem Fels, auf den unsere Kirche gründet, lange Jahre als Abdullah lebte, als der Sklave Allahs. Es ist nicht möglich, daß in einem Leib zwei Menschen existieren, wie man ja auch nicht zwei Herren dienen kann. Ich fürchte, Brüder, dieser Zwitter wird auf immer mit sich kämpfen, gleichgültig, wo er lebt und wen er anbetet, denn ich sehe in ihm die Blume, deren Samen in all jenen steckt, die in die Ferne ziehen. Ich habe früher davon geschrieben, was die Pilger auf ihren Schiffen am meisten ängstigt. Zuerst dachte ich, es sei jene dünne Wand, die uns vom Ozean trennt und uns daran gemahnt, daß der Tod nur allzu nahe ist. Jetzt begreife ich, daß die wahrhaftige Angst der Pilger nicht so offensichtlich ist, meine Brüder, wie der Tod. Es ist der Schrecken darüber, daß die Wände in unseren Seelen selbst beständig vom Zerfall bedroht sind. Wir tauschen in diesen fremden Landen so viele Teile unserer selbst gegen Teile unbekannter Menschen, daß wir wie dieser Mameluck mit Leichtigkeit wahre Zwitter werden könnten, ein vollkommenes Gemisch aus Ost und West, dessen Gewissen keinem Reich gehört. Ich kann nicht umhin, diesem Mamelucken Glück zu wünschen. Sankt Petrus, unser Fels, hat Christus drei Mal verleugnet und fand dennoch Vergebung. Vielleicht findet Peter, der Frauenschänder und Mörder, seinen Glauben in einem Sarazenenkerker.

Sieh nicht hinter dich; auch stehe nicht in dieser ganzen Gegend. Auf den Berg rette dich, daß du nicht umkommst.

Einmal habe ich die Botschaft unseres Herrn mißverstanden und sie entkommen lassen. Peter Ber ist nun in Gefangenschaft geraten; ich, Brüder, muß mich auf den Berg retten.

*

Der volle Mond stieg endlich über die Schulter des Patriarchen und ruhte hinter seinem Hals, unbrauchbar für mich in jenen Klüften, wo die Winde aus den Spalten stachen, um meine Hände zu betäuben und ihren Griff um das zu lockern, was ich als Stütze finden konnte. Meine Rippen lösten sich aus ihren Verankerungen und schwebten um mein Rückgrat. Und auch ich schwebte jenseits aller Schmerzen, Brüder, nach stundenlangem Klettern in einen anderen Geisteszustand, wie ihn die Mystiker entdecken, wenn sie des Winters Tag für Tag mit bloßen Knien in eisig kalten Kirchen beten. Ich zog mich an den Wurzeln von Büschen hoch, griff blind in Wüstendornen und Buschrosen, deren silbrig blaue Blätter mir zur nächsten Stufe halfen. Es mochte eine kalte Felsplatte sein, auf die ich mein nacktes Bein schwingen konnte, um dort zitternd zu verharren, voller Angst, höher zu klettern, weil der Wind stärker pfiff und ich von dieser felsigen Empore geweht werden mochte, im Fallen rote Felsbrocken mit mir reißend. Unter mir bezeichnete ein Feld aus Distelfunken das Lager der wilden Araber, wo Johann und Elphahallo und Konrad in einem feuerlosen Kreis sitzen mußten, um dem Kauen von hundert wilden Mäulern zuzuhören, die sich an frischem Brot mästeten, während wir Pilger schon seit Tagen nichts gegessen hatten. Konnten sie mich sehen, wie ich da zeckengleich am Hals des Sinai hing, voll wahnsinniger Furcht, sein vorstehendes Kinn zu umrunden, das sich mit seinen losen Felsstoppeln und seinen Höhlenporen über mir auftürmte? Doch kann ich nicht mehr von der alptraumhaften Besteigung des Berges Sinai schreiben, denn eine Geschichte zu erzählen heißt, sie wieder zu erleben, und, Brüder, wenn ich diesen Berg noch ein zweites Mal erklimmen müßte, so würde ich gewißlich sterben.

Nun, da ich den Gipfel erreicht, da ich mich mit den Fingerspitzen über den letzten Überhang auf die gnädig flache Felstafel emporgezogen habe, erkenne ich, daß die Erscheinung, die ich vor wenigen Augenblicken hatte, bloß ein letzter Schabernack des Mondlichts war. Ich dachte, ich sähe tausend Tauben auf meine Ankunft warten und meine Mühen mit dem Schlagen ihrer schneeigen Flügel bestärken. Der Gipfel des Berges Sinai, glaubte ich getröstet, sei kein glühender Fels der Vergeltung, sondern ein bebendes Flügelkissen, ein Berg des Neuen Testamentes, schwirrend von Vögeln, die wie Engel auf einem Nadelkopf tanzten. Nun, da ich zwischen diesen Tauben knie, um Gott, der mir heraufgeholfen hat, zitternd meinen ewigen Dank abzustatten, sehe ich, daß meine Vögel nichts sind als flatternde Fetzen Sarazenenleinen, wie an Graf Tuchers Traumkirche in jede erreichbare Felsspalte gestopft. Wie es scheint, verehren auch die Sarazenen hier Gott.

Wenn ich zurücksehe, Brüder, kann ich beinahe den Pfad verfolgen, der mich zu diesem Ort brachte. Entlang einer verworrenen Spur bin ich einer Hand, einem Ohr, einer Zunge und schließlich einem Sack durcheinandergeworfener Gebeine gefolgt, bis ich zum einzigen Ort auf Erden kam, an den sie alle gehören. Wohin sonst hätte sie wohl kommen können, Brüder, als hierher? Im Beinhaus habe ich erkannt, daß wir tief in unserem Innern ersehnen, uns mit den Gräbern anderer zu messen. Konnte das Gefäß Arsinoe es ertragen zu verschwinden, ohne sich ein letztes Mal zu messen?

Eine Hand, ein Ohr, eine Zunge, ein Sack durcheinandergeworfener Gebeine: Die Wüste hat mich gelehrt, daß wir uns auf keinen Führer verlassen können, der uns ein Muster verschaffen könnte. Wir selbst müssen uns ausmalen, wie unsere Heiligen

aussehen sollen, und müssen dabei hoffen, daß wir die Fertigkeit besitzen, sie zu etwas halbwegs Menschlichem zu formen.

Arsinoe liegt in der flachen Vertiefung, die entstand, als der
Berg wie Wachs nachgab, um den Eindruck von Katharinas
langgliedrigem Leib aufzunehmen. Sie hat die Gebeine der
Märtyrerin auf sich verstreut, ohne an eine Ordnung zu denken: Katharinas Hand liegt neben Arsinoes Fuß, ihr Becken,
eine gewölbte braune Kuchenplatte, trägt Arsinoe als Skapu-
lier. Wie befriedigend es doch wäre, Brüder, diese Gebeine zu
ergreifen und ein christlicher Deukalion zu werden, indem ich
sie über meine Schulter würfe, um eine ganz neue Menschen-
rasse zu schaffen. Es wären Menschen, so innig erfüllt mit Mär-
tyrertum, daß sie keine Zeit vergeudeten, sich gegenseitig zu
beseitigen und damit diese elende Welt zu enden. Einen Augenblick lang kann ich den Schädel der heiligen Katharina nirgends
finden, doch dann bemerke ich eine schwangere Wölbung unter Arsinoes Dominikanerhabit.

»Felix«, sagt Arsinoe, die Augen wegen des Windes geschlossen, »ich bin noch da.«

»Schhhh«, mache ich, indem ich dorthin krieche, wo Katharinas Schutzengel fünfhundert Jahre neben ihrem Haupte
saß. »Niemand will, daß du verschwindest.«

Und in diesem Augenblick erkenne ich, Brüder, die Wahrheit meiner Worte. Für eine Frau habe ich mich diesen mörderischen Berg emporgequält, doch war es nicht die Mischung
aus parfümierten Gebeinen und Fleisch, die ich erretten wollte; es war diese einfache Zunge. Die Frau, die gar kein Selbst
besitzt, ist mir, nur weil sie von der gleichen Art ist wie auch
ich, mit einem Mal so kostbar wie zwanzig Ehejahre.

Arsinoe läßt ihre Hand über ihren aufgeblähten Bauch gleiten.

»Ich hätte nichts dagegen, eine Tochter zu bekommen, würde sie als Reliquie geboren«, sagt sie. »Es ist die einzig barm-
herzige Art, eine Frau in diese Welt zu setzen, meinst du nicht?
Wenn sie all ihr Leiden schon hinter sich gelassen hat.«

Der bittere Wind peitscht den Berg Sinai, erschreckt die Stoffvögel des Friedens. Mein hohler Bauch füllt sich mit Wind, der mich von innen her schüttelt, mich zu einer bebenden, zähneklappernden Gestalt macht, geduckt gegen die Kälte. Nur eine Frau weilt auf diesem Berg, Brüder, und diese ist aus warmem, lebendigem Fleisch, das sich an den Knochen regt. Ich krieche neben sie und füge meinen Männerkörper in die Höhlung einer Frau. Hingestreckt in Katharinas übervollem Grab wärmt uns das Feuer zweier Geschöpfe, die alles für dasselbe Ziel geopfert haben.

»Arsinoe?« frage ich, indem ich ihre Hand an meine Wange drücke. »Wenn du dich für immer verbergen wolltest, warum bist du dann zu dem einzigen Ort gekommen, von dem du wußtest, daß ich an ihm suchen würde?«

»Ich habe gelogen, Felix«, flüstert die Zunge und öffnet ihre Augen unter dem Gitterwerk der Gebeine, die uns trennen. »Ich sagte, Katharina wolle verschwinden, doch das ist nicht wahr. Tief in meinem Innern dachte ich, ich könnte, wenn ich dafür sorgte, daß die Welt sie vergaß, dereinst ein eigenes Leben haben.«

»Du kannst immer noch ein Leben haben«, flüstere ich.

»Doch ich kann niemals eine Heilige sein«, seufzt sie, indem sie die Welt wieder ausschließt, »denn ich habe Angst, zu sterben.«

Dies also ist es, was uns auf dem Gipfel des Wahrheitsberges erwartet, Brüder. Nach einem ganzen Leben, in dem wir aufgestiegen sind, um zu fallen, nach einem übergroßen Sehnen, auf das Hoffnungslosigkeit folgte, finden wir einfach ein wartendes Grab. Ob wir uns entscheiden, es mit einer hoffnungsvollen Märtyrerin zu füllen, die sich davor fürchtet, ihre eigene Tyrannin zu spielen, oder mit einem Mönch, der zu lang in den Himmel starrte, bleibt uns selbst überlassen. Der Berg der Illusion schenkte uns Liebe, der Berg der Wahrheit bringt uns den Tod. So leben wir irgendwo im Tal dazwischen, Brüder, versuchen uns an hundert Liebschaften, stellen uns tausend Tode vor. Arsinoe geht mit beiden Früchten schwanger. Das liebste, was ich für sie tun kann, ist, ihre Wehen einzuleiten.

Mit ruhigen Hebammenhänden greife ich unter ihre Gewänder und packe Sankt Katharinas warmen Kopf, um ihn mit ebensoviel Schmerzen herauszuziehen, wie sie jede jungfräuliche Geburt begleiten. Arsinoe zittert, als habe ich ihr eine Decke weggenommen, doch sie wehrt sich nicht. Endlich wird die heilige Katharina in Sicherheit sein. Ich werde dafür sorgen, daß ihr Ohr Rhodos erreicht, daß ihre Hand nach Kreta zurückkehrt. Ich werde ihre gesegnete Zunge auf Zypern wieder in ihren goldenen Mund legen. Eine traurige Diaspora wird es sein, Brüder, wenn alles zur Alltäglichkeit zurückkehrt, wo ich auf ewig verändert bin. Es gibt keine Heiligenfragmente mehr, denen ich folgen könnte, und ohnehin ist es an der Zeit, daß ich die Führung übernehme.

»Komm weg von hier, Arsinoe.« Ich strecke meine Hand aus und helfe ihr ins Leben zurück. Vielleicht kann sie mit Johann nach Ungarn zurückkehren und beitragen, die Leere seiner sechzig niedergemetzelten Nonnen zu lindern. Vielleicht kann ich sie sogar nach Ulm begleiten, damit sie dort bei unseren Schwestern leben mag. Die Welt steht ihr offen, wenn sie es sich bloß erlaubt, frei zu sein. Mit Bedacht nimmt sie meine Hand und zieht sich aus dem Grab. Auf halbem Weg aber entdeckt sie etwas hinter meiner Schulter, Brüder, etwas am Rand des Berges, und hält in ihrer Auferstehung inne.

»Oh«, flüstert Arsinoe und taumelt an meine Brust. Sie streckt ihre Hand aus, als wolle sie jemanden abwehren oder herbeiwinken; ich kann nicht sagen, was es ist.

Ich wende mich um, Brüder, voll Staunen und Entsetzen. Wie wußte er, daß wir hier waren?

Nun, da wir unsere Heilige gefunden haben, tritt der Eremit auf den Berg, um uns mit unserer Legende zu versehen.

Da steht er am Rand des Abhangs, in der einen Hand den Krummsäbel, den ich zuletzt an der Seite des Mamelucken sah, in der anderen das Ende eines gewellten Hanfseils. Er, der gewissenlose Mörder meines Gönners, der Übersetzer eines glücklichen Kindes in ungezieferverseuchtes, sonnenverfaultes, stinkendes Würmerfutter. Wie kann er es wagen, sein Gesicht auf diesem Berg zu zeigen? Ich werde es von seinem Kopf reißen, um es den Wüstenlöwen vorzuwerfen, die nach seinem Blut brüllen.

Er zögert nicht, als ich mich auf ihn stürze, und schlägt mir heftig seinen Schwertknauf in die Rippen. Mein Gott, die Luft, Brüder. Wer hat all die Luft gestohlen?

»Das Glück hat euch wahrhaft begünstigt, Pater Felix«, ruft Ser Niccolo, selbst nach Atem ringend nach der mühevollen Kletterei. Er zieht scharf an dem Seil in seiner Hand, und hinter ihm stolpert ein Geschöpf empor, am Hals gefesselt wie ein Sklave und schmerzverzerrter, als das Seil oder der schwere Aufstieg erklären könnten. Seine Augen sind geschlossen, es schwankt wie ein Betrunkener. Da sehe ich, warum. Die Hälfte seines Gesichtes ist eingeschlagen.

»Felix?« fleht es.

»Johann?« schreit Arsinoe auf.

»Johann.« Matt krieche ich auf diese geprügelte Kreatur zu, die doch mein liebster Freund ist. »Mein Gott, Johann?«

Niccolo hebt den Fuß und tritt mich zurück.

»Als Ihr mich auf Contarinis Schiff besucht habt, Pater, da habt Ihr mich nach der Legende gefragt, die ich übersetzte.« Tückisch zerrt Niccolo am Seil, das um des Archidiakons wunden und blutenden Hals geschlungen ist. »Ihr habt gesagt, ich solle Euch etwas über diese unbekannte Heilige erzählen, Euch sagen, wie sie starb. Damals habe ich es noch nicht gewußt, doch wißt Ihr noch, daß ich versprach, Euch jene Vita zu widmen? Im übrigen habe ich mir gedacht, auch Euer Freund will gern ein Teil ihrer Legende sein. Es fehlen uns zwar achtundvierzig«, meint Niccolo zu Johann und mir, »doch könnt ihr die fünfzig besiegten Philosophen darstellen.«

»So habt Ihr das Martyrium der heiligen Katharina neu übersetzt?« höhne ich vom Boden aus, denn schlagartig begreife ich seinen erbärmlichen Versuch, den Himmel zu erpressen. »Ihr glaubt wohl, daß sie zu Euch sprechen wird, wenn Ihr bloß ihr Martyrium nachspielen laßt?«

»Das ist es also, was Ihr von mir erwartet, Pater?« Ser Niccolo lacht. »Dann hätten wir ja einfach ein kleines Schauspiel auf dem Dorfplatz veranstalten können, bei dem man einem an ein Rad gebundenes Mädchen Milch ins Haar gießt. Hier geht es um viel mehr. Es geht um Wissenschaft.«

Den zerschlagenen Johann Lazinus hinter sich herziehend, geht Ser Niccolo dorthin, wo seine zitternde Schwester voll Verzweiflung steht. Sanft berührt er ihre Wange.

»In dieser Nacht«, sagt er, »übersetzen wir den Geist Gottes.«

Eine unbeschriebene Heilige

ER FÜGT JEDEN Knochen in seine granitene Hülle: das Rückgrat kommt wie eine Senkschnur in seine Mulde; die dünnen Arme, die einst das Jesuskind umfingen, werden sorgsam über ihrer bruchstückhaften Brust gekreuzt, die langgliedrigen Zehen an den Fuß gefügt, so daß die Fersen sich berühren. Wie ein Bildhauer, der sein Modell zurechtrückt, hebt Niccolo auch noch eine Hüfte, um ihr einen natürlicheren Schwung zu verleihen; und da sehe ich Katharina am Ende eines langen Tages, wie sie, das Rad erwartend, von einem Bein aufs andere tritt. Er kennt den Leib der Heiligen; das sieht man daran, wie sanft er die linke Hand dort wölbt, wo sich eine Brust befände, ihre schwere weiße Erhebung zum Opfer darbietend; wie er das Rückgrat verankert, um ihm Stärke zu verleihen; wie weit er die Zehen spreizt, auf daß sie nicht ungeduldig werde und begierig, wegzulaufen.

Sie ist ein Wunder an Menschlichkeit, Brüder. Wo Arsinoe sich im Chaos des Himmels bedeckte, besteht Niccolo auf der

Ordnung des Menschen. Seine Katharina ist keine steife byzantinische Reliquienprinzessin; sie könnte die Marmorhaut einer Heiligen des Donatello tragen und Wohlgefühl empfinden, so geschmeidig und so stark ist ihre Gestalt. Nur ihr Hals sieht unnatürlich aus, weil ihm noch kein Kopf angefügt ist.

Dem Schwert des Übersetzers waren drei hungernde, zerschlagene Pilger nicht gewachsen, so daß er uns roh an Händen und Füßen mit den Gebetsfetzen der Sarazenen fesseln konnte, die er dem Berg entriß. Neben mir kniet Johann in einem üppigen Garten seines eigenen Blutes. Purpurner Mohn steht da im Mondlicht, rubinrote Dolden blühen auf der öden Erde unter der tropfenden Wunde in seiner gebrochenen Nase. An meiner anderen Seite kniet die Zunge der heiligen Katharina, die unergründliche Arsinoe, neben ihrer Heiligen und blickt verwundert auf Katharina, als sehe sie zum ersten Mal die Linien des Lebens in ihrer Gestalt ewigen Todes.

Der Übersetzer wendet sich an uns, Katharinas Kopf erhebend. Er spricht, als stünde da ein Gelehrter vor einem begeisterten Publikum, mit wohl gesetzten, klaren Worten, damit wir uns Notizen machen könnten.

»Wenn der Mensch etwas schaffen will«, erklärt der Übersetzer, »so hat er nur die einfachsten Werkzeuge zur Verfügung: ein Stück Fels, einen Nagel, ein Zeichen auf einer Seite. Mit ihnen muß er blühende Städte schaffen und die Historie und Werke von großer, bleibender Gedankenfülle.«

Er hält ein, umwandert seine Schöpfung, seine wiederhergestellte Heilige.

»Gott hingegen«, fährt er fort, »arbeitet mit lebenden, atmenden, menschlichen Wesen. Auserlesen sind seine Werkzeuge, und wie ein begeisterter Flugschriftenverfasser, der es in Kauf nimmt, seine neue Presse wegen der über die ganze Stadt verstreuten Traktate zu verschleißen, weiß Gott, daß Wiederholung, was immer sie kostet, die Welt allmählich zu einem höheren Verstehen führen wird. Wie ein unaufhörlich von neuem gedrucktes Blatt bedeutet jedes von Gottes Martyrien, einfach übersetzt: Ich bin das Wort. Es mag vieler Heiliger bedürfen, um diesen kurzen Satz zu bilden, denn Gottes Mutterzunge ist dicht und tief wie der Ozean. Vielleicht meint ihr sogar, es sei doch ungerecht, Zehntausende christlicher Leben für diese dreizehn Lettern einzutauschen; doch wenn wir den Geist Gottes entziffern, so gilt, was der Meisterübersetzer Hieronymus sagte: Nur Narren übersetzen Wort für Wort.«

Der Übersetzer steht hinter seiner Schwester, legt Katharinas Schädel langsam auf ihren geschorenen Kopf.

»Was wollt Ihr von ihr?« knurrt Johann durch das Blut in seinem Mund. Arsinoe blickt unter dem Schädel starr geradeaus.

»Warum liebt Ihr meine Schwester so sehr?« Neugierig tritt der Übersetzer zu Johann. »Das hat mich während unserer ganzen Bekanntschaft befremdet. Mir scheint, Ihr seid der vollkommene Priester für eine Grenzstadt: Eure Leidenschaft erwecken bloß die Schwachen.«

»Laßt ihn in Ruhe!« brülle ich. »Er hat genug gelitten.«

»Und seid Ihr denn viel besser, Felix?« fragt Niccolo. »Wie sehnt Ihr Euch danach, Euch mit dem Himmel zu vermählen, doch seid Ihr nicht bereit, von ihm verzehrt zu werden! In alter Zeit, Pater, offenbaren sich die Götter ihren sterblichen Liebhabern als Flammensäulen. Keiner von jenen entging der Verbrennung.«

»Das waren heidnische Dämonen«, erwidere ich. »Unsere Heiligen sind keine Götter, sie waren gemeine Männer und Frauen.«

»Wollt Ihr wohl wissen, Felix, wie sie klang, als sie noch eine gemeine Frau war?«

Im eisigen Mondlicht bringt der Übersetzer das Haupt der heiligen Katharina zu mir. Wie eine blaue Kugel glüht der lederne Schädel in seinen Händen, bereit, jedes Gesicht, jede Stimme anzunehmen, die ein Mensch ihm verliehe.

»Seht sie an«, sagt er mit schmeichelnder Stimme, »stellt sie

Euch vor, wie Ihr sie in Ulm kanntet, wie sie in Eurer Bibliothek hing und über Eure Bücher wachte. Da hätte sie wohl Eure Nachbarin sein können, nicht wahr? Eine blonde, rosige Bürgertochter, die ein wenig Plato gelesen und sich selbst Geometrie beigebracht hätte. Wenn Ihr sie in Euren Träumen hört, hat Katharina einen schwäbischen Tonfall, nicht wahr? Süß ist ihre Stimme, doch ein wenig rauh, wie zerdrückte Mandeln auf Eurer Zunge; und in Euren Träumen, Pater, begehrt sie Euch so sehr, wie Ihr sie begehrt.«

Ohne mein Zutun beginne ich, mir ein Gesicht zu bilden. Die offenherzige Katharina unserer Bibliothek, die sich an ihr Rad lehnt, wie es eine sorglose Milchmagd mit ihren Kübeln täte.

»Hör nicht auf ihn, Felix«, warnt Johann.

»Wollt Ihr nicht wissen, was sie zu sagen hat?« fragt Niccolo und schaut bewundernd ihren braunen Schädel an. »Mir bleibt nur noch, dieses Haupt auf jenen Leib zu setzen.« Er deutet mit dem Kinn über die Schulter auf seine wiederhergestellte Frau. »Ihr könnt Euch nicht vorstellen, was das für meine Schwester bedeuten wird.«

Neben mir lächelt Arsinoe in sich hinein.

Niccolo kniet sich vor seine Schwester.

»Ich will, daß du dem Pater erzählst, was sein Weib für ihn empfindet«, sagt er und küßt sie sanft auf ihre Wange.

Hilflos sehe ich zu, wie der Übersetzer sich über Katharinas Grab beugt, um die Heilige zu vollenden. Wie vom Blitz getroffen zuckt Arsinoes Körper hoch, verkrampft sich, fällt zuckend in sich zusammen. Er hat sie umgebracht. Neben mir stöhnt Johann vor Entsetzen, machtlos mit seinen Fesseln kämpfend. Doch halt, ihr Brüder. Die gefallene Frau bewegt sich. Behutsam wie ein wilder Esel, der in der Wüste erwacht, schnuppert sie in die kalte Nachtluft.

»Melonen. Würmer. Sand«, sagt sie. »Brot. Knochen. Blut.«

Sie nimmt mich auseinander, reduziert mich auf Gerüche, wie sie es mit dem Kaufmann Konstantin tat, als sie ihr seinen

Traum vom Ertrinken offenbarte. Jeder Gestank wird mir bewußt, sobald sie ihn benennt: Ich spüre, wie Ursus Tuchers Maden sich immer noch durch meine Kleider winden, spüre den rauhen Sand in meinen Schuhen. Diese Zunge schmeckt das Bewußtsein eurer selbst, Brüder; und je mehr ihr euch eurer Einzelteile bewußt seid, desto leichter ist es, sie auseinanderzureißen.

»Seht sie an«, befiehlt der Übersetzer.

Sie wendet mir ihre silbrigen Augen zu, ihre Bücheraugen, ihre Gelehrtenaugen, die Augen, von denen ich träumte, seit ich vierzehn war. In ihnen sehe ich die vollkommene Leidenschaftslosigkeit des Schmerzes, eine trockene, reine Qual, die mich dorthin zieht, wo sie auf ihrem Rad liegt. Ich kann nicht wegschauen.

»Seht Ihr es, Pater?« Niccolo kehrt zu mir zurück, starrt mit mir auf seine verwandelte Schwester. »Versteht ihr jetzt, was es für einen Mann bedeutet, mit so etwas zu leben und nie zu verstehen, was die beiden sich erzählen? Wollt nicht auch Ihr sie zum Reden bringen?«

Lieber Gott, Brüder, ich will es. Ich will es.

»Gebt mir die Zunge, Felix«, sagt Niccolo. »Wir können sie nicht zum Reden bringen ohne ihre Zunge.«

»Tu es nicht, Felix!« fleht Johann schwach. »Laßt sie in Ruhe.«

In meinem Geldbeutel regt sich das Stückchen Fleisch. Nutzlos gegen Ursus Tuchers tödliche Wunden, hilflos im Angesicht des Todes seines Vaters, hat sie unser Wasser verdorben und diesem Mann gestattet, unsere Vorräte zu stehlen. So dringlich will die Zunge jetzt sprechen nach dem langen, steinernen Schweigen, als ich sie am meisten gebraucht hätte. Alle Muskeln in Arsinoes erschöpftem Antlitz streben mir zu.

»Euer Weib hat Euch aus gutem Grund auf diesen Berg befohlen, Felix«, sagt der Übersetzer. »Habt Ihr ihn nicht den Berg der Wahrheit genannt?«

»Felix!« Johann stürzt gegen mich. »Gib sie ihm nicht. Sonst wird er alles von ihr besitzen!«

»Wollt Ihr nicht hören, wie sehr sie Euch liebt? Wollt ihr die Worte nicht aus dem eigenen Mund der Zunge hören?«

Zerrissen und voll Schmerz, Brüder, blicke ich zwischen der wiederhergestellten Frau im Grab und Arsinoes selbstlosem Gesicht hin und her. Wie Feuer auf einem Berg will ich meine Gattin spüren, wie will ich, Brüder, in ihrer Umarmung verbrennen; doch werde ich den Himmel nicht berühren, wenn seine Liebe heißt, daß diese Zunge verzehrt werden muß. Das Gesicht, das ich auf den mir hingestreckten Schädel male, ist das Arsinoes, jenes zarten, bleichen Geschöpfes, das zu viele Suchende zu oft übersehen haben. Ich hefte das wasserglatte Haar der von mir aus dem Meer geretteten Selbstmörderin an Katharinas Kopfhaut, und über ihre Wangen dehne ich die blutunterlaufene, schorfige Haut jener von einem Mamelucken geschändeten Frau; ich gebe ihr das zitternde Kinn des Dominikanermönchs, der mir im heiligsten Grab unseres Herrn das ausgehöhlte Buch der Wunder übergab. Ein einziges Mal nur soll dieses Haupt das Gesicht einer Frau tragen, anstatt daß eine Frau in einer Himmelsmaske erstickt.

»Nein«, verkünde ich. »Ich will nicht hören, wie sehr Katharina mich liebt.«

»Ihr seid ein Narr, Pater.« Niccolo faßt unter mein Gewand und reißt den Geldbeutel von meinem Hals. Er zieht das verdorrte Stück Zunge heraus und schleudert es mit aller Macht dem Mond entgegen.

»Jetzt werdet Ihr es nie erfahren.«

Mit einem Schrei reißt der Übersetzer Arsinoe auf ihre Beine. Der Augenblick ist vorüber. Katharinas Augen in Arsinoes Gesicht, Arsinoes Gesicht auf Katharinas Schädel – beides ist verschwunden. Arsinoe aber ist wieder ein erschrecktes Mädchen, und meine Skorpionzunge schliddert den Berg hinab.

»Nimm vor dich eine große Tafel, eine neue Tafel, und schreibe darauf mit dem Griffel eines Mannes, der rasch seine

Beute nimmt«, zitiert Niccolo Jesaja. »Es ist Zeit, daß ich dich befreie.«

Behutsam zerschneidet Ser Niccolo die Fesseln seiner Schwester mit seinem bizarren Schwert. Er bindet ihre Füße los, macht ihre Hände frei. Sanft hebt er die zerfetzte Dominikanerkutte von ihren Schultern, bis Arsinoe nackt vor uns steht. Das Mondlicht offenbart hundert von ihren Kleidern verborgene Narben, Brüder, ein ganzes Leben voller Bemühen, das eigene Fleisch zu verstümmeln, ohne es je los zu werden. Neben mir auf dem Boden liegend, beginnt Johann Lazinus zu weinen.

»Ich habe ein Leben in meiner Tasche«, verkündet ihr der Übersetzer. »Es ist die Vita, die ich Pater Felix zu widmen versprach, wenn ich sie vollendet hätte. Es ist das Leben einer unbekannten Märtyrerin, die tapfer dem Tod entgegentrat und von den Engeln auf einen öden Berg tief in der Wüste getragen wurde.«

Arsinoes Fleisch zittert in der Kälte. Ihre Arme umklammern ihre Brust, der Wärme des Grabes gedenkend, in dem sie Katharinas Reliquien umarmten. Wäre ich nicht im Himmel, mag sie denken, wenn ich dort wieder liegen könnte?

»Ich habe vor, dieses Leben in die Welt der Menschen zurückzubringen und es in der Bibliothek der Universität zu verbergen, wo vielleicht irgendwann im nächsten Jahrtausend ein aufgeweckter junger Gelehrter darauf stoßen und sich Hals über Kopf in jene Heilige verlieben wird. Er wird geloben, ihren Berg zu suchen, und – höre, Schwester! – was glaubst du, was er auf dem Gipfel jenes Berges finden wird? Ganz recht. Den süß duftenden Leib einer jungen Frau, fünfhundert Jahre unversehrt erhalten. Dann wird er diese Vita als Wegweiser zu einem Schatz segnen, denn sie enthält alle Einzelheiten ihres Lebens, von ihrer Geburt auf Kreta über ihre Jahre als Prophetin bis zu ihrem erbarmungswürdigen Tod, aufgezeichnet von einem Augenzeugen: es ist ein einfacher Übersetzer, dem der Himmel sein Wort verweigerte.«

»Lauf fort, Arsinoe!« keucht Johann vom Boden. Er hat schon soviel Blut verloren, Brüder; es fließt aus jeder Körperöffnung.

»Das einzige Problem ist«, sagt Niccolo, ohne auf den Archidiakon zu achten, »daß diese Heilige keinen Namen hat.«

Arsinoe läßt langsam die Arme sinken. Ich kann den Anblick nicht ertragen, Brüder. Im Tal zwischen Liebe und Tod stehend, wählt Arsinoe sorgsam ihren Berg. Sie hat schon immer gewußt, daß auf einem Gipfel ein Grab auf sie wartete, doch in ihrem Geist vereinen sich die Anhöhen. So ist der Tod der Weg zur Liebe, und Liebe umfängt den Tod. Sie macht sich auf ihre Wallfahrt einer Märtyrerin.

»Wie wirst du es machen?« fragt sie.

»Ich werde deine Körperteile mit denen der heiligen Katharina verbinden, und dann werde ich sie Glied um Glied ersetzen.« Ganz ruhig spricht ihr Bruder, als erkläre er, wie ein Zahn gezogen wird. »Es wird eine aufrichtige Übersetzung sein. In fünfhundert Jahren wirst du von deinem eigenen einsamen Eremiten entdeckt werden. Du wirst im Himmel wohnen; ich aber habe eine neue Heilige geschaffen.«

Verzweifelt zerre ich an meinen Fesseln. Ich kann es nicht mehr mit anhören. Es darf nicht sein, daß der Mensch mit Gott bei der Erschaffung von Märtyrern wetteifert.

»Ich weiß nicht.« Arsinoe läßt den Kopf hängen.

»Auf dem geraden Weg kannst du nie eine Heilige werden.« Niccolo berührt ihre Wange, und unvermutet gehen ihm die Augen über. »Du bist keine Jungfrau mehr.«

Ein Schluchzen entringt sich der Zunge der heiligen Katharina, als sie sich in die Arme ihres Bruders wirft. Sie umarmen sich wie Kinder in einem Unwetter, verzweifelt aneinander hängend angesichts des tobenden Himmels. Welch fürchterlicher Faden aus Gewalt ist in ihr Schicksal gewoben, Brüder, daß es sie hier an diesen Ort geführt hat? Arsinoe wird das Leben meiner Braut im Himmel übernehmen. Katharina wird verschwinden, um in fünfhundert Jahren in der Gestalt dieser geschändeten, selbstgemachten Märtyrerin wiedergefunden zu werden. Zum letzten Mal wird Niccolo Gott spielen und seinen Namen an den Himmel schreiben.

»Haltet ein!« brülle ich. »Das dürft Ihr nicht!«

Behutsam legt der Übersetzer seine heftig zitternde Schwester neben das Grab der heiligen Katharina.

Ich darf das nicht geschehen lassen. Wild zerre ich an meinen Fesseln, verdrehe meine Handgelenke, bis sie bluten, doch sind sie allzu fest gebunden. Neben mir erzittert der zusammengebrochene Johann Lazinus ein letztes Mal gegen diese Untat, doch kann er nicht einmal mehr den Kopf heben.

»Du trägst den Himmel in dir.« Niccolo schließt seiner nackten Schwester die Augen. »Ganz bist du nichts gewesen als eine Zunge. In Teilen wirst du bei den Göttern wohnen.«

Niccolo hebt seinen Mameluckensäbel und beschreibt eine dünne rote Linie um ihren Knöchel.

Mit einem letzten Zucken fällt Johann in Ohnmacht. Welch eine Gnade ist es, daß er nicht sehen muß, wie die Schneide eindringt, die Haut zerfetzend, daß er nicht hört, wie der Knochen bricht, wie grausig sich die Sehnen lösen. Vor meinen entsetzten Augen fügt Niccolo den abgetrennten Fuß seiner Schwester an Katharinas blanken Knöchel und legt die Gebeine der Heiligen an Arsinoes blutenden Stumpf.

O Herr, wenn es denn jemals Grund für Deinen Zorn gibt, laß diese Gebeine wie ein Rudel wilder Hunde aufspringen und dieses Ungeheuer in Stücke reißen! Laß sie ihn mit wütender Flamme verzehren, sich opfernd, um diesen äußersten Frevel zu beenden!

»Haltet ein!« brülle ich.

Ich schleudere mich auf sie, doch Niccolo schiebt mich wütend zurück. Tränen des Schmerzes strömen über Arsinoes Wangen; in ihre Lippen hat sie ein Loch gebissen, um nicht aufzuschreien. Besessen fährt der Übersetzer am Bein seiner Schwester entlang, dreht ihr Schienbein aus ihrer Kniescheibe wie einen greulichen Trommelschlegel. Arsinoes Rücken wölbt sich, ihre Fäuste trommeln auf den Boden, doch noch immer entringt sich ihrem Mund kein Schrei. Niccolo fügt ihren menschlichen Unterschenkel an den Hüftknochen des Skelettes, biegt ihn zurecht.

»Katharina!« brülle ich. »Vernichte sie!«

Niccolo erhebt sein Schwert über ihre Hüfte, läßt es wie ein Schlachter herniedersausen.

»Mein Gott«, schreit sie.

Jählings läßt Niccolo seine Waffe fallen. Entgeistert starrt er auf seine Hände.

Sie rauchen, Brüder.

Verzehrte Härchen laufen wie zuckende schwarze Ameisen seine Arme hinauf, die Ärmel seiner schwarzen Tunika stehen in Flammen. Wütend schlägt er das Feuer aus, und während dies geschieht, kriecht die verstümmelte Arsinoe matt hinweg.

»Komm zu mir!« rufe ich.

Ein schwarzer Schatten rennt in der Finsternis an uns vorüber, und mit einem Mal, o meine Brüder, entflammt der ganze Berg zu einer einzigen Feuersäule. Die tausend Tauben schwirren frei auf ihren Feuerflügeln, stoßen auf den Übersetzer hernieder, zerren an seinem Gesicht. Weiße, rot glühende Flügel flechten sich in sein Haar, züngelnde Flammen landen auf Katharinas Zunge, versengen ihre blutigen Gewänder. Das Feuer umgibt mich, frißt sich durch meine Fesseln, Brüder, springt auf Johann über, brennt ihn frei. Der brennende Dornbusch. Ein Flammenschwert. Gott befiehlt uns, Seinen Berg zu verlassen.

»Felix, so kommt doch!«

Im wütend roten Licht erkenne ich mein Wunder. Durch dicken blauen Rauch läuft es, feurig mit seiner Fackel um sich schlagend. Konrad, unser Barbier, entzündet die wirren Gebetsfetzen der Sarazenen, befreit die zornigen Vögel. Konrad, unser Wunder, schlägt auf den Übersetzer ein, der sich, die Flammen nicht beachtend, auf Katharinas brennendes Grab stürzt. Durch die wabernde Hitze sehe ich, wie der Dieb hinabgreift, um sich das Haupt der heiligen Katharina zu nehmen.

»Arsinoe!« Endlich frei, springe ich auf sie zu. Um ein Haar heilig, nun verstümmelt, kriecht sie über das brennende Grab auf mich zu, ihre versehrten Glieder wie eine nutzlos abgestreifte Haut zurücklassend. Ihr Haar, Konstantins kurzes Männerhaar, schält sich in lockig schwarzen Ranken von ihrer Kopfhaut; Emelia Priulis verwüstetes Gesicht legt sich kurz über ihres wie eine Stufe auf dem Weg zu irgendeinem neuen Wesen. Unser Wunder Konrad zerrt mich hoch und fort – »Felix, wir müssen diesen Ort verlassen!« –, ich aber krieche zurück ins Feuer, um sie zu befreien.

Indem ein Helm aus Hitze sich um mein Gesicht schließt, strecke ich mich ihr entgegen, Brüder, flehe sie an, fortzukommen, doch es ist viel zu spät. Sie schiebt meine Hände weg, verzückt ob ihres Brennens, ihren neuen blauen Flammenkörper kostend. Eine armselige Fettschicht schmilzt, die vor unendlich langer Zeit vielleicht ein weiches Polster für sie war. Dann kommen Muskeln, rot, rasch weiß. Dieses Gewicht aus Fleisch, das sie so lange mit sich geschleppt hat, Brüder, fällt ab, auf daß ein neues Geschöpf entstehen kann, ein im Feuer gestähltes Mädchen, ein Wesen, das sich gänzlich eigen ist. Dankbar stürzt sie in die flammende Umarmung der Knochenarme der heiligen Katharina, ist jetzt geliebte Schwester anstatt zweites Selbst.

Dann ist das Wunder wieder bei mir und schlägt mir ins Gesicht mit einem Zorn, den bloß ein Bürger Bozens gegen das Fieber aufbringt. Konrad zieht mich heraus, stampft auf meine Beine, schlägt auf meine Kleider, versucht, mein Feuer auszulöschen. Ein Sturm aus glühenden Ameisen verzehrt den Bart, den ich so viele Monate trug, kriecht in mein Haar, um auch sein Fett zu verschlingen. Wir alle sind mitschuldig, und keiner kann dem Zorn des Himmels entrinnen.

*

Wir wechseln uns dabei ab, Johann Lazinus den Berg hinabzuschleppen. Er gleitet ins Bewußtsein, um es bald wieder zu verlassen, Brüder, ruft den Namen seiner ungarischen Heimatstadt, ruft nach der verbrannten Arsinoe. Konrad will rasten, um uns besser zu verbinden, doch ich dränge weiter, Brüder. Der Übersetzer ist irgendwo an diesem Berghang weiter unten, läuft durch die Nacht mit Katharinas Kopf unter dem Arm.

»Johann ist den Berg emporgestiegen, um nach Euch zu suchen«, keucht Konrad, als wir endlich den Fuß des Berges erreichen und haltmachen. »Als er nicht zurückgekommen ist, habe ich mir Sorgen gemacht. Es sind noch mehr wilde Araber aus der Wüste gekommen, Felix. Sie hatten gehört, das Kloster habe seine Patronin verloren.«

Die Morgendämmerung bricht an, als wir nur noch eine Erhebung überwinden müssen vor dem schuttbedeckten Abhang, der zum Kloster führt. Granatapfelrot sind die Berge im frühen Licht und schlüpfrig vom Morgentau. Im Osten erhebt sich über dem Kloster die Sonne.

»Seht!« Konrad zeigt ins Tal hinunter, auf eine Stelle unweit des Gartens. Eine kleine, lahmende Gestalt hinkt über das offene Steinfeld.

»Paß auf Johann auf«, sage ich und stürze den Bergpfad hinab, so schnell es meine gebrochenen Rippen und meine verbrannten Beine zulassen.

»Niccolo!« brülle ich. »Niccolo!«

Beim Klang meiner Stimme wendet sich die Gestalt um. Da er mich auf der Anhöhe über sich sieht, reckt der Übersetzer triumphierend das Haupt der Märtyrerin Katharina empor. Er wird entkommen, Brüder, denn ich kann nicht schnell genug laufen.

Ich gleite den Abhang hinunter, pralle schmerzhaft mit meinen Rippen auf. Doch als ich aufblicke, ist Niccolo zu meiner Verblüffung dem Kloster kaum einen Schritt näher gehumpelt. Wieder dreht er sich zu mir um, so daß ich sein völliges Unverständnis erkennen kann. Und einen Pfeil, der da in seiner linken Schulter steckt.

»Felix!« schreit Konrad auf. »Gebt acht!«

Ganz sicher werde ich im hohen Alter auf diesen Tag zurückblicken und schwören, das Rad, das jenen Dieb des Himmels richtete, sei geradewegs aus dem Himmel gekommen. Ich werde einem von euch erzählen, daß es sich in den himmelblauen, kürbisgrünen, fliederfarbenen Tönen der Wüste drehte und daß Gebeine seine Speichen waren. Vor einem anderen wird ein hölzernes, wie ein Diskus geschleudertes Rad erscheinen und sich mit seinen Eisenmessern in den Hals des Übersetzers bohren. Und wieder einem anderen werde ich erklären, die Sonnenscheibe selbst habe ihren Kreislauf um die Erde verlassen, um jenen verruchten Mann in tausend flammende Stücke zu spalten. Jedem von euch aber würde ich die Wahrheit sagen, denn während es geschah, Brüder, konnte ich nicht erkennen, woraus jener verschwommene Streif aus Blau und Rot und Gelb und Umbra bestand, Fleisch, das um seinen angenagelten Nabel kreiste, stampfend, schreiend, Pfeile aussendend. Ein metallisches Blitzen erhaschte ich, einen kastanienbraunen Huf, Strähnen von fliegendem Haar. Blaue Hände glaubte ich zu sehen, das Blitzen weiß gebleckter Zähne, doch erst als das zerborstene Tal sich beruhigte und der blutrote Dunst sich zu setzen begann, konnte ich die einzelnen Strahlen auf seinem Folterrad unterscheiden. Es waren hundert keuchende, ob ihrer Wut erschöpfte Araber, die ihre stampfenden Tiere zügelten.

Ich renne zu dem Ort, an dem der Übersetzer hingestürzt ist, bahne mir den Weg durch weiß schäumende Eselsmäuler, trete über einen Strom aus Blut, der über diese ausgedörrte, porenlose Ebene rinnt. Von tausend Pfeilen durchbohrt, ist Niccolo tot auf seine Knie gestürzt, zusammengesunken über das gestohlene Haupt meines Weibes. Weine, du neidvolles Geschöpf. Du bist der Tod von allem, aller Tod.

Ein vertrauter weißgekleideter Sarazene tritt in den Kreis und reißt gewaltsam Katharinas Schädel aus Niccolos durchbohrten Armen. Langsam kommt er auf mich zu.

»Elphahallo«, keuche ich, die undurchdringlich schwarzen
Augen der Nomaden auf mir spürend. »Warum?«
»Auch die Beduinen lieben die heilige Katharina«, erwidert
er. »Sie gibt ihnen Brot.«

Eine andere Sprache

VON EINEM ORT im Osten dieses Berges, tief in der einsamen Wüste, glauben die Brüder des Katharinenklosters
jeden Tag ein Glockenläuten zu vernehmen. Sie sagen, dort in
der Wildnis stehe ein anderes Kloster, das die heiligsten aller
Menschen bewohnten; doch jenes Kloster hat kein Mensch in
unserer Zeit jemals finden können. Und doch läuten die
Glocken jeden Tag schwach zum Gebet, und doch machen sich
immer noch Menschen auf den Weg dorthin. Gelegentlich
geschieht es, daß Brüder aus der Gemeinschaft verschwinden;
dann glaubt man, sie seien zu jenem verborgenen Kloster in der
Wüste überführt worden, um den Platz derer einzunehmen,
die dort von Zeit zu Zeit sterben. Ich stelle mir gern vor, einer
jener gütigen Mönche sei gekommen und habe den Sohn meines Gönners zu seinem Friedhof mitgenommen. Denn als wir
mit dem Haupt zum Grab der heiligen Katharina zurückkehr-
ten, war Ursus' Leib verschwunden.

Heute steige ich noch einmal auf den Berg, um das Himmlische vom Menschlichen zu trennen. Katharinas Grab ist ein
verflochtenes Durcheinander, noch immer heiß, wenn man es
berührt, und schwarz verschmiert und ölig. Die beiden Teile
unserer Natur haben sich auf diesem zerborstenen Herzen des
Berges vereint: Das Göttliche vereint sich mit dem Irdischen
oder das Irdische befleckt das Göttliche – wie man es sehen
will. Schon bald werde ich mich an meine freudlose Aufgabe
der Auswahl machen, doch zuerst, Brüder, blickt rasch mit mir
auf diese Welt.

Im Licht des Tages kann man von dieser Warte Hunderte Meilen im Umkreis sehen. Weiter im Osten liegt das Königreich Persien, einst ein glanzvolles Imperium, doch jetzt vor allem für die seltsamen Äpfel bekannt, die dort wachsen und die man in unserer Sprache Pfirsich nennt. Ich habe gelesen, diese Äpfel seien in ihrem Herkunftsland giftig, in unseren Landen jedoch süß, was die Eigenschaft vieler Äpfel zu sein scheint. Jenseits von Persien erstreckt sich Arabia felix, ein kaum bekanntes Land mit weiten Wüsten, mit Goldadern und verschiedenen wertvollen Düften. Mekka, die heilige Stadt der Sarazenen, liegt in diesem Land, und dorthin wallfahren die Orientalen, weil die Sehnsucht, einen Teil des Himmels schon auf Erden zu erhaschen, in die Anhänger aller verschiedenen Glauben gesät ist. Viele der Beduinen, die die heilige Katharina retteten, sind auf dem Weg dorthin, um ihren Propheten Mahomet zu verehren. Diese nackten wilden Männer haben uns in ihrer heidnischen Sprache eingeladen, mit ihnen zu ziehen, um selbst zu sehen, wie sich die Wahrheit ihres Alkoran an Mahomets schwebendem Grab offenbart. Unser Retter Konrad hat beschlossen, ihnen zu folgen, um tiefer einzudringen in dieses rätselhafte Land und für sich mehr über die Welt zu erfahren. Johann ist zu krank dazu; langsam erholt er sich im Kloster von seinen Wunden. Mein Weg aber kann mich nicht in Begleitung von Fremden weiter nach Osten führen, er geht nach Hause in die Gemeinschaft meiner liebsten Freunde.

Nach Westen richte ich nunmehr den Blick, um das Rote Meer zu erspähen, vielleicht sogar unseren Abfahrtshafen Alexandria. In meiner Unwissenheit hatte ich mir vorgestellt, das Rote Meer sei wirklich rot, doch zeigt es ein kühles, einladendes Blau, Brüder. Es ist das erste Wegstück meiner Reise zurück zu euch. Bis heute haben uns unsere Reisen immer weiter von zu Hause fortgeführt, doch jetzt ist es Zeit, uns umzuwenden und in die Heimat zu blicken. Ich habe alles verloren, was ich liebte und was mir wert war, Brüder, bis auf dieses: die Heimat. Sie ist viele Meilen und viele Prüfungen entfernt, doch ist sie Gottes einziger Trost, die Gabe, die er Narren schenkt. Ihr mögt diese ganze Erde durchstreifen, um euer Paradies zu finden, sagt Er. Doch werdet ihr es finden, wo ihr es verlassen habt; in der Stille eures Klosters, in eurem einfachen Tagesablauf, unter denen, die euch lieben.

Zögernd gehe ich zu Katharinas überfülltem Grab zurück und mache mich an mein Amt. Ich allein war glücklich mit dem Himmel, wie ich ihn sah, und doch knie ich hier auf diesem Berg und muß entscheiden, welche Gebeine heilig sind und welche nicht. Ich schnuppere an einem Fuß; er riecht nach Kohle. Wo ist der Duft der Heiligkeit, der mich jetzt leiten könnte, Brüder? Meine Nase riecht bloß Asche.

Als ich ein Knabe war, lernte ich die Bedeutung der Gegenstände durch Akkumulation bestimmen. Da ist ein Apfel: Er ist rund, ist rot, er reift im Herbst, aufgeschnitten offenbart er Fruchtfleisch, Kerne, Saft. Addiere ich rund und rot und Herbst und Fleisch, Kerne, Saft, so begreife ich diesen Gegenstand: einen Apfel.

Nun, da ich ein Mann bin, betrachte ich die Begriffe mit einem wacheren Blick. Nehme ich das Wort Apfel, auf lateinisch *malum*, und blicke hinein, als hielte ich mein inneres Auge an einen dieser feuchten schwarzen Kerne, so erkenne ich, daß sein Name von jenem anderen *malum* kommt, das Qual und Unheil heißt, Leid und Missetat. Und so verstehe ich den Ursprung des Apfels; denn da ich seinen Kern erfasse, erkenne ich ihn bei seinem wahren Namen, seiner Untrennbarkeit von Eva, die ihn Adam reichte und damit ewiges Leid und Unheil über uns alle brachte.

Könnten wir folglich eine Heilige nicht besser durch ihre Teile als durch ihre Gesamtheit begreifen?

Katharinas Name ist wohlklingend und vertraut, da über die Jahrhunderte gute und schlechte Frauen ihn nach ihr getragen haben. Zerteilen wir ihren Namen jedoch wie jenen Apfel, so sehen wir, daß Katharina von zwei Begriffen stammt: *katha* heißt ›gänzlich‹, *ruina* ›der Einsturz‹; daher ›gänzlicher Zusammenbruch‹. Einst dachte ich, dies sei darauf zurückzuführen, daß sie des Teufels Blendwerk durch ihre Beredsamkeit zum Einsturz brachte oder daß ihre Gelehrsamkeit die fünfzig Philosophen besiegte. Indem ich nun eine Hand aufhebe, welche die ihre sein mag oder die Arsinoes, erkenne ich, wie verfehlt dies war. Katharinas Name ist nur verständlich, stellt man ihn gegen meinen eigenen: Felix, der Glückliche, ihr demütiger Überbringer. Nur in Trümmern sind wir glücklich, Brüder, denn nur dann können wir gewiß sein, daß wir nichts mehr zu verlieren haben.

Ich wähle meine Reliquien und erhebe mich, um heimzukehren.

Wir tappen nach der Wand wie die Blinden,
und tappen wie die keine Augen haben.
Wir stoßen uns im Mittag wie in der Dämmerung;
wir sind im Düstern wie die Toten.
Wir brummen alle wie die Bären,
und ächzen wie die Tauben;
denn wir harren aufs Recht, so ist's nicht da,
aufs Heil, so ist's ferne von uns.

Jesaja 59, 10–11

In der Wüste Sinai
Sommer 1483
P. F. F.

INHALT

Erster Teil: Das Meer

Zweiter Teil: Die Stadt

Dritter Teil: Der Berg

Dritter Teil: Der Berg